A ASCENSÃO DA RAINHA

The Dawn of the Cursed Queen © Amber V. Nicole, 2025
Tradução © 2025 by Book One
Todos os direitos de tradução reservados e protegidos pela Lei 9.610 de
19/02/1998. Nenhuma parte desta publicação, sem autorização prévia por
escrito da editora, poderá ser reproduzida ou transmitida sejam quais forem
os meios empregados: eletrônicos, mecânicos, fotográficos, gravação ou quais
quer outros.

Coordenadora editorial	*Francine C. Silva*
Tradução	*Lina Machado*
Preparação:	*Talita Grass*
Revisão	*Tássia Carvalho e Aline Graça*
Capa	*Renato Klisman* ◆ *@rkeditorial*
Projeto gráfico e diagramação	*Bárbara Rodrigues*
Impressão	*PlenaPrint*

Dados Internacionais de Catalogação na Publicação (CIP)
Angélica Ilacqua CRB-8/7057

N549L   Nicole, Amber V.
     A ascensão da rainha / Amber V. Nicole ; tradução de
Lina Machado. — São Paulo : Inside Books, 2025.
     496 p. (Coleção Deuses & Monstros ; vol. 3)

ISBN 978-65-85086-63-9
Título original: *The Dawn of the Cursed Queen*

1. Ficção norte-americana 2. Literatura fantástica I. Título II. Machado,
Lina III. Série

25-1253   CDD 813

AMBER V. NICOLE

A ASCENSÃO DA RAINHA

SÉRIE
DEUSES & MONSTROS
VOLUME 3

São Paulo
2025

Anteriormente...

Não, estou brincando. Logan me mostrou um programa uma vez em que fazem recapitulações engraçadas, e então... deixa para lá.

Sabe aqueles momentos quando você está relaxando depois de um dia longo? Você coloca os pés para cima, pensando que a vida não pode melhorar? Não? É, certo, eu também não. Pensei que tinha passado pelo pior que poderia acontecer no dia em que Rashearim caiu. O mundo que eu conhecia desmoronou, e minha família foi despedaçada. Pensei: não pode piorar, certo? Xavier teria me dado um tapa se eu tivesse falado isso em voz alta, mas cara, eu pensei mesmo.

Samkiel, nosso rei e leal... Sabe de uma coisa? Nem posso falar leal, porque aquele desgraçado nos largou por... Estou me precipitando. De qualquer forma. Você acha que conhece a pessoa, sabe? Nós festejamos juntos, lutamos lado a lado e até transamos no mesmo cômodo. Não faça essa cara. É necessário extravasar depois da batalha, e lutamos juntos em várias malditas guerras. Quando você ficar tão desesperado por um alívio que deixa de se importar que seu amigo está do outro lado da tenda, então, conversaremos.

De qualquer forma, passamos centenas de anos com Samkiel antes de Rashearim cair. Depois disso, ele mudou, mas eu estaria mentindo se dissesse que não começou muito antes. Tudo começou com a mudança em Unir. Honestamente, eu devia ter prestado mais atenção. Em todos.

Samkiel nos abandonou após a destruição de Rashearim. Ele nos deixou instruções sobre como manter o restante dos mundos e depois desapareceu por séculos. Então o filho da puta reaparece com uma namorada superfogosa — e quando digo isso, quero dizer literalmente tacar fogo na sua cara.

Tudo mudou com Dianna, e quero dizer tudo mesmo. Ela não apenas incendiou um caminho de destruição pelo mundo para vingar sua irmã falecida, mas queimou tão intensamente que revelou segredos enterrados dentro de nossa família e de nós mesmos.

Xavier, Imogen e eu estávamos alocados nas ruínas de Rashearim, completamente inconscientes de que Samkiel não só havia retornado, mas estava trabalhando com uma arqui-inimiga nossa, uma Ig'Morruthen — a namorada gostosa citada acima. Ao que parece, estavam procurando uma relíquia. Mas tudo deu errado, e Dianna perdeu a única pessoa que amava. Depois disso, ela tentou nos matar em sua devastação e sofrimento. Não foi brincadeira. Eu literalmente segurei minhas próprias entranhas nas mãos.

Samkiel, sempre o herói, conseguiu penetrar naquela casca louca dela. Ele até refez a própria casa e a escondeu, mantendo-a a salvo do conselho. Aqueles safados desonestos queriam a cabeça dela. Certo, talvez eu estivesse dormindo com uma delas para me distrair do que eu estava sentindo pelo meu melhor amigo, mas todo mundo tem problemas, não? De qualquer forma, deixe-me voltar ao assunto.

Dianna, por mais feroz e amorosa que seja — não diga a ela que falei isso —, não era a pior coisa do mundo, nem de longe. Ao que tudo indica, seu criador, Kafilhoda — sinto muito, minha caneta escorregou — Kaden tinha um plano muito maior do que qualquer um de nós suspeitava, e nenhum de nós sabia que não era ele no comando.

Eu pensei que conhecia dor. O dia em que Xavier me contou que estava namorando alguém me fez querer arrancar meus olhos, mas quando descobri o quão terrivelmente todos nós fomos traídos, foi devastador. Diante da realidade de que Vincent, um homem que eu considerava meu maldito sangue, estava trabalhando com Kaden, meu mundo ficou de ponta cabeça outra vez. Ele mentiu, manipulou e transformou minha família em soldados perfeitos, indiferentes e insensíveis.

Mais uma vez, pensei que isso era o pior que poderia acontecer até que Kaden balançou Xavier como isca para me atrair. Eu me ofereci para vir de bom grado, para desistir não apenas da minha liberdade física, mas da liberdade da minha mente. Eu me uniria a eles contanto que pudéssemos ficar juntos, mas Kaden tinha outros planos. Fomos tolos o bastante para acreditar que sabíamos todos os segredos que os deuses guardavam. Mas nenhum de nós estava preparado para enfrentar os filhos superpoderosos que Unir havia escondido. Trancafiados por eras, estavam finalmente livres e focados em buscar sangue e vingança.

Sim, você me ouviu direito. Papai Unir não estava apenas mandando ver e fazendo um filho. Não, não, ele tinha três. Três filhos determinados a fazer Samkiel e todos nós pagarmos caro por seus crimes.

Embora, tecnicamente, ainda não tenha ficado claro como eles foram criados. Não me lembro de Unir se esgueirando pelo palácio com parceiras diferentes feito Samkiel. Eu sabia de sua *amata* Zaysn. Ela era legal e bem durona, capaz de fazer Unir chorar com um olhar. Duvido que ela deixaria qualquer caso rolar, mas estou desviando do assunto outra vez. Por que as pessoas me confiam essas coisas?

Eu sei, eu sei, vocês estão todos preocupados comigo de verdade. Já entendi. E, bem, acho que vão ter que esperar para ver o que acontece comigo. Mas posso afirmar que tudo está diferente agora. Completamente diferente.

Presumi que sempre sairíamos vitoriosos. Foi arrogante da minha parte, sim. Nós lutamos pelo que era bom e justo no mundo. Apesar disso, todos falhamos miseravelmente. Não apenas perdemos, mas perdemos nosso lar de novo. Ainda tenho pesadelos de ver os restos de Rashearim em chamas, de ver Samkiel espancado e preso ao chão. Agora, seu poder está espalhado pelo céu, os últimos resquícios dele. Nismera reina sobre os reinos, e todos nós estamos presos sob seu domínio. Pensei que tínhamos visto o pior, mas eu estava errado. Tão errado.

Sei que Dianna ainda está à solta. Sei que ela vai querer vingança pela morte de Samkiel, e uma parte de mim espera que ela incendeie essa porra toda até tudo virar cinzas. Se eu tiver que morrer uma morte flamejante nas mãos dela... Só espero ir com meu Xavi.

CAMERON

I
CAMILLA

Esmurrei o ombro de Vincent, lutando contra seu aperto, enquanto ele me arrastava atravessando aquele maldito portal. Ele se fechou atrás de nós, o som cortando o ar. Vincent me soltou com um empurrão, e tropecei até me equilibrar. Afastei o cabelo do rosto e, antes de olhar ao redor, lancei um olhar furioso para ele. Não tínhamos chegado a outra masmorra ou caverna escura, mas a uma cidade luminosa. Estreitei as pálpebras, meus olhos se esforçando para se ajustarem à luz do sol que atravessava as nuvens.

As pessoas continuaram em seu caminho, conversando e rindo, inteiramente imperturbadas pelos soldados que surgiram de repente. Uma cidade de edifícios altos construídos com várias pedras pálidas se espalhava diante de nós. Marquises, sacadas, balaústres e telhados estavam repletos de flores penduradas, adicionando toques de cor alegres. Ruas de paralelepípedos limpos e reluzentes serpenteavam pela cidade, todas parecendo levar a um grande centro aberto. Pequenas criaturas com pares duplos de asas esvoaçavam pelo céu de um rosado nebuloso, chamando umas às outras. Parecia pacífica e feliz, uma cidade inteira vivendo em harmonia. Por um momento, pude acreditar que era o paraíso. Contudo, nesse instante o general de armadura pesada apareceu ao meu lado, e lembrei de que isto não era o paraíso, de forma alguma.

— Leve-a para o palácio. Nismera vai precisar de todos nós lá para a convergência.

Virei a cabeça depressa em direção a Vincent e ao general alto, alado e coberto de penas perto dele. O general me lançou um olhar de desprezo ao levantar voo, e o restante de nós avançou, seguindo Vincent.

A caminhada, ou melhor, o arrastar, pareceu levar uma eternidade. Tentei memorizar cada beco, declive na estrada e prédio, porque planejava encontrar uma maneira de escapar. Eu encontraria um lugar para me esconder e deixaria esta maldita cidade o mais rápido possível. Engoli em seco enquanto me perguntava para onde iria. Eu não sabia nada sobre este reino ou este mundo, e não tinha amigos nem aliados.

Meus pés escorregaram no chão quando os paralelepípedos reluzentes deram lugar a uma superfície lisa e lustrosa. Fiquei atordoada quando uma grande e deslumbrante fortaleza surgiu diante de nós. O palácio reluzia quase branco ao sol, uma pérola entre joias brilhantes. Tive que inclinar minha cabeça toda para trás a fim de ver o topo. Pináculos, parcialmente obscurecidos pelas nuvens, perfuravam o céu. Cada linha sinuosa, curva e janela sussurravam riqueza, mas os sussurros se transformavam em gritos de horror quando você sabia o que aquelas portas prestigiosas abrigavam.

O aperto de Vincent aumentou em mim, interrompendo minha observação embasbacada. Voltei a cabeça em direção a ele, mas ele não estava me encarando dessa vez. Estava olhando para o palácio como eu, sua mandíbula enrijecida de apreensão. Mesmo coberto pela armadura, vi seus músculos estremecerem. Ele olhou para mim e percebeu que havia revelado mais de seus pensamentos do que pretendia. Seus olhos voltaram a ficar vagos, e ele sacudiu a cabeça antes de me empurrar para a frente.

— Mova-se. — A voz de Vincent soou áspera e cheia de raiva, como se tivesse sido eu quem nos fez parar. Os generais que se erguiam acima de nós podiam acreditar em sua encenação, mas eu vi a rachadura na armadura atrás da qual ele se escondia tão bem.

Vincent estava com medo.

UMA SEMANA DEPOIS

Engatinhei rapidamente pela cama comprida e desarrumada, peguei minhas calças e as vesti conforme a água do banheiro era desligada.

Vapor esfriava e se espalhava em gavinhas, tentando escapar da fera que havia acabado de limpar. Meus olhos vagaram, procurando por uma distração e se fixando na concha intrincada que repousava na cômoda entalhada.

Inclinei a cabeça.

—Você guardou isso?

— Sim, é seu ou o que sobrou da primeira peça de armadura que lhe dei. Eu falei que senti sua falta, bichinho — ronronou Nismera atrás de mim, o aroma floral de amoras cobrindo sua pele. Era outra tentativa de esconder a criatura letal por baixo. Ela podia não ter chifres, escamas nem presas, mas uma fera feita de luz ainda era uma fera.

Observei de canto de olho enquanto ela passava a mão pelas pontas dos cabelos prateados, separando as mechas que haviam se enrolado umas nas outras.

Bichinho. Sempre um bichinho de estimação. Eu me perguntava se era realmente assim que ela me via, mas eu sabia a resposta. Sentir minha falta era um termo vago. Nismera nunca amava como os outros, nunca se importava como os outros. Ela usava o que tinha, e quando não podia mais usar, erradicava.

Virei-me conforme ela atravessava o quarto, meus olhos seguindo sua forma nua e de músculos esguios, enquanto ela pegava suas vestes da grande cadeira com pés de garra. Observei sem um pingo de luxúria ou desejo, sem desejá-la como havia desejado eras atrás. O que eu havia feito com ela naquele quarto tinha sido por sobrevivência, dever e talvez uma crença de que eu merecia. Talvez eu a merecesse depois da forma como traí minha família. Engoli a bile que subia pela minha garganta, recusando-me a revelar o nojo que sentia de mim mesmo.

— O que vai ser de mim agora?

Ela girou, fechando a lateral da blusa.

—Você assumirá sua posição como se nunca tivesse partido. O Alto Guarda da legião, Hectur, será rebaixado. Ele estava apenas guardando seu lugar enquanto você desmantelava Samkiel e A Mão, de qualquer forma.

A Mão. O modo como ela falou isso fez soar como uma maldição. A culpa corroeu minhas entranhas, fazendo-as se remexerem, e engoli minha apreensão.

— Isso vai causar um alvoroço, tenho certeza.

Nismera sorriu enquanto pulava e se mexia, deslizando para dentro das calças escuras e elegantes antes de abotoá-las e sentar na cama. Ela calçou botas de salto de aço e encontrou meus olhos.

— Não haverá nenhum. Qualquer um que discordar será pendurado como uma nova bandeira fora dos muros de pedra que circundam esta cidade. Eles voarão alto, como um aviso para qualquer um que ouse me desafiar.

Assenti, sabendo que ela estava falando sério. O cheiro de carne em decomposição pairava no ar. Eu o senti no segundo em que o portal se fechou.

Ela estava de pé e ao meu lado em um piscar de olhos. Um único dedo correu sob meu queixo, fazendo meu olhar se voltar para o dela. Ela usava aquela famosa capa de três caveiras em volta dos ombros, os olhos vazios zombando de mim até mesmo aqui.

— Não se preocupe, bichinho. Você foi o segundo de Samkiel por tanto tempo. Talvez tenha esquecido que seu lugar é e sempre será ao meu lado.

Balancei a cabeça.

— Eu nunca esqueci.

— Que bom. — O dedo dela se curvou sob meu queixo, e mesmo sendo apenas um pequeno e simples dígito, eu conseguia sentir o poder sob seu toque. Eu sabia, sem sombra de dúvida, que com um tapinha, ela tinha força para arrancar a cabeça dos meus ombros e atirá-la do outro lado do quarto como se não fosse nada, como se eu não fosse nada. Eu sabia que não era nada para ela.

— Também mandei preparar seu quarto. Você está na ala leste, último andar.

Engoli em seco, tentando esconder minha satisfação. A ala leste ficava longe dos grandes cômodos dela aqui na oeste. Animação me percorreu por saber que ao menos eu teria meu próprio espaço.

— Você vai acompanhar a bruxa indo e voltando do posto dela.

Minha animação morreu.

— Perdão, minha senhora? — perguntei, tentando mascarar a amargura que senti.

Nismera prendeu o grande broche circular que segurava o manto no ombro, suas bestas sem pernas gravadas no metal.

— Qual parte você teve dificuldade de entender?

— A bruxa.

— Camilla é uma fonte de poder magnífica, a única que tenho já que Santiago se mostrou inútil. Preciso dela para consertar um antigo artefato meu, mas não confio nela. Em você, eu confio. Você a acompanhará na ida e na volta, a menos que eu precise de você, então, mandarei outros guardas. Seu quarto será de frente para o dela. Preciso assegurar que Camilla siga minhas regras. Muita liberdade dada a qualquer fera, e acham que podem vagar livremente. — S sorriso era tão frio e vazio quanto qualquer abismo.

— Sim, minha soberana. — Forcei um sorriso em resposta, embora detestasse seu plano.

Ela abaixou a mão enquanto sorria para mim.

— Agora vá interagir com os outros generais lá embaixo. Preciso que mantenha boas relações com sua legião. Tenho outras coisas que preciso resolver.

Apenas assenti e ela saiu do quarto.

Minhas botas ecoaram no piso de pedra creme e dourado, pequenas manchas dançando sob meus pés conforme eu caminhava. Era um sinal de realeza, algo que toda a cidade exalava. Nismera era rei de todos os doze reinos agora e queria garantir que todos soubessem disso. Conforme deixei seus aposentos e me dirigi ao saguão inferior, fui recebido com reverências e olhares baixos. O guarda-roupa designado a mim tinha borlas e correntes demais, e eu não gostava de nada daquilo. Nismera amava demonstrações de poder. Sempre amou. Poder era tudo o que lhe importava. Cada peça de mobília e coluna de vidro era feita à mão e disposta conforme seu desejo. Tudo era tão chamativo e selvagem quanto ela.

Risadas e algazarra disparavam pelo longo e largo corredor, lembrando-me da família que eu havia condenado. Eu me movi em direção a elas, meu peito se contraindo.

Empurrei as portas grandes, grossas e cinzeladas para abri-las, a música e as risadas morrendo. Todos os olhos se voltaram para mim. O salão era quase tão grande quanto a entrada principal, com longas mesas de madeira próximas às paredes. Havia cadeiras escondidas em quase todos os cantos e uma escadaria forrada com tapeçarias incrustadas de joias.

Uma longa mesa continha um banquete. Generais feridos e sujos estavam sentados em vários lugares. Alguns me observavam com comida pendurada na boca, outros com copos contra os lábios, esquecendo de engolir. Eles me encaravam com dois pares de olhos, outros com quatro ou mais. Alguns tinham tentáculos onde deveria haver braços e pernas, e outros com asas, grandes e espessas, projetando-se de suas costas. Não vi nenhum integrante da horda reptiliana de Grimlock, mas presumi que queriam respostas sobre o motivo para seu general ter partido com Nismera e Isaiah e não ter retornado.

Uma garganta foi limpa quando um troll corpulento, envolto em peles e couros, levantou e ergueu um copo do tamanho da minha cabeça.

— Bem-vindo, nosso Alto Guarda da legião, Vincent.

Retorci o lábio diante da exibição ruidosa e turbulenta, meus ouvidos zumbindo enquanto todos aplaudiam. O troll que gritou saiu do fundo do salão, vindo até mim antes de apertar meu ombro e empurrar a bebida enorme em minhas mãos.

— Venha, sente-se conosco.

— Quem é você? — perguntei, afastando sua mão.

— Meu nome é Tedar, Comandante da Oitava Legião.

Talvez não houvesse apenas generais aqui.

Ele me conduziu até uma grande área com assentos em um canto escuro do salão. Fui porque não tinha outro lugar para ir. A cadeira em que se sentou servia para ele, mas seu par quase me engoliu inteiro. O líquido no meu copo espirrou para o lado, caindo um pouco na minha mão. Inclinei-me para a frente e coloquei-o no centro da mesa antes de limpar a mão nas calças e me inclinar para trás. Risos e conversas encheram a sala mais uma vez enquanto Tedar se inclinava para mim.

— Você é uma lenda agora, sabia? Todos os sussurros entre os reinos falam do que você fez, e agora você é Alto Guarda? — Ele assobiou entre dentes grossos. — Você está acima de todos os comandantes e generais agora. Eles vão odiar isso.

— Você não.

— Deuses, não. Agora só há seis Altos Guardas, incluindo os irmãos dela, sendo assim, menos responsabilidade para mim. Agora, você e sua legião sempre irão primeiro para a batalha.

Minhas sobrancelhas se ergueram.

— Batalha? Acho que não. Acho que vamos apenas seguir ordens.

— Fale o que quiser, mas agora o céu sangra prata. O Destruidor de Mundos está morto, e A Mão de Rashearim agora anda por aí cegamente, obedecendo todas as ordens feito um cão açoitado. Há, e sempre haverá, aqueles que avançam para ocupar o lugar quando alguém mais poderoso deixa o campo, e adivinha quem acabou de fazer isso?

Engoli em seco, trepidação ardendo em minha garganta. Ele estava tão indiferente, tão contente pelo que fiz, e eu me sentia mais sujo do que lodo em uma bota. Lembrei a mim mesmo que eu não tivera escolha. Ele não sabia que minha vontade era a vontade de Nismera. Balancei a cabeça enquanto Tedar divagava.

— ...tenho que admitir que é um alívio. Ninguém nunca imaginou que ele ia morrer. Deve ser incrível para você. Você conseguiu. Você ajudou.

Meu estômago se revirou. Eu tinha evitado olhar para o céu desde então, especialmente à noite, quando o poder dele parecia zombar de mim, implorando por respostas. Meu peito se contraiu, e o ar de repente ficou apertado demais.

— Eu sirvo meu rei agora, conforme ela deseja. Nada no mundo tem poder para rivalizar com Nismera atualmente — repeti.

Tedar se inclinou para a frente, chamando a atenção para uma presa grande e lascada enquanto sorria.

— Não pelo que andei sabendo.

Ergui uma sobrancelha e examinei o salão, notando alguns generais olhando em nossa direção, conversando em tom baixo entre si.

— E o que você soube?

Tedar se inclinou para mais perto como se fosse sussurrar.

— Escute, todo mundo fala, e depois que limparam o massacre no Leste, todo mundo sabe agora.

Meu rosto se enrugou em confusão. Eu não tinha ouvido nada sobre isso.

— O Leste? O que aconteceu no Leste?

— O Destruidor de Mundos tinha uma amante e não apenas uma aventura como no passado. Dizem que ela é uma fera feita de chamas e ódio, e ela seguiu vocês de volta. A fera dele. A Ig'Morruthen fêmea.

Dianna. Ele se referia a Dianna.

Assenti e me sentei um pouco mais ereto conforme ele divagava, os sons deste cômodo desaparecendo ao fundo.

Aquele poder irradiava da porta, o mesmo do pai dele, e não precisei me virar para saber que Samkiel estava encostado na porta do saguão. Esfreguei o pulso, balançando a cabeça.

— Deixa para lá.

— Isso é jeito de falar com seu futuro rei?

Percebi a preocupação em sua voz.

— Futuro. Ainda precisa superar seu pai.

Botas pesadas ecoaram conforme ele entrava, sua armadura de batalha envolvendo-o por completo, aquela maldita capa de sigilo fluindo atrás dele. Era a mesma que seu pai usava em todas as malditas reuniões do conselho.

— Por que permite que ela...

Eu o interrompi, girando para encará-lo.

— Não permito que ela faça nada.

Seus olhos se arregalaram uma fração, e ele me observou atentamente conforme falava:

—Você pode se juntar a Logan e a mim. Meu pai deseja que eu tenha minha própria guarda real, embora não seja esse o nome que reivindicarão.

Um bufo irônico escapou dos meus lábios enquanto as grandes cortinas oscilaram perto da extensão aberta de uma janela.

— Eu recuso, futuro rei.

— Por que não me deixa ajudá-lo?

Olhei para a porta como se pudesse vê-la me observando, esperando.

—Vincent.

Sua voz me tirou do transe em que eu havia caído.

— Por que sempre deseja ajudar tantos? — perguntei. — O que ganha com isso?Você está destinado a governar este reino e todos os outros entre eles. Não precisa fingir ser benevolente.Vão lamber a sujeira de suas botas de qualquer maneira.

Samkiel fez um gesto erguendo apenas um ombro, seu cabelo se enrolando ao redor das ombreiras da armadura.

— Apenas quero um reino melhor, um mundo melhor. Este aqui é meio merda, e eu estou farto de deuses egoístas.

— Com todo respeito, sinto que o seu é um espelho.

Seus lábios se curvaram.

— O meu é suportável.

Eu acreditei nele.Acreditei que ele queria algo mais, algo melhor, mesmo que o mundo que ele via fosse apenas um sonho fantástico criado por oráculos.

— Mesmo que eu participasse e vencesse, ela jamais me deixaria ir.As garras dela são profundas demais, meu príncipe.

Seus olhos se moveram, o brilho prateado semelhante ao de Unir e Nismera.

— Deixe que eu me preocupe com ela.Apenas venha, tente e conheça os outros. Não há mal nenhum nisso.

Mal. Ele não entendia. Ninguém entendia, porém, contra toda a razão, assenti. Ele não falou mais nada antes de partir, e encarei a extensão vazia da porta. Ele pediu para eu tentar, e eu tentaria.

A memória desapareceu enquanto o rugido e a gritaria retornaram, copos se chocando uns contra os outros e nas mesas. Generais de todo o cosmos, todos cruéis e vis, aplaudindo e celebrando a morte dele.Todos sabem que o próximo movimento dela será libertar os reinos. Ela havia pegado e convertido os mais cruéis e letais para seu reinado, e agora, nada a impediria. Nada jamais poderia, portanto, que escolha eu tinha?

Samkiel era uma luz. Prometia paz e mudança, e eu ajudei a apagá-la. Parte de mim esperava que eu ardesse em Iassulyn pela eternidade por isso. Outra parte de mim sabia que Dianna ia me caçar, caçar a todos nós assim como ela fez pela irmã. Eu estaria mentindo se dissesse que não a receberia de bom grado.

III
KADEN

— Nunca vamos contar nada para você — falou ele, cuspindo aos pés de Nismera. Ela franziu o lábio enquanto sacudia a bota pontuda e blindada.

— Sem problema. — O sorriso dela era frio conforme erguia a mão. Poder irrompeu de sua palma e se espalhou pelo céu. Relâmpagos, puros e ofuscantes, rasgaram de volta enquanto ela criava e controlava as faíscas de energia, atirando-as em direção ao chão. Runas se iluminaram com seu poder prateado, e o chão sob nossos pés girou. Eu me desequilibrei para o lado. À minha lateral, Isaiah nem sequer vacilou, como se isso fosse uma ocorrência normal para ele. O chão se abriu em um enorme vórtice espiral, água salgada se elevando até o teto com um rugido oco. As fileiras de homens com armaduras acorrentados o encaravam raivosas enquanto a sala parava de tremer. Nismera andou atrás deles, um por um, e o medo revestia o ar.

— Sei que vocês não vão falar e nem preciso que falem. O Olho age, e sempre agiu, da mesma maneira. Por que mais enviariam seus pequenos peões? Eu também sei que estão se escondendo de mim.

— O Olho não se esconde — disparou um soldado mais velho e grisalho do fim da fila. — Esperamos pela oportunidade perfeita...

Nismera soltou uma risada feia.

— Uma oportunidade. Ah, Sir Molten. Eu estava morrendo de vontade de pôr minhas mãos em você. Não tem sido nada além de uma pedra no meu sapato.

— Seu dia está chegando. — Ele endireitou a postura. Nenhum medo emanava dele; pelo menos, nenhum que eu conseguisse farejar.

— Quando exatamente? Vocês estão tentando me derrubar há quanto tempo? Estou um pouco entediada, para ser honesta. — Ela se inclinou em direção ao soldado mais próximo de si, e ele tremeu. — Mas tenho uma fera faminta, e que melhor petisco existiria para alimentá-la do que traidores? Acho que o medo sacia mais seu apetite.

Nismera empurrou o soldado para dentro do vórtice, o grito do homem foi interrompido por um forte ruído de trituração. O caos irrompeu quando os outros viram o que havia acontecido com seu companheiro, e a maioria tentou se arrastar para o lado a fim de escapar. Um por um, o exército dourado e preto de Nismera chutou os rebeldes restantes para dentro, e um por um, seus gritos foram a última coisa que ouvimos antes que desaparecessem abaixo. O último soldado, muito mais velho com uma barba grisalha amarrada na ponta, nem piscou quando ela se aproximou.

— E você vai implorar, Sir Molten? — Ela cravou as unhas nos ombros encouraçados dele conforme o material rachava contra eles. O Soldado nem ao menos vacilou.

De queixo erguido, as linhas da idade vincando seu rosto conforme ele a encarava com desprezo em seu último ato de desafio.

— Espero que a prisão deles permaneça trancada por eras.

A mão de Nismera se moveu mais rápido que a luz, separando a cabeça do soldado do tronco. Sangue cobriu a frente do corpo de Nismera e espirrou em seu rosto. Ela piscou depressa, afastando a raiva avassaladora que enchia sua expressão.

A prisão deles? A pergunta ecoou em meus pensamentos, mas morreu quando a cabeça decepada rolou em minha direção pelo chão de pedra. Ergui o pé, parando seu movimento. Olhos cegos me encararam de volta, cabelo cortado rente ao couro cabeludo com marcas raspadas nas laterais — marcas de rebeldes.

— Quatrocentos e setenta e dois rebeldes. Quatrocentos e setenta e duas cabeças. — Nismera limpou a mão. A sala ficou mortalmente silenciosa enquanto ela dava um passo à frente.

— Leve a cabeça de Sir Molten para Severn. — Ela acenou com a cabeça em direção ao grande guarda de armadura à minha esquerda. — Quero mandar uma mensagem para todos os rebeldes que acham que agora é o momento de atacar. Temos muito a fazer.

Isaiah fez um barulho na garganta e se moveu. Botas encouraçadas ecoaram na sala de pedra esculpida conforme os guardas faziam o que ela havia comandado e saíam. Nismera chutou o cadáver restante para a fera na água abaixo antes de selar o chão.

Isaiah assobiou baixo.

—Você parece tensa, Mera. Já faz semanas. Não deveria estar um pouco feliz? A casa do irmão mais velho e todos os reinos agora pertencem a você.

Um sorriso caloroso se espalhou por seu rosto, enquanto ela olhava atrás de nós, certificando-se de que todos os guardas haviam ido embora, como se não quisesse que vissem que ela tinha emoções. Ela olhou para mim, seu temperamento mal controlado.

— Eu estou feliz, mas O Olho parece pensar que agora, mais do que nunca, é hora de atacar.

— Atacar é exagero — falei, acenando em direção ao chão fechado atrás dela. — Um ataque implicaria que eles têm uma chance.

Ela apenas deu de ombros antes de passar por nós dois em direção à entrada principal de sua fortaleza branca, ostentosa e cintilante. Onuna mudou minha perspectiva sobre arquitetura. Eu tinha esquecido o quanto a maioria dos palácios era enorme, e Mera amava as coisas mais caras acima de tudo. Cortinas bordadas com os ryphors enrolados, sem pernas e poderosos ao longo da bainha pendiam do topo de cada entrada. As longas borlas de seus estandartes de guerra dançavam pelo chão imaculado.

Nós nos viramos e seguimos atrás de Nismera. Isaiah passou o braço em volta do meu ombro, apertando uma vez.

— Tem andado tão calado desde seu retorno, irmão. Pensei que ficaria muito mais feliz em me ver.

Engoli o nó crescente na minha garganta. Eu estava feliz em vê-lo. Feliz por estar longe da maldita Onuna, mas outro buraco dolorido me corroía as entranhas. Uma coisa que eu não conseguia esquecer — ou ainda não tinha esquecido.

—Você é um monstro — disse ela, olhando-me com desprezo e puxando as amarras. — Interrompi os planos por você, procurei aquele maldito livro, esperando que houvesse outra maneira de ficar com você. — Minha mão deslizou por seu queixo enquanto ela se afastava de mim com nojo. — Eu amo você.

Caminhamos pelos corredores dourados e creme, o reflexo do teto espalhado pelos pisos escuros e brilhantes, a pedra sem marcas, mesmo com os guardas que passavam. Nismera subiu a escadaria enorme, tagarelando, mas minha mente não estava presente e não estava há semanas. Eu estava pensando nela e em como trazê-la de volta, mas tinha um plano dessa vez. Samkiel estava morto. Não restava ninguém em nenhum desses reinos ao lado dela, ninguém além de mim.

Guardas empurraram as grandes portas, e a tagarelice dentro do aposento morreu, o enorme salão de guerra de pedra silenciando. A Ordem circundava a mesa retangular elevada, mapas e pergaminhos espalhados em cima, com pequenos seres em forma de totem no meio. Os guardas de Nismera nos seguiram entrando, assumindo suas posições nos quatro cantos, conforme ela se dirigia para o lado mais distante do salão. As cortinas de guerra foram abertas com um gesto de sua mão.

A luz do sol inundou o cômodo, dando a impressão de calor e paz, quando eu sabia muito bem que a deusa que controlava este reino podia nos eliminar com um movimento de sua sobrancelha se assim o considerasse necessário. Unir e Samkiel não eram nada além de pó, e nem Isaiah nem eu nos igualávamos a ela em poder. Nenhum ser vivo se igualava.

— Boa aurora. — Nismera inclinou a cabeça enquanto um guarda puxava seu assento para ela. Afastando a faixa em seu ombro, ela se sentou. Assim que se sentou, Isaiah e eu fizemos o mesmo, um à sua esquerda, o outro à sua direita, e o salão logo seguiu.

— Bom dia — repetiram os outros conforme ela fechava as mãos sobre a mesa.

— Isto é apenas uma fração das relíquias e pergaminhos que retiramos dos restos mortais de Rashearim — informou Jiraiya.

Jiraiya era o conselheiro que, como os outros, enganou Samkiel fazendo-o pensar que trabalhavam para ele, mas Nismera governava a Ordem desde a Guerra dos Deuses. Ela colocou seu pessoal nos cargos, obtendo seus assentos um por um sem ser pega até que apenas seu grupo tivesse poder. Ela era uma mestra estrategista que me ensinou bem.

Jiraiya empurrou os registros para ela, que deu uma olhada neles. Suor se acumulou na testa dele, e eu conseguia farejar o medo em todos os seres ao redor da mesa. Inteligente da parte deles.

— Por que ele fica olhando para a loira? — perguntou Isaiah, acenando para Jiraiya.

Meus olhos seguiram, e eu observei. Ele olhava para Imogen mesmo enquanto falava com Nismera.

Dei de ombros.

— Acredito que os dois transavam quando ela ainda tinha a própria mente.

Isaiah fez um barulho de nojo.

Imogen era a única integrante d'A Mão que restava aqui. Nismera mandou os outros embora e os vendeu pelo maior lance para batalhas ou sabe-se lá o quê. Imogen estava parada, rígida, perto de um dos generais orcs, olhando para a frente. Nivene era o nome dele. Isaiah havia me dito que ele era um dos novos favoritos de Nismera, mas eu não dava a mínima. Mesmo com metade da mesa entre nós, seu cheiro confirmava que ele era apenas mais um bruto que havia trabalhado e matado para abrir seu caminho até o topo.

Imogen encarava o ar, seus olhos azuis opacos sem se mover, nem mesmo quando os membros do conselho erguem as vozes. Ela usava a mesma armadura perdição do dragão que todos os soldados de alto escalão de Nismera usavam. Suas mãos estavam cruzadas atrás das costas, sua postura ereta, e sua longa trança retorcida por cima de seu ombro.

Não precisei ver os dedos de Imogen para saber que estavam nus. Nismera derreteu aqueles anéis de prata no segundo em que teve uma chance. Ela odiava a cor e o que ela a cor nos lembrava. Em vez disso, agora ela tinha duas espadas renegadas presas às costas. Fiquei surpreso por Nismera ter permitido que ela ficasse com isso, mas sabia que minhas palavras haviam aprisionado seu cérebro. Ela não era mais capaz de pensamento independente ou livre-arbítrio.

Nismera se levantou e deu a volta na mesa para se debruçar sobre um pergaminho, enquanto o general ao seu lado explicava o que tinham aprendido e trazido de Onuna.

— Ele é tão franzino. — Isaiah suspirou ao meu lado. — Não deve ter sido prazeroso.

Olhei para Isaiah, que estudava Jiraiya com a intenção de um predador antes de olhar para Imogen outra vez.

— Por que se importa?

— Digamos que é curiosidade. — Ele deu de ombros.

Movi os ombros para relaxar e me inclinei para a frente, unindo as mãos acima da mesa. — Sua curiosidade vai enfurecer Veruka.

— Ah, então Mera lhe contou sobre isso. — Isaiah apenas deu de ombros. — Ela é apenas diversão. Além disso, as coisas que Veruka faz quando você puxa o rabo dela são muito satisfatórias.

Meu olhar era como adagas sobre ele.

— Ela é uma das Altas Guardas. Falei para você não cagar onde come.

— Diz aquele que foi e trepou com a parceira de Samkiel.

Minhas narinas se inflaram, o que resultou em um sorriso dele. Se eu pudesse socá-lo sem irritar Nismera, eu o faria.

Elianna se levantou e lançou um olhar para nós, antes de limpar a garganta e abrir o diário gasto que carregava há eras. Todos os olhos se voltaram para ela, todos ouvindo atentamente.

— Falando em loiras, onde está seu celestial? — perguntou Isaiah, não dando a mínima para o que Elianna tinha a dizer.

— Cameron ainda está nos níveis baixos. — Cruzei os braços enquanto me inclinava para trás, pelo menos tentando prestar atenção.

— As lutas de arena? — perguntou Isaiah.

Eu assenti.

— Ele precisa exercitar seus novos poderes, e não está fodendo para liberá-los, então, resta lutar e comer.

Isaiah zombou.

— Agitação.

Nós chamávamos isso de agitação porque, em alguns estágios, tudo o que você fazia era se debater de um lado para o outro enquanto seu corpo superaquecia. Aqueles capazes de serem transformados em Ig'Morruthens passavam por isso. Dianna passou. Nas primeiras semanas, eu a acorrentei como fiz com Cameron quando ele chegou. A primeira fúria de sangue era sempre a mais forte, pois seus corpos esculpiam suas entranhas, abrindo espaço para as novas. O poder os percorria, substituindo o que eram antes. Caso sobrevivessem e não se transformassem em uma fera, eram iguais a nós. Mas a agitação poderia levar semanas para cessar, às vezes meses. O desejo por sangue os torna quase animalescos. Eles poderiam arrasar uma vila se não fossem vigiados. Os impulsos incontroláveis eram tão fortes que podiam esquartejar as vítimas. Eu havia visto Dianna não deixar nada além de fragmentos de tecido em seu rastro quando se transformou pela primeira vez, outra razão entre muitas para seu nome sanguinário.

— Nismera vai querer que você faça mais, sabia?

Olhei para Isaiah.

— Não é tão fácil.

— Boa sorte em falar isso para ela.

— Cameron é o único outro que fiz igual a ela em mil anos. Eu tentei. Eu acabo apenas com feras.

Isaiah assentiu e abriu a boca para responder, mas foi interrompido antes que pudesse dizer qualquer coisa.

— Algo que os dois desejam compartilhar? — questionou Nismera.

Nós nos viramos para ela e negamos com um gesto da cabeça. Isaiah estendeu a mão e gesticulou, incitando-a a continuar.

— Bom — declarou Nismera. — Sendo assim, se os dois não se importam, por favor, prestem atenção.

O sorriso dela era tudo menos doce ou gentil. Nunca era. Às vezes, eu me perguntava exatamente de qual material Unir a fizera. Sempre presumi que foi a partir de uma estrela fria e moribunda. Era com isso que ela se parecia, mesmo com todas as palavras suaves ou piadas leves. Ela era vazia. A única emoção que demonstrava que não era fabricada para causar um efeito era ira, e esta rodopiava sem cessar por trás de seus olhos.

Nismera cruzou os braços, voltando-se para Elianna.

— Por que a motivação aumentou?

Elianna empurrou um mapa para perto de Nismera e se inclinou por cima da mesa, apontando para uma região além das estrelas.

— Parece, Majestade, que O Olho está mais determinado desde o massacre no Leste.

Todos os olhos se voltaram para mim.

Ergui uma das mãos.

— Eu não fui para o Leste.

— Não mesmo — declarou Nismera calmamente, a palavra pingando ódio. — Tenho relatos de um ataque a alguns oficiais da legião que estavam fazendo suas rondas na ponta mais ao leste de Tarr. Enviei soldados para saber o que encontrariam, e não retornaram. Mas sabe quem foi avistada? Testemunhas oculares afirmaram que uma Ig'Morruthen grande, escura e escamosa voou pelo céu antes de pousar. Ela, então, começou a desmembrar meus soldados leais e espalhou seus restos pelo campo como um aviso.

Engoli o nó na garganta, junto da faísca de diversão e da pequena chama de orgulho pelo que ela ainda era capaz de realizar.

Nismera uniu as mãos, inclinando a cabeça em direção a Elianna.

— O que foi escrito para mim mesmo?

Elianna parecia querer estar em qualquer lugar, menos ali, enquanto cruzava as mãos.

— Hum, venha me pegar — Elianna limpou a garganta, olhando ao redor do cômodo —, vadia.

Ela olhou para Nismera, com medo de que estivesse prestes a ser reduzida a cinzas, como se ela mesma a chamasse desse modo. Ninguém falou no salão, e todos os olhos estavam em mim. No entanto, peguei o olhar de choque total de Isaiah. Ninguém falava com Nismera daquele jeito, ou falou e não viveu muito.

— Se isso for verdade — falei. — Eu consigo lidar com ela.

— Lidar. — Nismera sorriu, batucando os dedos contra a mesa. Ninguém se moveu ou sequer respirou. — A companheira de Samkiel ainda vive. Mesmo que ele não viva, ela travará uma guerra em nome dele. — Ela fez uma pausa, a linha em seu queixo ficando tensa. — Sabe o que acontece com a psique de uma *amata* quando a outra é morta? Não, você não sabe, porque não tem uma.

Cerrei os punhos sobre as coxas, batendo meu pé. Era um golpe dos sujos para lançar contra mim. No entanto, eu sabia como Mera falava em suas assembleias. Sabia que ela tinha que demonstrar que não tinha favoritos, mesmo que fosse seu próprio sangue. Para eles e todos os outros, eu era apenas um Alto Guarda que tinha desobedecido ordens.

— Podem enlouquecer de tristeza a ponto de não existirem, ou podem se enfurecer e queimar mundos, e parece que ela escolheu a última opção —#tagarelava Nismera. — É por isso que eu a queria morta no segundo em que ele morreu, ou melhor ainda, morta muito antes. Enxerga o problema, Kaden? Seus desejos de mantê-la provavelmente resultarão em uma revolta.

Nenhum outro general ou comandante se virou para mim, mas senti a atmosfera no salão mudar. O desconforto era evidente no som de pés se arrastando e no apertar de mãos escamosas. Aqueles que tinham tentáculos enrolaram-nos ao redor de seus corpos protetoramente.

—Você mandou que eu a moldasse, transformasse, e eu o fiz. Agora, é um problema. Você queria uma assassina. Eu criei uma.

— Estão chamando-a de morte alada. Sabe como nomes se espalham. Eles constroem, sustentam e alimentam a imaginação. Não quero que O Olho pense que tem qualquer margem de manobra sobre mim ou meu reino.

— Eu tenho um plano para isso. — Minha voz ecoou no silêncio, e todos os olhos estavam em mim.

—Você importa em informar para o restante de nós? — Foi um membro da Ordem que fez o desafio. Eu o reconheci, mas seu nome, como o da maioria dessas pessoas, não me importava em lembrar.

— Não. — Sorri abertamente para ele, certificando-me de que as pontas das minhas presas estivessem à mostra. — Essa é uma informação destinada apenas aos ouvidos dos de mais alta patente. Você e a Ordem não passam no corte, para falar o mínimo.

O salão foi tomado pela tensão.

Nismera suspirou e balançou a cabeça.

— Nossa principal preocupação é capturar a Baía Harwork no momento. As ameaças restantes serão resolvidas pelos oficiais de alto escalão, conforme meu irmão descreveu tão educadamente.

Ninguém questionou Nismera. Eles nunca o faziam, porque fazer isso era arriscar suas vidas. Todos no salão se voltaram para ela de novo e continuaram a discutir cercos e guerra.

Assim que todos os comandantes, generais e o último integrante da ordem saíram, Nismera se virou para nós. Seus guardas permaneciam do lado de fora. Ela tirou a capa com uma das mãos e a pendurou sua cadeira antes de caminhar em direção a uma alcova. Ela retornou, carregando duas garrafas e alguns copos, caindo em um assento, bufando.

— Gostaria que você não discutisse comigo em reuniões, Kaden. Eles não estão acostumados com alguém falando por cima da minha voz, e você não é um lacaio que eu precisaria ou mesmo desejaria corrigir.

Ela despejou o líquido amarelo cintilante em seu copo antes de deslizar a outra garrafa e copos em direção a Isaiah e a mim. Isaiah os pegou e abriu a tampa da garrafa com uma das mãos. O aroma doce e acobreado de sangue encheu o ar, e não ousei perguntar onde ela conseguiu isso. Isaiah serviu-se de um copo antes de deslizá-lo para mim.

— Minhas desculpas, *rei* — pronunciei a última palavra com um sorriso irônico. — Por que insiste nesse título?

— Porque era algo a que todos aspiravam ter. Por que mudar agora? — Nismera deu de ombros. — Além disso, adoro ver os lordes contraírem os lábios quando ouvem isso. Como tenho uma boceta, eles preferem rainha, mas todos sabemos que em nosso mundo o título de rei tem mais poder.

— Tem mesmo. — Soltei uma risada.

Nismera sorriu por trás do copo.

— Além disso, não precisa me chamar assim aqui. Não há soldados, guardas ou membros do conselho pedindo ajuda. Não sou nosso pai. Não vou exigir respeito ou que use meu título a cada hora do maldito dia. Além disso, senti sua falta.

Isaiah pigarreou e Nismera revirou os olhos.

— Nós — enunciou ela —, sentimos sua falta.

— Tecnicamente, senti mais sua falta — acrescentou Isaiah, lançando um olhar para Nismera. — Ela tem andado bem ocupada, e perguntei todos os dias desde que aquele maldito portal se selou quando você estaria de volta. Até marquei o local onde ele fechou porque foi o último lugar em que vi você.

Algo dentro do meu peito tremeluziu. Era como se uma pequena luz tivesse sido acesa em um quarto escuro e empoeirado. Era tão estranho ouvir que alguém sentia minha falta. Principalmente depois de tanto tempo que estive fora e lembrando daqueles com quem me cerquei. A última forma de afeição que recebi foi anos e anos atrás com Dianna. Emoções agora pareciam estranhas, para falar o mínimo. Elas me deixavam desconfortável porque nunca pareciam reais. Todos os atos de carinho ou gentileza podiam ser arrancados, evaporando como névoa ao vento. Fiquei trancado em Yejedin por tanto tempo que talvez a parte de mim que acreditava nessas coisas tivesse morrido e apodrecido lá.

— Seu idiota sentimental — zombei dele, e Nismera riu.

Mas eu imaginei. Isaiah havia criado uma reputação de sangue e entranhas muito antes dos reinos se fecharem, e Nismera me contou que ele só piorou depois que parti. Ele usava seu maldito poder sempre que podia, manejando sangue por pura vontade, aprimorando-o à perfeição. Nismera me falou que ele nem precisava mais tocar em ninguém para fazer seu sangue ferver ou, pior, romper. Ele era uma fera em todos os sentidos, assim como eu, outra razão pela qual ficamos trancafiados por tanto tempo.

Ela contou que o chamavam de Escárnio Sangrento, e ele gostava. Particularmente, eu achava que ele gostava porque provava que éramos mais fortes agora. Não éramos mais os adolescentes magricelas com poderes descontrolados que acreditavam com tanta facilidade em todas as mentiras de Unir. Como éramos inocentes tanto tempo atrás, mas parecia um lampejo de memória. Tínhamos crescido nos palácios prateados, entre a beleza e as flores, mas Yejedin, com sua fumaça e chamas, nos moldou.

Portanto eu não o culpava por se apegar àquele nome ou a mim. Eu o protegi naquela época e prometi protegê-lo sempre, por isso, ri da imagem que surgiu em minha mente do grande e musculoso Alto Guarda da Morte coberto de sangue e armadura esperando próximo a um portal que nunca mais se abriu. Tolo sentimental, sem dúvida.

— Pode me chamar do que quiser. Estou feliz por você ter voltado, e agora você pode ter todo o sangue e boceta que quiser.

Engasguei com minha bebida enquanto Nismera suspirava, repousando suas botas encouraçadas na mesa.

— Falando nisso, conte-me seu plano, Kaden. Por que eu precisaria de outro Ig'Morruthen quando você tão gentilmente me trouxe o loiro?

Olhei feio para Isaiah, limpando o canto da boca antes de me virar de novo para Nismera.

— O poder de Dianna é inigualável. Ela seria um grande trunfo.

— Para mim — ela girou sua bebida no copo —, ou para você?

Não tentei esconder meus sentimentos. Parecia que isso só tinha piorado tudo na minha vida, por isso, apenas assenti.

— Conversei com você todo dia. Você sabia dos meus sentimentos, e não mudaram.

— Ah sim, mas os dela definitivamente mudaram. Agora, tenho rebeldes rastejando por aí, acreditando que não podem ser tocados. Esperança que ela lhes concedeu.

Bati meu dedo contra o copo. Isaiah não falou nada, observando nós dois.

— Outro motivo para ela estar aqui, um excelente exemplo para tirar essa esperança. Mostrar que você é capaz de domar a mais indomável. Isso lhe daria ainda mais poder. Quem pensaria em questioná-la então?

O canto do lábio de Nismera se retorceu.

— E como espera que ela fique aqui sob nosso governo? Nós massacramos a irmã dela. Massacramos o companheiro dela. Você não acha que é hora de desistir desse sonho inútil?

— Tenho uma lâmina — expliquei, e Isaiah se endireitou. — Tem runas gravadas nas laterais. Pense nas palavras de Ezalan, porém, mais. Eu poderia apagar todas as memórias de Dianna e substituí-las. Ela ia querer apenas servir a você, juro. Dianna é uma arma que criei, e muito boa. Ela exterminou Tobias e Alistair com facilidade. Precisamos dela.

Eu preciso dela, mas não falei isso em voz alta.

Nismera me encarou.

— Eu a queria longe do companheiro. Você falhou, e ainda assim acha que consegue fazer isso?

Minha pele se arrepiou, poder selvagem arqueando sob os poros em defesa de suas palavras. Mas essa era Nismera. A única que se importava conosco, então o reprimi. Eu não tinha percebido como a escuridão no recinto avançara até que me acalmei, e ela recuou.

Respirei fundo para me acalmar antes de dizer:

— Unir os prendeu no mesmo reino, não eu. Eu os mantive separados por mil anos.

O nome dele era gelo em minhas veias, e o cômodo ficou com o ar pesado. Nismera apenas prosseguiu:

— E agora a morte dele a colocou em um caminho que só vai atrapalhar nossa libertação.

— Fiz tudo o que você mandou para fazê-los se odiarem. *Tudo*. Arranquei a irmã falsa exatamente como você desejou. Isso é tanto problema seu quanto meu.

— Com a diferença que eu não a amo.

Isso fez meu pulso acelerar, e eu sabia que eles iam ouvir. Os olhos de Nismera se estreitaram em fendas, mas eu não podia mentir para ela nem para mim mesmo. Não mais. Olhei para meu copo, o líquido vermelho mais escuro que o sangue em Onuna.

— Não posso evitar o que sinto.

— Sabe, esfolei traidores e pendurei suas carnes em postes para balançar ao vento por menos. Devo fazer isso com você, irmão? Acho que nosso acordo de você mantê-la como animal de estimação acabou depois do ocorrido nos restos mortais de Rashearim, não concorda? Perdi um general e agora um punhado de soldados. Deve haver repercussões. — Um sorriso malicioso e escorregadio se formou em seu rosto.

— Quer dizer que vai fazer de mim um exemplo?

Ela bateu suas unhas afiadas contra a mesa.

— Não, mas suas feras serão abatidas no grande salão. Farei uma reunião improvisada, e enquanto ela ocorre, você ficará nas masmorras por uma volta da lua.

Meu olhar se fixou no dela. Nenhum sinal de sorriso ou piada fluía de seus lábios, e seus ombros se tensionaram como se ela quisesse demonstrar que falava sério.

— Não olhe para mim desse jeito. Devo fazer de você um exemplo, sendo meu irmão ou não. Meus soldados, minha legião, pensarão que demonstro misericórdia caso eu não lhe dê ao menos uma punição mínima pela traição. Você entende, certo?

Um nó surgiu em minha garganta, mas não revelaria meu medo para ela. Aprendi há eras como mascará-lo, escondendo minhas emoções. Acima de tudo, não podia permitir que Isaiah soubesse. Contudo estar trancado abaixo do palácio, eu não sabia o quanto era distante, o quanto era profundo... o quanto era escuro.

— Claro — respondi, esperando que minha voz não falhasse ou fraquejasse.

Nismera virou sua bebida mais uma vez antes de colocar o copo na mesa, o tilintar ecoando em minha mente enquanto minha ansiedade aumentava.

— É apenas uma semana na cela de detenção. Você sucumbiu à escuridão por muito mais tempo do que isso.

Era como se todo o ar tivesse sido sugado do aposento, e meu coração batia forte. Era verdade, e eu odiava cada parte dela. A maioria presumia que eu a amava já que era parte de mim, mas era a única coisa da qual eu, de fato, tinha medo. Cresci com tanta luz, Unir e Zaysn eram o epítome dela. Até que ele nos atirou em Yejedin, e a luz se apagou, onde só existiam escuridão, o arranhar de unhas contra rochas, e chamas, chamas quentes e fumegantes. Que ironia a minha... O garoto que tinha tanto medo de monstros na escuridão se tornou exatamente a coisa que temia.

— É claro — respondi mais uma vez com um sorriso frio antes de levar meu próprio copo aos lábios. O sangue não fez nada para acalmar meu estômago. Uma semana. Eu poderia aguentar uma semana... a menos que ela se esquecesse de mim e me deixasse lá para apodrecer como ele havia feito.

— Eu falei para ela que uma semana bastava. — A voz de Isaiah cortou meus pensamentos. — Ela deduziu que os outros pressionariam por uma sentença mais pesada, como um mês, mas parecia cruel demais para alguém que matou o Destruidor de Mundos.

Certo. Isaiah não esqueceria. Eu tinha meu irmão. Ele estava aqui. Soltei um suspiro, endireitando meus ombros.

— Falei que está bem. — As palavras saíram tão frias e miseráveis quanto eu me sentia.

— Não fique chateado — pediu Nismera. — Isaiah estava certo, e senti sua falta de verdade, e preciso de você para o que está por vir. Quero que tenha uma existência um tanto normal agora que está de volta conosco, e se isto permitir que tenha, que assim seja.

Isaiah relaxou com a resposta dela, e notei seu sorriso.

— Obrigado. — Foi pequeno, mas foi tudo o que consegui dizer. Talvez eu tivesse ficado longe dos dois por tempo demais, mas até mesmo a fera sob minha pele se recusava a se acalmar.

— Está com ela? — Nismera assentiu enquanto servia outro copo. — A lâmina?

Forcei o Ig'Morruthen sob minha pele a se acalmar enquanto erguia a mão. Com um estalo de poder, a lâmina se formou da escuridão, aparecendo na minha palma. Segurei-a pelo punho, o relâmpago faiscando pela mesa, refletindo no aço curvo e afiado.

— Fiz Azrael criá-la antes de sua morte prematura. Eu tinha planejado usá-la depois que matássemos Samkiel, mas Dianna se libertou, fugindo com o corpo de Samkiel — expliquei.

Os lábios de Nismera se contraíram.

— Mandei soldados retornarem para buscar Azrael. Tudo o que restou da área foi pedra esfarelada e paredes chamuscadas. Até o livro dele sumiu. Presumo que ela o matou em sua fúria quando se libertou.

Assenti. Eu tinha deduzido o mesmo, dada a ordem que forcei sobre ele.

Nismera suspirou, nada impressionada com o resultado, mas se inclinou para a frente para estudar a lâmina.

— E isso iria funcionar? Torná-la nossa, como você diz?

— Sim.

Os olhos dela cortaram para os meus.

— E é só o que você quer com seu retorno? Ela? Não quer mais poder?

—Você fala como se duvidasse de mim.

Nismera nem piscou.

— Chame de trauma antigo, mas sim. O Olho tem ficado inquieto, e não importa quantos eu mate ou queime, não importa quantos lugares eu sitie, continuam a crescer. A traição se tornou a norma.

—Você não tem nada com que se preocupar da minha parte. Sabe disso. O trono é seu, Mera. Ele não tem utilidade para mim. Nunca teve. Conceda-me apenas isso.

Seu silêncio era ensurdecedor enquanto ela me observava, e eu sabia que ela estava pesando suas opções. Eu só esperava que se inclinassem a meu favor. O canto de seus lábios finalmente se ergueu.

—A companheira de nosso irmão caído e outra arma nesta rebelião medonha. Suponho que ajudaria. Os rebeldes perderiam a pouca esperança que têm se reivindicarmos alguém que lutou contra nós tão abertamente. Está bem. Pegue seu brinquedo, então. Você explica para os dois reis de Yejedin restantes por que trouxe a carrasca caída deles para cá.

Isaiah riu e colocou os pés para cima.

— Falando nisso? Onde estão aqueles dois?

Nismera deu de ombros, seus olhos ainda na lâmina.

— Ocupados. Eu os mandei cuidar de uma coisa. — E foi isso. Continuamos a conversar, mas não sobre guerra ou planos de cerco, apenas lembranças de nosso tempo separados. Risadas encheram o salão de batalha até que Nismera bocejou e se retirou.

Isaiah assobiou baixo entre os dentes, inclinando-se para trás, suas botas descansando na mesa.

—Tenho que dizer que nunca vi você tão apaixonado por alguém.

Não respondi nada enquanto colocava a mão no bolso e retirava a moeda manchada de sangue. Virei-a entre os dedos. Tive mil anos com Dianna, e aquela maldita parte de mim que ainda tinha esperança e se importava desejava ter mais. Eu tinha pensado que teria para sempre.

— Não era para ser assim — sussurrei para Isaiah. — Não era para eles se encontrarem.

— Como conseguiram? Mera nunca explicou de verdade. Ela apenas atirou uma mesa através de uma parede de pedra e matou alguns guardas esmagados quando você lhe contou. Não insisti mais depois disso.

Meus lábios se pressionaram em uma linha fina, e encontrei seu olhar.

— Para ser sincero, provavelmente foi o destino. O plano era que Samkiel voltasse depois que a arma estivesse feita. Dianna me ajudaria a matá-lo antes que sentisse o vínculo e soubesse o que ele era para ela, mas eu estava errado. Talvez ela estivesse buscando essa conexão em algum nível. Ela matou Zekiel, o que trouxe Samkiel de volta. Os dois se odiaram, e quando percebi que tinham se unido e estavam procurando por aquele livro, era tarde demais. São inseparáveis desde então.

Isaiah olhou para a moeda na minha mão antes de encontrar meus olhos.

— Como é? Amar?

Engoli em seco e apertei a moeda na mão. Isaiah sempre me pedia orientação como se eu fosse o mais velho e ele o mais novo. Éramos tudo o que tínhamos. Passamos eras presos em Yejedin, trancados pela única pessoa que deveria nos amar não importava o que acontecesse. O amor para nós era letal, poderoso e, acima de tudo, algo que faríamos em pedaços para manter.

— Estando perto de Dianna foi a primeira vez que de fato senti algo além de raiva, ódio ou sede de sangue. Para nós? — Meu olhar se manteve no dele. — O amor é uma coisa terrível e cruel.

Isaiah terminou seu copo em um longo gole antes de colocá-lo na mesa.

— Muito bem então. Como exatamente vamos encontrá-la?

— Tenho uma ideia.

IV
CAMERON

UMA SEMANA DEPOIS

Um punho feito de osso afiado atingiu a lateral da minha cabeça com tanta força que caí de cara no chão. Senti o sangue escorrer do corte antes que minha pele formigasse e sarasse.

Aplausos ecoaram, mil vozes berrando enquanto a fera medonha pisoteava ao meu redor. Ele jogou seus braços enormes no ar, todos os quatro socando freneticamente, encorajando a multidão. As faixas amarradas em seus bíceps traziam pequenos fragmentos de ossos de suas últimas vítimas.

— Escória celestial insignificante — rosnou ele enquanto se virava para mim.

Cuspi em seus pés e me levantei, todos os músculos doendo. O chão estremecia conforme ele caminhava em minha direção. Os gritos da multidão aumentaram dez vezes, fileira após fileira de bestas de armadura e seres de todos os estilos de vida. Alguns pareciam estar em um intervalo, soltando fumaça dos charutos que pendiam de suas bocas. Outros batiam canecas de líquido brilhante umas contra as outras, brindando enquanto assistiam às lutas. Alguns seres se esgueiravam pelas bordas, tentando se misturar. Independentemente de quem fossem, todos estavam aqui pelo esporte sangrento.

— Os restos mortais do seu precioso Destruidor de Mundos flutuam entre as estrelas agora.

Ele chutou a lateral da minha cabeça com força bastante para que minha visão ficasse turva. Lampejos de Rashearim arderam por trás da minha visão. Imagens de todos nós juntos, rindo, o rosto de Samkiel o mais radiante.

—Vocês pensaram que poderiam nos derrotar! — rugiu ele.

Outro chute me fez girar no ar, minhas costas se chocando contra a cerca enferrujada e torta que cercava a arena. Caí no chão, minhas costelas rachadas e minhas costas doloridas. Suprimi a cura dos meus ferimentos um pouco mais só para sentir a dor.

— Canções de guerra foram feitas para você e sua laia. Agora olhe para você. Patético.

Seu pé se chocou com minhas costas com força suficiente para rachar o chão abaixo de mim. Nem mesmo aquela dor diminuiu as memórias daquele maldito salão de conselho. Vi novamente os símbolos gravados no chão e as correntes fortes o bastante para prender o deus que eu sabia que não duraria muito mais, e tudo por minha causa. Um olhar e me odiei, odiei conforme me virava e seguia Xavier, o tempo todo sabendo das consequências.

— Não há mais protetor para você. — Outro chute no rosto, a multidão ficando faminta por mais derramamento de sangue.

Ele estava certo. Não havia ninguém, não mais, nem para mim nem para eles. Esta era Iassulyn.

Tentei me levantar outra vez.

— Acho que quando eu terminar com você, encontrarei o resto dos seus preciosos irmãos d'A Mão e acabarei com eles também.

Tossi uma risada enquanto ele se ajoelhava e me agarrava pelos cabelos, puxando minha cabeça para trás.

— Talvez eu comece com o moreno. Qual era o nome dele? Xavier?

Eu estava de pé no segundo seguinte. Arquejos substituíram os aplausos quando enfiei as garras irregulares que substituíram minhas unhas no queixo dele. Ódio puro escorria de seus olhos, seguido por uma dor lancinante. Levantei-o, minha mão se cravando uma fração mais fundo, perfurando o tecido carnudo de sua língua. Ele olhou para mim e agarrou meu pulso com as duas mãos enquanto as outras se debatiam, tentando me afastar.

— Acho que você fala demais. — Presas substituíram meus dentes, e eu o trouxe para mais perto. — Deixe-me ajudá-lo com isso.

Seu pulso acelerou, e seu batimento cardíaco estava irregular. Uma fome ofuscante me atravessou. Minhas presas afundaram na carne áspera de seu pescoço, sangue grosso e pesado enchendo minha garganta enquanto eu me alimentava. Meu nariz e costelas voltaram ao lugar, as lacerações, arranhões e inchaços formigando. Empanturrei-me, engolindo avidamente, o líquido viscoso escorrendo pelo meu queixo enquanto cada ferida desaparecia. Seu batimento cardíaco diminuiu, e seu corpo estremeceu antes que a última batida parasse, o silêncio resultante destruindo outra parte de mim. Eu me inclinei para trás e respirei fundo antes de jogá-lo no chão. Ele pousou com um baque, e o olhei com nojo, passando a mão no rosto.

O silêncio permaneceu por alguns momentos atordoantes antes que a multidão explodisse em berros ainda mais altos do que antes. Aplausos se transformaram em gritos quando uma voz ecoou pelo salão, mas não fiquei para ouvir o anúncio.

Eu me dirigi para o portão, e os guardas se afastaram, nem mesmo tentando me impedir. Peguei minha camisa descartada e a vesti, sem diminuir a velocidade conforme rumava para a saída. A multidão discutia, gritava e trocava dinheiro enquanto eu desviava para atravessá-la.

Eu o senti mais do que o ouvi. Girando, evitei sua mão estendida. Um único chifre curvo se projetava de sua cabeça, a maldita armadura dourada e preta de Nismera cobrindo seu corpo. Um comandante de alguma legião de merda. Ele estivera assistindo à luta inteira, observando seu soldado favorito me espancar.

— Você me deve um maldito soldado — rosnou para mim.

Eu bufei.

— Não devo merda nenhuma a você.

A multidão ficou mais ruidosa quando dois novos oponentes tiraram suas armaduras e entraram no ringue, o som de punhos contra carne pontuando o barulho. Comandante Chifrudo, ou qualquer que fosse seu nome, deu outro passo à frente, bloqueando minha visão.

— Você me dá um soldado, ou eu levo você.

Sua mão se moveu depressa, tentando me agarrar pelo pescoço, mas parando a milímetros de distância. Uma mão enorme coberta por uma armadura escura envolvia o pulso do comandante. O salão mudou, escuridão crescendo e preenchendo cada canto. Os aplausos e murmúrios da multidão se transformaram em sussurros antes de silenciarem, e eu sabia o porquê.

— O que você planeja levar? — A voz de Kaden era suave. Talvez fosse minha audição recém-aprimorada que a fazia parecer agourenta. — Diga-me de novo.

As fendas dos olhos do comandante se dilataram quando ele percebeu quem o segurava. Kaden era mais alto que ele por quase meio metro, seu irmão pairando à sua esquerda como uma sombra. Ambos os homens eram enormes e poderosos, exigindo a atenção de qualquer um no espaço compartilhado. O salão parecia mais pesado agora, mais espesso, como se o ar tivesse fugido de medo.

Eu não sabia por que não tinha notado o quanto os dois se pareciam com Samkiel até agora. Eram todos quase idênticos, contendo poder demais em um único corpo. Um olhar, apenas um movimento, e até mesmo o mais forte ia enfiar o rabo entre as pernas e fugir. A única diferença era que Kaden e Isaiah não carregavam aquele lampejo de luz que Samkiel tinha. Ambos não sorriam nem aliviavam os outros como Samkiel fazia. Não havia felicidade neles, nenhuma alegria verdadeira. Os dois eram monstros que arrancavam a última brasa viva de esperança que este reino ou o próximo possuía, e eu tinha sido um instrumento nisso.

Eu me odiava.

Caos irrompeu quando cada criatura presente pegou sua armadura ou pertences e deixou a arena. Eu não sabia se era porque Kaden e Isaiah tinham aparecido ou porque Nismera nunca estava muito longe. De qualquer forma, ninguém queria ficar.

— Minhas desculpas, Alto Guarda. Eu estava apenas buscando ressarcimento.

— Ressarcimento? — Kaden riu e olhou para o irmão. O sorriso de Isaiah era saído de um pesadelo.

A mão de Kaden apertou o pulso do comandante até que ele cerrou os dentes e caiu de joelhos. Kaden não o soltou até que o comandante gritou e segurou o pulso com a mão livre.

— Acho que você foi totalmente ressarcido, certo?

O comandante assentiu, levantou-se de um salto e fugiu. Kaden nem sequer lhe lançou um olhar enquanto o comandante em fuga passou pela multidão cada vez menor.

— Acho que talvez ele tenha mijado nas calças — brincou Isaiah, observando-o ir embora antes de se virar para mim.

— Ora, ora, ora bem. — Kaden me observou do jeito que um predador observa um cervo nervoso. — O caçadorzinho está todo crescido e vencendo lutas de arena.

— E derrotando berserkers. — Isaiah assobiou, segurando a gola da própria armadura. — Estou impressionado.

— Embora isso seja adorável, prefiro não falar com nenhum de vocês. Nunca. — Girei nos calcanhares e dei dois passos antes que meu corpo travasse. Cada um dos meus músculos ficou tenso, deixando-me completamente imóvel. Eu não conseguia falar nem me mover. As únicas coisas que ainda funcionavam eram meus pulmões e olhos. Que merda era essa?

Kaden e Isaiah se colocaram na minha frente. Os olhos de Isaiah reluzindo vermelhos e rodopiando com poder. Ele tinha feito isso comigo. Ai, deuses.

— Solte-o — falou Kaden.

Isaiah sorriu quando caí para a frente, tentando me acostumar a ter controle sobre meu corpo de novo.

— Que porra é essa? — retruquei.

— Não é importante agora, caçadorzinho. — Kaden sorriu. — O que importa é que preciso que você faça uma coisa.

— Ah é? Vai se foder.

Meus joelhos se dobraram, batendo no chão. Rosnei e olhei feio para Isaiah.

— Como infernos está fazendo isso? Controle mental?

— Não. — Isaiah sorriu.

Kaden se ajoelhou perto de mim enquanto cerrei meus punhos ao lado do corpo, lutando contra o controle de Isaiah.

—Você talvez gostará de verdade deste pedido, no entanto. Preciso que encontre Dianna.

Minha cabeça se ergueu para trás.

— O quê?

— Isso mesmo. Nós dois sabemos que você era o rastreador favorito de Samkiel, e agora seu poder está ampliado. Aposto que a encontraria mais rápido do que uma legião inteira.

Pressionei meus lábios, tentando não rir quando compreendi, porém, não adiantou. Começou como um bufo antes de eu dar uma risadinha, em seguida, transformou-se em uma gargalhada de verdade.

—Você quer que eu seja seu cachorrinho? Vai se foder. Você me transformou, me deixou lidar com a fome insaciável sozinho e, acima de tudo, deixou a vadia da sua irmã levar Xavi.

Isaiah rosnou e se aproximou.

Kaden ergueu a mão.

— Pare de choramingar. Você foi alimentado, e Xavi não é seu. Se desejava isso, talvez devesse ter agido antes.

— Xavi? — perguntou Isaiah, olhando para Kaden.

Kaden acenou com a mão como se não tivesse importância.

— O portador das lâminas duplas. Nismera raspou a cabeça dele e o vendeu.

Meu coração deu um salto, lembrando como tiveram que me arrastar para fora do salão quando descobri o que ela ia fazer. Como Kaden me acorrentou por uma semana porque o Ig'Morruthen sob minha pele se rebelou tanto que matei dois guardas. Nismera mandou me espancar como se isso fosse uma punição pior. Não, a pior punição foi não conseguir me despedir. Quando me curei e recuperei a consciência, Xavier tinha partido, e ninguém me falou para onde.

— Ah. — Isaiah bufou. — Conheço quatro homens que se parecem com ele. Vamos conseguir um substituto para ele.

Kaden fez uma cara de deboche.

— Não adianta. O caçadorzinho está apaixonado.

O sorriso de Isaiah desapareceu, então, ele inclinou a cabeça enquanto me observava.

— Na verdade, mudei de ideia — declarei, ainda preso ao chão. —Vocês dois podem ir se foder.

— Não estou pedindo. — A mão de Kaden se estendeu rapidamente, agarrando-me pela nuca. —Você vai me ajudar a encontrar Dianna, caçadorzinho. Não é um debate nem um pedido.

— Então, deixa eu entender direito. Você matou a irmã dela, estripou o companheiro dela até a morte de fato, e agora quer encontrá-la; para quê? Para fazê-la voltar a amar você? — Foi a minha vez de sorrir. — E você faz piadas sobre quem eu amo.

Isaiah suspirou.

— Falei que era uma ideia estúpida.

— Cale a boca — disparou Kaden para ele, e Isaiah apenas revirou os olhos.

—Você é mesmo louco pra caralho, Kaden. — Balancei a cabeça. — Eu não tinha acreditado, mas acha mesmo que encontrá-la vai ajudar você? Sabe que ela o odeia igual a todo mundo?

Isaiah me encarou com raiva, seus olhos reluzindo com poder. Minhas costas se curvaram, e cerrei meus dentes de dor, sentindo meu sangue ferver e meu corpo estremecer. Isaiah enfim me soltou, e caí para a frente, minhas palmas pressionando o chão enquanto eu me esforçava para recuperar o fôlego. Os dois estavam de pé enquanto eu permanecia meio agachado, ofegante.

— Não estou pedindo sua opinião.

— O que você vai fazer? Mandar sua irmã me punir? Sabe, aquela que trancou você por uma semana. Como foi, a propósito? Tenho que admitir, foi a primeira vez em semanas que senti alegria quando ouvi o que aconteceu com você e aqueles monstros que você criou. Acho que isso explica por que você é um babaca. Sua própria irmã não se importa com você.

Seu punho disparou, o soco acertando a lateral do meu rosto. Caí no chão, com sangue pingando da minha bochecha.

Lambi meu lábio partido e me esforcei para ficar de pé, leves formigamentos atingindo meus dedos conforme eu recuperava cada migalha de movimento do domínio de Isaiah.

— Não, não vou ajudá-lo. Nós dois sabemos que você está buscando a morte. Depois do que você fez, do que eu… — Parei, meu maxilar cerrando, dolorido, a camada de músculos abaixo se curando. —Vamos todos morrer, e você é um idiota por achar o contrário.

Eu esperava que ele me batesse de novo, talvez um chute enquanto eu estivesse caído, mas seus olhos apenas perfuraram os meus.

— Quer encontrar Xavier ou não?

Meus olhos se estreitaram nele, e ele sorriu, sabendo que era quase como se tivesse me agarrado pelas bolas. Eu preferia ser chutado.

— Isso mesmo — acrescentou ele. — Se a encontrar, conto onde ele está. Se recusar, garanto que nunca vai encontrar o posto avançado para onde ela mandou Xavier. Sei que esteve procurando, fazendo perguntas demais.

Mordi meu lábio antes de suspirar.

—Você não precisa se preocupar em encontrar Dianna, confie em mim. — Levantei. — Depois do que fez, do que todos vocês fizeram.

— Do que você *nos* ajudou a fazer, pelo que me lembro — retrucou Isaiah, defendendo seu irmão infernal.

—Ajudei mesmo — declarei. — Mas acredite em mim.Você não vai gostar do que eu encontrar. A morte de Samkiel deve tê-la destruído. Todos vimos o que a morte de Gabby fez com ela. Dianna vai nos encontrar e fazer todo mundo pagar. Ela provavelmente está abrindo caminho pelos reinos enquanto falamos.

V
DIANNA

DUAS SEMANAS DEPOIS

Pratos caíram no chão, todo o café da manhã que eu tinha preparado para nós arruinado. A mesa abaixo de mim rangeu enquanto eu movia meus quadris contra a boca dele, um gemido desesperado escapando dos meus lábios a cada passada de sua língua. Minhas costas se arquearam, sua língua correndo do meu centro para meu clitóris. Ele chupou meu clitóris, e minha pele ardeu, cada nervo faiscando. Ele alternou entre chupar e girar a língua daquele jeito intenso que fazia meus dedos dos pés se encolherem, e meus olhos se fundirem à parte de trás da minha cabeça.

— Caralho — ofeguei. — Você deveria estar comendo o café da manhã.

Outra passada de sua língua fez meu corpo se contorcer de prazer desamparado.

— Eu estou — praticamente ronronou ele contra minha carne intumescida e molhada.

Repousei minha bochecha contra a mesa e ergui meu joelho, dando a ele mais acesso de onde ele estava ajoelhado atrás de mim. Suas mãos grandes agarraram minhas coxas, abrindo-me ainda mais, com a intenção de me devorar por inteiro. Sua língua deslizou sobre minha boceta mais uma vez, e vi estrelas. Mordi meu lábio com força, tentando ao máximo ficar quieta, mas era inútil. Respondi a cada grunhido que ele fazia contra minha carne com um gemido baixo de prazer e desejo, empurrando para trás contra seu rosto apenas para sentir de novo. Sua língua penetrou meu âmago e entrou fundo. Era tão bom, bom demais. Isto era o êxtase, e eu ia morrer.

Samkiel conhecia meu corpo melhor do que eu, e ele usou esse conhecimento para me excitar de novo e de novo. Era uma agonia absurda, mas ele gostava de me ouvir implorar, de me ouvir choramingar enquanto eu chamava seu nome de novo e de novo.

Não fazíamos sexo há seis semanas, desde que chegamos. Os curandeiros estiveram trabalhando para curar a ferida ainda em cicatrização em seu abdômen. Tinham o liberado ontem, e assim que seus olhos se abriram esta manhã, ele tinha atravessado o quarto, passado pela porta da nossa sacada e vindo direto até mim. Ele nem olhou para o café da manhã que eu tinha lhe preparado antes de pressionar seus lábios sobre os meus. Ele arrancou minhas calças de dormir e me dobrou por cima da mesa do café da manhã, talheres e comida que se danassem.

— Ai, Sami. Bem aí. Bem aí — choraminguei, meus dedos apertando as bordas da mesa em uma tentativa desesperada de me firmar antes que eu caísse da mesa. — *Por favor*.

Meus quadris se levantaram conforme pressionei com mais força contra o rosto dele, a barba por fazer em suas bochechas era outra sensação imprópria pela qual eu praticamente ansiava agora. A brisa fluía pela sacada externa, soprando e acariciando minha pele, arrepios surgindo em todos os lugares que tocava. Minhas costas se curvaram, e eu sabia que o deus carente entre minhas pernas estava fazendo mais do que apenas me devorar.

— Goze na minha língua, akrai — exigiu Samkiel, suas mãos agarrando meus quadris com força, mantendo-me imóvel para seu ataque.

Bastou apenas isto. Com mais um movimento de sua língua, minhas costas se curvaram, e gozei. Madeira se estilhaçou sob minhas mãos quando meu orgasmo me atravessou feito fogo, intenso e ardente.

Meu corpo ainda estava estremecendo com tremores secundários quando Samkiel se levantou e me puxou para ficar de pé. Minhas pernas vacilaram quando ele me virou e agarrou a parte de trás das minhas coxas, erguendo-me contra seu corpo. O ar frio provocava minhas costas suadas antes de se curvar ao redor dos meus mamilos para dedilhá-los provocativamente. Samkiel me acompanhou até a parede da sacada e me sentou no parapeito, o frio da pedra não fazendo nada para aliviar o calor entre minhas pernas.

Ele pôs os dedos contra a língua, molhando-os antes de abaixar a mão para agarrar minha boceta.

— É disso que preciso. De você. Só de você. Quero enterrar meu pau inteiro bem fundo em você. Depois, quero te foder até você não conseguir andar. Quero que me sinta por dias, akrai.

Samkiel se aproximou mais, e me senti envolvida por ele enquanto deslizava seus dedos em mim. Retirando-os, ele passou minha excitação ao longo de seu pau intumescido e grosso. Minha respiração ficou presa observando-o se acariciar, sabendo que ele estava coberto por mim. Levantei minha perna enquanto ele me observava com pura e genuína luxúria e apoiei meu tornozelo contra seu ombro. Os olhos dele reluziam como prata fundida enquanto me observava com necessidade possessiva. O som rugindo em seu peito quase me fez desabar mais uma vez.

—Você também quer. Garota safada, safada.

— Só para você. — Passei a língua pelo meu lábio inferior.

Ele se aproximou, posicionando os quadris para colocar seu pau na minha entrada. Choraminguei e me aproximei mais, precisando dele dentro de mim.

Samkiel deu um tapa na minha coxa, a ardência apenas aumentando o calor dolorido no meu âmago.

— Garota voraz.

Assenti febrilmente enquanto o observava. Ele me abriu com a cabeça grossa do seu pau, mas mal entrou alguns centímetros antes de se afastar.

— Senti falta do quanto você é gostosa — gemeu, e observei entre nós dois, meu corpo tremendo com a visão. —Você sentiu falta também?

— Sim — choraminguei diante da provocação, apoiando uma mão na sacada atrás de mim e a outra em seus bíceps.

Ele empurrou um pouco mais fundo, depois se retirou. Seus lábios roçaram os meus, e ele sussurrou,

— Quinhentas. — Eu rosnei com a provocação enquanto ele entrava e se retirava de novo. Agarrei seu cabelo, mal conseguindo segurar os fios curtos, e o puxei para perto. Ele me beijou profundamente, meus dedos dos pés se curvando enquanto nossas línguas dançavam. Ofeguei contra seus lábios quando ele interrompeu o beijo e falou: — E quatro horas é tempo demais para nos manter separados.

Gemi enquanto ele afundava em mim mais uma vez, meu corpo recebendo-o com uma onda de calor.

—Você contou — ofeguei.

Ele pressionou os lábios nos meus antes de mordiscar meu lábio inferior. Agarrou a parte de trás da minha cabeça e encontrou meu olhar enquanto me penetrava por completo e sibilava: — Sim.

Gritei e estremeci com o choque de sua entrada. O ângulo com meu tornozelo apoiado em seu ombro e minha outra perna mal alcançando o chão, sua espessura, e como ele me preencheu tão depressa, tudo foi quase demais.

— Puta merda. Puta merda.

Era só o que eu conseguia pensar ou dizer enquanto ele se movia dentro de mim. Cada estocada enviava ondas de calor através do meu âmago e por todo o meu ser. Nunca me senti assim antes. Meus poderes tinham diminuído muito, mas agora era felicidade pura e ofuscante.

Minhas unhas arranharam o parapeito no momento em que ele começou a se afundar em mim, me fodendo implacavelmente, meus gemidos se transformando em gritos. Ele não estava mais preocupado em me machucar como estivera quando ficamos juntos pela primeira vez, e desta vez, ele não estava se contendo. Uma pequena parte do meu cérebro sussurrou que deveríamos ir mais devagar. Ele estava tão ferido, tão mal, e não tínhamos transado por semanas. Nós nos provocamos, e em mais de uma vez ele tinha deslizado a mão entre minhas coxas ou usado sua boca em mim, mas não tínhamos feito nada assim. Não até agora.

Eu me apertei com firmeza ao seu redor, fazendo dizer uma série de xingamentos. O prazer disparou através de mim, e agarrei seu braço, sentindo aquele latejar crescente enquanto eu perseguia minha libertação. Ele agarrou minha cintura, puxando-me para suas estocadas em um ritmo brutal. Eu não podia fazer nada além de me segurar, cada estocada entalhando outra onda de prazer em mim. Sua necessidade e fome escaldantes me consumiam.

Senti meu coração se esforçar para acompanhar seu batimento cardíaco, acostumada com a sensação agora. O som de seu sangue correndo atraiu meus olhos para as veias em seus braços e mãos. Lambi os lábios e minhas presas se estenderam. Minha boca se abriu, um gemido escapando de mim quando ele mordiscou meu pescoço. Notei meu reflexo na janela, vendo exatamente o que temia. Meus olhos estavam ardendo vermelhos e minhas presas totalmente expostas enquanto ele afundava dentro de mim. Fechei a boca depressa, tentando recuperar o controle sobre essa minha parte. Repousei a cabeça em seu peito, escondendo-me da percepção da minha fera.

A sensação era a mesma de quando me transformei pela primeira vez e estava fora de controle. Naquela época, eu ficava quase incapacitada pelo desejo avassalador de transar, me alimentar e matar. Eu o agarrei com mais força, focando o toque dele, os sons que ele fazia e como eu nunca o machucaria daquele jeito. Nunca. Nunca. Nunca.

Ele agarrou meu cabelo, puxando minha cabeça em sua direção. Samkiel se inclinou para me beijar, e me virei, expondo meu pescoço. Ele nem percebeu, tomando isso como um sinal do que eu queria que ele fizesse. Ele mordiscou e chupou meu pescoço enquanto metia.

— Fale comigo — arfei. — Fale coisas pervertidas e obscenas.

Eu não queria que ele sentisse minhas presas. Não havia como me alimentar dele, não agora enquanto ele ainda estava se curando. Senti aquela fome diminuir enquanto me concentrava em quão fundo seu pau me penetrava.

— Caralho — ele gemeu. — Estou tentando me concentrar em não gozar rápido demais. — Ele gemeu mais uma vez, puxando minha cabeça para trás para olhar para mim enquanto diminuía o ritmo, uma estocada profunda, depois outra. — Isso vai me fazer gozar.

— Ótimo. — Lambi seus lábios inchados pelos beijos. — Goze comigo.

Ele rosnou baixo e agarrou a base do meu pescoço, seus lábios se fundindo aos meus.

— Mulher.

Estocada.

— Traiçoeira.

Estocada.

— Indecente.

O suor brilhava em sua pele enquanto ele me fodia com mais força. Eu adorava ver seu rosto se contorcer em êxtase absoluto quando eu me apertava ao seu redor.

— E você ama cada segundo.

— Sim — ele gemeu, balançando a cabeça freneticamente. — Cada segundo.

Seus olhos se tornaram prata quando ele agarrou a parte de trás do meu cabelo com tanta força que gemi.

— Fale para mim o que a faz gozar forte. Quando a chamo de minha Dianna... — Ele passou a língua sobre a veia pulsando em meu pescoço antes de pressionar beijos ao longo do meu maxilar até minha outra orelha, seu pau indo tão fundo que meus olhos se reviraram. Passei a língua sobre meus dentes, encontrando-os lisos e planos. Ele saiu quase até a ponta antes de mergulhar profundamente em mim outra vez. — Ou akrai.

Minhas costas se arquearam, pressionando-se contra ele, fazendo-o ir mais fundo, precisando de mais do seu pau, precisando que ele fosse parte de mim.

— As duas coisas, mas a minha favorita é quando faço isso, e você diz... — Eu me contraí ao seu redor, estrangulando seu pau rígido.

— Caralho — gemeu ele, revirando os olhos.

Eu sorri, mordendo seu lábio inferior.

— Isso.

A cabeça de Samkiel caiu na curva do meu pescoço, seu rosto se contorcendo em uma expressão em algum ponto entre prazer e dor. Seus joelhos vacilaram por meio segundo enquanto ele gemia, e observei as linhas enrijecidas de seu abdômen estremecerem. Ele abaixou a cabeça, meus olhos se fechando com firmeza quando sua boca se agarrou ao meu seio. Ele beliscou e chupou a ponta inchada, seus dedos atormentando meu outro mamilo, beliscando e apertando. Gritei conforme ele lambia, chupava e mordia.

Saber o quão selvagem eu o deixava era minha coisa favorita no mundo. Havia algo tão satisfatório em ver meu Samkiel perder o controle e ficar completamente desvairado, mas havia consequências por levá-lo a esse ponto. Ele agarrou meu quadril com uma das mãos, a outra deslizando entre nossos corpos. Seus dedos encontraram meu clitóris e o massagearam uma vez antes de beliscá-lo, fazendo um arrepio de prazer misturado com dor me atravessar.

Samkiel me inclinou para trás e reajustou seu ângulo antes de me penetrar. A cada estocada, ele atingia aquele maldito ponto dentro de mim, forçando um grito da minha garganta. Minha cabeça caiu para trás enquanto minha barriga se contraía.

Ele estava dando o troco, e, nossa, eu adorava. Os habitantes da Cidade de Jade provavelmente nos odiavam muito por isso, mas eu não poderia me importar menos.

Suas estocadas ficaram febris, e eu sabia que ele estava perto.

— Essa é minha garota — gemeu ele. — Minha linda, linda garota.

Minhas mãos alcançaram seus braços, apertando desesperadamente os músculos, tentando me segurar enquanto meu corpo queimava de prazer.

— Olha só para você, recebendo cada centímetro de mim.

Meus dedos dos pés se curvaram enquanto eu fechava os olhos e jogava a cabeça para trás. Eu me senti me contraindo em volta dele, outro orgasmo se formando.

— Isso. Goze para mim de novo. Quero sentir — exigiu Samkiel. — Dê-me o que quero.

Minhas costas se curvaram quando fiz exatamente isso, fazendo-o soltar uma série de palavrões em resposta. Aquelas palavras sujas me levaram ao limite toda vez, e ele sabia disso. Samkiel sabia com que facilidade conseguia controlar meu prazer, e parte de mim amava isso também.

Ele se enterrou até a base enquanto meu corpo ardia ao seu redor. Minha boceta apertou com força seu pau, e seu corpo estremeceu quando ele gozou dentro de mim. Ele gemeu, baixo e profundo, sua mão deixando meu clitóris e agarrando meus quadris, meus flancos, qualquer coisa que pudesse alcançar.

— Deuses — gemeu ele, abaixando a cabeça até a curva do meu pescoço, seu pau se contorcendo dentro de mim. — Você é divina.

Uma risada ofegante escapou de mim.

— Depende de para quem você perguntar.

Samkiel riu, abaixando minha perna e me colocando de pé. Suas mãos deslizaram para cima e para baixo na minha coxa como se estivessem aliviando um músculo dolorido. Ficamos ali por um momento, recuperando o fôlego e voltando de nosso auge.

Às vezes, eu não sabia onde eu terminava e ele começava, mas não tinha mais vontade de pensar nisso. Tudo o que eu sabia era que o mundo desaparecia quando estávamos juntos, e eu ia incinerar qualquer um e qualquer coisa até virarem pó para mantê-lo comigo. Se a vida após a morte fosse perfeita, eu queria que a minha fosse com ele para todo o sempre, mas aqui não era o paraíso. Era a realidade, e a realidade, como uma cadela de coração frio, esgueirou-se entre nós. Senti a mudança quando não era mais sobre nós. Os sussurros insidiosos ergueram suas cabeças feias, lembrando-nos exatamente do que tinha acontecido, de onde estávamos e do que estava por vir.

Ele se inclinou para trás, suas mãos acariciando as laterais da minha cabeça e agarrando meu cabelo. Ele me beijou uma, duas, três vezes.

— Bom dia.

Eu sorri contra seus lábios.

— A melhor manhã.

Ele me puxou para si, seus braços me envolvendo por completo como se me apertar contra seu corpo fosse resolver todos os seus problemas. Talvez de fato ajudasse. Deuses, eu esperava que desse a ele ao menos um momento de paz. Pressionei minha mão em seu peito, sentindo a batida sólida e reconfortante de seu coração. Sua cabeça descansou sobre a minha, e eu podia sentir o contorno de sua cicatriz ao longo de meu abdômen enquanto ele me abraçava. Engoli em seco, tentando roubar mais alguns momentos para nós.

Tracei as linhas radiantes em sua pele. Elas pulsavam suavemente, acompanhando a batida dos nossos corações. Eu sabia que elas apareciam quando ele usava poder extremo, mas saber que eu as extraía quando ele estava perdido e cego pelo prazer que eu lhe dava fez um sorriso arrogante aparecer em meus lábios. Eu esperava que ele brilhasse apenas por mim.

Eu não sabia que elas tinham um nome, mas conversamos muito nas últimas seis semanas, e Samkiel me contou o que eram as adyin. Elas cruzavam todo o seu corpo, linhas finas e ondulantes, marcas divinas que se manifestavam quando seu poder era despertado.

A luz diminuiu devagar, sua pele retornando ao tom marrom uniforme. Samkiel não falou nada nem se moveu enquanto o peso do mundo voltava a pesar sobre nós. Ele se agarrou a mim como se eu fosse sua única âncora. Eu sabia quais sombras espreitavam perto dele, quais monstros o mordiam e atacavam. Ele ainda lutava com eles à noite, novos pesadelos o assombravam agora. Eu odiava isso e jurei incendiar o mundo em retaliação pelo que tomou dele.

— Sabe — afastei-me, olhando para ele —, eu estava pensando, quem diria que o terrível Destruidor de Mundos precisa ficar abraçadinho depois de um sexo alucinante?

Suas sobrancelhas se ergueram, e vi as sombras recuarem para os cantos mais distantes de sua mente.

— Alucinante, é?

Dei de ombros.

— Certo, você me pegou. Medíocre. Eu só não queria ferir seus sentimentos.

— Hum. — Ele assentiu, mas percebi o leve sorriso. Minha risada morreu em um grito agudo quando ele me puxou do chão e me jogou por cima do ombro antes de se afastar da bagunça do nosso café da manhã.

Samkiel relaxou na banheira de olhos fechados enquanto eu usava a espuma para moldar a parte mais longa de seu cabelo em uma crista ao longo do topo da cabeça.

—Você provavelmente conseguiria dormir aqui, não é?

Ele sorriu, seus braços pendurados nas laterais da banheira, seu corpo quase enorme demais para caber.

— Hum-hum.

Minha mão correu sobre uma de suas sobrancelhas, afastando a pequena linha de sabão que deslizava em direção ao seu olho.

— Onde encontrou a espuma? O sabão deles geralmente fica com aquela cor creme turva.

— Eu pedi para Miska.

Minha cabeça se inclinou para trás, meu lábio se curvando.

— Quem é Miska?

Seu sorriso se alargou, e ele deu um tapinha na minha bunda.

— Calma. Ela é uma das curandeiras mais jovens aqui, e eu diria que a mais legal.

Meus lábios repuxaram para o lado. Samkiel conhecia a maioria dos curandeiros pelo nome, já que estavam com ele a maior parte do dia, tentando curar a lateral de seu corpo. Eu só me lembrava deles pelos cabelos. Alguns tinham curto ou longo, alguns usavam joias nos fios, e aquela com um rabo de cavalo cujos olhos se demoravam tempo demais em Samkiel. Ela era a de quem eu menos gostava.

Sentei-me um pouco mais ereta na banheira, o sabão grudando em mim.

— Ela lhe deu isso porque é legal ou porque tem uma queda enorme por você?

Samkiel abriu um olho, aquele maldito sorriso ainda curvando seus lábios perfeitos.

— Relaxe, akrai. No seu mundo natal, ela não teria mais do que catorze anos. É apenas uma criança, querida.

Meu ciúme morreu instantaneamente, o Ig'Morruthen em mim encolheu-se e voltou a dormir.

— Agora que você mencionou, não vi nenhuma criança aqui.

— Não tem nenhuma. Ela é a mais nova, e pelo que vi, não tem amigos. Então, sim, pedi espumas já que você odeia o outro sabonete, e eu estava sendo gentil.

Sorri, inclinando-me para trás, mas antes que eu pudesse falar, ele sibilou e se sentou um pouco. Eu me joguei para a frente, água espirrando no chão, enquanto o pânico superava qualquer pensamento crítico na minha cabeça. A lembrança daquele túnel passou pela minha mente, o momento em que o rosto dele se enrugou de dor e sua pele ficou cinza, sua luz morrendo.

— O que foi? — Eu o examinei freneticamente.

— Nada. — Ele balançou a cabeça, falhando em me convencer com seu sorriso falso. —Você pressionou… Só estou dolorido, só isso.

— Talvez fazer sexo tão cedo não tenha sido uma boa ideia. Talvez nós…

— Não! — Ele se sentou mais ereto e soltei uma risada.

— Alguns dias a mais ou até mesmo uma semana não vão nos matar. Além do mais…

— Não. — Ele apertou sua mão com a minha. — É outra maneira de passar o tempo com você, e é o único momento em que não penso. Apenas sinto. Se você não quiser, tudo bem, mas não se contenha porque acha que não consigo aguentar.

Minha mão passou pela lateral do seu rosto, seu cabelo ainda espetado em direções diferentes.

— Está bem.

— Além disso — ele deu de ombros —, lutei batalhas que me deixaram fraco e quase imóvel e ainda fiz sexo depois. Isso não é nada.

Minha mão caiu forte o suficiente para que a água espirrasse.

— Com quem?

Sua risada ecoou nas paredes enquanto ele limpava algumas bolhas perdidas do rosto.

— Eu só estava tentando distrair você.

— Distrair-me? — Eu franzi o nariz. — Ah, que engraçado. Vou distrair você.

Inclinei-me em direção à sua boca risonha, meus lábios pairando sobre os dele quando uma massa rodopiante de energia se formou na porta.

— Roccurem — falou Samkiel, mas não no tom brincalhão que ouvi há meros segundos. Agora, ele estava agitado. — Bater é uma gentileza que eu gostaria que você adotasse.

Eu ri enquanto Samkiel se movia na banheira, tentando me esconder atrás de seu corpo enorme.

— Minhas desculpas, meu senhor. Eu bati, no entanto, sem sucesso. A rainha solicita sua presença. Seus súditos estão insistindo em remover os pontos restantes esta manhã.

Os músculos das costas de Samkiel se flexionaram quando ele ouviu isso, e desenhei um rosto nas bolhas de sabão que envolviam os músculos pesados.

— Era para isso ocorrer ao meio-dia.

— Sim, meu senhor. Já passou.

Meu dedo parou.

— Espera, que horas são?

Empurrei o ombro de Samkiel, tentando me mover ao redor dele. Ele virou a cabeça rapidamente em minha direção, um baixo ruído de desacordo soando em sua garganta.

Revirei os olhos.

—Você quer parar? Roccurem nos viu nus e juntos, devo acrescentar, provavelmente várias vezes. Sabe, sina e destinos e tudo mais.

Samkiel acenou com a mão.

— Não importa. Roccurem pode esperar lá fora enquanto nos vestimos.

Eu poderia jurar que um leve sorriso tocou o rosto do Destino, mas sumiu tão rápido quanto apareceu.

— Como quiser — falou Roccurem, parecendo aprovar o cuidado de Samkiel com relação a mim.

Ele desapareceu, e saí da banheira, Samkiel logo atrás de mim. Passei uma das toalhas para ele e enrolei uma em volta do meu corpo.

— Tão territorialista — comentei com um sorriso.

Ele deu um peteleco no meu nariz antes de beijá-lo.

— Eu não compartilho a visão nua de você com o Destino ou quem quer que seja. Agora vamos nos vestir.

— Sim, meu senhor — falei, baixando a voz imitando a de Reggie.

— Não tem graça.

— É meio engraçado, sim — brinquei, seguindo-o para fora.

VI
DIANNA

Samkiel me beijou mais uma vez antes de ir encontrar a rainha. O sorriso sumiu do meu rosto no segundo em que a porta se fechou atrás dele.

— O que foi?

O ar se agitou quando Reggie se formou.

— Você fez uma bagunça em Tarr.

Caí do céu em meio a uma explosão de chamas, minhas asas atiçando o fogo. Soldados gritaram e brandiram suas armas. Os habitantes da cidade, sem se esconder, observaram de suas janelas, boquiabertos diante da brutalidade. Minha forma mudou, a névoa escura rodopiando ao meu redor antes de se dissipar. Avancei, arrancando uma espada do intestino de um soldado caído enquanto pisava nele. Parei na frente de todos e ergui a arma ensanguentada. Minhas presas rasparam no metal quando lambi o sangue que pingava da lâmina. Esta seria uma boa maneira de liberar um pouco de vapor.

Olhos se estreitaram atrás de armaduras douradas e pretas, e eles se moveram, recuando como se tivessem algum lugar para onde correr. Eles eram de Nismera e não iriam embora. Levantei a espada entre nós, apontando para o maior brutamontes.

— Quem quer morrer primeiro?

Ninguém se moveu e, como um todo, prenderam a respiração.

Eu os encarei com desprezo e pisei no corpo do soldado caído, usando sua cabeça como apoio para o pé. Virei-me para encarar a cidade vigilante. Abrindo meus braços largamente, gritei:

— Que fique claro que não temo seu rei desprezível. Saibam e contem a todos que vou caçar toda criatura que usar as cores ou bradar o nome dela em louvor. Vou me banquetear com vocês e seus entes queridos e vou fazer com que assistam enquanto o faço. Nismera será uma nota de rodapé na história, e todos que a seguirem morrerão aos berros.

Um soldado avançou, e girei minha espada, perfurando-o na barriga.

— Desse jeito. — Arranquei a espada d corpo e o atirei no chão, sem me importar em ver quem fechou e trancou as portas e janelas primeiro. Era hora de enviar uma mensagem.

— Talvez eu tenha sido um *pouco* dramática. — Um pequeno sorriso curvou meus lábios enquanto me virava para ele. — Você falou para causar uma distração no Leste. Eu causei. Eles acham que estou lá. Nunca vão olhar para o oeste dos reinos.

— Uma distração, sim, não uma provocação. — O olhar de Reggie não vacilou. — Você fez uma bagunça enorme. Incendiou e estraçalhou os soldados dela. Isso é um ato de guerra para Nismera. Não pensou que eu ia ver o bilhete vívido que deixou para ela? Ela sabe.

Eu ri.

— Sabe é? Como foi?

— Dianna — falou Reggie, exasperado.

— Achei que tinha feito um bom trabalho.

— Isto não é um jogo — repreendeu Reggie. — O poder dela é inigualável. Há uma razão para ela ter tantos aliados que se curvam tão espontaneamente. Aliados poderosos e terríveis.

— Como você era antes? — Minha cabeça se inclinou em sua direção.

Reggie não vacilou.

— E a traí por você.

Ele traiu. E o fez quando me ajudou a alcançar Samkiel e depois nos túneis.

— Eu sei. É por isso que ainda está respirando — declarei e me movi para a varanda, passando por cima da comida espalhada e os pratos quebrados.

—Você viu alguma coisa nas memórias deles? Um local, talvez?

Meu corpo se enrijeceu.

— Não.

— Não? — perguntou ele.

Eu não tinha lhe contado que meus sonhos de sangue ao que parecia haviam parado depois que acordei na laje de pedra naqueles túneis. Deduzi que era por estar drenada, mas ainda não tinha certeza.

— Minha cabeça está apenas dispersa — menti. — Talvez eu só não consiga ver nada agora? Talvez tenha comido demais, e todos os ruídos apenas se cancelaram. Não sei.

Reggie me observou, incrédulo, mas eu sabia que ele não ia forçar a barra. Uma coisa em que eu podia confiar com o Destino é que ele já sabia e estava me testando, esperando que eu compreendesse, pois, tecnicamente, ele não devia intervir. Eu não lhe diria o quão completamente ele já havia falhado nisso. Ele lançou um olhar rápido em direção ao quarto.

— Ele precisa saber.

— De que parte? — Sorri inocentemente.

— De tudo — respondeu Reggie. — Mas o mais importante, da morte dele.

Morte. Aquela palavra me abalava. Parecia tão permanente, mas não era. Samkiel estava vivo... muito vivo e inteiro, se esta manhã fosse um indicador. Ainda assim, como se o abraço frio da morte esperasse no canto, parei. Não, estávamos bem. Estava tudo bem. Nada espreitava nas sombras do meu quarto. Eu estava apenas vivenciando outro sintoma estranho do meu luto. Respirando fundo, acenei dispensando o comentário de Reggie e comecei a limpar a bagunça que tínhamos feito.

— Está escondendo-o do mundo — observou Reggie.

Parei segurando um prato quebrado.

— Não sei do que está falando.

— E A Mão?

O prato se despedaçou nas minhas mãos, e engoli o nó crescente na garganta. Devagar, me virei para ele, que me encarou de volta, sem se encolher sob meu olhar.

— Estou errado?

— Estão mortos de qualquer maneira, caso tenha esquecido.

— De fato sente isso? — perguntou Reggie com um leve toque de censura em seu tom. — Essa família que encontrou e aprendeu a amar, acredita mesmo que se foram e não fará nada?

Não. Eu não sentia. Eu sentia... Respirei fundo, tentando acalmar não só meus nervos, mas minha raiva.

— Não faça isso! — disparei em resposta.

— Fazer o quê? — retrucou ele.

— Agir como se não soubesse que matei Azrael porque ele não podia ser salvo.

— Seu pai — corrigiu Reggie, como se ele realmente tivesse sido isso para mim.

— Azrael. — Estiquei o nome, deixando-o pairar no ar. — Porque ele não conseguiu quebrar o domínio. Estão mortos do mesmo jeito. Ele falou. Acha mesmo que quero que Samkiel veja aqueles que mais ama desse jeito, ou pior, que tentem matá-lo?

Reggie juntou as mãos à frente do corpo.

— E Samkiel sabe disso?

Deixei cair o prato e avancei em sua direção, parando a um fio de cabelo dele para sibilar:

— Não ouse contar a ele!

— Não será o bastante para Samkiel, e você sabe disso. Não importa o motivo pelo qual deseja mantê-los separados, ele não vai descansar até encontrá-los.

—Acha que não sei disso? Mas de jeito nenhum ele está perto de estar forte o bastante ou pronto para ir procurar.

— Sendo assim, prepare-o. Ajude-o. — Reggie não recuou, e por um segundo, fiquei preocupada com o porquê. Senti um arrepio na espinha ao vê-lo tão persistente.

— Para quê? Outra decepção? — Afastei-me de Reggie, suspirando.

— Estamos falando dele ou de você?

Cerrei os punhos ao lado do corpo. Eu odiava o quanto Reggie estava certo às vezes.

— Escute, ele só precisa de uma pausa e tempo para se curar antes de partir para outra missão heroica. Ele não está pronto. A *ferida* não cicatrizou por completo. Ele ainda está dolorido e não consegue se mover de certas maneiras sem sentir uma dor intensa.

Reggie apenas olhou para a bagunça na sacada antes de encontrar meus olhos.

— Ou talvez você não esteja pronta.

Não falei nada por um momento, mas sabia a verdade, e ele também. Não conseguia imaginar se os papéis estivessem invertidos. Se a mente de Gabby tivesse sido tomada, e ela tivesse tentado me matar. Eu não teria sido capaz. Preferiria voltar a lâmina contra mim mesma, e temia que ele tivesse que enfrentar isso também. Samkiel os amava profundamente. Talvez eu o estivesse mantendo longe dessa dor. Ele me protegeu disso. Como eu poderia afirmar me importar com ele e não tentar protegê-lo, mesmo que me fizesse parecer desalmada? Eu também sabia da única verdade angustiante que faria até Samkiel me odiar se soubesse dela.

— Meu pai, como você gosta de falar, ergueu uma arma para mim naquelas cavernas enquanto estava sob aquele feitiço — expliquei, parando para ter certeza de que tinha a atenção de Reggie. — Um feitiço que *ele* criou. Ele lutou, mas não era forte o suficiente. Samkiel precisa ser se os encontrarmos porque, caso ergam uma arma contra ele, se tentarem machucá-lo, Mão ou não, eu mesma os matarei.

Reggie assentiu como se finalmente entendesse por que eu hesitava, mas quando de fato olhei para sua expressão, perguntei-me se talvez ele apenas quisesse que eu falasse em voz alta.

—Você é *amata*. Eu não esperaria menos.

Assenti e voltei para a bagunça no chão, determinada a limpá-la. Apesar das minhas palavras e bravatas, minha vida inteira parecia estar fora do meu controle. Eu não conseguia nem contar a Reggie sobre o medo que vivia em mim de que eu ainda perderia Samkiel. Não importava o que mais pudesse acontecer, posso consertar isso.

— Ele perguntou mais sobre o ocorrido? — questionou Reggie quando passei por ele, jogando pedaços de frutas e pão no lixo.

—Apenas todos os dias, de uma forma ou de outra — respondi, voltando para a sacada.

— E o que você responde?

Soltei uma risada rouca enquanto me ajoelhava.

— Ah, respondo, claro, querido. Bem, nós tínhamos uma marca. Ela só se formou quando você morreu, e ameacei o universo para trazer você de volta. Ela permaneceu por um tempo, depois desapareceu, e o Destino e eu não fazemos ideia do que isso significa. Ah, a propósito, mencionei que você morreu? — Encarei Reggie enquanto me levantava, voltando para dentro, até a lixeira.

— Como ele reagiu?

— Reggie. — Balancei a cabeça. — Estou mentindo, assim como estou mentindo para ele. Não contei, e não sei como fazer isso ou qual é o preço que devo pagar pelo retorno dele.

— Você precisa — Reggie disse novamente.

— Eu sei — retruquei, jogando os pedaços de pratos quebrados fora. — Reggie, eu vou. Só não sei como, e uma parte de mim teme que se eu falar em voz alta, ele vai desaparecer. Sabe, eu o observo dormir só para ter certeza de que ele está respirando. Sinto que estou ficando louca.

Reggie me observou passar por ele outra vez, continuando a limpar e levar coisas até o lixo. Ele esperou que eu parasse e o encarasse antes de dizer:

— Se Nismera descobrir que ele ainda está vivo...

— Ela não vai — interrompi e acenei em direção à varanda. Eu precisava de ar. Reggie seguiu atrás de mim.

— Nismera vai caçar você, e se chegar perto, chegará perto dele.

Minhas mãos se espalmaram no parapeito.

— Ela não vai.

Reggie suspirou enquanto parava ao meu lado.

— Como pode ter tanta certeza?

A brisa passou pelos cabelos em cima da minha mão, fazendo com que eu enrolasse uma mecha ao redor da orelha.

— Eu faço isso há muito mais tempo do que você. Tenho certeza de que sei como ser a vilã.

— É o que deseja? Quer construir um trono a partir do medo?

— Primeiro, não estou construindo um trono. Estou abrindo um caminho de sangue e destruição para escondê-lo do mundo. Segundo, você acha que eles seguem Nismera porque gostam *dela*? Eles a obedecem, incluindo Kaden, porque a temem. Se alguém construiu um trono disso, foi ela.

Reggie passou a mão no rosto.

— Seus métodos não são os ideais. Apenas temo que, com um pequeno erro, ela descubra que ele está vivo.

Meu coração se contraiu, porque eu sabia que a primeira ordem dela seria matá-lo permanentemente, e não importava o quão durona eu me considerasse, eu sabia que seu poder era maior que o meu.

— Também tenho medo — admiti. — Tenho medo que, caso ela faça isso, eu não consiga impedi-la. Samkiel fica exausto até com o menor uso de poder agora. Ele acha que não percebo, mas noto tudo. Nismera tem uma legião inteira à sua disposição. Aliados, seus dois irmãos odiosos, e não sei nada sobre esses reinos.

— Admitir o medo é um sinal de força verdadeira. Espero que esteja ciente disso. Ao falar, você retoma o controle.

Olhei para Reggie, sabendo agora que era isso que ele queria, que eu falasse em voz alta, que admitisse a verdade. Talvez ele estivesse preocupado, como Samkiel estava, que eu regredisse e escondesse meus sentimentos. Mas eu não era a mesma mulher que ambos conheceram em Onuna, e nunca mais seria.

— Eu sei de uma coisa acima de qualquer outra — falei, sustentando seu olhar.

— E o que é?

— Não importa o que aconteça, matarei tudo e todos para garantir que ela não o encontre. Mesmo que ele me odeie ou eu morra no processo.

Seus olhos perfuraram os meus, mas eu estava sendo sincera em cada palavra que disse. Eu estava finalmente confortável na minha própria pele, feliz com quem eu era, e não importava o que acontecesse, não permitiria que isso mudasse. Pela primeira vez em séculos, eu sabia quem eu era. Samkiel podia ter morrido naquele túnel, mas a parte de mim que estava em conflito sobre a escuridão que vivia dentro de mim morreu com Gabby. Qualquer coisa boa que havia em mim não sobreviveu à perda deles.

A varanda ficou silenciosa. O vento assobiava entre nós enquanto as nuvens se aproximaram, névoa se formando abaixo de nossos pés devido à altura em que estávamos acima do planeta.

— Há outro assunto que preciso que você considere com seriedade. — Reggie focou em mim, sua expressão mais sombria do que eu já tinha visto.

— E agora? — Quase revirei os olhos.

— A ressurreição é proibida por um motivo. Nunca foi realizada por motivo algum. Mesmo o necromante mais poderoso e letal consegue somente reviver tecidos, não a alma. Quem sabe o que isso causou a você e a ele? E se não for permanente? Se ele não for permanente?

— Não — interrompi, incapaz de esconder o rosnado da minha voz. Eu nem mesmo me permitiria pensar na possibilidade disso.

— Não estou tentando deixá-la chateada, mas você precisa considerar todos os resultados possíveis. Até para você.

Virei a cabeça para ele.

— Por que está sendo tão insistente sobre isso? Já faz semanas. Se algo fosse acontecer, já teria acontecido. Quero dizer, ele parece…

— Minhas visões estão esporádicas. Algumas vêm em ondas ou fragmentos, mas estão todas quebradas.

O medo contraiu minhas entranhas, minha pele se arrepiando.

— Como é?

Reggie deu de ombros, e percebi que ele estava lentamente começando a parecer mais mortal que Destino.

— Os sussurros, as palavras do universo, nunca se comportaram dessa maneira antes. Até tenho dias em que não vejo nada além de escuridão, não importa o quanto eu manifeste. O que quer que você tenha feito naquele túnel alterou mais do que você pensa. O universo sempre terá seu equilíbrio. Sempre haverá consequências. Eu sei as minhas, mas quais são as suas?

— Reggie. — Endireitei-me, buscando sua mão.

Ele se afastou.

— Não estou lhe contando isso para que sinta pena, mas você precisa estar ciente. Se isso aconteceu comigo, o que mais foi alterado? Para você? Para ele?

— Não me importo com o que aconteça comigo — declarei, puxando a mão para trás, um sorriso relaxado e honesto curvando meus lábios porque eu estava sendo sincera. — Se acha que vou me arrepender, você está errado.

— Eu não. Conheço bem sua abnegação, mas me preocupo mesmo assim.

Estalei a língua e sorri.

— Um Destino com coração. Quem imaginaria?

A tensão entre nós pareceu se dissipar nesse momento. Reggie inclinou a cabeça com um pequeno sorriso. Era uma expressão tão mortal para alguém tão antigo.

— Talvez eu tenha apenas passado tempo demais em sua presença.

— Se sou sua modelo, você definitivamente está ferrado. — Minha risada fez até os lábios do Destino se contorcerem.

— Você é muito dura consigo mesma.

— Talvez, mas agora que mencionou, pode ser isso que está afetando a cura de Samkiel? — perguntei. — Quero dizer, já faz semanas, e embora ele esteja melhor, ainda está ruim.

— Eles acham que o fato de vocês dois não conseguirem ficar longe um do outro está atrasando o processo de cura — comentou Reggie, olhando para a mesa meio rachada atrás de nós.

Soltei uma risada abafada mesmo enquanto calor subia pelas minhas bochechas.

— Beijar e transar são duas coisas muito diferentes. Nós fizemos sexo esta manhã pela primeira vez em semanas. Esse não é o problema.

— Estou apenas lhe contando o que eles sussurram — defendeu-se Reggie. — Todo mundo já ouviu os gemidos escondidos após treinos ou entre as sessões de cura dele. Estão apenas preocupados.

O sorriso no meu rosto era pura travessura. Era verdade que não tínhamos transado até esta manhã, mas isso não impediu Samkiel de me beijar e me tocar desde que acordou. Por dias, fiquei tão preocupada enquanto ele nem abria os olhos. Quando ele abriu, eu precisava daquela proximidade.

Uma semana depois que ele acordou, tentamos nos unir por completo, apenas para ele quase desmaiar de dor. Desde então, não fomos além de suas mãos pressionando e apertando, mergulhando entre minhas pernas. Era mais do que sexo para nós. Essa intimidade era outra maneira de provar que estávamos vivos e ainda juntos. Claro, orgasmos são sempre um bônus.

Estreitei os olhos.

— Preocupados? Está bem, vi o jeito que olham para ele. Acho que a única preocupação deles é se podem ter uma chance. — Encarei Reggie e coloquei as mãos nos quadris. — Foi aquela com o rabo de cavalo, não foi? Ela está sempre o observando. Eu me pergunto se alguém ia notar se eu a empurrasse da sacada. Espera, eles podem voar?

Reggie fez um ruído de desgosto e cobriu o rosto.

— Dianna.

Continuei, mas reparei que ele não respondeu se podiam.

— Escute, além das minhas tendências assassinas, acho que a lança mágica da morte que foi enfiada nas entranhas dele e retalhou os reinos abrindo-os é o que retardou sua cura. Sabe, aquela que causou a morte dele? Não nós dois nos pegando.

Reggie assentiu.

— Bem, sim, mas não podemos contar isso para eles, presumo eu? Talvez suas técnicas de cura fossem diferentes caso soubessem com o que ele foi esfaqueado?

— Não.

— Apenas quero dizer que talvez possa acelerar o processo de cura.

— E o processo de nossos inimigos saberem que ele está vivo. Não confio neles o bastante para compartilhar isso. Além disso, se são esses curandeiros milagrosos, deveriam conseguir curar sem saber. Vamos seguir nosso plano original. Se alguém perguntar, ele é um soldado d'O Olho, e sou a Ig'Morruthen desertora.

Reggie suspira e esfrega a mão no rosto.

— Está bem.

Exalei, observando-o cuidadosamente.

— Tem mais alguma coisa?

Eu conhecia Reggie, sabia que aquelas engrenagens estavam girando em seu cérebro.

— Como anda seu apetite?

Lancei um olhar para a comida empilhada no pequeno lixo. Eu tinha trazido o suficiente para nós dois, achando que ele ia comer primeiro, mas também para manter a ilusão de que eu também comeria. Nas últimas semanas, tentei comer, mas não conseguia evitar o quão insosso era o gosto ou como meu estômago se revirava a cada mordida. Eu esperava até que ele saísse e aguentava o máximo que podia antes que a comida voltasse.

—Tudo está... — Eu queria mentir como fiz tão casualmente com Samkiel, mas temi que Reggie já tivesse visto a verdade. — Insípido, exceto...

— Sangue.

A palavra pairou entre nós.

— É tudo o que quero, tudo o que desejo agora. Nunca foi assim antes. Mesmo em Onuna, depois que Gabby faleceu, eu conseguia controlar. Se eu não me alimentar, ficar no mesmo cômodo com qualquer coisa viva é difícil. A última vez que me lembro de ter sido tão intenso foi assim que fui transformada.

— Quando foi a última vez que você se alimentou?

— Em Tarr.

— Isso foi há mais de um mês.

— Bem, comi metade de um exército. Achei que duraria mais. — Inspirei fundo, vacilante, e encarei Reggie. Ele era meu amigo, o único que eu tinha agora, e eu sabia que podia confiar nele mesmo com tudo o que tinha acontecido. Olhei para minhas mãos e vi que estava deslizando meus dedos sobre o local onde minha marca deveria estar. — Quando Samkiel e eu estávamos... eu nunca o machucaria, mas talvez você esteja certo. Talvez haja algo de errado comigo.

Reggie ficou em silêncio por um momento, e não ousei erguer o olhar.

— Sente que está regredindo?

Eu assenti.

— Sinto que neguei quem eu era por tempo demais, e agora se recusa a retroceder. Meus poderes voltaram com força total, mas Kaden tirou todo meu sangue naquela tumba. Talvez não haja mais nenhuma parte celestial em mim.

Reggie suspirou.

— Talvez seja mais do que isso. Você mencionou seus sonhos uma vez quando voltamos. Ainda os tem?

Meu coração trovejou.

— Sim.

— E?

— E nada mudou. Ainda é aquele homem sentado naquele trono feito de ossos. Tudo o que vejo antes de acordar é ele me chamando e depois nada.

— Lembra-se da aparência dele? Talvez um governante do Outro Mundo sinta seu poder? Talvez ele deseje uma aliança.

Estremeci, esfregando os braços.

— Não sei. Tudo de que me lembro é de andar pela parte mais escura do mundo. Não há barulho, nem mesmo uma brisa. Parece um cemitério monstruoso. Ossos se projetam em todas as direções, como se uma centena de feras enormes tivessem caído do céu e morrido ali. Sempre sigo o mesmo caminho entrando pela boca da maior fera. As paredes são escuras e irregulares, e ele está lá, sentado, observando-me. Vejo olhos laranja e cabelos feitos de espinhos.

— Espinhos?

— Chifres? Não sei. Mesmo nos meus sonhos, é muito difícil dizer. — Esfreguei meus braços, um arrepio percorrendo meu corpo. — Ele não se move, apenas fica sentado como se estivesse esperando por algo.

— Você vê algum tipo de armadura?

Meus lábios se contraem enquanto tento me lembrar.

— Seus ombros, sim, suponho que algum tipo de armadura, mas está turvo. Não sei. Tudo o que sei é que aconteceu algumas vezes, e acordo assustada como se ele estivesse no quarto conosco todas as vezes.

— Presumo que também não contou isso a Samkiel?

Estreitei meus olhos.

— Que estou sonhando com outro homem? Não, não contei. É apenas mais uma coisa que terei que explicar quando lhe contar que o trouxe de volta à vida.

Reggie não estava nada além de calmo e complacente quando se virou para mim. Ele observou as nuvens ondulantes tingidas de rosa.

— Você deveria contar logo, minha rainha. Segredos enterraram governantes mais rápido do que qualquer lâmina.

O desconforto tomou conta antes que eu pudesse sufocá-lo. Reggie estava certo. Eu precisava contar a Samkiel, contar tudo, na verdade. Eu apenas não sabia por onde começar.

VII
SAMKIEL

Deixei os aposentos dos curandeiros, abaixando minha camisa. Risadinhas suaves e sussurros me seguiram, mas apenas ignorei enquanto virava no final do corredor. Os aromas de flores e ervas curativas filtravam-se pelo ar. Uma variedade de plantas e trepadeiras exuberantes cresciam nas paredes, colunas e tetos, retorcendo-se e entrelaçando-se pela infraestrutura do palácio.

Deslizei a mão sobre minha cicatriz, e emiti um pequeno chiado. Ainda estava dolorida, mas melhor do que antes. Pelo menos com os últimos pontos removidos, senti que estava progredindo.

Enquanto eu ia para meu próximo compromisso, respirei fundo e repassei a história que Dianna e eu tínhamos escolhido. Mentir não era meu forte, mas eu sabia o que precisava fazer. Segurei a maçaneta curva da porta e a girei sem bater. A porta se abriu com facilidade e entrei. Frilla ergueu o olhar e riu, seu vestido de renda floral deslizando pelo chão quando ela se levantou. Notei as joias verdes raras que enfeitavam seus dedos e me perguntei quão bem pagavam os curandeiros da Cidade de Jade para que ela conseguisse pagar por aquilo. Ofereci-lhe um sorriso suave, estremecendo enquanto cruzei um braço à minha frente e me curvei. Esperava que meu sorriso ainda parecesse genuíno quando me levantasse, sem nenhuma sugestão da pontada de dor que ainda persistia.

— Por favor. — Ela riu suavemente, acenando com a mão. — Não precisa se curvar, Cedaar. Você é hóspede aqui.

Cedaar. O nome que Dianna e Roccurem sugeriram, junto desse ardil elaborado. Sorri e levantei, enquanto ela acenava para mim.

As grandes janelas esculpidas permitiam a entrada das nuvens, que se espalhavam ali dentro e revestiam o chão com uma névoa rosa. Havia plantas espalhadas por cada parte desta sala luxuosa, assim como por este mundo inteiro. Grandes cestos, transbordando de flores vibrantes, pendiam a cada poucos metros. Vários pufes longos e luxuosos estavam espalhados pelo cômodo, cada um emparelhado com uma mesinha coberta com tigelas de frutas e doces.

— Convocou-me, minha rainha.

Ainda era uma sensação peculiar ter essa frase deslizando pela minha língua. Dianna era minha rainha, a única que receberia esse título de mim, a única diante de quem eu me curvaria. No entanto, eu precisava desempenhar o papel, por isso, forcei-me a usar os termos corretos.

Frilla corou, o tom lavanda em suas bochechas escurecendo. Seus consortes nos encararam, os dois homens e mulheres sentados no outro extremo da sala, sussurrando enquanto terminavam sua refeição matinal. Não consegui evitar o pequeno sorriso que curvou meus lábios, lembrando do meu próprio café da manhã.

Frilla parou diante de mim, unindo as mãos diante do corpo. A intrincada coroa de flores que ela usava erguia-se alta em sua cabeça, partes dela se retorcendo como videiras em árvores com pequenas flores que pareciam abrir e se fechar.

— Peniqueles — falei, acenando em direção a elas.

Ela riu enquanto levantava a mão para tocá-las.

— Sim. Está familiarizado com essas? São uma joia perdida.

Engoli em seco.

— Minha mãe tinha um jardim quando eu era mais jovem. Ela gostava dessas flores e dizia que piscavam quando estavam felizes e bem cuidadas.

Não mencionei como uma vez meu pai fez uma surpresa presenteando-a com um arbusto inteiro de peniqueles com todas as cores que ele conseguiu encontrar apenas para fazê-la sorrir. Como, todas as manhãs, ela me levava para dar uma caminhada para vê-las, já que as flores pareciam gostar mais do nascer do sol.

Frilla não insistiu na conversa, entendendo minhas palavras como flerte, como era a intenção que fossem. Suas bochechas coraram enquanto ela piscava seus cílios uma fração mais depressa.

—Venha sentar comigo.

Dando um breve sorriso, assenti e a segui enquanto ela se virava, a cauda do vestido esvoaçando atrás de si. Olhei ao redor da sala. Sabia que não havia saídas além das janelas principais e da porta, e as flores que ela tinha aqui eram todas inofensivas, mas eu ainda conseguia sentir o cheiro de algo mais potente. Um criado puxou uma cadeira para ela, e uma mulher apareceu, enchendo sua taça com um líquido que impregnou o ar com um aroma doce.

Sentei-me à pequena mesa enquanto outro homem me trouxe a mesma bebida.

— Obrigado mais uma vez por ajudar como fez e nos deixar ficar.

Ela sorriu, entrelaçando os dedos enquanto se inclinava para a frente.

— É claro. Qualquer membro d'O Olho é nosso amigo. Nismera e sua legião têm sido uma doença nesses reinos, sabia?

— Sim, muito bem.

Ela tomou um gole de seu vinho, saboreando-o. Pousando sua taça, passou o dedo sobre o lábio inferior, pegando a gota que ameaçava cair na renda branca de seu vestido. Ela sustentou meu olhar enquanto deslizava seu dedo para dentro da boca e o chupava. Um movimento ousado e sedutor, e um que tive que fingir que apreciava, embora não provocasse absolutamente nada em mim.

Seus consortes também pareciam não gostar, remexendo-se inquietos e evitando encontrar nossos olhares.

— Mesmo com o pedido para nos encontrarmos a sós, sinto a Ig'Morruthen através dessas paredes. Ela não se afasta muito de você, não é? Não que eu a culpe — ela quase ronronou.

Um sorriso se espalhou pelos meus lábios. Presumi que ela tiraria um cochilo até eu voltar para cima depois desta manhã, mas não devia estar surpreso. Desde Rashearim, ela não saía do meu lado. Mesmo com as paredes grossas nos separando aqui, eu ainda sentia Dianna como se ela estivesse ao meu lado.

— Não, não se afasta. — Assenti. — Ela é protetora.

— Eu notei. — A rainha ergueu uma sobrancelha. — O quanto as coisas são sérias entre vocês dois?

Ela é tudo para mim. As palavras flutuavam em minha mente, uma verdade que vivia mais fundo do que minha carne e ossos, enterrada em meus próprios átomos.

— Conhece a guerra. — Dei de ombros, forçando um sorriso. — Ela gera proximidade, mas não permanência.

Seu olhar correu por mim e tentei não demonstrar meu desinteresse.

— Devo dizer que é bem intimidador para nós estarmos tão perto de uma. — Ela riu. — Uma Ig'Morruthen. Ouvimos as histórias de como os Primordiais os criaram de uma fração de si mesmos para derrotar os deuses. Eles receberam o poder de devastar cidades, mas esta parece mais contente em apenas estar na sua presença. — Ela estendeu a mão e pegou um pequeno pedaço de fruta da bandeja. Colocando-o na boca, mastigou e engoliu antes de falar. — Diga-me, só por curiosidade, que dom mortal ela possui? O mais lendário era capaz de cuspir raios como os deuses mortos há muito tempo.

Enterrei meu desconforto diante da pergunta, em vez disso, peguei meu copo e tomei um gole.

— Chamas, Vossa Majestade.

— Fogo? Isso é... antigo.

— Antigo? — Levantei uma sobrancelha.

Ela ignorou minha pergunta, lançando um olhar para a mulher que pairava perto das frutas, algo não dito passando entre elas. Frilla se virou para mim e perguntou:

— E como essa parceria floresceu? Nunca pensei que veria uma conexão tão próxima entre dois lados em guerra. O Olho, sem ofensa a vocês, sempre pareceu estar acima de mesquinharias. A rebelião é o que importa, entende.

Memórias inundaram minha mente. Um pequeno sorriso surgiu em meus lábios quando pensei na verdade. Inclinei-me para a frente, minhas mãos envolvendo meus cotovelos.

— Para ser honesto, não gostávamos um do outro no começo, muito pelo contrário. Acho que é porque éramos muito parecidos. Teimosos. Cabeças-duras. Obstinados. Mas fomos forçados a trabalhar juntos por um objetivo comum. Essa proximidade formou algo mais forte do que a antipatia. Nós nos conhecemos e percebemos que tínhamos muito mais em comum do que o contrário.

Não contei a Frilla como estar com Dianna fazia os dias parecerem minutos, como o tempo começou a não existir quanto mais eu me aproximava de Dianna. Depois de um tempo, contra meu bom senso, ela era tudo que eu via, tudo em que eu pensava, e não importava o quanto eu mentisse para mim mesmo no começo, ela era tudo que eu desejava. Ela acendeu uma faísca dentro de mim, afugentando aquela escuridão angustiante, e tudo o que fez foi arder com mais intensidade quanto mais eu estava com ela. Eu desejava que nunca se apagasse, e tinha medo de até onde iria para mantê-la.

Um brilho iluminou seus olhos antes que ela limpasse a garganta.

— Tem certeza de que vocês dois não estão apaixonados?

— Mutuamente benéfico, asseguro-lhe. — Pisquei para ela. — Talvez possamos ser também.

Alguém deixou cair uma bandeja no canto mais distante. O homem estava se ajoelhando e se desculpando enquanto juntava as frutas em um prato. As bochechas de Frilla coraram mais uma vez enquanto ela limpava a garganta e ajustava sua postura, tentando parecer mais atraente.

— Posso lhe contar o que descobrimos desde que chegou. Não há mais Samkiel. O lendário Deus-Rei está morto, ao que parece. Aconteceu enquanto você estava inconsciente, por isso, peço desculpas por dar a notícia assim. Sei que O Olho estava esperando pelo retorno dele.

Ela deu de ombros como se minha suposta morte e os reinos desmoronando não fossem inconvenientes para ela e continuou.

— A Mão foi desmantelada e está sob o domínio de Nismera. A esperança, a migalha fugaz que O Olho mantinha, se foi.

Engoli em seco como se ela não tivesse acabado de enfiar e torcer uma lâmina em minhas entranhas já feridas com suas palavras. As imagens me atormentavam a cada maldito segundo. Toda vez que fechava meus olhos, eu via meu corpo naquele chão maldito, sangrando, enquanto minha família atravessava aqueles portais, seus olhos vagos. Eles eram os soldados perfeitos sobre os quais meu pai havia me alertado eras atrás.

— Minha facção não entende isso como o fim.

Ela inclinou a cabeça em minha direção enquanto as palavras saíam dos meus lábios.

— Como assim? Nismera é uma deusa da guerra. A mais forte neste reino ou no próximo, agora que Unir e seu filho pródigo estão mortos. Ela tem as mesmas bestas Ig'Morruthen que você, só que agora ouvi dizer que ela tem três.

Foi outro tapa na minha alma já ferida. Cameron.

— Presumir que toda a esperança está perdida seria um erro grave, na minha opinião. Enquanto estivermos vivos e tivermos disposição para ajudar, a esperança nunca está perdida. É quando de fato desistimos, quando paramos, que ela desaparece para sempre, e independentemente do tamanho ou dos números, eu me recuso a perder a esperança.

Frilla se inclinou para trás na cadeira, unindo suas mãos elegantes.

— Talvez seja por isso que O Olho ainda esteja presente depois de todos esses anos. Vocês todos fazem discursos cativantes.

Uma risada suave deixou meus lábios e, com isso, o encontro terminou.

Saí para o corredor, as grandes portas se fechando atrás de mim. O cheiro doce de verdipivor enchia o ar, grudando nas paredes com seus pequenos talos de bulbos brancos e arredondados. Este palácio inteiro estava coberto de videiras e samambaias. As flores ao longo deste corredor seguiam meus movimentos como se estivessem me observando, e eu tinha uma suspeita furtiva de que talvez de fato estivessem.

Um assobio agudo à frente chamou minha atenção. Dianna estava encostada na parede, os braços cruzados sobre o peito, usando um dos conjuntos pretos e justos que eu tinha feito para ela dias atrás. Ela queria algo parecido com o que usava em Onuna quando treinávamos, algo em que fosse fácil se movimentar. Ela me deslumbrava não importava o que vestisse, mas eu tinha que admitir que as roupas justas que abraçavam cada depressão e pequena curva eram minhas favoritas.

— O que está fazendo? — perguntei, apoiando uma das mãos na parede ao lado da cabeça dela e inclinando meu corpo em direção ao seu. Minha mão livre curvou-se em volta de suas costas, alcançando uma das minhas curvas favoritas. — Imaginei que você estaria descansando.

Ela sorriu para mim antes de passar por baixo do meu braço e dar um passo afastando-se.

— Eu tive que tirar o lixo. Você faz muita bagunça quando come.

Mesmo enquanto ela se distanciava de mim, meu corpo zumbiu com eletricidade pelo duplo sentido da frase e a lembrança desta manhã. Ela notou qualquer que fosse a expressão que cruzou meu rosto e esfregou um ponto atrás da orelha. Virei-me, lembrando dos sinais que ela me ensinou, e vi alguns curandeiros vindo em nossa direção. Eles diminuíram o passo ao passar por nós, e esperamos até que se fossem antes que Dianna falasse.

— Como foi seu encontro com nossa namorada?

Dei de ombros.

— Absolutamente fascinante.

— Descobriu alguma coisa?

Meus olhos dispararam em direção a algumas das flores acima da cabeça dela.

— Eu me sinto sujo.

— Rio?

— Rio — concordei.

VIII
SAMKIEL

Disparei por baixo de um galho baixo e, rapidamente, fiz uma curva através de um trecho de árvores frondosas. Saltei por cima do tronco caído, ouvindo suas patas se chocando contra o chão atrás de mim. Merda. Desviei para a esquerda, depois para a direita, e em seguida fez-se silêncio. Ela era rápida. Rápida demais. Senti o cheiro do rio à frente. Eu tinha um pouco mais de um quilômetro restante e me concentrei em mover minhas pernas com mais força. Os músculos do meu abdômen queimavam, mas ignorei. Eu já tinha sido esfaqueado antes. Isso não era novidade. Quase fui mordido ao meio e sobrevivi, então eu sabia como as feridas cicatrizavam. Já tinha sido tempo suficiente para mim, então, por que meu flanco ainda doía?

Abaixei e me sentei, deslizando sentado. Escorreguei pela ladeira e parei de pé. Uma rápida olhada para trás mostrou mandíbulas enormes se fechando no topo da colina, seus penetrantes olhos vermelhos reluzindo na escuridão entre dois troncos caídos. Não consegui evitar sorrir. Tinha visto o novo caminho alguns dias atrás quando ela me pegou aqui e sabia que me daria algum tempo. Um rosnado baixo retumbou de sua garganta, e eu sabia que ela estava orgulhosa, mas irritada.

O som da água batendo na pedra saudou meus ouvidos. Eu estava tão perto. Pulei, correndo em direção à margem do rio. As pequenas criaturas da floresta correram para se esconder, seus batimentos cardíacos acelerados me dizendo que minha Ig'Morruthen não estava muito atrás. Minha mão afastou uma pilha de arbustos grandes do meu caminho enquanto eu corria mais depressa. A luz do sol mergulhava entre as árvores, e eu conseguia sentir o cheiro da água corrente conforme fluía e caía do fim do mundo. Pequenas moitas de grama selvagem cresciam ao longo da margem, e uma explosão de energia disparou pelo meu corpo. Isso foi o mais longe que cheguei desde que começamos este jogo, mas minha vitória durou pouco, pois uma forma escura enorme me atacou pela lateral.

O ar escapou depressa dos meus pulmões enquanto rolávamos um sobre o outro antes de parar. Eu gemi, a dor atravessando meu abdômen. A enorme loba escura pairava acima de mim, seus penetrantes olhos vermelhos me perfurando. Seus lábios estavam repuxados para trás em um rosnado, expondo presas brilhantes. Um rosnado baixo retumbou em sua garganta logo antes de eu sentir dentes em volta do meu tornozelo, arrastando-me por cima das pequenas pedras e de volta para o mato, para longe da margem do rio.

Logo depois do arbusto espesso, ela soltou minha perna. Sua forma derreteu e fluiu de sua fera de volta para a forma esguia, seu cabelo escuro caindo sobre seus ombros enquanto ela olhava para mim.

Ergui-me um pouco, apoiando-me nos cotovelos enquanto a encarava.

— Ai.

— Seus inimigos não serão gentis com você. — Seus olhos dispararam para o meu flanco. Parte da minha camisa levantada revelando a carne ainda ferida por baixo. — Já tivemos a prova.

Bufei e me levantei, limpando a sujeira das calças.

— Sim, mas pensei que você seria. Você não é minha inimiga.

Vi a tensão em seus ombros, mesmo que ela tentasse esconder por trás de um daqueles adoráveis sorrisinhos.

— Em nossos treinos, eu preciso ser.

Olhei em direção à margem do rio, além do mato da floresta.

— Cheguei mais perto.

Ela soltou uma risada, seus braços cruzados enquanto olhava entre mim e o rio.

— Quase nada.

Meus olhos se estreitaram.

— Não me lembro de você ter sido tão dura comigo nas últimas vezes que tentamos.

Uma expressão cruzou seu rosto rapidamente enquanto ela enterrava qualquer pensamento que tivesse passado por sua mente. Ela endireitou os ombros.

— Quero que você sobreviva com esse ferimento — declarou ela, acenando em direção à minha barriga. — Não posso pegar leve com você. Não vai ajudar, e você também não pode pegar leve comigo. Podia ter usado uma explosão de poder pequena o bastante para me tirar de cima de você, mas não usou.

Ela estava certa, como sempre. Dolorosamente linda e brilhante, ela era sem dúvida letal de mais de uma maneira. O único problema era que eu não usaria. Eu podia tê-la atirado para longe de mim, mas queimá-la no processo estava fora de questão.

— Não vou arriscar machucá-la, mesmo que estejamos treinando — respondi.

— Bem, esse é o problema — retrucou ela. — Como qualquer um de nós vai melhorar se nos contivermos aqui? Não sou frágil, Samkiel. Você, mais que ninguém, devia saber disso.

— Eu nunca falei que você era. — Minhas sobrancelhas franziram. — Por que isso agora? Você estava bem esta manhã. É por causa da rainha? Você me mandou flertar.

— O quê? Não. — Ela sacudiu a cabeça e suspirou como se tivesse acabado de perceber o quanto seu tom tinha sido áspero. — Estou bem. Só estou dizendo que não podemos ficar nesta cidade flutuante para sempre, e você não pode ir embora se não conseguir nem ser mais rápido que eu. Como pode ajudar se qualquer outra coisa além de mim pegar você?

— Dianna — falei, levantando uma sobrancelha. — Você está sendo cruel.

Seu olhar se suavizou, e ela se aproximou, descruzando os braços. Nos últimos dias, seu temperamento parecia estar dominando-a, mais do que antes. Havia dias em que ela explodia, sem querer. Era preocupante porque Dianna não era cruel, não comigo. Ao menos, não mais. Eu sabia que algo a estava incomodando profundamente. O único problema era que ela não me contava. Não importava quantas vezes eu perguntasse, ela desviava do assunto, e outras vezes, literalmente me ignorava.

A tensão deixou seus ombros, e me perguntei o que tinha acontecido para trazê-la tão intensamente à tona. Estávamos nos dando tão bem nos últimos tempos, e tê-la me atacando de novo daquele jeito me preocupava. Foi algo que fiz, ou era aquele segredo que ela se recusava a compartilhar comigo? Essas eram perguntas que eu gostaria de abordar.

Dianna estendeu a mão, e a peguei. Ela me puxou para ficar de pé, e me virei, limpando a sujeira e a terra.

Ela suspirou antes de arrancar uma folha da minha camisa.

— Sinto muito. Só preciso que você esteja bem se planejamos sair daqui, e se conter não está ajudando nenhum de nós.

— Certo. — Eu assenti, observando-a.

Seus olhos faiscaram, e meu pulso acelerou. Um olhar, e pelos deuses, cruel ou não, eu derretia diante dela.

— Machuquei você? — perguntou ela em um sussurro.

— Quer dizer emocional ou fisicamente?

S sorriso era pequeno, ainda tirando os detritos da floresta ao longo da manga da minha camisa.

— Qual dói mais?

Dei de ombros com indiferença. Dor de repente não estava mais em minha mente, não quando ela me olhava daquele jeito.

— Quer dizer, a queda não foi das melhores — respondi.

Dianna deu outro pequeno passo, seus seios quase me tocando, e eu podia ver seus mamilos se enrijecerem sob o material fino e escuro que os cobria. Sua mão se espalmou no meu peito, e ela empurrou. Dei um passo para trás, batendo na árvore atrás de mim.

— Desculpe se fui muito bruta com você. Com as duas coisas. — Ela tirou outra pequena folha de grama de mim, e até mesmo aquele pequeno toque fez minha respiração ficar presa.

— Obrigado por se desculpar — falei, meu corpo esquentando com sua proximidade. — Entendo sua preocupação e a necessidade de ser mais forte, curar e testar meus limites.

Ela assentiu, deslizando as mãos sobre qualquer parte de mim ainda coberta de detritos.

—Você quase conseguiu — comentou ela, dando outro passinho em minha direção, suas mãos repousando em meu peito.

Limpei a garganta.

— Mais longe do que das últimas vezes.

Sua mão deslizou pelo meu peito, mergulhando mais para baixo. Nem senti a leve pontada de dor que cruzou meu abdômen. Ela me segurou por cima das calças, e grunhi, meu pau se contorcendo sob seu toque.

— Quer uma recompensa?

— O que eu ganho? — Ofeguei. — Foi de longe o mais perto que cheguei do rio. Acho que devia ser uma recompensa *bem* grande, em especial considerando que você pulou em cima de mim.

Ela fez um leve beicinho enquanto abria minhas calças.

—Tadinho, deixe eu compensar você.

Palavras e qualquer pensamento coerente abandonaram meu cérebro enquanto ela se ajoelhava no mato diante de mim. Seus olhos, aqueles malditos olhos, fizeram meu coração disparar quando ela olhou rápido para mim. Sem interromper o contato visual, colocou a mão dentro das minhas calças e agarrou meu pau, puxando-o para fora em um movimento firme.

Os lábios de Dianna se curvaram em um sorriso totalmente perverso, e quase gemi.

— Já está um pouco duro para mim, hein? — Meu corpo estremeceu quando ela deu um beijo no meu quadril nu e esfregou a bochecha em mim, sua respiração um sopro quente sobre minha extensão quando ela falou:—Vamos ver se podemos deixá-lo mais duro, sim?

Sua língua disparou para fora, plana e espessa, deslizando ao longo da parte de baixo do meu pau. Um gemido suave deixou os meus lábios enquanto ela me observava. Agora eu sabia por que ela tinha me pressionado contra a árvore. Era a única forma de estabilidade que eu teria enquanto ela me torturava até o esquecimento.

Meus quadris se moveram, perseguindo sua boca enquanto ela lambia um lado, depois o outro em voltas longas e diabolicamente perversas de sua língua. Ela me observou por entre os cílios e com delicadeza traçou a lateral do meu pau, meu corpo se tensionando a cada lambida. Ela envolveu a minha base com a mão, apertando e soltando ritmicamente antes de acariciar. As veias pulsavam ao longo do meu comprimento enquanto ela fazia exatamente o que disse que faria e me deixava duro pra caralho.

Gemi alto quando ela passou a língua por baixo da cabeça, meu pau saltando em sua mão devido à sensação, mas foi o sorriso malicioso e o beijo que ela deu no topo da ponta que me deixaram louco.

— Pensei que seria recompensado — gemi. — Não torturado.

Sua risada foi totalmente maligna, antes que ela se inclinasse para a frente e tomasse meu pau em sua boca. Minha cabeça caiu para trás contra a árvore, e enrolei meus dedos nas mechas sedosas de seu cabelo. Ela me levou mais e mais fundo, chupando e girando a língua daquele jeito febrilmente habilidoso que me deixava louco.

Dianna apoiou a mão na minha coxa, engolindo-me quase inteiro. Eu não me importava com quem ouviria meus gemidos e suspiros enquanto Dianna me devorava. Ela se afastou, chupando a cabeça, seus lábios deliciosos apertados enquanto sua mão acariciava minha extensão em círculos apertados e rítmicos.

Minhas mãos se fecharam em seus cabelos, incitando-a enquanto ela tomava e tomava de mim. Senti seu gemido em volta do meu comprimento, e me senti disparando em direção ao precipício, o prazer se acumulando na base da minha coluna.

— Caralho, Dianna. — Gemi enquanto meus quadris seguiam cada movimento dela.

Dianna ronronou em resposta como se gostasse de cada som de prazer que eu lhe dava. Ela segurou minhas bolas, movendo e apertando com gentileza, usando a pressão exata que ela sabia que me deixava maluco. Minha Dianna incendiava todo o meu corpo. Ela sempre fazia isso, mesmo quando eu era estúpido demais para entender o que havia entre nós. Ela era minha chama viva.

Outra carícia e tudo desapareceu. Eu não sentia mais a dor incômoda em meu abdômen, mas com ela perto de mim, meus fracassos, minha mente cruel e perversa lembrando-me de como, mesmo com todo o meu poder, não fui o suficiente, ficaram em silêncio. Quando ela olhava para mim, tocava-me e falava comigo com admiração e determinação, eu acreditava mesmo que era mais que bastante.

Com outro movimento depravado de sua língua, ela torceu a mão, e desabei. Meu prazer me atingiu, e gemi alto o suficiente para sacudir as malditas árvores acima. Minha pele corou, o calor subiu fervendo dos meus dedos dos pés enquanto meus quadris empurraram para a frente. Dianna se preparou e se inclinou na direção do meu movimento, roubando cada última gota de mim, chupando amorosamente enquanto eu gozava em sua boca.

Seu sorriso estava cheio de satisfação pervertida quando ela se inclinou para trás e passou o polegar sob o lábio. Eu sorri, sabendo que, embora brincássemos e fizéssemos piada sobre ela me recompensar, eu já tinha a maior recompensa que a vida poderia ter me oferecido. Era ela. Sempre foi ela.

Fomos para um dos nossos lugares favoritos aqui na cidade de jade. Depois das colinas sinuosas e de alguns quilômetros de floresta, havia um campo próximo do limite de uma das rochas flutuantes que eles chamavam de lar. Este local era coberto de árvores e musgo brilhante. Duas rochas flutuantes menores pairavam acima, parcialmente escondidas por nuvens rosadas. Dianna adorava assistir ao pôr do sol daqui, e era longe o bastante para que pudéssemos treinar e conversar livremente sem bisbilhoteiros. Além disso, a vista era linda.

Eu havia sentido falta da beleza dos outros reinos, o quão estranhamente únicos eram. A primeira vez que viemos aqui, Dianna assumiu sua forma de serpe e voou entre as ilhas aéreas, certificando-se de que era seguro para nós. Depois, algumas outras vezes, apenas por diversão, quando subíamos até aqui. Eu gostava de observá-la depois do treinamento enquanto ela deslizava entre pedras e nuvens. Ela não conseguia sorrir em sua forma de serpe, mas seus pequenos chilreios enquanto voava pareciam uma risada.

— Eu não estava tentando ser cruel antes. — Sua voz cortou minha meditação, seu ritmo aumentando dez vezes. — Eu só queria dizer que precisamos levar isso a sério.

Uma risada suave saiu dos meus lábios, minhas mãos apoiadas em minhas pernas cruzadas. Respirei fundo outra vez, e a lateral do meu corpo formigou, os pequenos nervos ao redor da borda da ferida cicatrizando, mas devagar demais.

— Achei que estávamos levando a sério — respondi em uma expiração.

— Eu me referia ao treinamento. Não pode salvar o cosmos inteiro se não consegue empunhar uma espada — retrucou ela. — Já faz algumas semanas. Podemos começar a incorporar mais elevações e flexões. Sabe, força da parte superior do corpo.

— Hum-hum.

Ela se virou outra vez, continuando a andar agitada.

— Talvez você possa atirar rochas ou algo do tipo. Realmente trabalhar os oblíquos.

Espiei com um olho aberto conforme ela mordiscava a parte plana do polegar.

— Tudo bem. E de onde surgiu essa ideia de atirar rochas, em si?

Ela fez uma pausa, olhando para mim enquanto acenava com a mão.

— Feche os olhos. Menos conversa, mais meditação.

Eu sorri enquanto perguntava:

— Isso não teria nada a ver com Roccurem voltando imediatamente até você depois que eu saí?

Senti mais do que a ouvi parar no meio do caminho.

— O quê? Não. Sim, mas não, não com você falando dessa maneira.

Eu sabia que estava certo. Mesmo com meu poder extremamente baixo desde aquela lança, eu ainda sentia o ar circular conforme ele se formava atrás da porta de nosso quarto. Eu queria voltar, curioso sobre o que ele precisava desesperadamente dizer a ela enquanto eu estava fora, mas os curandeiros e sua persistência eram inigualáveis. Eu também imaginei que Dianna me contaria mais tarde.

— Hum-hum, de que outra forma você ia preferir que eu falasse? — perguntei, tentando manter aquela parte de mim que era tão possessiva com ela sob controle. — Vocês dois têm andado muito cheios de segredos ultimamente. Conversinhas que cessam quando estou por perto. Eu não gosto disso.

— Cuidado, grandão. — Ela riu. — Parece que está com ciúmes.

— Não estou com ciúmes. Isso pressupõe que Roccurem é melhor que eu, o que ele não é.

Ela soltou uma risadinha.

— Aí está o deus convencido que todos adoramos.

Movi meus ombros.

— Estou, no máximo, levemente irritado.

— Claro. — Ela deu uma risadinha. — Como queira.

Meus lábios se inclinaram quando ela gritou, um jato de água da fonte próxima encharcando-a. Movi meus ombros, relaxando mais uma vez e me concentrando. O sol tocava minha pele, aliviando a dor dos meus músculos. Inspirei, depois expirei, absorvendo a energia do calor. Eu conseguia sentir meu poder sob minha pele, apenas uma fração dele que restava, no entanto, ainda ali. Ele rodopiou e dançou por minha pele, despertando minhas terminações nervosas. Correu todo em direção à ferida em meu abdômen, e um arrepio percorreu minha coluna. Meu corpo continuava tentando se curar, mas algo estava bloqueando sua habilidade.

Outra pontada de dor me fez ranger os dentes, mas reprimi o chiado que queria sair dos meus lábios. Entre os chás, os medicamentos e mim, era um processo, lento, porém, ainda assim, um processo. A ferida pouco cicatrizada se estendia de logo abaixo dos músculos abdominais no meu lado direito e cruzava minha barriga, terminando logo abaixo do meu peitoral esquerdo. As bordas estavam menos da cor acinzentada queimada que tinha sido tão alarmante e agora estavam apenas uma fração mais claras do que minha pele. Mas eram as pequenas veias arroxeadas que começaram a se espalhar que me preocupavam. Rezei para que a mudança e a dor contínua não significassem que estava infeccionada. As semanas que estávamos aqui aumentavam, e minha família estava presa com Nismera há quase um mês. Eu precisava me curar para que pudéssemos resgatá-los.

Meu controle falhou, e abri meus olhos, interrompendo meu transe. O mundo retornou depressa, os sons de animais se movendo e do vento dançando entre as árvores. Observei Dianna torcer água de seu cabelo.

— Ele é inofensivo. Sabe disso. Só deuses arrogantes me deixam com tesão — declarou ela, caminhando em minha direção.

— É melhor mesmo — brinquei, deixando o humor esconder as emoções que ameaçavam me afogar de novo. Até Dianna, eu não conhecia o ciúme, mas eu estava com ciúmes como tinha ficado antes com aquele maldito vampiro. Eu queria todo o tempo de Dianna, seus sorrisos, suas risadas e, acima de tudo, seus segredos. Havia algo que ela não estava compartilhando comigo, mas eu não queria arrancar dela. Queria que ela confiasse em mim, que me amasse o bastante para me contar tudo, para compartilhar seus pensamentos e sonhos comigo. Eu estava com tanto medo de pedir por isso. Se não fosse dado livremente, era mesmo amor?

— De qualquer forma, há um vínculo entre vocês dois — respondi com franqueza. — O Destino não obedece a qualquer um.

Preocupação franziu suas sobrancelhas, e não era isso que eu queria. Ela sentou diante de mim e se inclinou para a frente, apenas roçando seus lábios nos meus antes de se afastar.

— Não é um vínculo como o que essa mente linda provavelmente está imaginando, mas ele é meu amigo.

O arrepio de ciúmes se aliviou quando ela falou aquela palavra. Minha Dianna havia perdido tantos amigos, tanto por morte quanto por traição. Eu queria que ela tivesse pessoas em quem pudesse confiar e se apoiar. Ela merecia isso e muito mais.

— Eu sei — respondi. — Peço desculpas. Acho que sou irracional, sobretudo quando se trata de você. É que a marca não se formou. Não há vínculo que deixe todos saberem que você é verdadeiramente minha.

— Achei que tinha deixado muitas. — Ela sorriu com malícia.

Apertei o joelho dela de brincadeira.

— Não estou falando das suas mordidinhas de amor.

Ela de fato deixou várias dessas em mim. Mordidinhas que faziam meu corpo esquentar. Normalmente no meu pescoço, braços ou peito, em qualquer lugar que ela conseguisse alcançar. Certos beijos pareciam deixar Dianna louca, e ela deixava um rastro de mordidinhas e hematomas ao longo do meu pescoço, enquanto minha mão trabalhava entre suas pernas. Senti falta disso quando não podíamos ficar juntos por completo. Não importava o quanto eu gostasse delas, ainda sentia falta da marca que deveria ter queimado minha carne, aquela que nunca ia sarar, nunca ia desaparecer.

Mordi a parte interna da minha bochecha e me inclinei para trás, olhando para meu dedo nu.

—Você sabe de qual delas estou falando.

Ela se recostou, seus olhos examinando os meus.

— Precisamos de uma marca para isso?

Olhei para ela.

— Não, mas não incomoda você que não tenha aparecido?

O olhar de Dianna caiu para minha cicatriz como sempre acontecia.

— Não preciso de uma marca para isso, e além do mais, talvez tenhamos feito o ritual errado? Nós meio que fizemos tudo ao contrário, e fui maligna por um tempo.

Eu ri, balançando a cabeça.

— Nunca maligna.

Ela deu de ombros.

— Muitos discordariam. Escute, vamos nos preocupar em curar você primeiro, depois a marca, ok?

Olhei para baixo, distraidamente tocando as bordas. Não doíam. Era o centro que ainda parecia recente às vezes, mesmo que a pele ali estivesse fechada.

— Está bem.

— Acha que o chá deles está ajudando?

— Sim. — Abaixei minhas mãos, apoiando-as de volta nos joelhos. — É um analgésico eficaz, com certeza. Minha teoria é que a lâmina foi feita para me matar, e mesmo que não tenha matado, o preço pode ser que eu fique desse jeito.

Um olhar assombrado cruzou seu rosto. Meu peito doía, sabendo que até mesmo a menção de me perder despertava memórias nela que acabariam com qualquer um. No entanto, aqui estava ela, tentando me ajudar, recusando-se a ceder ao seu medo e a tudo o que ela passou.

Minha garota forte e linda.

— Ei. — Cheguei mais perto até nossos joelhos se tocarem e agarrei sua mão. Seus olhos encontraram os meus, a dor fugindo como se ela tivesse retornado de quaisquer memórias que a levaram. — Estou bem. Você me salvou. Da maneira mais imprudente possível, mas me salvou mesmo assim. Não sei o que teria acontecido se você não tivesse chegado a tempo.

Pensei que isso a faria sorrir, lembrando-a do que ela havia feito, mas ela apenas desviou o olhar do meu, olhando para nossas mãos entrelaçadas. Ela passou o polegar pelo meu e perguntou:

— Do que você se lembra?

Respirei fundo, estremecendo. Não tínhamos tido essa conversa desde que acordei. Ela só me contou como Roccurem lhe disse para onde ir, como ele traiu Nismera por ela e que eu estava dormindo há alguns dias. Uma parte de mim sabia que ela queria que eu me concentrasse na cura e na melhora, e não no que vivenciei, mas fiquei contente por finalmente expressar isso.

Minha mão permaneceu na dela, uma força de aterramento da qual eu precisava desesperadamente e sabia que não conseguiria viver sem.

— Lembro-me de ser preso com aquelas runas pelo conselho. Lembro-me de Kaden chegando e... — Engoli em seco. — Lembro-me de ser esfaqueado e da dor lancinante. Parecia que todo o meu ser havia se partido. Lembro-me dos reinos se abrindo e do quanto doeu. Milhões de vozes explodiram dentro do meu crânio. Eu as senti, todas ao mesmo tempo, e então desapareceu. Lembro-me d'A Mão indo embora. Lembro-me de Nismera parada acima de mim, e me senti fraco, tão fraco. Depois, tudo de que me lembro é você.

As sobrancelhas de Dianna se franziram.

—Você se lembra do túnel?

Desviei o olhar, lembrando de lampejos de luz e dos braços de Dianna ao meu redor enquanto eu morria.

— Muito vagamente. Lembro-me de estar com frio e cansado, e você me segurando foi o mais quente que já senti. É obtuso a partir daí, e depois me lembro de acordar na Cidade de Jade.

Dianna assentiu, mas o sorriso que ela forçou não foi nada feliz. Eu não contei que me lembrava de ter dito que a amava nem que ela não falou de volta. Essa parte guardei para mim, o medo era uma coisa pesada e terrível que me dizia que não importava o que fizéssemos ou o compartilhássemos, ela não me amava. Ainda havia muito que ela escondia de mim e, como um idiota, eu estava com medo demais para perguntar. Meu coração não aguentaria se eu dissesse aquelas palavras outra vez, e o olhar que ela tinha agora se formasse. Que irônico era que eu tivesse matado feras maiores e mais mortais do que eu e falado com deuses e divindades que se curvavam a mim, mas com ela, eu estava profunda e completamente aterrorizado?

— É tudo de que me lembro. Suponho que desmaiei por perda de sangue, e você nos trouxe até aqui. Mas como fez isso?

Ela deu de ombros.

— Reggie apareceu no último segundo. Ele me falou para onde ir.

Apertei sua mão, buscando confortá-la. Ela encontrou meu olhar de novo, e me esforcei para definir as emoções em seu semblante.

—Você é realmente incrível, Dianna. Imprudente, destemida e corajosa. Mesmo que me irrite. — Uma risada suave saiu de seus lábios. — Não sei o que faria sem você.

Seu sorriso desapareceu, e ela tirou a mão da minha. Um desconforto se agitou em meu interior. Eu queria lhe oferecer conforto, mas às vezes parecia que tudo o que eu fazia era fazê-la recuar fundo para dentro de si mesma e para longe de mim. Mesmo com tudo o que compartilhávamos, parecia que ela ainda me mantinha a uma distância segura.

— Certo. — Ela se remexeu no lugar. —Vamos tentar mais meditação. — Ela abriu as mãos, oferecendo-as de volta para mim, com as palmas para cima.

— O que é isso? — perguntei, pegando suas mãos de novo.

— Bem, já que sou uma fodona toda poderosa como você disse — ela piscou para mim, e bufei antes que ela continuasse —, pegue emprestado um pouco do meu poder. Talvez eu possa ajudar você a se curar. — Ela relaxou e endireitou as costas, um pequeno sorriso nos lábios adoráveis.

— E depois vamos lutar até o sol se pôr. Você realmente está péssimo com uma espada agora.

Joguei minha cabeça para trás e ri, meu flanco doendo com o alongamento, mas, ah, foi bom.

— Eu ainda venço de você.

—Você mal consegue levantá-la por longos períodos de tempo.

— E? — acrescentei, sem negar. — Ainda ganhei de você.

— Claro. — Ela arrastou a palavra para fora. —Você apenas estava no chão ontem e anteontem porque estava descansando um pouco no meio da nossa sessão de treino.

— Eu queria estar ali. — Inclinei-me para a frente, levantando sua mão para pressionar um beijo nos nós dos seus dedos. — Era tudo parte do meu plano. Ter você em cima de mim.

—Você não precisa que treinemos para isso.

Eu ri de novo. Isso era melhor do que qualquer meditação.

IX
MISKA

ALGUNS DIAS DEPOIS

Cobri a xícara de chá com a mão enquanto subia as escadas. Fumaça se elevava dela emanando um cheiro levemente amargo. Depois de ler o texto sobre ervas que minha mãe me deixou, eu sabia que ajudaria. Todas as feridas precisavam ser curadas de dentro para fora, mesmo que os outros não acreditassem em mim. Meu estômago se revirou com o pensamento. Eu não sabia por que desejava tanto que me aceitassem. Talvez porque, embora esta fosse minha casa, não parecia ser desde que minha mãe faleceu.

Com cuidado, subi a escada em espiral coberta de videiras. O luar das luas gêmeas se derramava pelas paredes entreabertas, suas pedras lisas cortadas para deixar a luz entrar. Uma coisa que eu amava naquele lugar, e francamente, a única coisa, era o quanto nossa rainha permitia que a natureza fizesse o que queria.

Uma risadinha me fez olhar para cima, e ouvi uma página sendo virada. Corri, chegando ao topo da escada enquanto o corredor se ramificava para fora. Parei do lado de fora da porta esculpida bem quando aquela risada parou. Eles estavam sentados no centro da sala, cercados por uma montanha de livros.

Eu já tinha observado Cedaar e Xio antes. As garotas sussurravam sobre como gostavam do corpo dele, mas sempre se calavam quando eu entrava no cômodo. Elas nunca tinham compartilhado nada comigo, mas ainda doía. Eu tinha ouvido como a rainha o desejava para si, mas ela achava que o caso com Xio era muito mais do que ele havia deixado transparecer. Eu tinha que concordar. Os olhos dele nunca a deixavam, e ela estava sempre um ou dois passos atrás dele. Era impossível pensar que tinham um caso. Tudo parecia tão real e genuíno, principalmente agora enquanto eu observava.

Xio riu e deu um tapa brincalhão em Cedaar, que recuou, sorrindo largamente enquanto ela dizia algo naquela língua que eu não conhecia. Eu me perguntava como era amar, ser amada. Nunca vi isso aqui, não daquele jeito. Aqui, havia apenas sussurros abafados e encontros secretos, a maioria das uniões baseadas em política e ganância.

Sorri enquanto os dois brincavam, e eu podia ver por que as outras curandeiras estavam tão apaixonadas por ele, que era esculpido como os deuses antigos nas histórias que costumavam nos contar. Talvez fosse por isso que os homens aqui na Cidade de Jade estavam com ciúmes e faziam piadas sobre o corte de cabelo estranho dele. De qualquer forma, eu não me importava. Eu só queria ajudar. Apenas queria um amigo. Era por isso que eu ficava acordada depois que os outros iam para a cama. Eu tirava o livro da minha mãe do esconderijo e lia a noite toda.

Olhando para o chá em minhas mãos, franzi os lábios e comecei a voltar. Eu estava me intrometendo como fiz quando Sashau e Killie conversavam, e não queria me meter em confusão. Em vez disso, eu os visitaria de manhã cedo.

— Miska. O que a traz aqui tão tarde? — Cedaar perguntou, e eu parei, meio virada da porta.

Preocupação franzia sua testa, e a julgar pelos livros e textos diante dele, parecia que os dois estavam acordados até tarde com outra lição. Eu sabia pelos outros que ele estava ensinando a ela como falar nossa língua e algumas outras quando ele não estava sentado em um banho de ervas, ou não estavam fazendo aqueles grunhidos lá em cima.

— Eu fiz chá — respondi, minha voz trêmula. Eu estava nervosa e tinha todo o direito de estar. Ele podia ser bonito, mas eles eram parte d'O Olho, assassinos treinados e rebeldes que não temiam o único rei verdadeiro. As outras garotas sussurravam histórias de como os dois provavelmente seriam capazes de nos matar com uma colher se assim desejassem. Anos e anos de treinamento fizeram com que não temessem nada. Devia ter sido brutal, e mesmo que nossa rainha estivesse ajudando, ela não confiava neles. — Eu fiz chá — repeti, tentando fazer minha voz ficar firme e mais confiante. Não era ele que eu temia. Não, era a morena que nunca saía do seu lado, a mesma que estava me encarando no momento. Eles a chamavam de sombra, pois era o que ela era. Cada movimento que ele fazia, ela acompanhava como se estivessem em uma dança constante. Ela não deixou nada transparecer em sua expressão, mas parecia que estava com medo de alguma coisa. Engoli em seco e endireitei meus ombros. Nossa rainha determinou que não tínhamos permissão para visitá-los sozinhos, mas eu estava cansada de não me ouvirem. Nada que faziam parecia ajudar, e eu podia ver que ele estava piorando. — É dos textos da minha mãe, um que eu lembro que ela usou em alguém que quase teve a perna arrancada. Funcionou feito mágica.

Engoli em seco e dei um passo para dentro. Mais rápida do que qualquer ser vivo tinha o direito de ser, Xio surgiu à minha frente. Eu fiquei imóvel, o chá tremendo na pequena bandeja que eu segurava quando a agarrei com força, tentando não derramar.

Ela se inclinou para a frente, observando-me enquanto inalava, suas narinas dilatadas. Ela fez uma careta.

— Tem um cheiro azedo.

Minha garganta ficou seca.

— É a semente de gravanl.

Ela inclinou a cabeça para o lado como se aquela palavra não lhe fosse familiar. Cedaar traduziu, e ela olhou para mim, para o chá, e então deu de ombros.

— Está bem.

Xio se afastou, permitindo que eu passasse. Não hesitei, com medo de que ela mudasse de ideia ou, pior, me matasse com uma colher. Meus passos ecoaram no chão de pedra. Cedaar me deu um pequeno sorriso quando coloquei a bandeja na mesa.

Ele pegou a xícara e a levou aos lábios.

— Miska, por que está acordada tão tarde? Não importa quão gentil seja o gesto, não pode ser só para me fazer chá.

Assenti, com muito medo de que, se eu mentisse, ela farejaria a verdade.

— É o único momento em que os outros curandeiros estão todos dormindo. Eu precisava pegar emprestado alguns ingredientes dos armários que eles mantêm trancados.

Xio assobiou baixinho, e senti aquele poder avassalador atrás de mim.

— Ah, desobediente, malandra. Temos uma pequena ladra.

Virei-me um pouco, chocada com o quanto ela havia aprendido rápido a nossa língua. Náusea tomou conta de mim, e percebi que ela estava certa. Eu era uma ladra.

— Por favor, não contem. —Virei-me para Cedaar, sabendo que não encontraria misericórdia com Xio. Ele tomou um gole de chá antes de abaixá-lo. — Se a rainha descobrir, ela vai mandar me queimar com as videiras espinhosas que ela mantém.

Um olhar passou por seu rosto, um que eu não sabia como decifrar. Ele olhou para trás de mim, para Xio, e seu sorriso retornou como a luz do sol da manhã nas colinas.

— Não falaremos. Prometo.

Eu assenti depressa.

— Sinto muito por incomodá-los Por favor, avisem-me se o chá ajudar. —Virei-me e atravessei o aposento depressa, o longo tecido do meu vestido se enrolando em uma perna. Minha mão alcançou a porta, mas uma mão delicada bateu contra a madeira antes que eu pudesse abri-la. Ofeguei ao ver Xio parada ali, bloqueando minha saída. Ela olhou para mim, e engoli em seco.

—Você me trouxe aqueles sabonetes, não foi?

— S-sim. Cedaar pediu. Eu conhecia uma receita que minha mãe me mostrou porque costumávamos viajar muito, e eu odiava a água que usávamos, então ela fez espuma para me distrair… Agora, estou tagarelando.

— Gostei deles. Obrigada. — Xio empurrou a porta e cruzou os braços, sorrindo devagar.

— Por favor, Miska, sente-se — pediu Cedaar.

Minha pele formigou em aviso, sem saber no que eu havia me metido. Meus olhos se voltaram para Xio, e não consegui impedir as palavras que saíram da minha boca em seguida.

— Dizem que você é uma fera aterrorizante — sussurrei, e uma borda vermelha rodeou suas íris castanho-escuras. — Que você consegue assumir qualquer forma e se alimentar do sangue vital que nos mantém respirando.

— Dizem é? — Um canto de seus lábios carnudos se levantou, e ela se inclinou para mais perto. — Bajulação levará você a qualquer lugar, princesa.

— Xio — chamou Cedaar, seu tom cheio de advertência.

O nome dela fez seu sorriso se alargar, e ela desviou o olhar de Cedaar para mim.

— Não se preocupe. Prometo não morder e me comportar da melhor forma possível. Além disso, eu odiaria fazer com que esse lindo rosto ficasse com uma ruga de estresse.

Ela assentiu em direção a Cedaar, e engoli em seco. Não havia como sair daqui sem me sentar com eles, e parte de mim estava apavorada. Eu não falei nada enquanto retorcia as mãos, virando-me para ela e retornando para a mesa. Cedaar se levantou e puxou uma cadeira para mim.

—Você é muito gentil — sussurrei enquanto ajeitava meu vestido embaixo de mim para sentar. — A maioria não é assim. Não mais.

Cedaar empurrou minha cadeira antes de puxar a cadeira de Xio. Ela sentou e perguntou:

— Os outros curandeiros são maus com você?

Lancei um olhar rápido para ela enquanto Cedaar finalmente se sentava.

— Às vezes. Bem, só quando falam comigo. Geralmente me evitam na maior parte do tempo.

— Por quê? — perguntou ela, inclinando-se para a frente, apoiando-se nos braços. — O que você fez? Roubou um namorado? Namorada?

Cedaar fez um barulho no fundo da garganta, ambos falando naquela língua estrangeira. Então, ela lhe deu um daqueles sorrisos charmosos por cima das pilhas de livros antes de se virar para mim.

Meus dedos se retorceram na barra do meu vestido enquanto eu balançava a cabeça.

— Não, os garotos aqui também me odeiam. Ninguém gostava da minha mãe. Ela questionava muito nossa rainha, o que nos fez sermos expulsas para começar. Mas quando ela morreu, eu não tinha mais para onde ir, então voltei.

Xio virou aqueles olhos marcantes para ele enquanto falava mais uma vez na língua dela antes de beber mais um pouco do chá. Eu não sabia o que foi dito, mas ela respondeu com um sorriso torto que mudou todas as suas feições. Suavizou-as, e parte de mim também se suavizou. A tensão em meus ombros desapareceu quando ela se inclinou em direção a ele, e neste momento eu vi.

Se ele era o sol, pelos deuses antigos, ela era a lua. Poderosa, sombria e autoritária às vezes. Ela nunca o deixava, nem ele a ela, como se dançassem um ao redor do outro pela eternidade. Ele não respondeu, mas sorriu e balançou a cabeça antes de se virar para mim.

Cedaar colocou a xícara de chá de volta na bandeja.

— Isso é muito agradável, Miska. Agradeço por isso. Você falou que tem propriedades curativas, sim? Explique-me quais.

Fiquei naquele estúdio com eles por muito depois que a Lua chegasse ao topo do céu. Ele me perguntou sobre ingredientes do meu mundo e como eram usados. Perguntou sobre minha mãe e depois sobre as coisas de que eu gostava. Nós conversamos sobre como fui resgatada e vim parar aqui. Em troca, me contaram sobre o lugar de onde tinham vindo.

Xio me contou sobre guloseimas tão doces que fariam seu rosto formigar, e ela sorriu ao pensar nelas. Ambos sorriram. Contra meu melhor julgamento, também sorri. Ela não parecia a fera sobre a qual sussurravam, aquela que temiam. Parecia tão normal, em especial quando olhava para ele. Eu não sabia por que havia temido estar perto de ambos, e agora me sentia boba por pensar dessa forma.

A Lua avançava em direção ao horizonte enquanto eu os ajudava com mais palavras do meu mundo. Estudamos e até tornamos isso uma espécie de jogo. Percebi que estava me divertindo, e eu não estava acostumada a me divertir. Os dois pareciam tão focados em mim, como se eu fosse a pessoa que precisava de cura e não ele. Só quando Cedaar bocejou e Xio logo o seguiu que percebi que tínhamos ficado acordados a noite toda.

X
DIANNA

— Sabe, essa coisa de se esgueirar mexe mesmo comigo.

Samkiel riu baixinho enquanto se virava, espiando por cima da minha cabeça. Eu vestia a pele de uma das curandeiras, usando-a para checar se o caminho estava limpo antes que ele me seguisse. Por sorte, o salão no nível mais baixo da Cidade de Jade estava vazio. Parecia que os curandeiros seguiam mesmo o cronograma. Final de expediente significava mesmo final de expediente aqui. Uma piscadela e um estalo se seguiram enquanto ele enviava um fio de seu poder até a porta trancada. Um fluxo de prata rastejou sobre a fechadura metálica quadrada, e então a porta se abriu.

Minhas mãos envolveram a cintura dele, unindo-se enquanto eu apoiava minha cabeça em seu ombro.

Ele deu um tapinha na minha mão, rindo.

— Não fique muito animada. Isso é apenas um reconhecimento. Estamos só reunindo informações sobre por que uma cidade cheia de curandeiros guardaria segredos de seu próprio povo.

Sorri e entrei atrás dele, traçando um caminho preguiçoso em suas costas.

— Ainda estou excitada. — Passei por ele, olhando para dentro da sala. Era muito menor do que eu imaginaria, dada a enorme fechadura mágica do lado de fora. Uma escada coberta de trepadeiras e flores de todas as cores levava a uma sacada que dava a volta na sala. Duas mesas, com uma série de frascos vazios e páginas desgastadas, ocupavam a maior parte do espaço.

A sala estava escura, sem uma única vela acesa. Prateleiras ocupavam as paredes mais distantes com uma mistura de pequenas plantas frondosas e grandes arbustos coloridos com espinhos crescendo nas laterais. Eu me aproximei, dando uma olhada enquanto ouvia os passos de Samkiel indo para minha direita. Ele estava fazendo o mesmo.

Minha mão se estendeu, passando por cima de alguns dos potes transparentes e lisos. Uma planta bioluminescente em um deles pareceu seguir meus dedos, pressionando o vidro.

— Bonita.

A mão de Samkiel agarrou meu pulso com um estalo, puxando-me para trás.

— E perigosa.

Olhei para ele.

— O quê?

Ele indicou o jarro com a cabeça. Luzes amarelas doentias e cintilantes substituíram as belas cores anteriores. A planta, ou suponho não planta, soltou um pequeno grito agudo. Ela abriu a boca circular, expondo dentes serrilhados, e se grudou ao vidro.

— Que porra é essa?

Ele deslizou o polegar sobre meu pulso antes de soltar meu braço.

— Uma shurvuae. São frequentemente usadas em magias antigas. Os antigos diziam que eram capazes de sugar os venenos mais letais, porém, se deixadas por tempo demais, podiam ser fatais. Embora veneno pareça ser sua refeição favorita.

Samkiel deu um passo à frente, e a pequena criatura no jarro pareceu vibrar. Ela se desviou de mim e se concentrou nele, agarrando-se no jarro mais perto dele. O som fez minha pele se arrepiar.

Cheguei mais perto dele.

— Ela acha que estamos envenenados?

— Não, acredito que também sinta poder. A maioria das criaturas acima de certa classificação ou ordem consegue.

— Bem, então, você deve ser um bufê para ela. — Dei um tapa brincalhão em sua bunda antes de me virar para olhar ao redor da sala. — Por que manter isso? Por que tudo isso? Sei que sou nova neste mundo, mas por que trancá-los? Eles têm medo do próprio povo?

— Duvido. Pode ser uma precaução por causa do governo de Nismera, mas metade da vegetação aqui parece ilegal.

— Talvez seja por isso que eles não contam para Miska.

— Talvez. Ela é jovem. Sob a pressão certa, revelaria quaisquer segredos.

— Como aqueles que ela soltou ontem à noite?

Samkiel assentiu e formou uma bola prateada de luz na mão antes de se abaixar e mover alguns potes para fora do caminho. Ele segurava um menor em sua palma, a samambaia espinhosa bege presa a uma das laterais.

— Essa por exemplo? É usada para sedar feras muito maiores do que aquelas nas quais você pode se transformar.

— Talvez não estejam tratando apenas as pessoas da cidade.

Ele colocou o pote de volta no lugar e se levantou, mas notei aquele canto de seu maxilar se contrair. Observei-o mastigar o interior da bochecha e sabia o que estava passando por sua mente.

— Eles não falaram nada sobre isso nem lhe deram uma indicação do que estão fazendo?

Ele olhou para mim antes de avançar para outra prateleira.

— Não, não falaram nem deram.

— Então... — Minha mão dançou sobre a mesa perto de mim. — Quer que eu acabe com eles agora ou depois?

Um suspiro profundo saiu de seus lábios enquanto ele continuava a olhar ao redor.

— Prefiro não matar, minha akrai. Gostaria de saber o que estão fazendo com tantos trabalhos ilegais aqui, e planejo perguntar à própria rainha.

— Bem, isso não é divertido. — Suspirei. — Deve haver pelo menos um pouco de corrosão.

Ele voltou os olhos para mim, aquele cinza cor de tempestade reluzindo.

— Dianna.

— Samkiel — repeti, baixando a voz em tom de zombaria.

— Por favor, não mate ninguém por mim. — Ele ergueu as sobrancelhas. — Tudo o que sabemos é que eles têm produtos ilegais.

— O que provavelmente significa que são maus — declarei.

— Ou — acrescentou ele — estão tentando sobreviver ou pagar as despesas em um mundo turbulento. Não vi sinais de irregularidades além desses produtos, e eles nos ajudaram. As circunstâncias podem levar as pessoas a extremos que normalmente não iriam para sobreviver em um mundo novo.

Suas palavras atingiram uma parte de mim na qual eu não pensava há algum tempo. Eu me perguntei se era assim que ele me via no começo: uma mulher desesperada para sobreviver.

— Você é tão doce. É repugnante — respondi, sorrindo para ele. Pulando em uma das mesas, cruzei as pernas e desenhei um traço no meu peito antes de erguer a mão. — Prometo não mutilar ou matar ninguém a menos que machuquem ou ameacem você. Se isso acontecer, eu os queimo vivos. Combinado?

— Combinado. — Samkiel riu e balançou a cabeça enquanto se virava para a prateleira mais próxima, ainda segurando aquela bola prateada de poder. Meu estômago se contraiu quando os olhos dele não se demoraram em mim ou percorreram meu corpo do jeito que costumavam fazer quando ele achava que eu não ia notar. Meus olhos vagaram por suas costas, pernas e subindo mais uma vez. Fome, aguda e dolorosa, perfurou meu interior.

— Sabe — arrastei a palavra e me inclinei para trás na mesa, empinando meus seios. Ele nem sequer olhou para mim. — Como já sabemos que estão abrigando plantas que foram proibidas, poderíamos fazer outra coisa já que estamos aqui.

Ele olhou para mim por cima do ombro.

— E o que seria?

— Podemos fazer uma cena.

Samkiel inclinou a cabeça como se eu tivesse falado uma palavra estrangeira.

— E o que é isso?

O sorriso que dançou no meu rosto era totalmente perigoso quando deslizei de cima da mesa.

— Posso ser uma curandeira safada que quer cuidar das suas feridas. — Abri o vestido branco, afastando as mangas transparentes dos meus ombros. O material caiu, enrolando-se na minha cintura, revelando seios cor-de-rosa, não os meus. Eu esperava que o olhar dele se desviasse para aquele ponto e ficassem esperando que escurecessem — como acontecia toda vez que eu fazia um comentário sugestivo. Eu sempre adorava, claro. Ele respondia tão completamente a mim, e era minha coisa favorita provocá-lo e vê-lo se desmanchar aos meus pés, mas a reação que obtive agora foi totalmente oposta. Seus lábios se retesaram como se eu tivesse acabado de insultá-lo, e seu olhar sustentou o meu. Não havia luxúria ou paixão avassaladora, nem mesmo um lampejo.

— O que foi? — perguntei, engolindo o nó crescente na garganta.

Um único estalo de sua mão livre fez o vestido me cobrir e amarrar mais uma vez.

— Por que eu ia querer isso?

Fiquei confusa, principalmente dado o tom que ele usou. Ele parecia bravo, o completo oposto do que eu queria.

— É só por diversão.

— Por que estar com outra pessoa seria divertido para mim?

— Não é outra. — Balancei a cabeça, perplexa. — Você sabe que sou eu.

Sua carranca se aprofundou, seu lábio se curvando em desgosto.

— É você vestindo a carne de outro ser. Por definição, é outra.

— Bem… — Agora, era a minha vez de ficar estupefata. Tropecei nas palavras, sem saber o que dizer em seguida. Em meus mil anos de existência, isso nunca tinha acontecido comigo. Outros amantes que tive antes dele nunca se importaram. A maioria até encorajava. Kaden na verdade preferia na maioria das noites em que conseguia me suportar, mas eu queria enterrar essas memórias bem fundo. — Não era minha intenção irritar você. Só pensei… Não sei o que pensei.

— Não estou irritado, talvez um pouco surpreso com uma sugestão tão ridícula, mas não irritado. Isso... não provoca nada em mim.

Aquela sensação pesada de medo em meu interior sumiu de repente, e outra emoção, tão pungente quanto, infiltrou-se.

— Espera, é sério? Nada? Nem mesmo uma pontada de excitação? Uma levantadinha do seu pau?

— Juro, não há levantada nenhuma. — Samkiel não sorriu de modo algum, nem sequer deu uma risadinha enquanto me encarava. — Isso é algo comum que você costumava fazer? Antes?

Meu estômago se embrulhou, mas não falei nada, como se meus lábios tivessem sido subitamente selados.

Samkiel mordeu o interior da bochecha mais uma vez antes de assentir devagar.

— Com todo o respeito, akrai, não me compare a ele ou ao que você vivenciou com seus amantes passados. Não preciso nem quero nenhuma outra forma além daquela que você usa diariamente. Entende?

— Eu não queria dar a entender isso.

— Pode não ter sido sua intenção, mas foi o que pareceu. Você, Dianna, minha ardente raposa de cabelos escuros, é e sempre será suficiente para mim. Nenhuma forma, aparência ou coisa que você assumir fará qualquer parte de mim levantar, como você falou, igual você faz. Entendido?

Pulei da mesa e caminhei até ele, sem parar até envolvê-lo com meus braços. Ele repousou sua bochecha contra o topo da minha cabeça, e o abracei com força. Ele passou seus braços em volta de mim, envolvendo-me. Talvez fosse de fato engraçado não perceber o quanto estamos quebrados ou feridos até que alguém apareça e pegue cada pedaço fraturado e nos mostre como apenas ser você bastava.

— Está falando sério mesmo? Eu não ia conseguir tentar você com outra forma?

O peito de Samkiel roncou enquanto ele ria antes de me dar um beijo na bochecha.

— Embora você possa assumir qualquer forma que quiser, sua forma verdadeira é a que eu prefiro. Sendo assim, não, nem mesmo no seu melhor dia.

Minha forma brilhou, meu brilho bronzeado substituindo a pele rosada. Cachos escuros e grossos caíram sobre meus ombros, as pontas fazendo cócegas na parte inferior das minhas costas. Eu me afastei e o encarei.

Dessa vez, quando olhou para mim, aquela emoção rodopiante que eu esperava se aprofundou em seus olhos.

— Aí está minha garota.

Fiquei na ponta dos pés e meus lábios roçaram os dele em um beijo casto.

— Agora isso — ele fez um barulho no fundo da garganta enquanto seu polegar acariciava minha bochecha —, isso mexe comigo.

— Que bom. — Minhas mãos serpentearam pelas suas costas e deslizaram para baixo. Ele agarrou minhas mãos.

— Pare. — Ele deu uma risada profunda e gutural antes de tirar minhas mãos de si e me afastar, brincando. — Ajude-me a descobrir por que eles mantêm essas plantas e ervas escondidas com tanto cuidado.

Sorri, assentindo enquanto erguia as mãos de forma inocente. Samkiel se virou para os potes alinhados nas prateleiras. Muitas amostras continham pedaços pequenos e fragmentados ou versões picadas. Parei diante de um pote com manchas escuras flutuando em um líquido azul e o abri. Meu nariz se encolheu quando o cheiro me atingiu, e ofeguei, recolocando a tampa e pondo-o de volta onde o encontrei.

—Talvez possamos colocar isso nos produtos de cabelo das meninas que são más com Miska.

— Dianna — disse ele, seu tom cheio de advertência.

— Que foi? — brinquei, inspecionando outro pote. — Não vou fazer nada.

Talvez. Sorri para mim mesma enquanto encontrava outro com o que parecia ser uma raiz esmagada, os pequenos galhos espalhados pelo fundo. Os pelos da minha nuca se arrepiaram, e olhei por cima do ombro, flagrando Samkiel me observando. Ele viu e desviou o olhar, limpando a garganta.

— O quê? — perguntei, conhecendo aquele olhar enquanto ia para outra prateleira.

— O quê? — perguntou ele, levantando-se.

— Você quem me diz. — Peguei outro pote, este com folhas amassadas. — É você quem está com cara de quem quer perguntar alguma coisa.

Ele ficou em silêncio por um momento. O único som na sala era o tilintar de vidro enquanto ele recolocava um jarro no lugar.

— Muito bem, eu tenho uma pergunta.

— Hum?

— Está se sentindo bem? Fisicamente? Você se sente bem?

Apreensão surgiu, e não de inseguranças passadas. Uma construída sobre uma mentira, ou melhor, uma verdade que eu ainda não tinha contado a ele.

— Sim. Por quê?

Ele deu de ombros, fingindo que não era nada, mas lançou um olhar rápido para mim por cima do ombro.

—Você parece mais... faminta do que o normal. Não que eu esteja reclamando, mas se houver algo que eu não esteja fazendo direito ou bem o suficiente, você me diria, certo?

Quase deixei cair no chão o pote que estava segurando, e uma risadinha escapou dos meus lábios. Minha mão correu para cobrir o som enquanto ele franzia o cenho e se virava para me encarar por completo.

— Não é engraçado. Estou falando muito sério.

Abaixei a mão.

— Eu sei. É por isso que é hilário. Sami. Por favor. Realmente acha que não estou satisfeita?

— Eu não sei. — Ele coçou a testa. — É bobagem. Esqueça que eu falei qualquer coisa.

— Não é bobagem — tranquilizei-o.

Claro, meu retorno à agitação seria estranho para ele também. Minha necessidade por sangue, sexo... tudo isso, havia aumentado. Eu estava faminta como se o vazio dentro de mim tivesse crescido e estivesse me implorando para preenchê-lo. O único problema era que eu não podia lhe contar isso. Ele perguntaria o que havia mudado, e então eu teria que lhe explicar tudo. Eu não estava pronta para isso.

Para ser sincera, eu tinha visto o mundo, e agora, graças a ele, também tinha visto reinos e lugares que eu nunca soubera que existiam. Eu tinha visto estrelas e luas muito maiores que a minha, o que me deixou atônita. Mas nada se comparava a esse poderoso, lindo e belo rei deus estendendo seu coração em minha direção e rezando para que eu não o magoasse. Ele era de longe a coisa mais chocante e maravilhosa que eu já tinha vivenciado.

Aproximei-me mais, constantemente atraída por Samkiel como se ele tivesse a própria força gravitacional sobre mim. Coloquei as mãos em seus bíceps, desenhando círculos preguiçosos com meus polegares, seus músculos saltando sob meu toque.

— Prometo que não é bobagem, nem estou rindo de você. Só estou surpresa por você, entre todas as pessoas no universo, pensar que eu não ficaria satisfeita. Talvez você seja bom demais e me deixe com ainda mais desejo.

Com esse pequeno e simples elogio, vi seu ego voltar a se inflar, e não ia substituir isso com preocupação.

— Bem... — Ele deu de ombros, desviando o olhar, mas vi seu sorriso diabólico. — Quando você explica dessa forma, suponho que isso traga alguma verdade.

Eu sorri. Independentemente de eu não ter contado a verdade completa, ele me conhecia melhor do que ninguém. Meu coração bateu mais rápido e meu estômago afundou. Eu odiava não poder lhe contar a verdade. Ele estava certo. Eu estava com mais fome e em mais de um sentido. Também não estava dormindo, não tanto quanto costumava. Não importava o quanto ele me fodesse bem ou o quanto meu corpo deveria necessitar dormir depois de nossas longas sessões de treinamento, eu apenas ficava acordada. Reggie estava certo. Algo aconteceu naquele túnel. Havia algo errado comigo desde que chegamos, e eu ficava enterrando sob o pretexto de estresse, mas sabia a verdade. Abri mão de algo lá embaixo no frio quando a morte visitou. Desisti de algo valioso para que ele pudesse viver e não sabia como lhe contar. Ele ficaria bravo comigo por mentir e depois bravo comigo pelo que fiz.

Mas agora não era o momento de contar. Agora tínhamos um problema maior com que lidar. Ou era apenas mais uma bela mentirinha que eu estava contando para mim mesma?

A pele na minha nuca formigou. Os olhos de Samkiel se arregalaram por um segundo, e ele agarrou meu braço, levando-nos para o fundo da sala. Ele me pressionou contra a parede entre prateleiras de potes quando a porta se abriu.

A mulher sibilava ao entrar e bateu sua sacola em uma das mesas. Ela era uma das curandeiras mais velhas. Lyrissa era seu nome. Eu lembrava porque ela era a mais irritante. Ela se dirigiu às prateleiras mais distantes de nós, xingando em voz baixa e pegando alguns potes para enfiá-los na bolsa. A curandeira continuou falando consigo mesma, mas era rápido demais para eu entender. Prendi a respiração e agarrei a parte de trás do braço de Samkiel enquanto ela vinha pisando forte em nossa direção. Uma onda de energia nos envolveu, e a sala ficou cinza. A cabeça de Samkiel virou rapidamente em minha direção enquanto Lyrissa olhava direto para o espaço em que estávamos e estendia a mão para pegar um pote bem perto do ombro de Samkiel. Ela se virou e agarrou a bolsa antes de sair furiosa, fechando a porta atrás de si.

Soltei o braço de Samkiel quando ele se virou para mim.

— O entreplanos?

— Sim. — Assenti e olhei para a porta. — Faz um tempo que não tento, e fico feliz que tenha funcionado.

Samkiel não disse nada, olhando para mim em puro espanto. Ele fez menção de falar, e a sala ficou embaçada.

— Esquisito — falei, minha voz soando estranha aos meus ouvidos.

— O quê?

— Tem dois de você — respondi pouco antes da escuridão me dominar.

XI
DIANNA

— Ela parece bem.

Pisquei abrindo os olhos. A luz do sol me fez chiar, e me virei para longe dela, cobrindo meu rosto com a mão. A cama afundou, e mãos grandes acariciaram minha testa.

— O que está acontecendo? — gemi e me levantei, odiando como minha cabeça latejava.

— Killie está aqui para ajudar você. — A voz de Samkiel me puxou para mais longe da escuridão. — Falei que você bateu a cabeça com força no treinamento.

Pisquei, confusa com o que ele estava falando, enquanto meus olhos se ajustavam. Samkiel sentou ao meu lado. Killie pairava do meu outro lado, apertando as mãos. Reggie estava atrás de Samkiel perto da parede. Treinamento? Ah, sim. Certo. Fui para o entreplanos com Samkiel para nos camuflar, e depois devo ter desmaiado. Sorri fracamente para Samkiel. Ele estava aprendendo a mentir por mim. Eu estava tão orgulhosa.

— Sim. — Gemi, esfregando minha têmpora para causar efeito enquanto Samkiel olhava para Killie e dava um tapinha em minha mão.

— Bem, você parece bem. Deixei um remédio na mesa para você. Apenas mastigue as folhas, e qualquer inchaço que tiver deve diminuir.

Sorri para ela, Samkiel apertando minha mão. Depois de ver o depósito com todos aqueles potes, eu sabia que até Samkiel duvidava da confiabilidade deles.

Killie sorriu para ele, e percebi o rubor em suas bochechas.

— Também é hora dos seus tratamentos.

Meus olhos se estreitaram com a palavra *tratamentos*. Tratamentos, uma ova. Eu estava começando a achar que não estavam ajudando em nada. Eu tinha notado as pequenas linhas roxas e vermelhas se formando ao redor das bordas da cicatriz, mas quando perguntei a Samkiel sobre isso, ele falou que não era nada e que provavelmente era apenas parte do processo de cura.

Samkiel me lançou um breve sorriso, notando meu olhar mortal.

— Tem certeza de que está bem?

Desviei o olhar de Killie para encarar Samkiel.

— Sim. — Levantei minha mão entre nós, meu dedo mindinho segurando o dele. — Mindinho.

Ele apertou de volta antes de se inclinar para a frente para dar um beijo na minha testa.

— Volto logo.

Sorri e assenti, e ele foi em direção à porta com Killie.

— Killie, talvez seja melhor para Xio se você ficar. Certifique-se de que ela esteja bem, dado o ferimento na cabeça — sugeriu Reggie.

Samkiel olhou para Reggie, um olhar passando entre eles que me fez rir. Killie parecia triste por não poder levar Samkiel para seu tratamento, mas concordou em ficar. Samkiel me lançou um último olhar antes de fechar a porta atrás de si, seus passos se afastando. Reggie voltou a ficar de sentinela contra a parede.

— Está com náuseas? — perguntou Killie, com um pouco menos de ânimo na voz. Ela sentou na ponta da cama.

— Sim, mas não é por causa de um ferimento na cabeça. Eu sei o que é.

Ela se afastou, inclinando a cabeça ligeiramente para mim.

— O que foi?

— Estou morrendo de fome.

Presas irromperam das minhas gengivas, e me atirei para a frente, agarrando-a pelo pescoço. Minha mão cobriu sua boca, e ela gritou contra minha palma enquanto minhas presas perfuravam seu pescoço. Gemi quando seu sangue atingiu minha garganta e bebi avidamente. Meus olhos se reviraram enquanto eu me alimentava. Fazia tempo demais. O líquido encheu meu estômago, meu corpo inteiro formigando conforme eu bebia e bebia.

Ouvi seu batimento cardíaco e sabia que estava quase na hora de parar, mas não conseguia controlar minha fome ou a mim mesma. Meu gemido vibrava contra sua garganta enquanto ela pouco a pouco ficava mole em meus braços. Uma mão agarrou meu ombro e me puxou para longe. Meus olhos se abriram, e rosnei, minhas presas expostas e pingando sangue. Reggie levantou a mão.

— Continue se alimentando e vai matá-la. Quer que ela encontre Samkiel tão rápido?

Como se um interruptor tivesse sido acionado, o mundo voltou ao foco. Killie estava meio esparramada na cama. Reggie a levantou e a sentou em uma cadeira próxima. Olhei para meu reflexo, fazendo careta para o sangue cobrindo meu queixo e meus olhos vermelhos e ardentes.

— Sinto muito.

Reggie não me repreendeu.

— Cure-a o bastante e deixe-a ficar aqui até que ela consiga ao menos andar.

Ajoelhei-me na frente dela e pressionei meu polegar na minha presa, que caiu molenga em meu abraço enquanto eu passava meu sangue sobre a mordida em seu pescoço. As marcas de perfuração sararam, e segurei sua cabeça.

— Killie — falei enquanto ela piscava. — Olhe para mim.

Seus olhos se abriram de repente, e seus lábios tremeram de medo. Ela me empurrou, suas unhas se cravando em meus braços conforme lutava para se libertar. Ela abriu a boca para gritar. Apertei a mão sobre seus lábios e disse:

— Ei, você está bem. Acalme-se, está tudo bem.

Ela relaxou, seus olhos adquirindo aquele brilho vidrado tão familiar.

Abaixei a mão devagar enquanto ela me encarava.

—Você tem trabalhado demais e está cansada, só isso. Diga aos outros que precisa tirar um cochilo. — Reggie olhou para mim e dei de ombros antes de continuar. —Você ajudou a curar Xio, e ela nunca lhe mordeu nem se alimentou de você, está bem?

— Estou sobrecarregada e cansada — repetiu Killie, seus olhos ainda vazios e vidrados. — Preciso de um cochilo.

— Boa garota.

Afastei-me dela, ficando de pé enquanto ela se levantava. Reggie pegou um pano do banheiro e me entregou. Limpei o pescoço dela, certifiquei-me de que não havia sangue derramado em seu vestido e depois a mandei embora. Assim que a porta se fechou, encarei Reggie.

— Isso foi estúpido e imprudente. — Afastei meu cabelo do rosto, meu estômago ainda me roendo. Ele ansiava, exigia mais.

—Você não está saciada.

— Por que todos acham que não estou satisfeita? Estou satisfeita — rosnei.

Quando olhei de volta para Reggie, percebi que não era isso que ele queria dizer. Seus olhos não tinham nenhum lampejo de compreensão, apenas me encaravam, em repreensão.

—Você não se alimenta desde Tarr. Quanto tempo achou que duraria sem alimentação suficiente? Deve contar a Samkiel ou arriscar ser exposta.

— Não me diga o que fazer — retruquei.

— Digo quando coloca todos nós em perigo. — Ele balançou a cabeça. — Um Ig'Morruthen faminto e privado de suas necessidades básicas pode causar danos imensuráveis. Se isso acontecer, se você surtar enquanto estiver tão preocupada com ele e não consigo mesma, vai nos condenar, e a ressurreição dele será inútil. É isso que deseja?

O ar foi sugado da sala. Eu nunca tinha ouvido Reggie levantar a voz nem um pouco, mas aqui estava ele.

— O que você viu? — perguntei, percebendo o que havia instigado uma faísca de raiva repentina.

Seus olhos encontraram os meus.

— Eu vi a Cidade de Jade em chamas. — Ele não desviou o olhar. — Eu a vi desmoronar e cair no mar que a esperava.

XII
MISKA

— Tudo que isso significa é que precisamos antecipar nosso cronograma.

Panelas e frigideiras se chocavam quando entrei na cozinha. As vozes sempre se calavam quando eu entrava. Esfreguei meus olhos sonolentos, enquanto Sashau e Killie me encaravam. Ambas estavam vestidas para o dia, seus cabelos reluzentes penteados para trás de seus rostos com o azul real de nossa rainha em suas pálpebras.

— E-eu — gaguejei. — Perdi algum anúncio?

As duas se entreolharam. Isso me lembrou dos segredos que todos compartilhavam e como sempre fui deixada de fora. Sempre presumi que era porque eu era a mais nova ou, talvez, porque minha mãe me levou embora quando eu era um bebê, mas de qualquer forma, eu ainda era e sempre seria indesejável.

— Sim — respondeu Sashau, dando a volta na longa mesa. — A rainha pediu um jantar hoje à noite com Cedaar. Um grande anúncio ou algo do tipo.

— Ou algo do tipo. — Killie riu atrás dela, e Sashau acenou para ela ir embora.

— Ah. — Esfreguei as mãos no pijama, sem conseguir esconder o nervosismo e minhas mãos trêmulas. — Vou precisar me preparar, então. Posso ajudar com o que for preciso.

Tola. Eu sempre fazia isso, oferecendo-me para ajudar quando eles nunca queriam isso nem eu. Parecia que eu não conseguia me conter. Eu queria me encaixar aqui, pertencer, e quanto mais eu tentava, mais riam ou me ignoravam.

Sashau sorriu, mas a expressão não alcançou seus olhos. A equipe da cozinha nos evitou e se manteve ocupada, cuidando de suas tarefas. Um curandeiro entrou com uma grande variedade de flores e vinhas, alguns outros seguindo. Um jantar grande mesmo.

A mão de Sashau permaneceu em meu ombro enquanto ela me levava para fora da cozinha e para o corredor.

— Na verdade, precisamos da sua ajuda.

— Sério? — Eu não sabia por que eu soava tão feliz, nem me importava. — Claro. Quero dizer. Seja lá o que for, desejo ajudar.

Troquei de roupa, esperando que o vestido longo e transparente que me deram parecesse apropriado. O vestido era longo demais para mim, mas nenhuma das outras garotas aqui era nem de perto da minha idade ou altura, então dei um jeito. Nem percebi que estava sorrindo até passar por uma curandeira, que me encarou um pouco demais. Eu estava tão feliz que queriam minha ajuda e que eu podia fazer alguma coisa. Fez com que me sentisse menos sozinha. Aproximei-me das câmaras de banho conforme as vozes aumentavam. Passei pela grande porta recortada, e as vozes morreram.

Aquele que Xio chamava de Reggie parou de falar e olhou para mim. As curandeiras sussurravam que ele provavelmente era o consorte de Xio, mas ela nunca o tocava como fazia com Cedaar, os dois também não compartilhavam os mesmos olhares de desejo ou beijos rápidos. Falei-lhes que ele era apenas amigo dos dois, mas elas riram de mim, alegando que eu não sabia de nada, então parei de falar.

— Olá, Miska de Vervannia.

Eu sorria toda vez que ele falava isso. Tarde da noite, Reggie tinha me encontrado do lado de fora. Eu tinha escapado do meu quarto para ler o diário da minha mãe em paz. Nós havíamos conversado, e compartilhei um pouco de meu passado com Reggie, que explicou que não dormia muito, e na maioria das vezes, eu também não. Ele contou que havia uma palavra na língua de Xio que descrevia minhas rotinas noturnas, mas eu nunca conseguia pronunciá-la. Fiquei feliz que ele se lembrasse do lar da minha mãe. Tornava-a real quando ele falava disso, e tornava minha vida com ela real.

Segurei a barra do meu vestido e fiz uma reverência.

— Olá, Reggie.

— Ai, por favor, nunca se curve a ele. Só consigo lidar com um ego de cada vez.

Xio estava sentada na beirada da grande banheira de pedra. Mesmo sentada, ela era elegância pura. Estava meio reclinada, uma perna cruzada por cima da outra, bloqueando minha visão de Cedaar, que relaxava na banheira escura com infusão de flores. Às vezes, eu achava que as outras curandeiras apenas gostavam de vê-lo se banhar. Eu, de fato, não achava que elas ajudassem, porém, mais uma vez, guardei essa informação para mim.

Minhas bochechas coraram enquanto eu me virava para o outro lado.

— Peço desculpas. Sashau disse que tinha acabado.

Ai, deuses. Ela mentiu para me envergonhar. Eu sabia. Ela e Killie provavelmente estavam rindo lá em cima de quão idiota eu era. Não consegui evitar as lágrimas que surgiram em meus olhos ou meu coração acelerado.

— Volto depois.

Dei um passo para trás e me virei em direção à porta.

— Reggie — chamou Xio. Ela não levantou a voz, e seu tom era calmo.

Reggie bloqueou minha saída.

— Miska, não seja tão dramática. Está tudo bem. Ele nem está nu, só pela metade — falou Xio.

Reggie olhou para mim com o mesmo sorriso caloroso. Ele assentiu às minhas costas, encorajando-me a me virar. Engoli em seco e me virei para ver Xio ainda sentada preguiçosamente na borda esculpida. Cedaar olhou para ela com um sorrisinho e balançou a cabeça.

As outras curandeiras faziam comentários sobre ele. Gostavam de seu físico, de seu sorriso, do modo como ele andava e de outras coisas que me faziam sair correndo da sala. Mas acho que minha coisa favorita sobre ele era como ele nunca parecia querer sair do lado de Xio. Ele a olhava como se ela tivesse criado as estrelas. Isso me lembrou dos textos que eu amava ler. As outras riam de mim por isso, mas eu preferia sonhar com príncipes mágicos do que com o que quer que esta vida reservava para mim. Cedaar me lembrava tanto dos cavaleiros, protegendo o que ele considerava precioso. Eu não via nele o rebelde que nossa rainha descrevia.

— Veja — falou Xio e se levantou, expondo completamente o peito e os ombros de Cedaar acima da água. Ele suspirou e abaixou a cabeça, esfregando a ponta do nariz. — Não que eu confie mais em qualquer uma de suas curandeiras. Diga-me — ela uniu as mãos e deu um passo à frente — só entre nós, garotas, qual delas tem uma queda pelo meu Cedaar?

— Di... Xio.

Engoli o nó na garganta com sua aproximação. Mesmo que ela não quisesse, o poder que emanava fez minha pele se arrepiar. Quando ela o empunhava, eu tinha uma vontade enorme de fugir e me esconder. A rainha odiava sua presença aqui, reclamando que ela havia trazido escuridão para a cidade.

— Hum. — Olhei para Cedaar atrás dela, com medo de falar qualquer coisa. Os olhos dele estavam nela, não com raiva, mas suaves, como se algo que ela tivesse dito o tivesse chocado. — E-eu...

— Tudo bem, pode me contar. Você não está em apuros. — Ela parou na minha frente, colocando as mãos nos quadris. Reggie se moveu para mais perto de mim.

— Xio — chamou Cedaar atrás dela, a água chapinhando quando ele se inclinou para a frente.

Ela o ignorou, mantendo o olhar em mim. Isso me lembrou muito dos outros quando tiravam sarro de mim ou riam de mim pelo jeito que eu falava, mas não sentia isso da parte dela. Eles a chamavam de fera e desejavam Cedaar, mas ela nunca tinha sido cruel comigo. Não, os dois faziam com que eu sentisse como se de fato se importassem quando eu falava, principalmente depois da outra noite.

— A maioria delas tem — sussurrei.

Xio fez um som de vitória e se virou para apontar para Cedaar, que soltou um grunhido e revirou os olhos. Ela falou com ele naquela língua que eu não conhecia, e ele respondeu rapidamente, balançou os braços, água opaca voando por todo lugar enquanto ambos pareciam discutir.

— Elas são inofensivas — acrescentei, atraindo a atenção dela de volta para mim.

Cedaar sussurrou um agradecimento e passou a mão pelo topo do seu cabelo já penteado para trás.

— Ah, bem, pelo que ouvi, elas não foram no começo quando chegamos — comentou Xio.

— Elas temem você. Não fariam nada para deixá-la brava. Não com você, pelo menos. — Eu não queria deixar a última parte escapar, mas Xio pareceu perceber. O aposento inteiro percebeu, e os dois ficaram em silêncio.

— Elas fariam algo com você? — questionou Xio, e por um segundo, ela pareceu... preocupada comigo.

Dei de ombros.

— Acho que não. Elas não estão falando sério. — É uma mentira que conto para mim mesma com muita frequência. Eu me remexi, inquieta, e desviei o olhar enquanto Xio continuava a me encarar.

— Xio — chamou Cedaar outra vez, e o aviso foi claro dessa vez. Talvez eu a tenha deixado furiosa também.

Balancei a cabeça.

— Sinto muito, estou me distraindo. Vim por um motivo. — Retorci os dedos nas mangas longas do meu vestido. — As outras estão reunindo suprimentos e comida para se preparar para a reunião desta noite, mas temos um pequeno problema.

— Que problema?

— Usamos o último lote de ervas para a loção de cura, e a planta de que precisamos está em outro reino. Sashau falou que não esperávamos usar tanto devido ao seu ferimento, mas estamos sem.

— Está bem. — Xio acenou com a mão. — Vão pegar mais.

— Essa planta só cresce na fronteira de Requmn.

Xio olhou para Cedaar, que descansava os braços cruzados na borda da banheira, observando-a.

— Você diz isso como se eu soubesse onde fica.

Cedaar suspirou.

— É pelo menos algumas horas de distância daqui, mas com um portal, levaria apenas alguns minutos.

— Deixe-me adivinhar, temos que ir buscá-la?

Eu assenti.

— Se a rainha deseja que estejamos no jantar esta noite — interrompeu Cedaar —, suponho que nós podemos ir agora e voltar a tempo.

— Nós? — perguntou Xio.

Cedaar levantou da água opaca e, embora estivesse vestido, desviei o olhar, encarando os pés de Xio.

— Sim, nós — confirmou ele, saindo da banheira, água caindo no chão de pedra.

Observei os pés de Xio se moverem na direção dele, ficarem próximos e depois se afastarem. O material dançou pelo chão antes de envolvê-lo e quase cobrir seus pés.

Ergui o olhar e vi Xio balançando a cabeça para ele, que deslizava um braço, depois o outro, para dentro da camisa. Preocupação franziu meu rosto quando avistei o ferimento em seu abdômen. Não estava cicatrizando, e agora linhas roxas ziguezagueavam das bordas do corte.

— Você — Xio cutucou-o bem no peito — não vai a lugar nenhum.

— E você não vai sozinha — retrucou ele.

— Não estarei sozinha. Terei meu braço direito, Reggie.

Reggie fez um som entre choque e negação. Cedaar virou a cabeça na direção dele e o encarou.

— Sem ofensa, mas que autodefesa Reggie tem que eu não tenho?

— Bem, primeiro, não há necessidade de autodefesa. Só vou levá-lo para que essa veia na lateral da sua cabeça não fique saltando de preocupação enquanto eu estiver fora, e dois, realmente acha que preciso de alguém para me proteger?

Cedaar fez uma careta.

— Sim. Você já se conheceu?

Ela deu um tapa no ombro dele, e o tapa arrancou um sorriso dos dois.

— Eu vou. Você vai ter seu encontro mágico com uma rainha. — Ela agarrou a frente da camisa dele e o puxou para perto lhe de um beijo em seus lábios com força suficiente para fazer um estalo e deu um passo para trás. — E depois estarei de volta para lhe dar a sobremesa.

Os olhos de Cedaar se arregalaram um pouco, e me perguntei o que significava a palavra *sobremesa*.

— O que é sobremesa? — perguntei a Reggie.

Ele apenas balançou a cabeça.

— É melhor nem saber de certas coisas.

XIII
SAMKIEL

Olhei para meu reflexo enquanto amarrava as calças. Uma dor aguda perfurou a lateral do meu corpo, originada do corte em meu abdômen. Estremeci e pressionei a mão sobre ele, surpreso com o quanto ainda doía. Não que eu fosse contar a Dianna. Ela estava preocupada o bastante, estava perguntando com frequência e sempre me observando. Eu forçava sorrisos, fingindo que não doía a cada maldito segundo. Eu me sentia fraco e desequilibrado, e meu poder ainda dançava pelo céu.

Tracei cuidadosamente meus dedos ao longo do ferimento. A maldita coisa quase me partiu em dois. As linhas roxas ao longo das bordas eram novas e outra causa para sua recente hipersensibilidade. Reprimi um xingamento enquanto passava a túnica branca por cima da cabeça, soltando um suspiro trêmulo enquanto ela se acomodava. Os cordões que cruzavam meu peito permaneceram desamarrados. As roupas já eram apertadas.

Deixando o espelho, olhei para o quarto vazio e rezei para os deuses antigos que a raiz que Dianna traria ajudasse. Pensei na noite passada e em como acordei com uma dor tão intensa que tive que correr para o banheiro. Um pequeno sorriso curvou meus lábios enquanto ela ficou sentada comigo lá dentro, sua mão acariciando a parte de trás da minha cabeça conforme eu expelia minha refeição anterior. Ela falou comigo, confortando-me com histórias de seu passado com Gabby e todas as coisas que ela ainda queria fazer. Deuses acima e abaixo, eu a amava ainda mais por isso.

Eu estava com um pouco de medo de que caso não me curasse logo, ela começaria a ameaçar os curandeiros ou, pior, incendiaria o lugar inteiro e o lançaria no fundo do mar. Embora o que os curandeiros estavam fazendo não parecesse estar ajudando. O único remédio que parecia fornecer algum alívio era o chá que Miska escapava para fazer. Andei devagar em direção à beirada da cama, segurando meu flanco ao calçar os sapatos.

Alguém bateu à porta e, antes que eu pudesse responder, ela se abriu e a curandeira chamada Killie entrou.

— Ela vai recebê-lo agora.

O salão de jantar estava decorado com exagero, para dizer o mínimo. Flores e trepadeiras decoravam as mesas, e lillievinhas subiam tão alto que ultrapassavam o teto aberto. Frilla estava sentada à cabeceira da mesa, e uma de suas consortes se inclinou, servindo um líquido amarelo cintilante em seu copo. Ela deu um passo para trás, e Frilla tomou um gole. A vestimenta creme que ela usava se retorcia e curvava alta em seus ombros, subindo atrás de seu pescoço e cabeça em uma coroa falsa.

— Cedaar, você parece estar bem — cumprimentou ela, acenando com as mãos. — Por favor, sente-se.

Sorri para ela, minha mão instintivamente indo para a lateral do meu corpo enquanto eu me sentava.

— Como está esta noite, Rainha Frilla?

Suas bochechas coraram enquanto ela tomava um gole da bebida.

— Muito bem. Espero que não se importe que eu tenha planejado este jantar.

Seus consortes andaram pela sala, colocando pratos de frutas e carnes na frente de Frilla, depois de mim. Tentei esconder a curva do meu lábio com o cheiro. Meu estômago ainda não tinha se acalmado.

— Não, de jeito nenhum. Eu também queria conversar com você.

— É? — Ela inclinou a cabeça em minha direção enquanto uma taça de vinho era servida perto de mim. — Sobre o quê?

— A curandeira mais jovem aqui — falei, levando a taça de vinho aos lábios. Os outros na sala congelaram. — Não acho que ela seja tratada de forma justa pelas mais velhas aqui.

Frilla se irritou.

— Eu lhe asseguro que ela é. Ela tem um quarto, uma cama, comida na barriga e a oportunidade de aprender a arte da cura. É apenas jovem e acha que o mundo está contra ela. Sabe como os adolescentes são.

Meu estômago se contraiu conforme o líquido se acomodava, e coloquei meu copo na mesa.

— Sim, também estou ciente de que palavras ou táticas menos gentis em uma idade tão jovem podem afetar o crescimento e o desenvolvimento — respondi, lançando um olhar para algumas curandeiras que haviam parado de comer e estavam abertamente escutando nossa conversa.

— Ela é jovem — declarou Frilla. — Provavelmente exagerou em histórias de como é maltratada, esperando que um homem jovem e ousado aparecesse e a salvasse. Vai ser o cavaleiro dela agora?

As palavras estavam impregnadas com um tom de ódio amargo, e eu soube que havia verdade nas palavras de Miska. Desprezavam a mãe dela por tudo o que ela havia feito e estavam descontando em Miska.

— Não sou um cavaleiro, garanto-lhe, sou apenas um observador.

O comportamento doce de Frilla desapareceu. Ela não gostava de ser desafiada. Parecia ser a única coisa que tínhamos em comum. As portas atrás de mim se abriram e fecharam quando uma curandeira entrou e atravessou pela sala. Ela nem olhou para mim antes de se inclinar para perto e sussurrar para sua rainha. Agarrei a lateral da minha barriga, outra pontada de dor me deixando enjoado.

A curandeira e a rainha terminaram sua conversa abafada, e a velha saiu depressa da sala. Um olhar de puro contentamento cruzou o rosto de Frilla enquanto ela tomava um gole de sua bebida.

— Vou me certificar de que Miska seja bem cuidada. O que acha?

Ofereci a ela um sorriso suave.

— Fantástico. Eu odiaria que qualquer mal acontecesse a ela em retaliação por eu apenas perguntar.

Ela se sentou mais ereta e apontou para meu prato.

—Você está bem? Não tocou na sua comida.

— Ah, estou. — O sorriso que forcei não era nada amigável. Minha confiança nela e nesta cidade estava diminuindo a cada minuto. — Só não estou com fome. Peço desculpas.

— Bem, faz sentido, dado o seu ferimento.

Eu assenti.

— Em especial considerando que tenho colocado um pouquinho de veneno na sua comida todos os dias nas últimas semanas. Nas suas bebidas também, até mesmo na água em que você toma banho. Uma quantidade tão pequena que nem mesmo sua bebedora de sangue detectou. Vai funcionar com ela também, já que vocês compartilham tanto.

A sala girou, meu flanco pulsando conforme a náusea mais uma vez aumentava. Olhei para minha bebida, minha visão embaçada enquanto eu tentava focar.

— Eu estava um pouco preocupada que você fosse perceber no começo. — Ela arrancou uma pequena agulha do cabelo e se levantou da cadeira devagar. — O extrato dessas sementes de zeile pode nocautear até as feras mais fortes. Ele ataca o sangue lentamente, dificultando o processo de cura antes de atingir os nervos. Objetos que não eram pesados antes de repente ficam. Pode causar dores de cabeça, tontura, náusea e até febre. Dada sua história, eu precisava ser sorrateira com isso, e precisava de tempo para eles chegarem. Eles têm estado tão ocupados nos reinos, sabe. Garantindo o poder da nossa única e verdadeira rei.

Sua risada era vingativa e cruel, mas ela estava errada. Dianna não estava se alimentando de mim, mas ela tinha consumido a comida. Porra. Eu precisava chegar até ela, avisá-la. Esforcei-me para ficar de pé, mas quase desmoronei quando meu abdômen se abriu. Aquelas linhas eram o veneno e o motivo pelo qual eu não estava melhorando.

Minha mão pressionou a mesa quando tentei e falhei em me levantar. Uma dor aguda ecoou em minhas entranhas, e caí de volta no meu assento. Frilla parou ao meu lado, a agulha-semente ainda em sua mão.

— A Cidade de Jade era famosa por seus curandeiros. Você e sua fera a corromperam.

Tossi e a sala girou para o lado.

— Ainda somos conhecidos por isso, mas apenas para aqueles sob o governo da nossa rei. Nossa especialidade agora está nos venenos. É o que realmente a deixa feliz.

Frilla passou a mão pelo meu pescoço e se inclinou para perto de mim. Estremeci quando a agulha perfurou minha garganta, e meus membros ficaram flácidos.

— Não diluída, a semente age como um paralisador por um curto período. É como ela se protege na natureza. Imaginei que isso facilitaria transportar você. — Suas mãos percorreram meus ombros e bíceps enquanto ela se inclinava para a frente. — Considerando os músculos extras que você tem.

Fiquei com náuseas, e não era só por causa do veneno.

— Realmente é um espécime adorável. Eu queria ficar com você, matar aquela cadela com quem veio e fazer de você um dos meus, mas nossa rei não lida bem com desertores, como O Olho. Ela vai exigir que ambos retornem e enfrentem sua punição. Pelo menos serei bem recompensada quando ela tiver você.

Frilla forçou minha cabeça para o lado enquanto olhava para mim.

— Se me tocar, ela vai queimar você e sua preciosa cidade vivos.

— Duvido. Ela vai morrer em breve. Eu me certifiquei disso.

— O que você fez? — desdenhei.

Frilla gritou, sua mão se afastando de mim enquanto ela a apertava. Pequenas faíscas de eletricidade atingiam sua palma, mas se apagaram depressa.

— Como? — perguntou ela, encarando-me boquiaberta.

Sua pergunta ficou sem resposta, as portas se abrindo de repente. Botas encouraçadas ecoaram pelo corredor enquanto soldados revestidos de armaduras douradas e pretas entravam, as criaturas sem pernas de Nismera estampadas em suas ombreiras. Eles pararam , como um corpo só, no fundo da sala.

— Rainha Frilla — chamou uma voz, e os soldados se separaram para revelar um comandante alto.

Meu corpo oscilou, a sala entrando e saindo de foco. Suor cobria minha pele, e comecei a tremer. Observei o comandante colocar um pergaminho na mão dela antes de trocarem algumas palavras. Ele se virou para mim, o único olho em sua cabeça piscando uma vez enquanto se aproximava.

Ciclope de merda.

Ele agarrou meu cabelo, virando minha cabeça para o lado enquanto observava a marca que Dianna tinha raspado ali. Nosso estratagema ainda funcionando.

— Um membro d'O Olho — sussurrou ele perto do meu ouvido. — Mal posso esperar para que nossa rei estripe você.

Foi a última coisa que ele falou antes de bater minha cabeça na mesa. Não me preocupei comigo mesmo enquanto a escuridão se aproximava e meu corpo desabava.

Meu último pensamento foi e sempre seria ela. Eu temia pelo mundo e pelo que eles haviam desencadeado.

XIV
DIANNA

— Sabe, em uma terra cheia de plantas ditas mágicas, era de ser pensar que uma flor verde com manchas vermelhas e brancas seria mais fácil de encontrar.

Joguei meus braços para o ar, enquanto Reggie olhava para um arbusto grande e opaco. O planeta para o qual ela nos enviou não era nada como eu esperava, envergonhando as florestas de Onuna com sua folhagem espessa e as árvores que quase tocavam o céu. Nós tínhamos caminhado por pelo menos uma hora, procurando pelas malditas plantas que nos enviaram para encontrar.

— Concordo.

Paramos de repente quando a floresta se abriu, revelando um prado rico e exuberante. Afastei uma mecha de cabelo do meu rosto, enrolando-a em volta da minha orelha enquanto me ajoelhava em um monte de plantas que pareciam ter florescido recentemente.

— Miska disse que ajudaria a mantê-lo estável. — Suspirei. — Ele ficou muito mal ontem à noite. Estou com tanto medo de que a lança tenha mexido com algo por dentro, algo que não vai sarar.

— Eles são curandeiros magníficos — comentou Reggie atrás de mim. — É surpreendente que a ferida ainda não tenha sarado.

Fiquei de pé, limpando as mãos nas calças enquanto me virava.

— Outra indireta? Não me lembro de você ser tão atrevido.

— O preço que você pagou mudou você em algum nível, então não estou surpreso se também o mudou.

— Reggie — falei —, podemos não falar disso?

— Entendo que não deseje falar sobre isso, mas...

Estreitei os olhos para ele.

— Entende? Porque continua jogando essa grande consequência na minha cara. Não consigo pensar na possibilidade de ele não existir mais, está bem? Simplesmente não consigo.

— Estou apenas falando que precisa pensar em todas as possibilidades.

Meu coração batia forte.

— Eu já pensei, ok? E quando penso nelas, tendo a ir para o fundo do poço. Tudo o que sei é que não posso perdê-lo. Eu não ia sobreviver. A dor que senti naquele túnel foi como se cada molécula do meu corpo se partisse e fraturasse. Foi pior do que qualquer facada ou soco. Pensei que estava quebrada antes, mas... minha alma se partiu em duas, Reggie. Eu senti. Uma parte de mim morreu quando Gabby morreu, e qualquer parte que restou, o que quer que ele tenha ajudado a curar, morreu lá embaixo com ele também.

Os olhos de Reggie se suavizaram.

—Temo pelas mudanças, é tudo o que estou dizendo. Seu apetite, em todos os aspectos, aumentou. Seu comportamento e temperamento estão erráticos, e você sabe disso. Temo que seja apenas o começo do que você desistiu.

Não falei nada por um longo momento, os talos oscilantes das flores balançando entre nós.

— Acha que estou me transformando em um monstro?

— Não sei no que está se transformando, mas você evoluiu além do que era, e isso mudou as coisas. Você trouxe um deus de volta da morte, Dianna. Esse ato por si só nunca foi feito e exigirá pagamento equivalente. Se acha que não haverá consequências terríveis, você é uma tola. Consegue me encarar e afirmar que não sente isso também?

— Bem, eu não me preocuparia. Enquanto ele estiver vivo, o universo vai continuar a girar ou o que quer que seja.

Reggie se aproximou, algo que parecia preocupação escurecendo seus olhos.

— Pensei que você teria chegado à conclusão de que ele saber o que aconteceu no túnel seria benéfico, mas parece determinada a levar esse segredo para seu próprio túmulo.

— Não pretendo. Apenas não é o momento.

— Quando será?

Suspirei alto demais e me afastei. Andei por baixo de uma árvore meio caída, se é que se podia chamar a planta crescida de árvore.

— Não sei, mas agora, não parece certo — respondi, derrubando um dos galhos quebrados e crescidos demais. Ouvi as passadas de Reggie atrás de mim, a apenas um fio de cabelo de distância.

— Quanto mais esperar, mais difícil será para vocês dois. Ele tem o direito de saber. Eles são curandeiros, mas nem mesmo suas poções podem alterar um ferimento de morte.

Parei.

— É isso que é?

— Estou apenas deduzindo — respondeu Reggie. — Tenho pesquisado nos arquivos. Olhar através do tempo assim me exauriu, mas tudo que descobri até agora é que ferimentos de morte podem ser permanentes. Permanecem até mesmo com os reencarnados.

— Reencarnados?

— Aqueles com poder suficiente para transcender vidas nascem mais de uma vez, várias vezes, até que seu verdadeiro propósito seja alcançado. A lâmina estava imbuída com o seu sangue e magia antiga. Foi feita não apenas para matá-lo, mas também para abrir todos os reinos. Ela cumpriu ambos os objetivos. Temo que poções e preparos de cura normais não sejam suficientes.

Balancei a cabeça antes de esfregar o rosto com uma das mãos.

— Não posso confiar neles, não por completo.

Reggie levantou uma única sobrancelha.

— Ainda assim, confia o suficiente para dar remédios a ele, para tentar e falhar em curá-lo.

Virei as costas, sabendo muito bem que Reggie sabia o porquê. Ele queria que eu falasse mais uma vez. Talvez eu fosse egoísta. Talvez precisasse pressionar Samkiel ainda mais, e talvez eu ainda estivesse pegando leve com ele, mas não conseguia escapar daquele maldito túnel toda vez que fechava meus olhos. Eu nunca ia me esquecer de tê-lo segurado enquanto sua pele ficava pálida e fria.

— Por que é um problema tão grande para você? — rebati. — Por você não conseguir mais enxergar?

Reggie parou atrás de mim, e eu estava esperando que ele respondesse. Quando permaneceu quieto, suspirei e me virei. Seu olhar estava focado na linha das árvores, e parei para ouvir. Um zumbido ecoou pela floresta e depois parou.

— Fomos seguidos — rosnei.

— Seguidos não — respondeu Reggie. — É uma armadilha.

Empurrei-o e caminhei em direção à borda da floresta. Ele sussurrou meu nome, mas não parei até chegar à clareira. Lá, atrás de um portal se fechando, estava um homem alto com um olho no centro do rosto. Ele fechou o topo de sua manopla, selando o portal. Soldados o cercavam, todos usando aquela ridícula armadura dourada com que Nismera equipava seu exército.

Reggie sussurrou perto de mim.

— Há pelo menos trinta, incluindo o comandante.

Sorri de leve, dando um tapinha em seu ombro.

— Bom, vou só dizer oi. Você fica aqui.

— Tenha cuidado. — Reggie assentiu para os soldados. — Nismera sabe o que vocês são. Ela não enviaria soldados sem algo forte o suficiente para subjugar você.

— Entendido.

Saí do meio dos arbustos, e todos os olhos se voltaram para mim.

— Bem, já que todos estão aqui, presumo que Nismera recebeu meu recado? — Fiz beicinho. — É uma pena que ela não tenha vindo em pessoa. Digam-me, ela sempre manda seus lacaios?

— Quer dizer que você é a Ig'Morruthen que ela tanto deseja? — Meus olhos pousaram sobre o general caolho enquanto ele dava um passo à frente. Ele se elevava acima dos outros soldados, que o seguiram, as mãos apoiadas nos punhos de suas espadas. — Eu esperava que fosse diferente, mais assustadora talvez. Você é minúscula.

Olhei para mim mesma, depois de volta para o comandante imponente e caolho.

— Acho que todo mundo é minúsculo comparado a você.

— Não faz diferença. — Sua voz ecoou enquanto os soldados perto dele se posicionavam em formação. — Está detida pela Vigésima Terceira Legião.

Cruzei os braços, plantando meus pés firmemente no chão.

— Ah? Estou? Acho que vai precisar de mais, para ser honesta.

O comandante riu, segurando a barriga com uma das mãos, depois, olhou para trás enquanto seus soldados se juntavam a ele.

— Ah, acho que não.

Estendi minha mão, uma bola de fogo rodopiante crescendo antes de me virar para eles.

— Tem certeza disso?

Um por um, os soldados colocaram as mãos atrás das costas e, uma por uma, correntes brilhantes e farpadas caíram de suas mãos.

— Mas que merda.

Um membro arrancado bateu na árvore, e o general grunhiu abaixo de mim.

Reggie saiu do mato e se aproximou de mim, seus pés esmagando a grama queimada. O salto da minha bota ainda pressionando a garganta do general, minhas mãos nos quadris quando me virei para Reggie.

— Estava certo sobre as armas. — Indiquei os pedaços de soldados espalhados pelo chão. Algumas das correntes ainda brilhavam próximas aos corpos. A parte de trás do meu braço ainda ardia onde eu tinha sido atingida. Depois daquele primeiro golpe, aprendi a desviar um pouco mais rápido.

— Foi o que presumi — respondeu Reggie antes de olhar para o general que prendia sob meu pé. Ele arranhava minha perna, tentando respirar, seu único olho injetado de sangue agora. — Você está bem?

Dei de ombros.

— Algumas queimaduras leves, mas os soldados não são nem de longe tão treinados quanto deveriam ser se Nismera espera que me derrotem. Estou bem.

Reggie assentiu com ar solene.

— E quanto a ele?

Franzindo os lábios, inclinei a cabeça para o lado e virei o tornozelo. O corpo ficou mole, seus braços caindo ao lado.

— O que tem?

— Supus que você manteria um vivo...

— Eu mantive. — Inclinei-me e arranquei o único olho do comandante antes de caminhar até a soldada meio esmagada encostada na árvore. Ela estava sentada e agarrava a barriga, o corte profundo o suficiente para que ela sibilasse. Arranquei o capacete quebrado de sua cabeça, e ela me xingou em uma língua que eu não conhecia.

— Reggie, traduza para mim, por favor.

Reggie assentiu.

Agachei-me diante dela e mostrei-lhe o olho do seu general. Ela afastou o rosto de mim.

— Quero que leve isto de volta para Nismera. Mostre a ela o que sobrou da sua preciosa legião.

Reggie falou na língua dela, repetindo o que eu disse. O rosto da soldada empalideceu. Ela havia presumido que eu ia matá-la.

— Agora me diga como me encontraram.

Ela estremeceu, seu sangue escorrendo entre os dedos. Ela falou, olhando entre Reggie e mim.

— Fomos enviados para capturar a Ig'Morruthen selvagem.

Olhei para Reggie.

— Isso eu consegui adivinhar. Pergunte a ela por quê.

Reggie repetiu. Ela olhou para mim, mas falou com ele para que ele pudesse traduzir.

— Sim, Cidade de Jade é cheia de curandeiros, mas são especialistas em venenos. Eles seguem a única e verdadeira rei.

Suspirei e me levantei.

— Samkiel e eu estávamos certos. Eles têm um monte de potes contendo plantas raras e perigosas. Samkiel não sabia o que estavam fazendo, mas sabíamos que algo não estava certo. Certo, precisamos ir buscá-lo, e depois...

A soldada soltou uma risada aguda, seguida por uma tosse molhada e dolorida. Ela me encarou enquanto falava.

Os olhos de Reggie se arregalaram, mas ele não falou nada.

— O que ela disse?

— Deve prometer...

— O que ela disse? — Cruzei a distância entre Reggie e mim.

— Falou que você está perdendo tempo com ela, mas que não importa. O traidor com quem você trabalha já foi capturado e será executado quando chegar a Nismera. Ela disse que você já perdeu.

Todo controle e racionalidade se acabaram naquele segundo. Eles foram para a Cidade de Jade primeiro. Aquela escuridão angustiante em mim avançou feito um incêndio. Virei-me e agarrei a soldada pela garganta, pressionando-a contra a árvore.

— Diga-me para onde o levaram — rosnei — e talvez eu deixe você viver.

Ela tossiu e puxou meu pulso, mas pressionei com mais força antes de deixar seus pulmões se encherem de ar.

Ela olhou para Reggie, sua voz quebrada quando falou. Atrás de mim, Reggie traduziu.

— Ela não contou aos soldados. Apenas confiou a informação a Fig, o general cujo olho está segurando no momento — respondeu Reggie.

— Justo. — Dei de ombros. — Mas ele não ia falar, então sobra você. O que eles sabem?

Esperei que Reggie perguntasse e traduzisse a resposta.

— Que você é uma vadia traidora, e que aqueles que trabalham com você e a ajudam sofrerão muito. Um veículo de carga já está a caminho deixando a cidade levando o traidor até Nismera. Planejam levá-lo até ela para...

Minha pele se arrepiou. Nismera sabia que Samkiel estava vivo? Não. Era cedo demais. Ele mal conseguia segurar uma lâmina. As veias ao longo de sua cicatriz escureceram nos últimos dias, e era tudo o que eu conseguia fazer para me impedir de sair em fúria assassina. Eu sabia que ele estava piorando. Soube disso quando nossos dias de treinamento ficaram mais curtos e quando ele nem queria me tocar, mas preferia que ficássemos apenas abraçados. Não houve dúvidas quando ele estava esvaziando o estômago no banheiro ontem à noite. As palavras de Reggie dançaram em meu cérebro, enchendo-me de pavor. E se Reggie estivesse certo? E se eu o tivesse trazido de volta apenas temporariamente?

Não ouvi mais nada.

Não senti mais nada.

Ele estava mole em meus braços, aquele cinza mórbido agora tomando todo o seu rosto.

A cor tinha sido removida.

Meu raio de sol foi apagado.

— Eu também teria amado você naquela época.

Amor

Amor

Amor

— Lembre-se, eu amo você...

Presas irromperam das minhas gengivas, minha boca descendo enquanto rasgava seu pescoço. Ela berrou embaixo de mim enquanto eu me alimentava até não sobrar mais nada. Seu corpo caiu no chão, e me afastei. Usando a manga da camisa, limpei o sangue do rosto.

— Dianna — repreendeu-me Reggie. — É a isso que me refiro quando falo de controle. Você podia ter obtido mais informações.

— Não preciso de mais informações. Preciso só de poder. — Passando por ele, alcancei o corpo do general caído e arranquei a manopla de seu braço. Joguei-a para Reggie, que a pegou com uma das mãos e olhou para mim.

— Aonde está indo?

Eu me afastei pisando duro.

— Aonde você acha?

— Dianna.

— Não. — Girei, minha mão se esticando para apontar um dedo para ele. — Estou à beira do limite agora, Roccurem. Então, não me diga o que preciso fazer. Não vou perdê-lo uma segunda vez. Não posso.

Não igual eu a perdi, mas essas palavras nunca deixaram os meus lábios.

— Dianna. — Reggie parou na minha frente, suas mãos em meus braços. Ele se afastou com um silvo como se minha pele o queimasse. — Aquela criança não merece sua ira.

Ele estava falando sobre Miska. Minha visão mudou, e eu sabia que meus olhos tinham ficado vermelhos.

— Acha que eu machucaria uma criança?

— Se você incendiar aquela cidade em uma fúria cega, se o lugar cair, ela irá junto.

Afastei-me dele, sem parar dessa vez quando ele chamou meu nome.

— Guarde essa manopla, Reggie. Eu volto — falei.

Meus braços cresceram, formando asas, e escamas substituíram minha pele. Um rugido rasgou o ar, meu corpo mudando mais rápido do que nunca. Cortei um caminho pelo céu, meu olhar focado na Cidade de Jade.

XV
MISKA

Eu sabia que ia morrer aqui. Eu nunca veria os enormes castelos de pedra sobre os quais minha mãe escreveu ou as árvores que mudavam de cor com as estações. Eu não veria nada disso por causa do que eles fizeram.

Eles riam com a rainha, copos radiantes tilintando enquanto falavam do prêmio com que Nismera os recompensaria e como a Cidade de Jade seria o epicentro dos novos reinos. O riso e a alegria morreram quando a escuridão se espalhou pela sala, bloqueando o sol. Mas foi o rugido que quebrou o vidro que fez meus ossos tremerem. O som viveria na minha mente para sempre. As mesas tremeram, a comida rolando para o chão bem antes de ela atacar. Eu nunca tinha ouvido nada tão alto ou sentido algo tão quente. O mundo estremeceu, e foi minha culpa por não perceber que nunca me aceitariam; apenas me usaram para afastá-la.

Agora, a morte havia nos encontrado e incendiava nosso mundo.

Outra poderosa rajada de chamas desabou, e mais gritos ecoaram pelos corredores em ruínas. Cobri meu nariz e corri mais rápido, descendo as escadas. O cheiro, ai deuses, o cheiro. Meus olhos lacrimejaram enquanto eu agarrava as laterais do meu vestido, permitindo que minhas pernas tivessem liberdade para se mover.

Ela soltou um rugido ensurdecedor, e caí contra a parede mais próxima enquanto o lugar inteiro tremia. Desabei contra a pedra e me arrastei, correndo em direção à janela recortada.

— Oh, deuses.

Minha mão cobriu minha boca em horror. A cidade tinha se partido ao meio e estava coberta de chamas, caindo em direção ao mar agitado abaixo. Meu coração batia forte no peito. Eu precisava descer, pegar os remédios que conseguisse e encontrar uma jangada de fuga. Lembrei-me de Sashau e Killie falando sobre elas quando planejavam sair escondidas da cidade certa noite e como seria fácil controlá-las.

Sem perder mais tempo, cortei caminho através da fumaça, fogo e medo enquanto o mundo ao meu redor continuava a acabar. Nas entranhas do palácio, o corredor no final das escadas raramente era usado, exceto para armazenamento. Apenas curandeiras mais velhas tinham permissão para descer até ali. Sombras dançavam nas paredes, luz se derramando de um dos cômodos. Não fui a primeira a pensar nisso.

—Viu o que ela fez e o que trouxe sobre nós? — Alguém sibilou de dentro da sala.

—Temos que ir embora agora — respondeu outra voz feminina enquanto as paredes tremiam mais uma vez, quase me derrubando.

Não. Se elas fossem embora, eu ficaria presa aqui. Ou pior, seria queimada viva igual aos outros.

Apressei-me, sem me preocupar se me viam ou o que estava falando. Eu só queria ir embora, mas parei de repente quando entrei na sala e vi o que estavam fazendo.

Suas cabeças se ergueram depressa, a curandeira mais velha, Franzceen, fez uma careta ao me ver. Havia várias outras curandeiras com ela, incluindo Sashau e Killie.

Elas tinham sacolas penduradas em seus corpos, cheias de ouro, joias e ervas raras. Parecia que tinham saqueado o tesouro da rainha.

—Vocês estão roubando enquanto a cidade cai.

Elas zombaram de mim.

— Como, de todas as pessoas aqui, a mais irritante ainda estaria viva? — retrucou Sashau.

Duas das garotas agarraram suas sacolas como se achassem que eu tentaria roubá-las. A sala tremeu violentamente, o palácio inteiro gemeu. Tropecei, segurando-me contra uma mesa.

Todas se firmaram e olharam ao redor, nervosas.

— Não temos tempo para isso. Vamos para as balsas — falou Sashau.

As balsas. Havia apenas duas, e pelo jeito, eu não ia conseguir um lugar.

Meus olhos se arregalaram, e todas nos encaramos por um momento antes que elas se virassem e corressem em direção à porta. Eu as segui, mas fui parada por uma dor aguda florescendo em meu rosto. Gritei e caí no chão. Jogando meu cabelo para trás, segurei minha bochecha latejante e olhei para Killie. Ela estava acima de mim, sua mão ainda fechada.

—Você não vai, aberração — praticamente cuspiu ela. — Fique aqui e morra com nobreza, diferente da sua mãe.

Lágrimas surgiram em meus olhos, e não pude lutar contra elas. Nunca lutei com ninguém e sabia que eu ia queimar aqui ou ser engolida pelo oceano.

— Killie — chamou Sashau de uma porta no final do corredor.

—Vocês duas, vamos. Não temos tempo para isso — sibilou Franzceen. — Precisamos...

Ouviu-se um ruído suave de esmagamento, e Franzceen arquejou, seu rosto congelando em uma careta. Seus braços ficaram flácidos, e seus olhos reviraram na cabeça. Como se estivesse em câmera lenta, ela se inclinou para a frente e caiu no chão.

— Qual foi a última parte?

Xio.

Sua mão estava estendida, uma massa carnuda pousada em sua palma ensanguentada. Ela franziu o nariz e a deixou cair, o coração batendo na pedra com um baque úmido.

As curandeiras gritaram de medo, e a sala explodiu em caos. Cobri meus ouvidos e virei as costas, encolhendo-me em uma bola apertada no chão. Chorei, sabendo que eu era a próxima. Ela me encontraria e arrancaria meu coração em seguida, e eu era fraca. Não podia fazer nada para impedir.

Sashau gritou e depois gorgolejou como se estivesse sufocando. Ouvi um corpo cair no chão, seguido por um rosnado baixo e cruel. Houve uma confusão de passos e mais gritos. Reconheci a voz de Killie, implorando por sua vida, e em seguida nada. O único som era o crepitar do fogo, mas nenhuma chama tocava minha pele, e nada parecia se mover. Ela tinha ido embora? Esperei até não conseguir mais suportar o silêncio e, respirando pelo nariz, abri meus olhos.

Eu gritei, mas logo o som morreu na minha garganta, o terror roubando minha habilidade de emitir sons. Seu rosto estava a poucos centímetros do meu. Olhos vermelhos reluzentes me encaravam intensamente. Ela estendeu a mão e agarrou meu queixo, seu aperto doloroso. Era isso. Eu tinha certeza de que ela ia arrancar minha cabeça, mas não o fez. Inclinou minha cabeça, inspecionando minha bochecha onde Killie me bateu. Eu podia sentir a pulsação no rosto e imaginei que um hematoma já havia se formado. Ela sibilou e abruptamente me soltou.

— Levante-se — ordenou Xio.

Levantei as mãos, incapaz de conter as lágrimas que turvavam minha visão.

— Eu realmente não sabia. Só estava tentando ajudar. Tem que acreditar em mim. Elas me enganaram como sempre fazem e me falaram que eu estava ajudando, mas não estava. Elas me contaram sobre a planta, o único ingrediente de que precisávamos para mais remédios, mas não estávamos sem. Eu encontrei quando desci para limpar. Então, ouvi a comoção quando os soldados chegaram e me escondi. Ouvi as curandeiras conversando, mas não sabia. Juro. Queriam você longe o suficiente para que demorasse um tempo para voltar. A rainha o envenenou. Eles o levaram há algum tempo.

Solucei enquanto esperava que ela avançasse sobre mim, mas ela apenas limpou o sangue do queixo e declarou:

— Eu sei.

Minha garganta se moveu quando engoli meu soluço de alívio.

— Sabe?

Ela assentiu.

—Vamos recomeçar, está bem? Meu nome não é Xio. É Dianna. Essas pessoas tiraram de mim alguém que significa muito, muito mesmo, e agora preciso da sua ajuda para trazê-lo de volta, ok?

Eu assenti, meu coração aliviando seu ritmo frenético.

— Então você não vai me matar?

Ela sorriu e se levantou, estendendo a mão para mim.

— Não, Miska, não vou matar você. — Em seguida, olhou por cima do ombro e seguiu falando. — Mas vou matar todo mundo.

Os textos antigos falavam da grande escuridão que se abateria sobre a terra, sobre como apagaria toda luz, não deixando nada em seu rastro. Aqui estava, só que não era fria nem silenciosa, mas uma bolha de queimadura contra a pele e carregando o fedor puro da morte. Era isso que ela era, mas quando coloquei a mão na dela, senti calor ali, seu toque suave e protetor, não doloroso. Talvez tenha sido isso que Cedaar viu nela também.

— Eu não sabia que iam levá-lo. Acreditei mesmo que queriam mais ervas para ajudar a curar, juro.

Seus olhos examinaram os meus enquanto ela inclinava a cabeça para o lado.

— Eu sei. Acho que o estavam envenenando. Seu chá pareceu ser a única coisa que ajudou. Acha que pode fazer mais um pouco?

— Sim — respondi. — Se eu souber qual é o veneno, talvez consiga fazer um antídoto? Preciso pegar o livro da minha mãe e algumas ervas daqui.

Ela soltou minha mão e começou a recolher as sacolas dos corpos no chão. Ela as jogou para mim e acenou em direção à sala.

— Pegue o que precisa, depois iremos falar com sua rainha.

Escolhi meu caminho através do sangue e entranhas, meu olhar pousando no corpo de Sashau. Seus olhos sem vida me encaravam de volta, sua garganta retalhada. Corri para as prateleiras e comecei a reunir o que precisava, focando os suprimentos. A sala balançou outra vez, mas não havia mais medo com ela às minhas costas.

Agarrei a sacola com mais força, assegurando-me de manter as ervas de que precisávamos. Eu tinha embalado o suficiente para que a bolsa ficasse pesada. Dianna esfregou a testa e olhou feio para a Rainha Frilla. Ela estava deitada no chão, segurando a lateral do corpo, e não parecia bem. Dianna tinha queimado metade do cabelo, os ferimentos desciam pelo rosto até o flanco.

— Pergunte de novo qual é o veneno.

Eu perguntei, e dessa vez, a rainha não fez um comentário desafiador, mas tremeu enquanto respondia. Se ela não recebesse ajuda logo, ia morrer.

— Eu sei o que é. Posso fazer um antídoto. Só precisamos encontrá-lo — declarei, mantendo minha voz baixa.

Dianna flexionou as mãos ao lado do corpo antes de cruzar os braços.

— Ótimo. Agora pergunte para onde o levaram.

Virei-me para Frilla e perguntei. A rainha respondeu, seu tom trêmulo, porém, venenoso.

— Miska. Querida. O que ela está falando?

Engoli em seco enquanto a rainha me encarava. Mesmo coberta de fuligem e sangue, ela me odiava.

— Ela diz que não importa, de qualquer forma. Você tomou a cidade dela, então, o acordo que ela tinha não significa nada.

Dianna assentiu.

— O acordo com Nismera.

Eu assenti.

— Onde estão agora?

Quando perguntei, a rainha riu antes de tossir. Ela tentou sentar mais ereta e estremeceu. Dianna esperou que eu falasse, meus lábios se curvando quando olhei para ela.

— Foi vulgar, mas em termos curtos, ela não vai lhe contar. Ela espera que você morra com ele.

Dianna balançou a cabeça e riu enquanto sorria para a rainha.

— Sabe, você nem sabe quem ele é. — Ela mordeu o lábio inferior. — Samkiel teria ajudado você, salvado você e seu povo. Ele teria se desdobrado para lhe oferecer paz. Ao contrário dos deuses antigos, ele é gentil e atencioso. — Seu olhar escureceu para um carmesim brutal quando ela levantou a mão. — Tudo o que eu não sou.

Chamas rugiram da palma de Dianna, e gritei. A rainha não teve tempo de gritar antes de ser engolida. Ela ardeu até que nada além de uma mancha de cinzas escuras restasse onde ela estivera sentada. Dianna recolheu as chamas para si, e sequei minha testa, o calor me fazendo suar.

— Agora. — Ela se virou para mim tão rápido que me sobressaltei. — Precisamos ir buscar um Destino que deixei em outro planeta.

Ela agarrou minha manga e me arrastou junto, o mundo tremendo e retumbando. A pedra sob nossos pés rachou com um estrondo imenso, comprometendo a estabilidade da cidade.

— Espera, você falou um deus? E Destino? — Minha mente girava.

— Sim. — Ela continuou me puxando junto consigo. — O nome dele é Samkiel, e o nome do Destino é Reggie. Precisamos ir buscá-lo antes que ele tenha um ataque.

Parei no meio do caminho quando ela se virou para olhar para mim.

— O Samkiel? — Engoli em seco. — O Destruidor de Mundos?

Um sorriso, curto e breve, curvou seus lábios antes que a tristeza se infiltrasse. Era como se até mesmo a menção dele lhe trouxesse alegria.

— Sim, o próprio. Agora temos que ir salvá-lo.

— Mas... mas ele morreu. Eles falaram... mas a luz dele está no céu... — Meu coração batia forte. — Como ele está vivo?

Ela começou a avançar outra vez, e a segui. Observei suas costas ao passarmos pela porta aberta e nos virarmos em direção ao enorme buraco na parede. Pelo tamanho, era por ali que ela tinha entrado quando chegou.

— Como se sente em relação a voar? — indagou ela, ignorando minha pergunta.

Ficamos na abertura, nuvens passando por nós. Meu estômago desabou enquanto ficávamos à beira do precipício aterrorizante. Segurei a sacola com mais força, meus olhos se arregalando quando percebi o que ela queria dizer.

— Nunca voei para lugar nenhum antes.

Ela deu de ombros.

— Bem, há uma primeira vez para tudo.

Fumaça escura e espessa a cercou, e sua forma ficou enorme. Eu saltei para trás, meu arquejo morrendo conforme uma armadura de escamas revestia seu corpo. Asas enormes rasgaram as paredes e o teto quando ela as abriu. Tive um segundo para decidir o que eu queria, e a resposta veio mais fácil do que eu esperava. Finalmente deixaria este lugar em ruínas para trás. A escuridão me oferecia uma nova vida, uma nova escolha, e a aceitei. Movi a sacola e comecei a subir, usando as escamas para me puxar para cima de suas costas. Eu mal tinha me acomodado quando ela saltou para fora do prédio, destruindo a parede inteira ao partir.

O vento arrancou o grito dos meus lábios, e agarrei os espinhos ao longo de seu pescoço com tanta força que minhas mãos doeram. Suas asas batiam silenciosas, impulsionando-nos pelo céu enquanto subíamos. A Cidade de Jade flutuante, junto de todas as memórias ruins que continha, estava em pedaços e em chamas enquanto caía.

XVI
CAMILLA

Nismera estava sentada à cabeceira de uma mesa de pedra maciça esculpida. Observei impressionada das sombras enquanto raios vivos dançavam sob sua superfície. Eles chicoteavam e se enrolavam em sua direção e voltavam, uma manifestação física de seu poder. Eu tinha ouvido histórias sobre ela, as outras bruxas sussurrando seu nome com medo. Suor escorria pelas minhas costas ao pensar que ela poderia me pegar, mas eu precisava de respostas. Eu havia sentido uma mudança quando chegamos aqui, e aquele sentimento angustiante não fez nada além de crescer. Algo velho, poderoso e raivoso estava se agitando, e eu não conseguia dizer com exatidão o que era. Um suspiro profundo separou seus lábios quando ela pôs a mão na testa e balançou a cabeça. O temperamento se inflamou, e até mesmo a imagem holográfica de um soldado de armadura pesada arrastou os pés.

— A legião enviada para capturá-la falhou, minha soberana.

Eu a vi cerrar o maxilar com tanta força que uma veia pulsou em sua testa. Uma lembrança do Destruidor de Mundos passou pela minha mente. Quão semelhantes, mas tão vastamente diferentes eles eram.

— Quantas baixas? — rosnou ela, sua voz gutural.

O soldado fez uma pausa.

— Todos, minha soberana. Não havia nada além de cinzas e chão queimado. — Uma comoção às costas do soldado o fez olhar para trás antes de se concentrar de novo em Nismera. — E o olho do Comandante Fig estava... arrancado, minha rei.

Nismera cobriu a boca com as mãos e se virou para Vincent. Um sentimento que eu não consegui nomear atingiu meu estômago quando ele pôs uma mão de consolo sobre o ombro dela. Seu general leal naquela maldita armadura perdição do dragão. Tantos espinhos e linhas rígidas, iguais a ele e sua alma maldita.

Vincent estava ao seu lado desde o momento em que chegamos a este reino. Se ele não estava me escoltando indo e voltando da minha estação de trabalho, estava com Nismera. Ele era mais do que general dela, e isso me dava náuseas. Eu ainda odiava como ele era praticamente minha maldita sombra, e estava ainda mais irritada porque nossos quartos eram quase conjugados, com apenas o corredor nos separando.

— Mas antes que a legião perecesse, capturaram o companheiro dela. Ele está sendo enviado para a prisão.

Isso chamou a atenção dela.

— Companheiro? — questionou Vincent, uma sobrancelha perfeitamente esculpida erguida.

— O Destino — corrigiu Nismera. — Eu não o matei. Ele é quem a está ajudando agora. Tem que ser ele.

Um membro da Ordem limpou a garganta e disse:

— Talvez devêssemos nos concentrar nela, minha rei? Embora seja um incômodo, o Olho não causou o caos que ela causou.

Nismera virou depressa para encarar o membro da Ordem.

— Não estou preocupada com a prostituta de Samkiel. Ela não tem ninguém. Seus amigos estão aqui sob meu controle, sua família foi morta e Samkiel está morto. Ela não tem proteção, não é mais uma ameaça para mim. Tudo o que ela está fazendo é agir como uma criança ferida, queimando tudo em seu caminho. Não significa nada para mim. Temos questões mais importantes com as quais nos preocupar. Quando e se ela chegar perto de mim, eu a executarei. Farei disso tamanha demonstração que qualquer pensamento de me desafiar que esteja apodrecendo na cabeça de qualquer um será extinto.

Nismera suspirou e se inclinou para a frente, unindo as mãos diante de si. O mapa que ela havia disposto brilhava na mesa. As peças eram esculpidas e imbuídas de magia de bruxa. Ela observou montanhas, pequenos edifícios, colinas e nuvens menores que meu dedo se movendo pela paisagem, mantendo um olho em seus inimigos. Com um movimento de sua mão, a imagem mudou, e respirei fundo. Ai, deuses. Ela tinha um mapa vivo dos reinos. Como?

Vincent a observava feito uma fera faminta desesperada para comer. Meu lábio se curvou com o quão ele era completamente obcecado por ela. Ele sempre a observava ou estava a um fio de cabelo de distância dela. Eu não conseguia acreditar que a deusa onipotente sentia o mesmo. Meu olhar se fixou nele, e eu engoli em seco, tentando imaginar. Com todas as opções que ela tinha atiradas a seus pés, por que ela escolheu Vincent?

Segura em minha invisibilidade, permiti que meus olhos se demorassem nele por mais alguns momentos. Seu cabelo longo e escuro caía por suas costas, mas ele o afastou do rosto de um lado e o prendeu em uma trança de guerreiro. A armadura perdição do dragão que as pessoas de mais alto escalão de Nismera usavam acrescentava volume ao seu corpo já grande e musculoso.

Suponho que ele era bonito, mas essa beleza desaparecia quando você o conhecia, sabia o que ele havia feito e o que era capaz de fazer. Era uma pena, no entanto, uma pena ser tão belo e feio ao mesmo tempo. Talvez fosse por isso que os dois combinavam tão bem. Perguntei-me se ela ia se casar com ele, torná-lo seu consorte oficialmente. Os dois governariam a desolação que ela deixaria em seu rastro?

Meu olhar voltou para o rosto dele, e minha respiração ficou presa. Ele estava olhando direto para mim. Impossível. Olhei para baixo, notando o oscilar da chama verde em meu pingente. O feitiço ainda estava funcionando. Eu estava invisível, mas... me movi para trás, afundando mais nas sombras. Seu olhar não me seguiu. Ótimo. Talvez eu estivesse errada. Respirei fundo e forcei minha atenção de volta para o salão.

Vincent se inclinou para a frente, limpando a garganta. Eu poderia jurar que seus olhos se voltaram para mim mais uma vez. Todos os olhos imediatamente se concentraram nele, mas os guardas armados não vacilaram com sua presença. Ele uniu as mãos atrás das costas.

— Com todo o respeito, minha rei, sinto que devemos persistir em buscar o paradeiro de Dianna.

Nismera apoiou o queixo na mão.

— E por que pensa assim? — Ela quase ronronou. Ela só falava com Vincent daquele jeito, e eu não sabia o porquê, mas me fazia querer vomitar.

— Porque não estamos lidando com Ayla. Ayla morreu no segundo em que Kaden colocou as mãos nela. Estamos falando de Dianna. Não estamos lidando com a companheira de Samkiel. Estamos lidando com a de Kaden.

O salão ficou mortalmente silencioso, e para minha sorte mais criaturas ali tinham batimentos cardíacos, porque o meu batia feito um tambor.

Nismera riu, mas o local permaneceu imóvel, o ar agarrando a si mesmo e temperado com medo. Todos a observavam com certa cautela. Se aqueles olhos diabólicos se iluminassem, não haveria escapatória. Seria preciso apenas um movimento de sua mão, e todos arderiam, destruídos pelo poder divino devastador que ela exercia com tanta competência.

—Vincent, Kaden não tem companheira. Ele não nasceu da carne.

—Agora ele tem. Ele a fez, a moldou depois que a encontrou. Os dois passaram mil anos juntos. Ele a treinou, fez dela uma assassina, e com todo respeito, minha rei, uma assassina muito boa. Ela matou Alistair com as próprias mãos. Eu estava lá quando ela destruiu toda a organização dele. Eu estava lá quando ela retornou de Yejedin, coberta com as cinzas de Tobias. Eu vi tudo. Ela pode ter sido feita para Samkiel, mas é o sangue de Kaden, sua ira, fúria e, acima de tudo, poder. Depois do que fizemos com Samkiel, ela não vai descansar. Ela quase arrasou Onuna por Gabriella. O que fará por ele?

Nós esperamos. Todos esperamos. Nem os Reis de Yejedin se moveram.

Nismera respirou fundo como se estivesse refletindo, depois, recostou-se na cadeira. Tamborilou suas unhas perfeitamente pintadas na mesa.

— Acha que eu deveria temê-la?

— De modo algum, minha rei, apenas penso que deixá-la continuar em seu caminho de guerra pode fazer com que questionem seu governo. Não quer enviar a mensagem errada para aqueles que ainda estão opondo-se a você.

— O garoto tem razão — comentou Gewyrnon.

Minha pele arrepiou por estar tão perto de outro Rei de Yejedin. Até as bruxas os temiam. Gewyrnon era capaz de manipular doenças e espalhar uma praga com as próprias mãos. As bruxas tinham memórias antigas e se lembravam da última vez que ele havia causado estragos com seus poderes. Sua contraparte era igualmente perigosa. Ittshare conseguia esculpir gelo sem nem piscar. Seu cabelo estava espetado com gelo e eu conseguia sentir o frio gélido emanando de sua pele daqui.

— Como assim? — interrompeu Ittshare. — O reino Evunin pode ser um deserto congelado agora, mas os corpos cristalizados no meu gelo não eram apenas aqueles que não se curvavam, mas rebeldes também. Se ela for de Kaden e estiver contra nós, será vista como uma arma para destronar você. Assim como viram com Unir.

Nismera esfregou uma das mãos sob o queixo, olhando para os outros no salão.

— Ela é Ig'Morruthen. Ninguém, nem mesmo os Altíssimos, a seguiriam.

— O Deus-Rei e seu filho podem estar mortos, mas ela pode ser um farol de esperança, não importa o quão violenta seja. Não precisam segui-la desde que ela se oponha a você — declarou Ittshare.

Os olhos de Nismera penetraram cada um deles, e segurei meu pingente um pouco mais forte.

— Muito bem. Lidaremos com isso — disse Nismera decisivamente. Ela se levantou, e estava decidido.

Vincent deu um passo para trás, e os outros deram um passo à frente. Nismera não mencionou mais nada sobre Dianna enquanto ficava de pé acima de seu mapa dos reinos.

Minha mente disparou. Rebeldes? Contra Nismera e menção aos Altíssimos? Sejam quem fossem, e por que isso a fez hesitar? Escutei-os enquanto conversavam, porém, não houve mais menção a rebeldes ou aos Altíssimos. Ela só falou sobre os lugares que desejava proteger em seguida, alimentos para o palácio e as tropas, e como impedir que suprimentos chegassem a certas áreas. Um mensageiro entrou, informando-lhe sobre um carregamento que chegaria para ela em alguns dias.

O salão finalmente se moveu, e começaram a se retirar. Fiquei no canto do aposento, esperando até que todos tivessem ido embora antes de me aproximar da mesa. Checando uma última vez para ter certeza de que ninguém havia permanecido, tentei e falhei em fazer o mapa se mover.

—Vamos — sussurrei e, ainda assim, nada. Minha magia atingiu uma parede de tijolos e ricocheteou de volta para mim. Permaneceu apenas uma laje de pedra fria e vazia com entalhes e arranhões.

Balançando a cabeça, andei ao redor da mesa, procurando por qualquer coisa que pudesse usar, um pedaço de papel rasgado, um item deixado para trás, mas não havia nada. Abaixei-me e verifiquei embaixo da mesa, mas até o chão estava totalmente limpo. Xinguei e fiquei de pé, meu suspiro sendo cortado quando uma grande mão com armadura envolveu meu pescoço.

Minhas costas bateram contra a pedra dura da mesa, seu aperto devastador inflexível. Ele se forçou entre minhas pernas e pressionou seu peso contra mim.

— Que merda você está fazendo aqui? — sibilou Vincent.

As escamas de sua manopla encouraçada quebraram o pingente entre meus seios. A magia tremeluziu e crepitou até que se extinguiu. O ar frio ondulou sobre mim quando minha forma se solidificou. Com seu braço pressionado entre meus seios e seus quadris separando minhas coxas, lutei para ignorar o breve lampejo de calor que queimou fundo em minha barriga. Balancei a cabeça. O que havia de errado comigo? Sagrados deuses ardentes.

— Como sabia que eu estava aqui?

— Farejei o cheiro de bruxa arrogante no segundo em que você entrou. Tem sorte por eles não terem sentido — sibilou ele, sussurrando, e percebi que mesmo com a força bruta que ele estava usando, não estava gritando nem alertando ninguém.

Minha mão envolveu seu pulso e um suave brilho esmeralda se formou.

— Solte-me, ou vou derreter seu pau.

Um canto dos lábios dele se contraiu, mas ele se levantou e olhou para a porta aberta antes de dizer:

— Derreta. Vai apenas me fazer um favor. Talvez ela me deixe em paz por um dia.

Esfreguei meu pescoço e olhei para meu pingente. Eu o segurei.

—Você quebrou.

—Você é uma bruxa. Conserte — respondeu ele, erguendo seus ombros enormes.

Ele se afastou de mim e fechou a porta enquanto eu iniciava o conserto.

— Por que fala que sou uma bruxa como se fosse uma maldição?

— E não é?

Olhei para ele enquanto o pingente em minha mão lentamente se consertava.

— Não.

— Eles usam você pelo seu poder, sem se importar com o quê ou quem você é. Não se interessam por qual é sua comida favorita ou se você dorme com uma luz acesa para se confortar em um mundo novo e estranho. Ninguém vai perguntar sobre seus sonhos ou seus maiores medos. Você não é nada além de poder para ninguém aqui. Parece uma maldição para mim.

Ergui a cabeça depressa e hesitei. Por que isso tudo teria importância para ele?

— Estamos falando de mim ou de você?

Vincent me lançou um olhar feio.

— Qual era seu plano, afinal? Mesmo se espionar e encontrar qualquer informação que acha que precisa, nunca escapará deste lugar. Ninguém escapa de Nismera.

— Talvez ninguém nunca tenha se esforçado o suficiente — retruquei, cruzando os braços.

Um olhar assombrado passou pelas feições de Vincent, desaparecendo tão rápido quanto surgiu. Não tínhamos um relacionamento, nem eu me importava o bastante para perguntar o que significava.

—Vamos — chamou ele, inclinando a cabeça em direção à porta. —Vamos embora.

— Não — respondi. — Ainda estou olhando.

Vincent veio em minha direção com a graça de um predador e agarrou meu braço.

— Isso não foi um pedido.

Ele me puxou para a porta. Depois de se certificar de que o caminho estava livre, a abriu e me puxou para o corredor.

Lutei contra seu aperto, não gostando das faíscas que dançavam pelo meu corpo com seu toque.

— Dá para você parar de me arrastar feito um brutamontes?

— Paro quando você começar a me ouvir e seguir para onde eu disser — retrucou ele sem nem olhar para mim. Eu sabia que ele odiava essa situação. Nismera nos forçou a ficar juntos no segundo em que chegamos aqui. Eu não conseguia nem mijar sem Vincent ou algum outro guarda estarem por perto. Eu estava presa aqui de mais de uma forma, e deuses acima, recusava-me a ser tratada como um animal de estimação pouco tolerado.

— Quando me pedir com gentileza e não me der ordens como se eu fosse inferior a você, eu vou — retruquei. Seu aperto aliviou, mas ele não me soltou. — Para onde estamos indo, afinal?

— Pegar comida para você — respondeu ele, os guardas pelos quais passamos acenavam com a cabeça para Vincent.

— Comida?

— Sim. — Dessa vez, ele olhou para mim por cima do ombro. —Você não comeu hoje.

Franzi as sobrancelhas.

— E como sabe disso?

Ele me soltou em frente a um refeitório, vozes altas vindo lá de dentro.

— Porque sou seu guarda, lembra? E não escoltei você hoje.

Justo, mas o jeito que falou isso fez minha magia ficar em alerta. Não por medo ou tentando me proteger, mas em um sussurro, quase um ronronar. Mentalmente dei um tapa nela. *Pare com isso*. Ele era um traidor, um falso. Ele faria o mesmo conosco.

— Está bem.

Vincent abriu a porta, e as vozes lá dentro cessaram quando o viram. Alguns seres pegaram suas bandejas e saíram correndo. Os que permaneceram mantiveram suas cabeças e vozes baixas, evitando contato visual com ele. Notei Vincent ficar tenso, mas ele não disse nada. Talvez não gostasse da atenção negativa, mas era culpa dele mesmo. Não me senti mal por ele, nem por um segundo.

Ele estendeu o braço, chamando-me para avançar com ele. Vários seres misturavam e amassavam uma infinidade de comida, mas nenhuma me era familiar.

Dei um passo à frente e parei.

— Não sei o que pegar.

— Do que gosta? — perguntou ele.

— Ovos? — Dei de ombros. — É cedo, então, café da manhã.

—Vá sentar. Eu já volto — mandou ele antes de me deixar sozinha no centro do salão. Engoli o nó crescente na garganta e encontrei uma mesa vazia. Ajeitei a saia de seda em volta das minhas pernas e sentei. Olhares dispararam entre Vincent, mim e depois de volta, mas ninguém falou nada, nem um sussurro sequer. Um cozinheiro com três chifres parecia desconfortável só de estar ali, tanto que descartou seu avental e foi embora. Perguntei-me se temiam que Nismera não estivesse muito atrás de seu precioso segundo em comando.

Vincent se aproximou e colocou os pratos na mesa com força, o som me sobressaltando. Ele se sentou, e encarei piscando a grande pilha de comida na minha frente, uma mistura de verduras e o que pareciam ovos laranja.

— Lamento, não são mexidos. São cozidos. Receio que seja o mais próximo que vai conseguir neste reino — explicou Vincent. Ele pegou um copo à sua frente, o líquido claro e brilhante dançando enquanto o levava aos lábios e tomava um gole. Em seguida, ele o deslizou em minha direção, e fiz uma careta.

— Eu tenho dois braços. Há um limite para o que consigo carregar.

— Sim, mas não sei onde sua boca esteve — retruquei. — Na verdade, sim, sei, então não, obrigada.

O olhar dele escureceu.

— Prometo que não foi em nenhum lugar que sua mente esteja pensando esta manhã. Você está a salvo.

— Com você? — zombei. — Duvido.

— Se está tão preocupada com minha boca e onde ela esteve, beba do outro lado.

Calor correu pelo meu rosto.

— Eu não estou!

Ele apenas levantou uma sobrancelha quando desviou o olhar de mim, pegando utensílios para sua comida.

— Foi você quem mencionou o assunto.

Meus lábios se encolheram e suspirei.

— Está bem. — Peguei o copo e bebi do outro lado.

Fiz um barulho quando o líquido tocou meus lábios.

—Tem gosto de suco de laranja.

Vincent resmungou enquanto cortava a comida em seu prato e comia.

— Então por que todos fugiram de você? Imaginei que seria rotulado como um herói pelo que fez com A Mão e Samkiel.

Seu garfo parou a meio caminho entre o prato e a boca, um olhar assombrado rastejando sobre suas feições angulosas. Observei a linha de sua mandíbula ficar tensa, e me perguntei se ele de fato sentia culpa por sua traição. Eu conhecia um punhado de assassinos que dormiam igual a bebês após assassinatos horríveis, mas aqui estava Vincent, agindo como se eu tivesse gritado um segredo do outro lado do salão.

— Sou um dos Alto Guardas de Nismera. Eles me temem, pensando que ela está apenas um passo atrás.

—Ah — falei e assenti. Eu estava certa.

— E minha palavra também é lei. Eu poderia mandar estripar o cozinheiro da extrema direita hoje à noite pelo modo como está olhando para você, e Nismera permitiria — comentou ele, tomando um longo gole do copo que compartilhamos.

Ergui o olhar e vi que o cozinheiro alto e magro estava fazendo exatamente isso. Sua pele pálida brilhou em um tom de rosa, e seus três olhos se arregalaram antes que ele desviasse o olhar rapidamente.

Voltei minha atenção para meu prato.

— Por favor, não estripe ninguém por olhar para mim.

Ele deu de ombros.

— Não vou. — Ele se inclinou para perto por um segundo. — Além disso, seria metade da legião.

Revirei os olhos para ele e continuei comendo.

— Já que este lugar está quase vazio, tenho uma pergunta — declarou Vincent após alguns momentos de silêncio.

— Certo — falei. — Qual é?

— Você é uma das bruxas mais fortes de toda a sua geração. Todo mundo sabe disso. Sendo assim, por que ainda não tentou escapar?

Meu rosto queimou.

— Isso é um teste? Algo para levar de volta para ela?

Ele balançou a cabeça.

— Não, só curiosidade.

Respirei fundo. Para ser honesta, eu tinha um único motivo.

— Bem, para onde eu iria? Minha vida inteira estava em Onuna. Ela se acabou e já faz algum tempo.

Vincent apenas me encarou antes de concordar.

— Justo.

— Minha vez — brinquei. — Por que ela?

A postura dele ficou rígida.

— Escolha outra pergunta.

— Tudo bem. Por que está sendo tão legal comigo? Sei que é meu guarda e tudo mais, e não consigo nem respirar sem você estar perto de mim, mas por quê?

Ele não falou nada por um momento, e pensei que ia me ignorar enquanto espetava a comida. Então, suspirou, sem ousar olhar para mim ao responder:

— Porque acho que você se sente tão sozinha aqui quanto eu.

A tensão nos meus ombros se aliviou, porque era verdade. Eu não tinha ninguém, nem amigos nem família, nada mais. Nossos mundos inteiros estavam virados de ponta-cabeça, e agora aqui estávamos nós em um mundo novo e estranho um com o outro. Ele estava certo. Eu nunca tinha me sentido tão sozinha.

Ficamos calados pelo restante da refeição, mas não consegui esconder o fato de que nós dois, essencialmente traidores, parecíamos nos unir por causa do silêncio. Talvez não significasse nada. Talvez significasse tudo.

XVII
SAMKIEL

Ela passou o pano molhado sob meu lábio enquanto cantarolava para si mesma.
Minha mão segurou a sua, afastando-a.
— Posso fazer isso sozinho. Não precisa me mimar.
Os lábios dela se curvaram para cima, e ela tirou a mão da minha.
— Mimo limitado — falou Dianna e se virou para a pia, enxaguando o pano mais uma vez. Ela pegou o pequeno copo de pasta e me entregou. — Vou segurar sua mão quando estiver doente e limpar sua sujeira, mas não vou escovar seus dentes para você. Então mimo bem limitado.
Eu ri, enquanto diminuía a queimação no fundo da minha garganta por ter posto meu jantar para fora. Peguei o copo e passei as mãos na água antes de usar a escovinha. Ela não falou nada enquanto eu escovava, apenas me observando e me acariciando com sua mão macia, para cima e para baixo nas minhas costas.
Fechei a água.
— Só não quero que me veja assim.
Sua mão parou quando ela olhou para mim.
— Por quê? Não há nada de errado com você. Estou culpando aquela comida estranha de frutos do mar que serviram para você. Gabby comeu uma lagosta uma vez e vomitou no tapete novo que eu tinha comprado para ela. Passei uma hora limpando enquanto ela dormia.
— Mas é sua irmã. — Eu parei. — Acho que só não quero que você me veja fraco.
Ela fingiu ofegar, pondo a mão no peito antes de levantá-la para apoiar o topo do pulso preguiçosamente sobre a testa.
— O poderoso Samkiel, derrubado por uma dor de estômago. Está certo. Você é fraco demais. Devo deixá-lo agora por todos os meus outros pretendentes mais poderosos.
— Estou falando sério. — Franzi o cenho para ela e cutuquei-a na barriga.
Ela riu.
— E eu também. Tenho vários. Era só uma questão de tempo.
Coloquei as duas mãos nos quadris e a olhei.
— Já terminou?
— Sim. — Ela deu um sorriso malicioso antes de apoiar a cabeça no meu braço e envolver meu bíceps com sua mão pequena. — Mas, Sami, amor, não há nada de fraco em você. Acho que nós dois estamos acostumados a fazer tudo sozinhos, até mesmo nos cuidar. Então ter ajuda parece estranho. Sabe que estarei aqui quando estiver saudável e forte e também quando estiver doente e precisar que eu compense, certo?
Calor encheu meu peito e se espalhou. Era a mesma sensação que senti na primeira vez que ela e eu nos abrimos um para o outro em um motel estranho em um planeta ao

qual eu não estava acostumado, mas senti a mesma coisa naquela época e tenho sentido todos os dias desde então. Eu não sabia o que era naquela noite. Estava tão inerte de quão totalmente fodido eu estava até que era tarde demais, e ela se foi.

Ela levantou aquele dedo pequeno, balançando-o para mim enquanto sorria.

— Seus fardos são meus fardos, e nós cuidamos um do outro, entendido?

Apertei seu mindinho com o meu e assenti.

— Prometo.

— É praticamente lei, sabia? — Ela deu um beijo em nossas mãos unidas.

Eu ri e não me importei nem por um segundo com a dor que me atravessou. Tudo neste reino e no próximo era suportável agora porque eu a tinha.

Dor atravessou meu corpo e me fez abrir os olhos de repente. O chão abaixo de mim subia e descia no ritmo das batidas de cascos. Virei a cabeça e vi painéis de aço revestindo as paredes. Um solavanco violento fez dor disparar no meu flanco. Ouvi um grito e o estalo de um chicote antes de nos movermos mais rápido.

Percebi que não estava em uma cela. O cheiro de terra e árvores flutuava no ar. Parecia que eu estava em algum tipo de carroça de transporte.

Tentei me sentar e logo me arrependi. Caí para trás, mas minha cabeça não bateu no assento duro abaixo de mim. Em vez disso, senti uma mão grande me segurar, e eu estava olhando para olhos lilases matizados da mesma cor de sua pele. Quando seus lábios se afastaram, vi as pontas das presas. Compreensão me atingiu, e mesmo sem ver suas orelhas pontudas e cauda longa, eu sabia o que ele era.

Élfico.

Abri a boca para falar, mas ele enfiou um pedacinho de casca de árvore entre meus dentes e me forçou a mastigar. Depois que engoli, sua mão se fechou sobre minha boca. Minha mão agarrou seu pulso, e ele sibilou antes que o que quer que tenha me dado fizesse efeito. Minha visão ficou enevoada, sono tomou minha cabeça e, pela primeira vez, meu estômago não rolou de náusea.

Tossi e me sentei, com água escorrendo pela lateral do meu rosto. Limpei o excesso com a manga enquanto o mundo voltava depressa. A mesma maldita carroça avançava, o som de cascos igual a tambores. Gemendo, esfreguei as têmporas, sentindo como se minha cabeça tivesse se partido.

—Você acordou — falou uma voz profunda. — Já faz dias.

Erguendo o olhar, vi o mesmo elfo de antes. Ele estava meio empoleirado na extremidade oposta da carroça. Segurava uma pequena fruta verde e deu uma mordida antes de acenar para o pequeno saco embrulhado no chão.

— Coma — ofereceu. —Você precisa.

Minhas costas bateram na parede da carroça quando me sentei mais ereto.

— Como sabe que consigo entendê-lo?

Um sorriso torto se formou em seus lábios enquanto ele enfiava a mão nas roupas sujas que usava e a retirava. Ele abriu a palma para revelar meus anéis.

— Porque sei quem e o quê você é, Samkiel.

Meu sangue gelou.

— Está me confundindo com outra pessoa. Eu encontrei isso em um cadáver.

Ele fez um ruído na garganta e os colocou de volta no bolso antes de dar outra mordida na fruta.

— Estou? Mas você fala élfico fluentemente como se tivesse sido criado por uma família real que o enviou para uma escola nobre. Até usa o dialeto correto. Além disso, essa cicatriz ao longo do seu abdômen parece ter sido feita por uma lança de fogo que o atravessou. Os anéis com runas na parte interna são exatamente iguais aos que o famoso filho de Unir usava. Acima de tudo, a onda de eletricidade que percorre suas veias o revela.

Ele levantou o pulso, e a marca da minha mão estava queimada em sua pele, onde o agarrei antes, quando ele enfiou aquela casca na minha boca.

— Está delirando — sussurrei. — Apenas trabalho para O Olho. Tudo o que tem e vê é um produto do que fiz por eles.

— Nunca ouvi falar de nenhum membro d'O Olho capaz de produzir eletricidade. Parece um poder divino.

— Bem, suponho que nem todos somos tão inteligentes então.

Ele fez menção de responder quando a carroça parou abruptamente. O elfo empurrou a fruta de volta para a bolsa e a escondeu sob o assento antes de amarrar os tornozelos e as mãos de volta nas algemas.

— De qualquer forma, fique quieto. Vou jogar seu joguinho, mas não lute contra os guardas. Eles ficariam felizes em espancá-lo e largar seu corpo ensanguentado aqui para as feras se alimentarem. Se for ele mesmo, esses reinos vão precisar de você.

As portas foram abertas com força, e soldados em armaduras sujas de terra soltaram nossas correntes antes de nos puxar para o sol escaldante. Logo percebi em que reino estava e quão longe estava dela e da Cidade de Jade. Árvores, tortas e curvadas, dançavam no alto enquanto mais guardas tiravam prisioneiros das outras carroças da caravana. O elfo parou ao meu lado, e assistimos a toda a atividade antes de sermos empurrados para a frente.

— O que está acontecendo?

— Estamos parando para passar a noite.

— Aqui? — sussurrei enquanto os guardas nos empurravam mais uma vez. — Eles sabem o que vive entre essas árvores?

O elfo olhou para mim e assentiu.

— Sabem e não se importam. Alguns provavelmente querem que sejamos comidos. Significaria menos divisão de comida e trabalho.

A floresta e a terra poderiam parecer mortas, mas eu sabia que feras viviam aqui, que agora mesmo nos observavam. Um ganido soou pelo ar, seguido por outro. Os guardas atrás de nós riram.

O fogo crepitava ao redor dos poucos galhos que ainda ardiam. Estávamos sentados encolhidos, o ar frio da noite beliscando nossa pele. Os cobertores que nos deram eram finos, gastos e cheios de buracos. Havia alguns acampamentos montados na pequena clareira. Prisioneiros se reuniam ao redor de cada fogueira, compartilhando uma ou duas tigelas do mingau qualquer que nos tinham dado para comer. Apenas o elfo e eu estávamos na nossa fogueira, os outros ficando bem afastados. Enrolei meu cobertor em volta de mim um pouco mais.

— Deuses sentem frio? — perguntou ele por trás da colherada de mingau.

Olhei para ele com raiva.

— Eu não sou um deus.

Ele assentiu.

— Ainda mantendo esse disfarce, hein? — Ele deu de ombros e pegou outra colherada. — Precisa comer. Essa ferida aberta no seu lado não está cicatrizando.

— O que foi que você me deu? — perguntei, tentando impedir outro arrepio. — Na carroça. O que foi aquilo?

— Uma raiz de bessel. Todos nós temos. Ajuda com as náuseas. — Ele abaixou a colher. — E parasitas, já que a comida e a água que nos dão não são as mais limpas. Você pode até cagar suas entranhas, mas pelo menos os vermes não vão comer você de dentro para fora.

Resmunguei em resposta e apertei a mão sobre o pingente em volta do meu pescoço. Era a única coisa que eu tinha dela aqui.

— Sabe, eles tentaram tirar esse colar de você. Três guardas tentaram, e o colar cortou as mãos deles. Eles riram, dizendo que era quase inquebrável.

Olhei feio para ele, mas não falei nada.

Ele tomou um gole de sua sopa.

— Deve ser muito importante.

Suspirei em resposta e acenei com a cabeça em direção às outras fogueiras.

— Por que não vai sentar com eles em vez de me importunar?

O elfo riu.

— Ah, eles não gostam de mim. Acredite.

— Personalidade carismática? — perguntei.

Ele apenas deu de ombros.

— Até que você revele seus segredos, não compartilharei os meus.

— Eu não tenho nenhum.

Ele tomou outra colherada enquanto o fogo crepitava entre nós.

— Suas marcas d'O Olho estão erradas. Precisa de quatro linhas raspadas de cada lado, não três. Eles usaram três antes de tomarem a Cordilheira Leenon de volta.

Minha mão instintivamente se levantou para a lateral da minha cabeça enquanto ele me observava, seu rabo balançando. Desviei o olhar, e ele riu baixo para sua comida.

— Não se preocupe, Deus-Rei. Não vou contar.

— Não me chame assim — retruquei, tomando cuidado para manter minha voz baixa. Virando, certifiquei-me de que os outros prisioneiros não estavam nos dando atenção. Os guardas nos observavam, mas estavam mais preocupados uns com os outros.

— Porque não quer que os outros saibam? Ou talvez... — Ele se inclinou um pouco mais perto, suas narinas se dilatando antes que se afastasse. — Ou talvez seja a fêmea que está protegendo. O cheiro dela é fraco, mas você está coberto por ela.

Não percebi que tinha me movido até que meu lado doeu, e eu estava quase rosnando na cara dele.

— Pense bem no que vai falar a seguir.

Tudo o que recebi em troca foi um sorriso largo que fez suas orelhas pontudas se contorcerem.

— Então é uma mulher. Sempre uma mulher. Não vejo uma aliança no seu dedo ou a marca, mas mesmo assim ela deve ser bem importante. É daí que vem o colar que você sempre toca?

Senti o tique no meu maxilar e me perguntei se matá-lo me ajudaria em alguma coisa. Decidi que não valia a pena e levantei, puxando o cobertor gasto comigo enquanto caminhava em direção à tenda improvisada. Ele não disse mais nada, apenas riu atrás de mim enquanto eu me afastava.

Passei a mão distraidamente pelo colar ao me sentar no pequeno catre improvisado. Fiquei ali deitado enquanto a noite sussurrava sua canção, minha mente acelerada. A caravana continha pelo menos cinquenta prisioneiros, e todos estávamos sendo enviados para algum lugar. Eu precisava de mais informações e também precisava alcançá-la. Levantei o colar, olhando com atenção para as nossas fotos dentro dele. Um pequeno sorriso curvou meus lábios, um pequeno ponto de luz neste dia maldito.

XVIII
KADEN

— O que tem lá embaixo?

Nismera sorriu, fazendo mistério.

— É onde guardo meus destinos. Nada interessante. Agora, vamos lá.

Virei-me com ela, mesmo que parte de mim soubesse que ela estava mentindo.

Guardas passaram ao lado do salão de guerra enquanto eu estava sentado ouvindo a Ordem divagar.

— ... e se for verdade, apenas uma fortaleza pode contê-lo. O carregamento está a caminho dela enquanto falamos, minha rei.

Suspirei, o som da minha cadeira raspando na pedra, interrompendo suas palavras quando me levantei. Todos os olhares se voltaram para mim enquanto Nismera erguia a cabeça.

— Estamos entediando você?

— Um pouco, mas preciso mijar. Então, já volto.

Isaiah me lançou um olhar como se estivesse prestes a se levantar. Meu irmão conseguia perceber até a menor mentira que escapava dos meus lábios.

— Estou bem. Não preciso que segure minha mão.

Ele me mostrou o dedo do meio, mas sorriu antes de se recostar por completo na cadeira.

Deixei o salão de guerra, e as vozes o inundaram mais uma vez, a Ordem contando a Nismera sobre outro posto avançado que foi atacado. Passei pelos guardas que ela mantinha vigiando a porta e desci as escadas. Quando tive certeza de que ninguém estava me seguindo ou observando, abri a palma da mão e um portal preto em turbilhão com um anel de fogo ao redor me saudou. Entrei atravessando para os níveis inferiores do palácio dourado. A pedra e o corredor escuro faziam um contraste tão forte com o que ela retratava no andar de cima. Conhecia Mera minha vida toda, e este lugar era sua representação perfeita. Seu sorriso falso escondia horrores e a escuridão que se esgueirava logo abaixo de sua pele.

Seus estandartes de guerra pendiam de cada soleira enquanto eu avançava mais para dentro. O corredor se abria para um enorme saguão. Uma grande escultura de pedra retorcida ocupava o centro, a besta e o homem imersos em batalha, enrolados um no outro.

O som de passos chegou até mim, logo seguido por vozes. Recuei, deslizando para as sombras enquanto passavam, concentrados na conversa. Eles estavam indo em direção à sala em que eu estava interessado. Esperei até que desaparecessem antes de segui-los. Eu sabia onde ela guardava seus destinos, e com certeza não era na sala da qual a vi saindo outro dia.

Passei por um arco à minha esquerda, atravessei o que estava à minha direita e desci as escadas. Meu instinto nunca havia me conduzido ao caminho errado, e agora mesmo ele gritava sobre aquela maldita sala. Parei assim que cheguei ao fundo. As portas retorcidas estavam trancadas, mas os dois homens de guarda foram o que me fizeram xingar.

Guardas que não estavam lá ontem.

— Alto Guarda — cumprimentou um deles. — Podemos ajudar?

Merda. Eu poderia facilmente matar os dois e descobrir o que havia naquela sala, mas assim ela saberia. Nismera estava testando minha lealdade e confiança. Se dois de seus guardas desaparecessem, ela ficaria em alerta máximo. Merda em dobro.

— Eu estava...

Minhas palavras se dissiparam enquanto seus olhos se reviravam e seus corpos caíam para a frente amontoados. Névoa verde girava ao redor de suas cabeças.

Virei-me, percebendo que não estava sozinho.

— Camilla?

Ela abaixou as mãos, sua magia esmeralda retornando para as palmas conforme ela avançava.

— O que está fazendo?

— Eu? O que você está fazendo? — sibilei. — Aqueles guardas...

— Estão dormindo e, quando acordarem, vão pensar que dormiram no trabalho. Nunca vão falar sobre isso porque se ela descobrir, vai arrancar as cabeças deles. — Camilla balançou a cabeça para mim antes de agarrar meu pulso e tentar nos fazer ir embora. Eu não me mexi.

Camilla estremeceu antes de girar.

— Temos que ir embora.

Soltei a mão.

— Não temos que fazer nada. Preciso descobrir o que há atrás daquelas portas.

— Não, você não precisa. — Ela parecia exasperada.

Dei um passo à frente.

— O que você sabe?

Nós dois paramos quando passos soaram próximos. Ela curvou os lábios para dentro, claramente irritada, e se virou para mim.

— Está bem.

Ela empurrou os guardas tirando-os da frente da porta e segurou a maçaneta.

— Você vem ou não?

Dei de ombros e a segui para dentro. Assim que a porta se fechou atrás de nós, faíscas de luz minúscula irromperam do teto, dançando acima, iluminando o lugar.

— Você tem sorte de eles estarem naquela reunião. Normalmente, este lugar também está lotado.

Engoli em seco enquanto olhava ao redor da sala. Mesas de metal ocupavam cada canto, máquinas e fios pendurados acima delas. Um corredor se ramificava e desaparecia em um canto. Camilla andou pelo espaço, olhando para as prateleiras que continham uma miríade de frascos e potes. Aproximei-me, observando aqueles com líquidos diferentes, mas as mesas espalhadas na sala vizinha me fizeram parar.

O fedor de carne podre me fez cobrir o nariz. Eu havia estado em campos de batalha e visto o pior, mas isso... Havia tantos e estavam aqui há muito mais tempo do que deveriam. Avançando, tirei a lona de cima deles. Partes de cadáveres estavam espalhadas sobre as mesas. Alguns ainda encaravam o teto com olhos mortos e nublados, e alguns não tinham olhos. Outros estavam em partes, esquartejados em quadrados perfeitos, como se o corpo tivesse sido forçado por algum tipo de rede. Cadáveres mutilados de todos os tipos, incluindo alguns dos generais.

— O que é isso? — perguntei, encarando Camilla.

— Ouvi as bruxas rindo e os guardas conversando. Ela tem muitos títulos. Nismera, a Conquistadora, e Nismera, a Sangrenta, mas odeio mais Nismera, a Mutiladora. — Camilla colocou uma garrafa de volta na prateleira e se aproximou. Seu nariz se enrugou de nojo, mas ela não pareceu surpresa. — No nosso reino, chamavam de ciência. Aqui é turtisuma. Ela andou ocupada enquanto você esteve fora, ao que parece.

— Ela está mutilando seus guardas?

— Aqueles que falham com ela ou aqueles em quem ela está interessada, suponho, mas a maioria parece ser seres normais. Talvez prisioneiros de algum tipo? Traidores.

— Por quê? — perguntei. — E mais ainda, como você sabe?

Ela levantou um pingente entre os seios.

— Eu tenho meus métodos. Andei me esgueirando por aí, quase sempre à noite, quando todos estão dormindo, e encontrei este lugar. Minha magia gritava todas as noites em que ela estava aqui. Seja lá o que ela esteja fazendo, está me dando arrepios. Entrei escondida durante uma de suas longas reuniões de guerra outro dia.

Não falei nada enquanto andava pelo grande laboratório. Os corpos restantes estavam parcialmente cobertos por lençóis finos. Cheiravam a sangue, mijo e coisas mais sombrias, como se a maioria não estivesse morta quando ela começou o que fosse que estava fazendo aqui embaixo.

— Eu nunca vi Mera ser tão... cruel.

Camilla zombou e deu de ombros.

— Talvez você não a conhecesse.

Olhei para ela com raiva.

— Eu conheço minha irmã.

— Quer dizer a mesma irmã que trancou você nas masmorras por uma semana depois que você voltou? — retrucou Camilla. — Ouvi dizer o quanto são terríveis. Tão abaixo do solo que até a luz teme alcançá-las.

A lembrança delas retornou. Como eu tremia naquela cela de canto, incapaz de dizer se meus olhos estavam abertos pelo quanto estava escuro. A única indicação de que eu estava acordado eram os gemidos e gritos. Os habitantes que estavam lá há muito mais tempo do que eu choravam e imploravam por um fim, qualquer fim.

Meus olhos se voltaram para Camilla, mas não falei nada. O que quer que tenha lido em meu olhar a fez desviar e retornar aos potes alinhados nas paredes.

— Posso precisar de alguns desses. — Ela olhou de volta para mim. — Feitiços e tudo mais.

— E o que exatamente está tramando? — Inclinei minha cabeça um pouco mais alto.

— Sempre é preciso ter um plano B. — Ela olhou para mim, e eu sabia exatamente qual bela de cabelos escuros havia lhe ensinado isso. Meu coração saltou uma batida só de pensar em Dianna.

— O que lhe faz pensar que não vou mandar detê-la por isso?

Um sorriso curvou seus lábios carnudos.

— Porque algo me diz que sua querida irmã também não queria que você visse isso. Xeque-mate.

Balancei a cabeça e cocei a testa, minha luva encouraçada fria contra minha pele.

— Não faz sentido por que ela estaria tão desesperada para mutilar tantos. É como se os estivesse estudando. Esses corpos estão frescos. Samkiel está morto. Ela é o ser mais poderoso agora. Então por quê?

Camilla torceu o lábio superior.

— Pelo jeito que ela está trabalhando e experimentando, algo me diz que mesmo com ele acabado, ela não é o ser mais poderoso do mundo.

Antes que eu pudesse responder, a porta começou a abrir. Levantei a mão, inundando o espaço em completa escuridão antes de agarrar Camilla e empurrá-la entre uma das prateleiras. Pressionei meu corpo sobre o dela, minha mão cobrindo sua boca, e um único dedo levantado para meus lábios para silenciá-la.

—Veja, não tem ninguém aqui, seu idiota. As luzes iam estar acesas — falou o guarda de fora. —Você só caiu no sono.

— Eu? Você também caiu no sono, seu idiota. — O resto das palavras sumiu quando fecharam as portas.

Olhei para Camilla, que me encarava. Suas mãos repousavam sobre a armadura de perdição do dragão cobrindo meus braços. Ela engoliu em seco, e compartilhamos um olhar. As memórias eram densas entre nós, mas era uma história que nenhum de nós dois queria repetir.

— Pode fazê-los adormecer daqui? — perguntei, abaixando a mão.

Seu olhar escureceu.

— Claro.

Eu estava prestes a responder com um comentário sarcástico quando a parede perto da cabeça dela sibilou. Nós nos afastamos, e o ar frio nos atingiu quando a parede deslizou para o lado, revelando uma sala escondida. Meus olhos se ajustaram à luz azul-clara da pequena câmara.

— O que é isso? — perguntou Camilla, afastando-se de mim.

Não respondi quando entrei, sentindo-a bem atrás de mim. No centro havia uma mesa longa e retangular, e em cima estava um dispositivo. Seu interior girava rapidamente. Abaixei-me para olhar e parei, meu sangue gelando.

— É uma centrífuga. — A voz dela era tão fria quanto o ambiente.

Levantei e virei-me para ela.

— E o sangue que atualmente circula por dentro é dos meus irmãos.

— O quê?

— Ela tem o de Isaiah e o de Samkiel. Consigo sentir o cheiro. — Respirei fundo, estremecendo. — Ela deve ter coletado o de Samkiel quando o matou, mas o de Isaiah?

— Kaden.

— O que foi? — retruquei, virando-me para ela.

Ela estava parada com um frasco vazio na mão.

— Acho que tudo o que falta é o seu.

Com um feitiço de sono e uma corrida rápida, Camilla e eu subimos as escadas. Alguns generais e guardas passaram por nós, mas não falaram nada. Eu esperava que nosso plano funcionasse. Nós dois tínhamos ficado fora por mais de um minuto, e eu sabia que Nismera teria notado.

— Ninguém pode saber — sussurrei no ouvido dela enquanto segurava seu braço.

— Ah, desculpe. Vou apenas guardar o banner que eu estava fazendo em que conto a todos o que encontramos. — Ela tentou se afastar de mim e falhou.

Meu lábio se curvou enquanto eu a virava para mim.

— Camilla, eu vou...

— Eu sei, eu sei, ameaças, desmembramento. Trabalhei para você por eras, Kaden. Mas precisa cuidar de si mesmo. Nismera está fazendo algo muito mais perverso do que...

Suas palavras morreram quando pressionei meus lábios nos dela. Seu corpo congelou, e senti a magia rodopiar sob seus lábios, pronta para me rasgar em pedaços.

— Bem, acho que faz sentido você deixar uma reunião importante — ronronou Nismera atrás de nós.

Afastei-me e olhei feio para Camilla, avisando-a para entrar no jogo. Seus lábios se estreitaram em desagrado, prometendo retribuição antes que ela fingisse inocência.

— Mera — falei, virando-me para ver a ela e seus guardas. Vincent estava ao seu lado, observando Camilla com perplexidade, e Isaiah tinha um sorriso de orelha a orelha na cara. — Você fala demais. Eu estava entediado, então encontrei algo bem menos chato. Além disso, deduzi que ainda estaria tagarelando. Eu estava quase voltando.

Um sorriso frio se formou em seus lábios enquanto ela unia as mãos sobre seu vestido brilhante e pontiagudo. Sua coroa nem sequer se inclinou.

— Não vamos fazer disso um hábito, certo? Quem sabe guarde seus encontros para a noite, talvez?

— Peço desculpas. Camilla normalmente é mais rápida do que isso. — Sorri, ignorando a picada afiada de magia que atingiu meu braço.

Nismera levantou a mão.

— Vincent, pode escoltar nossa adorável convidada até sua sala de trabalho, onde ela deve ficar com guardas, sim?

A última parte me fez pensar. Agora que considerei, ela nunca deixava Camilla ir muito longe sem Vincent ou seus guardas. No começo, eu tinha pensado que era porque ela achava que Camilla fugiria, e Nismera precisava de seu poder para ajudar as outras bruxas a consertar seu medalhão. Mas já fazia tanto tempo que Camilla não ia fugir. Ela podia bisbilhotar e ser muito intrometida, mas não ia fugir. O que em Camilla a preocupava tanto?

Sem olhar para mim, Vincent deu um passo à frente, completamente focado em Camilla. Eles se encararam como se tivesse sido eu quem interrompeu alguma coisa. Nenhum dos dois falou nada enquanto se afastavam.

Isaiah veio ficar ao meu lado, balançando a cabeça enquanto Mera ia embora com seus guardas. Eles viraram a esquina, voltando para a ala oeste antes que Isaiah falasse.

— Não cague onde você come? — Ele bufou, dando um tapa nas minhas costas. — Ótimo conselho.

Virei-me para ele sem dar resposta. Queria ir embora e processar o que tinha visto, mas a preocupação por ele me impediu. Por que Nismera havia pegado seu sangue e de Samkiel, e por que queria o meu? O que ela estava planejando para precisar do nosso sangue?

XIX
SAMKIEL

CINCO DIAS DEPOIS

A lateral do meu corpo doía enquanto eu me movia no colchonete estendido em nossa barraca. Eu estava tão cansado dessa dor constante. Estávamos em outra parada, só que dessa vez nas colinas de Klivur, para pegar outro grupo de prisioneiros e uma caixa enorme. Minha testa estava encharcada de suor quando eu rolei de costas e me sentei.

Um gemido veio de fora, um de pura dor. Virei-me, olhando para o lado da tenda onde o elfo estava, e não vi nada além de uma confusão emaranhada de cobertores gastos.

O grunhido soou de novo, só que dessa vez acompanhado de vozes.

— Canalha escorregadio.

Afastando os cobertores, sentei-me ereto. Fui em direção à entrada da tenda e espiei. Havia apenas algumas pequenas fogueiras acesas, e não havia prisioneiros ou guardas por perto. Outro grunhido soou, e virei a cabeça rapidamente em direção à orla da floresta. Avancei, passando por carroças e pelos huroehe de crina grossa que as puxavam. Eu me preocupava com seus cascos neste terreno. Mesmo sendo tão duros quanto eram, as pedras irregulares podiam cortar a parte inferior macia depois de um tempo. Eles bufavam, sem me dar atenção, os pelos grossos e longos de suas caudas balançando para a frente e para trás enquanto comiam a grama e as ervas que os guardas forneciam.

Passei furtivamente por eles, aproximando-me do barulho. A luz das fogueiras desapareceu quando cheguei à frente de duas carroças e um grito agudo rasgou o ar. Corri em direção ao barulho conforme ele ficava mais distante, meus instintos berrando para eu me apressar. O vento chicoteava por cima das montanhas, fazendo as folhas farfalharem. Cheguei à segunda clareira e parei bem na borda da linha das árvores.

— Isso vai ensinar você a ser um traidor de merda — um guarda cuspiu na figura encolhida que deixou cair. Vi o rabo e sabia quem era. Outro guarda ergueu o braço, rindo enquanto apontava. — Jogue-o da beira do penhasco. Ninguém vai saber.

— E quanto a Nismera?

O terceiro guarda deu de ombros.

— Acidentes acontecem.

Eles o levantaram, e o elfo gemeu de dor. Entrei na clareira, e ambos os guardas giraram, seus olhos se arregalando conforme uma carranca se formava em seus rostos.

— Bater em um homem quando ele não revida? — retruquei. — Covarde não é a palavra certa na sua língua, mas é bem próxima.

Um guarda sacou sua lâmina, apontando-a para mim.

— Volte para sua tenda, prisioneiro, ou nós o estriparemos aqui.

O elfo aos pés dele se empurrou do chão, abrindo um olho sangrento e machucado. Franzi meus lábios, suspirando.

— Sinto muito, não posso fazer isso.

Eles atacaram.

Um deles levantou sua lâmina, que atravessou o ar, e dei um passo para o lado, meu punho batendo, derrubando-o no chão. O outro guarda veio por trás de mim, sua lâmina batendo em meu ombro. Seus olhos se arregalaram em descrença quando a espada ricocheteou.

Balancei a cabeça e me virei, arrancando a espada de sua mão e socando seu nariz. Ele xingou e cambaleou para trás, cobrindo o rosto, sangue jorrando entre os dedos. Quebrei a lâmina no meu joelho. O guarda mais próximo do elfo se abaixou para empurrá-lo do penhasco, mas gritou e agarrou o próprio pescoço; caiu de joelhos, uma pequena lâmina espetada em sua garganta e desabou do penhasco. O elfo sorriu, e percebi que ele não era tão indefeso quanto eu pensava.

Seus olhos se arregalaram, e ele enfiou a mão no bolso. Ele jogou algo, e um pequeno anel prateado voou pelo ar. Eu o peguei e coloquei no dedo. Uma adaga ablazone se formou, e torci a mão, apunhalando o guarda que me atacava por baixo do queixo.

Ouvi um movimento à minha direita, e o último guarda ofegou.

— Não — sussurrou ele. — Você não é um rebelde. Você é ele.

A adaga deixou minha mão e atravessou seu crânio, cortando qualquer outra coisa que ele teria dito. O corpo caiu com um baque. Peguei o primeiro guarda que matei e marchei pelo mato enquanto me aproximava do elfo.

Ele se sentou reto, segurando a lateral do corpo enquanto sorria para mim.

— Obrigado por me salvar.

Sem dizer nada, atirei o guarda do penhasco. Andei até o outro e puxei a lâmina de sua cabeça, recolhendo-a de volta para meu anel. Inclinei-me e levantei seu corpo, sibilando quando meu flanco repuxou. Mas não foi tão ruim quanto antes. Parei perto da beirada do penhasco e atirei o último guarda antes de encarar o elfo.

— Sei que você mata monstros, mas estou surpreso que os tenha matado.

— Quem disse que não eram monstros?

Ele engoliu em seco e assentiu. Estendi minha mão em sua direção, e ele a agarrou, levantando.

— Por favor, fale para mim que não se meteu nessa situação para provar alguma coisa.

Seu rabo se agitava atrás dele.

— Na verdade, não. Saí para mijar, então os guardas me viram e me atacaram.

— Por quê? — perguntei. — Eles mencionaram um traidor.

O elfo cavou no bolso largo da calça. Tirou o resto dos meus anéis e me entregou.

— Acho que posso lhe contar meu segredo, já que sei o seu.

Peguei meus anéis de volta e os coloquei no bolso.

— Vá em frente.

— Meu nome é Orym. Sou um ex-comandante da Trigésima Sexta Legião de Nismera.

110

Orym sibilou enquanto terminava o curativo no pequeno corte em sua barriga, causado pela bota do guarda.

— Então você é mesmo ele. É o Deus-Rei.

Ele fingiu fazer uma reverência, e resmunguei.

— Pare. Eu odeio isso.

— Como... como está vivo? — perguntou ele enquanto nos acomodávamos na tenda apertada. Andamos nas sombras e nos esgueiramos pelos fundos da nossa tenda, voltando sem que os guardas nos vissem.

Não falei nada enquanto me deitava de novo em meu pequeno catre.

— Eu vi... todos nós vimos o céu se abrir. Sua luz dança pelo céu. Você deveria estar morto.

Morto. Era o que continuavam dizendo, e, por todos os relatos, estavam certos.

Encarei-o, notando sua apreensão.

— E você? Como alguém se torna um ex-comandante? Deserção geralmente significa morte.

O sorriso dele perdeu o brilho.

— Já falei antes. É sempre sobre uma mulher.

—Você perdeu alguém.

Orym levantou seu cobertor e virou-se de lado para me encarar.

— Não uma qualquer. A mulher.

Meu coração afundou.

— Sua *amata*.

Ele assentiu.

— Ela era... tudo. E morreu junto de muitos outros quando Nismera destruiu meu mundo. — Escutei o batimento cardíaco dele. Batia, não de forma errática por medo ou mentira, mas como se estivesse animado, como se minha existência significasse algo para ele. — A regra de Nismera é unir-se ou morrer depois que ela conquista, e escolhemos a última opção. Minha irmã e eu nos juntamos à legião depois de admitir a derrota, ou assim ela pensou. Trabalhamos desde então para miná-la. Agimos nos bastidores, coletando informações para O Olho e esperando seu retorno. Mas você não apareceu, e então o céu sangrou.

Engoli a culpa dolorida que borbulhou em mim.

— Eu não sabia o que estava acontecendo por trás dos reinos. Estavam selados por minha causa. Não senti nada até que se abriram. Lamento sua perda.

Orym deu de ombros.

— Todos conhecemos a dor da perda. A única alegria que encontro agora é que um dia a verei novamente. Então, até que estejamos juntos de novo, ajudarei o máximo de pessoas que puder.

—Você vai. — Soltei um suspiro e distraidamente segurei o ferimento em meu abdômen. Virei de costas, a nova posição dando algum alívio ao meu flanco.

— Soube que era você quando você chegou — afirmou Orym. — Eles o jogaram na carroça, e vi esse corte na sua barriga. Foi onde ela esfaqueou você?

Assenti, minha mão apertando o tecido.

— Ela não. Meu... — Minha voz sumiu. Kaden era meu irmão, uma verdade que parte de mim odiava admitir. — Outra pessoa fez.

Orym fez um som baixo na sua garganta.

— Como você não morreu?

Encontrei seu olhar, um sorriso suave brincando em meus lábios enquanto ouvia a risada de Dianna ecoando em minha mente.

— Alguém que amo muito me encontrou e me salvou.

— Ah. — Eu conseguia ouvir o sorriso na voz dele. — Na minha cultura, não nos referimos a elas apenas como *amata*. Elas são seu grande amor. Ela é seu grande amor?

Eu assenti, olhando para o topo da tenda.

— O maior.

— Ela está…? — A voz dele sumiu.

Eu entendi, sabia o que ele estava perguntando. Ele queria saber se Dianna ainda estava viva, e eu sabia que ela estava. Sabia com cada fibra do meu ser, mesmo que não pudesse senti-la daqui. Eu não conseguiria explicar mesmo se tentasse, mas aquele calor, aquele ponto dentro do meu corpo que ardia apenas por ela, ainda queimava vibrantemente. Aquela luz não tinha se apagado.

— Está.

Orym bocejou.

— Bem, então, espero que você a veja outra vez.

— Não tenho dúvidas de que verei. Só me preocupo com o mundo até que ela me encontre ou eu a encontre.

Uma risada curta escapou dele.

— Então ela é uma guerreira igual a você? Faz sentido.

— Ela é. Também é corajosa e inteligente demais para o próprio bem. — Não consegui evitar o sorriso que surgiu no meu rosto ao pensar nela.

— Ela é bondosa? Minha Wyella era gentil. Ela daria seu último suspiro por aqueles com quem se importava. E fez exatamente isso.

Virei a cabeça para Orym enquanto ele falava de seu amor perdido e me perguntei se ele precisava mais de um amigo do que de resgate.

— Ela é gentil… bem, depende, para falar a verdade. Ela ama profundamente e se importa com aqueles que são próximos, mas não tem nada além de fúria por seus inimigos. — Sorri para mim mesmo. — Sempre sugiro ficar do lado bom dela.

— Ah.— Orym sorriu. — Você tem uma ardente.

Meu sorriso era puro e genuíno.

— Ah, você não tem ideia.

Orym assentiu, seu sorriso desaparecendo devagar.

— Proteja. O que você tem com ela. Este mundo vai destroçá-lo. Não é o mesmo reino que você e seu pai deixaram. Agora apenas a morte vive aqui. — A tenda caiu em silêncio solene. O fogo crepitava do lado de fora, apagando devagar, e Orym se aninhou para dormir, colocando a mão sobre o rosto.

XX
CAMERON

Minha cama estremeceu. Meus olhos se abriram de repente, e gritei.

— Puta merda! Que pesadelo para acordar.

O rosto de Kaden se curvou em um sorriso irônico, e ele cruzou os braços sobre o peito. Eu me levantei, agarrando os lençóis e amarrando-os em volta da minha cintura.

— Eu estava procurando por você.

— Ah, que fofo. — Inclinei a cabeça, gesticulando com um braço. — Só estava fora com uma das legiões de Nismera vasculhando Tarr pelas últimas semanas. Que, a propósito, não mostra sinal dela.

— Não haveria. Ela lutou, depois foi embora. Foi uma distração, e uma boa pra caralho.

— Como sabe?

O sorriso dele era venenoso.

— Porque ouvi a Décima Oitava Legião falando sobre a viagem dela para a Cidade de Jade. A cidade inteira foi incendiada e agora está debaixo d'água.

Meu coração batia forte.

— Parece coisa dela, mas por que lá?

Kaden acenou com a mão.

— Não importa, mas agora sabemos que ela não está no Leste; está muito mais perto da região norte dos reinos.

Soltei um longo suspiro.

— Certo, isso significa o quê para mim?

— Significa que tenho uma missão nova para você.

Minha risada não era por achar graça, enquanto eu dava a volta na minha cama, o lençol arrastando atrás de mim. Parei na frente da cômoda e peguei o perponte ajustado com fivelas e um par de calças de linho com as barras dobradas que eram parte da nossa armadura.

Virei-me um pouco, Kaden ainda estava ali parado, esperando.

— Quer me ver nu ou o quê?

Ele cerrou a mandíbula. Um segundo, ele estava perto da minha cama e no outro, na minha frente. Era muito estranho estar assim tão perto dele. Eu conseguia ver cada pequena semelhança familiar que o conectava a Unir e Samkiel, a ponte do seu nariz, aqueles olhos penetrantes e incriminadores, e um maxilar capaz de cortar vidro.

— Você tem se alimentado de forma irresponsável. Isaiah teve que se livrar de dois corpos ontem. Ambos drenados de sangue e escondidos na área de dejetos da cozinha.

Um suor frio surgiu na minha pele. Eu estava morrendo de fome e tinha ido lá para comer alguma coisa. Sentei-me e comi as frutas e o purê que fizeram, mas não estavam me enchendo. A cozinheira sorridente, com cabelos da cor do mar, tinha um cheiro melhor. Ouvi seu pulso acelerar quando olhei para ela, senti no ar laivos de excitação e eu...

— Não foi intencional — falei, abaixando a cabeça. — Eu estava jantando, mas ela cortou a mão me observando e... — Respirei fundo, estremecendo. — A segunda pessoa simplesmente nos encontrou, está bem?

— Não importa o que faz, de quem se alimenta ou com quem transa, mas não faça Isaiah limpar sua bagunça nem envolva-o nela.

Então era com isso que ele se importava, não com as pessoas que eu tinha matado e drenado. Eu as via toda vez que fechava meus malditos olhos. Kaden, porém, só se importava com o irmão.

Um bufo saiu dos meus lábios.

— Aí é que está a graça. Apenas me alimentei e depois fui embora. Não coloquei meu pau em nada além da minha mão.

Kaden fez uma careta, dando um passo para trás.

— Vamos compartilhar menos.

— Por mim está ótimo.

Kaden colocou a mão na lateral de sua armadura, tirando uma placa de obsidiana, que reluziu preta feito tinta quando ele a entregou para mim.

— Pegue isso. Vá para Curva de Rio, e entrarei em contato com você de lá.

Kaden girou nos calcanhares e foi em direção à porta.

— Curva de Rio? — falei mais alto. — Não é uma cidade de pescadores?

— Sim — confirmou, alcançando a porta. — Dianna foi avistada sobrevoando uma ilha não muito distante. Ela está errática, permitindo-se ser vista muito mais do que antes. Está procurando por algo, e não acho que se importe com quem vê.

Parte de mim se perguntou se Dianna estava tentando chamar a atenção de Nismera, mas não dei voz a essa pergunta. Eu queria encontrá-la, mas pelos meus próprios motivos pessoais.

— Bem, o que vai fazer? — perguntei em vez disso.

Kaden fez uma pausa, um sorriso curvando seu lábio superior.

— Preciso ir ver uma bruxa. — E com isso, foi embora.

Tive calafrios de nojo. A imagem dele transando com Camilla me fez querer vomitar, mas era a fofoca que corria por todo o palácio de Nismera. Os dois foram pegos se esgueirando altas horas da noite. Um pequeno sorriso curvou meus lábios enquanto eu olhava para a porta.

Eles podiam ter sido pegos em algumas situações comprometedoras e compartilhado um beijo ou dois, mas uma coisa era certa. Eu não senti um traço de luxúria nele agora ou antes quando esbarrei nos dois. Kaden pensava que tinha controle sobre mim por causa de Xavier, mas estava escondendo algo. Ambos estavam. Se eu quisesse voltar a ver Xavier, ia usar isso a meu favor.

— Xeque-mate, porra.

XXI
SAMKIEL

A água da fonte natural perto da borda da montanha era quase de congelar, mas, deuses, como eu estava feliz por um banho. Fizemos outra parada em um castelo vizinho para recuperar algo tão feroz que perderam seis guardas tentando contê-lo. No final, conseguiram, e eu senti pela criatura. Ela berrou a noite toda, assustando os grandes predadores que caçavam nessas colinas. Apenas quando os soldados abriram uma caixa carregando lanças com pontas aquecidas e cutucaram a fera foi que ela ficou quieta. Orym teve que me segurar para que eu não interferisse.

— Ainda com raiva?

Ouvi o barulho da água espirrando perto de mim.

— Não, mas vai contra tudo em que acredito que alguém sofra nas mãos de outro, principalmente alguém já enjaulado.

— Se tivesse interferido, eles teriam matado você.

— Duvido muito.

— Ou pior, todo o seu disfarce seria destruído.

Levei um punhado de água ao rosto, esfregando os pelos espetados do meu queixo e pescoço que ameaçavam crescer de novo.

— Às vezes, não é sobre mim ou o que eu desejo. Deixar outro sofrer... Não posso. Se acontecer de novo, não me impeça.

Orym engoliu em seco.

— Tenho que impedir.

Meus olhos se estreitaram.

— E por quê?

Seus olhos dispararam em direção à beira da água e aos guardas patrulhando a linha das árvores. Vários estavam conversando, mas todos nos observavam, atentos.

— Conto para você hoje à noite.

Foi tudo o que ele falou antes de afundar na água e nadar para longe. Frustrado, voltei para meu banho improvisado. Meu abdômen parecia menos dolorido, mas ainda estava sensível. As linhas ameaçadoras ao redor do ferimento ainda estavam se espalhando. Eu me sentia mais fraco do que o normal, mais sem fôlego, e me perguntei o quão fundo aquele veneno estava.

Eu só queria que Dianna estivesse aqui. Sentia falta dela. Esse foi o maior tempo que ficamos separados desde Onuna, e eu odiava cada maldito segundo. Cada estalar de folhas ou ruído me tirava do sono, esperando ver olhos vermelhos. Eu queria que ela me encontrasse, mas sabia que ela não ia conseguir, não até que eu saísse daqui ou lhe mandasse uma mensagem. Esses reinos eram perigosos, mesmo para minha garota corajosa e ardente. Eu precisava saber que ela estava a salvo, viva e inteira.

Olhei para o meu dedo e para o espaço vazio onde deveria haver uma marca e xinguei. Ela era minha *amata,* ainda assim, não havia aparecido. Se ao menos eu a tivesse, seria capaz de senti-la, percebê-la e deixá-la saber onde eu estava, mas não estava ali. O pedaço de pele permanecia nu, um espaço vazio onde meu vínculo de alma gêmea deveria estar.

A preocupação fez meu estômago se revirar, e eu não tinha certeza se era preocupação com sua segurança ou pelo veneno penetrando mais fundo. Cheguei à beira da água antes de colocar para fora o que comi.

— Não encare.

Lancei um olhar rápido para Orym quando nos sentamos ao redor do fogo. Ainda éramos só nós, o restante dos prisioneiros nos evitando. Eu mexia a porcaria que nos davam toda noite, meu estômago se revirando.

— Tenho mais daquela raiz na minha bolsa, se precisar.

Balancei a cabeça.

— Não está mais ajudando.

— Se os curandeiros da Cidade de Jade envenenaram você, então são os únicos que podem ajudar.

Assenti, espetando a papa grumosa com minha colher.

— Bom saber.

Fez-se silêncio, o fogo aumentando uma fração mais quando Orym colocou outro pedaço de madeira. Os guardas faziam suas rondas, nos vigiando e fazendo comentários enquanto passavam. Parecia que o odiavam mais. Ninguém havia nos questionado sobre os três guardas desaparecidos. Eles seguiram cuidando de seus negócios, alegando que as feras na floresta os haviam levado.

O fogo ardeu mais forte, o crepitar aumentando e as chamas emitindo um chiado baixo.

— Preciso falar com você. — Orym se aproximou, comendo sua comida enquanto observava a área ao redor. — Só finja comer.

Não olhei para ele, mas assenti.

— Não fui apenas expulso da legião por rebelião. Eu também era um espião d'O Olho. Minha irmã também.

Minha colher parou no meio da descida, mas continuei olhando para a frente.

O nome dela é Veruka. Ela está lá agora e me mandou uma mensagem.

Ele enfiou a mão no bolso, puxando um pequeno pedaço de pergaminho com palavras rabiscadas.

— Estão nos transferindo para Flagerun. Pelo que ouvi, é uma prisão e uma das favoritas dela. Uma fortaleza enorme que se enterra no planeta.

— Certo.

— Ela também contou que há algo que você precisa ver.

Dessa vez, virei-me para ele.

— Você contou sobre mim? Por quê?

— Olhe para a frente — sibilou ele, pegando uma colherada de comida. — Precisei fazer isso. Ela não vai falar nada, juro. Queremos o que você quer. Queremos a queda de Nismera, e você vai nos ajudar a alcançá-la.

Eu bufei.

—Vou?

— Sim, porque Nismera tem uma arma lá.

— Uma arma?

Orym assentiu.

—Veruka afirma que é algo que ela protege muito e do qual não se afasta. Ela contou que qualquer arma que Nismera esteja mantendo naquela prisão, você vai precisar para o que está por vir. Deixe-me ajudá-lo a obtê-la, e você pode me ajudar a trazer minha irmã para casa.

Balancei a cabeça, meus lábios se pressionando em uma linha fina.

— Não gosto de ser encurralado.

A colher dele parou acima da tigela.

— Preciso de sua ajuda. Todos nós precisamos, e além disso, é mutuamente benéfico. Ajude-me a libertar minha irmã, e pegamos essa arma misteriosa na prisão.

Colocando minha tigela de lado, virei-me para ele.

— Não é assim que se constrói qualquer tipo de aliança.

Ele foi falar quando um berro agudo rasgou o ar. Todos no acampamento se viraram a fim de olhar para a enorme gaiola de aço atrás de nós, que chacoalhava para a frente e para trás violentamente. Uma pena de ponta marrom e dourada, maior que minha mão, voou para fora da pequena janela, e meu maxilar se contraiu.

— O que acha que tem naquela caixa? — perguntou Orym.

— Aquele padrão e berro. É um toruk. Eu reconheceria esse chamado em qualquer lugar — respondi. Os guardas avançaram correndo, alguns com aquelas lanças, e eu sabia o que precisava fazer.

— Nem pensar. — Orym engasgou com a comida. — Isso explica o desespero para se libertar, mas eles entendem que toruks não podem ser domados, certo?

Cerrei os punhos.

— Não precisa ser domado. Quando chegar a Nismera, ela o forçará a se submeter, como faz com todos que a seguem.

— Coitadinho.

Um plano se formou na minha mente, e me virei para Orym.

—Você tem mais pergaminho?

Orym assentiu, e desviei o olhar conforme os guardas se aproximavam. Forcei-me a não ouvir os berros do toruk outra vez enquanto meu plano se solidificava. A caixa balançou e depois parou, os guardas comentando sobre retornar aos seus postos enquanto a fera se acomodava.

Eu sabia o que precisava fazer e seria a maneira perfeita de enviar uma mensagem a ela.

A noite caiu, e o vento diminuiu para uma brisa tranquila. Roncos rasgavam o ar vindos de um ogro capturado e adicionado à carga apenas um dia atrás. Orym gemeu e puxou seu cobertor enquanto se remexia no sono. Assim que ele se acomodou e sua respiração se estabilizou, saí escondido.

Os guardas riam, compartilhando uma pequena garrafa de água enquanto se apoiavam em uma carroça. Agachei-me e dei uma última olhada antes de correr para a linha das árvores. Assim que saí de vista, segui na direção oposta. Verificando onde pisava, saltando qualquer arbusto que pudesse estalar alto demais ou gravetos meio secos que pudessem se partir.

Terra sólida é preferível, mas cubra seus rastros. Pedras são melhores, mas faça silêncio mesmo assim. As palavras do meu pai ecoaram na minha memória.

As árvores à frente estavam iluminadas quando me aproximei da carroça de aço. Eles a tinham movido para longe do acampamento, odiando a frequência com que a fera berrava por liberdade.

Parei nas sombras, estudando a carroça cercada por arbustos. Eles teriam patrulhas verificando este lugar, então esperei com paciência. Agachei-me quando o guarda emergiu da escuridão, circulando a carroça. Ele foi mais cuidadoso do que eu esperava. Fez mais uma varredura ao redor da caixa, espiando a escuridão antes que seus passos recuassem, informando-me que ele estava voltando para o acampamento.

Esperei mais alguns minutos antes de correr para a frente da gaiola. Vários cadeados, mais grossos que a palma da minha mão, prendiam a porta grossa. Deslizei a mão sobre um dos cadeados, mas não senti nenhuma magia. Espiei atrás da carroça, verificando se havia guardas antes de puxar o metal, que se despedaçou, e xinguei quando soou alto. Outra espiada ao redor me garantiu que ninguém ouviu. Rapidamente quebrei os cadeados restantes e saltei para dentro, fechando a porta atrás de mim.

A escuridão era implacável, mas eu podia sentir o pulso de poder e o cheiro da selvageria dessa criatura. Um par de olhos reluzia do fundo da gaiola, as pupilas estreitas arregaladas na ausência de luz. O toruk me observou com olhar ameaçador, e eu sabia que a escuridão não era um obstáculo para essa criatura. Levantei a mão e pressionei um dedo nos meus lábios, avisando-o para ficar quieto.

Ele observou e esperou enquanto eu formava uma bola muito fraca de luz prateada na minha palma. A única coisa que ouvi da fera foi um suave som sussurrado enquanto penas deslizavam contra penas. A gaiola rangeu quando um pé enorme com garras deu um passo à frente, seguido por outro.

A luz prateada projetava sombras na fera. Seu bico de ponta dourada emergiu da escuridão. Duas fileiras de penas no topo de sua cabeça se ergueram para o céu enquanto ele me observava. Seus olhos se estreitaram, e eu sabia que ele estava prestes a berrar. Estendi minha mão um pouco mais. Era a coisa mais corajosa ou mais estúpida que eu poderia fazer, dado o fato de que ele poderia quebrá-la com facilidade. Seus olhos se arregalaram, e sua cabeça se retraiu em surpresa. Ele arrastou os pés enquanto tentava e falhava em abrir as asas, seu enorme bico bem aberto.

Eles chamavam essa criatura magnífica de toruk, mas no meu mundo, era um grifo.

— Uma Ig'Morruthen estraçalhou os reinos, e você cheira como se tivesse se banhado no perfume dela. Demônia traiçoeira e assassina. — A voz era surpreendente e decididamente feminina.

Minhas mãos abaixaram.

— Consegue sentir o cheiro de Dianna em mim?

Meu pulso se acelerou. Fazia semanas desde que estivemos juntos, e parte de mim ficou emocionada em saber que ela ainda estava comigo, pelo menos de alguma forma. Quando abaixei as mãos, as penas em sua cabeça se aplainaram.

—Você fala brushnev?

Um sorriso suave brincou em meus lábios.

— Eu falo várias línguas.

Ela piscou para mim várias vezes antes de farejar o ar, fascinada. Seus pés com garras pararam de agarrar a madeira dura abaixo, e sua cauda com uma ponta de pelos se abaixou, sem se debater mais. Ela se aproximou, e pude ver o pelo ao longo da outra metade de seu corpo. Marcas de queimadura perfeitamente circulares estragavam a beleza de sua pelagem e de suas asas.

A tristeza me preencheu. Toruks fêmeas eram ferozes, protetoras e, acima de tudo, leais. Eram as guerreiras em seu mundo natal. Enquanto os machos tinham músculos e força, as fêmeas não paravam de lutar até que seus corações parassem de bater, e ela tinha que lutar aqui. Não é de se espantar que berrasse e lutasse, não importa quantas vezes fosse queimada. Ela nunca chegaria até Nismera. Morreria aqui lutando por sua liberdade.

—Você fede a morte. Veneno. — Ela abaixou a cabeça, e virei a minha enquanto ela me inalava. —Você perecerá em breve.

Meu sorriso era torto.

— Obrigado.

Não precisei lhe dizer que sabia disso ou que tinha presumido o pior. Meu abdômen só estava piorando. O veneno que me deram na Cidade de Jade estava me deixando mais do que fraco. Eu não conseguia comer sem sentir náuseas, não importava quantas raízes me dessem, então parei. Era um esforço ficar de pé na maioria dos dias, mas eu tinha que aguentar. Tinha que encontrar uma maneira de chegar até Dianna. Ela me ajudaria.

Seu bico se aproximou.

—Ah, você ainda não sucumbiu aos ferimentos porque você cheira aos velhos mundos.

Outra fungada.

— Rashearim.

Meu pulso acelerou com a menção à minha casa. Ela inalou profundamente de novo.

—Você é outro do sangue de Unir, só que feito de luz prateada como ela.

Minha cabeça virou-se rapidamente e direção.

— Não sou nada parecido com Nismera.

— Não, você é o rei perdido. Guardião. Protetor. Você está muito longe de casa, Rei de Rashearim. — Engoli em seco, e as correntes que continham sua forma maciça chacoalharam quando ela se sentou. — Sua luz queimou o céu e rasgou o mundo, mas você está diante de mim. Como isso é possível?

— Alguém que eu amo me salvou.

Ela inclinou a cabeça, as duas longas penas se eriçando como um canino com orelhas.

— Amor? Ouvi dizer que você teve muitos amores. Qual deles o salvou?

Uma pequena risada saiu dos meus lábios.

— Posso lhe garantir que só tive um, e é o que você sente em mim.

As asas dela farfalharam.

—Você acasala com a mesma fera que destruiu seu mundo e mundos antes?

— Ela não é uma fera.

Aquelas penas se arrepiaram com meu tom, mas eu estava cansado de como os outros prejulgavam Dianna sem conhecê-la.

— Ela cheira a uma fera. Uma muito mais antiga que você.

Extingui minha raiva defensiva. Eu queria ajudar, não atacar. Ela estava sofrendo, e agora, com suas palavras, finalmente entendi o porquê.

— Sabe o que eu sei? Sei que querem transportar você até Nismera comigo. Também sei, pela faixa laranja ao longo do seu focinho, que você é uma fêmea, e a temporada de reprodução passou há duas luas. Aquele berro que você soltou antes não foi de dor física, mas de devastação. Eu sei bem. Você perdeu algo importante. Aposto que tinha ovos, e que eles os destruíram.

A raiva desapareceu quando uma expressão vazia e assombrada encheu os olhos da criatura, que abaixou o corpo para se agachar, pondo um pé com garras sobre o outro, correntes penduradas sobre suas costas largas, acorrentando asas cor de ocre e ouro em sua forma. Feridas de chicote, parcialmente curadas, marcavam sua cabeça e rosto. Sangue seco escorria de seu bico e emaranhava seu pelo. Ela havia lutado tanto.

— Eles roubaram mais do que ovos, Rei de Rashearim.

Extingui minha luz e apoiei minhas costas contra a parede. Deslizando para o chão, resisti à vontade de pressionar a mão no meu flanco.

— Seu companheiro.

— Podemos ser as guerreiras de nosso lar, mas eles são os protetores. Foram massacrados primeiro. Depois destruíram nosso lar. Chove cinzas nas montanhas agora por causa de Nismera, e os reinos restantes logo terão o mesmo.

Sofrimento se contorceu em seus olhos dourados. Sofrimento que a assombraria para sempre. Meus ombros ficaram tensos com suas palavras, determinação substituindo a empatia que eu sentia por ela.

— Não se eu puder evitar.

Suspirei e me levantei. A toruk também se levantou, a gaiola de aço rangendo sob seu peso. Espiei pelo pequeno orifício de ar para ter certeza de que nenhum guarda havia retornado, mas apenas as sombras criadas pelas chamas das tochas se moviam lá fora.

Suas asas se moveram contra as correntes de novo quando coloquei a mão no bolso, pescando os anéis de lá. Coloquei-os nos dedos um por um e invoquei uma adaga de ablazone. Um brilho suave encheu a cela, e seus olhos se estreitaram em fendas. Eu me movi para o lado dela, e seu bico poderoso se abriu ligeiramente. Ela me observou com cautela, porém, não fez nenhum movimento para atacar enquanto eu cortava as correntes que a prendiam. Segurei-as com as mãos, pondo-as no chão para que não chacoalhassem.

— Está me libertando?

Continuei trabalhando até a última corrente ser solta, depois, fui em direção à asa e à sua lateral. Devolvendo a adaga ao meu anel, coloquei as mãos nas pequenas queimaduras circulares. Ela se arrastou para o lado, suas penas se expandindo e a cauda se debatendo de dor. Concentrei-me em puxar a energia dentro de mim. A luz tremeluziu na minha palma, meu abdômen doeu enquanto o último poder vazava de mim. Concentrei-me até minha mão brilhar. Com cuidado, deslizei-a pelo osso ferido de sua asa, sentindo-o voltar ao lugar. O suor escorria pela minha testa enquanto eu cerrava os dentes. A pele ficou lisa conforme se fechava, e as penas voltaram a crescer, grossas, douradas e volumosas onde haviam sido queimadas.

—Você me cura quando não consegue se curar?

Assenti, subitamente tonto conforme o poder saía da minha mão. Tirei meus anéis e os coloquei de volta no bolso.

—Você precisa ir. Os guardas farão outra vistoria em breve, e não pode estar aqui. Não podemos permitir que seja levada para Nismera. Se ela não puder quebrá-la, vai usar seus ossos como achar melhor, e nós dois sabemos a magia que existe neles.

— O que deseja em troca, Rei de Rashearim?

Eu cambaleei. Sua asa disparou, firmando-me, mantendo-me de pé.

— Obrigado — disse, enquanto ela a abaixava, e eu me dirigia para a porta. Tremores corriam pelo meu corpo, e eu estava com dor. Tinha usado poder demais e tinha pouco sobrando. Abri a porta com cuidado e espiei lá fora, checando para garantir que não havia guardas por perto.

— Preciso que encontre alguém muito importante para mim e entregue uma mensagem. Se fizer isso, posso lhe prometer que será livre. Prometo-lhe uma montanha que ninguém pode alcançar. Prometo salvar esses reinos.

Os olhos da toruk piscaram uma vez, depois duas antes que ela se levantasse em sua altura máxima. Conforme aquele peito emplumado se estufava, a carruagem balançava. Ela se aproximou, enorme, orgulhosa e poderosa. Fiquei impressionado com sua beleza.

— Uma grande escuridão paira ao seu redor, Rei de Rashearim. Ela tem o cheiro do velho. Antigo. Poderoso. Sanguinário. Talvez Nismera não seja o único ser maligno neste reino.

Eu sabia que estava falando de Dianna. A criatura podia sentir a marca dela impressa em minha alma.

— Dianna não é má.

— Seu amor por uma criatura da morte será sua ruína.

—Vai fazer isso ou não?

A toruk abaixou a cabeça até que seu rosto ficou a centímetros do meu, e seu bico poderoso ocupou a maior parte da minha visão.

— Ela é sua amada?

Seus olhos reluziram, ouro cintilante, e um calor se espalhou por meu corpo. Tive um segundo para lembrar do poder por trás do olho de um toruk, e sabia, acima de tudo, que era isso que Nismera realmente queria. Esta não era apenas uma toruk aleatória que ela desejava usar por sua magia. Não, esta era a soberana que empunhava o olho da verdade, se a lenda fosse real. Era um lampejo de magia conectado ao próprio universo. Uma fera mítica que as pessoas morreriam para domar e manter. Aquele calor se espalhou, e minha boca se moveu, apenas a verdade saindo de meus lábios.

— Eu nunca amei ou fui tão consumido por outra pessoa, e nunca mais irei.

— Muito bem.

Pisquei e tropecei. O torpor estava passando, mas não conseguia lembrar o que havia falado. Sacudindo a cabeça, ergui a mão e soltei meu colar. O pequeno rolo de papel parecia tão frágil quando o prendi ao pingente, mas estava pesado de esperança e amor.

Entreguei o colar à toruk, que saltou da carruagem. Asas poderosas bateram forte, impulsionando-a em direção ao céu. Ela mal tinha passado da linha das árvores antes que a gritaria começasse. Desloquei-me depressa, pulando para o chão e me esgueirando para a cobertura da floresta. Os guardas avançaram quando me abaixei no mato para esperar.

Demorou um pouco até que fosse seguro retornar ao acampamento, e o fiz da forma mais silenciosa e cuidadosa possível. Guardas estavam do lado de fora da tenda de cada prisioneiro, garantindo que ninguém saísse durante o caos que eu havia criado. Esgueirei-me até o corte que fiz na parte de trás da tenda e silenciosamente deslizei para dentro.

—Você é tão imprudente quanto o grande amor de que fala — resmungou Orym, encarando-me com olhos pesados de sono. Ele não falou mais nada, se virou e voltou a dormir.

XXII
CAMILLA

Suspirei, minha dor de cabeça aumentando enquanto os cacos do medalhão continuavam a lutar comigo. Hilma observava, quase adormecida. Ela suspirou um pouco mais alto, sua bochecha apoiada na mão e seu cabelo castanho se enrolando em volta de seus ombros.

Ela era anos mais nova que eu, mas por algum motivo, Nismera a tinha deixado comigo enquanto eu estava trabalhando. Eu ainda não fazia ideia de por que a primeira coisa que Nismera exigiu de mim foi restaurar os milhões ou mais de cacos desse medalhão quebrado, mas não podia questionar. Mesmo que meu instinto me dissesse o quanto isso era errado e minha magia sussurrasse para eu parar.

— Bem, pelo menos você selou alguns pedaços — comentou ela, com um sorriso preguiçoso para mim.

— Atitude não ajuda — retruquei.

Eram alguns pedaços para ela, mas era mais do que isso. Eu estava nisso desde que cheguei. Quando me trouxeram este projeto pela primeira vez, recusei, e um guarda torceu meu pulso até quebrar enquanto Nismera observava. Foi a primeira vez que percebi o quão sozinha eu estava aqui. Ninguém se importava, nem mesmo Vincent. Ele apenas ficou parado, mas... Eu encontrei um saco de gelo no meu quarto mais tarde, quando saí do banho. Ele nunca confessou, mas eu sabia que Kaden não teria deixado aquilo. Suspirando, apoiei as mãos na mesa. Fazia meses desde que eu havia chegado aqui e ainda tinha muito trabalho a fazer.

Hilma deu de ombros, segurando dois fragmentos ao tentar uni-los como peças de quebra-cabeça. Levantei a cabeça quando Tessa e Tara riram enquanto limpavam as consequências de um feitiço que deu errado de outra tarefa que lhes havia sido atribuída. Observei-as por um momento, a inveja crescendo em mim. Tessa nunca conseguia tirar as mãos de Tara, sempre a um toque ou beijo de distância. Elas encontraram amor e felicidade neste inferno, e tudo o que encontrei foi uma espiral de desesperança e depressão.

Poucos dias depois do meu pequeno rompante, elas foram designadas para esta oficina. Isso me fez considerar se Nismera havia enviado suas bruxas mais fortes para me vigiar ou me ajudar. Provavelmente as duas coisas.

Suspirei, sem me importar muito. Não fazia ideia do que aconteceria comigo quando eu consertasse este medalhão. Ela me tornaria sua arma pessoal? Eu passaria a eternidade aqui? Ou pior, ela descobriria minha espionagem e me mataria? Esfreguei o rosto. Era tarde, e eu não conseguia mais pensar nisso. Eu ia entrar no jogo enquanto consertava este maldito medalhão e procurava uma saída.

— Já terminei por hoje — declarei, e todas as cabeças se viraram para mim. Tessa e Tara deram gritinhos, felizes por poderem ir embora. Hilma se sobressaltou, quase derrubando os pedaços nos quais estava mexendo.

— Já? — questionou ela.

Eu assenti.

— Sim. Estou esgotada.

Não era uma mentira completa.

— Talvez você devesse trabalhar para manter sua energia alta e não fugir com o Alto Guarda. — Hilma deu uma piscadela.

— O quê? — Eu quase gaguejei.

Ela pareceu confusa por um segundo enquanto os guardas na porta riam.

— Kaden?

Soltei um suspiro. Certo. Aquele estratagema idiota que combinamos enquanto ambos tentávamos e falhávamos em descobrir para quê era aquele sangue. Até agora, não tínhamos descoberto nada. Até mesmo voltar escondidos àquela sala provou-se inútil. Os corpos haviam desaparecido, e a sala parecia imaculada. Parte de mim achava que ele na verdade não se importava. Eu via apenas um laivo de emoção verdadeira quando ele estava com os irmãos. Kaden era maligno. Eu precisava me lembrar que ele não estava do meu lado. Ninguém estava.

— É — respondi e levantei, empurrando minha cadeira para trás contra a mesa de trabalho. — Vou tentar.

Hilma sorriu enquanto juntava os cacos do medalhão e saía. Eu a segui arrastando os pés, os guardas ao meu lado liderando o caminho até o meu quarto. Forcei-me a não olhar para a porta de Vincent e me perguntei pela milionésima vez por que ele estava me evitando. Talvez estivesse enrolado com Nismera. Os guardas pararam quando chegamos à minha porta, e entrei, fechando-a atrás de mim. Atirei-me na cama e abracei meu travesseiro, deixando meus olhos se fecharem.

Meus pés eram silenciosos nos degraus de pedra. Deslizei a mão ao longo da parede para me estabilizar. O som de cânticos aumentou conforme me aproximei, e ofeguei quando vi a sala enorme. Ali, no centro, havia uma piscina escura. Ondulava como se enguias nadassem sob a superfície escura. Várias figuras encapuzadas cercavam a piscina. As formas sem rosto ergueram as mãos, e uma magia verde radiante faiscou de suas palmas, fios de magia conectando-as até criarem um círculo brilhante acima delas.

Um grito fez meu sangue gelar. Duas silhuetas perto da borda da sala arrastaram outra figura sem rosto e disforme. Estreitei os olhos quando uma delas ergueu a mão acima da piscina, e a sala estremeceu.

Minhas mãos agarraram a parede, tentando me manter de pé. A água ficou imóvel, mas depois, no centro, bolhas romperam a superfície. Apenas algumas no início, pequenos estalos, e depois centenas de uma vez. Uma forma surgiu do meio da piscina escura, e meu coração começou a bater forte. Dei um passo à frente, tentando ver melhor. Uma mão desceu com força sobre meu ombro. Eu girei, o grito morrendo na minha garganta. Uma figura magra me encarava com os dois pares de olhos, brancos e opacos.

Apontou para a sala atrás de mim e sussurrou:

— De um, todos surgirão.

Sentei-me de uma vez, encharcada de suor e meu cabelo grudando no rosto. Gritei de verdade agora, vendo uma forma sombria me encarando do canto do meu quarto. Magia brilhou na minha mão, iluminando o quarto em verde esmeralda. A única coisa que havia era uma cômoda com roupas penduradas nas gavetas. Dispensei minha magia e ri de mim mesma antes de enxugar os olhos. Não havia nada lá. Minha mão se fechou no tecido do vestido sobre meu peito enquanto eu tentava recuperar o fôlego. Eu estava apenas sonhando.

— Só um sonho. Não uma premonição — repeti para mim mesma, mesmo sabendo o quanto estava errada. — Apenas um sonho estranho e não uma figura de sombra no meu quarto. É só falta de sono.

Quando me deitei de novo, repeti isso como um mantra, puxando o vestido de seda dos meus tornozelos.

Um grunhido soou vindo do corredor, e me virei para ele. Definitivamente não era uma figura de sombra grunhindo. Pensei que talvez tivesse ouvido errado, mas nesse momento ouvi outro gemido baixo. Nojo correu por minhas veias. Se eu tivesse que ouvir Nismera e Vincent mais uma vez, preferia arrancar minhas próprias orelhas. Levantei a mão para lançar um feitiço de cancelamento de ruído quando outro gemido soou através da parede, este seguido por um sibilo. Isso soava como dor, não prazer.

Fiquei de pé mais rápido do que pude pensar e cheguei até a porta. Peguei meu colar e lancei um pequeno encantamento enquanto saía, observando o corredor vazio. Vincent com certeza estava de volta se nenhum guarda estava diante da minha porta. Ótimo. Atravessei o corredor depressa e abri a porta dele.

Mal tive tempo de compreender o vazio antes que um Vincent sem camisa me empurrasse contra a parede vizinha. Meus olhos percorreram seu corpo enquanto ele pressionava a lâmina fria de uma faca contra minha garganta. Ah. Não era um Vincent sem camisa, mas um Vincent bastante nu e muito bem-dotado.

— Você está nu — sussurrei, fechando meus olhos com força. — Ai, deuses, sinto muito.

— É meu quarto. Tenho direito de estar assim — retrucou ele, claramente agitado.

Metade do seu corpo estava pressionado contra o meu, e não ousei arriscar olhar para baixo para ver o que mais estava me tocando.

Pare de pensar no Vincent nu, sua psicopata sedenta por sexo!

Balancei a cabeça.

— Como viu através do meu feitiço de camuflagem?

— Passe eras ao redor da deusa que criou todas as bruxas e você aprende uma coisa ou duas, por exemplo, como certas magias poderosas têm cheiro de ervas.

— Há alguma razão pela qual ainda está nu e me segurando? — perguntei.

— Há alguma razão para você estar no meu quarto muito depois do anoitecer?

Engoli em seco.

— É justo. Pode tirar a lâmina da minha garganta?

— Retire seu feitiço.

Meu feitiço caiu no instante em que sussurrei o encantamento, e Vincent deu um passo para trás. Ele se virou, dando-me a oportunidade de examinar seu traseiro perfeitamente musculoso, mas foram os padrões em zigue-zague de cicatrizes que cobriam suas costas que atraíram meus olhos. Seu cabelo longo e escuro as cobria parcialmente. Perguntei-me se era por isso que ele o mantinha longo. Ele usava os fios sedosos como um véu para esconder coisas que desejava que os outros não vissem?

— Ouvi um gemido.

— E logo sua ideia foi entrar correndo no meu quarto? Eu poderia estar com outra — questionou ele, pegando um par de calças largas e colocando-as.

— Nismera nunca vai deixar outra pessoa tocar em você. Eu vi o jeito como ela o trata. Todo mundo sabe. Além disso, sei diferenciar gemidos de felicidade de gemidos de dor.

As sobrancelhas se ergueram ligeiramente e percebi o que eu falei.

— Quer dizer, não é como se vocês fossem silenciosos. — Acenei com a mão. — Esqueça.

Ele cruzou os braços sobre o peito. O movimento fez seus bíceps se sobressaírem, e contra meu melhor julgamento, minha boca encheu d'água.

— O que você quer, Camilla?

Suas palavras me tiraram dos meus pensamentos inapropriados.

— Não sei. Acho que só queria ter certeza de que você está bem. — Era verdade, e seu olhar pareceu se suavizar. — E talvez conversar com alguém que conheço de verdade. Não vejo você há dias.

Uma risada sombria deixou seus lábios.

— Estou surpreso que tenha notado. Imaginei que estaria ocupada demais com Kaden no seu pescoço.

Minhas bochechas arderam com suas palavras, mas principalmente de irritação. Deuses acima e abaixo, eu odiava esse maldito ardil.

— Ele não está no meu pescoço.

Os olhos de Vincent vagaram por mim, e meu corpo corou.

— Eu realmente não me importo onde ele está.

— Parece que se importa.

— Não mesmo.

Eu bufei.

— Então por que você está me evitando?

— Engraçado, Camilla. Meu mundo não gira em torno de você.

Dessa vez, quando meu corpo esquentou, foi de pura raiva. Avancei com passadas pesadas e senti os pelos da minha nuca se arrepiarem enquanto minha magia se agitava.

— Parece pra caralho que é. Você me arrastou até aqui, me atirou por aquele maldito portal, e agora sua namorada psicopata colocou você como meu guarda pessoal. O único momento que consigo sair e comer algo além de sopa fria é quando você está comigo. Todo maldito dia que você fica longe é meu quarto, a estação de trabalho e de volta. Os outros guardas não se importam. Então sim, seu mundo gira em torno de mim. Eu mereço isso.

As sobrancelhas de Vincent se cerraram com a menção ao meu dia a dia antes de ele abaixar os olhos. Um sinal claro de que se importava mais do que deixava transparecer.

— Muito bem.

— Muito bem — bufei.

Ele se virou para sentar na cama, e notei as longas marcas vermelhas na lateral de seu corpo. Sangue seco ainda estava grudado em sua pele em alguns pontos, pois ele tentou limpar, mas não conseguiu alcançar tudo. Por isso estava gemendo.

— O que aconteceu? — perguntei, apontando para os ferimentos.

— Uma missão. Feliz?

— Você estava fazendo um péssimo trabalho limpando isso. — Acenei em direção à pequena mesa coberta por vários cotonetes e um líquido estranho. — Por que não está se curando normalmente?

— A cura celestial, embora rápida, ainda leva tempo. Para ser justo, meu flanco foi completamente rasgado. O que você está vendo é uma grande melhora. Então isso... — Acenou, estremecendo de leve. — Isso é bom.

— Rasgado? — Praticamente soltei um guincho. — Pelo quê?

— Aqueles que discordam do governo de Nismera. Aqueles que não se curvam.

— Ah.

Vincent gemeu enquanto pegava outro dos cotonetes médicos.

— Volte para a cama, Camilla. Não preciso que você nem que ninguém sinta pena.

— Não vim por pena. Eu só queria um amigo. Em Rashearim, costumávamos conversar, e sinto falta. Não tenho mais ninguém aqui para conversar.

E era verdade.

Ele olhou para mim, nada além de aço frio e duro em seu olhar.

— Não estamos nos restos de Rashearim, e não sou um bom amigo para ninguém, Camilla. Faça um favor a si mesma e encontre outro.

Meu peito doía por ele, mas parte de mim sabia que ele estava certo. Não éramos amigos porque no final das contas eu não confiava nele. Vincent era implacável e havia traído toda sua família por Nismera. Ele contaria a Nismera qualquer coisa que eu lhe falasse. Ele era leal a ela, sempre para com ela. Todas as outras pessoas ficavam em segundo lugar.

Eu queria lhe contar meus pesadelos, conversar como fazíamos nos restos de Rashearim. Parecia inútil, mas parte de mim, uma que eu não conseguia nomear, dizia para mim o quanto eu estava errada. Não importava o que ele dissesse ou fizesse, eu sabia que havia algo mais na situação. Eu queria descobrir, quebrar aquela maldita parede, mas ele estava certo. Era inútil. Eu só ia me ferir no final, mais do que já estava ferida. Ele não era meu amigo. Nunca foi. Eu estava apenas me enganando.

Eu não tinha ninguém e fiz isso comigo mesma.

— Está certo. — Forcei um sorriso frio e me virei para sair do quarto. — Peço desculpas por tê-lo incomodado.

Eu poderia jurar que ouvi a cama ranger quando ele se levantou. Eu poderia jurar que senti sua mão se esticar para mim, mas ele não me impediu.

Parei na porta.

— O olho de Llewir é ótimo para curar feridas profundas. Não tenho certeza se vocês têm esse animal aqui, mas um substituto deve bastar. Talvez pergunte aos curandeiros. — Fechei a porta atrás de mim e podia jurar que ouvi Vincent sussurrar um obrigado.

XXIII
DIANNA

Curva de Rio definitivamente combinava com seu nome, com vários rios sinuosos, todos convergindo no centro da cidade e fluindo em direção à costa. Havia tantos barcos carregando remessas e cargas de todos os tipos. Uma multidão de pescadores circulava, e os sons da vida agitada vinham da pequena vila. Nismera parecia ter enviado um punhado de soldados para cada cidade próspera, o que era bom e ruim para nós.

— Se segurá-lo por muito tempo, ele não vai mais conseguir respirar — comentou Reggie atrás de mim. Um dos soldados de Nismera agitou os braços. Suspirei e retirei sua cabeça da água.

Miska havia sumido quando encontramos alguns soldados de Nismera e os arrastamos para a clareira da floresta. Ela falou que estava indo encontrar algum tipo de planta, mas eu sabia que ela queria evitar o derramamento de sangue.

— Ele literalmente tem guelras na lateral do pescoço — retruquei para Reggie enquanto o soldado gaguejava e tossia.

— São respiradouros, minha rainha. Não são capazes de respirar debaixo d'água.

Revirei os olhos e o puxei para cima com um pequeno movimento. Sua pele azul estava quase roxa enquanto ele ofegava por ar, seus respiradouros trabalhando dobrado.

— Ah. — Dei de ombros. — Para mim pareciam guelras.

O soldado me encarou com quatro olhos com contorno grosso antes de olhar para Reggie. Ele divagou em uma língua que eu não conhecia. Reggie respondeu, e o cara começou a tremer; olhou para mim, balançou a cabeça e depois olhou de volta para Reggie. O homem lutou contra meu aperto, tentando se afastar de mim antes de falar em um ritmo tão rápido que até mesmo temi que Reggie não conseguisse traduzir.

— O que ele está falando?

— Com todo o respeito, ele acha que você é uma vadia psicótica — respondeu Reggie e limpou a garganta.

Meus dedos apertaram a armadura sob minhas mãos enquanto eu olhava para Reggie.

— Isso é óbvio, mas ele sabe para onde a caravana está indo?

Reggie mordeu o canto do lábio.

— Ele se recusa a falar.

Minha cabeça se virou rapidamente em direção ao soldado na minha mão.

— Diga-me para onde é. — Um rosnado baixo vibrou da minha garganta, e com a forma como o cara se debatia, eu sabia que meus olhos ardiam carmesim agora. A boca do soldado se abriu junto das aberturas em seu pescoço.

Reggie repetiu minhas palavras, e o olhar do soldado pulou entre nós dois.

— Ele pede proteção caso fale.

Suspirei, revirando os olhos.

— Tudo bem. Tanto faz. Proteção. Agora, conte.

A tensão no soldado pareceu diminuir quando Reggie transmitiu minhas palavras, e ele recomeçou a falar.

— Ele afirmou que a caravana de Nismera foi avistada pela última vez em Klivur — explicou Reggie, assentindo para mim.

— Bom, é uma pista. — A animação estremeceu dentro de mim.

— Mas isso foi há três dias. Eles atravessaram um portal e não foram vistos desde então.

Meu coração batia forte de decepção, a esperança que eu sentira momentos atrás morrendo de forma dolorosa.

— Dianna.

As palavras sumiram enquanto Reggie dizia outra coisa, mas a margem do rio também. Eu estava atrasada de novo. Senti minha pele formigar, a raiva borbulhando dentro de mim. Fazia uma semana e meia desde que o tiraram de mim, e o medo do que aquele maldito veneno estava fazendo com Samkiel estava me deixando louca. Miska tinha feito um antídoto, mas era inútil se eu não conseguisse encontrá-lo.

Eu estava mais que inquieta, mais que preocupada. Mesmo vasculhando o ar, tentando atrair soldados para mim, não era o bastante. Estava demorando demais, e eu estava com medo de chegar tarde de novo. Eu era praticamente um farol vermelho, mas levou dias para os soldados aparecerem. Estávamos ficando sem tempo, e Samkiel poderia muito bem estar na porta de Nismera. A pior parte era que eu nem sabia onde Nismera estava. Nem sabia em que mundo ela estava. Não pude salvar minha própria irmã. Por que pensei que poderia salvá-lo?

Um rosnado saiu dos meus lábios, e puxei o soldado para o lado. Minhas presas rasgaram seu pescoço, suas mãos arranhando meus braços enquanto eu me alimentava. O sangue atingiu o fundo da minha garganta, substituindo o crescente poço de ansiedade em minhas entranhas.

Afastei-me e larguei o soldado inerte antes de limpar o sangue da minha boca com as costas da mão.

— Seu controle está falhando.

Uma risada áspera saiu dos meus lábios.

—Você acha?

— Não desejo ver você regredir a…

— A quê? — exigi, dando um passo em sua direção. — Um monstro? Da última vez que cheguei, eu era um. Olá, sou uma Ig'Morruthen, não uma princesa celestial que você viu séculos atrás.

Os olhos de Reggie perfuraram os meus.

— Estes não são os restos mortais de Rashearim, Dianna.

— Não.

— Ainda há esperança.

— Já faz uma semana. — Senti as palavras saírem dos meus lábios em um quase choro. — A pista que tínhamos esfriou há dias, o que significa que não faço ideia de em qual planeta ele está agora. Há centenas e centenas deles, Reggie. Se ele… — Não terminei. Não queria.

— Diga para mim que você não ia sentir caso ele estivesse com ela? Caso ela o matasse? Olhe para mim e diga-me que você não ia sentir alguma coisa.

— Como eu ia sentir isso? — retruquei, erguendo a mão e lhe mostrando meu dedo limpo. — Abri mão dela, lembra? Por ele. Eu não sinto nada, Reggie. Nenhuma faísca ou conexão, apenas fome e vazio e…

Medo.

Mas não falei isso. Apenas virei de costas, passando as mãos pela testa.

— Porra. Não deveríamos tê-lo deixado naquela cidade idiota. A culpa é minha por confiar que estavam realmente nos ajudando. Quando foi que alguém não teve um motivo oculto?

— Não é culpa sua. Nada disso é.

— Não é? Ele está enfraquecido agora com esse ferimento. Uma fração do poder dele é tudo o que lhe resta. O resto queima no céu. Ele precisa de mim, e nem sei por onde começar a procurar.

Minha perna disparou, chutando um grande pedaço de madeira, que voou pelo ar, atingindo uma árvore e se estilhaçando, quase errando a forma manca que tinha acabado de sair da floresta. Ele agarrou sua vara de pescar, deu uma olhada para mim, para Reggie e para a pilha de soldados mortos antes de sair correndo.

Meu lábio se curvou em um rosnado.

— E ele viu demais.

Reggie me chamou enquanto eu corria pela floresta. O homem largou seus suprimentos, abandonando-os enquanto seguia direto para a vila. Não precisei me esforçar muito para ultrapassá-lo. Entrei em seu caminho, e ele correu direto para mim, caindo no chão. Ele rastejou para trás e levantou uma mão em uma tentativa patética de me afastar. Eu o levantei e afundei minhas presas em seu pescoço, me alimentando avidamente. Reggie se aproximou, e larguei o pescador, permitindo que ele caísse no chão com um baque.

— Dianna — Reggie esfregou a testa —, estou apenas preocupado com você, só isso. Você progrediu tão bem. Simplesmente não desejo vê-la regredir.

— Eu sei. É que o amo, Reggie. Um amor realmente bobo e piegas, e agora tenho medo de não poder contar para ele. — Limpei meu queixo na manga da blusa. — Ele nem se lembrava de ter morrido no túnel ou do que dissemos... Eu só...

Miska cantarolou a alguns metros de distância, seus pequenos pés silenciosos no chão da floresta. Reggie e eu nos viramos, ambos nos movendo para ficar na frente do corpo enquanto ela emergia do mato.

— Aí estão vocês. Encontrei mais algumas ervas que podemos usar... Dianna, por que seu rosto está vermelho?

Limpei minha mão na boca.

— Comi os guardas.

Miska olhou para mim e deu de ombros.

— Está bem. Estamos indo embora agora? Descobriu onde Samkiel está?

Reggie limpou a garganta e disse:

—Vamos até a cidade, pegar alguma comida para você, sim? Dianna nos alcança.

Ela assentiu e se virou para voltar até a cidade. Reggie não falou comigo enquanto a seguia. Arrastei o corpo do pescador de volta para onde tinha deixado os soldados e os incinerei, permanecendo por perto enquanto as cinzas flutuavam em direção ao sol escaldante.

Ar frio sussurrava ao redor de nós enquanto caminhávamos pela rua movimentada. Ao longo dos píeres de madeira, pescadores riam juntos, outros gritavam enquanto atiravam caixas e sacolas dos barcos, e as pessoas estavam comprando comida nas lojinhas.

Reggie jogou algumas moedas que eu tinha tirado dos soldados mortos para um vendedor. Miska saltou em minha direção com um pequeno saco de guloseimas na mão, contando como guardaria o suficiente para dar a Samkiel quando o encontrássemos, já que estávamos tão perto.

Seu entusiasmo e gentileza pareciam atiçar as chamas queimando em meu peito. Sua atenção me lembrou tanto Gabby. Não falei nada, apenas sorri enquanto saíamos e entrávamos mais na vila. Mesmo com a quantidade de comércio acontecendo nesta vila, as pessoas ainda usavam retalhos de tecido enrolados ao redor de si mesmas em camadas. Esta cidade estava em dificuldades, como tantas outras que tínhamos visitado.

— O governo de Nismera parece sombrio — comentei, interrompendo o silêncio entre nós. Reggie estava calado desde que saímos da floresta.

— Ela só se importa consigo mesma — declarou ele, seus olhos finalmente encontrando os meus.

— Isso é uma indireta para mim?

— Seu primeiro instinto não deve ser matar. — Ele franziu os lábios como um pai desapontado. — Há outras opções.

— Sinto que você esquece com quem está falando. Não passou meses comigo? Não sou misericordiosa. Sam que é… — Limpei a garganta, com medo de até mesmo mencionar seu nome, caso um guarda ou alguém ouvisse. — Ele é.

— Dianna.

— Eu faria o mesmo por você também, caso fosse preciso. Para mantê-lo a salvo. O que acha que vai acontecer se alguém falar demais e formos pegos? Acha que ela será boazinha com o Destino que a traiu e sobreviveu? Sem falar na última curandeira viva da Cidade de Jade? Acha que ela acolheria uma criança em suas fileiras?

Miska sorriu para mim, segurando sua sacola mais apertado enquanto avançávamos pela multidão. Reggie, contra seu melhor julgamento, permitiu que seus olhos se suavizassem, e pude jurar que um canto de seu lábio se contraiu sob sua capa com capuz. Perguntei-me se o Destino já havia tido amigos antes, ou ao menos alguém disposto a protegê-lo.

Puxei o capuz um pouco mais alto por cima da minha cabeça.

— Então sim, serei a malvada. Serei aquela que todos vocês podem julgar ou odiar, mas ainda vou mantê-los seguros acima de tudo. Você pode pensar que foi errado, mas se ele tivesse sussurrado uma única palavra sobre quem ou o quê somos ou estamos procurando, ele estaria mais ferrado do que está agora.

Passamos por mais algumas pessoas, mal roçando seus ombros enquanto a rua ficava mais cheia.

— Não pode governar pelo medo. Dessa forma, só vai criar mais inimigos. Não aliados.

— Quem disse alguma coisa sobre eu querer governar? — Encarei-o enquanto ele puxava o capuz um pouco mais apertado em volta da cabeça. — Além disso, uma coroa na minha cabeça o tempo todo? Consegue imaginar? Ia bagunçar meu cabelo, e eu teria que encontrar roupas que combinassem.

Miska riu atrás de mim da minha piada. No entanto, Reggie não riu. Nós nos movemos entre uma pequena multidão reunida em torno de algumas barracas cheias de frutas e pães. Estendi a mão enquanto caminhávamos e peguei uma pequena fruta roxa.

Virei-me para Miska enquanto continuávamos a andar.

— Ele gosta de frutas — sussurrei para ela enquanto a passava sem ser vista entre nós. Ela sorriu e pegou, enfiando-a na mochila. Se ela fosse ser positiva, então foda-se, eu também seria.

— Ah, sim. Seu cabelo, que preocupação drástica comparada à paz nos reinos — comentou Reggie, parecendo não ter notado nossa inteiração.

Eu bufei.

—Você acha que eles terão paz comigo? Você me conhece, certo?

Reggie levantou uma sobrancelha quando passamos por uma família de seres altos e de múltiplas pernas brigando entre si.

— Ah, então espera que ele tome outra como rainha? Você é dele, certo? Não é isso que vocês dois gritam incansavelmente na calada da noite?

Meus olhos se estreitaram nele.

— Lembre-me de colocar paredes com isolamento acústico quando enfim o encontrarmos e construirmos uma nova casa.

— Minha pergunta continua. Você governará ao lado dele. Para começar, os outros não aceitarão você pelo que você é. Vai provar ainda mais que eles têm razão empilhando corpos aos pés deles?

Não falei nada por um momento enquanto continuávamos. Não tinha pensado tão longe. Meu foco estava em sobreviver a cada dia. Ainda não queria pensar sobre isso. Minha principal preocupação era encontrá-lo e curá-lo. Coroas, tronos e salvar os reinos poderiam vir depois.

— Vamos apenas encontrá-lo. Aí podemos salvá-lo, a Mão e os reinos. Vamos nos preocupar com política depois.

Reggie suspirou. Parei e estendi meu braço, parando Reggie e Miska. A multidão se movia em seu próprio ritmo, mas um arrepio percorreu minha espinha. Era uma sensação que eu conhecia muito bem. Minha cabeça virou para o lado. Do outro lado da rua, entre dois prédios, estava um homem vestido de preto. Um capuz cobria sua cabeça, tampando todo seu rosto. Meu coração desabou de raiva, substituindo todas as outras emoções. Chamas ganharam vida em minhas mãos, e corri passando por Reggie, disparando pela multidão enquanto ele chamava meu nome.

Seres gritavam e berravam enquanto eu empurrava atravessando a rua lotada, o calor das minhas chamas abrindo caminho enquanto eu corria. A figura estava apenas seis passos à minha frente quando virou em um beco. Pulei por cima de uma carroça, o dono cambaleando para o lado e gritando atrás de mim.

Passei depressa por um vendedor cheio de peixes e derrapei até parar na boca do beco. Uma bola de fogo saiu da minha mão com a força de um furacão, sibilando enquanto voava. Ela explodiu contra a parede de pedra no final do beco, o fogo se extinguindo com o impacto. Parei e procurei no beco, mas não encontrei nada além de latas de lixo sobrecarregadas e algumas pequenas criaturas correndo. A parede enorme era a parte de trás de outro prédio. Para onde ele tinha ido?

— O que está fazendo? — perguntou Reggie, vindo atrás de mim, Miska segurando seu braço.

—Você não o viu? — Apontei para o beco vazio.

—Viu quem?

— Kaden — rebati. — Ele estava lá na cidade. Nos observando.

— Dianna. — Reggie olhou para trás de mim, depois para trás, a preocupação enchendo seus olhos. — Kaden não está aqui.

— Eu o vi — retruquei. — Eu o senti.

— Com todo respeito, Vossa Graça, Kaden não está aqui. Você é a única força poderosa nesta vila agora. Mesmo se ele estivesse aqui, a legião estaria com ele. Não há como ele ir a lugar nenhum sem o regimento dela, em especial quando se trata de você.

Meu peito arfava, a Ig'Morruthen em mim se debatendo para matar. Sacudi a cabeça, olhando de volta para o beco vazio.

— Eu sei o que vi, o que senti, Reggie.

— Tem certeza de que está tudo bem? — Preocupação franzia sua testa.

Dei uma última olhada no beco vazio e na parede queimada antes de concordar e passar por eles.

— Estou.

Nem Reggie nem Miska falaram nada enquanto voltávamos para a multidão. Alguns olharam em nossa direção, mas se afastaram. Outros fingiram que não viram nada enquanto moviam seus carrinhos de comida para mais longe. Passamos por outra loja, o funcionário me observando, cauteloso. A vila inteira provavelmente pensava que eu era doida, e talvez eu fosse, mas o vi. Juro que vi.

— Isso já aconteceu antes? — Quis saber Reggie. — Você o viu ou sentiu desde as ruínas de Rashearim?

— Não, não de verdade. Talvez uma sombra aqui ou ali, mas nunca algo tão claro quanto hoje. — Meus olhos dispararam para os dele. — A única outra coisa é o homem com olhos alaranjados, mas isso só acontece nos meus sonhos.

— Por que não falou sobre ver coisas fora dos seus sonhos?

— Porque temos coisas mais importantes com as quais nos preocupar, e atribuí isso a tudo o que aconteceu.

Reggie parou na minha frente, Miska ao seu lado, nos observando. Ele colocou as mãos nos quadris, a capa esvoaçando ao seu lado.

— É exatamente por isso que deveria dizer algo por causa de tudo o que aconteceu. Os reinos estão abertos, o que significa que o Outro Mundo está aberto. Eles têm aliados poderosos que podem sentir seu poder também.

— E daí, estão me perseguindo agora? Nos meus sonhos ou aqui fora em cada esquina?

— Talvez. — Ele coçou a cabeça. — Não tenho certeza.

Gritos ecoaram pelas ruas, interrompendo nossa conversa. Berros se seguiram, e meu coração trovejou. Eu estava certa. Kaden estava aqui, e ele trouxe a legião. Peguei a adaga amarrada à minha coxa, segurando-a de lado enquanto as chamas acendiam em minha outra mão, e me preparei para uma luta. As pessoas correram em nossa direção e se espalharam enquanto Reggie agarrava Miska, segurando-a perto.

— O céu. — Apontou Miska.

Reggie e eu olhamos para o alto, onde as nuvens pareciam tremular. Não, não tremular, mas se separar. Uma fera pesada irrompeu pela abertura. Suas asas cor de creme mescladas com dourado se abriram amplamente. Parecia que estava vindo direto para nós. Ela dobrou as asas e disparou em direção ao chão. As pessoas se espalharam, deixando apenas uma rua vazia.

Garras grossas em suas patas dianteiras se alargaram quando ela se chocou contra o chão, sua aterrissagem sacudindo a rua. Penas cobriam sua cabeça e peito enorme, seu bico reluzindo ao sol. Uma cauda chicoteava atrás dela, longa e lisa com um tufo de pelo na ponta. Suas patas traseiras terminavam em patas maiores que minha cabeça, e eu suspeitava que escondiam garras capazes de rasgar e estraçalhar.

O bico enorme abriu e ela berrou, o som ecoando tão alto que poderia quebrar janelas. Ela me encarou com a graça letal de um predador, seu hálito quente soprando meu cabelo para longe do meu rosto.

— Sua adaga — falou Reggie a alguns metros de mim —, abaixe-a.

Obedeci, a adaga tilintando na rua enquanto eu erguia minhas mãos. As chamas morreram na minha palma, e o bico enorme se fechou.

—Você cheira ao Rei de Rashearim. — Sua voz tinha um tom musical único.

Meu coração palpitou enquanto suas palavras eram assimiladas devagar.

— Sami. — Balancei minha cabeça. — Espera, como consigo entender você?

Olhos da cor do ouro mais quente se estreitaram em fendas e me encararam.

—Você tem o sangue de Ro'Vikiin. Todas as feras falam Besta.

— Ro'Vikiin? Kaden?

Sua cabeça enorme se inclinou, as penas gêmeas no topo dela se erguendo como se fossem orelhas.

— Não conheço este nome.

Balancei a cabeça.

—Tudo bem, continuando. Conhece Samkiel? Sabe onde ele está?

Seu bico pressionou perto do meu queixo. Não dei um passo para trás, mas virei a cabeça. Ela deu uma grande fungada, e tive que me controlar para não me afastar dela.

— Entrelaçados, mas não vejo nenhuma marca de Dhihsin. — Sua cabeça enorme se aproximou, seu bico afiado pairando sobre meu peito enquanto inalava. — Peculiar.

Não me importava com o que ela dizia. Ela sabia onde ele estava. Era tudo que eu precisava.

— Onde ele está?

Ela inclinou a cabeça para trás, as penas douradas do peito esvoaçando.

—Você não me dá ordens, fera.

— Fera? — zombei. —Você se olhou no espelho ultimamente? Agora me diga, onde está o Rei de Rashearim?

A cabeça de passarinho gigante me ignorou, preferindo empinar suas penas.

— Conheço o sangue que corre em suas veias. Todos dos reinos o reconhecem. Ig'Morruthen. — Ela falou como se fosse uma maldição. — Meu olho não funciona em você, por isso, pergunto, o que o Rei de Rashearim significa para você?

—Tudo. — Não hesitei nem demorei. Não tinha dias para pensar sobre isso, nem negaria como tantas vezes antes. Não fugiria mais do que sentia e permitiria que o mundo sofresse por isso. Eu o perdi porque não fui capaz de lhe contar, porque estava com medo demais de lhe contar, e estava prestes a perdê-lo mais uma vez. — Ele é tudo para mim.

Se uma fera pássaro gigante fosse capaz de sorrir, eu sentia que essa teria sorrido. Seus olhos dispararam para Reggie, que assentiu. Perguntei-me o quanto o Destino sabia sobre essa criatura.

— Apenas uma ocorrência rara para se testemunhar duas vezes. — Ela inclinou a cabeça de novo. — O coração do Rei de Rashearim parece bater por você assim como o seu bate por ele. Eu o ouço até mesmo agora.

Comecei a perguntar o que ela queria dizer e onde estava meu Samkiel quando ela levantou uma asa enorme. Abaixei-me para evitar ser atingida. Nobre e majestosa foram as únicas palavras que me vieram à mente enquanto eu observava a bela amplitude de suas asas. Fiquei imóvel, totalmente maravilhada, até que vi a corrente de prata e o pingente embrulhados em um pedaço de papel velho.

Minhas mãos tremiam quando estendi a mão para a frente, desembaraçando com cuidado o colar das penas macias e surpreendentemente quentes. Engoli em seco contra o medo que corroía minhas entranhas, meu peito parecendo como se o próprio mundo estivesse sentado em cima dele. Meu ser, minha mente e meu coração gritavam, lembrando da última carta que recebi. Se esta fosse uma carta de despedida, eu queimaria os rios até virarem vapor aqui e agora. Desdobrando o bilhete, apertei entre meus dedos o colar que lhe dei..

Minha Akrai,

Não estou familiarizado com a velocidade de voo dos toruks. Já faz muito tempo, mas espero que esta carta a encontre depressa. Estou bem. Estou vivo. Por favor, sufoque a raiva e a fúria que sei que deve estar sentindo pela traição. Temos coisas mais importantes com que nos preocupar agora, temo eu. A Cidade de Jade tem vendido venenos para Nismera e assegurado remessas por algum tempo, ao que parece. Também acredito que usaram mais do que o suficiente em mim, e é por isso que minha cura não tem sido a ideal. Estão nos transferindo para Flagerun. É uma fortaleza semelhante às prisões do seu mundo. Roccurem conhece o mundo. Peça para ele mostrar a você, mas, por favor, chegue o mais discretamente possível. Preciso descobrir exatamente o que está sendo mantido lá. Explicarei mais quando vir você. Presumo que você fará alguma piada sobre eu ser um herói, mas se eu não puder ajudar aqueles que precisam, então salvar esses reinos parece inútil para mim. Por favor, apenas tome cuidado e tente não incendiar muitas coisas até retornar para mim.

Eu —

Parecia que ele havia riscado tudo o que ia dizer antes de simplesmente assinar.

Tenha cuidado. Sempre seu, Sami

Um ruído estrangulado saiu dos meus lábios, e levei o bilhete até o peito. O peso que eu vinha carregando nos últimos dez dias se dissolveu. Agarrei a corrente de prata, o pingente dançando na ponta dela. Coloquei o colar em volta do meu pescoço, virando-me para Reggie antes de falar:

— Eu sei onde ele está, e preciso que me diga como chegar até lá.

— Claro — concordou Reggie.

Voltei-me para minha nova amiga pássaro.

— Preciso da sua ajuda.

Ela me lançou um olhar pedante enquanto se levantava.

— Não obedeço a você.

— Não preciso que faça isso, mas essas pessoas também são importantes para ele. Preciso que as leve para algum lugar seguro até que eu retorne com Samkiel.

Ela olhou para mim como se eu tivesse três cabeças.

— Você vai salvar o Rei de Rashearim?

Minhas mãos caíram para meus quadris.

— Olha, eu destruiria o universo por ele, mas ele me falou para ser boazinha, então vou me limitar a salvá-lo em vez disso.

— Não há mais bondade nesses reinos sombrios. O Rei de Rashearim é bom. Se está falando sério, então vou ajudar. Meu único desejo é que proteja os reinos, proteja-o.

Reggie deu um passo à frente, Miska tremendo ao seu lado enquanto olhava para além de mim, para a criatura às minhas costas. Entreguei-lhe o bilhete, e ele leu antes de assentir e colocá-lo no bolso.

— Sei onde fica esse reino e como chegar lá rapidamente, mas deve esperar o anoitecer.

— Tudo bem. Ainda pode fazer sua coisa legal de névoa. Quando for seguro, invoco você e conto o que eu encontrar.

Reggie assentiu. A fera pássaro abaixou a asa e se agachou. Não percebi o quão grande ela de fato era até que Reggie ajudou Miska a subir em suas costas e saltou atrás dela. Miska enfiou a mão em seu saco, tirando a pequena guloseima que havia guardado.

— Aqui, para quando você o encontrar.

— Obrigada. — Sorri para ela antes de me virar e encontrar o olhar da criatura, certificando-me de que ela viu meus olhos reluzirem em puro vermelho Ig'Morruthen. — Cuide deles. Leve-os para algum lugar seguro, ou vou assar e servir você para o jantar.

Ela estalou o bico em frustração antes de soltar um guincho agudo como se estivesse me mandando ir me foder. Ela abriu bem as asas e subiu para o céu com um impulso devastador contra o chão. Um estrondo poderoso ecoou logo depois, como um trovão cortando o ar, e em seguida eles haviam partido.

XXIV
IMOGEN

— Ela é bonita, sem dúvida.

O minotauro bufou na minha cara. O calor me fez querer piscar, mas eu não conseguia. Eu não conseguia fazer nada além de gritar internamente onde ninguém podia ouvir. Esforcei-me para gritar, para mover meus membros, mas não estava mais no controle de mim mesma. Meu corpo respondia a ordens que eu queria que não respondesse. Eu estava presa na minha cabeça onde estava escuro, observando minhas ações como se fosse tudo um filme. Minha mente estava cheia com o som dos meus soluços, mas meu corpo estava em silêncio. Eu sentia falta dos meus amigos e da minha casa. Sentia falta de tudo.

— Ela é, e também é a arma perfeita. Samkiel realmente esculpiu A Mão perfeitamente. O último ataque que fizemos com ela levou menos de uma hora. Meus soldados não conseguiram acompanhar.

Nivene, o general orc a quem Nismera me vendeu, riu enquanto mastigava uma gosma nojenta que deixou seus dentes afiados pretos.

Meu coração doía. Toda vez que diziam o nome dele e riam de sua morte, eu chorava por dias. Chorava porque ansiava por tê-lo ajudado naquele maldito salão de conselho. Destruiu-me ter sido forçada a deixá-lo para trás. Eu me odiava por não ser forte o suficiente para me libertar, para morrer tentando salvar a ele e minha família. A morte de um verdadeiro guerreiro era o que eu queria, e era o que teria sido caso eu tivesse aberto mão da minha luz por eles.

— Ah. — O minotauro se virou. — Em que mais ela é boa?

Nivene riu mais forte.

— Eu não a experimentei, para ser sincero. — Ele cuspiu aquela gosma de mastigação no chão, e desejei poder recuar. Ele nunca tinha me trazido aqui antes, normalmente me deixando de guarda com a outra parte de sua legião. Eles falavam ou brincavam sobre mim, mas nunca assim.

— Digamos que posso atestar que ela é ótima nisso também. — Reconheci aquela voz e meu estômago se revirou.

Jiraiya e alguns soldados apareceram na sala. Ele entrou, vestindo os trajes reais da Ordem. As borlas verde-esmeralda e douradas me lembravam de um dos príncipes daqueles filmes que Dianna mostrou para Neverra e para mim na noite da nossa festa do pijama. Era o favorito de sua irmã, e ela queria compartilhar conosco. Sentia muita falta das duas, e temia que nunca mais iria vê-las.

— Não é para isso que estamos aqui? — perguntou o minotauro, e logo meu sangue gelou.

Nivene mentiu para Nismera. Ele não estava me levando para treinamento extra. Estavam trocando dinheiro por tempo comigo, e Jiraiya estava aceitando de bom grado.

A porta da sala se fechou, um dos soldados a trancou atrás dele. Desejei que minhas mãos se movessem, meus dedos dos pés, qualquer merda. Se eu pudesse ter controle, conseguiria fazê-los em pedaços.

Jiraiya se aproximou de mim enquanto enfiava o dinheiro que lhe deram na bolsa que carregava. Ele o colocou na pequena mesa antes de avançar. Sua respiração fez cócegas nos meus cílios enquanto ele passava a mão pelo meu rosto.

— Só temos uma hora aqui. — Ele olhou nos meus olhos, deslizando o polegar ao longo do meu lábio inferior. — Não deixe nenhuma marca nela, ou Nismera vai pensar que ela é defeituosa e matá-la.

Alguém grunhiu em resposta, e luxúria encheu o ar. Os lábios de Jiraiya se curvaram em um sorriso doentio e distorcido. Internamente, fechei meus olhos, virando as costas. Não conseguia mais sentir meu corpo, apenas este local onde eu estava presa. Ali, eu poderia fingir que não via. Poderia me concentrar, abafando os sons, e uma vez que estivesse livre, então eu poderia...

— Não entendo — falou o minotauro, e todos o encararam.

Um soldado bufou.

— Nós vamos fodê-la, cara. A sua raça não faz isso?

Outro soldado riu, e a cabeça do minotauro inclinou-se de leve.

—Ah. — Ele deu de ombros. — Certo, eu só queria ter certeza antes de fazer isso.

O soldado que falou primeiro gritou, seu corpo se contraindo até que o sangue se acumulou em seus olhos, nariz e boca. Ele tossiu e engasgou, espirrando sangue para todo lado. Ele gorgolejou e desabou, sangue escorrendo de seus poros como se os vasos sanguíneos tivessem estourado de uma vez. Todos ficaram imóveis, seus olhos arregalados feito pires enquanto olhavam para o minotauro. Toda a postura dele havia mudado, e ele ficou parado com a mão erguida em direção ao soldado.

— Eu estava esperando você ferrar com tudo. Agora você ferrou — declarou o minotauro, só que sua voz estava diferente. Ele deu um passo à frente, e Jiraiya deu um passo para trás. Eu conhecia aquela voz, lembrava dela como se me seguisse aonde quer que eu fosse naquele lugar.

Isaiah.

Jiraiya levantou as mãos, os olhos arregalados de terror. Uma fumaça tão preta quanto tinta esvaiu o minotauro, deixando Isaiah para trás, usando sua armadura perdição do dragão e elevando-se acima do homem menor.

— Nós estávamos apenas. Bem...

Isaiah inclinou a cabeça.

— Continue. Diga-me o que queria fazer e por que estão todos longe de seus postos com uma das guardas femininas de elite. Não consegue transar com alguém que queira?

— O que fez com Cluvern? — perguntou Nivene sobre seu amigo minotauro.

O sorriso que se formou no rosto de Isaiah me deixou muito mais assustada do que tudo aquilo que os soldados tinham planejado fazer comigo.

—Ah, ele? — Isaiah riu. — Eu fiz isso.

Ele estava do outro lado da sala em um piscar de olhos, suas presas na garganta do general orc. Ele se alimentou, bebendo profundamente antes de largar o corpo como se não fosse nada. Os outros soldados correram, ansiosos para escapar. Isaiah agarrou uma das espadas longas dos orcs e atirou na porta. A lâmina perfurou a madeira, pregando a porta e impedindo os soldados em fuga. Em seguida começaram os gritos, dilacerando a sala. Eu não conseguia mover minha cabeça para ver tudo o que aconteceu, mas vi braços voando pela sala e sangue pintando as paredes. Estremeci quando ouvi uma série de estalos, minha mente tentando imaginar o que poderia fazer aquele som molhado.

Jiraiya começou a implorar, e meu coração batia disparado.

— Não é o que...

Isaiah rosnou, baixo e selvagem.

—Vá em frente, minta antes de morrer. Acha que os deuses antigos vão recebê-lo por fazê-lo?

Houve um suspiro estrangulado como se Jiraiya estivesse sufocando.

— Por que se importa tanto, afinal?

— Não gosto quando as pessoas tocam no que me pertence.

Pertencer a ele? Minha mente vacilou, o medo me percorrendo. O grito de Jiraiya cessou, e de alguma forma, foi pior não ver o que tinha acontecido. Tudo ficou horrivelmente silencioso, mas então ouvi o guincho de botas pisando no sangue conforme ele se aproximava.

Isaiah parou à minha frente, mas vi apenas a placa peitoral pontiaguda. Dedos frios tocaram meu queixo, levantando-o até que encarei aqueles olhos vermelhos profundos e rodopiantes. Eram muito parecidos com os de Dianna, mas tão diferentes. Seu rosto estava coberto de sangue e, embora isso devesse me deixar enjoada, os respingos apenas acentuavam seu maxilar forte e sobrancelhas escuras, tornando seus olhos ainda mais sobrenaturais.

Ele parecia tanto com seus irmãos. Eu conseguia ver o mesmo nariz, o mesmo olhar penetrante e, acima de tudo, a beleza. Emoção inundou meu corpo, e meu coração perdeu o compasso pela primeira vez desde que minha mente foi dominada. Tão rápido quanto veio, se foi. Ele ergueu a mão livre, afastando com gentileza o cabelo da lateral do meu rosto. Eu queria rir. Ele era uma contradição, mudando de pura brutalidade para ternura tão depressa. Havia acabado de transformar os guardas e Jiraiya em uma pilha de sangue e membros, e agora estava me tocando como se eu fosse feita de vidro.

— O que há em você que me deixa tão encantado? — perguntou ele à casca vazia que eu era. Ele me estudou por mais um momento antes de balançar a cabeça. — Precisamos limpá-la.

Ele se virou e arrancou a espada longa da porta. Atirando-a de lado, olhou para mim, seus lindos lábios formando a maldita palavra que era a chave para o meu corpo. Internamente, gritei e lutei, forçando-me a resistir, mas o segui calmamente para fora do quarto manchado de sangue.

—Você está louco, porra? — explodiu Kaden enquanto Isaiah lavava a última mancha de sangue de seu corpo. O banheiro de Isaiah era aberto, com um chuveiro fechado por vidro claro que não parecia embaçar, dando-me uma visão de tudo com que ele havia sido abençoado. Eu odiava não poder me mover, odiava não poder me virar e odiava ainda mais o fato de que um corpo tão perfeito era desperdiçado em um homem tão maligno.

— Por quê? — questionou Isaiah, saindo e enrolando uma toalha em volta da cintura. Ele entrou no quarto, água pingando do cabelo nos músculos volumosos dos ombros; passou a mão no rosto enquanto ia até a cômoda.

Kaden apareceu e apontou para mim.

— Isto? Ela não é um animal de estimação.

— Não pretendo usá-la como tal.

—Você matou um membro da legião.

Isaiah levantou os dedos.

— Dois.

Kaden rosnou e caminhou em direção ao irmão. Meu corpo estremeceu como se eu quisesse correr para a frente e proteger Isaiah. Espere, não. Isso era impossível. Eu não me movia por conta própria nem sentia por conta própria há semanas. Não, estava errado. Fazia meses. Tinha que fazer meses, certo?

— Mera vai cortar sua cabeça por isso.

Isaiah largou a toalha e vestiu uma calça de descanso antes de dar um tapa no ombro de Kaden.

— Não, ela não vai. Os outros dois no grupamento deles foram promovidos, e limpei os corpos. Se alguém falar alguma coisa, apenas diremos que morreram bravamente em batalha.

Kaden franziu a testa.

— Ela aceitou isso?

— É claro. — Isaiah riu. — Ora, irmão, confie em mim. Os soldados dela vêm e vão. Ela está acostumada. Tudo mais é um estratagema, para que os restantes sintam que ela se importa com eles. Nismera não se importa. Eles são apenas baixas de guerra e tudo mais.

Kaden pareceu relaxar.

— Contanto que você não tenha problemas, não me importo.

— Estou bem. Imogen fará parte da minha legião agora. — Isaiah foi até o canto mais distante de seu quarto, e Kaden o seguiu, suas vozes sumindo conforme se moviam mais para dentro de seu outro aposento.

Isaiah os havia massacrado por mim, e agora eu estava presa em seu enorme quarto. E se eu tiver sido resgatada de uma situação horrível apenas para ser dada a um monstro ainda pior? Uma porta se fechou, e ouvi o som de pés descalços se aproximando, seguido por uma voz feminina. Ai, deuses. Isaiah apareceu de novo na minha linha de visão, e o segui através das janelas vazias dos meus olhos.

— Para onde Kaden estava indo tão apressado? — perguntou a fêmea. Seu andar era descuidadamente sedutor, sua cauda de cor malva balançando atrás dela.

— Provavelmente foi ver uma bruxa, Veruka.

Ela fez um barulho na garganta.

— Por que a guarda de elite? É algo novo que quer tentar?

Isaiah riu, parando diante de mim.

— Não, não foi por isso que chamei você. Ela precisa ser limpa, e preciso de outro conjunto de trajes de batalha para ela. Preto como o meu, de preferência. Ela será da minha unidade agora.

Veruka parou ao lado dele, colocando uma das mãos em seu ombro nu. Eu sabia que ela era uma elfa pelas orelhas pontudas, pele lilás e presas. Isso também explicava a cauda.

— Ela é bonita. Esse é seu novo brinquedo, então? Já que você anda me evitando.

Os olhos dele se desviaram em direção a ela.

— Ciúme não combina com você.

— Então preste atenção em mim — ela quase ronronou, e eu queria estar em qualquer lugar, menos naquele quarto.

— Nem implorar. — Ele deu de ombros e afastou a mão dela. — Agora, limpe-a.

Ouvi os pés de Isaiah desaparecerem no outro cômodo, deixando-me sozinha com Veruka, cujos olhos encontraram os meus antes que ela falasse aquela maldita palavra, e meu corpo se movesse.

XXV
CAMILLA

Suspirei e folheei outro livro como se as respostas que eu precisava estivessem ali. Minha mente vagou mais uma vez para aquele maldito celestial bruto e o comentário dele na outra noite, e suspirei, a dor ainda presente. Eu não tinha amigos aqui, e era uma tola por até mesmo considerar que poderia haver algo entre nós. Uma tola por desejar isso. O que havia de errado comigo? Por que eu sempre me sentia atraída por pessoas que eram completamente erradas para mim? Dianna e agora Vincent? Deitei minha cabeça na mesa e suspirei outra vez.

— Ficou sabendo? — perguntou Hilma, seus calcanhares arrastando no chão.

Minha cabeça se levantou de repente.

— Sabendo do quê? — Fechei o livro e, com um movimento do pulso, mandei-o de volta para a prateleira antes de pegar mais dois. Eles voaram pelo ar, parando na minha mesa de trabalho. Puxei um para perto e o abri enquanto esperava que ela falasse.

— Os soldados de Nivene desapareceram junto daquele membro do conselho de cabelos escuros. Agora, ninguém consegue encontrar Nivene também, mas uma certa celestial loira ainda está viva, e adivinha quem ela está seguindo? — Antes que eu pudesse falar qualquer coisa, Hilma me cortou. — Isaiah.

Isso fez minhas sobrancelhas se erguerem.

— Isaiah?

Ela assentiu.

— É, ele a transferiu para a própria unidade, e ninguém está falando nada sobre isso. Não que fossem falar. Não o chamam de Escárnio Sangrento à toa. Sabe que uma vez ele fez um cara explodir em gosma apenas porque pisou no pé dele?

Engoli em seco.

— Adorável.

Hilma assentiu outra vez.

— É, e Nismera não fará nada quanto a isso. Ninguém fará. Ele está alto demais na hierarquia.

— Ah.

— Você não parece impressionada.

— Desculpe, minha mente está em outro lugar.

Por exemplo, em celestiais musculosos com cabelos longos que agiam como minha sombra pessoal, mas não falavam comigo. Ou, talvez, no general prepotente da Alta Guarda que me perturbou para obter informações sobre a irmã que ele aparentemente sabia que era o problema. Ou, talvez, fosse porque eu era prisioneira em um palácio administrado por uma deusa insana. Mas não falei nada disso.

Fechei o livro com força.

— Não consigo encontrar nem um indício de um feitiço de conserto forte o suficiente para consertar aquele medalhão.

Hilma deu de ombros.

— Tenho certeza que vai descobrir. Escute, não conte aos outros que falei isso, mas até Nismera sabe que você é a bruxa mais forte dela agora. Se alguém vai conseguir, é você.

Forcei um sorriso, sem saber se queria consertar qualquer coisa para aquela lunática.

— Obrigada, Hilma.

Ela abriu um sorriso para mim.

— Sem problemas. Agora, se...

Alguém pigarreou no fundo da sala, e Hilma quase saiu do corpo. Vincent assomava à porta, e minha garganta ficou seca quando encontrei seu olhar. Hilma pôs as mãos à frente do corpo, curvando-se um pouco. Eu me esquecia quanto respeito ele recebia apenas por ser o cachorrinho de Nismera.

— Hilma, Nismera solicita que você vá aos níveis inferiores.

Não precisei ver o rosto dela para saber que ela tinha empalidecido.

— Agora mesmo, senhor. — Ela não olhou para mim enquanto passava apressada por Vincent e saía da sala, deixando nós dois a sós.

Ele se virou para mim depois de ter certeza de que ela finalmente havia ido embora, e minha pele ardeu devido ao jeito que ele olhou para mim. Eu odiava estar remotamente atraída por ele, em particular depois de tudo. Culpei minha abstinência nos últimos meses, e eu estava com medo demais para cuidar do problema com minhas próprias mãos. Havia guardas à minha porta, e tudo que me faltava era que um deles ouvisse.

— Para que a rainha precisa dela? — Odiava o quão trêmula minha voz soava. Eu também odiava a forma com que ele ficava gostoso naquela ridícula e maldita armadura perdição do dragão, toda de bordas afiadas e escuras, perigosa e letal, assim como ele. Vincent deu um passo à frente.

— Não faço perguntas quando se trata de Mera.

— Mera — zombei com mais intensidade do que pretendia, e ele percebeu meu desagrado. — O apelido mais estranho para uma deusa cuja essência é a morte.

— Controle essa língua.

— Farei o melhor possível — brinquei, e até consegui ouvir a emoção na minha voz.

O canto de seus lábios se curvou como se meu ciúme o agradasse. Eu queria arrancar o sorriso do seu rosto.

— Eu queria conversar com você.

Assenti.

— Conversar comigo? Sobre a outra noite. Por quê? Não é como se fôssemos amigos, lembra? Não importa.

Três noites, para ser exata. Não que eu tenha contado.

Vincent deu mais um passo à frente antes de lançar um olhar em direção à porta aberta. Nenhuma bota soou contra o caminho de pedra que levava ao meu pequeno cômodo *coven*. Éramos apenas nós.

— Certo — falou ele, dando a volta na minha mesa. Calor se acumulou na minha barriga conforme ele se aproximava, mas fiquei firme, recusando-me a me mover.

— Quero me desculpar por isso. Fui rude, mas os últimos dias; deuses, semanas, têm sido difíceis.

Senti minha boca abrir em descrença.

—Você, pedindo desculpas? Estou chocada.

— Além disso, meus comentários sobre Kaden. Acho que o que você faz no seu tempo livre não é da minha conta. Estamos em guerra, ou à beira dela, pelo menos. É normal até para inimigos buscarem conforto onde podem encontrá-lo.

— Está bem, pare. — Levantei a mão, bile subindo na minha garganta. — Não posso mais fazer isso. Não com você. Não estou fazendo sexo com Kaden.

Algo selvagem e raivoso relaxou em seus olhos. Na verdade, toda a sua postura relaxou.

— Mas?

— Sem "mas". É uma longa história na qual não quero meter você. O beijo foi só um ardil, entende? A última vez que ele e eu tivemos qualquer coisa próxima de intimidade foi quando eu estava namorando Dianna, e nós costumávamos... Esse não é o ponto. O ponto é que nada aconteceu em centenas e centenas de anos, nem nunca mais acontecerá.

Meu peito praticamente arfou quando um peso foi tirado de cima dele. Foi bom colocar isso para fora, mesmo que o homem para quem contei provavelmente não fosse o melhor.

— Tudo bem — foi só o que Vincent disse.

—Tudo bem? — perguntei, estreitando os olhos para ele.

— Tudo. — Ele deu de ombros, mas percebi. Ele não parecia mais ter dois metros e meio de altura, seu corpo relaxando. Era como se eu tivesse lhe dado a melhor coisa do mundo, eu o enxergava.

— Está com fome?

— Mais ou menos. Mas não quero ir para a cozinha. Odeio os olhares.

— Eu também. — Ele pensou por um momento e depois sorriu. Olhou para o alto vitral. — Eu conheço um lugar.

Eu estava segurando o colarinho de sua armadura, meus olhos fechados com tanta força que doíam. Ele agarrava minhas pernas e costas, mantendo-me junto a si até pousar. Empurrei-o, pondo as mãos nos quadris e afastando meu cabelo do rosto.

— Eu conheço um lugar? — gritei. —Você não me falou que a gente ia voar!

Ele sorriu, revelando duas covinhas pequenas e perfeitas. Isso iluminou seus olhos, e fiquei pasma com o quanto era completamente lindo e trágico. Deuses, quando foi a última vez que ele fez isso?

Vincent colocou as duas sacolas pequenas que carregou aqui para cima na pedra lisa do ponto mais alto do palácio antes de se sentar.

—Você me perguntou uma vez antes para onde vou, e é para cá. Às vezes, venho aqui em cima depois de uma batalha ou de manhã cedo. É um lugar onde posso vir para me afastar.

O vento repuxou meu cabelo, jogando-o no meu rosto. Prendi-o para trás em um nó frouxo e me aproximei dele. Com um movimento do meu pulso, um cobertor macio apareceu abaixo dele. Sentei-me com ele e virei meu rosto para o céu. O sol estava alto, lançando um brilho cintilante sobre a cidade abaixo, e ao longe, na curva do planeta, eu podia ver um oceano.

— É lindo.

—É. E quieto. Sem guardas ou pessoas olhando, sem sussurros. Só silêncio. — Ele olhou para mim. — E ninguém aqui em cima olha para mim como o canalha traidor que eu sou.

—Você quer dizer Cameron?

Ele não falou nada.

— E quanto a Imogen? Você a viu?

— Não posso — respondeu ele, sua voz um sussurro. — Toda vez que chego perto dela... Apenas não consigo. Além disso, Isaiah a mantém segura e alimentada. Ninguém chega perto dela.

— E confia nele para cuidar dela?

— Isaiah não é como alguns dos generais inferiores. Ele pode ser poderoso, sanguinário e cruel, mas nunca tocaria em ninguém sem consentimento. Ele não é tão vil. Além disso, está trepando com Veruka.

Dei uma risada ao ouvir Vincent tão sincero e relaxado pela primeira vez.

— O que foi? — perguntou ele.

— Nada. — Sorri. — Já pensou em pedir desculpas?

— Não há nada pelo que me desculpar. Isso só me tornaria um mentiroso. Fiz o que Nismera pediu desde o começo. Sempre farei. — Dor brilhou em seus olhos. — Pertenço a Nismera. Ela é quem quero, quem tenho que querer. A única.

— Isso não é justo com você. E o que você quer?

Ele encontrou meu olhar, algo ardendo naqueles olhos cor de cobalto.

— Não posso ter o que quero.

Minha pele corou devido à maneira como ele olhava para mim. Eu não sabia como me sentia sobre suas palavras, mas meu corpo entendeu exatamente o que ele havia dito. Estava todo interessado e preparado para o que ele quisesse oferecer.

Vincent pigarreou e rompeu o contato visual, abrindo as sacolas e espalhando a comida entre nós.

Puxei os joelhos para cima e descansei a bochecha neles, observando como ele se movia.

— Você sempre me trazia comida quando eu estava presa em Rashearim.

Ele meio que sorriu.

— Eu lembro.

— Posso perguntar? Por que me visitar? Samkiel tinha guardas mesmo que você os expulsasse. Foi só para se aproximar de mim para isso?

Ele olhou para mim.

— O plano sempre foi trazê-la para cá. Kaden ainda a teria trazido, não importava como você iria se sentir com relação a isso. Eu não precisava me aproximar de você.

Apreciei a honestidade, mesmo com a incerteza do meu destino. Eu assenti.

— Então, por quê?

Ele deu de ombros, recostando-se e desembrulhando seu sanduíche.

— Suponho que você mantém minha cabeça quieta. Posso apenas existir perto de você. Se é que isso faz algum sentido. Não tenho que falar ou ser nada. É por isso.

Suas palavras tocaram uma parte solitária e vulnerável de mim, aliviando a dor da solidão que era constante desde que cheguei aqui. Nunca tive ninguém que quisesse ficar perto de mim. Todos me queriam pelo meu poder, não apenas por mim.

— Isso significa que somos meio que amigos de novo?

Vincent revirou os olhos.

— Você é persistente.

— Persistente não. Apenas solitária. — Olhei para as nuvens flutuando no céu. — Eu meio que odeio este lugar.

Não olhei para ele, mas senti seus olhos em mim, observando-me. Aquele pedaço de verdade escorregou entre nós.

— Eu também.

Meus olhos se voltaram para ele nesse momento com a admissão. Dei um pequeno sorriso.

— Pelo menos conversar com você o torna menos horrível — declarei, sentindo minhas bochechas corarem.

Ele assentiu, mas vi sua dor como se o ferisse admitir isso. Perguntei-me por quê.

— Tudo bem, você venceu. Meio que amigos então.

Sorri, inclinando-me para a frente e pegando um dos pequenos sanduíches triangulares.

— Meus deuses, estou tão feliz por isto não ser aquela sopa sem graça — murmurei enquanto dava uma mordida. Gemi com o gosto. Era muito melhor, porra.

— Diga-me o nome do próximo guarda que lhe trouxer sopa.

— Pode deixar. — Ri antes de engolir. — Quanto tempo podemos ficar aqui em cima?

— Não tenho certeza.

Olhei ao redor, apenas respirando o ar fresco.

— Gostaria de ficar aqui em cima por um tempo, se não tiver problema? Fingir que o mundo está bem.

Os olhos dele seguiram os meus.

— Eu também.

Nós comemos, conversando entre mordidas como fazíamos nos restos de Rashearim, falando sobre tudo e nada. Nenhuma vez ele mencionou A Mão ou Samkiel. Eu sabia que aqueles demônios o atacavam, deixando-o sangrando e dolorido, portanto, não pressionei. Depois que terminamos, ele nos levou de volta ao palácio, deixando-me na minha estação de trabalho. Virei-me quando ele fez menção de ir embora.

— Podemos voltar amanhã? — perguntei, apontando para cima.

Um simples aceno foi tudo que recebi antes que ele desaparecesse em um mar de armaduras.

XXVI
CAMERON

O barco balançou para o lado ao parar perto do cais. O capitão acenou para que eu avançasse. Coloquei um punhado de moedas de ouro em sua mão dele, o que o fez engasgar.

— Fique com isso. — Acenei para ele ir embora e saltei.

Curva de Rio tinha exatamente o cheiro que eu pensava que teria, uma mistura de suor por trabalhar no sol e de peixe, uma montanha de peixes. Passei por alguns trabalhadores e pescadores, indo em direção ao calçadão principal. Um punhado de lojas estava aberto, seus vendedores gritando preços ou promoções conforme eu avançava pela multidão. Ajustei a frente da minha camisa quando avistei uma pequena loja vendendo pulseiras artesanais. Fingi fazer compras, inclinando a cabeça um pouco mais para cima, deixando os aromas e sons me envolverem.

O aroma de carnes assando me atingiu primeiro, seguido de perto pelo cheiro do rio, depois suor e fedor de lixo e urina. Fechei os olhos, fingindo esfregá-los enquanto me concentrava mais. Meus olhos se abriram quando senti um sutil aroma de canela. Escolhendo uma pequena pulseira rosa, coloquei-a no pulso e depositei outra moeda de ouro na banca. Agradeci à mulher que as vendia, agarrei o fio daquele cheiro e comecei a rastreá-lo. Ele me conduziu por fileiras de lojas e barracas vendendo de tudo, de frutas a armas. Parei abruptamente diante de uma mulher vendendo pequenas frutas roxas. Havia um cheiro muito fraco no centro, onde faltava uma.

— Gostaria de uma?

Minha cabeça se inclinou, e inalei profundamente mais uma vez até quase conseguir sentir o sabor daquele cheiro. A animação estremeceu me atravessando. Tinha quase certeza de que estava certo. Talvez minha busca estivesse chegando ao fim.

—Vendeu muito hoje?

Ela balançou a cabeça.

— Não. Alguém roubou uma, e depois a cidade ficou em polvorosa por um tempo. Agora que as pessoas voltaram a sair de suas casas aos poucos.

— Em polvorosa? — questionei.

Ela assentiu.

— Uma mulher com fogo nas mãos correu pelas ruas mais cedo.

— Correu? — Meu interesse aumentou. — Para onde ela foi?

A vendedora apontou na direção trás de mim.

— Ela correu para lá, pelos becos.

Dei-lhe algumas moedas e me afastei. Ela agradeceu e insistiu que eu pegasse algumas frutas, mas a ignorei, indo em direção aos becos. O cheiro dela me atingiu quando virei a esquina. Segui-o passando por outra fila de vendedores até acabar encarando um beco sem saída. Meus olhos foram atraídos para uma mancha perfeitamente redonda e queimada na parede dos fundos.

Não percebi que tinha me movido até meus dedos esfregarem o ponto escuro. Meu coração bateu uma, duas vezes, com uma batida alta e estrondosa enquanto meus olhos ardiam. Não senti o cheiro de mais ninguém aqui, apenas dela e o cheiro persistente de fumaça daquele ponto queimado. Perguntei-me se ela havia descontado sua raiva em algo, ou se estava quebrada sem Samkiel? Deixei a mão cair ao meu lado, tristeza apertando minha garganta feito um torno enquanto me lembrava da última vez que estivemos todos juntos naquele jantar. Como rimos e brincamos, e a forma com que tudo tinha acabado. Agora estava tudo queimado em cinzas. Nada além de manchas de memória, como o ponto na parede.

—Você está procurando a morena?

Virei-me e vi uma mulher pequena parada no fim do beco. Ela carregava um monte de trapos e roupas no quadril.

—Você a conhece?

Ela balançou a cabeça antes de olhar nervosamente para trás e acenar para que eu a seguisse. Ela me levou mais para dentro da cidade, deixando as lojas para trás. Serpenteamos por ruas ladeadas por pequenas casas até chegarmos a uma que presumi ser a dela. Minha guia afastou uma longa lona bege da porta e entrou.

—Você a perdeu por um dia ou mais — contou ela, pondo sua cesta no chão e se virando para mim. Ela tirou o chapéu, deixando seus longos cabelos castanhos caírem por suas costas.

— Ela estava aqui então. O que você viu?

Ela contornou uma mesa suja e começou a preparar um bule de chá, o aroma enchendo o lugar pequeno e desleixado com um toque de calor.

— Eu sei que você é um dos soldados de Nismera.

Franzi as sobrancelhas.

— E como sabe disso?

Ela me espiou por cima do ombro, estudando meu rosto.

— Seus olhos. Não se tem esse olhar a menos que tenha passado por algo traumático.

Não respondi nada.

— E, claro, você mal consegue esconder os músculos sob as roupas que usamos aqui. Nossos pescadores não têm essa aparência.

— Onde a viu pela última vez? — perguntei, ignorando o elogio enquanto ela servia uma xícara de chá e tomava um gole. Observei sua garganta sorver o líquido, e meu coração bateu forte por um motivo diferente. Porra. Quando foi a última vez que me alimentei?

— Ela estava na praça principal depois do incêndio — explicou a mulher, pondo a xícara na mesa. Notei a veia em seu pescoço pulsar. Senti o quarto pulsar, mas não era o quarto. Era o som de seu coração, forte, firme e cheio de vida. Senti minhas gengivas formigarem e passei a língua sobre minhas presas afiadas conforme emergiam. Meu estômago roncou. Ou era eu?

—Você está com fome? — perguntou ela, virando-se para mim. — Presumo que seja uma longa viagem até aqui, especialmente de barco.

Eu assenti, forçando um sorriso de lábios apertados que não mostrava meus dentes.

— O que mais pode me contar? Para onde ela foi?

— Ah, sim. — Ela enxugou a testa. — Os outros não falam, mas ela foi embora, saltou para o céu na forma de uma fera enorme e escamosa. Ela bloqueou o Sol por um momento, e todos fugiram. Pensamos que ela estava sobrevoando para nos incinerar, mas ela foi embora bem antes dos amigos.

— Amigos? — perguntei enquanto ela pegava sua cesta. Ela assentiu, puxando um lençol e pendurando-o em um fio de arame amarrado no fundo da sala. Cheguei mais perto, cruzando os braços sobre o peito.

— Sim — respondeu ela, abaixando-se para pegar outro lençol, a frente de sua blusa se abrindo para expor o topo dos seios. Veias azuis profundas corriam logo abaixo do creme de sua pele, levando de volta à coluna esbelta do pescoço. Minha boca se encheu de água. Apertei as mãos e desviei o olhar da tentação. — Tinha um cavalheiro com ela e uma criança.

Minha cabeça se ergueu para trás enquanto eu contava distraidamente nos dedos. Não havia como Samkiel tê-la engravidado, e se tivesse, a criança ainda não estaria andando. Balancei a cabeça. Eu já sabia que o homem com ela era Reggie. Tinha que ser.

— Uma criança? — Eu me virei quando ela colocou uma mão no quadril.

— É, uma garota bem fofa. Pareciam uma família legal. O homem e a garota partiram nas costas de uma toruk. Não sei em que direção foram. Como falei, todos nos escondemos.

Assenti, pondo a mão sobre os lábios e falando entre meus dedos.

— Obrigado.

— Claro. Fico feliz em poder ajudar. — Ela sorriu e continuou a pendurar suas roupas.

Eu tinha que sair antes que fizesse algo de que me arrependesse. Talvez pudesse encontrar algo para comer aqui e viajar de volta antes de… Sangue fermentou o ar ao mesmo tempo que ela xingou.

— Ai. — Ela suspirou. — Às vezes esqueço de tirar os alfinetes.

Eu estava à sua frente antes que ela se afastasse da roupa, segurando sua mão na minha.

— O que… — Suas palavras morreram quando ela viu meu rosto, olhos e presas. — Não, não, não. Você é um deles!

Uma pequena gota de sangue se formou na ponta de seu polegar. Ela bateu com a mão no meu braço, tentando se afastar de mim enquanto eu o colocava na boca e chupava. Uma gota de sangue e todo o meu sistema nervoso disparou. Sempre me lembrava de quando Logan e eu roubamos doces e comemos demais. Meu corpo inteiro formigava, só que isso era muito melhor.

— Sinto muito — falei, soltando a mão dela e avançando sobre sua garganta.

— Está me ligando? — Zombei, o disco reflexivo na minha mão cintilando.

— Descobriu alguma coisa? — respondeu Kaden.

Olhei para a mulher perto dos meus pés. As marcas gêmeas de perfuração me encaravam, seus olhos sem vida voltados para a porta como se esperassem por uma ajuda que nunca viria. Limpei a boca com as costas da mão, desejando não estar mais sentindo o sabor do seu sangue. Eu tinha descoberto algo, com certeza. Tinha descoberto que eu era tão monstruoso quanto ele.

— Não — menti. — Nada.

— Hum. — Kaden passou a mão pelo rosto. — Ela deve ter ido mais para o norte do que eu pensava.

— Deve ter. — Cocei minha cabeça distraidamente. — Vou voltar agora, então.

— Não. — A palavra foi curta, e mesmo sem vê-lo por completo, conseguia ver que ele olhou ao redor antes de falar em seguida. — Preciso que você continue procurando, mas também fique de olho.

— Para ver o quê?

— Quero saber por que Nismera tem um frasco com o sangue de Isaiah e por que há um vazio com meu nome nele. Quero saber o que minha irmã tem feito nesses últimos séculos e o que ela está tramando.

Não consegui evitar a risada que borbulhou, mas a disfarcei com uma tosse.

— Desculpe, mas está me dizendo que o diabólico Kaden não confia na sua irmã igualmente diabólica e maligna? Tem uma piada sobre carma aí em algum lugar.

— Cameron.

Olhei para o sangue na manga da minha camisa e esfreguei como se pudesse apagá-lo.

— Não pode apenas transar com a bruxa gostosa já que não pode ter Dianna agora e obter respostas?

— Cameron.

— Hum?

— Se você se tornar inútil para mim, vou matar você. De novo.

A ligação se encerrou.

Mostrei o dedo médio para o aparelho antes de colocá-lo de volta no bolso e revirar os olhos. Bem, isso foi ótimo. Suspirando, olhei para a mulher caída no chão. O sangue não fluía mais das marcas de perfuração gêmeas em sua garganta e, ainda assim, meu estômago roncava por mais. Respirei fundo para me acalmar, depois outra vez, antes de levantá-la em meus braços.

—Vamos lhe dar um enterro digno, querida.

Virei as costas para a casa que era mais um barraco e saí às escondidas pelos fundos em direção à floresta. A fome estava no topo da minha lista de problemas. Não podia contar a Kaden, e mesmo que contasse, ele não ia ajudar. Eu precisava encontrar Dianna, implorar por perdão e esperar que ela me ajudasse o bastante para encontrar Xavier. Ela podia me matar depois disso. Eu só precisava encontrá-lo.

XXVII
SAMKIEL

Pela primeira vez desde que conheci Orym, não comemos sozinhos. Estávamos nos arredores de Pheliie. Chegaríamos a Flagerun amanhã à noite. Assim que montamos acampamento e as pequenas fogueiras foram acesas, vários outros prisioneiros se juntaram a nós, puxando grandes toras para sentar e compartilhar o calor de nossas chamas.

Orym limpou a garganta e esfregou a nuca enquanto outro se juntou ao grupo.

— Posso ter contado a eles sobre como você me salvou e também sobre libertar a toruk.

Abaixei minha colher e olhei para ele.

Ele riu.

—Você é oficialmente o mais durão entre nós, então vão querer estar perto de você por proteção. Confie em mim, é tudo parte do meu grande plano.

Cerrei o maxilar e balancei a cabeça, mas não falei nada enquanto remexia aquela maldita papa que nos serviam. Meu estômago nem roncou. A cova dolorida no meu abdômen permanecia, e eu não tinha certeza se eram as veias roxas se espalhando a partir da ferida ou se eu não tinha certeza se a toruk encontraria Dianna. Uma conversa tranquila fluía ao meu redor, os homens conversando em tons baixos para não chamar a atenção dos guardas.

— Então, de onde sequestraram você?

Só quando Orym me cutucou que percebi que a pergunta era direcionada a mim. Não estava acostumado a ter nenhum dos prisioneiros falando comigo, mas agora, quando ergui o olhar, quase doze deles me encaravam enquanto comiam, o fogo crepitando entre nós.

Balancei a cabeça para o anão que fez a pergunta. Sua barba estava emaranhada, mas eu podia ver uma cicatriz correndo por sua mandíbula e seus lábios. As mãos eram tão calejadas quanto as minhas, e eu sabia o quão forte ele era, apesar de seu tamanho. Ele não era alguém com quem eu desejaria lutar.

— Eu? — perguntei. — E você? Não é fácil chegar nas montanhas de Tarnesshe, e seu povo é forte demais para ser tomado sem lutar.

O anão deu um sorriso largo que deixou seu rosto um pouco mais suave, como se minhas palavras tivessem lhe dado o impulso de confiança necessário depois de tudo que havia perdido. Ele se sentou um pouco mais ereto e orgulhoso ao lembrar de onde viera.

— Não deve estar n'O Olho há tanto tempo se está nos fazendo perguntas. — A voz era áspera e beirava o desafio. Os homens se calaram, e todos pararam de comer, alguns olhando para suas tigelas.

O dono daquela voz estava sentado curvado sobre um dos troncos mais distantes do fogo. Ele estava nas sombras, sua silhueta grande e corpulenta, um cobertor gasto enrolado ao seu redor, cobrindo sua cabeça e obscurecendo seu rosto.

— Não — respondi. — Entrei recentemente. Nismera tirou minha família de mim.

Não era mentira, talvez uma distorção da verdade, mas não era mentira. Ela tinha levado minha família, e meu envolvimento era recente. O estalo da lenha preencheu o silêncio, e perguntei-me quem era esse homem que os outros pareciam se encolher enquanto ele falava. Eu não conseguia ver suas feições, e pela maneira como se portava, ele não queria ser visto, mas captei o reflexo de algemas e correntes prendendo seus pulsos conforme puxava seu cobertor mais apertado em volta dos ombros. Foi um breve vislumbre, mas o bastante para que eu soubesse que não eram os mesmos que usávamos quando viajávamos. Perguntei-me o que estavam mantendo sob controle.

— Ela toma tudo o que quer — resmungou ele, e senti o alívio dos outros, como se estivessem esperando que o homem atacasse de alguma forma. — Ela é chamada de louca, açougueira. Muitos acham que ela guarda algo sob sua cidade de ouro e felicidade para criar monstros.

— Monstros?

Ele grunhiu em concordância.

— Ninguém sabe como, mas presumimos que Escárnio Sangrento a ajuda. Agora que o outro irmão retornou, ele fará feras para ela, e então não haverá como pará-la. Estamos condenados porque nossa única esperança agora sangra pelo céu.

Um dos prisioneiros suspirou, colocando a tigela no chão, como se a realidade o deixasse enjoado.

— Escárnio Sangrento? — perguntei, e todos me encararam. — Não usam títulos como esse n'O Olho.

Outro prisioneiro falou do outro lado do fogo, metade do rosto coberto por cicatrizes.

— Imagino que não. Escárnio Sangrento é aquele que pode matar você sem nem mesmo tocar. Vi uma vez quando ela o enviou para uma vila rebelde em Napila. Ele arrancou a cabeça de um cara sem nem piscar. Tinha olhos feitos de sangue.

Ig'Morruthen. Isaiah. Ele era capaz de controlar o sangue. Abaixei o olhar, flexionando a mão. Isso explicava por que não perdi todo meu sangue quando ele cortou minha mão nas ruínas de Rashearim.

Um prisioneiro sorveu sua sopa antes de apontar sua colher para os outros.

— Não deveriam apontar um. Não importa se ele vier atrás de nós ou se todos vierem. Ela tem cinco agora.

Houve um murmúrio de vozes abafadas, mas ele continuou.

— Dois Reis de Yejedin permanecem, junto de seus irmãos e aquele que ele criou.

A figura encapuzada distante falou em seguida.

— Não são cinco.

Outro prisioneiro riu.

— Parece que contar talvez não seja seu ponto forte, meu amigo.

As costas dele se endireitaram, e percebi que ele era muito mais alto do que eu pensava inicialmente.

— Existem seis.

Todos recomeçaram a falar, ganhando a atenção até mesmo dos prisioneiros que estavam sentados em outras fogueiras. Orym os silenciou, acenando para os guardas, que de repente nos olhavam com interesse.

— Seis? — questionou o anão. — Não pode ser. Um Ig'Morruthen basta. Se ela tiver seis, é quase o começo da nova era. Ela será invencível.

— Ela já é — declarou a figura encapuzada, encolhendo-se em si mesmo.

Engoli o nó crescente na minha garganta enquanto eles me encaravam em busca de encorajamento, mas eu não ia, não podia, lhes dar isso. Não podia lhes contar sobre ela.

— Estou mais preocupado com o retorno do general. Ele massacrou o Destruidor de Mundos, e agora a força vital dele está dançando no céu — comentou o anão.

— Os reinos trouxeram algo de volta com eles. Algo com o sangue dos antigos. Dos primeiros. Os fogos no Leste não foram de rebeldes — comentou a figura encapuzada.

— No Leste? — perguntei.

— Sim, os soldados dela foram massacrados. Pensaram que eram vocês, mas ouvi dizer que restos mortais estavam espalhados, soletrando uma mensagem que a enfureceu — explicou Orym. — Vocês já tinham sido capturados há muito tempo.

Assenti como se estivesse ouvindo, percebendo que ele estava tentando preservar meu disfarce por mim, expandindo a verdade. Fogos no Leste com uma mensagem assustadora berravam Dianna, mas quando ela teria tido tempo para isso? Nós havíamos estado juntos. A menos que fosse enquanto eu ainda estava inconsciente logo quando chegamos. Não, ela teria me contado. Bati a colher na lateral da minha tigela ao pensar em suas expressões quando eu mencionava certas coisas. Ela era péssima em mentir, e eu estava envolvido demais pensando que ela estava mentindo sobre seus sentimentos para considerar que poderia ser muito pior.

Um prisioneiro mais jovem riu e falou para a figura encapuzada:

— Você está apenas dando ouvidos a fábulas e mitos. Nenhum Ig'Morruthen se voltaria contra Nismera. Teria que ser louco. As armas que ouvi falar que ela tem poderiam destruir mundos.

— Acha que estou mentindo? Sinto no meu sangue. Todos sentimos — a figura encapuzada zombou antes de se levantar e caminhar para uma tenda do outro lado do acampamento. Ninguém voltou a falar por alguns momentos, e em seguida a conversa passou de Nismera e sua legião, focando o que estavam comendo e se a prisão serviria comida melhor. Mas meu olhar permaneceu na tenda em que a figura encapuzada havia entrado.

Orym cutucou meu ombro, e me virei para ele, que inclinou a cabeça em direção à tenda e falou com voz calma:

— Dizem que ele é o primeiro prisioneiro que ela tirou do Outro Mundo. Dizem que ele pode se transformar em uma fera com três caudas. Não sei de mais nada, apenas que ele matou e devorou o futuro companheiro de cela.

Isso explicaria as correntes e por que ele falou daquele jeito. Ele realmente sentiria um Ig'Morruthen, já que eram originários do mesmo lugar. Assenti, mas não falei nada. As chamas ficaram mais altas enquanto eu me sentava imerso em pensamentos, girando minha colher na papa.

Um estalo de trovão cortou o ar. O som foi alto o bastante para assustar todos no acampamento. Prisioneiros e guardas pararam e estudaram o céu noturno, alguns murmurando orações em suas línguas nativas. Virei-me para Orym, sua pele malva um tom mais claro. Muitos prisioneiros se levantaram e começaram a apagar as fogueiras, de súbito, prontos para recuar para a segurança duvidosa de suas tendas.

— Qual é o problema? Nunca ouviram trovão antes? — questionei.

Os olhos dele encontraram os meus.

— Não chove em Pheliie. Nunca.

Murmúrios se transformaram em sussurros entre os outros prisioneiros. Os guardas lançaram olhares cuidadosos ao redor do acampamento, instruindo os prisioneiros a voltarem a comer.

Alguns ficaram conosco, amontoados mais próximos ao fogo. Orym e os outros continuaram a lançar olhares nervosos para o céu enquanto um sorriso dançava em meus lábios.

XXVIII
SAMKIEL

O assovio soou tão baixo, entretanto, perfurou minha alma. Levantei a cabeça e olhei para o fundo da tenda. Orym me encarou enquanto entrava e ia em direção ao próprio catre.

— Não deixe que eles afetem você — aconselhou, pensando que eu ainda estava processando a conversa de antes. — Eles acreditam que não há esperança, mas nós sabemos que não.

Forcei um pequeno sorriso e assenti, deixando-o acreditar que essa era a razão da minha mudança repentina de humor. Deitei-me e fechei os olhos, ouvindo o crepitar do fogo se transformar em um chiado quando os guardas jogaram água nele, apagando-o. Entreabrindo os olhos, espiei Orym. Seu braço estava em cima do peito, a subida e descida lenta me informando que ele estava adormecido. Ainda assim, esperei.

Sussurros se transformaram em murmúrios lá fora, em seguida, silêncio conforme os guardas de vigia se dirigiam para a frente da caravana. Puxei meu cobertor improvisado e deslizei em silêncio para fora do meu catre. Dando uma última olhada furtiva ao redor da tenda, levantei a aba que tínhamos criado na parede dos fundos e saí. Agachei-me e esperei, certificando-me de que não ouvia nenhum guarda ou movimento. Assim que tive certeza de que a área estava limpa, prendi a aba com a estaca e me esgueirei em direção à floresta.

Entrei mais fundo no mato, na direção em que ouvi aquele pequeno assobio. Continuei até ter certeza de que estava longe o suficiente do acampamento e parei. Estava silencioso, sem assobios, sem barulho, a floresta era um lugar vazio e desolado. O único batimento cardíaco ali era o meu.

Arbustos farfalharam à minha esquerda e depois à direita. Virei-me, perseguindo o som. Um arrepio percorreu minha espinha, e os anéis no meu bolso vibraram, gritando perigo. Mas não havia ameaça naquela floresta, ao menos não para mim. Ouvi o estalo de um galho, e olhei para trás. Um sorriso se espalhou pelo meu rosto, alegria encheu meu coração, e cada respiração veio um pouco mais fácil. Ela se atirou sobre mim, um antebraço pressionando de leve sob meu queixo, prendendo-me à árvore grossa nas minhas costas.

— Não ensinam pequenos deuses a não andarem sozinhos pela floresta? Nunca se sabe que Ig'Morruthen assustador você vai encontrar. — O sorriso dela destruiu cada pedacinho de dúvida ou medo que eu tive nessas últimas semanas, e deuses, eu derreti.

— Quando vir um, avise-me.

Seu olhar se suavizou, um brilho os cobriu, e eu sabia que os meus estavam iguais.

— Você me encontrou.

Dianna assentiu, abaixando o braço.

— Sempre vou encontrar você.

Ela deu um passo para trás, porém, centímetros entre nós depois de tanto tempo pareciam quilômetros. Era longe demais para mim. Estendi as mãos para ela, mas ela as afastou.

— Espere.

Minhas sobrancelhas franziram quando ela tocou a própria calça.

— Eu posso fazer isso — declarei, tocando suas mãos.

Ela bufou e se afastou.

— Espere. Tenho algo para você.

— Eu sei. Estou tentando pegar.

A risada dela me fez sorrir, e esperei. Ela desatou um pedaço de material pequeno e estreito ao redor da cintura até que um pequeno frasco apareceu. Estava preso como se fosse de importância vital para ela. Dianna o arrancou dos pequenos botões aos quais estava preso e o segurou, o líquido girando dentro conforme ela se aproximava.

— Tire a camisa.

Nem ao menos hesitei, sibilando enquanto meu braço se estendia mais alto que meu ombro. Meus músculos haviam começado a travar. As veias de veneno na lateral do meu corpo haviam se espalhado até meu peito, e eu temia o que aconteceria quando subissem mais. O olhar horrorizado no rosto de Dianna me mostrou que ela entendia a seriedade.

— Beba isso — mandou ela, empurrando o frasco para minha mão.

Torci a tampa e cheirei. Minha cabeça se afastou para trás por instinto, o cheiro horrivelmente ácido.

— O que é isso?

— Só confie em mim. Beba.

Não hesitei, levando-o aos meus lábios. Observei-a o tempo todo, com medo de que se piscasse, ela desapareceria, e eu ia acordar e descobrir que isso era apenas mais um sonho. O líquido atingiu minha língua, e recuei, deixando o frasco cair. O gosto era exatamente como o cheiro. Era rançoso, mas essa era a menor das minhas preocupações. Meu corpo queimava, agarrei meu estômago e me curvei, meu abdômen inteiro se contraindo, cada músculo do meu corpo se tensionando. Dianna segurou meu ombro enquanto a dor quente e aguda me atravessava. Lutei para permanecer consciente, e então, de repente, dissipou-se.

— Sami — sussurrou ela. — Você está bem?

Fiquei de pé, respirando o que pareceu ser minha primeira respiração de verdade desde que acordei. Não tinha percebido o quão desconfortável respirar havia se tornado até agora. Seus olhos percorreram meu rosto, depois mais abaixo. Olhei para baixo, observando incrédulo enquanto aquelas veias roxas de veneno correram sobre si mesmas, recuando em direção à ferida e desaparecendo até sobrar apenas a cicatriz que cortava meu abdômen.

— Funcionou — declarou ela, sua voz cheia de alívio. Dianna sorriu para mim, seus olhos suaves com uma emoção tão profunda que eu não conseguia nomear. Ela abriu a boca para dizer mais alguma coisa, mas só conseguiu suspirar quando a agarrei e selei meus lábios sobre os dela.

XXIX
DIANNA

Ele me devorou como um homem faminto com lábios, dentes e língua. Gemi, inclinando minha cabeça para o lado, aprofundando o beijo, desejando que durasse para sempre. Suas mãos se fecharam no corpete da minha blusa. Eu me preparei, esperando que ele a rasgasse, mas ele parou e interrompeu o beijo, afastando-se. O ar frio deslizou entre nós, e tentei puxá-lo de volta, já sentindo falta do seu calor.

— Espere — sussurrou ele. — Não posso rasgar. Eles não fornecem roupas, e você vai precisar de algumas. Caso contrário, vou destruir o acampamento inteiro e arruinar qualquer plano que tenho.

Eu assenti, ofegante.

— Está bem — respondo, doida para ter as mãos dele de volta em mim.

Samkiel deu um passo à frente, seu lábio inferior desaparecendo entre os dentes enquanto me agarrava. Ele nos girou, e minhas costas bateram contra a árvore. Suas mãos se espalmaram na minha bunda e apertaram antes de deslizar para cima, seu toque lento e deliberado, saboreando cada pequeno gemido que eu dava. Meu corpo quase gritava por ele, ardia por ele. Eu tinha sentido tanto a sua falta. Eu me perguntava como havia sobrevivido sem seu toque por tanto tempo e, ainda assim, conseguia respirar.

Seus dedos soltaram os cordões da minha blusa de couro, seus olhos nunca deixando os meus enquanto ele a tirava, jogando-a no chão da floresta. Ela caiu em uma pilha de folhas com um suave estalo. Os olhos de Samkiel desceram para meus seios, o calor de seu olhar em contraste com o ar frio da noite, fazendo meus mamilos se enrijecerem. Sua mão se curvou em volta do meu ombro, os calos em sua palma um raspar erótico contra minha pele. As pontas ásperas de seus dedos causaram arrepios enquanto ele as corria no topo do meu seio antes de segurá-lo. Arqueei contra o toque, empurrando a curva suave em sua palma. Seu polegar deslizou um caminho sobre meu mamilo, tirando um gemido suave de prazer dos meus lábios.

— Senti sua falta — sussurrou ele, passando o polegar pela ponta intumescida de novo. Eu choraminguei e mordi meu lábio inferior, fechando os olhos contra o prazer. — Você sentiu minha falta?

Assenti, e ele beliscou meu mamilo, a pequena pontada de dor forçando meus olhos a se abrirem.

— Use suas palavras, akrai.

— Senti sua falta, Sami. Cada pedaço de mim sentiu sua falta.

O sorriso de Samkiel foi totalmente diabólico. Sua mão dele deixou meu seio, meu estômago se contraindo conforme seu dedo deslizava por meu abdômen. Sua outra mão desceu pelo meu quadril, seus dedos se encontrando nos cordões da minha calça. Pensei que ele fosse desfazê-los, mas em vez disso, ele deslizou a mão para dentro e segurou minha boceta.

Agarrei seu pulso e gemi. Seus dedos se abriram, esfregando em ambos os lados do meu clitóris, beliscando-o gentilmente antes de deslizar um dedo para dentro.

Meus olhos rolaram para trás, enquanto ele acariciava entrando e saindo, minha boceta se contraindo intensamente, ansiando por mais.

— Sim, sim, você sentiu. Sentiu falta disso. Não sentiu, akrai? — perguntou Samkiel, afastando a mão para deslizar outro dedo no aperto do meu corpo, o alargamento uma ardência bem-vinda e uma da qual senti tanta falta. — Você quer meu pau tão fundo que não vai conseguir dizer onde você termina e eu começo. Quer que eu foda você contra esta árvore, ao ar livre — sussurrou ele contra minha orelha antes de chupá-la.

Meus quadris rolaram contra sua mão, sua palma uma pressão constante contra meu clitóris enquanto ele me fodia com os dedos contra a árvore. Ele beijou e chupou meu pescoço antes de deslizar de volta para minha orelha outra vez, e gemi.

— Amo como você fica molhada quando faço isso. — Ele chupou minha pele de novo, o calor de sua boca como um ferrete. — Você simplesmente ama ser fodida com a língua, não é? Ama o som que faz, a sensação inteira. Aposto que você gozaria agora mesmo imaginando minha língua onde meus dedos estão.

Assenti febrilmente porque ele estava certo. Puta merda, ele estava certo.

Ele enfiou um terceiro dedo na minha boceta, e estremeci, a ardência era intensa, mas eu sabia que o pau dele era ainda mais grosso. Ofeguei conforme meu corpo se ajustava e empurrava contra sua mão.

— Imagine minha língua na sua boceta e goze na minha mão, akrai.

A boca de Samkiel se acomodou sobre a veia pulsando em meu pescoço. Ele passou a língua contra a pele sensível e chupou com força, e gozei. Ele cobriu meus lábios com a mão livre enquanto meu orgasmo me dominava. Agarrei seu antebraço com as duas mãos, esfregando-me em sua mão enquanto ele enfiava e tirava, continuando a me foder com os dedos. Ele tirou cada última gota de prazer agitado e trêmulo de mim.

Beijei sua palma, e ele deixou a mão cair. Inclinei-me para a frente, minha boceta ainda apertando seus dedos enquanto eu reivindicava sua boca em um beijo profundo. Nós dois ofegávamos, mordiscando os lábios um do outro. Ele retirou os dedos devagar, e senti o fluxo de líquido e a doce dor enquanto me contraía ao redor do vazio que ele havia deixado para trás.

Samkiel deu um passo para trás, puxando os cordões das próprias roupas, trabalhando para libertar seu pau. Eu me esforcei para tirar as botas e remover minhas calças. Meu orgasmo mal tinha saciado a ponta da necessidade voraz entre nós.

Finalmente nua, dei um passo na direção dele no momento em que ele empurrava as calças dos quadris. Gemi ao vê-lo. Ele dobrou os joelhos e acariciou minhas coxas antes de agarrá-las e me levantar. Travei meus tornozelos ao redor de suas costas e esfreguei minha boceta contra sua extensão, o calor úmido deslizando pelo comprimento rígido. Ele sibilou e caiu de joelhos, parte de mim glorificando sua força.

Ele me deitou de costas, seu peso me prendendo ao chão da floresta. Samkiel apoiou o braço perto da minha cabeça e lambeu meus lábios, puxando gentilmente o inferior com mordidinhas provocantes. Deslizei as mãos por seu peito e ombros, traçando os músculos tensos. Tão familiar, tão *meu*.

— Quero ficar por cima — sussurrei, empurrando os músculos pesados do peito dele e apoiando meus pés no chão, levantando meus quadris.

Ele sorriu e beijou meus lábios.

— Aqui não — respondeu ele, pressionando seus lábios na minha testa, permitindo que mais de seu peso repousasse sobre mim. A pressão ajudou a me acalmar, e fiquei admirada com isso. Se fosse qualquer outra pessoa , eu a teria queimado viva por me segurar, mas com ele, apenas me sentia em paz.

— Por quê? — perguntei sem fôlego, afastando-me enquanto ele perseguia minha boca. Ele agarrou meu queixo, forçando-me a olhar para ele.

— Porque não consigo cobrir sua boca tão bem com você em cima. Aprendemos isso da maneira mais difícil. E com a falta que senti de você nessas últimas semanas, tenho certeza que você vai gritar.

Minha boceta latejou e se contraiu com suas palavras. Seu olhar sobre mim era um calor derretido que se acumulava em meu âmago. Capturei sua boca, e ele aprofundou o beijo, deslizando as mãos pelas laterais do meu corpo antes de agarrar minhas coxas. Eu tinha passado semanas procurando por ele, e não me tocava desde que ele foi levado. Minha necessidade de encontrá-lo, de salvá-lo, anulou qualquer outro desejo. Abri bem minhas pernas, mas ele empurrou minha coxa para baixo, abrindo-me mais para ele. Ele encaixou a cabeça de seu pau contra minha entrada, e gemi, arqueando as costas.

— Caralho — sussurrou ele. — Senti sua falta.

Mordi seu lábio inferior e alcancei entre nós, acariciando sua extensão, minha boceta se apertando em volta da ponta, tentando-o mais fundo.

—Você fica falando isso.

O sorriso dele era letal e cheio de promessas. Ele me penetrou, centímetro por centímetro glorioso, e todas as ideias de provocação morreram quando meu cérebro entrou em curto-circuito. Eu amava a sensação quando ele me expandia, preenchendo-me. Eu sabia pela maneira como ele gemia e afundava tão devagar em mim que ele sentia o mesmo.

O corpo de Samkiel estava quase tremendo enquanto ele lutava para se controlar. Olhei fundo em seus olhos e contraí com força ao redor de seu pau. Seu grunhido foi gutural, e vi o momento em que ele se soltou da corrente.

—Ah, porra, Dianna. Tão exigente. Você quer meu pau, akrai? Vou dar tudo para você. — Sua voz era profunda e ressonante, quase irreconhecível como sendo dele. Incendiou meu sangue.

Minha boca se abriu em um gemido conforme ele se enterrava dentro de mim, o alargamento e a plenitude quase avassaladores. Sua mão grande e calejada se fechou sobre minha boca em seu segundo impulso, e meus olhos rolaram para trás. Minhas unhas arranharam seus flancos enquanto eu o segurava, meu corpo caindo no ritmo familiar. Deuses, era perfeito. Ele era perfeito, e eu precisava tanto dele. Os grunhidos de Samkiel se transformaram em gemidos conforme ele me fodia contra o chão, e eu sabia que seu plano não funcionaria por tanto tempo.

Eu não era a única que fazia barulho.

Não estávamos tão longe do acampamento, mas eu não me importava. Se alguém aparecesse e tentasse tirá-lo de mim, eu faria em pedaços. Deuses, eu seria capaz de destruir o acampamento inteiro e dormir feito um bebê enquanto o tivesse.

Samkiel me penetrou de novo, gravetos e folhas espetando minha bunda. Arqueei para encontrá-lo, levando-o mais fundo, sentindo minha boceta se apertar ao seu redor. Era tão bom, bom pra caralho, mas, deuses, eu precisava de ainda mais. Fodam-se as consequências, movi as mãos sob seus braços, e usando um movimento que me ensinou há muito tempo, enrolei minha perna por cima de seu quadril e enganchei meu calcanhar em volta de sua coxa. Empurrei, forçando-o fundo e conseguindo nos virar.

— Diannaaaa. — Ele esticou meu nome, parte por prazer, a outra parte em advertência.

Sentei-me e montei nele, contendo um ofegar. Ele parecia ainda maior nessa posição. Levei apenas um dedo aos meus lábios para silenciá-lo, com um sorriso malicioso por trás do meu dedo.

— Seja um bom menino e tente ficar quietinho. — Subi, minha barriga se contraindo enquanto ele deslizava devagar para fora de mim. Pondo a mão entre nós dois, usei a outra mão para agarrá-lo, meus dedos não se unindo ao redor de sua circunferência. Ele estava escorregadio, e minha mão deslizou com facilidade, acariciando sua extensão grossa. Seu abdômen se flexionou enquanto ele respirava fundo.

Ele me observou, seu olhar focado na minha mão, sem protestar como achei que faria. Pressionei sua ponta grossa contra minha entrada, gemendo quando coloquei apenas a ponta alargada para dentro, usando minha mão em sua base como apoio. Ele franziu as sobrancelhas em confusão quando não afundei mais.

Eu me movi, permitindo que ele afundasse apenas esse tanto enquanto eu o masturbava com minha mão ao mesmo tempo. Sua confusão morreu, e ele deixou a cabeça cair no chão, folhas e terra se enroscando em seu cabelo. Seus quadris se ergueram, e foi bom, bom pra caralho, mas não o suficiente para me fazer enlouquecer e gritar. Meu coração martelava no peito, minha boceta apertando em volta de sua ponta enquanto ele gemia embaixo de mim. Observei-o, seus olhos cheios de luxúria presos onde nossos corpos estavam unidos.

Ele estocou para cima, tentando enfiar mais de si mesmo em mim, mas não deixei. O suor escorria por seus músculos tensos. Seus braços se flexionaram, uma das mãos apoiadas no meu joelho, a outra se enterrando no solo. Cada centímetro dele era guerreiro de sangue puro, e a visão por si só bastava para me deixar molhada, mas saber que era eu quem o fazia gemer e implorar me fazia pingar por ele. Meu calor escorregadio deslizou por cima da minha mão, e usei-o para agarrá-lo com mais força, acariciando-o um pouco mais forte.

Samkiel estocou com força contra mim, esfregando-se contra minha mão e implorando:

— Sente-se nele.

Balancei a cabeça, mordendo o lábio de brincadeira.

— Não, Sami. Eu estou no comando.

— Ah, é? — rosnou ele, e eu logo soube que tinha escolhido a coisa errada a dizer.

Ele se sentou, e gritei, a velocidade do movimento o levando mais fundo e forçando meu punho com força contra minha boceta. Ele abaixou uma das mãos, dando um tapa na minha bunda, a outra segurando meu pescoço, sua boca a centímetros da minha.

— Tire sua mão e me dê o que quero — exigiu ele, o redemoinho prateado de seus olhos me prendendo no lugar.

—Você está mal-acostumado — gemi, e Samkiel agarrou minha bunda dolorosamente forte e me levantou de seu pau antes de me puxar de volta para baixo. — Puta merda. — Um grito saiu da minha garganta com a repentina onda de prazer, mas mantive minha mão entre nós dois. Ele fez de novo e de novo, nossas peles se chocando uma contra a outra com estocadas profundas e punitivas. Ele me puxou para a frente, esmagando seus lábios contra os meus.

—Acostume-me mal, akrai, dê-me o que quero — rosnou ele, sua voz infundida com uma dominância que banhou seu pau em outra onda de calor líquido.

Assenti e enfim o soltei. Ele agarrou minha mão e chupou meus dedos, e vi seus olhos reluzirem, calor, luxúria e algo mais intenso girando em suas profundezas enquanto ele lambia minha umidade. Eu me contraí ao redor dele ao ver a exibição erótica e pelo quanto ele era depravado quando se tratava de mim. Quando soltou minha mão, passei os braços em volta de seu pescoço e afundei de volta nele por completo.

— Sim, sim, sim — ofeguei, meu corpo tremendo de necessidade.

Seus braços me seguravam com força, certificando-se de que eu não escapasse para provocá-lo mais, e deuses acima e abaixo, eu adorava. Cavalguei-o forte e rápido, ambos com a respiração ofegante. Ele estava me segurando tão apertado que toda vez que eu subia e descia de novo, meu clitóris se esfregava contra ele, lançando faíscas por todo o meu ser. Deuses, era tão bom. Ele era tão bom. Seus lábios e dentes arranharam meu pescoço, e inclinei minha cabeça para trás, oferecendo-lhe mais. Seus gemidos vibravam contra minha pele.

Eu era fogo e relâmpago e vida e morte. Desde que meus poderes retornaram, o sexo parecia diferente. Melhor não era a palavra que eu estava procurando. Era sempre incrível, mas agora parecia que ele não estava apenas dentro de mim, mas em todos os lugares, em minhas veias, seu poder envolvendo minha pele. Eu o sentia em meu sangue, em minha própria alma. As mãos de Samkiel deslizaram para minha bunda, seu aperto dolorosamente forte. Ele gemeu com voz estrangulada. Eu amava aquele som porque me dizia que ele estava perto.

Cavalguei com mais força, suas estocadas quase brutais embaixo de mim, perseguindo nosso prazer. A onda cresceu tanto que nem tive um aviso antes que ela atravessasse minha carne. Enterrei meu rosto contra seu pescoço e mordi, abafando meu grito contra ele enquanto meu corpo estremecia com meu êxtase. Foi quente, rápido e ofuscante, partículas de luz brilhando atrás dos meus olhos. Ele agarrou minha nuca, forçando-me a levantar minha cabeça e trazendo meus lábios até os seus enquanto ele gozava dentro de mim. Seu corpo ficou tenso, suas coxas se flexionaram sob mim enquanto ele afundava mais.

— Caralho, akrai, você vai me fazer gozar tão forte — gemeu Samkiel. Senti seu pau pulsar dentro de mim enquanto ele se derramava, sua pegada em meus quadris punitivamente apertada enquanto ao penetrar sem pensar no calor úmido do meu corpo. Ele pulsou dentro de mim de novo e de novo, enchendo-me a ponto de transbordar, seu gozo escorrendo pelas minhas coxas. Por fim, ele ficou imóvel embaixo do meu corpo, sua respiração saindo em ofegos grossos e pesados. Nossos corpos estremeceram com tremores secundários enquanto a conexão se rompia e nos refazia repetidamente.

Minha testa repousava na dele, nós dois respirando pesadamente enquanto estremecíamos.

— Deuses, quanto tempo faz?

Sua respiração fez cócegas em meus lábios.

— Três semanas, quatro dias e dezesseis horas.

Eu ri, deslizando minhas mãos por seus ombros e me inclinando para trás.

— Você contou?

Ele olhou para mim como se eu tivesse feito a pergunta mais idiota do mundo.

— Sempre conto quando você está longe de mim.

Mordi seu nariz e sorri.

— Maníaco.

Inclinei-me e corri meus lábios ao longo de sua barba por fazer, conseguindo sentir seu sorriso. Seus braços envolveram minha cintura com mais força. Ele estava vivo e inteiro. Meu medo desapareceu no segundo em que entrei neste reino maldito e o encontrei. Eu havia caçado a caravana, espreitando por entre as árvores enquanto viajavam. Observei-os forçar os prisioneiros para fora das carroças, nervosismo retorcendo minhas entranhas quando não o vi nas primeiras. Desapareceu no segundo em que o vi através do mato, cada migalha desaparecendo. Os guardas encontrariam um fim horrível no segundo em que eu o curasse, mas eu estava contente por saber que ele não estava morto.

Memórias do túnel passaram por minha mente. Água pingando enquanto o mundo tremia, o corpo dele coberto de sangue embalado em meus braços conforme a vida o deixava. Balancei a cabeça, afastando as imagens.

— No que está pensando? — perguntou ele, pressionando seus lábios abaixo da minha orelha, deixando beijos leves como plumas. Suas mãos percorreram um caminho suave da minha lombar até minha bunda e de volta.

Não percebi que tinha ficado tão quieta. Não queria que ele soubesse como era a sensação de não o ter, o quão vazia eu me sentia, como se parte de mim estivesse faltando. Era algo que eu nunca tinha sentido antes, nem por ninguém, nem mesmo por Gabby. Também não queria estragar esse momento contando para ele sobre o derramamento de sangue que eu tinha causado. Por isso, fiz o que normalmente fazia. Afastando-me, contraí-me ao redor dele de propósito, redirecionando e distraindo.

— Que eu preciso aprender a respirar de novo.

O sorriso dele iluminou a floresta escura, e o meu logo se igualou. Tirei as folhinhas de seu cabelo, mas havia tanta sujeira que ele teria que lavar para tirar tudo. Talvez eu pudesse encontrar um riacho para nós... Minha mão congelou, e meu sorriso sumiu. Eu o ouvi primeiro, logo seguido pelo cheiro. Meus olhos varreram a floresta, e me joguei de Samkiel, minha pele formigando. Pelo substituiu pele, e minhas patas bateram contra o chão da floresta enquanto eu perseguia o observador. Dentes encontraram carne, rasgando enquanto eu saltava em cima dele, um grito de gelar o sangue disparando no ar.

XXX
SAMKIEL

Um lampejo de pelo preto como azeviche e dianna saiu de cima de mim, correndo em direção à floresta. Aconteceu tão rápido que eu ainda estava recolocando minhas roupas quando ouvi o grito. Avancei, disparando pela floresta.

Derrapei até parar, boquiaberto com a visão de Orym se debatendo embaixo de um lobo da cor da meia-noite. Dianna o segurava com facilidade, seus lábios repuxados para trás em um rosnado ameaçador.

— Dianna.

Ela virou a cabeça rapidamente em minha direção.

Orym segurava a garganta dilacerada, tossindo. Caí de joelhos, minhas mãos cobrindo seu ferimento, luz prateada emanando de minhas palmas.

Mandíbulas estalaram em minha direção, a voz dela tão escura quanto seu pelo.

— Por que está o ajudando? Ele cheira à legião de Nismera.

— Ele é um ex-comandante, Dianna, inativo e atualmente sangrando até a morte.

Orym gemeu, sua garganta vibrando sob minhas palmas, mas o sangramento havia parado de se acumular, e eu podia sentir a pele se recompondo.

Ela rosnou.

— Foi isso que ele falou? O cheiro é fresco demais. Ele está mentindo para você.

Ergui as mãos, e Orym se sentou, recuando tão rápido que bateu em um tronco caído, ainda segurando a garganta.

— Você consegue entender? — perguntou Orym, sua voz quebrada, sua garganta áspera e curada.

Ignorei-o, focando nela.

— Acha mesmo que sou incapaz de discernir ameaças? Ele cheira assim porque a irmã ainda é espiã lá. Ela envia mensagens por carta. Só isso.

O pelo eriçado em suas costas se abaixou aos poucos, mas um rosnado baixo continuou a ressoar em sua garganta, seus olhos focados em Orym. Percebi então que Dianna estava ferida e quebrada, as feridas ainda frescas e bem abertas. Entre o medo de ter me perdido, a adrenalina e o que havia acontecido com Gabby, ela relutava em confiar em qualquer pessoa perto de mim.

— Dianna, estou em segurança.

Seus olhos se voltaram para os meus, o brilho carmesim diminuindo um pouco. Ela respirou fundo, e sua postura relaxou, o resmungo baixo em sua garganta se acalmando. Uma névoa escura brotou de seu pelo e girou ao seu redor. Ela se transformou, e fiquei de pé no mesmo instante, bloqueando a visão de Orym de seu corpo nu.

Lancei um olhar por cima do ombro, encarando-o.

— Se tentar olhar, rasgo sua garganta de novo.

Ele ergueu a mão ensanguentada em defesa e balançou a cabeça.

— Dianna, roupas. Agora. — Ela revirou os olhos, mas voltou para onde tínhamos deixado as roupas.

—Você me seguiu? — perguntei a Orym, ainda bloqueando sua visão de onde Dianna estava se vestindo atrás de mim.

Orym esfregou a garganta.

—Acordei, e você tinha sumido. Fiquei com medo de que os guardas tivessem feito algo em retaliação e, então, ouvi os grunhidos... Eu não sabia. Pensei que tinham arrastado você.

— Retaliação? — perguntou Dianna, dando um passo para o meu lado enquanto ajustava os cordões da blusa sobre os seios. — Pelo quê?

Orym não olhou para ela, como se tivesse medo de fazer contato visual, e eu podia sentir o cheiro do medo escorrendo dele.

— Ele me salvou quando chegou — respondeu Orym. — Desertei do exército de Nismera. Eles me odiavam e tentaram me espancar até a morte.

As narinas de Dianna se dilataram ao ouvir o nome de Nismera, mas ela não se moveu em direção a Orym. Seus olhos dispararam para os meus, um sorriso irônico flertando com seus lábios.

— Sempre o herói.

— Não consigo me conter — brinquei. O sorriso dela se alargou com nossa piada.

— Quer dizer que essa é seu grande amor? — perguntou Orym, seus olhos disparando em direção a ela dessa vez. — Aquela de quem falou? Aquela que lhe deu o colar?

Meu corpo corou com calor, meu sorriso sumiu como se eu tivesse sido pego fazendo algo errado. Eu não havia dito essa palavra para Dianna nem ela para mim, e estava nervoso por ter sido dita em voz alta. E se aquilo que tínhamos fosse realmente fantástico, mas para ela não fosse amor?

Os olhos dela se arregalaram, e suas sobrancelhas se ergueram, seu olhar oscilando entre Orym e mim.

— Grande amor?

Olhei feio para Orym, que recuou um pouco. Levantei a mão, coçando a parte de trás da minha cabeça.

— Estávamos apenas conversando...

— Hum-hum?

— E ele...

— Ela é Ig'Morruthen — interrompeu Orym e se levantou. —Você não mencionou isso.

— Por que isso importaria? — retruquei. — Ela é boa.

Dianna franziu o nariz e olhou para mim.

— Espera aí, não vamos mentir para ele.

—Você ouviu o que falaram. Um deles quase destruiu esses reinos. Um. Sozinho. Derramamento de sangue, dor, tormento. O céu estava escuro com fumaça enquanto os aldeões gritavam abaixo. Tudo sob as ordens de Nismera. — O olhar que ele fixou em Dianna fez meu sangue ferver. — Ele estava certo. São seis, e você está a escondendo.

Dei um passo entrando na frente de Dianna, bloqueando-a do dedo acusador.

— Se olhar para ela desse jeito de novo, falar nesse tom, ou fizer qualquer ameaça, não me importo com nenhuma parceria ou aliança que possamos formar. Vou matar você — declarei, com intenção em cada palavra.

Os olhos de Orym se arregalaram, e ele levantou as mãos em falsa defesa.

— Não estou sendo grosseiro ou rude, meu senhor, mas…

— Sei o quê nem quem ela é. Você não. — Minha mão se moveu rapidamente, e uma arma de ablazone se formou entre ambos. O brilho prateado cintilou na floresta escura, iluminando nós dois. — Se você é uma ameaça para ela, é uma ameaça para mim. Não vou me repetir.

Orym deu uma olhada na lâmina e então olhou para nossas mãos.

— Ela não é apenas seu grande amor, é? Essa necessidade furiosa e cega de proteger. Ela é mais.

A mão de Dianna apertou meu pulso, e ela deu um passo à frente, lançando um sorriso para mim e depois para Orym.

— Embora essa bravata e demonstração pública de afeto sejam legais, deixe Orym ter seus medos. Não importa. Estamos indo embora de qualquer maneira.

— Indo embora? — Orym e eu falamos ao mesmo tempo.

Dianna olhou para nós como se tivéssemos seis cabeças.

— Mas é claro! Conversei com Reggie, e temos um plano para sair daqui sem sermos pegos nem alertar os soldados de Nismera.

— Dianna, não posso ir embora.

— Por quê? — Ela ergueu uma sobrancelha. — Não pode ir para a prisão de Nismera. Se ela descobrir que você está vivo…

— Ela não está lá — interrompeu Orym. — E Samkiel me fez uma promessa.

Ela olhou para mim.

— Claro que fez. Essa sua maldita generosidade.

Recolhi a arma de ablazone de volta ao meu anel.

— Pensei que essa era uma das suas coisas favoritas sobre mim?

— Está se tornando minha menos favorita quando você promete desvios. — Seus olhos dispararam para o meu lado. — Ainda precisamos encontrar A Mão, e você não está em forma para um resgate épico, rei.

— Estou bem, como provei há pouco. Seu elixir funcionou. Não me sinto tão fatigado quanto antes. Além disso, você está aqui agora, então pode me ajudar, e terminaremos ainda mais rápido.

Os braços dela se apertaram em volta de si mesma.

— Não me lance um sorriso bonito e me bajule, pensando que farei tudo o que quiser.

— Por favor. — Dei um passo à frente, meus dedos se curvando sob seu queixo. — Faça isso por mim?

Dianna me encarou por um momento, mordendo o interior da bochecha antes de suspirar e se virar para Orym.

— Está bem, o alto, moreno e heroico tem que ajudar você com o quê?

Orym se levantou, encarando-nos em choque, antes de limpar a garganta.

— Samkiel prometeu que ajudaria Veruka e a mim.

—Veruka?

— A irmã dele — respondi.

Algo passou pelo rosto de Dianna, uma emoção que eu conhecia muito bem. Por mais breve que tenha sido, reconheci o olhar perdido, raivoso e destruído que ela havia carregado nos restos de Rashearim. Sua tristeza vivia logo abaixo de sua pele, e eu sabia que mesmo quando ela brincava, sorria ou ria comigo, ainda doía e sempre doeria. Ela sempre se lembraria de como perdeu Gabby e de tudo o que fez para vingá-la.

Dianna lançou um olhar para mim, e os demônios furiosos atrás de seus olhos recuaram. Enquanto sustentava meu olhar, outra emoção roçou em mim como se simplesmente a conexão comigo ajudasse a acalmar aqueles demônios.

— É a cara dele. — Ela sorriu, mas não era um sorriso provocador e sedutor. Este era suave, terno e amoroso. Meu coração batia freneticamente com a visão. Se ela olhasse para mim daquele jeito de novo, eu seria capaz de esquecer de ajudar Orym, pegaria Dianna e iria embora.

Limpei a garganta.

— Ela é espiã, assim como ele. Os dois se comunicam com fátuos.

— Fátuos? — repetiu Dianna.

Orym levantou a mão, e um pequeno fátuo flutuante pousou em sua palma.

— Fátuo. Normalmente, podem carregar um pequeno bilhete, mas não recebi nenhum novo.

Dianna arqueou uma sobrancelha e se inclinou para mais perto.

— Temos isso no meu mundo. São chamadas de libélulas, mas em alguns idiomas são conhecidas como *dragões voadores*.

Orym franziu o rosto.

— Que peculiar. Eles não se parecem em nada com dragões.

Dianna deu de ombros.

— Ok, tudo bem. Vamos salvar sua irmã. Supondo que ela esteja na prisão.

— Não — respondeu Orym enquanto o fátuo voava para longe. — Ela ainda está sob o domínio de Nismera.

O ar mudou depois dessas palavras. Dianna deu um passo à frente, curvando o lábio, expondo presas brilhantes. Estendi meu braço, bloqueando seu caminho.

— Com licença? Ela trabalha para Nismera? E você quer que a gente ajude? Você está louco? Depois...

— Dianna — interrompi. — Deixe-o explicar.

Ela não rosnou mais, mas não se moveu um centímetro para trás. Eu sabia que se ele falasse a coisa errada ou tentasse me tocar, sua cabeça seria arrancada dos ombros com um golpe.

— Tudo bem. Explique-me como podemos confiar na sua irmã, mesmo que ela ainda trabalhe para Nismera e o irmão dela seja um rebelde.

Orym engoliu em seco.

— Porque foi ela quem me dedurou e me mandou embora.

Dianna não falou por um segundo, mas também não senti mais que ela estava irritada.

— Não vou mencionar todas as maneiras como isso é fodido agora.

Orym apenas deu de ombros.

— Fazemos o que precisamos fazer para sobreviver a uma rebelião. Isso lhe deu uma posição na legião da qual faz parte. Eles confiam nela totalmente.

— Eu prometi que ajudaria. Nós — falei, e Dianna revirou os olhos — vamos ajudar você.

— Não por escolha. — Ela sorriu, e a cutuquei. — Então, qual é o grande plano? Ir para a prisão e o quê?

— Veruka falou que há algo lá que precisamos. Uma arma de algum tipo. Não tenho certeza — respondeu Orym.

— Uma arma na prisão? — questionou Dianna.

— Eu falei que não tinha certeza.

— Dá para ver — zombou Dianna. — Que tipo de espião você é?

A expressão de Orym se fechou.

— Chega. — Levantei a mão entre eles. —Vocês dois.

O som de folhas sendo esmagadas nos fez virar, e vi a luz de três tochas vindo em nossa direção. Guardas.

— Dianna, você tem que ir — falei, mantendo a voz baixa.

Ela assentiu e colocou a mão sobre a minha, apertando-a uma vez.

—Vou ficar por perto, então, por favor, peça aos guardas para manterem as mãos longe de você, ou vou tacar fogo nesse acampamento todo. Com promessa ou sem. — Ela olhou feio para Orym.

Assenti e me inclinei para beijá-la. Afastei-me, e ela sorriu. Penas substituíram a pele, e um pássaro tão escuro quanto a noite levantou voo.

XXXI
DIANNA

Bocejei, esticando a forma elegante e felina que usava esta manhã. Meu pelo se mesclava com a folhagem, salpicado com rosetas de marrom e dourado. Uma pequena criatura peluda com uma longa cauda passou correndo. Ela viu minha pata e soltou um guincho, correndo na outra direção. Apoiei minha cabeça na pata, observando o acampamento se erguer. Guardas gritaram, e prisioneiros saíram de suas tendas para fazer as malas antes de caminharem em direção às enormes caravanas de aço.

Os guardas pareciam irritados, gritando e empurrando os prisioneiros. A falta de sono parecia estar afetando-os. Os huroehes de seis patas que puxavam as carroças ficaram inquietos a noite toda, berrando e relinchando em pânico. Sentiam minha presença, e ela os deixava nervosos, mas eu não me importava. Só me importava com o deus que tinha acabado de sair da tenda a alguns metros de mim.

Eu nunca falaria para ele, bem, talvez não com muita frequência, mas ele era tão lindo, mesmo coberto com aquelas ridículas roupas bege de prisioneiro. O tecido fino nem de longe escondia o volume de músculos que se esticavam em seu físico poderoso quando ele se curvava ou se movia. Sua visão fazia meu sangue pegar fogo, e eu queria lamber cada centímetro dele. Claro, eu não podia porque ele também era a pessoa mais bondosa do maldito cosmos, o que queria dizer que lá foi ele de novo oferecer ajuda ao elfo que saiu ao seu lado. Orym afirmou que queria ajudar a irmã. Parte de mim sentia isso e conseguia empatizar com ele, mas outra parte mais sombria de mim não se importava. Eu não confiava mais em ninguém, e não importa o que ele afirmasse, meus instintos me diziam que Samkiel estava em perigo.

Samkiel se abaixou para enrolar seus sacos de dormir, e embora eu estivesse irritada com seu heroísmo natural, pelo menos ele tinha um bumbum bonito. Ele olhou para cima e falou algo para Orym enquanto o ajudava a desmontar a tenda. Os dois caminharam até sua carroça, dois guardas vindo para escoltá-los e abrir a tranca grossa da porta.

Fiquei de pé e andei ao longo da linha das árvores, avistando um galho grosso e pesado posicionado acima da carroça deles. Os músculos poderosos das minhas patas traseiras se tensionaram, e me lancei, cravando minhas garras profundamente no tronco. Os pássaros voaram para o céu em bando, e achatei meu corpo contra o galho. Todos abaixo olharam para cima, procurando na copa das árvores e no céu. Demorou alguns minutos, mas os guardas enfim balançaram a cabeça e se viraram. Samkiel deu um sorriso suave quando me viu e desviou o olhar. Ele sempre me via, não importava a forma que eu assumisse.

Os dois guardas conduziram Samkiel e Orym para dentro da carroça antes de se juntarem a outros dois guardas. Notei o pequeno respiradouro no topo da carroça e mergulhei, mudando minha forma para uma névoa incorpórea. Deslizei pelo buraco e apareci no banco ao lado de Orym, com uma perna cruzada e meu braço no encosto do assento.

— Deuses acima! — disparou Orym e segurou o peito. —Vocês todos podem fazer isso?

— Só as realmente bonitas — respondi, piscando para Samkiel, que sorriu para mim, orgulhoso.

Os guardas do lado de fora da carroça estavam longe o suficiente e muito envolvidos na conversa para nos ouvir, mesmo com a porta de aço parcialmente aberta.

—Você é mesmo poderosa.

Inclinei minha cabeça na direção de Orym.

— Por que diz isso?

— Foi você quem o salvou da morte, certo? — questionou Orym, olhando para Samkiel.

Engoli o nó na garganta junto das visões do túnel, do mundo acabando, do *meu* mundo acabando. Não ousei olhar para Samkiel, sem querer que ele visse qualquer indício da apreensão e dor que me era infligida toda vez que eu tinha que mantê-la. Meus lábios se pressionaram em uma linha fina, e estiquei a mão para o outro lado da carroça, dando um tapa no ombro de Samkiel. Ele estremeceu e esfregou o braço.

— Agressiva. — Ele sorriu.

— Deixo você sozinho por cinco minutos, e você revela todos os nossos segredos — repreendi irritada, estreitando meus olhos para ele.

Samkiel balançou a cabeça.

— Não foi assim. Eu o salvei, e parte do meu poder escapou. Ele viu, por isso, contei alguns pequenos detalhes.

— Pequenos detalhes.— Eu gemi e cobri meu rosto com minhas mãos. —Você confia com tanta facilidade.

— O que quer dizer com isso? — perguntou Orym.

Olhei feio para ele.

— Significa que você lhe conta alguma história triste sobre como você e sua irmã precisam de ajuda para escapar de uma governante maligna, e ele ajuda porque é bonzinho. Eu não acredito, não importa o que você alegue.

— Dianna. — Samkiel se moveu como se fosse nos separar.

— Não contei uma história. É verdade.

Orym olhou para Samkiel como se buscasse confirmação.

—Tenho certeza de que é verdade.Tenho certeza de que querem salvar um ao outro, mas no segundo em que algo acontecer, ela for levada ou você for chantageado, vão mudar de lado e nos apunhalar pelas costas.

Orym me encarou, seu rosto ficando um tom mais escuro, mas a expressão em seus olhos era uma que eu já tinha visto mil vezes. Era o olhar de alguém fazendo o que podia para sobreviver. Ele assentiu e levantou, claramente derrotado e não querendo brigar.

—Vou com a caravana de Hellem para a prisão. — Ele olhou para Samkiel. — Eu aviso se ouvir mais alguma coisa.

Ele abriu a porta e pulou para fora, os guardas gritando. Mudei, transformando-me em um pequeno inseto. Orym falou com eles, rindo e gesticulando em direção a Samkiel. Um dos guardas balançou a cabeça e se aproximou, alcançando para algemar os tornozelos de Samkiel, acorrentando-o dentro da carroça. Ele falou algo que fez a mandíbula de Samkiel se cerrar, depois, fechou a porta da carroça. Esperei até que o barulho aumentasse, cascos batendo no chão e a carroça sacudindo, antes de me transformar de volta. Samkiel e eu estávamos sozinhos.

Samkiel me olhou feio.
Dei de ombros, jogando as mãos para cima.
— O que foi?
Ele suspirou e balançou a cabeça, mas não falou nada enquanto a caravana avançava.

Gemi e chutei o joelho de Samkiel. Ele tinha passado a última hora meditando, mas suspeitei que estava me ignorando. Até lhe dei os doces embrulhados que Miska tinha mandado para ele, que os comeu e falou que ela era fofa, mas depois voltou àquela calma tranquila.
Suspirei alto.
— Por quanto tempo vai agir feito uma criança e me ignorar?
Seus olhos se abriram.
— Eu? Agindo feito uma criança?
— Ah, aí está. — Eu me inclinei para trás, cruzando os braços.
— Por que você tem que ser tão difícil? — Ele esfregou a testa e se remexeu no assento desconfortável. Sentou-se, saindo da pose que assumia quando deixava sua mente vagar para longe daqui.
— Eu não sou.
— É sim — retrucou ele, sua voz cheia de frustração. — Prometi ajudar. Você pode pelo menos tentar ser mais legal?
Fiz uma careta com os lábios.
— Não.
— Por quê?
— Por que você confia nele com tanta facilidade, ou em qualquer outra pessoa?
Ele se inclinou para mais perto, apoiando os cotovelos nos joelhos.
— É disso que se trata?
— Não aprendemos nada? Eu não confio em ninguém, e você também não deveria. Quantas vezes temos que ser apunhalados pelas costas para aprender isso?
E se eu perder você de novo? Meus lábios não formaram as palavras, mas a frase cobriu minha língua como ácido. Medo consumia qualquer pedaço de confiança.
Eu não me importava se ele estava bravo comigo por não entrar imediatamente no Time Orym. Eu não podia. A própria família dele, as pessoas pelas quais ele teria feito qualquer coisa o traíram. Como resultado, ele teve uma lança mortal cravada em seu intestino, e o largaram sangrando até a morte no chão. Não apenas o tiraram do mundo, mas me roubaram ele, nosso futuro e quaisquer planos que tínhamos. Quase me tiraram a única pessoa com quem eu mais me importava. Eu nunca ia confiar quando se tratasse de Samkiel ou de sua segurança, nunca seria doce ou gentil caso achasse que ele estava em perigo. Eu queria ser punhais e aço e algo que os reinos temessem pra caralho.
— Dianna. — Ele falou meu nome baixinho, abaixando a cabeça para encontrar meus olhos. — Akrai.
Cruzei os braços e me inclinei contra a parede.
— Não use esse termo para me fazer relaxar.
— Querida — chamou ele, molhando os lábios com a língua. — Temos que fazer alianças, principalmente aqui e agora. Eu confio nele totalmente? Não, mas confio em

você, e você está aqui. Sei que tenho seu apoio não importa o que enfrentemos, assim como apoio você. Orym não me deu nenhuma razão para desconfiar dele, e não o responsabilizarei pelos pecados dos outros. Isso não é justo. Com ninguém.

Afastei-me. Sabia que ele estava certo. Samkiel normalmente estava, mas eu não conseguia ser assim. Não importava o que a vida pudesse lhe atirar, ele lidava com graça e compreensão, mas quando alguém queimava uma ponte comigo, eu me certificava de que não restasse nada daquela merda além de pedrinhas no abismo que esperava abaixo.

— Dianna.

Soltei um suspiro e deixei cair as mãos, estudando-o através do espaço entre nós. Incapaz de tolerar a distância, levantei e cambaleei para a frente. A carroça bateu em um desnível, sacolejando nós dois, mas Samkiel apenas me observou. Tirei as mãos dele do caminho e o empurrei para trás antes de montar em seu colo.

— O que você está fazendo?

— Estamos sozinhos, e só os deuses sabem quando isso vai acontecer de novo quando chegarmos à prisão. Além disso, senti sua falta. — Passei os dedos distraidamente pela parte mais curta de seu cabelo perto da orelha. As marcas que eu tinha raspado haviam quase sumido. Meus joelhos pressionaram contra os quadris dele, e devagar esfreguei meu calor contra sua virilha.

Ele se mexeu embaixo de mim, suas mãos agarrando minha bunda e me segurando firme.

— Quem está distraindo quem agora?

Meu olhar se suavizou enquanto eu deslizava os braços ao redor do pescoço dele.

— Não é uma distração. — Eu me inclinei para a frente, beijando a lateral do seu pescoço, sua barba por fazer áspera contra minha pele.

— É apenas uma pequena pausa na conversa.

Pressionei meus quadris contra ele um pouco mais forte. Ele gemeu e agarrou a parte de trás da minha cabeça, puxando-me para trás.

— Não tente escapar de uma discussão com beijos.

Meus quadris se moveram outra vez.

— E se eu rebolar?

Ele deu um leve tapa na minha bunda.

— Pare com isso. Estou falando sério.

Revirei os olhos e suspirei.

— Está bem. Eu entro no jogo se fizermos um acordo.

Ele franziu as sobrancelhas.

— Um acordo?

Minha mão parou atrás da cabeça dele.

— Gabby foi roubada de mim porque confiei nos outros. Você foi… Não vou passar por isso de novo. Não posso.

Ele apoiou as mãos nos meus quadris, agarrando como se quisesse me estabilizar neste plano. Era como se tivesse medo de que, caso me soltasse, eu fosse flutuar para aquele lugar escuro e ferido onde todos os meus demônios esperavam.

— Eu sei.

— Já falei para você, não sou a mesma que eu era antes. Não vou mudar, e se isso é um problema, você precisa me dizer.

— Não é. — Seus dedos se flexionaram na minha pele. — Você não é. Tudo o que estou dizendo é que, nesta guerra, teremos que lidar e formar alianças com pessoas de quem podemos não gostar ou confiar. Foi o que fiz a minha vida inteira. E às vezes isso significa segurar a língua.

Ele levantou meu queixo, forçando-me a encontrar seu olhar. Mordi sua mão e respondi:

— Vou trabalhar nisso.

— E escondendo coisas de mim? — Ele inclinou a cabeça, apenas uma sobrancelha erguida como se já soubesse de cada coisa que eu escondia. Senti meu corpo esquentar. Ele tinha descoberto? Sabia o que eu tinha feito?

— O que você quer dizer? — Engoli em seco.

— Achei que tínhamos superado isso. — Suas palavras despedaçaram meu coração. — Achei que depois de tudo, você confiaria mais em mim. Contaria seus planos para mim. Quer me contar sobre os incêndios no Leste?

O alívio me tomou como uma onda refrescante.

Ele continuou.

— Sei o quanto você é confiante, mas deixar o lugar ardendo em brasas e um bilhete para ela? Isso é imprudente, e só vai alimentar a raiva de Nismera quando precisamos ficar fora do radar.

Eu assenti.

— Desculpe por não ter contado. Foi quando você ainda estava inconsciente. Eu queria que ela nos procurasse lá, bem longe da região sudoeste dos reinos e da Cidade de Jade. Só isso.

Ele acariciou minha lombar com o polegar.

— Mas tenho uma pergunta. Como sabia para onde ir? Onde os soldados estavam?

Meus lábios formaram uma linha fina, sabendo que ele não ia gostar da minha resposta.

— Reggie.

Suas mãos se flexionaram na parte inferior das minhas costas antes de passarem para minhas coxas.

— Roccurem a enviou para o Leste sem se importar com sua segurança ou com os números dela? Ele colocou você em risco por uma distração?

— Tecnicamente, ele sabia quantos eram. Eu só exagerei um pouquinho — argumentei, segurando meu indicador e polegar a cerca de meio centímetro de distância.

Samkiel passou a mão pelo rosto e esfregou os olhos.

— Preciso ter uma conversa com ele... ou matá-lo. Ainda não decidi.

Uma risadinha saiu dos meus lábios, e puxei sua mão, apertando-a na minha.

— Nada de matá-lo. Isso nos deu tempo, está bem?

— Para ser justo, não tenho certeza se um deus poderia matar um Destino, mas sou persistente e estou disposto a tentar.

— Pare com isso.

— Não gosto de me sentir excluído quando se trata de você. Em especial depois de tudo.

Apertei meus lábios. Ele queria tudo de mim, e eu queria muito conceder, mas era tão difícil, mesmo depois de tudo, deixar todas as paredes caírem. Eu precisava lhe contar sobre o túnel, sobre o que aconteceu, mas tinha tanto medo. Eu podia declarar que não tinha, mas tinha. Nismera me assustava tanto, para ser honesta. Como ele estava agora, levaria apenas um segundo para ela tirá-lo de mim de novo. Eu tinha medo de mim mesma e do que faria caso isso acontecesse. Eu era capaz de lutar contra seus exércitos e desmembrar ameaças, mas não podia lutar contra a morte. Ela tinha a vantagem, e eu sempre perdia.

— Eu sei — respondi. — Desculpe. É sério, eu estava preocupada com coisas mais importantes — brinquei um pouco, cutucando a lateral de sua barriga.

Ele não estremeceu como tantas vezes antes quando algo roçou nele. O antídoto tinha funcionado, o que significava que era o veneno que o tinha deixado tão doente. Eu estava tão preocupada por ele até mesmo estar vivo de novo que nem tinha pensado que um fator externo poderia desempenhar um papel em sua falta de cura.

— Também incendiei a Cidade de Jade — revelei, espiando por entre os cílios.

Esperava que ele me repreendesse, mesmo que só um pouco, mas ele apenas deu de ombros. Os cantos de sua boca se curvaram para baixo quando um dos guardas gritou um comando, e a carroça deu um solavanco.

— Eu esperava que fizesse isso. Imagino que tenha poupado alguns para fazer o antídoto?

— Não, matei todos. Só salvei Miska.

Aquela veia na testa dele pulsava enquanto suas sobrancelhas se cerraram.

— Era uma cidade grande, Dianna.

— Lotada de fabricantes de veneno sob o governo de Nismera, Samkiel — retruquei, imitando seu tom.

Ele beliscou minha bunda com força suficiente para me fazer dar um gritinho, e me sentei um pouco mais ereta.

— Não posso deixar você sozinha nem por um segundo.

— Não pode mesmo. — Sorri de volta.

Ele respirou fundo enquanto eu me acomodava de novo em seu colo.

— Podemos decidir o restante juntos, mas faremos isso juntos, está bem? Sem mais segredos.

Sem mais segredos, como se eu não estivesse escondendo o maior deles. Eu era mesmo a pior das piores, mas sorri de volta, cavando uma cova ainda mais funda para mim. Incapaz de arrancar aquela única verdade da minha garganta.

— Ou alianças secretas — acrescentei.

Ele apenas sorriu.

— Ou alianças secretas sem conversar primeiro.

— Aceito seus termos, meu rei — declarei, passando meus braços em volta de seu pescoço mais uma vez, meus seios pressionando contra o peito dele.

— Não me chame assim aqui — pediu ele, sorrindo contra meus lábios.

— Por quê? — Eu o beijei.

— Você sabe por quê — resmungou ele quando a carroça acertou outro obstáculo na estrada.

— Lembro da primeira vez que o chamei assim. Você me olhou com raiva.

A risada dele foi suave, mas quente.

— Isso porque, na época, não gostei de como fui afetado quando você falou. Nós não nos dávamos bem.

— Ah, é? — Sorri contra seus lábios, rebolando de leve contra ele. — Como afeta você, meu rei?

Ele gemeu, e senti exatamente como o afetava. Uma risada perversa saiu dos meus lábios antes de pressioná-los contra os dele de novo.

— Você vai fazer com que sejamos pegos. — Ele mordiscou meus lábios.

— Vou mesmo, não é? — Eu me esfreguei nele, um movimento lento e brusco que o fez agarrar meus quadris ainda mais forte. — Não é divertido?

— Você é uma mulher muito perigosa — quase rosnou ele.

— Eu sei. Isso me mantém acordada à noite. — Sorri, dando um beijo em sua bochecha, depois em sua têmpora, depois em seu nariz.

— Nós... hum... precisamos discutir. — Ele pressionou a testa contra a minha e as mãos nos meus quadris. Ele abafou um gemido quando esfreguei meu calor contra ele, saboreando a pulsação de seu pau. — O... plano.

Ele gaguejou, suas palavras terminando em um gemido, e não pude evitar meu sorriso perverso enquanto me movia um pouco mais forte. Eu o amava descontroladamente, à beira de perder o controle. Amava quando aquela camada dura derretia, e ele se soltava da corrente. Amava como eu era a única que provocava isso, e só me fazia querer fazer mais.

—Você é meu único plano.

Samkiel gemeu.

— Não consigo pensar quando você diz coisas assim.

— Ótimo. — Encaixei meu corpo contra o seu e deslizei a língua em seu lábio inferior antes de mordiscá-lo. — Não pense.

— Sempre. — As mãos de Samkiel deslizaram pelas minhas costas e agarraram meus quadris, sua boca reivindicando a minha. Eu me movi contra ele, que aprofundou o beijo. Seu pau endureceu, grosso e pulsando contra mim. Ele tentou ficar quieto, mas eu esperava que seus gemidos suaves e pequenos pudessem ser confundidos com os solavancos sobre os quais passávamos. Deuses, nós dois estávamos amando a estrada esburacada. Cada pedra e buraco enviava outra explosão de prazer através de nós dois. Eu estava me divertindo tanto fazendo-o se contorcer embaixo de mim.

—Você tem que parar. — Ele se afastou, lambendo o lábio inferior como se não conseguisse se cansar do meu gosto. —Vou gozar.

Assenti, minha mão agarrando seu queixo e forçando seus lábios de volta aos meus.

— Esse é o objetivo.

Encaixei minha boca na sua e chupei suavemente sua língua, girando e provocando. Seus quadris empinaram, pressionando seu pau contra meu sexo, meu clitóris doendo pelo atrito do tecido que nos separava, e eu sabia que ele estava imaginando minha língua em seu pau. Gemi, deixando-o provar meu prazer e desejo.

A respiração de Samkiel saía ofegante contra meus lábios conforme ele começou a se mover embaixo de mim. Seu abdômen se contraiu ao me beijar mais fundo, assumindo o controle da minha boca de novo. Seu aperto em meus quadris ficou dolorosamente forte, e ele me pressionou para baixo com mais força, esfregando seu pau contra mim. Ele pulsou e se contraiu sob mim, um gemido saindo de seus lábios que abafei com outro beijo escaldante.

Tirei cada gota que podia dele antes de desacelerar e suavizar meus movimentos e me inclinar para trás ainda sentada em seu colo. Ele soltou meu quadril, e pude sentir a pulsação onde tinha me segurado. Seus dedos roçaram a dor pulsante entre minhas pernas, e agarrei seu pulso, interrompendo-o antes que sua mão pudesse deslizar para dentro.

— Se fizer isso, nós dois sabemos que seremos pegos.

Ele sorriu e retirou a mão, envolvendo-me em seus braços e me puxando para perto.

— Posso dizer com toda honestidade que nunca fiz isso na história da minha vida.

Eu ri.

— Sério? Nem mesmo na sua juventude selvagem com aquelas ninfas atrevidas?

Ele balançou a cabeça e a apoiou contra a parede, completamente relaxado e exausto.

— Nem uma vez. Nunca quis alguém tanto quanto quero você.

— É, é bom mesmo que diga isso — retruquei, mordiscando seu queixo.

— Como você faz isso? — questionou ele, com um sorriso brincando em seus lábios.

— Qual parte?

— Deixar-me completamente louco.

— É um dom. — Dei outro beijo em seus lábios.

Samkiel pôs uma mecha de cabelo atrás da minha orelha, passando o polegar na minha bochecha com um gesto carinhoso.

— Pode fazer isso comigo para sempre?

Meu olhar se suavizou junto do coração raivoso e enegrecido em meu peito.

— Para sempre — respondi com voz suave.

Ele apenas sorriu, balançando a cabeça enquanto relaxava sob mim.

— Mal posso esperar para aparecer nesta prisão com uma mancha nas calças.

— Confie em mim, querido. Suas roupas estão todas cobertas de manchas. Nem vão notar.

A carroça parou bruscamente, e as mãos de Samkiel se apertaram em volta de mim.

— O que foi? — perguntou ele enquanto eu espiava para fora. — Por que a parada repentina?

— Porque chegamos à prisão.

Ele se moveu por baixo de mim, virando-se para olhar pelas fendas de aço enquanto a caravana voltava a se deslocar, só que muito mais devagar agora. Quanto mais subíamos, mais afiados e irregulares os morros se tornavam, com a neve cobrindo os picos cinzentos. Engoli em seco, não tinha percebido o quão alto tínhamos subido. Nuvens se formavam ao redor da borda do penhasco, e eu vi outra carroça passar pela sólida ponte de madeira.

— Isso é uma prisão?

Samkiel grunhiu ao meu lado.

— Sim. Esse é Flagerun.

Destacava-se contra a paisagem montanhosa com seu topo liso e circular. Não havia janelas ou saliências como se quisesse se misturar ao próprio penhasco. Os únicos sinais de vida eram as tochas acesas na frente e os guardas segurando suas grandes feras. Conforme nos aproximamos, os felinos que mantinham nas coleiras se debateram. Mesmo com os chicotes que os guardas usavam, eles não obedeciam. Medo. As feras estavam com medo porque tínhamos acabado de passar um Ig'Morruthen pelos portões.

XXXII
Dianna

Coloquei a cabeça para fora do bolso de Samkiel enquanto ele passava pela grande porta de pedra. Mil e um cheiros me atingiram de uma vez, e fiquei contente pela forma da pequena criatura roedora que assumi não vomitar porque era exatamente isso que eu queria fazer. O grupo de prisioneiros entrou em uma fila única, meus olhos demoraram um momento para se ajustar à escuridão. Os guardas gritavam e apontavam, direcionando todos para a frente.

Orym se aproximou por trás de Samkiel, inclinando-se para sussurrar:

— Onde ela está? — Samkiel olhou para mim, e vi os olhos de Orym se arregalarem. Ele inclinou a cabeça ligeiramente e comentou: — Isso é mesmo impressionante!

Aproximamo-nos de mais guardas com suas feras selvagens. As criaturas rosnaram para os prisioneiros na nossa frente, mostrando grandes presas, suas garras cavando sulcos no chão de pedra, mas assim que Samkiel passou, elas encolheram as longas caudas e puxaram as coleiras.

Os gritos dos guardas ecoaram no saguão principal, e espiei um pouco mais. Calor explodiu do centro da sala, emitido de um pouco além das grades de proteção eletrificadas. Samkiel se aproximou, e espiei por cima da barreira. Uma grande brasa brilhante girava no fundo. Os guardas não nos deram tempo para poder parar e observar, logo gritando e nos empurrando para a frente.

Mais adiante, a fila se dividiu em três grupos, a plataforma se repartindo. Um grupo foi para o centro, outro subiu mais escadas, e o terceiro foi conduzido para baixo. A fila de Samkiel foi direcionada para baixo, e quando ele começou a descer os degraus, olhei para cima. Bem acima havia uma grande plataforma de pedra apoiando o que parecia ser um escritório ou celas especiais. Guardei na memória como um lugar que eu queria explorar mais tarde.

Os ruídos mudaram conforme descíamos mais para o interior das entranhas da prisão, mas o fedor continuou a piorar. A escuridão se acumulava no espaço do outro lado da grade. Havia apenas uma fileira de luzes bem acima, fornecendo um brilho doentio para iluminar o caminho. As escadas espiralaram pelo que pareceram eras até que se abriram para uma sala grande.

Vozes aumentaram, e olhei ao redor. Prisioneiros estavam sentados no que parecia ser um refeitório, utensílios se chocando contra tigelas e pratos. Os prisioneiros mais velhos olharam para os novos, mas não falaram nada. Seus olhos piscaram em direção aos guardas andando pelos corredores acima, cada um carregando o que parecia ser um bastão com uma bola na ponta.

Samkiel tropeçou, e fui sacudida, caindo de volta dentro do bolso. Esforcei-me para voltar ao topo, espiando para ver um guarda com um tufo de pelos eriçados ao longo de sua espinha. Ele bufou e sorriu para Samkiel e Orym, revelando dentes feito adagas. Certo, quer dizer que ele ia ser o primeiro a morrer. O guarda usou seu bastão a fim de apontar para os prisioneiros em retirada, e percebi que eu não era a única que estava inspecionando a área.

Nós nos movemos mais uma vez, o som e o cheiro de água fresca chamando minha atenção. A fila parou quando os guardas os fizeram se alinhar, falando e apontando para as fileiras de chuveiros. Vapor cobria o espaço, uma leve névoa devido ao calor da água. O guarda gritou mais alguma coisa, e os prisioneiros começaram a se despir.

Samkiel deu um tapinha de leve no bolso para me avisar, e me segurei enquanto ele abaixava as calças. No segundo em que elas atingiram o chão, corri para fora e para longe.

Horas se passaram enquanto eu corria pela prisão. Eu precisava chegar aos níveis superiores, mas logo descobri que não havia como chegar lá depois que as portas que levavam às escadas se fechavam. Pelo menos eu ainda não tinha encontrado nenhuma.

Eu tinha retornado ao refeitório e estava entre duas pedras deformadas, observando Samkiel e Orym comerem. Pelo menos ele estava comendo de novo agora que o veneno tinha sumido por completo. O único problema era que, agora, eu estava morrendo de fome. Não podia ir e vir como precisava naquele lugar, por isso, tinha de encontrar uma maneira de me alimentar que não incluísse matar nem chamar atenção. Ótimo, ótimo pra caralho.

Um guarda bateu com seu bastão na grade, e todos os prisioneiros se levantaram, devolveram suas bandejas e saíram do refeitório. Corri pelo chão, seguindo de perto enquanto eles se aprofundavam na prisão.

Este nível era tão escuro quanto o acima e se ramificava em duas direções. Os guardas apontavam para as salas escavadas e irregulares com grades combinando, empurrando os prisioneiros para dentro, dois de cada vez. Por sorte, Orym e Samkiel seriam companheiros de cela. Pulei por cima do corrimão, ficando nas sombras. O guarda falou algo em uma língua brusca antes de trancá-los.

O guarda saiu, e esperei o som de suas botas diminuir. Quando ouvi apenas os murmúrios dos outros prisioneiros, me transformei de volta. Alonguei o pescoço e saí das sombras. Orym deu um pulo, apertando o peito.

— Deuses sagrados! Nunca vou me acostumar com isso — exclamou ele, enquanto um canto da boca de Samkiel se contraía. — Você saiu das próprias sombras?

— Na verdade, fiquei correndo por aí na forma de um pequeno roedor pelas últimas horas, e meus músculos estão muito contraídos e tensos — respondi, esticando o braço acima da minha cabeça antes de fazer o mesmo com o outro. — Além disso, vocês não fedem mais, então, é bom.

Orym grunhiu em resposta e foi até seu catre improvisado, desembrulhando o cobertor e o travesseiro. Felizmente, tinham dado roupas novas para eles, mesmo que ainda parecessem usadas, uma mistura de trajes cinza e marrom que envolviam a cintura e eram justos ao redor dos tornozelos.

Samkiel assentiu em direção à pilha de roupas ao lado de seu catre.

— Tenho algumas extras para você, já que não tenho certeza de quanto tempo ficaremos aqui.

Um canto da minha boca se levantou.

—Você roubou roupas para mim? Que romântico.

— Havia um sujeito menor aqui. Apenas peguei as dele. Tenho certeza de que encontraram outras para ele. — Ele coçou a cabeça.

Peguei as roupas e as coloquei em cima do catre estreito. Samkiel levantou, protegendo-me com seu corpo e lançando um olhar por cima do ombro para Orym. Uma risadinha saiu dos meus lábios quando Orym ergueu as mãos e se virou.

— Eu não estou olhando, juro.

Samkiel observou enquanto eu desfazia os cordões da minha blusa e a deixava escorregar para o chão. Ele me entregou a camisa primeiro, ajudando-me a vesti-la.

—Vasculhei esse lugar todo — contei enquanto ele soltava meu cabelo do topo, afastando-o do meu rosto. — É basicamente uma fortaleza subterrânea.

— Eu presumi isso — respondeu ele.

Alcancei o cós, afastando minhas calças dos meus quadris.

— Assim que aquela porta lá em cima se fecha, esta parte também se fecha. Gostaria de saber por que separaram vocês todos em três grupos e o que é aquele quarto chique no andar principal.

Coloquei a mão em seu ombro enquanto tirava uma perna da calça, depois a outra.

— No primeiro nível estão aqueles que ela pode explorar para obter informações. No segundo estão os trabalhadores para manter este lugar funcionando, e no terceiro… — Orym se calou enquanto eu vestia as calças, pulando nelas e enrolando o cós para mantê-las no lugar. Samkiel deu um beijo na minha testa antes de se virar para encarar Orym, mas o elfo ainda estava sentado de costas para nós.

— Pode se virar agora. Estou decente — avisei.

Orym se virou, e Samkiel sentou perto dele. Eu o segui e fiquei perto da parede nas sombras, mantendo seus corpos entre mim e a porta, caso um guarda passasse.

— Para que serve o terceiro nível? — perguntou Samkiel.

— No terceiro estão os únicos que talvez saiam daqui, e todos acabarão diante de Nismera. É por isso que estamos aqui. Só sairemos quando ela chegar para nos ver.

Samkiel assentiu, mas meu sangue gelou.

— Ela viria até aqui?

Orym deu de ombros.

— Não tenho certeza. Ela pode. Ou pode enviar um de seus confiáveis Altos Guardas.

— Precisamos encontrar essa arma e tirar você daqui antes disso — falei para Samkiel. — Mesmo que tenhamos eliminado o veneno, essa ferida ainda não está completamente curada, e eu morreria antes de permitir que ela o levasse.

— Concordo — respondeu Samkiel, surpreendendo-me. Pela primeira vez, ele não discutiu comigo, e fiquei feliz por isso.

Orym olhou entre nós, com uma expressão estranha no rosto.

— Que foi? — perguntei.

Ele balançou a cabeça.

— É tão estranho, mas impressionante, ver uma Ig'Morruthen tão perto e não sentir que minha vida está ameaçada. Estou espantado porque você arriscaria sua vida e lutaria por ele. Vocês dois são inimigos há muito mais tempo do que eu tenho de vida. Há histórias esculpidas em pedra sobre batalhas entre os deuses e os Ig'Morruthens.

Samkiel e eu trocamos um olhar, mil e uma memórias compartilhadas nele, enquanto eu acariciava sua coxa.

— Para ser justa, nós costumávamos nos odiar.

— Oh? — disse Orym.

— Sim — confirmou Samkiel —, ela tentou me matar várias vezes.

Eu assenti.

— Isso é verdade mesmo.

— Agora não consigo me livrar dela, o que é meio incômodo.

Minha mão disparou, dando um tapa em seu ombro.

— Agora, isso é mentira — retruquei, e ele riu.

Orym não disse nada, mas percebi o olhar assombrado em sua feição ao observar Samkiel esfregar o braço e sorrir para mim. Reconheci a perda e a dor nele. Parecia que os demônios que o assombravam eram os mesmos que me assombravam.

— Quem você perdeu? — perguntei, sentindo Samkiel ficar tenso ao meu lado.

Os olhos de Orym encontraram os meus, e ele forçou um sorriso, dizendo que eu estava certa.

— Não importa. O que importa é que não tenho certeza se Veruka pode me enviar mensagens enquanto estou aqui.

— Vamos descobrir.

Orym assentiu.

— Outra pergunta para responder amanhã, então. — Com isso, ele se deitou em seu catre.

Levantei e me espreguicei, caminhando em direção à entrada da cela. Tinha acabado de chegar à porta quando Samkiel agarrou meu cotovelo.

— Aonde você está indo?

— Ver o que mais posso encontrar enquanto este lugar dorme.

Samkiel olhou para mim como se eu tivesse dito a coisa mais idiota que ele já tinha ouvido. Ele agarrou minha mão e me puxou para seu lado dessa caverna escavada.

— Absolutamente não. Pode explorar amanhã durante o dia, mas não durmo ao seu lado há semanas. Eu me recuso a esperar mais.

O sorriso que brincou em meus lábios era genuíno.

— Carente.

Samkiel desdobrou o saco de dormir que tinham dado a eles, ignorando o catre e estendendo-o no chão. Ele sacudiu o cobertor que parecia ter visto dias melhores.

— Muito — declarou ele, puxando-me para o chão. Nós nos acomodamos um contra o outro, minhas costas contra seu peito e seu braço sob minha cabeça como um travesseiro improvisado. Suas costas largas bloqueavam a visão para que, caso alguém olhasse para dentro, não me visse aninhada contra ele.

— Vou sair escondida antes que façam a ronda matinal.

— Hum-hum. — Samkiel colocou o outro braço por cima do meu peito e me puxou com força contra si, colocando o joelho entre minhas coxas. Ele descansou o rosto na minha nuca e inalou profundamente. Deuses do céu, ele adormeceu no minuto em que apoiou a cabeça em mim. Saboreei a experiência de estar cercada por ele, permitindo que seu toque e o som de sua respiração me tranquilizassem. Mas por mais maravilhoso que fosse, eu ainda estava com fome.

Esperei até que Samkiel e Orym estivessem profundamente adormecidos, então, devagar me separei dele. Meu estômago doía, a Ig'Morruthen implorando para ser alimentada. Em silêncio, saí da cela e fui caçar. Os guardas deixavam suas feras vagarem à vontade à noite, e rapidamente derrubei uma, enfim saciando o buraco que corroía meu estômago. Depois, encontrei uma pequena fenda na parede da catacumba, água fresca da montanha escorrendo dela, e limpei o sangue do rosto e das mãos.

Voltei para Samkiel bem na hora em que ele ia se virar. Deslizando de volta para seus braços, enrolei-o ao redor de mim com um suspiro profundo. Ele voltou a relaxar, caindo ainda mais no sono, e pela primeira vez, eu também. Contudo, nas profundezas do meu sono, sonhei com o homem de olhos laranja que acenava para mim.

XXXIII
DIANNA

Já fazia dois dias que tínhamos chegado aqui, e eu sabia de fato que essa não era como as prisões do meu mundo. Esses prisioneiros eram deixados aqui para apodrecer e morrer enquanto esperavam a chegada de Nismera. Os guardas se certificavam de que fossem alimentados e forçados a tomar um banho frio por dia, provavelmente para que o fedor fosse o mínimo possível. Além disso, ninguém de fato se importava com o que acontecia com eles.

Havia prisioneiros aqui que tinham enlouquecido em suas celas escuras, arranhando as paredes, desejando a morte e amaldiçoando os guardas que os impediam de tirar suas próprias vidas. Eu me perguntava quantos estavam apenas esquecidos, verdadeira e completamente sozinhos, trancados em uma caverna escura sob o solo.

Levei minha bandeja de comida até Samkiel e Orym, que estavam sentados em sua mesa de sempre perto da parede, próximos um do outro e conversando. Ri do boato que corria por este lugar sobre os dois serem amantes. Eu podia ver o porquê. Samkiel era o mais bonito aqui, mesmo com a barba por fazer. Suponho que eu deveria sentir ciúmes, mas ninguém aqui era uma ameaça para mim, e eu estava mais do que feliz em espalhar esse boato só por diversão.

— Falei para todos que vocês dois estão apaixonados — comentei, sentando-me largada. Ainda tinha a aparência de um homem baixo, cabeça raspada e uma cicatriz correndo pelo meu maxilar. Era alguém que eu tinha visto nas ruas em Onuna, e eu tinha assumido sua forma para me misturar aqui.

—Você fez isso? — perguntou Samkiel, com a colher meio erguida até a boca.

— Fiz — confirmei, dando uma mordida no que parecia ser algum tipo de fruta, lutando para não engasgar na frente dele. Comida sólida não era minha amiga. Eu queria e ansiava por sangue, mas essa era uma conversa para outra hora.

— Por quê? — sibilou Orym, balançando o rabo.

— Duas razões. — Levantei meu dedo. — Uma, isso tira os guardas da sua cola quando vocês são vistos grudados e sussurrando um para o outro o tempo todo, e duas, por meu próprio egoísmo, porque agora se eu quiser me divertir com Samkiel e ele gemer alto demais, não vão nem ligar.

Samkiel balançou a cabeça e bufou com a boca cheia de comida. Orym fez uma careta e olhou para mim. Ele sabia que era um bom plano, só odiava admitir isso.

— Escute — argumentei, dando outra mordida na minha fruta. — Consigo ser forte apenas por um tempo, ok? Você pensa bem demais de mim, e estou sem ele há semanas. Quanto controle acha que tenho?

Samkiel cutucou minha perna por baixo da mesa.

— Pare de provocá-lo. — Ele sorriu e manteve sua perna contra a minha.

Orym balançou a cabeça, mexendo o mingau na bandeja antes de comer uma colherada.

— Embora eu ache que metade do plano seja uma ótima ideia, isso coloca um alvo em nossas costas. E se nos separarem?

Acenei com a mão.

— Bobagem, eles não vão. Estava fazendo meu monitoramento de sempre da área, e o cara com os tentáculos lá atrás e o Senhor Guarda Certinho com o cavanhaque não estavam dormindo ontem à noite. Confie em mim. Eles não se importam.

Tanto Samkiel quanto Orym se viraram para olhar para os dois. O prisioneiro com os tentáculos estava sentado com um bando de outros, mas ficava lançando olhares para cima enquanto o guarda caminhava pela passarela bem acima. Ele assentiu, e Senhor Tentáculos se levantou e saiu enquanto observávamos. Samkiel e Orym sorriram para mim, e Samkiel voltou a comer.

— Eu disse — falei, mordendo outra vez minha fruta. — Além disso, fico imaginando se os tentáculos machucam um pouco e se ele gosta. No meu mundo, havia uns copinhos de sucção.

— Depende da espécie — respondeu Samkiel, e em seguida sua colher parou na boca enquanto Orym e eu o encarávamos. Ele abaixou a colher, seus olhos se arregalando uma fração enquanto olhava para mim. — Não que eu saiba ou lembre... jamais.

Estreitei os olhos. Bati a fruta na bandeja e afastei minha perna da dele. Quando me afastei, ele estendeu a mão por baixo da mesa e tentou me puxar de volta. Dei um tapa em suas mãos, nós dois em uma pequena disputa de empurra e puxa antes que Orym limpasse a garganta.

— Ouvi falar que moveram Savees para o nível mais baixo depois que ele comeu o braço de um guarda quando tentou tocá-lo. Apenas um punhado deles é forçado a ficar lá embaixo.

Levantei uma sobrancelha quando Samkiel tentou colocar seu pé perto do meu e eu pisei nele.

— Quem é Savees?

Samkiel olhou feio para mim.

— Savees é um prisioneiro que estava conosco na viagem para cá. Ainda acho que fizeram isso por causa do que ele é — respondeu Orym.

— Savees é um dos quais você deve ficar longe — declarou Samkiel, cruzando os braços e se apoiando na mesa.

Eu o ignorei e olhei para Orym.

— O que ele é?

— Na verdade, eu não sei. Tudo o que sei é que ele é do Outro Mundo.

Outro Mundo. Meu coração bateu forte. Reggie falou que alguns seres do Outro Mundo talvez me procurassem, já que estou aqui agora. Minha mente girava enquanto Orym continuava falando, mas o ignorei. Eu precisava encontrar Savees. E se ele fosse o homem de olhos laranja que estava me chamando? Meus sonhos não tinham diminuído, e o da noite passada foi tão vívido, mesmo que tudo o que ele tenha feito foi ficar sentado naquele trono, implorando para que eu fosse até ele. Não percebi que tinha me levantado até Samkiel agarrar meu braço.

— Aonde você está indo? — perguntou Samkiel.

— Investigar um pouco mais.

— Dianna — sibilou ele. — O que acabei de falar sobre ficar longe dele?

—Achei que tivéssemos conversado sobre alianças, lembra? E se ele puder nos ajudar? Você confiou em Orym. Deixe-me conversar com ele e ver se podemos confiar nele também.

— Por quê? Por que acha que ele ajudaria? Seres do Outro Mundo não são tão... generosos. Eles sempre exigem algo em troca.

—Ah é? — Minha sobrancelha se ergueu depressa. — Dormiu com um deles também? Samkiel estendeu a mão para mim, mas a empurrei para longe.

— Dianna... — chamou enquanto eu passava por ele.

—Você está encrencado — ouvi Orym dizer, com um toque de humor na voz.

— Sim. — Samkiel suspirou, observando-me sair do pequeno refeitório. — Estou encrencado.

Reclamei de dor de estômago para um dos guardas. Não era de todo mentira. Aquela maldita fruta tinha me deixado com náuseas. Ele me levou até o andar inferior, onde estavam localizadas as celas. Chegamos a um corredor escuro que eu sabia que raramente era usado. Estendi a mão, agarrando-o pela garganta, meu aperto forte o suficiente para que ele não pudesse pedir ajuda. Eu o arrastei para o canto escuro, fora das vistas de qualquer um que passasse.

Seus olhos se arregalaram quando a casca de homem que eu usava derreteu para revelar minha verdadeira forma. Minha altura aumentou, cabelos escuros caindo pelos meus ombros.

— Não entre em pânico. Está tudo bem.

Ele ficou boquiaberto enquanto piscava.

— Bom garoto. Além disso, eu não estava mentindo — sussurrei. — Meu estômago dói. Não consigo manter nada na barriga e já comi todos os gatos selvagens que vocês tinham aqui. Preciso de algo mais.

Minhas presas emergiram, e inclinei minha cabeça para trás antes de atacar. Mordi fundo sua garganta, sangue quente e suave enchendo minha boca. Meus olhos rolaram para trás, e quase gemi. Era disso que eu precisava, o que desejava. Senti seu coração desacelerar e percebi que não podia deixar um guarda morto ali. Eu me forcei a me separar dele, cortando meu polegar e curando sua garganta. Ele olhou para mim, tonto e atordoado.

—Vá deitar. Diga aos seus amiguinhos que está apenas cansado e precisa de uma pausa, certo?

Ele assentiu.

— E você nunca me viu. Está bem?

— Eu nunca vi você.

— Isso mesmo, docinho. — Dei um tapinha nas costas dele e o observei ir embora antes de limpar o sangue do meu queixo e lambê-lo do meu dedo.

Mudei de forma outra vez, tornando-me a pequena criatura roedora com orelhas grandes e uma cauda de tufo. Corri escada abaixo, saltando cada degrau e continuando além do nível das celas.

As escadas terminaram, abrindo-se para uma sala escura, opressiva e úmida. Água escorria das paredes rachadas, formando poças no chão irregular. Não ouvi um batimento cardíaco ou respiração e perguntei-me se Orym tinha errado. Ou talvez quem quer que tenham enviado para cá já estivesse morto.

—Você cheira... — uma voz ecoou à minha direita — a antigo.

Minhas orelhas se empinaram e me virei. Uma pedra gigante estava encostada na parede, e agora eu sabia por que não tinha visto nenhuma cela. Eles o tinham bloqueado. Voltei à minha forma natural e coloquei a mão na pedra irregular e circular. Empurrei-a para o lado e logo desejei não ter feito isso. O fedor da morte encheu o ar, e quando entrei, vi o porquê. Cadáveres em decomposição estavam pendurados na parede, mas, felizmente, era o vivo no centro que falava comigo.

Pressionei a mão contra meu nariz e dei outro passo à frente, meu olhar permanecendo focado no corpo pendurado. Ele parecia menor do que nos meus sonhos, mais elegante. Sua pele era pálida, fazendo os anéis vermelhos ao redor de seus braços se destacarem nitidamente. Pareciam algum tipo de tatuagem.

Ele estava apoiado contra a parede, seus braços suspensos acima de sua cabeça e esticados firmemente, enrolados em correntes que cortavam seus músculos. Ele deu um sorriso cheio de dentes, o sangue seco em seu rosto rachando. Engoli em seco e me aproximei, só agora notando as orelhas pontudas. Elas eram como as de Orym. Só que essa criatura tinha um tufo de cabelo que parecia mais macio do que a ponta de uma pena. Quando me aproximei, vi que seu único olho bom era um branco rodopiante com um toque de azul. Não era laranja. Meu coração se acalmou e soltei um suspiro.

— Eu sabia que era um Ig'Morruthen que tinha pousado naquela noite. Nenhum som de trovão é tão mortal — afirmou ele, e perguntei-me se suas presas eram mais afiadas que as minhas. — Você é uma tola se acha que também não sabem. Que ela não sabe o que está sendo mantido em sua prisão.

— O que você quer dizer?

— Por que uma Ig'Morruthen viria a uma prisão enterrada nas Montanhas da Morte se não fosse para coletar algo?

— O que você sabe?

Seu sorriso era totalmente felino.

— Eu sei muito. Mas o que ganho se lhe contar? Tudo tem um preço.

Não senti o ar se agitar atrás de mim, mas sua presença avassaladora acariciou cada um dos meus nervos.

— Falei para você ficar longe dele — declarou Samkiel, parando na minha frente, com os braços cruzados sobre o peito.

— Ah — disse Savees. — Você não está com O Olho, está?

Samkiel não respondeu.

— É ele quem você veio reivindicar, morena? — perguntou Savees.

— Algo assim — respondi. — Agora vou perguntar de novo, e dessa vez você vai me contar o que sabe, ou vou abrir sua barriga. — Levantei a mão, estendendo minhas garras lentamente. — Com minhas garras.

Um sorriso doentio se formou no rosto da criatura.

— Você só estaria me fazendo um favor. Acha que quero ficar em um mundo onde aquela vadia divina governa? Prefiro morrer como meus irmãos do que ser submetido aos atos dela.

Abaixei a mão e lancei um olhar rápido para Samkiel. Precisávamos de alianças.

— E se eu pudesse lhe oferecer algo melhor? — perguntei.

Savees levantou a cabeça e me deu outro sorriso cheio de dentes, suas presas faiscando na luz baixa.

— Eu poderia pensar em algo melhor antes de morrer aqui, mas acho que o ameaçador ao seu lado protestaria.

Samkiel deu um passo intimidador para a frente, mas parou quando levantei a mão, as costas dela descansando contra seu peito.

— Pare. Ele está apenas com tesão e morrendo como a maioria dos prisioneiros aqui. Isso não significa nada.

— É desrespeitoso — Samkiel quase rosnou, e me questionei por um segundo quem era mais fera, o cara na parede, eu, ou Samkiel, quando alguém falava mal de mim.

— Você provavelmente deve se desculpar — aconselhei ao ser do Outro Mundo na parede. — Ele vai matar você.

— Não me importo com nenhum rebelde de sangue d'O Olho — rosnou Savees, estalando os dentes.

Eu sabia o que estava por vir, mas recuei de qualquer maneira. Samkiel colocou aqueles anéis na mão e estava na garganta de Savees em um segundo, uma arma de ablazone pressionada contra o pescoço dele. Samkiel o empurrou com força suficiente contra a pedra para fazê-la estremecer.

Os olhos de Savees ficaram tão arregalados que me perguntei se iriam saltar para fora da cabeça.

— Eu avisei para você se desculpar. — Dei de ombros, mantendo meus braços cruzados. — Ele não gosta de ninguém que seja maldoso ou grosseiro comigo.

—V-você está… — Savees não conseguia recuperar o fôlego.—Você deveria estar morto.

— Não estou, mas você logo estará se falar com ela daquele jeito de novo. Peça desculpas — rosnou Samkiel, inclinando a cabeça de Savees um pouco mais para trás, a lâmina cortando uma linha fina em sua garganta, o sangue escorrendo por seu pescoço e se acumulando em sua clavícula.

As orelhas de Savees achataram-se contra sua cabeça.

— Sinto muito. Eu juro. Sinto muito.

Samkiel o soltou, sem se importar em ver como ele estava. Ele sacudiu o sangue da lâmina e a chamou de volta para o anel, então parou atrás de mim, sua presença um calor reconfortante em minhas costas. Samkiel era uma espada e escudo, sempre meu protetor.

Savees ofegou por ar, seu corpo tremendo.

— O que precisa de mim?

— Preciso saber como entrar na sala superior.

Depois de uma longa conversa e menos respostas de Savees, oficialmente tínhamos um plano. Era meio improvisado, mas eu estava disposta a tentar, mesmo que Samkiel não estivesse muito disposto. Mal conseguimos sair da cela antes de Samkiel me girar, empurrando minhas costas contra a pedra fria. Sua mão apertou meu queixo, e seus lábios se inclinaram sobre os meus em um beijo punitivo.

— Não se afaste de mim de novo.

Pisquei, sem saber do que ele estava falando, mas então lembrei o que aconteceu no refeitório mais cedo.

— É sério?

Sua perna enfiada entre minhas coxas, o músculo rígido pressionando contra meu sexo no ângulo exato. Gemi, e ele o sorveu com um beijo, tomando o som para si.

— Eu não gosto — declarou contra meus lábios.

Mordi seu lábio inferior e puxei com força.

— Bem, não gosto de você relembrando os bons e velhos tempos com seres que não são eu.

Ele cerrou as sobrancelhas.

— Eu não estava, nem nunca faria isso. Estou extremamente confortável com você, Dianna. Isso significa que posso ser eu mesmo por inteiro. Posso falar coisas, mas nunca quero magoá-la. Compartilho cada parte de mim com você. Além disso, não há competição quando se trata de você. Não para mim.

Engoli em seco enquanto meu sangue esquentava, correndo mais forte com suas palavras. Eu queria beijá-lo outra vez, tomá-lo contra essa parede, mas também ouvi seu coração. Batia violentamente, no mesmo ritmo do meu. A veia pulsante ao longo de seu pescoço me provocava, implorando para que eu me alimentasse. Lutei contra o desejo. Não podia, não iria machucá-lo. Não quando aquele ferimento em seu flanco ainda lhe causava dor.

Assenti em resposta às suas palavras antes de apoiar as mãos em seu peito e empurrá-lo para trás. Ele me soltou, mas notei sua expressão.

— Isso não é justo.

— O que não é? — perguntei, começando a subir os degraus.

— Quer dizer que você pode me tocar, mas não posso tocar em você?

Parei, virando-me apenas um pouco.

— Realmente me quer gritando nesta prisão? Ainda não encontramos aquela arma idiota, e não preciso de Orym fazendo beicinho porque nosso disfarce foi revelado. Afinal, você fode bem demais.

Ele assentiu, e suas sobrancelhas se ergueram como se ele concordasse totalmente com o que eu disse. Não era mentira, mas também não era a verdade completa. Eu estava com fome demais naquele momento para não rasgar sua garganta na próxima vez que ele estivesse dentro de mim.

— Tudo bem — concordou ele, encarando-me. — Mas quando sairmos daqui…

— Sim. — Revirei os olhos em um gesto dramático. — Vai poder desfrutar de mim por horas quando sairmos daqui, meu rei.

— Dianna — advertiu ele.

Dando de ombros, sorri e subi os degraus. Tive que disfarçar o grito quando ele me deu um tapa bem na bunda.

Voltamos para a cela dele. Orym não estava lá, e Samkiel sentou-se ao meu lado. Ele suspirou e perguntou:

— Você está tão brava comigo que se aventurou lá embaixo quando falei para você ficar longe?

— Não — respondi. — E posso cuidar de mim mesma, caso tenha esquecido.

— Não esqueci, mas você não conhece todos os seres do Outro Mundo, Dianna. Não tenho ideia de quem ou o quê ele é. Alguns podem matar com um olhar, outros com gás cujo cheiro você nunca sentiria até que fosse tarde demais.

— Bem, ele não parece capaz de soltar uma bomba de fumaça mortal. Ele literalmente tem pelos nas orelhas. Provavelmente não é perigoso. Talvez seja um felino macio e fofo.

— Não me importa o que ele tem. Não se arrisque assim de novo. Por favor — rosnou Samkiel baixo em sua garganta.

— Não vou… — Eu parei. — Vou tentar.

— Bem, faça um esforço. — O canto de seu lábio se curvou enquanto ele descansava uma das mãos no joelho. — Por que você foi, afinal?

Deixei a pergunta pairar no ar por um segundo antes de soltar um suspiro. Precisava contar a ele. Meus sonhos não paravam, e depois de ver coisas na visão periférica em Curva de Rio, comecei a me preocupar que talvez estivesse sendo seguida.

— Tenho que lhe contar uma coisa, e você vai ficar um pouco chateado.

Ele ficou calado por um momento antes de assentir.

— Tudo bem.

Nós nos sentamos lado a lado enquanto eu lhe contava meus sonhos. Contei sobre o lugar, o homem com olhos laranja e há quanto tempo isso estava acontecendo. Ele não falou nada quando terminei. Apenas olhou para mim com uma pontada de mágoa faiscando em seus olhos.

— Eles são… — Ele mastigou as palavras, rosnando suavemente. — Nas suas palavras, sonhos sexy?

Não pude deixar de sorrir.

— Não, nunca. Esses só tenho sobre você.

A feição assombrada deixou seu olhar, substituída por uma que me fez lembrar de quando ele apareceu para o nosso encontro de patinação no gelo. Ele parecia surpreso ou entusiasmado. Eu não tinha certeza, por isso continuei.

— Sempre começa do mesmo jeito. Estou em um cemitério de ossos de feras enormes, e sei para onde andar, para onde ir. Quando chego ao local, ele está apenas sentado lá naquele trono. Esperando.

— Esperando? — perguntou ele. — Esperando o quê?

— A mim.

Seu rosto endureceu como se eu tivesse acabado de ameaçá-lo.

— Ele não vai ter você.

Repousei minha mão em cima da dele.

— Sei que é bem assustador, acho. Quando Orym falou que alguém do Outro Mundo estava aqui, eu fui. Eu precisava saber se era ele, mas definitivamente não é.

— Por que você acha que ele é do Outro Mundo?

Apertei meus lábios em uma linha fina.

— Bem… Reggie pode ter me dito que, já que eu estava aqui, seres poderosos do Outro Mundo poderiam me contatar.

Samkiel se recostou e assentiu, olhando para a parede.

— Tudo bem, então Reggie lhe contou, e você fez confidências a ele sobre sonhos com um homem misterioso.

Inclinei-me para a frente, agarrando seu rosto e forçando-o a olhar para mim. Fiz com que ele me encarasse, depositando um beijo em seus lábios.

— Não fique com ciúmes. Eu ia lhe contar, mas não é como se tivéssemos tempo.

— Tivemos bastante tempo. Você podia ter me contado a qualquer momento, e eu poderia ter lhe dito a mesma coisa, se não mais.

— Desculpe.

Seus olhos não se suavizaram com minhas palavras.

— O que mais não sei, Dianna?

Você morreu.

Estava na ponta da minha língua. Estava bem ali. Se eu lhe contasse, faria sentido para ele por que perguntei a Reggie e não a ele, por que eu me sentia tão vazia quando se tratava de alimentação e por que, acima de tudo, eu tinha sido tão superprotetora. Eu podia lhe contar, e então teria que contar tudo a Samkiel. Arruinaria sua esperança para A Mão. Eu teria que contar que eu tinha desistido da única coisa que ele mais queria, trocado por sua vida, e parte de mim estava apavorada. Significava que eu teria que lhe contar meu único medo verdadeiro e por que tocá-lo me tranquilizava tanto. Por que eu precisava desesperadamente saber que estava errada e que ele ainda me queria e se importava comigo. E se eu tivesse desistido de nossa marca e não fôssemos mais parceiros? E se eu tivesse salvado sua vida, mas, em troca, arruinado a minha?

— Nada. — Balancei minha cabeça, e ele me encarou. — Nada.

Ele se inclinou um pouco para trás, observando-me, e pensei que ele sabia como eu era péssima mentirosa. Pensei que ele sabia de tudo, mas meu estresse morreu no segundo em que Samkiel estendeu a mão para mim, seu dedo mindinho estendido.

— Promessa de mindinho.

— Prometer de mindinho? — repeti.

— Sim, é lei e uma promessa inquebrável, como você falou antes. Só acreditarei em você se fizer isso.

Não consegui evitar o sorriso ou a sensação horrível que senti quando encaixei o dedo dele no meu e menti, menti e menti.

Eu era uma vadia cruel e horrível.

E eu o amava.

XXXIV
CAMERON

Gemidos enchiam o ar. Quem quer que estivesse do outro lado da parede parecia estar tendo seus órgãos reorganizados, mas eu não me importava, desde que abafasse o que eu estava fazendo. Levantei, seu corpo aos meus pés. Respirei fundo e passei a mão pelo rosto.

Meus olhos se ajustaram ao quarto escuro, e inalei profundamente, enchendo minhas narinas com o cheiro de sexo, fumaça e bebida antes que o cheiro da morte tomasse o ar. Deslizei os dedos pelo meu cabelo, os fios curtos espetados com o sangue que tinha acabado de esfregar em mim. Olhei para os corpos espalhados ao meu redor e não consegui impedir a risada doentia que explodiu dos meus lábios ou como meus olhos se encheram de lágrimas.

Eu tinha feito aquilo. Eu os matei porque estava com fome pra caralho.

Meu bolso vibrou mais uma vez. Eu sabia quem estava ligando. Aquele maldito espelho era pior que um telefone. Ignorei-o como já havia feito várias vezes antes e olhei para a água escura, incapaz de encarar o que eu tinha feito. Subi a bordo deste navio quando ele atracou em Curva de Rio uma semana atrás, seguindo uma pista. Só que fui tolo e não percebi que estava indo para outro porto importante e estava lotado de aristocratas ricos e bêbados que queriam foder seu caminho de volta para de onde diabos tinham vindo. O homem aos meus pés era aquele que eu tinha vindo ver. Ele alegara ter visto um toruk voando para o sul no céu noturno.

Soltei um suspiro, frustrado com informações que não faziam sentido e me levavam em muitas direções.

Meu bolso vibrou mais uma vez. Coloquei a mão lá dentro e agarrei a pedra de obsidiana, atirando-a na parede com toda a força. Ela não se espatifou contra a madeira como eu desesperadamente desejava. Em vez disso, um punho se fechou em volta dela, interrompendo seu voo para a frente.

— Então você está ignorando — afirmou Kaden, sua voz cheia de raiva.

— Que massacre — comentou Isaiah, saindo das sombras. Imogen o seguiu, e minha respiração ficou presa em meus pulmões.

— O que você está fazendo com ela? — Eu não tinha percebido que estava a centímetros de Isaiah até Kaden colocar a mão no meu peito.

Isaiah riu.

— Coloque seu cachorrinho na linha, Kaden, antes que eu o destrua.

— Vocês dois — repreendeu Kaden, empurrando-me para trás — se acalmem, porra.

— Por que você está com ela? — perguntei outra vez, incapaz de desviar o olhar de Imogen. Ela apenas olhou para a frente, seus olhos azuis tão distantes que partiram meu coração. Eu a estava evitando porque não conseguia olhar para ela, não conseguia vê-la sem ter a necessidade de tirá-la dali, de salvá-la. Se eu fizesse isso, sabia que seria trancafiado em algum lugar e esfolado vivo. Assim, eu nunca seria capaz de salvá-los. Eu precisava encontrar Dianna.

— Sou a única coisa que a mantém a salvo — declarou Isaiah.

— Nem fodendo! — disparei. — Você, igual a ele, só dá a mínima para o que pode possuir ou usar. Não há um pingo de cuidado em você.

O punho de Kaden atingiu meu rosto, e tropecei para trás. Recuperei o equilíbrio e cuspi sangue escuro no convés.

— Ah, engano meu. Acho que você se importa com um irmão.

— Eu estava contatando você.

Esfreguei meu maxilar enquanto ele se curava.

— É? Bem, vá se foder. Não encontrei nada.

— Eu não acredito — retrucou Kaden, aproximando-se de mim. — Acho que você encontrou, e está correndo atrás disso. Por isso, vou lhe perguntar uma vez, depois vou acabar com algo que você ama muito.

Meu peito arfava porque eu sabia que o bastardo maligno faria isso.

— Alguém disse que a viu nas costas de um toruk voltando para o leste. Eu estava seguindo isso.

Não era uma mentira completa, apenas distorcida o suficiente para que ele não percebesse.

— Um toruk? — questionou Isaiah. — Não era um presente para Mera?

Kaden assentiu.

— Foi.

— O que isso significa? — perguntei.

Kaden olhou para o irmão e depois de volta para mim.

— Significa que o Destino está mantendo Dianna um passo à frente de todos nós.

— Mera precisa saber, Kaden.

Meu sangue gelou. Menti para salvá-la, mas posso tê-la condenado.

— Eu sei, mas vamos nos preocupar com isso depois. É hora de ir para casa. — Kaden me deu um tapa nas costas antes de levantar a mão e abrir um portal. Antes de passarmos, ele falou:

— Limpe isso, Isaiah.

Isaiah fez um som de desagrado, mas o vi levantar a mão. O sangue no chão fluiu de volta para os corpos antes que eles se levantassem, seus olhos girando em vermelho. Tive um segundo para processar do que Isaiah era capaz e o que iria obrigar os corpos a fazer antes que Kaden me empurrasse através do portal, e ele se fechasse atrás de nós.

Voltamos ao palácio de Nismera, passando por alguns guardas antes de Kaden me empurrar para uma alcova.

Bati nas mãos dele afastando-as e arrumei a frente da minha camisa, ajustando as fivelas no meu peito.

— Ei, eu sei. Sou ainda mais gostoso como Ig'Morruthen, mas isso não vai acontecer — falei para ele.

Sua expressão se fechou, e me perguntei se ele estava prestes a rachar minha cabeça em duas.

— Cale a boca — rosnou ele e me deu um tapa na cabeça.

Senti meus olhos ficarem vermelhos, mas apenas ri.

— Escuta, tudo o que estou falando é que todo mundo é um pouco gay. Todos nós já chupamos pau antes. Somos imortais. É normal, mas não vou ser seu escravo sexual voluntário como Dianna.

— Cameron, se você não calar a boca, vou matá-lo aqui e agora. — Ele colocou as mãos perto do meu rosto em punhos semicerrados, suas garras se estendendo.

Ergui minhas mãos em falsa rendição.

— Bem, então por que o encontro secreto em uma parte escura do castelo?

—Você está louco? — vociferou ele, muito perto de mim.

— Por qual parte? — Sorri em resposta. — Precisa ser mais específico.

—Você deixa corpos por todos os lugares que passa. Achou que eu não ia saber? Que não ia sentir o cheiro no seu hálito de merda?

— Sendo assim, sugiro se afastar — avisei, sem recuar por um segundo. O sangue zumbia em meus ouvidos, meu pulso acelerando. Kaden deu um passo para trás.

— Quão descuidado está tentando ser? Mesmo sendo Ig'Morruthen, ela vai arrancar sua cabeça. Ela está perto demais de uma reunião de cúpula e não vai tolerar nenhuma cagada.

— Ah, é tão fofo que você se importe. — Dei um sorriso fechado. — Já que me mostrou como me alimentar uma vez e foi embora.

Ele franziu as sobrancelhas, seus lábios se elevando.

— Achei que as instruções eram bem claras. Alimente, apague suas memórias e vá embora. Não drene.

— Estou morrendo de fome — quase gritei. Kaden colocou uma das mãos sobre minha boca, empurrando-me para trás ainda mais.

— Cale a boca — sibilou ele.

Apenas esperei. Ele abaixou a mão quando percebeu que eu não estava respondendo nada.

— Estou morrendo de fome. Não consigo nem mudar de forma, sabia? Não tenho a mínima ideia de como fazer isso. Por esse motivo levei tanto tempo para chegar à Curva de Rio.

Kaden balançou a cabeça, esfregando a testa com a mão.

— Não é minha culpa que você seja defeituoso.

—Você é um babaca — rebati. — E um péssimo criador. Não é de se espantar que Dianna tenha ido embora no segundo em que teve uma chance.

Seus olhos sangraram vermelhos antes que ele me desse um soco bem no estômago. Nem tive tempo de respirar antes que ele me agarrasse pela nuca e me empurrasse para fora da alcova. Ele me arrastou pelo corredor, os guardas observando. Parou na frente do salão de guerra de Nismera, e sua mão apertou o colarinho da minha camisa enquanto ele se inclinava em minha direção para sussurrar próximo ao meu rosto:

— Eu sugiro que você fale a verdade para ela. Caso contrário, pode dizer adeus a Xavier.

Ele não me deu tempo de responder antes de abrir a porta e me empurrar para dentro. Todos os olhos se voltaram para nós. Nismera estava com Vincent ao seu lado, os membros da Ordem parecendo mais do que estressados.

— Cameron aqui tem uma pista, minha rei, e acho que você vai querer ouvi-la.

Nismera voltou seu olhar para mim e falou:

— Bem, vamos ouvir então.

As portas do salão de guerra se fecharam atrás de nós, e lembrei mais uma vez que Kaden não era a pior coisa do mundo, não comparado a ela.

XXXV
DIANNA

— Este é o lugar mais estranho para se ter uma reunião — comentei, meu nariz ainda franzido por causa do cheiro podre.

Orym tinha contrabandeado comida para Savees, que estava sentado no chão comendo. Era certeza que o alimentavam pouco, se é que alimentavam. Eu me inclinei contra a parede com Samkiel ao meu lado.

— Todo mundo tem rabo aqui? — perguntei, olhando para Savees. Seus rabos gêmeos, com pontas de penugem escura se eriçaram.

Orym balançou a cabeça, mas também abanou o rabo.

— Como podemos chegar à sala superior?

— Por que quer ir lá? — perguntou Savees enquanto comia a pele de qualquer ave pequena que serviram esta manhã.

— Acho que há uma arma ali para mim. É o único lugar onde poderia estar, porque Dianna procurou em todos os outros lugares

— Além disso — acrescentei —, quando chegamos, senti... algo lá em cima. Não consigo explicar.

Samkiel assentiu, seu braço apoiado acima da minha cabeça e seu corpo pairando protetoramente sobre o meu enquanto ele se inclinava contra a parede. Sorri para mim mesma e me perguntei se sua necessidade de mostrar a todos que encontrávamos que eu era dele diminuiria. Não que eu estivesse reclamando. Era bom ser tão desejada ao menos uma vez e não apenas pelo que eu fazia quando estávamos nus.

— Eu também senti — falou Samkiel.

Savees limpou o osso com a boca até que ele reluzisse e o jogou na cela nojenta.

— Boa sorte para chegar lá em cima. As portas não vão abrir a menos que comandante Taotl as abra. Ele tem um chip no pulso para destrancar todas as portas.

Meu rosto se contraiu.

— Mas os outros guardas e a comida, tudo chega aqui. Está me dizendo que não é entregue?

Savees pegou outra pequena perna de pássaro e a chupou para dentro da boca.

— É pelo sistema que eles têm lá em cima. Um monte de túneis que passam a noite inteira rangindo. Eu consigo ouvi-los através da parede.

— E esse comandante? Como ele é? — perguntou Samkiel.

— Ele é Estiine. Não tem como deixar de notá-lo.

Orym lançou um olhar para Samkiel enquanto eu fiquei confusa.

Levantei a mão.

— Certo, vocês podem me falar então? Desculpe, não venho a esse reino desde, digamos, nunca, e tudo o que estão fazendo é atirar uma palavra atrás da outra como se achassem que sei do que vocês estão falando.

Samkiel escondeu uma risadinha quando Savees e Orym me encararam.

— Ele é o alto, sua pele tem pelo curto e algumas manchas. E tem cascos — explicou Orym afinal.

— O cara que parece um huroehe? Com o rosto longo, juba e uma arma enorme? — perguntei.

— Sim, esse mesmo. Ele é um bastardo sádico — confirmou Savees, mastigando as palavras.

Eu assenti.

— Beleza, vou encontrá-lo, matá-lo e assumir sua forma. Então pegamos a arma e partimos.

Todos falaram ao mesmo tempo, e levantei minhas mãos.

— Um de cada vez, por favor.

Savees começou antes que os outros pudessem.

— Não me deixe aqui para apodrecer quando você for embora.

Lancei um olhar para ele.

—Vou pensar no seu caso. — Depois me virei para Orym. —Você?

Orym apenas deu de ombros.

— Eu ia dizer que se você matá-lo, precisa ter certeza de que ele está com a chave primeiro. Caso contrário, vai estar usando uma pele inútil.

Assenti antes de me virar para Samkiel e repousar uma mão em seu peito.

— E você?

— Eu ia apenas sugerir que você tomasse cuidado. Além disso, ele só anda de manhã pelos níveis mais baixos do complexo. Depois retorna para cima. Se quiser pegá-lo, precisaremos de algo para distrair todo mundo primeiro.

Inclinei minha cabeça para trás.

— Estou chocada de verdade. Pensei que você ia sugerir que era imoral ou algo assim.

Ele balançou a cabeça.

— Taotl é cruel. Senti o cheiro nele no segundo em que entramos. Ele é cruel com os outros aqui. Vi como eles se encolheram.

— Ele também é do Outro Mundo — acrescentou Savees, atirando outro osso.

Samkiel e eu nos entreolhamos. Presumi que o Outro Mundo seria o primeiro a se rebelar contra ela, já que lutaram contra os deuses por eras. Em vez disso, ela havia coletado os mais cruéis e os usado a seu favor.

— Por que um ser do Outro Mundo se curvaria a um deus? — perguntei, dando um tapinha no braço de Samkiel. — Sem ofensa, gato.

Savees limpou a garganta.

— Desde o momento em que o céu se abriu, o Outro Mundo entrou em erupção no caos. Há sete governantes, e até o mais baixo de nós vimos uma oportunidade de conquistar algo pra nós mesmos, por assim dizer. Alguns se rebelaram e morreram, e outros correram para o topo.

— Por que os seres do Outro Mundo iriam até ela? Os deuses não nos odeiam? — perguntei.

— Toda criatura deseja ter um lar, um território. O Outro Mundo é como qualquer império. Ficam acima de nós. Nismera ofereceu uma maneira de derrubá-los, por isso...
— Savees deu de ombros. — O inimigo do meu inimigo é meu amigo.

Lancei um olhar para Orym, que parecia tão chocado quanto nós.

— O que isso quer dizer... Espera, estão indo atrás d'O Olho?

Savees bufou.

— Preferem virar cinzas a ajudá-los, não que O Olho fosse se importar. Agora ninguém se importa com ninguém além de si mesmo. É uma luta pela sobrevivência, e todos estão correndo assustados. Aqueles que não se juntam a Nismera morrem, e a maioria está apenas se esforçando para sobreviver.

— Eles vieram atrás de você — declarou Samkiel. — Por isso você foi feito prisioneiro, é por isso que o mantêm aqui, faminto e surrado.

Savees se recusou a olhar para qualquer um de nós.

— Eu corri para o topo também. O sol não brilha em partes do Outro Mundo, e vi uma chance de ficar livre.

— Livre de quê?

Os olhos de Savees se voltaram para mim, sua luminosidade noturna reluzindo com as tochas lá fora, e me perguntei em que fera ele se transformava.

— Não é da sua conta. — Ele quase rosnou.

— Pare com isso — avisou Samkiel atrás de mim, o ar na câmara se agitando. Savees abaixou o olhar em sinal de submissão.

Pelas cicatrizes ao longo de seus braços, eu apostaria que a maior parte do seu corpo as tinha. Eu não precisava saber em que fera ele se transformava, apenas que, qualquer que fosse, era poderosa o bastante para que aqueles que o tinham no Outro Mundo o tivessem forçado à submissão também.

— Tudo bem. Eu estava me intrometendo. — Dei um sorriso para Samkiel, que ainda encarava Savees com raiva. Se ele até mesmo se encolhesse do jeito errado, Samkiel arrancaria a cabeça dele.

— Bem, acho que nós todos formamos um ótimo time — declarei, tentando descontrair. Recebi apenas dois revirares de olhos, o que foi significativamente melhor do que antes.

— Siga o plano — lembrou Orym enquanto estávamos sentados no refeitório na manhã seguinte. Eu assenti, mas ergui minhas sobrancelhas quando vi que ele estava olhando para Samkiel, não para mim. — Estou falando com ele.

Samkiel abriu as mãos de onde estavam fechadas sobre a mesa e rosnou:

— Eu vou.

Orym estalou a língua.

— Vejo como você olha para ela. Ela é forte e vai ficar bem. Não saia correndo no segundo em que acontecer.

Samkiel olhou feio para Orym, e eu sorri. Podia sentir seu constrangimento por ser repreendido pela superproteção, mas adorei.

— Ele vai — afirmei, dando um tapinha na coxa de Samkiel. — E assim que eu pegar a arma, volto e podemos planejar nossa fuga.

Samkiel assentiu, e todos nós olhamos para o alto. Lá, pisando forte entre os guardas, estava Taotl, segurando seu machado de batalha por cima do ombro. Sua pele era marfim e salpicada de sardas. Uma juba escura caía sobre sua cabeça e ao longo de seu pescoço, a mesma textura e cor da cauda balançando atrás dele. Suas mãos eram como as nossas, mas seus cascos batiam contra o metal conforme ele caminhava pelas passarelas. Ele estava conversando com um guarda vestido principalmente em tecido, apenas algumas peças de armadura de metal ao longo de seus braços e panturrilhas.

Acenei para Samkiel, que escondeu as mãos debaixo da mesa, colocando um único anel em seu dedo. Vi a mudança nele, mas sabia que ninguém mais notaria. Seus anéis não eram apenas para suas armas, mas uma maneira de concentrar seus poderes.

Samkiel ergueu o dedo indicador, mirando no homem corpulento na extrema direita. Uma pequena faísca de eletricidade estalou nele, rápida e afiada, atingindo-o na coxa. O guarda gritou e se levantou como se tivesse sido picado, encarando o sujeito mais próximo. Ele nem hesitou antes de dar o primeiro soco, e então o caos se instalou.

Guardas empurraram e chutaram, tentando conter a onda crescente de caos. Funcionou perfeitamente, dado o fato de que todos eram miseráveis aqui. Tudo de que precisavam era de um empurrãozinho, o que foi exatamente o que fiz com o guarda que passou por mim. Ele caiu em uma mesa, e os prisioneiros o arrastaram, atirando-o para a briga.

Taotl gritou, empurrando mais guardas para se juntarem à briga. Assim que ele virou as costas, eu ataquei. Meu punho atingiu seu rosto, e ele cambaleou, atordoado. Ele tocou o queixo e sorriu, mas durou apenas um segundo. Agarrei o corrimão atrás de mim e, usando-o como apoio, chutei-o escada abaixo.

Ele caiu amontoado, gemendo de dor. Saltei atrás dele e verifiquei para ter certeza de que não havia ninguém atrás de mim. Minhas garras emergiram das pontas dos meus dedos, e perfurei seu ombro, arrastando-o para as entranhas escuras da prisão. Taotl estendeu as mãos, lutando para se agarrar em alguma coisa, mas era tarde demais.

Saí dos níveis inferiores muito mais alta do que estava acostumada a ser. Ajustei as vestes de seda em volta do meu ombro e observei o caos enquanto a luta prosseguia. Samkiel ajudou um prisioneiro a levantar do chão, os olhos do homem fechados de inchaço. Ele estava levando-o para longe da confusão quando parou e se concentrou em mim como se sentisse que eu tinha voltado para o espaço. Assenti uma vez, e ele retribuiu o gesto antes de levar o homem que estava ajudando em direção à saída. Andei pela multidão, empurrando os prisioneiros para fora do meu caminho e indo em direção às escadas.

Um grito soou atrás de mim, e levei um momento para lembrar qual forma eu usava.

— Taotl — chamou ele. — Precisamos de reforços. Eles enlouqueceram.

— Vou buscá-los — gritei.

Esta manhã, vi Taotl balançar o pulso para destrancar a porta. Puxei a manga para cima e tentei parecer que sabia o que estava fazendo, pressionando meu pulso contra o metal. A porta se abriu com um chiado e suspirei de alívio. Entrei e ela se fechou atrás de mim. Inspirei fundo, o ar muito mais fresco, este nível era menos opressivo. Quando olhei para cima, vi o porquê. Bem acima, uma grade circular deixava entrar o sol radiante da manhã e uma brisa fresca.

Subi as escadas e fui para a esquerda, trabalhando meu caminho até o topo. Olhei ao redor algumas vezes, perguntando-me por que não tinha visto mais salas ou celas ou por que não ouvi nada além dos meus cascos nas escadas. Todos os pensamentos morreram quando cheguei à sala e ouvi um único batimento cardíaco lá dentro. Acalmei minha respiração, pronta para fazer minha parte, e abri a porta.

Congelei, e o tempo parou.

— Eu fodi com tudo — falei, com o coração trovejando enquanto deixava a fachada sumir e voltei à minha forma natural.

Samkiel me puxou para dentro da cela deles, e Orym fechou o portão. O caos que irrompera do lado de fora havia forçado os guardas a empurrar todos para dentro das celas mais cedo. Quando retornei e restaurei a ordem, toda a luta havia acabado. Os guardas reuniram os feridos, e ordenei que fossem para suas celas, deixando claro que ninguém poderia sair até o início da manhã.

—Vá mais devagar — pediu Samkiel, agarrando meus braços para me aterrar com seu toque. — Fale para mim. O que aconteceu? O que você viu? Encontrou a arma?

Assenti, odiando o que eu estava prestes a dizer.

— Sim, mas não sei como lhe contar isso. Devorei Taotl, mas meus sonhos de sangue não funcionam desde Rashearim. Não retornaram quando recuperei meus poderes. Eu não vi, Samkiel.

— O quê? Só me conte, Dianna.

— A arma... — Engoli em seco. — Não é uma coisa. É uma pessoa. É Logan.

XXXVI
LOGAN

UMA HORA ANTES

A porta se abriu. Meu corpo não se moveu, mas dentro da prisão da minha mente, olhei para cima. Eu preferia a escuridão angustiante ao derramamento de sangue ao qual me forçavam, mas eu tinha que admitir que ficava entediado. Aquele maldito comandante estava de volta, e eu esperava que ele disparasse um discurso inflamado mais uma vez, mas ele apenas ficou ali parado. Não se moveu em direção à sua mesa ou à sala atrás de mim. Apenas ficou parado e olhou.

Eu não conseguia decifrar sua expressão e não fazia ideia do que estava acontecendo. Talvez ele não tivesse mais utilidade para mim. Talvez eu fosse mandado embora, e me levariam ainda mais para longe de Nev. De qualquer forma, aqui era Iassulyn, e eu tinha sofrido de verdade.

Taotl deu um passo se aproximando, depois outro, como se tivesse esquecido como respirar. Conforme ele se andava, uma massa familiar de névoa escura envolveu sua forma, e perdi o fôlego também. Seus penetrantes olhos vermelhos encaravam como se ela pudesse ver minha alma.

Dianna.

Eu conheço esse nome! Eu a conheço! Minha amiga. Nossa amiga. Nossa rainha.

—Você está aí, amigo? — As palavras dela preencheram a escuridão e o vazio da minha mente, ecoando através das minhas memórias.

— Sim! — gritei. Eu gritei. Eu lutei, mas minha boca não se moveu. Minhas pernas, braços e corpo permaneceram parados e imóveis.

— Logan, se puder me ouvir, saiba que Samkiel está vivo. Não vamos parar de lutar por você e pelo resto da nossa família. Nós vamos trazer você para casa, está bem?

Meu coração batia forte. Senti, mesmo que fosse só por um segundo, e queria me agarrar a isso. Queria me prender a essa sensação e forçar meu corpo a se mover, fazer qualquer coisa se mover.

Os olhos dela procuraram por meu rosto, e eu quis gritar que estava ali, mas nada aconteceu.

Dianna suspirou e apoiou uma das mãos no meu ombro. Eu não conseguia sentir porra nenhuma. Sua forma aumentou e alargou, retornando à do comandante feio. Observei-a enquanto ela dava uma última olhada para mim, e então ela se foi.

Recolhi-me para dentro mais uma vez, desejando poder me livrar dessa maldita prisão mental e deitei-me no chão frio e vazio de minha mente. Dianna falou que Samkiel estava vivo e isso me deu esperança, principalmente se ela estivesse com ele. Eu me apegaria a isso porque tinha visto do que os dois eram capazes quando trabalhavam juntos. Fechei meus olhos com força e tentei pensar em algo, em qualquer coisa, menos no vazio em que eu estava existindo.

Mais celestiais encheram o salão conforme aquele sino soava alto e claro. Eu sabia que a maioria estudava depois do expediente, querendo impressionar os deuses e deusas para que continuassem a ser seus yeyras. Eu estava procurando apenas por uma.

Um grupo de mulheres celestiais saiu do prédio, rindo de alguma coisa. Elas seguravam seus livros junto ao peito, suas vestes longas e esvoaçantes dançando ao redor de seus pés. Elas pararam e olharam em minha direção, seus olhos arregalados em choque. Eu devia ter trocado minha armadura antes de vir vê-la, mas sabia que ela iria embora no segundo que pudesse.

— Foi por isso que você saiu escondido no segundo em que pousamos?

Agora fazia sentido por que as mulheres tinham parado e por que estavam vindo em nossa direção. Samkiel apoiou o braço no meu ombro, mas eu o afastei.

Ele deu um passo à frente, ocupando minha visão periférica. Sua maldita armadura prateada era um farol, e no momento chamava a atenção de qualquer coisa com pulso em um raio de um quilômetro.

—Você me seguiu? — Encarei-o.

Ele deu de ombros.

— Fiquei curioso por que você queria deixar a reunião tão cedo, e agora vejo que é para ficar observando embasbacado as celestiais juniores. Ou talvez apenas uma em particular?

Não tive a chance de responder porque a mulher que eu estava procurando finalmente saiu da grande sala de estudos. Seu cabelo longo e escuro estava preso para trás em uma massa de tranças torcidas presas por uma pequena fita na parte inferior. Ela usava as mesmas vestes brancas esvoaçantes que as outras, mas nela, as vestes a deixavam mais bela do que todas as deusas que eu já tinha visto.

Ela sorriu para o instrutor que caminhava ao seu lado, falando animadamente sobre runas. Quando ela ergueu o olhar para cima e me viu, seu sorriso se transformou em uma expressão de desprezo.

— Ah, acho que ela não gosta de você — comentou Samkiel, no momento em que o grupo de celestiais parou diante de nós.

Era toda a distração que eu precisava. Elas se aglomeraram, conversando e flertando com Samkiel por tempo suficiente para me deixarem escapar. Passei rapidamente por alguns grupos reunidos, seguindo Neverra, que se afastava quase correndo. Ela era rápida. Eu era mais rápido.

Parei na frente dela, impedindo-a de acessar as enormes escadas de pedra que levam do auditório ao terraço com jardim abaixo.

— Por que está me evitando? — As palavras deixaram meus lábios.

Ela bufou e agarrou seus livros com mais força.

— Por que está me seguindo?

— Por que você não fala mais comigo?

—Vamos fazer um jogo de perguntas ou posso ir embora?

Ela se moveu para me contornar, e a bloqueei outra vez.

— Logan.

— Ah, então você lembra do meu nome.

Isso fez com que ela soltasse outro bufo frustrado.

— O que quer que eu fale?

— Qualquer coisa, na verdade. Achei que tínhamos nos divertido no encontro. Depois, você agiu estranho, e agora está me evitando.

— Porque eu sei quem você é.

Recuei minha cabeça em choque ao mesmo tempo que alguém nos pediu licença. Eu me movi poucos centímetros, deixando-o passar, mas ela não.

— Quem eu sou?

— Sim, você é da guarda real de Samkiel, e ouvimos falar sobre você e ele. — Ela tentou me contornar mais uma vez, mas parou e soltou um suspiro profundo quando a impedi.

— Isso parece quase um insulto — comentou Samkiel atrás dela. — Sempre fala de seu futuro rei nesse tom?

Ai, deuses, Cameron estava certo sobre o ego. Nós nunca íamos sobreviver.

Ela se virou um pouco, mantendo o olhar abaixado.

— Minhas desculpas, meu futuro soberano. Se puder fazer a bondade de mandar seu guarda real sair do caminho, realmente preciso ir embora.

— Não. — Ele balançou a cabeça, e quase perdi a minha. O olhar de Neverra se arregalou um pouco, percebendo que ela talvez tivesse insultado o Príncipe de Rashearim.

— Eu realmente não tive más intenções, meu futuro soberano. É só que…

— Se deseja compensar por suas ofensas, haverá um baile em três luas. Acompanhe meu guarda real, e tudo será perdoado.

Ela cerrou a mandíbula, mas apenas forçou um sorriso.

— Sim, meu príncipe. Se é isso que deseja.

O sorriso de Samkiel era francamente venenoso.

— É.

— Então, assim será. — Ela se virou para mim com raiva e ódio nos olhos. — Eu o verei no dia.

Não a impedi dessa vez, deixando-a passar por mim. Ela não olhou para trás, mas senti o leve empurrão no meu ombro quando passou, e Samkiel também percebeu.

— O que foi isso? — exigi dele.

—Você estava demorando muito para convidá-la. Eu estava apenas ajudando.

— Com todo o respeito, príncipe — falei, esticando a última palavra. — Não preciso da sua ajuda.

— Ela é divertida — comentou Samkiel, ignorando-me. — Preciso de diversão. — Minha pele quase vibrou enquanto eu o encarava.

Ele soltou uma risada.

— Calma — falou ele, dando um tapa no meu ombro. — Eu não estava falando dela.

— Bom — retruquei enquanto nos voltávamos para a saída. — E você já não se diverte o bastante? De quanto mais de diversão você precisa?

Samkiel ficou quieto por um segundo.

— Divertir-se e ter uma ou três distrações são coisas muito diferentes. Tenho distrações, Logan. Nunca se esqueça disso. Eu não me divirto.

Ao sairmos do auditório, fiquei me perguntando o quanto de si mesmo ele havia escondido e nenhum de nós tinha consciência disso.

XXXVII
IMOGEN

Isaiah falava com Kaden naqueles malditos sussurros abafados. Uma fileira de generais passou, segurando com firmeza ao lado do corpo suas espadas e escudos dourados. Não fomos chamados, então por que os soldados estavam se deslocando?

Meus pensamentos se interromperam quando Isaiah olhou para mim, acariciando o próprio queixo enquanto Kaden continuava a falar. Se eu tivesse controle sobre meu corpo, meu coração teria saltado para minha garganta quando os olhos de Isaiah encontraram os meus. Era maldito, condenado e errado, mas a única vez que eu não me sentia como uma concha vazia era quando ele estava perto de mim ou me olhando. Deuses do céu, não sabia como explicar isso, e parte de mim odiava totalmente, odiava-o, mesmo que ele me mantivesse a salvo. Ninguém ousava olhar para mim agora, muito menos me tocar. Nem mesmo Nismera questionou.

Mesmo presa na minha cabeça, pelo menos eu sabia que meu corpo estava a salvo com ele. Não dormia nesse estado, não como antes. Mas Isaiah me dava sua cama, falava as palavras que me faziam deitar, e ele dormia no chão. Eu encarava o teto e me perguntava por que ele fazia isso até que a luz do sol enchia o quarto e o dia se repetia. Ele nunca tentava me tocar. Era exatamente o contrário, como se tivesse medo, e eu não me importava nem um pouco. Era estranho sentir paz quando eu não conseguia sentir nada.

Kaden assentiu uma vez antes de se virar e desaparecer de vista. Isaiah caminhou em minha direção, parando e cruzando um braço enorme sobre o outro antes de suspirar. Ele sussurrou o comando, e o segui mais uma vez, parte de mim se perguntando se eu o seguiria mesmo sem as palavras.

XXXVIII
SAMKIEL

Portas rangeram no chão de pedra enquanto os guardas passavam, abrindo celas para o café da manhã. Orym gemeu e rolou para fora da cama, arrastando os pés um pouco antes de sair da cela. Dianna se mexeu ao meu lado, e suspirei, repousando minha cabeça sobre a dela. Eu não tinha dormido muito, e não estava com vontade de comer, não quando Logan estava tão perto. Perguntas circulavam pela minha mente. Há quanto tempo ele estava ali? O que ele o obrigou a fazer? Depois, havia aquela que fez meu coração doer. Ele ainda estava lá?

Dianna tinha me levado furtivamente para os níveis superiores na noite após a briga, e ver Logan quase me fez chorar. Abracei-o e odiei que ele não me abraçasse de volta. Ele olhou para mim, sem nenhum lampejo de emoções ou vida, apenas vazio, e odiei isso.

Os braços de Dianna me envolveram e me puxaram para perto como se ela sentisse minha apreensão. Ela aninhou o rosto contra meu pescoço e respirou fundo.

— Você não dormiu ontem à noite. Tenho quase certeza de que tenho um hematoma na perna onde você me chutou. — A respiração dela fez cócegas em meu pescoço enquanto ela falava.

— Desculpe — respondi.

Ela se afastou para olhar para mim.

— É porque levei você para ver Logan?

— Acho que é uma combinação de tudo, na verdade — respondi, dando um beijo em seu nariz.

— Só queria que você o visse. Sinto muito.

Afastei-me um pouco para olhar para ela.

— Eu sei. Não é isso. É... Eu tinha essa esperança de que se eu os encontrasse, talvez se me vissem e soubessem que eu tinha vindo por eles, isso ajudaria a quebrar qualquer transe em que estivessem. Mas quando o vi, o abracei... — Eu balancei minha cabeça. A onda de emoções e tristeza pura eram quase paralisantes. — Ele nem sequer estremeceu ou respondeu. E se...

Seus lábios se encaixaram nos meus, interrompendo-me no meio da frase. Meu corpo relaxou, o sabor do seu calor afastando a sensação fria e morta do meu coração. Sua boca provocou a minha, movendo-se sobre ela de uma forma que fez meu coração e meu sangue dispararem.

Ela empurrou meu peito, fazendo-me rolar de costas.

— Nós vamos salvá-lo, salvar todos eles, está certo? Não perca a esperança.

— Como pode ter tanta certeza? — Fiz a única pergunta que estava me atormentando a noite toda.

— Porque estou sempre certa. — Ela deu um tapinha no meu nariz com o dedo.

Outra emoção doentia brotou em minhas entranhas. Meus olhos arderam com a única verdade que eu havia enterrado desde que acordei e vi que não estava mais em Rashearim.

— É minha culpa. Mesmo com aquelas runas em mim, eu devia ter lutado mais.

Ela se levantou apoiada no cotovelo acima de mim, seus olhos não continham nada além de força pura e implacável.

— Não coloque essa culpa em si mesmo, Samkiel. Vou chutar seu traseiro. Eu juro. Você foi enganado e mentiram para você. Estavam mais do que preparados para subjugá-lo e conseguiram. Você lutou, você sempre luta por eles, por mim. — Virei a cabeça para longe dela enquanto uma lágrima rolava pela minha bochecha. Seu aperto era forte em meu queixo quando ela me forçou a encará-la de novo. — Sei como esse cérebro magnífico funciona, e você está errado. Você é suficiente.

Dessa vez, quando meu peito doeu, não foi só porque os perdi, mas por causa da mulher de temperamento forte que estava me encarando e que conseguia ler meus pensamentos sem nem tentar.

Eu assenti.

— Mesmo que os resgatemos, não sei nenhuma das palavras que Azrael usou. O livro se foi, e não sei qual é a magia ou os efeitos de longo prazo do feitiço. Algumas substâncias químicas podem alterar tanto o cérebro que nada resta depois que a substância é removida. Pela lógica...

— Pare. — Dianna apertou seu corpo contra o meu e me beijou mais uma vez. — Vamos encontrar uma maneira de consertar tudo isso e vamos salvá-los. Juntos. Mesmo que eu tenha que rasgar o mundo em pedaços por você, por eles, farei isso. Vamos consertar isso. — Ela passou a mão pelos cachos escuros que caíam sobre minha testa, afastando-os do meu rosto. — Está bem?

Assenti porque que escolha eu tinha? Ela estava determinada. Forcei um sorriso.

— Com você ao meu lado, como eu poderia perder?

Sombras escureceram seu olhar, mas ela me beijou de novo antes que eu pudesse questionar. No entanto, dessa vez, não se afastou tão rápido. Sua boca se encaixou na minha conforme ela virava a cabeça, aprofundando o beijo. Sua língua correu pelo meu lábio inferior, exigindo acesso, e dei a ela. Dianna interrompeu o beijo, sua mão vagando pelo meu peito. Gemi enquanto ela pressionava beijos no meu pescoço, seus dedos provocando e mergulhando mais para baixo.

— O que está fazendo? — perguntei, prendendo a respiração.

— Distraindo sua mente dos problemas. — Ela levantou a barra da minha blusa e arrastou as unhas sobre meu abdômen inferior de uma forma que fez meu sangue fugir do cérebro. Deslizando a mão para dentro da minha calça, ela cobriu minha boca mais uma vez, beijando-me profundamente enquanto agarrava meu pau, engolindo meu gemido. Eu sibilei e deixei minha cabeça cair para trás conforme ela me acariciava, meu comprimento ficando mais duro em sua mão a cada carícia lenta.

— E se alguém passar por aqui? — gemi enquanto ela abaixava a cabeça em direção ao meu pescoço. Senti sua língua serpentear pela minha pele, enviando outra descarga de prazer ao meu pau.

— Eu mato — sussurrou, mordiscando minha orelha.

Meu abdômen se flexionou enquanto a palma de sua mão se curvava em volta da minha ponta, espalhando a umidade pela extensão, parando para apertar a base.

— Está gostoso?

— Porra, sim — suspirei e assenti.

Ela deslizou os dedos de leve sobre minhas bolas antes de segurá-las com gentileza e massagear. Meu pau se contraiu sob sua delicada tortura.

— Gosto disso. De ter você na palma da minha mão. — Ela apertou bem de leve, sorrindo para mim.

—Você é uma mulher cruel e má — sussurrei.

Gemi quando ela soltou minhas bolas e fechou seus dedos de novo ao redor do meu membro. Ela apertou e, em um deslizar lento e torturante, moveu a mão em direção à cabeça. Ela lambeu os lábios, observando sua mão trabalhar em meu pau.

—Você acha? — perguntou, traçando ao longo da parte inferior com o polegar, logo abaixo da cabeça.

Um aceno brusco foi tudo que consegui fazer. Deslizei meus dedos em seu cabelo e a puxei para mim, capturando sua boca em outro beijo lento e profundo. Seus movimentos ficaram mais fortes, cada volta e subida me empurrando para mais perto do limite. Deuses, quanto tempo fazia? Eu me sentia como um jovem inexperiente quando se tratava de Dianna. Não importava o que fizéssemos ou quantas vezes ela me tocasse, eu ainda a desejava. Se dependesse de mim, eu a teria todo maldito dia, várias vezes ao dia se pudesse, e isso me assustava. Eu nunca havia estado tão absorvido ou obcecado por outra pessoa. Dianna não era apenas um desejo, mas uma necessidade pura e ofuscante.

Meu pulso acelerou, tanto pela adrenalina com a possibilidade de ser pego quanto pelo prazer que corria por minhas veias. Eu sabia que se um guarda passasse, eu arruinaria todo o nosso disfarce em um piscar de olhos e o mataria. Meus lábios se pressionaram quase dolorosamente enquanto eu tentava abafar o gemido borbulhando em minha garganta. Eu tinha ensinado demais a ela do que eu gostava.

Dianna torceu a mão enquanto acariciava subindo, fechando a palma sobre minha ponta e apertando. Quase explodi. Ela me dominava, mente, corpo, até a porra da minha alma. Seus olhos se voltaram para os meus, e ela sorriu com minha reação descontrolada. Não era minha culpa que tudo o que ela fazia era tão bom. Meus quadris subiram, deslizando meu pau por seu aperto.

— Olha como você está duro por mim. — Ela lambeu meu queixo antes de mordiscá-lo. — Isso é meu?

— Sim, akrai. Seu. — Assenti enquanto ela apertava meu pau um pouco mais forte. —Tudo o que sou é seu. — O sorriso dela era francamente diabólico enquanto lançava um olhar para a porta da cela antes de se ajeitar e deslizar para baixo pelo meu corpo.

Levantei-me um pouco, apoiando-me nos cotovelos.

— O que está fazendo? — sibilei. — Alguém pode ver.

Uma punheta era bem fácil de esconder caso alguém passasse por perto, mas a cabeça dela se movendo entre minhas pernas acabaria com tudo. Eu arrasaria o lugar caso alguém ousasse vê-la daquele jeito. Ela sorriu para mim e puxou o cabelo para trás, o desejo em seus olhos quase me fez gozar.

— É melhor você gozar rápido, então.

Dianna lambeu os lábios, acomodando-se entre minhas coxas. Ela puxou o cós da minha calça afastando-a dos meus quadris, liberando totalmente meu pau. Tive alguns segundos para protestar antes que ela me tomasse em sua boca, e então simplesmente não me importei. Não consegui parar o gemido que a sensação de sua boca quente e molhada me forçou e eu, com certeza, não pude deixar de xingar quando sua língua passou pela parte inferior da cabeça do meu pau.

— Caralho, gostosa. — Agarrei-a pelos cabelos enquanto ela chupava meu pau, direcionando sua cabeça enquanto eu empurrava para cima em sua boca. Ela me engoliu fundo, seus lábios esticados ao redor da minha circunferência, e meus olhos se reviraram.

— Você é uma deusa, akrai.

Senti seu sorriso em volta do meu pau antes de me levar mais fundo. Suas mãos envolveram a base, acompanhando seu ritmo conforme ela subia e descia. Ela olhou para mim e girou a língua pela cabeça intumescida antes de soltar meu pau. Minhas bolas se contraíram e doeram quando ela pôs a língua contra minha ereção, deslizando sua boca aberta para cima e para baixo em meu comprimento. Meu abdômen ficou tenso com a visão, e uma bola de prazer borbulhante se formou na base da minha coluna. Eu sabia que estava a segundos de gozar. Com outro movimento de sua língua e um giro de sua mão, eu estava acabado.

Dianna sentiu o primeiro pulsar e envolveu a cabeça com a boca, chupando forte. Incapaz de me conter, empurrei para cima, forçando mais do meu pau em sua boca. Ela gemeu, seus quadris se remexendo inquietos enquanto eu me derramava em sua boca, e ela engoliu até a última gota. Minha mão apertou sua nuca, e saboreei aquela sensação de prazer puro e ofuscante.

Meu corpo tremeu, resquícios do meu orgasmo ondulando através de mim. Apoiei-me nos cotovelos, ofegante, mas minha cabeça caiu para trás com um gemido quando a língua dela disparou para fora. Ela lambeu ao redor da base do meu pau e o comprimento antes de girar a língua ao redor da cabeça, lambendo cada gota que eu tinha derramado.

Deuses, eu morreria por essa mulher.

Forcei-me a comer outra colher da papa que serviam aqui e curvei os ombros, tentando parecer menor do que eu era. Só queria chamar menos atenção depois da briga. Um homem à nossa direita gritou e se atirou por cima da mesa, socando outro prisioneiro no rosto. Os guardas, que avançaram correndo e separaram os dois, não foram gentis, descontando a raiva nos prisioneiros enquanto o resto do refeitório tentava e falhava em cuidar da própria vida. Ninguém queria uma repetição do ocorrido antes. Alguns ainda estavam machucados e doloridos, enquanto outros só queriam ficar em suas celas.

— Ainda acho que é perda de tempo — comentou Orym, mudando de posição ao meu lado.

— Não podemos deixá-los aqui — retruquei, pegando outra colherada.

— Ainda não consigo acreditar.

— Eu consigo — comentei.

Assim como na viagem até aqui, outros prisioneiros começaram a sentar conosco. Muitos dos guardas ainda estavam furiosos por causa da briga, e acho que eles pensaram que eu os protegeria. Eu salvei e ajudei o máximo possível enquanto mantinha a distração em si. Só não queria que alguém morresse no processo, e era por isso que nossa mesa estava cheia agora.

Eles conversavam entre si, sem prestar atenção em Orym e em mim, assim como mandamos. Dianna tinha formado um novo plano, e deuses, eu a amava por isso. Depois de ver os arquivos que ela tinha nos trazido escondidos na noite passada, descobrimos que esta prisão era mais uma cela de detenção com capacidade limitada. Permaneciam vivos apenas os prisioneiros que Nismera realmente desejava, que éramos nós aqui neste nível inferior. Os outros eram executados no dia em que chegavam e depois atirados por cima dos muros do castelo para manter as criaturas que habitavam nestas montanhas alimentadas e afastadas.

Parei de comer e abaixei minha colher, meus olhos atraídos para os níveis superiores. Taotl andava pela passarela, ninguém mais notando quem realmente estava sob aquela pele. Um pequeno sorriso surgiu em meu rosto ao ver o comandante de quase dois metros com uma cauda com pelos escuros arrastando atrás dele. Ele lançou um olhar para mim com um lampejo de olhos vermelhos. O brilho foi tão rápido que eu teria perdido se não estivesse olhando direto para ele. Não importava a forma que ela usava. Eu conseguia identificá-la em uma multidão de milhões. Era como se minha alma fosse atraída para ela, buscando a conexão. Ajeitei-me em meu assento, a lembrança desta manhã me deixando duro.

Já fazia semanas desde a floresta, e eu odiava cada segundo em que não podia estar dentro de Dianna, e pelo olhar que ela lançou em minha direção, eu sabia que ela sentia o mesmo. Não importava se ela estava usando uma armadura ou a forma de um roedor, ela estava sempre me observando, nunca muito longe. Deuses do céu, eu a amava mais por isso.

Nunca fui alguém que precisava de proteção. Sempre fui o único que me atirava de cabeça em qualquer batalha. Era apenas mais uma coisa que tínhamos em comum. Ela e eu éramos iguais. Nós dois tínhamos recebido muitas responsabilidades em tenra idade, forçados a cuidar daqueles ao nosso redor e manter os monstros afastados. Só que as dela eram mais físicas do que as minhas. Eu era aquele de quem o reino dependia. Claro, eu tinha A Mão, mas ainda estava sozinho. Com Dianna, não tinha uma única preocupação ou medo de que ela não me protegeria por completo. Meu único medo era por ela, nunca dela.

— Está ouvindo? — Orym me cutucou.

Desviei meu olhar dela e olhei para ele.

—Você falou alguma coisa?

— Sim, seu plano? Ouvi você e ela sussurrando ontem à noite.

Olhei de relance para as grades em espiral, mas ela tinha sumido. Levei minha colher até a boca, falando ao redor dela.

— Ela encontrou um mapa da planta da prisão — contei.

— Mesmo com essa informação, você corre risco. As feras que espreitam esses penhascos são malignas. Elas têm garras do tamanho da minha cabeça ou da sua, e vasculham os céus, esperando para nos agarrar e nos matar. Por que acha que esperaram tanto tempo para vir aqui? Elas voaram para o norte por uma estação, e agora estão de volta e sem comida, devo acrescentar — o anão, Ozean, falou, apontando sua colher para nós.

— Eu tenho um plano para isso — respondi, fingindo rir do que um prisioneiro perto de mim disse. Os outros seguiram o exemplo, agindo como se não estivéssemos conspirando para deixar este lugar.

Balancei a cabeça em direção aos fundos, e Orym se levantou.

Saímos pelos fundos do refeitório, indo em direção às celas. Descemos os degraus rochosos curvos, com guardas em pé em cada corredor. Só quando chegamos ao nosso andar e passamos pelo guarda é que falei.

— Pretendo fazer um túnel para tirar todo mundo daqui — expliquei, verificando para ter certeza de que não estávamos sendo seguidos ou ouvidos. Entrei em nossa cela escavada na caverna e sentei em meu pequeno catre. Orym sentou diante de mim, apoiando os cotovelos nos joelhos.

Busquei embaixo do catre, peguei o mapa que Dianna havia roubado e o desdobrei. Um longo túnel em espiral ocupava a página superior, mostrando a ponta saindo do topo da montanha. As saídas estavam claramente marcadas e era fácil encontrar o portão principal pelo qual havíamos entrado. Virei a página para uma que mostrava a disposição das celas e como todas se curvavam em torno da estrutura central. Coloquei-o entre nós, apontando para o que eu precisava.

— Esta parte da prisão é a mais vazia. Acho que a usaram uma vez como unidade de armazenamento para alguma coisa, mas Dianna foi lá na outra noite, vasculhando como diz ela, e está vazia.

— Vazia? — O olhar de Orym se ergueu.

Assenti.

— Se eu puder fazer um túnel de fuga que leve para cima, posso conectá-lo pelos níveis mais baixos perto da cela de Savees — expliquei, traçando o caminho que eu queria tomar.

— Se você fizer isso, vai sair no sopé da montanha, bem na beira do rio. Longe daquelas criaturas traiçoeiras que voam alto acima das montanhas.

— Exato.

Seus olhos escanearam os meus como se eu fosse louco.

— Não é minha intenção faltar com o respeito. Sei seu nome e do que é capaz, mas com isso — apontou para minha barriga —, sei que seu poder não retornou por completo. Ainda o mencionam ardendo no céu. Cavar um túnel desse comprimento vai exigir...

— Poder — falou uma voz da porta.

Nós dois nos viramos quando Dianna abandonou a ilusão, sua forma esguia substituindo a do comandante masculino medonho conforme entrava. Ela apoiou a mão no ombro de Orym, dando um tapinha nele enquanto se sentava.

— Não se preocupe com os túneis. Comecei a fazê-los enquanto vocês dormiam nas últimas noites.

— Começou? — questionei.

Os olhos dela passaram por mim.

— Sim, só para adiantar. Não conseguia dormir. Além disso, coloquei Savees para trabalhar, então isso ajudou.

Seu olhar se fixou no meu, o ar entre nós parecia mais espesso. Eu também não dormia muito desde que cheguei aqui. Todo lugar que eu deitava era desconfortável, e com novo disfarce, eu não conseguia abraçá-la todas as noites. Nas noites em que podia, eu ficava alerta, certificando-me de que nenhum dos guardas que passavam a visse.

Orym limpou a garganta.

— Explica por que a umidade aumentou.

Dianna deu de ombros.

— Sinto muito por isso, mas pelo menos fizemos algum progresso.

— Até onde vocês chegaram? — perguntei.

Ela olhou de relance para a porta, certificando-se de que ninguém estava passando.

— Fundo o suficiente para ouvir o rio a algumas milhas acima, e não sentir o fedor deste lugar.

— Bem fundo, então.

Ela assentiu, cruzando os braços.

— Sim, ainda temos um longo caminho a percorrer, mas é grande o bastante para todos passarem sem bater a cabeça. Vou fazer uma regra para que os guardas fiquem longe das celas de dormir à noite. Talvez eles até gostem. Também podemos pedir para alguns dos outros prisioneiros nos ajudarem.

Observei Dianna avidamente enquanto ela falava e notei uma mancha vermelha, menor que uma unha, na ponta da clavícula. Um mal-estar se instalou em minhas entranhas, e inspirei fundo, sentindo um cheiro de sangue. Era pouco, mas suficiente para saber que ela estava se alimentando e pelo visto limpando a própria sujeira, só que dessa vez ela deixou passar um pouco.

Orym e Dianna continuaram a discutir o tamanho e as dimensões que precisaríamos para acomodar o máximo de pessoas possível. Nós planejamos e tramamos por mais algum tempo antes de Dianna se levantar e se preparar para sair. Juntei-me a ela na porta enquanto Orym arrumava seu catre.

Todos estavam sendo convocados de volta para suas celas, e estava movimentado com pessoas indo e voltando. Parei na entrada com Dianna, que olhou ao redor da curva e para trás. Ela se inclinou para a frente, seus lábios roçando os meus por um mero segundo antes de dar um passo para trás.

—Volto em breve. Preciso ir ver como Logan está.

Assenti, agarrando seu braço e parando-a antes que ela se transformasse.

—Você esteve se alimentando?

Algo brilhou em seus olhos, e eu sabia que ela estava prestes a mentir para mim, mas então a vi pensar melhor.

— Sim. Manter esta forma e tudo mais tem me drenado.

— Quem?

Sua cabeça recuou para trás antes que um sorriso curvasse seus lábios lentamente, e percebi como eu soava.

— Só um guarda qualquer. Confie em mim. Sei como ser cuidadosa. Eles não sabem de nada e acordam apenas com uma coceira na garganta.

— Certo. — Meus lábios formaram uma linha fina. — E você está bem?

O sorriso dela iluminou seu rosto.

— Estou bem, Sami. Perfeito. Vamos apenas elaborar seu plano mestre de salvar o mundo e sair daqui.

— A comida que servem aqui não está ajudando. Só presumi que você me avisaria caso precisasse de sangue.

— O que vai fazer? Derrubar um guarda para me alimentar? — perguntou ela com um sorriso, mas vi um lampejo de algo em seus olhos.

— Se for preciso.

Ela tocou minha bochecha e deu um beijo nos lábios.

—Você é doce, mas estou bem. Não tomo muito.

— Não é isso — falei.

— Certo — disse ela —, então o que é?

Pensei em como formular o que eu ia dizer em seguida sem começar uma briga.

— Queria que você contasse mais comigo, só isso. Você não está mais sozinha. Se estiver com fome ou precisar de algo, quero que me peça. Deixe-me ajudar.

Seu olhar se suavizou, mesmo que uma pitada de apreensão permanecesse.

— Está bem.

— Está bem. — Examinei seu rosto antes de concordar. — Tenha cuidado.

— Promessa de mindinho. — Ela levantou a mão em direção à minha, e a segurei, enrolando meu dedo mindinho no dela.

Ela se afastou, e sua forma ficou mais alta que a minha enquanto ela mais uma vez vestia a armadura e a aparência do comandante. Um último olhar, e Dianna se abaixou saindo da cela e foi embora. Observei até que sua forma desapareceu na esquina, e mais detentos entraram, indo em direção às suas celas. Voltei para meu catre e guardei os mapas antes de me acomodar. Apenas quando as luzes se apagaram e um enorme silêncio caiu sobre a prisão que eu soube que Dianna havia mentido para mim.

XXXIX
CAMERON

Ajustei a gola da armadura perdição do dragão, tentando puxá-la para longe do meu pescoço. O jeito que eu tinha espetado meu queixo nesses malditos espinhos só aumentou minha já imensa dor de cabeça. Empurrei a porta do meu quarto, puxando os fechos na lateral do peitoral. Quando enfim consegui soltá-lo, arranquei-o e larguei no chão. Soltei um suspiro de alívio, a armadura de couro macio era muito mais confortável do que aqueles malditos espinhos. Impaciente, tirei o couro e puxei minha camisa para cima, congelando com ela na metade da minha cabeça.

— Todos os celestiais têm um porte físico como o seu? — Uma voz feminina suave ronronou.

Tirei o resto da minha camisa e a atirei sobre a cadeira.

— Eu juro, qual é o sentido de ter um quarto se todo mundo entra quando quer? — perguntei, olhando para a linda mulher elfa estendida na minha cama.

Sua cauda balançava, a pele malva brilhando contra o sol poente. Ela usava os mesmos vestidos de seda fluidos que Nismera dava a todos aqui. Eu jurava que aquela mulher não sabia o que era barato. Até mesmo aqueles que ela odiava aqui usavam roupas que me faziam olhar duas vezes. Eu culpava sua educação prestigiosa. Talvez ela tivesse medo de que alguém considerasse a ela e aos que viviam em seu palácio como menos que perfeitos.

— Já vi você algumas vezes antes — afirmei. — Normalmente, esse nariz bonitinho fica enfiado no cu do Isaiah.

Ela saiu da cama, suas orelhas pontudas se contraindo.

— É, bem, ele parece ter se focado na sua irmã. — Ela sorriu, as pontas de seus caninos brilhando. — Não era assim que vocês se chamavam? Família?

— Saia — mandei, meu tom frio.

— Mas você não quer encontrá-los?

Meus ombros caíram.

— Como se eu fosse confiar em um dos comandantes de confiança de Nismera.

Ela deu de ombros e andou ao meu redor, sua cauda deslizando sobre a pele nua do meu peito. Ela foi em direção à pequena mesa de canto e serviu-se de uma bebida.

—Você tem que confiar em alguém neste mundo miserável ou não sobreviverá.

Cruzei os braços sobre o peito.

— E você espera que eu confie em alguém que anda por aí com Isaiah?

Ela tomou um gole da bebida, sorrindo para mim por cima da borda.

— Eu não durmo com ele por causa do poder ou para ganhar favores. Faço isso porque gosto de sexo e preciso de informações. Confie em mim, minha lealdade não é para com este lugar, assim como a sua não é.

A elfa lançou uma piscadela para mim e bebeu o resto da bebida. Ela caminhou pelo quarto, passando os dedos sobre a cama. Parando em frente à janela, ela abriu as cortinas e estendeu a mão para soltar a trava da moldura e, ao abri-la, sentou-se no parapeito.

— Sente falta da luz do sol? Da liberdade? — Ela fechou os olhos, inclinando a cabeça para fora da janela, o vento cortando uma brisa pelo quarto. — Eu sinto. Tínhamos penhascos tão altos quanto o próprio céu onde eu morava. As florestas não eram verdes, mas um tom de azul.

Assenti, sugando meu lábio inferior para dentro da boca.

— Uma ótima maneira de criar vínculos, mas eu de fato não estou a fim.

E não estava. Eu estava com fome de novo, e agora com Kaden no meu pé por causa do papo de "se alimentar menos das pessoas para não matá-las", eu tinha um estoque de bolsas de sangue que ele tinha tirado da cozinha. Isso ajudava a matar minha sede, mas não muito.

— Sei que você é um mentiroso, Cameron.

Ela se virou para mim, e seus olhos pareciam eternos, como se ela fosse parte do mundo e não fosse.

— Não sei do que está falando.

Ela sorriu de novo.

— Eu sei que você encontrou algo em Curva de Rio. Sei que tem mentido para Kaden e sei que mentiu para Nismera.

Fiquei sem fôlego, mas não falei nada.

— Você recebeu essa promoção contando a ela que o toruk foi para o norte, mas ele não foi. Foi para o oeste com um homem e uma criança nas costas.

— O que você quer?

Ela se virou, totalmente de frente para mim e cruzando uma perna sobre a outra.

— Não tenha medo. Não vou contar. Estou do seu lado.

— Minha confiança nos outros está um pouco baixa.

A elfa levantou a mão, e um pequeno fátuo voou pela janela aberta. Ele pousou na palma da mão dela, que o segurou perto do ouvido, depois sorriu para mim.

— Eu tenho conexões em todos os lugares, e mesmo que estivesse tentando ajudá-la, você colocou Nismera em um curso que a levará direto para Dianna.

— Não — declarei, dando um passo à frente.

— Não se preocupe. Eu consertei por enquanto, mas precisamos trabalhar juntos porque você bisbilhotando em reinos que são leais a ela vai matá-lo antes mesmo de encontrar Dianna.

Ela se levantou, o fátuo indo embora voando enquanto ela passava por mim em direção à porta.

— Espere. Qual é seu nome? — perguntei.

Ela olhou para mim por cima do ombro.

— Veruka.

— Sabe como encontrar Dianna?

A mão dela congelou na porta.

— Acho que a verdadeira pergunta que deveria estar se fazendo é por que Nismera está tão preocupada em fazer armas tão fortes?

Meus lábios se franziram para baixo.

— Isso é fácil. Ela tem medo de Dianna.

Os olhos dela escureceram, mas ela sustentou meu olhar.

— Nismera teme O Olho. Portanto, pergunte a si mesmo, o que deixa uma deusa com medo?

Veruka abriu a porta e saiu. Fiquei olhando para ela, imaginando o que exatamente assustaria Nismera.

XL
DIANNA

A noite caiu, e voltei para a cela de Samkiel e Orym. Os guardas adoraram ter folga depois de garantir que todos estivessem trancados para a noite. Nosso plano tinha funcionado surpreendentemente bem nos últimos dias. Toda noite trabalhávamos no túnel, o esforço físico era bem-vindo e uma maneira de queimar as frustrações de estar aqui.

A atitude havia mudado na prisão. Todos os prisioneiros estavam animados e tinham um vislumbre de esperança agora que sabiam quem era Samkiel. A possibilidade de liberdade era ao que parecia tudo de que precisavam para querer ajudar. Passei por algumas celas, os prisioneiros lá dentro dormindo profundamente, e segui em direção a Samkiel. Uma olhada para dentro me mostrou que ele não estava lá. Apenas Orym dormia em seu catre. Ele estaria lá embaixo.

Perguntei-me se ele ia dormir em algum momento agora que Logan estava aqui. Ele estava ainda mais determinado a salvar a todos. Lembrei-me do olhar em seu rosto quando o levei para ver Logan, e a ansiedade me mordeu. Samkiel tinha presumido que Logan o veria e no mesmo instante se lembraria dele, retornando para o amigo de quem sentia tanta falta. Mas quando Logan nem piscou, o humor de Samkiel azedou tremendamente.

Meu peito ainda ardia com a raiva que senti na manhã seguinte quando Samkiel chorou pela agonia de perder o amigo de novo. Fez com que eu quisesse matar alguma coisa. Ele não merecia tudo que esse reino miserável lhe atirava. Eu sabia que ele estava mais do que com medo e queria remover aquela expressão de seu rosto.

Pulei escada abaixo até o nível mais profundo. Esse era meu medo e o motivo pelo qual eu não queria que ele os encontrasse ainda, mas era outro lembrete gritante de que eu não podia protegê-lo de tudo.

Passei pela antiga cela de Savees. Eu odiava que o mantivessem aqui embaixo, sem luzes e com cadáveres apodrecendo. Então, sugeri que ele ficasse lá em cima quando a noite caísse, e agora ele dormia na nossa cela. Ele ficou mais do que feliz com o arranjo, nem mesmo querendo dividir o cobertor que Orym tentou dar a ele.

Virei a curva e ouvi o barulho de pedras se lascando. Um enorme túnel escavado se estendia em uma escuridão tão completa que nem mesmo as luzes que eu tinha roubado do andar de cima a tocavam. Nem com minha visão aprimorada consegui ver Samkiel. Entrei, o barulho do metal contra a pedra ficando mais alto quanto mais fundo eu ia. Um brilho suave veio de cima, e andei um pouco mais rápido, ansiosa para vê-lo. Mais uma volta e vi Samkiel, algo em mim se acalmando apenas com sua visão. Ele grunhiu quando moveu outra pedra grande e enxugou o suor da testa. Parei e me inclinei contra a parede de pedra grosseiramente talhada, apreciando a vista.

Samkiel atirou outra pedra enorme, seus bíceps saltados. Ele levantou um machado de ablazone e o bateu contra a rocha. Sempre achei Samkiel bonito. Quero dizer, quem não achava? Estava escrito em todos os livros sobre ele, mas Samkiel sujo e suado talvez fosse meu favorito. Ele havia removido a parte superior de suas vestes de prisão, e ela pendia frouxamente em sua cintura. Cada curva e linha de músculo se flexionava conforme ele erguia o machado, golpeando contra a pedra. Uma luz prateada faiscava a cada golpe, e as pedras caíam como manteiga.

— Talvez eu tivesse mandado você cavar esse maldito túnel antes se eu soubesse que você ia fazer assim — brinquei.

O machado de Samkiel parou por um momento, mas ele não se virou para mim. Hum. Estranho. Normalmente, minhas piadinhas ou trocadilhos recebiam uma resposta. Talvez ele estivesse apenas cansado e focado.

— Tenho roubado o máximo de informações que posso, enviando para Reggie os mapas e livros que eles têm aqui — comentei, e mesmo assim ele não se retraiu com a minha voz, apenas continuou batendo na parede.

— Bom — falou ele.

Ele largou o machado e atirou alguns dos pedaços maiores que havia quebrado mais para dentro do túnel, mas nem se virou.

— Logan continua o mesmo, mas fica perto de mim. — Suspirei. — Tentei fazê-lo comer ou beber água, mas não funcionou. Imagino que não precisem disso enquanto estão nesse estado, mas vou continuar procurando nos arquivos. Talvez possam nos contar algo mais.

Ele pegou o machado outra vez.

— Tudo bem.

Eu me afastei da parede num acesso de raiva.

— Está certo, vai voltar para as respostas monossilábicas de novo, ou vai me dizer o que está errado? Fora estar nessa armadilha mortal subterrânea suada.

Silêncio.

— Sami.

Seus ombros caíram, e ele abaixou o machado, colocando-o contra a parede vizinha. Ele se virou para mim, seus braços cruzados, contraindo os músculos tensos sobre seus ombros e peito.

— Eu sei que há muita coisa acontecendo agora, mas quando vai me contar?

Meu coração disparou.

— Contar o quê?

Não, não tem como ele saber. Meu coração batia forte, uma onda fria de terror deslizando pelas minhas costas.

— Não se faça de boba. Acha que não noto tudo sobre você? Como se eu não prestasse atenção. Notei na Cidade de Jade, esperei você falar alguma coisa, mas você não falou. Sei que muita coisa mudou desde Onuna, desde os restos de Rashearim, mas pensei que você me contaria.

Não falei nada. Parte de mim estava confusa sobre o que ele sabia exatamente, a outra me odiava por ter dito tantas mentiras que eu não conseguia saber a qual delas ele se referia. Meus olhos perfuraram os dele. Ele não fazia ideia de quão certo estava. Tanta coisa havia mudado. Tanta coisa sobre mim havia mudado. E então me ocorreu. Toda vez que ele olhava para mim nessas últimas semanas, não estava apenas roubando olhares de desejo. Não, ele estava preocupado comigo. Uma fração do meu coração escuro se partiu com tanta força que superou a fome em minha barriga.

— Sei que não tem comido a comida daqui, não que seja a melhor, mas também não me lembro de você ter comido enquanto estávamos na Cidade de Jade — comentou ele. — Então, minha próxima pergunta é: de quantos você se alimentou lá?

Alívio tomou conta de mim, afastando a imagem ensanguentada e quebrada dele morto em meus braços, do meu rosto encharcado de lágrimas, implorando para que ele ficasse comigo. Samkiel não sabia do meu pedido de ajuda e que eu tinha ameaçado o universo inteiro. Eu não teria que encarar a decepção e o medo em seus olhos porque eu tinha assustado a Morte com promessas de vingança e destruição movidas pelo ódio. Ele estava preocupado com a minha alimentação.

— Só uma — sussurrei, lhe dando a única verdade que eu podia oferecer. — Foi Killie. Eu ainda estava cheia da minha viagem para Tarr. Não sei por que estou com tanta fome ou por que sangue é a única coisa que consigo manter no estômago. É a única coisa que desejo. — Dei de ombros. — Apenas é, e temos coisas mais importantes com que nos preocupar do que um problema que nenhum de nós tem ideia de como resolver.

— Dianna. — Ele abaixou os braços. — Não sei o quanto posso ser mais claro quando digo que *você* é importante para mim. Então, sim, não importa o que esteja acontecendo, *isso* é importante.

Olhei para o chão, implorando para que fosse engolida por inteiro, qualquer coisa para escapar do olhar que ele estava me lançando.

— Foi isso que aconteceu com os gatos selvagens aqui? Eles não fugiram por sua causa, fugiram?

Chutei uma pedrinha.

— Só comi alguns. Os outros fugiram, para ser exata.

— E de quantos guardas você tem se alimentado aqui?

— De todos eles — respondi antes de levantar minhas mãos em defesa. — Mas não a ponto de matar. Posso apagar suas memórias do ocorrido. Eles só acabam ficando muito sonolentos.

Samkiel mordeu o interior da bochecha e desviou o olhar, assentindo. Ele não falou nada por um momento antes de levantar a mão e invocar uma adaga de ablazone. Meu corpo inteiro ficou tenso, e meu coração disparou, meu sangue pulsando em meus ouvidos.

— O que está fazendo?

Samkiel deu um passo em minha direção, mas parou de repente.

— Podemos fazer isso de duas maneiras. A escolha é sua, mas você vai se alimentar aqui e agora de mim.

Minha boca encheu d'água, e calor se acumulou em meu âmago com a ideia.

— Sami. — Engoli em seco. — Você não sabe o que está pedindo.

Suas sobrancelhas franziram.

— Sim, eu sei.

Ele virou o pulso para que eu pudesse ver claramente.

— Está vendo isso? — Ele apontou com a lâmina. Eram difíceis de ver, mas havia duas marcas em seu pulso. Meu cérebro nublado pela luxúria se enfureceu, pensando que outro o havia marcado, mas então entendi.

— Espere. — Meu olhar disparou para o dele. — Isso foi de Ecleon?

Samkiel assentiu.

— Sim, ali, mas antes também.

Calor se espalhou pelo meu peito.

— Antes?

— Sim, depois do seu encontro com seu amigo que não era seu amigo.

Um bufo saiu dos meus lábios quando me lembrei de Sophie, a bruxa que atirou no meu peito. Lembrei-me dele arrebentando a porta em um milhão de pedaços, arrancando aqueles espinhos do meu peito e me salvando. Também me lembrei dos sonhos de sangue depois, e agora sei o porquê. Presumi que ele tinha sangrado em um copo e me feito beber naquela época. Mal podíamos suportar a visão um do outro, mas ele permitiu que eu me alimentasse de seu pulso. Ofereceu sua carne ao seu inimigo mortal.

Não consegui parar as lágrimas que ameaçavam me cegar enquanto olhava para ele.

— Você me alimentou então?

Ele balançou a cabeça como se não fosse inconveniente.

— Bem, eu com certeza não podia deixar você morrer.

— Pensei que me odiava naquela época, e aqui está você, enfiando seu pulso na minha boca. — Engasguei com uma risada.

— Meus sentimentos por você foram muitas coisas, principalmente confusos naquela época, mas nunca ódio. Nunca por você.

— Igualmente — falei antes de ficar na ponta dos pés, beijando-o uma vez antes de me afastar. Minha mão deslizou sobre o colar que eu tinha lhe dado e descansou em seu peito, aquela batida firme e rítmica contra minha palma.

— Sinto muito. Eu só não queria machucar você, e não sei o que há de errado comigo agora. Estou mais que faminta.

Seu dedo descansou sob meu queixo, levantando-o suavemente.

— Dianna, eu me importo muito com você, e digo isso sem desrespeito, mas pare de me proteger feito uma criança. Não sou delicado nem frágil. Você não pode me machucar ou quebrar, nem quando se alimenta de mim e nem quando me fode. Preciso que pare de me tratar como se eu fosse feito de vidro. Lutei contra monstros que poderiam engolir esta prisão inteira com meu braço pendurado por tendões. Você não pode me ferir. Eu só sofro quando você sofre. Seus fardos são meus, assim como sua dor. Foi isso que você falou. Não foi?

Eu assenti.

— Sim. Sim, falei.

— Muito bem, então. Conheço meus limites, e você nem chegou perto de tocá-los ainda. — Ele inclinou meu queixo uma vez antes de erguer seu pulso em minha direção. — Agora, deixe-me cuidar de você.

Ele segurou seu pulso contra meus lábios, suas palavras ricocheteando em meu peito. Meu olhar deslizou por ele enquanto eu segurava sua mão e antebraço. Entrei em seu abraço, e ele me envolveu com seus braços, virando-me para que minhas costas ficassem pressionadas contra seu peito. Minha língua deslizou por seu pulso, e eu não conseguia dizer se foi ele ou eu quem gemeu quando minhas presas perfuraram sua pele. Seu sangue encheu minha boca, e meus olhos se reviraram.

Seu gosto era quase orgástico. Seu sangue era como um vinho doce misturado com chocolate. Pressionei contra ele, encaixando as curvas suaves do meu corpo nos planos mais rígidos do seu. Samkiel acariciou minha cabeça enquanto eu me alimentava, sussurrando em meu ouvido o quanto me queria e precisava de mim. Agarrei seu braço com mais força e suguei mais fundo, todos os meus sentidos dominados por ele.

Injetei um pouco mais de veneno na minha mordida, e Samkiel gemeu, mas não de dor. As linhas adyin em seu corpo reluziam intensamente, lançando um brilho prateado ao nosso redor. Chupei, puxando mais para dentro da minha boca, respondendo ao seu gemido com um gemido suave. Eu estava tão perdida em seu gosto e sua sensação que não percebi que ele havia nos levado em direção à parede. Seu corpo estremeceu quando suas costas colidiram com a pedra, e com a forma como seu pau estava pressionando nas minhas costas, eu podia dizer o quanto ele estava gostando disso. Puxei minhas presas de seu pulso e deslizei minha língua sobre as feridas antes de virar de frente para ele.

— Por que você parou? — perguntou ele, seus olhos escuros com uma necessidade ardente. Puxei o cós de sua calça.

— Porque desejo outra coisa agora.

Ele não hesitou, agarrando-me e girando até minhas costas se chocarem com a parede da caverna. Suas mãos se moveram mais rápido que as minhas, despindo-me. Ele caiu de joelhos antes que eu pudesse me inclinar para um beijo. Não tive um segundo sequer para entender o que estava acontecendo antes que ele colocasse uma das minhas pernas por cima de seu ombro.

Cravei minhas unhas em seu couro cabeludo enquanto ele deslizava a língua de cima a baixo no meu âmago, e percebi que talvez eu não fosse a única faminta. Meus quadris pressionavam contra seu rosto enquanto ele me devorava, meus gemidos ecoando nas paredes da caverna. Cada movimento e volta de sua língua fazia meus joelhos ameaçarem ceder de prazer. A necessidade se enroscava forte e baixa em meu abdômen. Fazia tanto tempo para mim. Meu medo de perder o controle se ele me tocasse me impedia de permitir que as coisas fossem longe demais. Agora, ele mal estava entre minhas pernas há um minuto, e eu já estava prestes a gozar.

— Sami. — Puxei seu cabelo, sentindo o calor crescente em meu âmago. Ele gemeu contra minha carne em negativa, e minhas costas se ergueram da parede, perseguindo aquela vibração. — Espere, Sami, por favor.

Ele se afastou e lambeu os lábios, observando-me como se tudo o que fosse preciso fosse uma palavra ou exigência minha, e ele faria. Era a coisa mais erótica do mundo ver o homem mais poderoso do reino ajoelhado entre minhas pernas.

— Me fode — exigi.

Seu sorriso era brilhante, feliz por eu não estar lhe dizendo para parar, mas em vez de se levantar, ele soltou um suspiro sobre minha carne aquecida.

— Goze na minha boca primeiro. Preciso saborear você. Senti tanta falta disso.

Meu gemido foi um grito estrangulado quando ele abaixou a boca até meu clitóris e chupou. Forte. Arqueei as costas, apertando sua cabeça e me esfregando contra sua boca. As pedras cortaram meus ombros, mas nem senti a dor aguda. Ele lambeu e me fodeu com a língua até que gozei com tanta intensidade que quase fiquei tonta.

Nem tive tempo de descer do meu êxtase antes que suas mãos apertassem minhas coxas, e ele me levantasse em um movimento sólido. Eu ainda estava ofegando e formigando quando ele posicionou seu pau na minha entrada, e estremeci, oscilando à beira de outro orgasmo.

Minhas unhas se cravaram em seus ombros enquanto ele deslizava devagar, minha boceta doendo com o alongamento para se ajustar à sua circunferência. Fazia semanas para mim, semanas de nada, nem mesmo meus dedos, e levei um momento para me ajustar a ele mais uma vez.

O olhar de Samkiel se fixou no meu enquanto ele se movia até que minhas duas pernas estivessem apoiadas em seus braços dobrados. Ele pressionou suas mãos na parede de pedra, esticando-me, abrindo-me para que ele pudesse se pressionar mais fundo.

— Quero que você me foda com toda vontade — falou ele com voz rouca, sua voz quase um rosnado.

Apertei-me ao seu redor ao ouvir suas palavras, nós dois gemendo de prazer intenso. Assenti e ofeguei:

— Sim, meu rei.

Samkiel se inclinou, deslizando seus lábios ao longo do meu pescoço, sua respiração uma quentura sobre minha orelha enquanto ele dizia:

— Quero que me morda enquanto fodo você. Morda de verdade.

As palavras ecoaram pelo meu peito, e a Ig'Morruthen em mim levantou sua enorme cabeça com chifres. Se ela pudesse sorrir, a vagabunda estaria sorrindo. Eu o vi através dos olhos dela de onde ela descansava na parte mais sombria de mim. Ela se levantou, escamas, asas e garras se movendo para logo abaixo da superfície. O que ele falou finalmente tocou a última parte de nós que tínhamos medo de compartilhar com ele.

Seu sorriso era totalmente satisfeito.

— Aí está minha garota de olhos vermelhos.

Isso foi tudo o que ele falou antes de estocar fundo, expulsando o ar dos meus pulmões. Enquanto ele me fodia, algo mudou dentro de mim, algo do qual eu tinha medo há muito tempo. Ele não tinha medo de mim. A última parte das minhas paredes ruiu. Ele via tudo, queria tudo, e pela maneira como procurava me penetrar mais fundo a cada estocada, eu sabia que ele me desejava tanto quanto eu o desejava, com garras e tudo.

A fome crescente me atingiu mais uma vez, mas eu não tinha medo desta vez, e deixei minhas presas descerem. Samkiel observou com olhos cheios de luxúria e expôs sua garganta para mim. Gemi com a oferta, e era tudo de que eu precisava. Inclinei-me para a frente e dei um beijo em seu pulso acelerado antes de traçar a linha adyin que corria pela lateral de seu pescoço com minha língua. Minhas presas perfuraram sua pele, só que não fui brutal com ele, nem cruel ou violenta. Minha mordida não foi para matar, mas amorosa, generosa e gentil. Ela derrubou a camada final que nos separava, aceitava cada parte de mim, e eu me deleitava com isso.

As estocadas de Samkiel se tornaram implacáveis enquanto eu me alimentava, o sangue se acumulando na minha boca, enquanto líquido aquecido banhava seu pau. Os sons dos nossos corpos se unindo, os suspiros suaves de prazer, os gemidos de êxtase e seus grunhidos de esforço, tudo ecoava no túnel parcialmente escavado.

— Deuses… Dianna! — gritou ele. — Porra, porra, porra.

Pedaços de pedra choveram sobre nós, e percebi que talvez nós dois estivéssemos nos contendo antes. Isso era mais do que apenas sexo. Era uma reivindicação. Era uma sorte que ele tivesse cavado tanto desse túnel, ou teriam nos ouvido por toda a prisão.

Samkiel me mudou de posição em seus braços, segurando minha bunda e mudando o ângulo dos meus quadris. A nova posição de alguma forma permitiu que ele fosse ainda mais fundo. O ângulo e a maneira como me penetrava fez seu pau atingir aquele ponto bem no fundo do meu âmago, e vi estrelas. Extraí minhas presas e joguei minha cabeça para trás em um grito.

Era demais, bom demais.

Cravei as unhas em suas costas, tentando e falhando em recuperar algum controle do meu corpo. Portanto, em vez disso, cedi à fera que agora estava totalmente acordada e implorava:

— Mais forte!

Ele obedeceu às minhas palavras com uma estocada punitiva após a outra. Abaixei os lábios até sua garganta e afundei meus dentes profundamente, precisando me firmar nele.

Uma felicidade pura e incandescente encheu minha boca, e a cada sugada, ele me fodia ainda mais até o esquecimento. Era isso que eu queria, o que eu precisava tanto.

Seus gemidos se transformaram em grunhidos desesperados que me levaram ao limite. Meu orgasmo me rasgou, e ondas de prazer estremeceram pelo meu corpo. Meu núcleo teve espasmos, e meu prazer pingava ao redor de seu pau. Eu não conseguia dizer se estava implorando ou choramingando ou se as palavras que saíram dos meus lábios eram coerentes, apenas que meu corpo se contraiu em volta dele com tanta força que me arrancou outro orgasmo. Sua boca cobriu a minha, devorando cada grito e ruído que eu fazia.

— É isso, querida. De novo. — Ele angulou suas estocadas exatamente para que meu clitóris se esfregasse contra ele a cada movimento. — Goze para mim. Goze para mim. Goze para mim.

Samkiel não parou enquanto eu me apertava ao seu redor. Ele parecia estar tão fundo em mim que eu jurava que podia senti-lo no meu estômago. Meu corpo tremia enquanto ele falava me guiando, e me desmanchei de novo e de novo e de novo. A necessidade e a fome que tinham se acumulado nas últimas semanas transbordavam de mim com cada palavra depravada, cada estocada. Eu tinha certeza de que suas coxas estavam cobertas por uma mistura de nós dois.

Meu corpo estremeceu enquanto meus orgasmos me atravessavam ardentes. Cada terminação nervosa insuportavelmente quente conforme o prazer tão intenso que beirava a dor corria do meu núcleo até os meus dedos dos pés e costas. Meu corpo inteiro corado com desejo escaldante.

Apenas quando eu estava completamente acabada choramingando e soluçando e meu último orgasmo tinha desaparecido em pequenas ondulações ele enfim se derramou fundo dentro de mim. Seu pau se contraiu, e seus dedos se cravaram em meus quadris. Ele me puxou para baixo com força e se enterrou até a base dentro de mim, suas bolas pressionando contra minha bunda. Empurrando-me contra a parede, ele me segurou ali e deu mais duas estocadas poderosas, soltando um gemido grave e profundo, o som aparentemente arrancado de sua alma, seu corpo estremecendo.

Talvez fosse disto que ambos precisávamos: cruzar aquela linha final entre nós. Uma na qual ele me permitisse ser meu verdadeiro eu e se deleitasse com isso, e uma na qual eu não me contivesse para que ele pudesse se libertar por completo também.

Lambi as marcas de mordida que deixei em seu pescoço, limpando o sangue restante e, pela primeira vez, não senti aquele buraco dolorido e imenso em meu peito. Eu estava totalmente saciada.

Ele me abraçou apertado e enterrou o rosto contra minha garganta. Passei a mão pelos cabelos da sua nuca, ofegando descontroladamente.

— Acha que poderíamos derrubar uma montanha fodendo?

Samkiel riu.

— Provavelmente.

— Sugiro que não façam isso.

Samkiel e eu viramos nossas cabeças em direção àquela voz familiar. Reggie estava parado com as mãos atrás das costas e Orym ao seu lado. Samkiel nos virou e me levantou de seu pau antes de me colocar de pé, tendo o cuidado de bloquear a visão deles de mim com seu corpo enquanto eu me inclinava para pegar minha camisa e calças e ele puxava as dele para cima. Assim que eu estava vestida, Samkiel se virou, permitindo que eu ficasse de pé ao seu lado.

— Roccurem, quando chegou aqui? — perguntou Samkiel, sua voz dura como pedra.

Orym levantou a mão como se sentisse a tensão.

— Para ser justo, eu chamei os dois nomes com antecedência, mas...

Reggie não abaixou o olhar, e o modo como me encarou fez meu sangue gelar.

— Eu tive uma visão. Dispersa, mas tive. A legião de Nismera está a caminho. Acreditam que Dianna está aqui, e estão vindo com força total. Vocês estão sem tempo.

XLI
CAMILLA

Hilma sibilou, outro fragmento queimando sua pele enquanto tentávamos, sem sucesso, forçá-lo a se recompor.

— Ei, em vez de vocês duas idiotas ficarem aí paradas com risadinhas o dia todo, venham ajudar — gritou Hilma para as duas bruxas rindo na mesa de canto onde estavam amassando ervas. Ambas pararam o que estavam fazendo e correram até lá.

— Desculpe, desculpe — falaram em uníssono, e me perguntei quanto poder Hilma tinha aqui.

— Está tudo bem. — Esfreguei minha testa. — Vamos fazer uma pausa, ok?

Hilma olhou para mim como se estivesse fora de questão, mas estávamos trabalhando há horas, e essas malditas peças se recusavam a se consertar. Eu queria saber que poder as mantinha separadas. Fosse o que fosse, era muito forte, e só de pensar nisso minha pele formigava. Então, havia outra parte de mim que sussurrava que não importava.

— Está bem — cedeu Hilma. — Uma rápida pausa para ir ao banheiro, mas temos que terminar isso.

— Por que a pressa? — questionei. — Ela não vem tentando consertar isso há anos? Não acho que conseguiremos tão cedo.

Hilma olhou para mim, e depois um pequeno sorriso se formou em seus lábios. Ela assentiu.

— É, você está certa. Bem, vou comer. Quer vir junto?

Balancei a cabeça. Eu já tinha planos.

— Não, estou bem.

Ela deu de ombros.

— Como queira.

Acenei enquanto as outras duas bruxas corriam para fora, de mãos dadas, Hilma atrás delas. Meus guardas entraram na sala, esperando para me escoltar para fora. Eu tinha que admitir que preferia muito mais quando Vincent me escoltava para todos os lugares, porém, mais uma vez, ele estava ocupado.

Os guardas me escoltaram para fora do quarto, e deslizei minha mão no bolso das calças de seda que Nismera nos fazia usar, tocando no item no meu bolso para ter certeza de que ainda estava lá. Andamos em silêncio enquanto me conduziam de volta para o meu quarto, e até fingi dar aos guardas um sorriso curto enquanto entrava. A porta se fechou com firmeza atrás de mim, e corri em direção à minha cômoda. Afastando algumas peças de roupa, desenterrei meu colar do seu esconderijo e o coloquei em volta do meu pescoço. Eu sabia o que havia sentido. Era o mesmo poder que senti quando fugi da minha mansão em chamas, aquele poder inconfundível que fluiu pela minha floresta depois que Kaden enviou as feras que atacaram minha ilha.

Aniquilação.

Um entoar rápido e deslizei para fora da minha porta e pelo corredor. Era tão fácil se mover quando você não podia ser visto. Ninguém sequer olhou na minha direção, e rezei para os deuses antigos, agradecendo-lhes por me concederem tanta magia quanto tinham dado. Caso contrário, eu seria uma mulher morta.

Cheguei ao fim da ala, erguendo minhas mãos conforme minha magia disparava, atraída por aquela trilha de poder. Corri por corredores sinuosos e muitas escadas. Quanto mais avançava, menos pessoas via, apenas um punhado de guardas, e mesmo assim, eram poucos e distantes entre si.

Silêncio me seguiu por esta ala do palácio, e uma sensação desconfortável encontrou cada um dos meus passos. Imagens estavam esculpidas na pedra brilhante e pálida das paredes, retratando batalhas antigas entre deuses e monstros. Parei diante da estátua de uma enorme forma masculina com chifres irregulares crescendo em seus ombros. Sua cabeça estava curvada, obscurecendo seu rosto, e ele parecia segurar uma lança. Olhei mais de perto para as palavras fundas gravadas no pedestal. As curvas e cortes das palavras eram anteriores até mesmo ao meu conhecimento da língua. Estudei a figura musculosa, atraída por ela por algum motivo. A maneira como o artista havia esculpido o rosto, o corpo e a pose, era óbvio que quem quer que fosse esse homem havia sido profundamente amado.

— Assim não vai dar — uma voz disse atrás de mim, e quase dei um salto. Virei-me para ver Tara e Tessa vindo em minha direção.

— Tem que dar. Já estamos ficando sem cobaias — declarou Tessa.

Fiquei parada enquanto ambas se aproximavam, suas longas vestes de seda dançando pelo chão enquanto caminhavam de mãos dadas.

— Ela vai prender inocentes nesse ritmo. Droga, talvez até seus próprios cidadãos, para fazer funcionar — comentou Tara.

Tessa levou a mão de Tara aos lábios e deu um beijo nela. Tara corou.

— Você está segura comigo. Nós duas estamos. Só faça o que ela mandar, lembra? Além disso, os guardas começaram a falar, então, acho que ela está se afastando deles.

Segui as garotas, passando pela grande estátua e indo em direção às escadas. O que as duas estavam fazendo aqui embaixo? O que Nismera as mandava fazer? Elas continuaram descendo os degraus e viraram uma esquina, ainda perdidas na conversa. Tentei entender tudo o que falaram. Usar os cidadãos dela? Tinham que estar se referindo aos corpos que Kaden e eu encontramos lá embaixo. Senti uma ardência no estômago.

Ambas empurraram uma porta grande e vozes escaparam. Máquinas giravam enquanto trabalhadores, pequenos e grandes, gritavam uns com os outros. Várias pequenas criaturas aladas carregavam pedaços de lixo para longe da área, reclamando umas com as outras em uma língua que eu não conhecia.

— Algum progresso, Quill? — A voz de Nismera me fez recuar contra a parede mais próxima.

Ela caminhou em direção ao centro da sala, seu vestido preto esvoaçando atrás de si. As penas de alguma fera cobriam o decote, mergulhando o suficiente para revelar as curvas internas de seus seios. Uma coroa feita de pontas afiadas e espinhos se projetava de sua cabeça. Quando ela se virou, percebi que não era um vestido, era mais um casaco. Sua metade inferior estava coberta por uma armadura dourada, manchada com o que só podia supor ser sangue. Ela devia ter acabado de retornar.

Um homem, ou algo próximo disso, caminhou em sua direção e fez uma reverência. Ele usava um avental coberto de sujeira e óculos sobre os três olhos, a parte do meio maior que as outras duas.

— Sim, a manopla também está quase pronta.

Manopla? Dei um passo para fora das sombras.

Quill se virou e ela o seguiu. Eles passaram por algumas peças de maquinário gigante e seguiram para os fundos. Segui atrás, certificando-me de permanecer imperceptível. Meu coração batia forte quando dobramos uma esquina e entramos em uma sala que era um círculo perfeito. Havia símbolos gravados na pedra no chão, combinando com os do dispositivo gigante acima de nós.

As runas se iluminaram quando Nismera entrou, seu poder ativando-as. Quill e ela pararam no meio da sala, e me juntei aos dois, tomando cuidado para não chegar muito perto. Ela levantou o braço, e as paredes nos cercaram, runas brilhantes girando. Fomos para a frente e depois pareceu que para baixo antes que a parede deslizasse abrindo-se. Quill saiu primeiro, e nós seguimos.

Arquejei e rapidamente cobri minha boca, abafando o som enquanto entrávamos na enorme sala de pedra. Várias pessoas estavam presas ao chão, suas mãos amarradas e bocas amordaçadas. Algumas pareciam não ter mais de vinte anos, cobertas de sujeira e fuligem. Essas deviam ser a remessa recente de prisioneiros que uma de suas legiões havia coletado.

Janelas de três andares de altura formavam as paredes, e eu me perguntava como seria a vista daqui. Queria ir olhar, mas o grande pilar no centro da sala puxava minha magia. O que quer que estivesse ali me atraía e me repelia. Quill virou de lado, dando-me uma visão clara, e meu sangue gelou. No pedestal elevado, envolto em vidro, estava o Anel da Aniquilação.

Nismera caminhou até ele, suas longas unhas deslizando pela caixa transparente, as runas nela se iluminando. Estava infundida com magia divina para manter o anel estável. Ai, deuses. Minha magia recuou bruscamente, lembrando apenas de uma fração do poder pertencente ao homem que costumava empunhá-lo. Dei um passo para trás, depois outro e mais outro, falando palavras para acalmar minha magia. Não estávamos em perigo.

Nismera bateu na caixa como se ela não contivesse uma arma de destruição em massa.

— Alguma novidade? — perguntou.

— Não, minha rei, mas podemos tentar de novo.

Ela assentiu, e com um movimento de seu pulso, uma lança de ouro apareceu. Havia runas entalhadas no cabo, e poder ressoava dela, poder sombrio e distorcido, feito de sangue, e não apenas de qualquer pessoa, mas de Dianna.

Eu sabia, sentia na minha pele. Ig'Morruthen e celestial. A arma perfeita transformada em uma lança mortal. Foi esta que matou Samkiel. A profecia que Reggie mencionou não estava errada. Os dois estavam destinados a matar um ao outro e o fizeram. Meu coração deu um salto. Eu sabia que ela sentia isso agora. Provavelmente ela se odiava por isso, e eu não a culpava nem um pouco por desejar incendiar o mundo por esse motivo.

—Vamos tentar mais uma vez, sim? — orientou Nismera. Quill deu vários passos para trás, movendo-se para o lado.

As pessoas à sua frente começaram a tremer quando ela levantou a tampa da caixa contendo a Aniquilação. O portal foi ativado atrás de mim, e me virei quando Tessa e Tara saíram.

—Vocês estão atrasadas. — Nismera lançou-lhes um olhar severo.

O rubor de Tara aumentou.

— Minhas desculpas, minha rei. — Ela se curvou um pouco, mas Tessa não se importou nem um pouco. Ela apenas ficou parada, brincando com as pontas de seu cabelo loiro.

Nismera não as repreendeu. Em vez disso, voltou seu foco para o anel da Aniquilação.

— Tessa. Tara — chamou Nismera sem olhar para as bruxas. — Protejam o espaço, sim?

Ambas as garotas riram antes de levantar as mãos. A magia explodiu se expandindo, e uma bolha se formou sobre nós, bloqueando a área, e meus ouvidos doeram. A especialidade delas era magia de escudo, e eu nunca tinha sentido um campo de força tão forte. Quill tentou se afastar mais, uma gota de suor escorrendo por sua pele coriácea.

Nismera tirou o anel do pedestal com cuidado e o colocou no dedo. Meus olhos se arregalaram quando suas marcas adyin divinas se iluminaram, e me perguntei se ela poderia mesmo empunhar a Aniquilação, já que Samkiel era seu irmão. Eles eram parecidos nesse aspecto? Ela agarrou a lança com a mesma mão e se virou para o grupo de pessoas no chão. Um fluxo crepitante de luz irrompeu da lança, arqueando de pessoa para pessoa. Seus corpos brilharam e depois explodiram, um por um. Sangue e entranhas revestiam o exterior da bolha, pingando de sua superfície em filetes grossos.

Nismera xingou enquanto todos nós ficamos encarando a bagunça. Quill abriu a boca e se virou para olhar para Nismera. Dois passos rápidos, e ela estava na frente dele, seu avental agarrado em sua mão livre.

— Por que não está funcionando? — sibilou ela.

Quill tropeçou.

— Não tenho certeza, Vossa Majestade. Deveria funcionar em todos os aspectos. O anel é feito do *amata* dela. A lança contém o sangue dela. Deviam se conectar como eles dois fariam.

Meu coração batia na minha garganta. Era isso que ela queria. Aniquilação. Ela pensou que poderia prendê-lo à lança. Deuses, aquela arma nas mãos de Nismera acabaria com tudo.

Ela largou Quill e tirou o anel.

— Leve os restos mortais de volta para o laboratório. Mande examiná-los para ver se há algum sinal de Aniquilação.

Quill assentiu e com cuidado trancou o anel de novo. Nismera recolheu a lança antes de pisar no portal, Tessa e Tara logo atrás.

Meus pés mal tocavam o chão enquanto eu corria de volta para cima. Eu não estava pensando e não me recordo de respirar até ouvir vozes no refeitório quando passei pelas portas. Guardas e generais ocupavam as mesas, contando piadas enquanto comiam. Eles não sabiam nada sobre a deusa psicótica a quem juraram suas vidas. Ou talvez soubessem. Olhei ao redor, procurando por Kaden, mas não a ele nem ao irmão. Saí, dirigindo-me ao salão de guerra. Havia guardas do lado de fora, o que significava que alguém estava lá. Era o meio da tarde, e todos normalmente estavam no intervalo a essa hora. Não tive problemas em passar pelos guardas e irromper pela porta.

— Kaden.

Várias cabeças se viraram em minha direção, incluindo a de Kaden, e congelei. Certo, talvez estivesse acontecendo uma reunião. O ser feito de gelo e ódio me encarou, até mesmo o toque de seu olhar era gélido. Ittshare. Esse era seu nome. Ele era um rei de Yejedin e forte o suficiente para quase controlar o próprio inverno. Ele era muito mais alto que Kaden, e metade de seu corpo estava revestido pela mesma armadura perdição do dragão. Seu braço e ombro direitos estavam expostos, mas cobertos por pontas afiadas de gelo.

— O que significa isto? — exigiu Leviathan de seu assento. Ele tinha papéis dobrados diante de si, e todos pareciam estar discutindo planos de batalha.

Engoli em seco, percebendo que havia muitos soldados e membros do conselho ali, mesmo que Nismera não estivesse.

— Desculpe interromper — falei, odiando-me pelo que eu estava prestes a dizer. Cocei a parte de trás da minha cabeça. — Eu estava no meu intervalo de almoço e queria vê-lo por um momento... ou dois. — Meu rosto esquentou enquanto todos os olhos naquele maldito lugar me encaravam.

O sorriso que se formou no rosto de Kaden me fez querer arrancar sua cabeça. Ele cruzou os braços.

—Ver-me? Vá em frente, Camilla, use suas palavras.

Eu achei que vapor ia sair dos meus ouvidos naquele momento, mas enrijeci minha coluna. Isso não era apenas uma brincadeira. Eu finalmente tinha descoberto o que sua irmã maligna estava fazendo e precisava contar a ele. Se isso significava entrar no seu jogo, que assim fosse.

—Você quer uma foda rápida ou não?

O sorriso dele sumiu. Ele claramente já estava entediado com esse joguinho, e ouvi Leviathan soltar um grunhido enquanto cobria o rosto com a mão, receoso. Ittshare levantou a sobrancelha, e Isaiah riu, mas a cobriu depressa antes de olhar para o irmão. Os outros guardas, graças a Deus, evitaram contato visual, mas foi a resposta de Elianna que me fez hesitar. Ela olhou entre nós, com mágoa nos olhos, mas logo se recuperou e se remexeu na cadeira, de repente preocupada com as borlas na manga do vestido.

— Dispenso — respondeu Kaden. — Talvez mais tarde.

Meus dentes estavam prestes a ranger até virar pó, mas forcei um sorriso fino.

—Venha hoje à noite ou não venha mais.

Saí da sala e voltei para minha estação de trabalho, esperando manter o último resquício da minha dignidade. Deuses acima e abaixo, este lugar ia acabar comigo.

Trabalhei até meu nariz sangrar, e Hilma decidiu que era um bom momento para fazer uma pausa. Lancei vários olhares para Tessa e Tara enquanto elas nos ajudavam, precisando ficar de olho nas duas. Se magia de escudo era o ponto forte delas, então, talvez esse medalhão em que eu estava trabalhando fosse mais poderoso do que eu pensava. Se ambas estavam ali para minimizar os danos, eu de fato me preocupava com o que estava ajudando a reconstruir. O único ponto positivo era que elas não sabiam que eu havia estado lá. Eu me perguntava quantas pessoas trabalhando ali guardavam os segredos de Nismera.

Retornei para meu quarto bem depois do anoitecer, e assim que os guardas partiram, tirei a roupa e fui para o banheiro. Esta era uma das minhas partes favoritas do meu dia. Eu tinha conseguido fazer um sabonete que ajudava a aliviar minha mente, uma névoa fina se espalhando pelo quarto quando ele tocava a água. Aliviava todo o estresse do dia, e o banho quente acalmava meus músculos cansados e doloridos. Minha magia adorava, recarregando meu poder depois que quase me drenavam.

Suspirei e me inclinei para trás. Vincent não tinha voltado hoje, e me perguntei o que ela mandou que ele fizesse dessa vez. Ele tinha saído com outro membro da legião mais cedo. Eu só tinha visto esse integrante uma vez, quando Vincent me deixou na minha estação de trabalho. Era alto e musculoso. O capacete que ele usava era todo pontiagudo e tinha asas que se abriam em leque ao redor de sua cabeça. Quando ele se virou, vi as asas grossas e enormes presas próximas às suas costas. Perguntei a Hilma quem ele era, mas ela apenas murmurou algo sobre ser irmão de uma rainha poderosa e me mandou voltar ao trabalho.

Mergulhei a cabeça na água uma última vez antes de me levantar e pegar uma toalha. O chão estava frio contra meus pés quando saí e me sequei. Entrei no meu quarto e gritei, apressando-me para enrolar a toalha em volta do meu corpo.

Kaden estava deitado na cama, com as mãos atrás da cabeça e olhando para o meu teto.

— Excessivo, não acha?

— Como… — gaguejei. — Na verdade, o que está fazendo aqui? Eu estou pelada.

Ele virou a cabeça e me olhou de cima a baixo.

— Estou vendo — declarou, antes de suspirar fundo e voltar a observar o teto. — Prometo que sua virtude está segura comigo. Além disso, não é nada que eu não tenha visto antes. Não é tão atraente.

Peguei a primeira coisa que toquei da minha penteadeira e me virei para atirá-la nele. Ele segurou meu pulso e apertou com força suficiente para quebrar os ossos frágeis. Ofeguei, e minha escova de cabelo caiu no chão com um barulho.

— Ora, ora, não há necessidade de violência. — Ele soltou e deu um passo para trás, pondo as mãos nos bolsos. — O que era tão urgente que você teve que invadir uma reunião do conselho?

Segurei meu pulso, desejando que minha magia fosse para o ponto sensível, suspirando de alívio conforme se curava. Virando, peguei a camisola escura na minha cadeira e a vesti, a bainha balançando ao redor dos meus joelhos.

— Encontrei uma coisa — respondi.

A cabeça dele se virou rapidamente em minha direção, e seus olhos brilharam de interesse.

— Dianna?

Então era com isso que ele se importava acima de tudo. Era o que chamava a atenção do bastardo frio e cruel na minha frente. Dianna e Isaiah pareciam ser as únicas coisas com as quais ele se importava de verdade.

Para ser honesta, não fiquei chocada. Sempre soube que ele tinha uma obsessão extremamente letal por Dianna. Seus olhos seguiam cada movimento e expressão dela. Fiquei surpresa que ele a deixasse fora de vista. Embora pudesse apostar que mesmo quando ele fingia não se importar, todas as vezes em que ela saía para encontrar a irmã, ele ficava de olho nela. O mais surpreendente era que ele tolerou meu relacionamento com Dianna, mas mesmo assim, eu sabia que ele o usava como um disfarce para seus verdadeiros sentimentos. Não sabia por que Kaden fazia isso, mas agora estava tudo claro. Ele ainda poderia estar com ela sem Nismera ou os outros respirando em suas costas.

— Não — respondi, notando seus ombros caírem um pouco. — Posso ou não ter escapulido durante o almoço e encontrado outra parte do covil da sua irmã.

Kaden inclinou a cabeça, esperando.

— Certo. Continue.

Inspirei fundo, estremecendo, odiando a próxima parte.

— Não confio neste lugar ou em seus habitantes, por isso, prefiro mostrar a você.

— Muito bem — suspirou Kaden. — Mostre-me. — Ele parecia tão entediado.

Dei um passo à frente, meus lábios se colando aos dele enquanto eu lhe mostrava cada parte do que eu tinha visto lá embaixo na ala leste. Seu aperto aumentou na minha cintura, sua boca pressionou mais forte contra a minha, o beijo se aprofundou quando ele viu aquela lança dourada. Ele se afastou para trás depois que Nismera matou os prisioneiros, examinando meus olhos.

— É isso?

Assenti e dei um passo para trás.

Um olhar de pura perplexidade cruzou o rosto dele.

— Quer dizer que Nismera quer controlar a Aniquilação?

— Parece que sim — confirmei um pouco sem fôlego. Não por beijar Kaden. Eu não tinha sentimentos sexuais pelo homem. Só que eu não era beijada há muito, muito tempo, e sentia falta disso. Minha mente vagou para um certo celestial alto e taciturno, e logo extingui esse pensamento. — Agora, também sabemos por que ela tinha todos aqueles restos mortais. Acho que ela está tentando ver se consegue usar a Aniquilação. Isto é, nada de experimentos assustadores, ao que parece. Embora não explique os que foram cortados em cubos.

Kaden ficou em silêncio por um momento enquanto andava de um lado para o outro, e então olhou para mim.

— Se não está funcionando, isso explicaria por que ela precisava do sangue de Samkiel, até mesmo de Isaiah.

— Como?

— Isaiah tem poder sobre o sangue em geral. Ela provavelmente está apenas trabalhando em uma maneira de estabilizar a Aniquilação.

— Ah. — Hesitei. — Certo, então como a impedimos?

Kaden me encarou como se eu tivesse criado chifres.

— Parar Nismera? De fazer o quê?

— Ela está matando pessoas inocentes para fazer essa arma e, se tiver sucesso, dominará este reino e todos os reinos entre eles.

Ele ergueu uma sobrancelha escura.

— E? Que ela o domine.

Fiquei calada por tempo demais, e ele notou, depois deu uma risadinha que fez minha magia berrar para eu fugir. Kaden deu um passo, depois outro, até que tive que inclinar minha cabeça para trás a fim de olhar para ele. Seus dedos agarraram meu queixo em um aperto doloroso.

— Esqueceu quem eu sou? Acha que me importo com pessoas inocentes? Minha irmã já governa esses reinos, e ela os dominará para sempre. Ninguém desafia Nismera. Aprenderá isso aqui. E se tentar, aprenderá que Nismera não é a pior coisa neste mundo miserável.

Não falei nada enquanto Kaden levantava a mão livre para afastar uma mecha do meu cabelo.

— Não me importo com muita coisa neste mundo. Nunca me importei, mas me importo com Isaiah. Ele ainda é facilmente influenciado e impressionável, como sempre foi. Foi por causa dele que fomos amaldiçoados a ficar presos naquela maldita dimensão -prisão. A arrogância dele o domina, mas prometi há eras que nunca deixaria nada acontecer a ele e estava falando sério. Se ela está usando o sangue dele para vincular a uma arma, então que assim seja, desde que ele não se machuque.

—Você não tem certeza disso. Como pode confiar nela tão cegamente? — questionei.

A risada que deixou seus lábios foi enervante, e estremeci.

— Acha que eu deveria me importar com você? Camilla, você é e sempre foi um meio para um fim. Puta merda, são tão tolos assim em todos os reinos? Acha que beijos suaves e palavras sussurradas me tornam um homem bom, que quero ajudar *inocentes*? Eu só amo duas pessoas neste mundo miserável, e você não é uma delas.

— Essa é uma posição que eu nunca gostaria de reivindicar — retruquei.

— Isso acaba agora. Chega de bisbilhotar por este palácio. Se eu pegar você, eu mesmo a entrego para ela. Quanta magia consegue fazer sem mãos, hein?

Tentei arrancar meu queixo de seu aperto, mas ele segurou firme.

— Solte-me!

Um arrepio frio percorreu minha espinha enquanto ele me segurava ali. Em um grave lapso de julgamento, eu tinha esquecido que ele era um predador, um ápice de sua espécie, assim como Dianna. Ele poderia rasgar minha garganta se quisesse, arrancar minha cabeça do corpo, e agora, enquanto me encarava, eu tinha uma sensação de que talvez ele fosse mesmo fazer isso.

XLII
VINCENT

Eu estava na enorme refinaria, um grande edifício na ala oeste do palácio de Nismera. Às vezes, eu admirava seu raciocínio. Ela tinha tudo de que poderia precisar em um único lugar. Eu me mexi e olhei pela janela, observando o sol se pôr. Tinha sido outra caçada fracassada por Dianna e seu Destino, e eu mal tinha conseguido voltar a tempo.

Era um estudo em frustração, seguindo migalhas de pão que não levavam a lugar nenhum. Fiquei surpreso que ela não tivesse contado aos irmãos o que estava me mandando fazer, mas não me importava muito. Eu faria o que ela pedisse, como sempre fiz. Não havia escolha. Soltei uma respiração lenta, chateado por ter perdido o almoço. Droga!

— Precisa estar em algum lugar? — ronronou ela atrás de mim.

Sua mão correu ao longo da minha ombreira, mas fiquei parado sob seu toque.

— Não, minha senhor. Apenas está muito calor aqui.

Era apenas meia mentira. Estava um calor escaldante, seus operários trabalhando em seja lá qual dispositivo ela estivesse construindo, mas era verdade que eu tinha planos. Camilla e eu almoçávamos todos os dias no mesmo horário no topo da fortaleza. Era a única hora em que qualquer um de nós encontrava a paz, e eu gostava disso. Outro dia ela riu de um comentário idiota que soltei, fazendo meu sangue ferver. Era tão fácil com ela. Sempre foi. Eu a visitava nas ruínas de Rashearim pelos mesmos motivos. Quando eu estava com ela, podia apenas relaxar e ser qualquer coisa, menos eu mesmo, apenas existindo em sua presença. Ela não me pedia nada além disso.

Eu estava muito perdido quando se tratava dela. Sabia disso agora e soube disso centenas de anos atrás, mas não conseguia me conter, mesmo se quisesse. Ela era como um ímã, atraindo-me, e eu era incapaz de resistir à sua atração.

— Não se preocupe, não ficaremos aqui por muito tempo. — Nismera abaixou a mão, me oferecendo um sorriso tímido. Não me afetou em nada e não afetava há muito tempo. Lembrei-me daqueles dias em Rashearim, de como me apeguei a cada palavra que ela falava, cada movimento que ela fazia. Pensei que a amava naquela época, que Nismera me amava, mas como uma flor abandonada, esse amor murchou. Vi os sinais tarde demais, prometendo-me a ela em um vínculo indissolúvel, e agora eu estava preso. Até a morte.

Às vezes, eu desejava que ela me atacasse com raiva, queria que me libertasse de sua servidão, mas isso nunca acontecia. Assim sendo, eu fazia o que ela mandava e mentia, manipulava e feria porque eu não tinha escolha. Sua vontade era a minha vontade.

Minha coxa ainda ardia com a lembrança de quando ela me prendeu, vinculando minha vontade à sua. Eu não era mais apenas um celestial sob sua guarda, mas como ela falou, era seu bichinho de estimação. Não poderia ir contra um comando seu, mesmo se ousasse. Ela me enganou naquela época, alegando amor, e acreditei tão ferozmente. Eu queria amor como qualquer idiota no mundo. Uma parte de mim ainda ansiava por isso. Mas agora tudo o que eu pensava era o quão doentio e distorcido era, como era capaz de derrubar os mais poderosos, e eu odiava.

Meu coração batia forte quando me lembrei de como ela me levou para longe de Rashearim para o que pensei que seria uma noite de paixão, mas que logo se transformou em um pesadelo vivo. Ela me cavalgou até eu ficar cego de felicidade, então, esfaqueou-me enquanto uma centena de bruxas desciam sobre nós. Eu ainda sonhava com os cânticos e o queimar daquele feitiço de vínculo. Em meus pesadelos, lembro-me de implorar para que ela parasse, mas ela não ouviu. Nismera nunca ouvia. Eu odiava isso, a odiava.

Máquinas pararam bruscamente, arrancando-me da memória. Balancei a cabeça, pensando na única bruxa que me tocou apenas com cuidado. Ela era minha salvação, minha paz.

Quill se aproximou, arrastando os pés. Ele estava coberto de graxa de cima a baixo enquanto se ajoelhava diante de Nismera.

— Está feito, minha senhor.

Nismera deu um gritinho, batendo palmas.

— Excelente, Quill. Deixe-me ver meu novo brinquedo.

— Sim, sim. — Quill se virou, gesticulando para seus funcionários, que empurraram um carrinho em nossa direção. No topo estava o que parecia ser uma peça de armadura envolta em tecido.

— O que é isso? — perguntei.

Nismera deu um passo à frente e arrancou o tecido de cima, revelando uma manopla de aço brilhante. Ela a pegou, virando-se para mim.

— É sua, bichinho.

— Minha?

Ela assentiu esperançosa.

— Estenda o braço.

Engoli o pouco de apreensão que senti e fiz o que ela ordenou, como sempre fazia. Ela deslizou a manopla no lugar, e minha pele formigou conforme poder bruto disparava pelo meu braço.

Eu grunhi quando a sensação se tornou quase insuportável antes de diminuir.

— O que foi isso?

Seu sorriso me fez ter medo de saber mais enquanto ela batia palmas.

— Recebi a notícia de que um certo prisioneiro chegou em Flagerun.

— A prisão nas montanhas?

Ela assentiu.

— Sim, o Destino está lá. Ele foi capturado na Cidade de Jade antes que ela caísse. Com a maneira como ela tem procurado incansavelmente por ele, deduzo que ele seja seu novo amante. Preciso dele morto, e você é a pessoa em quem mais confio para fazer o trabalho.

Eu balancei a cabeça.

— Você tem os Reis de Yejedin, Kaden e Isaiah. Eles são muito mais fortes.

Ela colocou uma mão sob meu queixo, forçando-me a encontrar seu olhar.

— Você desmantelou e destruiu meu maior inimigo. Não eles. Consegue fazer isso, e criei a arma perfeita para ajudar.

— Ela pode matar um Destino? — perguntei, flexionando meus dedos na manopla.

— Pode matar qualquer coisa. — Nismera ficou na ponta dos pés, depositando um beijo em meus lábios, mas não senti nada, nenhuma faísca de luxúria ou prazer, apenas seus lábios nos meus. Ela se afastou, e eu assenti, forçando um sorriso correspondente ao dela.

Eu não sabia qual era a expressão no meu rosto, mas todos me deram passagem conforme eu me dirigia para meus aposentos, dando-me amplo espaço. O sol já tinha se posto, o que significava que eu sabia onde ela estava. Os guardas do lado de fora de sua porta me viram e abaixaram a cabeça antes de removerem seus capacetes e irem embora. O turno deles acabava quando eu estava de volta ao meu quarto.

Eu estava na frente da porta dela no momento em que eles viraram a esquina, meus dedos dançando na madeira.

— Um segundo — gritou.

Ouvi seus passos, mas um passo mais pesado os acompanhava. Franzi a testa, e não esperei antes de girar a maçaneta. Empurrei a porta e congelei na entrada.

Kaden estava perto da cama dela, com as mãos no bolso enquanto Camilla ajustava as laterais da camisola. Uma camisola que eu achava transparente demais para ela usar com visitas, especialmente dele. O olhar fechado em seu rosto junto da marca que desaparecia lentamente sob seu queixo me fizeram ficar furioso, e eu estava do outro lado do quarto sem saber como cheguei lá. Meu punho acertou a lateral do rosto de Kaden, sua bochecha se quebrando sob a manopla. Kaden riu, seus olhos faiscando vermelhos ao estender a mão para me agarrar. Atirei-me sobre ele. Em um momento, estávamos com as mãos um no outro e, depois, estávamos em lados opostos do quarto.

—Vincent! — repreendeu Camilla, sua magia esmeralda nos segurando feito um torno.

Kaden rosnou, expondo suas presas.

—Você poderia ser mais óbvio? — disparou ele.

Não consegui esconder meu ódio.

— Não toque nela! Nunca toque nela.

Seus dentes estalaram para mim, presas alongadas e afiadas.

— Não se preocupe. Eu já estava farto da bruxa. Não é nada demais.

Eu me contorci sob o domínio de sua magia, grunhindo com o esforço de me libertar e conseguir arrancar a cara dele, mas o poder dela era forte demais.

—Vocês dois! — explodiu Camilla. — Parem antes que os guardas apareçam aqui.

Kaden parou de rosnar, e fechei meus lábios, escondendo meus dentes. Não importa o quanto eu o odiasse, não ia correr o risco de que algo acontecesse com Camilla. Ela assentiu enquanto nós dois concordávamos à nossa maneira, em seguida, nos soltou. Kaden fez uma careta de desprezo antes de passar a mão em sua bochecha curada, e eu congelei.

— Se falar alguma coisa... — ameacei, apontando um dedo para Kaden. Camilla colocou uma mão calmante em meu braço.

—Vai fazer o quê? Você não conseguiria me derrotar nem no meu pior dia. Eu seria capaz de acabar com você mesmo estando com os dois braços amarrados nas costas — provocou Kaden.

— Sério. — Camilla jogou as mãos para o alto. — Tudo bem, lutem, façam com que todos nós sejamos mortos ou coisa pior.

Eu não queria Nismera aqui, nem ela, e ele sabia disso.

—Vocês dois são patéticos. — Kaden riu e balançou a cabeça. — Não se preocupe, cachorrinho. Eu estava de saída — falou ele, passando com um empurrão no meu ombro.

— Ah, e certifique-se de que minha irmã não saiba que você está se esgueirando para os aposentos das bruxas tarde da noite. Tenho certeza de que ela ia odiar. — Kaden saiu e fechou a porta silenciosamente atrás de si, deixando Camilla e a mim sozinhos.

— Ele não vai contar — garantiu Camilla. — Tenho certeza disso.

Ignorei-a, segurando gentilmente seu rosto. Jurei que tinha visto o hematoma, mas agora não restava nada.

Ela revirou os olhos.

— Vincent. — Ela colocou a mão sobre a minha. — Estou bem.

— Eu o odeio — sibilei.

— Quem não odeia? — Ela sorriu.

— Desde quando você confia nele?

Ela deu de ombros.

— Desde que tenho algo a mais que ele.

— Não gosto disso. — As palavras saíram dos meus lábios antes que eu pudesse dizer ao meu cérebro para calar a boca. Pensamentos e palavras como essas normalmente ficavam na minha cabeça, mas eu estava tenso demais por imaginar Kaden e Camilla juntos.

Os lábios dela se curvaram de leve.

— Não sabia que você se importava.

Dei um passo para trás, depois outro, permitindo que ambos tivéssemos algum espaço para respirar.

— Isso é mentira.

Camilla balançou a cabeça.

— Na verdade não. Não vejo você há dias.

Respirei fundo, estremecendo, sabendo que não poderia lhe contar onde estive ou o que estava fazendo, tudo por causa da vontade de Nismera.

— O que ele mandou você procurar, afinal? — perguntei, coçando a lateral da cabeça.

— Em termos simples, Dianna.

O nome dela ainda me arrepiava. Independentemente de qualquer coisa boa que Samkiel tivesse visto nela, ela ainda era Ig'Morruthen e pura destruição. Ela era como Kaden. Os humores deles mudavam tão depressa, atacando e matando sem pensar duas vezes. Eu a odiava também.

— Deixa ele tocar você?

Seu olhar se arregalou um pouco, tão surpresa quanto eu. Eu não fazia ideia de qual era o motivo disso, das palavras, ou por que eu estava agindo fora de controle, mas parecia que eu não conseguia evitar, não com ela.

— Cuidado, Vincent. Quase parece que você está com ciúmes. — Ela inclinou a cabeça um pouco.

Ela ajustou a alça da camisola fina e preta que cobria suas curvas tão bem que a imagem poderia fazer qualquer ser cair de joelhos. Meu corpo esquentou, e invejei aquele maldito tecido. Eu o invejei tanto porque sabia que minhas mãos nunca poderiam tocar os pontos que ele tocava.

Talvez fosse a aparência dela nesse momento, o visual meio descabelado como se ela tivesse acabado de sair da cama. Metade do cabelo estava preso para trás, algumas mechas escapando do penteado. Era assim que ela ficava depois do sexo? Imaginei se seus lábios teriam o inchaço pós-beijo quando tivessem sido beijados profunda e adequadamente. Será que suas bochechas ficariam um tom mais escuro se eu falasse safadezas para ela? Fiquei duro com a mera ideia e me afastei dela.

— Queria ver como você estava — expliquei, esperando que não houvesse na minha voz nenhum indício de como eu de fato me sentia. — Tinha planejado para almoçarmos juntos de novo essa tarde, mas eu estava ocupado.

— Tudo bem. — Ela suspirou, e me virei para ela. — Presumo que Nismera tenha levado você a alguma missão. Sei que você sempre tem que escolhê-la.

Eu escolheria você! Eu queria falar isso, gritar, mas minha voz não saía.

— Falando em missões. — Levantei a mão, mostrando a manopla. — Foi isso que ela me mostrou, o que mandou fazer.

Os olhos de Camilla se arregalaram enquanto ela dava um passo à frente.

— Caramba. Bem, pelo menos sabemos que é forte o suficiente para cortar pele de Ig'Morruthen.

Não pude deixar de sorrir quando olhei para ela. Não que parecesse que eu queria.

Camilla estendeu a mão, as pontas dos dedos apenas roçando o metal antes de puxá-la de volta.

—Você está bem?

Ela assentiu, colocando o polegar na boca e chupando de leve como se a manopla a tivesse queimado. Seus lábios se fecharam com firmeza ao redor da ponta do polegar, e lutei contra um estremecimento de desejo, tentando manter meu pau sob controle. Respirei fundo e me forcei a me concentrar.

— Deixe-me ver — pedi, conseguindo ouvir a aspereza da minha voz.

Quase gemi quando o polegar de Camilla saiu da boca dela com um estalo molhado. Ela levantou a mão para me mostrar que estava bem.

— Estou bem. Essa coisa tem uma tonelada de magia. Para que serve?

Comecei a contar que era para matar um Destino, mas lembrei-me de como ela falava de Roccurem e de como gostava dele. Por isso, menti para ela mais uma vez.

— Uma missão. É confidencial.

O sorriso dela durou pouco.

— Quanto tempo vai ficar fora? Preciso planejar novos almoços com guardas diferentes?

Um sorriso presunçoso surgiu em meus lábios.

— Como se eles fossem uma companhia melhor.

Seu sorriso quase acabou comigo. Era tão genuíno, tão radiante como se o próprio sol se escondesse dele.

— Isso foi humor? — perguntou ela, seus olhos cintilando para mim.

Não respondi, mas a esperança se acendeu em meu interior com suas palavras, que soavam como se ela tivesse sentido minha falta, e ninguém sentia minha falta há tanto tempo. Eu tinha ferido minha família, destruído-a por Nismera, e sabia que eles agradeceriam por minha ausência.

— Está tarde — falei.

Ela assentiu, olhando para a porta.

— Está.

O silêncio caiu, o pico de tensão entre nós irregular, afiado e mortal. Jurei que se eu me aproximasse apenas uma fração, ele nos atravessaria. Seus olhos se arregalaram de novo, e ela lambeu os lábios, um rubor tocando suas bochechas.

— Espere — falou ela, rompendo a tensão entre nós.

Tentei o máximo que pude, realmente tentei não a observar enquanto se afastava, mas aquele material fino delineou o traseiro mais perfeito que eu já tinha visto. Meus olhos eram escravos indefesos de seu movimento. Quando ela se virou, eu tinha forçado minhas mãos para trás das costas, e meus olhos estavam de volta aos dela como se eu não tivesse acabado de devorar sua bunda com o olhar.

— Aqui — falou ela, segurando um disco circular. Havia pequenas formas esculpidas no disco, que girava sob influência da magia dela.

Deslizei o dedo sobre a superfície fria, e o poder nela cintilou, lambendo minha pele como se estivesse me experimentando, deixando um formigamento em seu rastro. Voltou a se acomodar, mas senti um fino fio de conexão com ele agora.

— O que é isso? — perguntei, observando-o.

Ela deu de ombros, seu sorriso um pouco tímido.

— Eu fiz. Minha família e eu fazemos isso há anos. Usei o que tinha aqui, mas não deve afetar como funciona. Pense nisso como uma ferramenta para absorver sonhos ruins ou coisas dessa natureza. Protegerá quem o possui.

Eu o embalei na palma da minha mão.

— Você fez isso para mim?

Ela cutucou o polegar enquanto respondia.

— Sei que você tem pesadelos. Não sei se vai funcionar, principalmente quando estiver fora naquelas missões horríveis em que ela manda você.

Mil e uma palavras ficaram presas na minha garganta.

— Obrigado. — Foi tudo o que consegui dizer enquanto fechava meus dedos em volta do disco de metal em minha mão. Eu precisava ir embora, mas não queria.

— De nada.

— Espero não ficar fora por muito tempo. Tente não me substituir. — Sorri, e ela retribuiu.

— Como se eu pudesse. — Ela se virou um pouco, levantando o polegar em direção à cama. — Estou cansada. Foi um longo dia. Você pode apenas se despedir de mim amanhã antes de partir?

— Claro.

Ela assentiu, apoiando a mão no meu braço encouraçado. Um tremor fino percorreu meu corpo. Seu toque não era frio e sem vida como o de Nismera, mas quente com a oferta de cuidado. Ela era conforto, e ao seu lado eu me sentia em casa.

— Boa noite, Vincent.

— Não fique mais sozinha com Kaden, Camilla. Não confio nele.

O olhar dela era suave enquanto me observava e assentia.

— Eu também não confio nele.

Deixei o quarto, certificando-me de que a porta se trancasse atrás de mim, mas não fui para o meu quarto por um longo, longo tempo. Em vez disso, fiz o que tinha feito em Rashearim e fiquei sentado do lado de fora da porta dela, ouvindo-a dormir. Deslizei meu polegar sobre o disco que ela me deu, apreciando como sua magia beliscava meus dedos com faíscas verdes e, pela primeira vez, senti paz.

XLIII
KADEN

— Mais um?

Meus olhos se ergueram rapidamente. O cabelo espetado do barman se erguia para um lado, suas orelhas pontudas cheias de anéis e correntes. Assenti e olhei ao redor do bar barulhento. Estava lotado, cheio de risadas e uma mistura de seres, mas os assentos ao meu lado permaneciam vazios.

Lancei um olhar para a porta no momento em que o barman colocou o copo na minha frente. Acenei em agradecimento e o peguei, levando-o até minha bochecha. O copo gelado amenizou a dor causada por aquela maldita manopla. Talvez eu devesse voltar e estripar Vincent, mas sabia que Mera teria um ataque se eu fizesse isso.

Mera. Suspirei. Camilla estava certa sobre uma coisa. Ela queria poder, sempre quis, mas eles a viam como um monstro, não como Isaiah ou eu.

Uma porta bateu ali perto, o som ecoando pela minha alma e despertando memórias que era melhor manter no passado.

— Não pode fazer isso! — gritei, mas seu poder era forte demais. — Não pode nos trancar nesta prisão.

— Você não me diz o que posso ou não fazer. Vocês sabiam das consequências, vocês dois sabiam, mas aqui estou eu, limpando uma bagunça que vai resultar em guerra — retrucou Unir.

— Então, deixe-nos ajudar a consertar — pedi. — Isso não é solução.

Unir não demonstrou remorso algum ao endireitar os ombros e lançar um olhar firme e vazio para mim e Isaiah.

— Demonstrar misericórdia para um seria mostrá-la a todos. Nisso, não posso.

Corri para a frente, mas fui impedido por uma barreira e atirado para trás.

— Pai! — Mas era tarde demais. Unir empurrou as mãos para a frente, e runas de luz prateada surgiram reluzindo no chão e no teto.

— Faça isso e farei você sofrer — prometi, minha voz tão partida quanto meu coração.

— Essa é uma ameaça vazia. Você nunca deixará este lugar para cumpri-la — declarou Unir. Seus olhos reluziram prateados, e uma pedra irregular deslizou para o lugar, suas pontas irregulares se encaixando nas bordas da cela como uma tranca. Com um estalo final, fechou-se, selando-nos lá dentro. Fiquei ali batendo nela por horas, dias, meses. Não me lembrava. Isaiah chorava ao meu lado, culpando a si mesmo.

Peguei-o pelo braço.

— Ei, olhe para mim. — Ele não olhou, e eu o sacudi. — Olhe para mim, Isaiah!

Seus olhos injetados de sangue encontraram os meus.

— Isso não é culpa sua. Ele é um homem cruel e frio, ok? Nada disso é culpa sua.

Eu o puxei para um abraço enquanto ele soluçava.

—Você não me odeia também?

Eu balancei a cabeça.

— Não, nunca.

Ele nos trancou no reino onde costumávamos correr com feras e criaturas vis que ele considerava abaixo dele. Como elas, não éramos nada além de inconvenientes para ele. Desse modo, construímos nossa própria casa do zero naquele reino-prisão, e isso tornou nossos corações tão afiados e brutais quanto a paisagem. Ele nunca voltou, nunca veio nos ver. Eu sabia que ele havia nos substituído por aquela criança chorona e nanica que havia nascido.

Unir nunca se importou e nos usou como armas até que não tivéssemos mais utilidade. Quando não éramos mais necessários, ele nos deixou de lado sem um pingo de cuidado. Foi quando o ódio floresceu em meu coração e o momento em que me tornei um homem. Sentei-me naquele trono em Yejedin, jurando, acima de tudo, fazê-lo sofrer de maneiras que ele apenas sonhava.

Passei anos com Isaiah, treinando os prisioneiros que podíamos, preparando-os para a guerra que eu desejava. Foi só quando o mundo estremeceu e se partiu que eu soube, sem sombra de dúvida, que uma de nossas irmãs nos amava. Ela se importou o bastante para abrir caminho até nossa prisão para nos salvar. Nismera tornou isso possível. Ela se importava e teria nossa lealdade até que fôssemos cinzas e os reinos fossem incendiados.

O assento ao meu lado rangeu quando Isaiah se sentou. O bar ficou mortalmente silencioso. Ele e sua reputação letal eram bem conhecidos aqui, e não ajudava ele estar usando aquela maldita armadura perdição do dragão.

O barman deu um passo à frente, e eu podia sentir o cheiro do medo emanando dele.

— Gostaria do mesmo, senhor?

Isaiah sorriu e assentiu antes de se virar para mim.

— Estava procurando por você. Elianna contou que você veio para a cidade, e pensei neste lugar.

— Hum, parece que Elianna está prestando muita atenção em mim.

— O que aconteceu com seu rosto? — perguntou ele.

Eu gemi e acenei afastando sua pergunta.

— Não importa. Descobriu mais alguma coisa?

O barman trouxe a bebida e depois se afastou depressa. Isaiah tomou um gole antes de pôr o copo na mesa.

— Só que Vincent e uma pequena unidade estão indo para uma das prisões dela coletar mais prisioneiros, ao que parece. Nada mais. O Olho está quieto.

— Todo mundo teme Nismera — falei, abaixando meu copo de volta para o bar e esfregando meu polegar na borda.

— É. — Isaiah se inclinou para a frente. — Eles só não a conhecem como nós conhecemos.

Eu bufei em descrença.

— Eles enaltecem Unir como um herói, mas ele trancafiou os próprios filhos por séculos, jogando-nos no lixo quando aquele fedelho de merda nasceu. Nismera foi a única que se importou. Ela nos salvou. Ela rompeu um reino por nós, mas... — Eu parei, levando o copo aos meus lábios e tomando um gole. — Espero que ela incendeie este mundo dos deuses antigos. Espero que ninguém se lembre dos malditos nomes deles.

— É isso que está incomodando você? — questionou Isaiah. — Eu sabia que estar de voltar iria trazer velhas memórias, irmão, mas não estamos mais lá. Estamos livres.

Ele tinha tocado muito perto de um nervo que ainda parecia exposto e sensível. Isaiah falava de liberdade, mas minha mente e alma ainda se sentiam presas lá. Embora ar fresco enchesse meus pulmões e o calor não ferisse minha pele, uma parte de mim ainda estava esperando ser salva.

— Sabe que vou protegê-lo não importa o que aconteça, certo? — declarei, abaixando meu copo. Não olhei para ele, mas senti seus olhos em mim.

Sua mão apertou meu ombro com força.

— Eu sei, você sempre fez isso.

— A guerra está chegando, Isaiah. Precisamos estar preparados.

XLIV
CAMERON

Inclinei a cabeça para trás, o licor amargo atingindo o fundo da minha garganta com nada mais do que uma leve ardência. Parou de queimar há algum tempo.

As estrelas acima brilhavam através da energia prateada que flutuava pelo céu.

Levantei minha garrafa bem alto em uma saudação.

— É tudo o que resta de você agora, não é, amigo? — falei para o espetáculo de luzes acima. Olhei para os restos de Samkiel, e meu coração ficou apertado, minha visão nublada com lágrimas. Eu o perdi, perdi minha família e Xavier.

— Certo, me escute. — Meus pés se arrastavam enquanto eu tentava acompanhá-lo. Suas botas encouraçadas estavam manchadas de terra vermelha. Eu sabia que ele tinha acabado de retornar de qualquer tarefa que Unir lhe dera, mas mal podia esperar para perguntar.

— Outro pedido doentio de serviço de quarto permanente e seu próprio castelo na colina? — questionou Logan, balançando a cabeça, sua armadura imunda.

— Foi só uma vez! — retruquei, arrancando uma risada do homem de confiança de Samkiel. — Isso é sobre A Mão.

A trança escura de Samkiel balançava contra suas costas a cada passo, seu capacete amassado segurado sob um braço. A faixa com a besta de três cabeças esticada em um de seus bíceps. Ele se virou e parou, seus guardas quase tropeçando quando pararam abruptamente.

— Cameron, pela última vez, apenas mencionei os testes. Não tive tempo para respirar, muito menos pensar em quando começariam.

Apontei um dedo para ele.

— Bem, antes de tudo, isso é mentira. Você parecia estar respirando bem com as ninfas que saíram correndo do seu quarto na última...

Samkiel esfregou a mão no rosto e quase rosnou:

— Cameron.

— Ah, certo, é segredo e não é o ponto. O ponto é que tenho procurado por aí em busca dos melhores, e tenho alguns que acho que seriam incríveis.

— É mesmo? — questionou Samkiel, ajustando o capacete da armadura em sua mão para cruzar os braços.

— Sim. Fiz amizade com um dos yeyras de Kryella.

— Cameron.

Levantei as mãos, e Logan riu.

— Eu sei que vocês dois têm um relacionamento estranho, o que também não é o ponto, mas ele é rápido, inteligente e ótimo com lâminas. Duas, na verdade. Apenas dê uma chance a ele.

Logan e Samkiel trocaram um olhar que não consegui decifrar antes que ele se virasse para mim.

— Muito bem. Estarei com meu pai pelas próximas duas luas em outra maldita viagem prolongada do conselho. Quando eu retornar, faremos testes.

— Isso! — Cerrei meu punho e soquei o ar em triunfo.

Um sorriso surgiu no rosto de Samkiel.

— Por um preço.

— O que você quer?

—Você tem que participar também.

— Eu? — resmunguei. — Escuta, estou bem com Athos. Ela...

— Deixa você fazer o que quiser? — Ele levantou uma sobrancelha.

— Certo, justo. — Suspirei, colocando as mãos nos quadris. — Vou tentar. Só me desqualifique mais cedo ou algo assim.

Logan riu, e Samkiel olhou para ele.

— Por que está rindo? Você também vai participar.

Logan ficou boquiaberto.

— Eu? Por quê?

Samkiel suspirou e balançou a cabeça.

—Vocês dois não deveriam questionar tanto seu futuro rei. É desrespeitoso.

Revirei tanto meus olhos que podia jurar que vi meu cérebro.

— Ai, deuses, agora eu definitivamente não quero ficar sob você. — Logan riu de novo.Virei-me para ir embora, mas não consegui resistir e gritei de volta com um aceno de mão. — Ao contrário das ninfas.

— Cameron! — Ouvi-o disparar, e a energia ao SEU redor aumentou. Acelerei o passo e estava seguramente longe antes que ela me alcançasse.

Eu quase saí correndo do palácio, passando por guardas e celestiais até chegar ao centro da cidade.Vozes zumbiam e as pessoas riam. As lojas prosperavam, os clientes carregavam sacolas cheias de mercadorias. Crianças se reuniam diante de uma barraca vendendo cremes derretidos picantes, gritando sobre um novo sabor. Coloquei as mãos atrás das costas, fingindo que não tinha corrido meio quilômetro para chegar aqui, e franzi meus lábios. Um pequeno assobio flutuou pelo ar, uma melodia específica. Parei e esperei por uma resposta.

Uma melodia aguda veio da minha direita, e me virei para ver Xavier encostado em um poste de madeira perto de uma loja a alguns passos de distância.

— Bem? — perguntou ele enquanto eu caminhava em sua direção. — O que ele disse?

—Você sabe que pode falar com ele, certo? — questionei, cruzando os braços. — Ele parece muito grande e assustador, mas por dentro é mais macio do que o creme congelado que vendem aqui no distrito do mercado.

Xavier balançou a cabeça, fazendo os dreads presos em um coque balançarem.

— Ele me assusta um pouco.

— Por quê? Ele salvou você.

— Sim, e você viu o planeta depois que ele foi embora?

Dei de ombros.

— Ele só estava se certificando de que nenhuma daquelas malditas criaturas vivesse depois de... — Minha voz sumiu, vendo aquele lampejo assombrado preencher os olhos dele. — Mas sim, falei com ele.

Estendi o braço para a frente, colocando-o em volta dos ombros dele e puxando-o para perto. Caminhamos lado a lado pelo mercado, indo em direção à barraca de creme congelado.

— Ele tem uma das reuniões divinas importantíssimas nas próximas duas luas. Quando voltar, os testes começam.

— Ótimo. — Xavier quase sorriu.

— E você tem sorte — falei enquanto entrávamos na fila atrás das crianças. — Ele me obrigou a participar com você.

— Sério? — Sua excitação crescente era quase palpável, e eu não consegui não sorrir.

— Se eu não soubesse, diria que está feliz com isso — comentei, batendo meu ombro no dele.

— Só um pouco. Você é meu único amigo desde o acidente.

Ele ficou quieto outra vez, e amaldiçoei cada fantasma condenado que o assombrava.

— Bem — dei um tapa forte nas costas dele, suficiente para trazê-lo de volta para mim. — É melhor você me amar por isso porque odeio seguir ordens, e Samkiel tem um ego do tamanho do sol, mas acho que posso escapar da maior parte disso se eu fizer Imogen entrar também. Isso vai distraí-lo.

— Esse é o seu plano.

— Deuses acima, sim. É sempre bom ter um plano mestre, companheiro. Não se preocupe, eu ensino a você.

Ele inclinou a cabeça para trás e riu enquanto a fila avançava.

Eu estava feliz em dar-lhe uma família, uma nova família, mesmo que em parte estivesse fazendo isso por culpa.

Lágrimas encheram meus olhos, e tomei outro gole, agarrando-me ao corrimão. A cidade abaixo não cantava nem se alegrava. Todos se moviam como se um passo em falso pudesse ser sua morte. Depois que o sol se punha, apenas guardas patrulhavam as ruas abaixo. Nismera era uma tirana, sempre havia sido, e agora ela dominava o cosmos. Paz, amor e alegria não existiam sob seu governo, e agora eu temia que não houvesse esperança.

— O que vou fazer sem você? — sussurrei para o vento.

XLV
VINCENT

O portal espiralou antes de se abrir para as montanhas cobertas de neve de Flagerun. Um vento frio lançava rajadas de neve girando pelo ar, revestindo a área em tons de branco e cinza. Cascos com armadura pisoteavam ao meu redor enquanto minha legião cavalgava em duas fileiras de cada um dos meus lados, portando lanças.

Os huroehes que montávamos eram feras parrudas de seis patas. Eram fortes, adaptáveis e mortais. Nismera os equipou com a própria armadura, projetada para protegê-los em batalha. A adição de espinhos ao longo do peitoral, protetores de pernas e cabeça significava que eram capazes de cortar e matar mesmo que seu cavaleiro não pudesse. O que eu mais gostava neles era que não temiam nada e não se assustavam. Eram muito mais propensos a correr rumo aos problemas do que fugir deles, o que era inestimável em uma época em que Nismera nos mandava nos aventurar em outros reinos.

Pressionei um ponto na minha manopla esquerda, e uma luz piscou sob meu dedo enquanto o portal atrás de nós se fechava. Quill havia se superado com a manopla, e ele havia feito isso em muito pouco tempo. Isso me fez considerar do que mais ele era capaz. Como ele havia alcançado resultados tão rápidos? O fedor de sangue e morte permeava seu laboratório. Ele era brilhante? usava magia de sangue? Ou era uma combinação das duas coisas? Fiz uma anotação mental para investigar um pouco mais a fundo seu passado.

— Está quieto. — Abbie trotou até mim, sua fera parando quando ela puxou as rédeas.

— Quieto demais.

Observei-a pela da fenda do meu capacete e, mesmo através da armadura dela, pude ver a apreensão.

— É Flagerun — respondi. — Nada além de montanhas e estripadores alados.

Alguns soldados olharam nervosamente para cima como se estivessem procurando as malditas bestas emplumadas. Eu sabia do risco de vir e Nismera também. Os estripadores alados haviam se adaptado ao clima severo, devorando cada pedaço de suas presas, incluindo ossos, para sobreviver. Eram movidos pela fome e violentos pra caramba. Estaríamos relativamente seguros quando entrássemos na prisão, pelo menos deles. Eu queria entrar, fazer o que viemos para fazer e ir embora.

Os estripadores alados foram o motivo de Nismera ter enviado quase cem soldados comigo, mas eu não ia contar isso à minha legião. Se as feras estivessem famintas, cem talvez não fossem o bastante. Nismera declarou que desejava que eu voltasse, mas não estava muito preocupada com os outros. Eu teria me alegrado com seu cuidado no passado, mas agora eu sabia que era vazio. Não era como quando Camilla falava comigo ou olhava para mim. Eu não sentia aquele calor no meu peito. Depois de anos tendo amigos e família, eu sabia o que era amor e cuidado verdadeiros agora.

Balancei a cabeça, tentando tirar da mente a bruxa que provavelmente estava andando de um lado para o outro em sua oficina até que sua magia a queimasse, esperando que eu retornasse. Apesar de todas as coisas horríveis que eu tinha feito, ela ainda se importava comigo. Eu não merecia, mas aceitaria seu cuidado e amizade.

— Avancem! — gritei, apontando para o penhasco que se erguia acima. A neve estalava sob os cascos conforme começamos a escalada.

— Está silencioso demais — Abbie disse outra vez conforme subíamos a montanha. Os soldados estavam calados, mantendo os olhos no céu.

— Você fica repetindo isso — retruquei.

— Normalmente agora já teríamos ouvido alguns estripadores alados, principalmente nos aproximando mais.

Dei de ombros, segurando minhas rédeas enquanto virávamos para uma trilha que abraçava o penhasco íngreme, grato pelas nuvens que ofereciam um alívio do sol intenso.

— Talvez estejam bem alimentados.

— Ou talvez algo muito pior esteja aqui — sugeriu ela, seus olhos examinando inquietos.

— Nismera sabe que você tem medo dos sons de pequenos animais? — perguntei a ela.

Seus olhos dispararam para os meus.

— É melhor conhecer todos os seus arredores do que não saber.

A encosta do penhasco se abriu quando chegamos a um patamar, as árvores largas cobertas de neve fresca. Abbie estava certa, mesmo que eu não tenha falado. Não ouvi nenhum estripador alado, e estávamos alto o bastante na montanha para estar em seu território, mas mantivemos o ritmo. A trilha continuou entre a face do penhasco e as rochas cobertas de neve conforme nos aproximávamos da prisão.

O chão se nivelou, e ergui minha mão. Cada soldado atrás de mim parou abruptamente, nossa respiração formando nuvens no ar frio. Dobrei minhas rédeas e desmontei, minha legião fazendo o mesmo. Abbie se aproximou e parou ao meu lado.

— Onde fica a prisão? — perguntou ela.

Levantei um dedo, apontando para a borda da encosta da montanha.

— Ali.

Abbie limpou a garganta.

— Senhor, não há nada aí.

— Exatamente — respondi com os dentes cerrados.

A ponte de madeira que levava à prisão havia desaparecido, junto com metade da encosta da montanha. Ergui a mão mais uma vez, ordenando minha legião a ficar onde estava.

Caminhei até a beira da clareira e olhei da borda do penhasco. Não havia mais nada além de pedras irregulares e escombros. A prisão havia sido destruída. Parecia que uma força da natureza a havia atingido com força, reduzindo-a a pó e pedra.

— A prisão não existe mais — informei alto o suficiente para que todos pudessem ouvir. — Estamos indo embora.

Murmúrios começaram entre os soldados, e senti uma pontada de medo vindo deles.

Abbie balançou a cabeça, silenciando os que estavam atrás de si, como segunda em comando, antes de se virar para mim.

— Não existe? Nenhuma invasão de estripadores alados poderia fazer isso. O que tem o poder para destruir uma prisão inteira?

Balancei a cabeça e me virei, examinando a área. O que eu tinha deixado passar? Ao lado da clareira, a neve caiu da enorme formação rochosa, e uma pálpebra se abriu. Encarei um olho vermelho, meu coração batendo forte como se fosse explodir do meu peito. Isso era uma armadilha.

A pedra escura e disforme se moveu mais uma vez, e percebi que não eram bordas irregulares, mas espinhos. A forma Ig'Morruthen de Dianna havia crescido tremendamente. Foi a última coisa que pensei antes de gritar para a legião recuar. Ela ergueu sua enorme cabeça escamosa, abriu a boca e incendiou as montanhas de Flagerun.

XLVI
DIANNA

As montanhas de Flagerun não estavam mais cobertas de neve. Em vez disso, as chamas as lambiam, formando rios de rocha derretida. Atrás de mim, a floresta rachava e as árvores estalavam. Brasas flutuavam no ar, faíscas se afunilando em direção ao céu em uma coluna de fumaça. Arranquei a cabeça de um soldado e atirei seu corpo na confusão. Outros berravam enquanto tentavam escapar do fogo correndo pela encosta, mas as chamas os alcançaram, transformando-os em cinzas.

A voz dele se elevou acima dos sons da batalha, quebrada e rachada, ordenando que alguém fosse embora. Saltei no topo da rocha que nos separava e agarrei a pessoa com quem ele estava falando. Puxando a cabeça dela para o lado, afundei minhas presas profundamente e bebi. Joguei o corpo drenado dela aos pés dele, o capacete manchado de sangue fazendo um som estranho de tilintar quando atingiu a rocha. Apoiei meus pés e bati palmas lentamente.

— Ora, veja só? Uma tropa de babacas dourados liderada pelo maior babaca de todos.

As chamas sibilavam contra a neve, lançando vapor para o ar. Vincent me encarou, uma miríade de emoções passando por seus olhos. Eu vi choque, medo, raiva e algo que parecia desespero. Meu sorriso aumentou quando notei que ele não havia escapado do fogo ileso. Sua pele estava queimada e rosada ao longo de seu pescoço, rosto e braço esquerdo.

— Surpreso em me ver? — perguntei, inclinando a cabeça para o lado.

Isso mudava tudo. Felizmente para mim, eu tinha um plano.

— Dianna. — Ele falou meu nome entre dentes. — Devo dizer que sim. Você estava do outro lado dos reinos da última vez que ouvi falar.

— Bem, você ouviu errado, mas não fico surpresa, dadas suas fontes.

Vincent cruzou os braços sobre o peito e assentiu uma vez.

— Então é verdade? Você está protegendo Reggie. Não foi assim que o chamou? Honestamente, pensei que ficaria de luto por mais tempo, mas você transou com qualquer coisa que se movesse depois que sua irmã morreu. Acho que é um padrão.

Meu sorriso não vacilou em nenhum momento. Ele esperava que eu atacasse, que o atacasse. Vi o jeito como ele pressionou o pé no chão, preparando-se para o ataque. Ele me queria desequilibrada e fora de controle. Inclinei a cabeça.

— Como quer que aconteça? Quer que eu mande suas cinzas de volta para Nismera? Acha que ela vai se importar?

Saltei da minha pedra e pousei agachada, sorrindo quando o vi estremecer. Apoiando minha bota no peito do cadáver de um soldado, arranquei uma lança da lateral do corpo.

— Não acho que ela vá — falei, girando a arma entre nós. — Acho que ninguém se importará com o celestial que foi fraco demais para enfrentar um deus por sua família.

Quem se importaria com um guerreiro que nem tentou impedi-la? Um homem que foi fraco demais para salvar as pessoas que mais o amavam, mesmo quando ele não merecia? Acho que você é apenas um garotinho triste que se esconde atrás de seus estranhos problemas com a mamãe, cobrindo-se com armadura e lâminas para se sentir bem consigo mesmo. Quem ia amar isso? Amar você? É o que dói na verdade, não é? Que, não importa que coisa cruel eu fizesse, Samkiel me amava. Sua família me amava. Mas você? Nós dois sabemos que nunca vão perdoá-lo, nunca mais vão amá-lo. Por isso, acho que ninguém vai sentir sua falta. O que acha?

— Acho que você é a mesma vadia furiosa — cuspiu Vincent, suas adyin celestiais cintilando em um azul radiante.

— Não. — Sorri. — Na verdade, estou pior. — E nesse momento, ataquei.

Ele não estava ciente das minhas alimentações. Não sabia quanto poder eu estava acumulando, quanta raiva, ódio e fúria eu tinha afiado em uma lâmina aguda, preparando-a para perfurar os corações daqueles que arrancaram o meu. Mas ele e os reinos estavam prestes a descobrir o quão cruel eu era capaz de ser.

Aço se chocou contra aço, ecoando pelas montanhas de Flagerun. Cada golpe que eu dava, ele apartava ou bloqueava. Corríamos ao redor um do outro, ambos nos encarando cheios de ódio. Era uma dança para a qual estávamos destinados desde o dia em que nos conhecemos. Eu odiava Vincent, e ele me odiava. Sua lâmina cortou o ar com um assobio, com o objetivo de decepar minha cabeça. Eu me abaixei e girei. Usando um movimento que Samkiel havia me ensinado, levantei minha lança e cortei seu rosto. Sorri, feliz por ter conseguido tirar aquele capacete idiota de sua cabeça nos primeiros momentos da luta. Vincent cambaleou para trás e tocou o corte em sua bochecha. Ele puxou a mão e olhou para o sangue celestial azul brilhante cobrindo as pontas de seus dedos.

Vincent sorriu para mim, seus olhos frios e calculistas.

— Giro com corte ascendente. Samkiel de fato lhe ensinou alguma coisa. Com a forma como vocês dois viviam se agarrando, não pensei que ele pararia de foder você para treiná-la.

— Cuidado, Vincent, você parece estar com inveja.

— A única coisa que me deixa com inveja é que você encontrará paz quando eu lhe matar nos próximos minutos.

Ele atacou, mirando na minha barriga. Pulei para trás, bloqueando seu golpe descendente, minha lâmina levando o impacto do golpe.

— Sabe — bufei, empurrando-o para trás —, sinto pena de você de verdade. Você sempre quis uma família e um lar, e aqui está, jogando tudo fora por uma velha bruxa decadente que quer ser governante.

Vincent apoiou o pé de trás na pedra lisa e levantou a lança. Eu girei e rolei, neve e gelo chiando contra as pedras em chamas.

— Você é ainda mais tola do que eu pensava se acha que Nismera ainda não possui esses reinos.

— Sou, é? — falei, recuando mais uma vez. Eu tinha um plano e, como um cachorrinho, ele estava seguindo direto para a minha armadilha. — Não deu para perceber. Principalmente quando ela manda seus lacaios fazerem o trabalho sujo.

Ele zombou e avançou.

—Você não duraria um segundo contra ela. Ninguém consegue. Se Nismera aparecer, não será para capturar. Será para matar.

— Deuses. — Uma risada doentia saiu dos meus lábios, e dei outro passo para trás. — Você realmente morre de tesão por ela.

O aperto em sua lança aumentou, e ele se lançou à frente, golpeando-me de novo. Eu me movi para o lado, e ele escorregou, chocando-se contra a rocha em que eu tinha me apoiado. Sua lança atingiu a pedra e se partiu com a força. Vincent rosnou e a atirou para o lado. Aproveitei sua distração momentânea e o golpeei com a minha. Ele se curvou para trás, desviando dos meus golpes, um após o outro. Eu estaria mentindo se dissesse que Vincent não era um bom guerreiro. Ele fazia parte d'A Mão, e Samkiel os treinara para que fossem os guerreiros mais letais neste reino e no seguinte. Eles foram projetados para lutar contra seres como eu ou piores, mas no que ele era excelente lutador, eu era nascida de uma ira sanguinária. Estava na minha essência.

Girei a lança acima da minha cabeça, e ele avançou, seu punho vindo em minha direção. Bati a ponta no chão entre nós. Vincent se moveu para trás, e eu sorri.

—Você errou. — Ele sorriu, deslizando o pé para mais longe de onde a lança estava cravada profundamente no chão.

— Errei? — questionei, inclinando a cabeça quando uma rachadura se formou ao redor da ponta da lança e se espalhou em direção às rochas que nos cercavam. A pedra às minhas costas soltou um rangido horroroso e se partiu. Empurrei-o em direção a ela e dei um passo para trás. Os olhos de Vincent se arregalaram quando ele tropeçou. A pedra caiu em cima dele, a força fazendo a borda do penhasco desmoronar. Nós dois caímos, pedras e rochas despencando ao nosso redor.

Asas irromperam dos meus braços, apenas uma transformação parcial para me levar de volta ao topo do penhasco irregular. Pousei e limpei minhas mãos antes de desejar que os apêndices coriáceos se desfizessem.

Uma dor penetrante rasgou meu abdômen, forçando um arquejo. Olhei para baixo e vi a ponta de uma espada de prata saindo do meu corpo. Ele a arrancou e a enfiou de volta. Gritei, meu corpo foi erguido no ar e atirado para o lado.

Tossi, sangue ardendo na minha boca. Tentei me levantar, mas escorreguei, a dor acendendo em cada nervo do meu corpo. Ali, na neve, com uma lâmina pingando meu sangue, estava Vincent, totalmente ileso e com uma arma feita pelos próprios deuses.

—Você tem todos os ingredientes de uma deusa, sabia? — Vincent atirou meu sangue na neve e deu um passo para mais perto. — Seu húbris será sua ruína. Você é arrogante e convencida, rude e inábil, e acima de tudo, simplesmente irritante pra caralho. — Ele me chutou de costas, e a escuridão diminuiu minha visão, meu corpo estremecendo de dor.

— Como? — falei com a voz rouca. — Como pôde ter feito isso?

Vincent deu de ombros, olhando para a lâmina. Seu brilho era quase o mesmo que o de Samkiel e muito mais radiante do que qualquer coisa que os celestiais eram capazes de empunhar. Celestiais não podiam empunhar armas divinas. Elas eram poderosas demais e podiam queimá-los vivos. Meu olhar se demorou na manopla que ele usava e onde ela se conectava com a espada. Não tive que adivinhar quem havia lhe dado essa proteção. Porra. O Ig'Morruthen em mim estalou e sibilou, sabendo que, não importava a forma, uma arma divina poderia me matar.

— Nismera fez isso. — Ele assentiu e se ajoelhou diante de mim. — Forte o suficiente para matar um Destino, que é o motivo pelo qual vim aqui, mas sua morte me trará tanta alegria.

— Eu sou péssima com espadas — comentei, dando um soco em seu rosto. — Sou melhor com dentes e garras.

Vincent caiu de bunda para trás, e me esforcei para me levantar. Ele gritou de frustração e se lançou de pé, limpando o sangue azul radiante do rosto. Eu tinha acabado de me levantar, segurando meu abdômen, quando ele golpeou a espada contra mim. Abaixei-me, acertando outro soco em seu estômago. Ele cambaleou para trás, e apoiei a mão na pedra para me firmar antes de chutar, chocando meu pé contra sua cabeça. Ele sacudiu a cabeça, mas não parou de vir em minha direção, mirando minhas pernas, meus braços, minha cabeça, qualquer parte que pudesse alcançar. Eu não mentiria. Ele era rápido, e senti sua espada chegar perto da minha pele muitas vezes.

Ignorando a dor no meu estômago, tentei descobrir como desarmá-lo enquanto dançávamos um ao redor do outro. Rolei para trás de um tronco grosso caído, e aquela espada desceu, partindo-o ao meio. Tive uma ideia. Era uma ideia estúpida, e eu teria que ser rápida, Samkiel ia sair daquele túnel em breve, e viria direto para cá depois de ver o que eu tinha feito.

Rolei de novo, desviando enquanto ele descia a lâmina com força atrás de mim repetidamente, e nesse momento eu vi. Senti a brisa conforme ela subia pelo penhasco. A borda me chamava, e pulei de pé, agarrando seu braço com uma das mãos e dando uma cabeçada forte o bastante para desequilibrá-lo. Ele tropeçou, e o acompanhei, chutando e socando enquanto nos deslocávamos. Ele empurrou a espada em minha direção, e prendi seu braço contra meu corpo quando ele tentou me cortar, as bordas afiadas e os espinhos de sua armadura cortando minha pele.

Levantei a perna e chutei sua virilha. Mesmo com a armadura, o golpe foi forte o suficiente para fazê-lo se dobrar de dor. Torci seu braço, virando-o enquanto me arrastava alguns metros para trás, as pedras escorregando abaixo de mim. Vincent levantou, rosnando para mim enquanto ficava de pé. Ele correu e ergueu sua arma. Eu firmei meus pés, e quando a lâmina desceu, agarrei seu pulso e o quebrei. O grito dele foi agudo, mas não tão agudo quanto o que deu assim que torci a espada e a enfiei em seu coração.

Enterrei a lâmina ainda mais nele, seus olhos brilhando azul-cobalto, em seguida, opacos quando ele a agarrou, sangue cobrindo seus lábios.

— Isto é por Samkiel, por Logan e Neverra, e Imogen. Por Xavier, por Cameron, e todos os outros que você já feriu, seu bastardo traidor — rosnei, fogo irrompendo na minha palma. Bati minha mão contra seu rosto, sorrindo enquanto minhas chamas dançavam sobre sua pele e deslizavam por baixo de sua armadura.

O queixo dele se abriu em um grito silencioso de agonia enquanto ele me encarava.

— Encontro você em Iassulyn — rosnei, arrancando a lâmina e atirando seu corpo em chamas da montanha.

Enquanto ele caía, ouvi-o ofegar uma palavra: um nome. Meus joelhos tocaram o chão antes que eu pudesse processar o que ele havia dito. Segurei minha barriga, sangue escorrendo pelos meus dedos. O ferimento queimava como se tivesse sido encharcado em ácido, e eu não tinha percebido quanto sangue já havia perdido até Vincent desaparecer. Afastei a mão e olhei para baixo. Que bagunça. Merda de armas divinas. Merda.

Um raio prateado faiscante cortou o céu radiante, e o ar se enrolou ao meu redor, cada respiração quente um contraste marcante contra o mundo frio. O chão tremeu com sua aterrissagem, e suas botas prateadas mal tocaram o chão antes que Samkiel estivesse ao meu lado. Ele me pegou antes que eu caísse de cara na neve gelada. Minha visão ficou turva quando olhei para o rei prateado ajoelhado diante de mim. Suas mãos estavam quentes conforme me levantou, e eu sibilei de dor quando ele me segurou apertado. Meu cavaleiro, meu salvador.

Sua mão pairou sobre o ferimento em meu abdômen, e a preocupação franziu sua testa antes que ele levantasse e examinasse a área com intenção assassina, procurando por quem havia me ferido.

— Eu matei Vincent.

A cabeça de Samkiel virou-se rapidamente para mim, preocupação cerrando suas sobrancelhas. Olhei para seu rosto, minha cabeça caindo para trás contra seu braço. Nenhuma luz azul disparou em direção ao céu, mas meu último pensamento antes de cair inconsciente foi como matei Vincent, e com seu último suspiro, pensei que tinha ouvido ele sussurrar o nome de Camilla.

XLVII
CAMILLA

Pressionei meu estômago com a mão quando uma onda de náusea me atingiu. Gemi e me afastei da mesa, espalmando as mãos nas laterais.

— Você está bem? — perguntou Hilma.

Assenti e levantei. Aquilo foi estranho. Uma rajada de ar frio dançou sobre minha pele, e de repente me senti completamente bem.

— Sim. — Balancei a cabeça. — Estou bem. Devo estar chegando ao fim da minha magia de hoje.

— Venha, vamos tentar mais uma vez, e caso você se sinta mal de novo, nós pararemos.

Assenti.

Hilma firmou o pedaço do medalhão e passou uma camada de seiva metálica ao longo de sua borda enquanto eu segurava o outro fragmento.

— Ela movimentou muitos soldados ontem à noite?

Hilma olhou para mim, uma das sobrancelhas erguida.

— Quero dizer, ela geralmente faz isso. Eles estão sempre fora fazendo sabe-se lá o quê.

Assenti enquanto ela aproximava a peça e limpei a garganta.

— Vincent foi?

Uma onda de energia empurrou o pedaço para longe da minha mão com força suficiente para fazê-la gritar e deixá-lo cair na mesa entre nós. Ela colocou o dedo na boca, chupando de leve enquanto sua pele se curava da pequena queimadura.

— Primeiro, por que está perguntando sobre o Alto Guarda dela, e segundo, ai, isso doeu. Pode tentar se concentrar?

Tentei colocar um sorriso despreocupado no rosto.

— Não estou preocupada com ele. — Era mentira. — Só deduzo que se ela enviar seu guarda mais precioso, algo grande está acontecendo.

Hilma limpou as mãos ao longo das curvas do vestido antes de segurar a peça novamente. Ela pegou seu pincel e o mergulhou na seiva. O medalhão estava quase pronto. Era uma pedra cinza escura em forma de x, e tínhamos apenas alguns pedaços grandes e alguns minúsculos restantes.

— Bem, acho que está certo. Sim, ele foi, mas apenas ele e sua legião. Acho que Kaden e Isaiah estão em outra missão. Sabe, O Olho vem tentando retomar o controle dos reinos desde que aqueles portais se abriram. Minha teoria é que estão indo para o Outro Mundo para impedir que Nismera obtenha aliados fortes.

Isso despertou meu interesse.

— Existem aliados fortes no Outro Mundo?

Hilma passou outra longa camada daquela seiva ao longo de sua peça.

— Sim, muito fortes e muito raivosos depois de ficarem trancados e tudo. Mas eles seguiriam Nismera em vez d'O Olho em um piscar de olhos.

Segurei meu pedaço com firmeza.

— Sério? Por quê?

Ela me lançou um olhar que me dizia que eu estava fazendo perguntas pessoais demais.

— Que tal nos concentrarmos nisso?

Pressionei meus lábios em uma linha fina.

— Está bem.

Ela empurrou sua peça de volta para mim enquanto eu me preparava. A mesma força fez ambas as peças vibrarem enquanto as forçávamos juntas. Segurei firme conforme ela tremia. Hilma e eu giramos nossas mãos livres, magia esmeralda tecendo por nossos dedos. As peças vibraram como se estivessem lutando. Elas queriam ficar separadas.

— Senhora?

Hilma e eu olhamos para a porta, ainda segurando os pedaços.

— Agora não, Lucielle — reclamou Hilma, virando-se com um olhar de pura determinação cruzando seu rosto.

— Peço desculpas. Eu devia ter passado aqui mais cedo e deixado isso, mas tive que ajudar a curar uma perna amputada.

Lucielle avançou, depositando uma pequena bolsa amarrada perto de nós. O aroma de carnes temperadas e ensopado emanava dela, fazendo minha boca salivar.

— O Alto Guarda da Primeira Legião sugeriu isso para você, Camilla. Acredito que o bilhete diz: Para auxiliá-la a executar seu trabalho corretamente.

Um disparo de energia atingiu meu peito. Ele sabia que não estaria aqui para o almoço e não queria que eu comesse com os outros guardas. Minha magia irrompeu com as imagens que inundaram meu cérebro, e as peças que estávamos segurando se encaixaram. Um zumbido lento encheu a sala e morreu no segundo seguinte.

Lucielle saltou para trás, seus olhos tão arregalados quanto pires. Sorri em triunfo, segurando a peça sólida.

— Conseguimos.— Sorri para Hilma, que estava olhando para a bolsinha entre nós.

Algo tremeluziu em seu olhar, porém, desapareceu rápido demais para que eu pudesse decifrar. Ela sorriu para mim e falou:

— Não, você conseguiu. Minha magia parou no segundo em que Lucielle começou a falar. — Ela lançou um olhar para a garota que a fez soltar um gritinho antes de fugir da sala. Hilma a observou ir embora com os olhos semicerrados antes de sorrir para mim. — Você é mesmo uma das bruxas mais fortes que já conhecemos, ou talvez precisasse apenas de incentivo. — Seus olhos dispararam para a pequena bolsa e para o bilhete de novo.

Coloquei o pedaço de pedra esculpida na mesa e limpei a garganta.

— Não, acredito que apenas formamos uma ótima equipe. — Tentei disfarçar o desconforto na minha voz, mas falhei totalmente.

— Claro que formamos. — Ela pegou outro pedaço. — Pronta para experimentar mais alguns?

Assenti, sem ousar olhar para o presente deixado para mim. Tentamos e falhamos mais oito vezes antes de irmos embora. Só conseguimos unir uma peça, mas pelo menos foi um progresso.

Levei a bolsa comigo quando terminamos aquela noite, mas esperei até estar no meu quarto com a porta fechada e trancada antes de olhar para o bilhete. Li o bilhete repetidas vezes, até que a lua apareceu e uma onda de inquietação começou a tomar conta do meu peito.

XLVIII
DIANNA

Gemi e abri os olhos, sorrindo ao ver o homem lindo e grande sentado ao meu lado.

— Preto é definitivamente sua cor. — Minha voz falhou enquanto eu corria meus dedos sobre seus bíceps. Os músculos pesados se flexionaram sob meu toque, esticando sua camisa de manga longa. — Ah, você também cheira bem, e cortou o cabelo de novo e aparou a barba.

—Você dormiu por quatro dias e a primeira coisa que faz ao acordar é flertar comigo?

Eu ri e me espreguicei. Talvez eu tivesse arqueado um pouco as costas, permitindo que a parte de cima dos meus seios esticasse a regata que eu usava.

— Estou com fome — ronronei, mantendo meus braços acima da cabeça. — Alimente-me.

Um sorriso lento e sensual curvou seus lábios enquanto ele se inclinava sobre mim. Os mesmos malditos tremores que eu sempre tinha quando ele estava por perto dispararam. Aninhei-me em seu pescoço, mas ele apenas pegou algo da mesa de cabeceira ao lado da cama e sentou de novo. Ele estendeu uma caneca em minha direção, o conteúdo cor de lama escura.

Fiz beicinho.

— Não foi isso que eu quis dizer.

— Sei que não foi, mas também estamos em uma pequena taverna nos arredores de Crustinaple com cerca de trinta pessoas abaixo de nós.

— E daí?

— E daí que ainda não estou acostumado com a sensação de você beber de mim, e não quero que um grupo de pessoas invada o quarto quando você começar a gritar por mim. Portanto — explicou Samkiel, empurrando o copo em direção ao meu rosto —, isso será suficiente por enquanto.

Bufei e sentei, pegando a caneca de sua mão.

—Tão certinho.

— Às vezes. — Ele sorriu para mim enquanto eu tomava um gole.

Sangue um pouco mais doce do que eu gostava atingiu minha língua, mas engoli. Meu estômago esfriou, não mais gritando comigo, e embora acalmasse minha fome por um tempo, eu ansiava por outra coisa. Não lhe contei o quanto eu, de fato, preferia beber da veia. Eu apreciava a sensação das minhas presas perfurando a pele e o calor do corpo de outro ser vivo enquanto eu me alimentava. Parte de mim tinha medo que ele descobrisse segredos demais sobre mim e me visse de forma diferente. Isso me destruiria. Lambi meus lábios e cruzei as pernas, segurando a caneca no colo.

— Bom? — perguntou ele, estendendo a mão e colocando uma mecha de cabelo que havia caído no meu rosto para trás.

—Vai servir. O que é isso, afinal? — perguntei.

— Não há tradução para isso no seu mundo, mas pense nisso como um veado de lá.

—Você me deu sangue animal?

Ele abaixou a mão, inclinando-se ligeiramente para trás enquanto me observava.

— Sim, achei peculiar pedir emprestado a um estranho.

Isso me fez rir enquanto tomava outro gole.

— Está certo. Pensei que você apenas era loucamente ciumento e preferia que eu não tomasse de mais ninguém.

Ele balançou a cabeça.

— Deuses não ficam com ciúmes. Podemos ter qualquer um que desejarmos.

— Ah é? — Inclinei-me e coloquei a caneca na mesa de canto antes de jogar os cobertores para longe e deslizar para a beirada da cama. — Bem, nesse caso, estou farta de sangue animal. Vou ver se alguém está bêbado o suficiente para esquecer se eu fizer um lanche noturno.

Meus pés mal tocaram o chão antes que seus braços estivessem ao meu redor. Samkiel me jogou na cama pequena, e ri enquanto ele prendia minhas mãos acima da minha cabeça.

— Cuidado. Estou mortalmente ferida — falei.

Samkiel soltou minhas mãos e tirou seu peso de mim para se apoiar em um cotovelo. Sua mão grande roçou a borda da minha regata antes de puxá-la para cima, expondo meu abdômen.

— Não, eu chequei. Eu me certifiquei de... — Suas palavras morreram quando ele não viu nada além de pele firme. Ele me lançou um olhar feio. — Não tem graça.

Sorri e segurei meu polegar e indicador um pouco separados enquanto ele abaixava minha camisa.

—Tem um pouco de graça.

— Quase nada, se tiver. — Seus dedos deslizaram logo abaixo da minha blusa, esfregando a pele sensível da minha barriga. — O que aconteceu na prisão?

Minha mente voou para Vincent e a encosta rochosa da montanha, observando seu corpo cair na água corrente abaixo. Esperei por aquela maldita luz azul disparar para o céu, mas ela nunca veio. Forcei um sorriso enquanto ele me olhava.

— Faz uma eternidade desde que me deito em uma cama macia de verdade. Senti falta disso — falei, abrindo minhas pernas e deslizando meu joelho ao longo da lateral de seu corpo. — Quer usá-la?

A mão envolveu minha coxa e a pressionou contra a cama.

— Entendo como homens mais fracos logo cairiam em seus modos maliciosos, mas não tente me distrair com sexo. Principalmente quando estou tentando ter uma conversa com você.

Pressionei os lábios. Ele era tão diferente de qualquer um com quem já estive, e essa era outra razão pela qual eu queria pular essa conversa. Escorreguei afastando-me de seu toque e sentei. Senti a cama se mover quando me levantei.

— Dianna. — Ele estendeu a mão, parando-me.

— Quero tomar um banho — falei.

O polegar de Samkiel correu pelo meu pulso enquanto ele me virava para encará-lo.

—Você matou Vincent. Foi o que você falou antes de desmaiar por perda de sangue.

Não respondi, mantendo meus olhos focados em seus pés. Desejei que o mundo se abrisse e me engolisse inteira.

— Está sentindo remorso? — perguntou ele.

Minha cabeça se levantou depressa. Meu olhar encontrou o seu, e eu sabia que ele não viu um pingo de remorso em meus olhos.

— Não, e esse é o problema. Não sinto nada além de alívio por isso. E não quero falar sobre o assunto com você porque, não importa o que Vincent tenha feito, ele era seu amigo, você o amava, e eu o matei.

Samkiel assentiu, seu polegar desenhando círculos em meu pulso.

—Vincent é um assunto complicado para mim. Lembro-me do homem que se sobressaltava com sons altos ou quando alguém se movia rápido demais. Lembro-me da versão ferida dele. Aquele que eu queria ajudar e proteger. Quero acreditar que ele foi manipulado. Parte de mim grita que é muito mais do que parece. Vivi com todos eles por centenas de anos. Vi como ele era com os outros, e eu o conhecia. Ou pensava que conhecia. Então, ele transformou A Mão em algo que não consigo compreender. Ele os feriu. Ele feriu você e tentou matá-la. Por isso, é complicado. Quero sentir dor por ele ter partido e me sentir triste, mas não sinto. Estou mais chateado por você estar ferida, mais frustrado por não ter encontrado o restante da minha família, e mais irritado por não ter conseguido fazer mais nada para ajudar.

Meu peito se apertou com suas palavras. Coloquei-me entre suas pernas abertas e abracei sua cabeça. Ele descansou a bochecha contra meus seios e me abraçou forte, segurando-me enquanto eu o abraçava.

— Sinto muito.

Ele não falou nada.

— Não por matá-lo — acrescentei. — Mas pelo que você perdeu.

Ele apenas assentiu, mas senti seus braços se apertarem ao meu redor. Deslizei meus dedos por seus cabelos, ansiando consolá-lo e cuidar dele da forma que eu pudesse.

— Samkiel, você pode ficar de luto — falei, pressionando meus lábios em seu cabelo. —Você pode lamentar o amigo que perdeu e sua percepção dele. Pode lamentar o que aconteceu com sua família.

Samkiel assentiu, e apertei meu abraço ao seu redor, deixando-o saber que não estava sozinho. Nunca mais eu o deixaria ficar sozinho.

— Nunca tive ninguém como você antes — falou ele.

— Assim como? Alguém tão sanguinária e atraente?

— Isso, mas não. — Ele riu, sua respiração quente contra mim. — Alguém que simplesmente... entende. Não preciso falar nada. Você apenas entende.

— Acho que uma coisa que definitivamente somos capazes de fazer é entender um ao outro — falei, apoiando minha cabeça na sua.

— Como ele feriu tanto você? — perguntou ele, com a voz rouca e profunda.

— Bem — falei, meus dedos brincando com os pelos curtos perto de sua orelha. — Hipoteticamente, sua irmã cruel e perturbada seria capaz de criar uma arma divina?

As sobrancelhas de Samkiel se uniram, e ele se afastou um pouco para me olhar.

— É possível. Não tinha certeza do que meu pai ensinou a ela. Os deuses faziam armas divinas, mas era necessária uma magnitude de poder e o ambiente exato para criar e sustentar tais armas. Com o ingrediente errado ou um deslize, poderia destruir mundos inteiros. Por essa razão, há muito tempo meu pai construiu uma instalação em uma lua desolada.

— Acha que ela poderia estar usando essa lua? — perguntei.

Samkiel deu de ombros.

—Talvez. Podemos verificar, mas não agora. — Ele passou a mão sobre meu estômago, onde aquela arma havia me cortado em pedaços. — E digo isso com todo ego e orgulho que tenho, mas não estou pronto. E você foi empalada por uma arma divina.

— Não é a primeira vez.

Um olhar de óbvia perplexidade correu por seu rosto.

— Quando você foi... Dianna.

Ele balançou a cabeça ao perceber a que eu estava me referindo, e meu sorriso se alargou.

— De qualquer forma, não tenho todo o meu poder, e mal sobrevivi a ela quando tinha. Se formos até lá, preciso estar com força total. Meu foco agora deve ser recuperar meu poder do céu.

— Consegue fazer isso?

— É possível — respondeu ele, mergulhando as mãos na parte de trás das minhas coxas. — É meu, afinal.

— Acho que podemos adicionar isso à nossa lista de objetivos, então. Tentar sugar seu poder do céu.

Samkiel apenas assentiu. Eu me inclinei para trás, tentando me livrar de seu abraço dele, mas não consegui. Seus braços se apertaram em volta de mim, segurando-me contra ele.

— Outra coisa — falou ele, com as sobrancelhas cerradas e os músculos da mandíbula tensos.

— Oh-oh. — Sorri fracamente. — Eu conheço esse olhar.

Seus lábios formaram uma linha estreita.

— Você não deveria ter bloqueado o túnel nem derrubado a prisão abaixo do solo, também. — Eu protestei, mas ele levantou uma das mãos, silenciando-me. — Não terminei. Você falou que ia estar bem atrás de mim, e fez o oposto. Você tinha planejado isso o tempo todo?

— Para ser justa, eu tinha planejado fechá-lo atrás de você e dos sobreviventes. Eu ia ganhar tempo para todos escaparem e depois ia me encontrar com vocês quando tivesse terminado. Eu não esperava que a batalha durasse muito ou que fosse Vincent quem aparecesse nem a arma divina, então, sinto muito.

Samkiel assentiu, mas eu sabia pela tensão que continuava em seus músculos que ele ainda estava furioso.

— Nós deveríamos ser um time, Dianna. Temos que trabalhar juntos, o que significa que você não pode decidir o que faremos e depois executar esses planos por conta própria. Principalmente agora que temos uma noção do que ela é capaz de fazer.

Assenti, sentindo uma ponta de culpa. Somos um time, e tudo o que tenho feito é guardar segredos e mentir. Eu ainda não conseguia contar o que aconteceu de verdade naquele túnel. Meu coração apertou no peito. Aqui estava Samkiel, oferecendo cada pedaço de si mesmo, e eu não conseguia tossir uma fração de mim mesma. Ele era tudo o que eu queria e esperava. Alguém que estaria lá por mim, alguém que me queria e lutaria por mim. Ele estava me oferecendo a promessa de nunca mais ficar sozinha, e agora, eu me sentia muito sozinha, porque havia coisas que eu ainda tinha medo demais de lhe contar. Portanto, minhas mentiras e segredos aumentaram mais, separando-me dele como uma maldita fortaleza.

— Você está certo. — Meu sorriso era pequeno. — Prometo que não haverá mais planos secretos.

Ele abaixou o olhar, brincando com a bainha da minha blusa.

— Sei que você é forte e capaz. Não estou dizendo isso para diminuí-la, mas me preocupo com você. Não precisa fazer tudo sozinha.

— Eu sei. — Assenti, estendendo a mão e apertando a dele na minha. — Às vezes, é difícil para mim lembrar, para ser honesta, mas estou trabalhando nisso.

Ele levantou minha mão e sustentou meu olhar enquanto dava um beijo em meus dedos.

— Podemos trabalhar nisso juntos.

— Juntos parece adorável.

Mentirosa!, meu maldito coração gritou. *Você é uma mentirosa!*

Era verdade. Se fosse por Samkiel e por sua segurança, eu desafiaria os próprios céus para mantê-lo inteiro. Mais do que tudo, eu temia que quando ele olhasse para mim tão amorosamente, acabasse vendo a sua garota prometida. Ela era uma celestial cheia de amor, esperança e bondade, mas tinha morrido em um deserto longe de seu mundo natal. Tinha sido esculpida e cuspida pela criatura mais brutal e depois renasceu como algo muito mais cruel do que sua antecessora.

Suas arestas eram afiadas, irregulares, partidas e ensanguentadas, mas ela se reconstruiu da melhor forma que pôde. Ela se cercou com paredes indestrutíveis e impenetráveis que levariam décadas para serem quebradas. Eu esperava que quando Samkiel olhasse para mim e visse essa nova versão daquela garota, ele reconhecesse que partes dela ainda existiam. Esperava que ele se importasse o bastante para me querer e pudesse ver que cada pedaço bom que eu havia resgatado daquela garota agora era dele. Essas eram esperanças às quais eu me agarrava.

—Você pegou a manopla? — perguntei.

— Sim, tenho sob contenção. Preciso encontrar um lugar seguro para nós antes de tentar descobrir como funciona, só para garantir, caso seja volátil. Não sei se foi uma das criações de seu pai, que era muito mais habilidoso para fazer armas do que qualquer um de nós, e sempre era arriscado mexer nelas.

Gemi involuntariamente com a menção de Azrael, mas Samkiel continuou.

—Tenho um lugar em um planeta abandonado em mente, mas preciso verificar se é de fato seguro antes de irmos para lá.

—Ah? Como é?

Ele olhou pela janela em direção às estrelas e à sua parte que ainda pintava o céu com listras prateadas.

—Você adoraria caso ainda continue o mesmo. Montanhas imponentes, colinas arborizadas ondulantes, ravinas profundas e cachoeiras tão bonitas quanto as de Rashearim. Sua outra forma adoraria explorar lá.

— Talvez possamos fazer uma nova Rashearim se ainda for bonito.

Isso trouxe um sorriso ao seu rosto que quase fez meu coração parar.

— O que foi? — consegui dizer, sentindo-me sem fôlego.

Um sorriso ainda florescia em seu rosto devastadoramente lindo. As sombras atormentadas que haviam se instalado em seus olhos enquanto falava sobre Vincent foram banidas. Ele não sofria mais com pensamentos sobre o homem que chamara de amigo e sua traição. Eu amava poder afastar seus demônios com tanta facilidade quanto ele fazia com os meus.

— Nada — respondeu ele. — É só que... eu gostaria disso. Muito.

— E os outros prisioneiros? — perguntei. —Todos conseguiram sair bem?

Samkiel assentiu.

— Sim. A maioria também tomou banho e trocou de roupa. Acredito que encontraram lugares para ficar por esta cidade. Limpei Logan e o deixei com Roccurem. Os prisioneiros restantes provavelmente estão na taverna vizinha.

— Estou surpresa que nem todos tenham fugido.

Seus dedos se flexionaram na parte de trás das minhas coxas.

— A maioria vai. Sei que alguns estão preocupados com o lar que deixaram para trás. Não os culpo se não escolherem ficar.

— Até Savees foi embora?

Ele ergueu uma sobrancelha com minha pergunta, sua irritação, palpável.

—Vou ter que esconder você de todos os seres do Outro Mundo que existem?

Bati em seu ombro de brincadeira.

— Pare com isso. Não é por esse motivo que estou perguntando. Como você falou, ele é formidável e seria um ótimo aliado.

O lábio de Samkiel se curvou para cima.

— Espero que fale de mim tão bem assim na presença de outras pessoas.

Eu ri antes de me inclinar para a frente e beijá-lo.

— Sami, querido.Você é a definição de ciúmes.

— Hum — foi tudo o que ele falou antes de suspirar. — Não, ele não foi embora. Mas agora eu preferiria que ele tivesse ido e de imediato. Mudei de ideia sobre alianças.

—Você é impossível. — Sorri suavemente, passando a mão na lateral da cabeça dele. — Chega de alianças. Sabe o que eu gostaria?

Calor brilhou dentro de seus olhos cor de tempestade.

— Já consigo imaginar sete coisas que você vai dizer, mas, por favor, esclareça-me.

Coloquei minhas mãos em seus ombros.

— Quero uma banheira ou um chuveiro, seja lá o que tenham aqui.

— Isso pode ser arranjado.

Inclinei-me para a frente e sussurrei:

— E você pode vir comigo.

— Isso não pode ser arranjado. — Ele sorriu e deu alguns tapinhas na minha bunda.

— Por quê?

— Akrai — ele praticamente gemeu. —Você não é a mais silenciosa, nem nós dois somos os mais... gentis. Deseja implodir uma taverna inteira cheia de...

As palavras de Samkiel sumiram quando levantei minha camisa e a coloquei em sua cabeça. Ele gemeu, e o calor de sua respiração lavou meus seios nus, fazendo meus mamilos se enrijecerem.

— Isso é trapaça. — Senti seus lábios roçarem a minha pele sensível.

Ri enquanto pressionava seu rosto entre meus seios.

— Nunca falei que jogo limpo.

— Isso é coerção — foi sua resposta abafada, e eu soube que tinha vencido.

Samkiel tirou minha camiseta da cabeça e sorriu para mim antes de agarrar minhas coxas e se levantar, jogando-me por cima do ombro. Soltei um gritinho e tive certeza de que a taverna inteira ouviu. Ele riu diabolicamente e deu um tapa na minha bunda arrebitada enquanto caminhava em direção ao banheiro.

— Silêncio, Dianna. Ou vou ter que colocar algo na sua boca para fazer você ficar quieta.

Ah, meu homem estava no clima, e eu adorava isso.

XLIX
ROCCUREM

Outro grito veio de cima, seguido pelo respingo da água batendo no chão. O olhar cobalto de Logan permaneceu fixo em um ponto do outro lado do quarto. Ao vê-los de perto, percebi o quão errada Dianna estava sobre não haver mais nenhuma centelha de vida. Eu a sentia como um pequeno tambor que soava em um vasto vale. Era um chamado sussurrado por ajuda, tão fora de alcance.

— Eles são sempre assim? — perguntou o elfo Orym, de Flagerun, ao entrar no escritório.

Virei-me da janela e o observei, tomando meu chá devagar. Suas mãos estavam nos bolsos do traje preto e liso que Samkiel havia adquirido para todos — um novo conjunto de roupas para seus aliados rebeldes. O rabo de Orym balançou, e ele olhou para o teto.

— A falta de sua marca forma um vazio de dor. É um desejo de ser completado. Casais normalmente se estabelecem depois que a marca é selada, mas até então, tendem a acasalar com afinco. É natural. A natureza exige sua conclusão e busca selar suas almas.

O olhar de Orym pousou em mim com um lampejo de dor. Coloquei a xícara de chá no pequeno descanso de copo que Miska havia encontrado.

— Você acredita que perdeu sua companheira, certo? Esse vazio também. Não é ciúme que marca suas palavras, mas dor.

Ele sentou ereto, bufando, colocando uma perna longa sobre o braço da cadeira.

— Você é mesmo um Destino.

— Sou. — Assenti e dei um pequeno sorriso, esperando deixá-lo à vontade. — Você devia apreciar a cópula deles.

O rosto de Orym se ergueu em desagrado.

— Como é?

— É muito melhor do que o que eles costumavam fazer. O que o universo exige.

O olhar mortal de Orym diminuiu quando olhou para cima, os sons vindos de lá ganhando intensidade. Sua cauda balançava de um lado para o outro.

— E o que costumavam fazer?

— Tentar destruir um ao outro.

Ele abafou uma risada.

— Desculpe, isso parece difícil de acreditar. Desde que os conheci, eles mal conseguem manter as mãos longe um do outro.

Um grunhido ecoou de cima, seguido por mais água chapinhando. Dessa vez, uma mancha escura se formou no teto.

— Não foi sempre assim. Houve até um período em que presumi que ela venceria.

— Ganhar? Matá-lo? — Orym engoliu em seco. — Acha que ela poderia derrotá-lo? O próprio Destruidor de Mundos?

Levantei uma das pernas, cruzando-a sobre a outra.

— Sem dúvida. O poder de Dianna vem de uma parte dela adquirida por uma perda completa de controle. É raivoso e sombrio e a definição de ira. Ela poderia incinerar as próprias estrelas do céu caso quisesse. Seu poder é antigo, muito antigo, e sua raiva também. Às vezes, é maligno.

A sala ficou densa de tensão e desconforto. Vi o entendimento nos olhos de Orym e soube que minhas palavras eram apenas uma confirmação do que ele já havia sentido.

— Por que ela não faz isso? Poderia nos poupar dessa guerra.

— Acredita que para apagar um incêndio é adequado adicionar mais chamas ou extingui-lo?

— Apenas quis dizer... por que ela não fez isso? Em especial com você fazendo parecer que os dois eram inimigos.

Uma risada feliz atravessou o teto, e um lento pingo de água caiu nas calças de couro de Orym. Ele suspirou e jogou-o para longe.

— Por amor. Apenas a irmã de Dianna tocou sua parte celestial, e agora Samkiel a toca. Ele é ordem. Ela é caos. Um não pode existir sem o outro, e caso ela perdesse isso, guerra seria o menor dos nossos problemas.

O olhar de Orym se suavizou.

— Ela tinha uma irmã.

— E quase destruiu o mundo quando a perdeu. Imagine o que ela faria por ele.

Orym olhou para cima enquanto os sons de sexo continuavam.

Peguei o chá que Miska havia preparado para mim, minha dor de cabeça rugindo de volta para a frente dos meus olhos, e tomei um gole. A dor diminuiu, e suspirei de alívio.

— Samkiel encontra paz em Dianna, mesmo antes de saber o que ela é para ele. É algo que ele nunca encontrou com outra pessoa. Assisti de cima. Como o coração que ele havia cercado de gelo lentamente recomeçou a bater mais uma vez.

Um grunhido veio do corredor, e não de prazer, como os vindos de cima. Savees se apoiou na porta, ocupando todo o vão com seu corpo. Suas orelhas se contraíram enquanto ele olhava para o teto.

— Eles não parecem se odiar agora — rosnou. — Odeio audição de Outro Mundo.

— Presumo que seja traiçoeira para um Q'vineck.

Orym deu um pulo da cadeira, quase derrubando-a enquanto corria para o outro lado do cômodo. Savees apenas revirou os olhos, seus rabos balançando em aborrecimento.

— Você esteve comigo por semanas e agora tem medo de mim?

O peito de Orym arfava.

— Vocês todos deveriam estar extintos.

Os dentes de Savees faiscaram, as listras brancas ao longo de seu pescoço escurecendo.

— Não se preocupe. Estamos agora.

Tomei um gole do líquido calmante em minha xícara e o observei.

— Fiquei surpreso ao ver Nismera tentar capturar você. Sua espécie é um bando feroz e rebelde. Estou surpreso que ela tenha desejado dominá-lo.

Seu sorriso não continha humor.

— Dominar não é a palavra certa.

— Como assim?

Savees lançou um olhar para Orym.

— Seja lá para o que ela precise de criaturas, não é para um exército. Temo que seja muito pior.

— Acredito que suas preocupações são uma avaliação precisa.

Savees passou a mão atrás da orelha e olhou para cima de novo.

— Samkiel precisa ter cuidado com ela.

Orym bufou.

— Acho que ela consegue aguentar. Confie em mim, estou perto deles há semanas.

As caudas de Savees se retorceram em irritação.

— Não foi o que eu quis dizer. Ela é poder, poder para o qual o Outro Mundo está erguendo a cabeça. Eles virão atrás dela. Se é que já não tentaram.

— Eles vão sentir o gosto do aço de Samkiel se tentarem — declarou Orym.

Savees assentiu em concordância antes de esticar os braços para trás e puxar o capuz grosso sobre a cabeça. Ele ajeitou sua capa, escondendo a cauda enquanto ela o envolvia, e prendeu o fecho em seu pescoço.

— Quando terminarem, avise para onde fui, por favor, Destino? Tenho algumas pessoas que acho que se juntarão ao Destruidor de Mundos — declarou ele e saiu da sala sem esperar por uma resposta. Orym relaxou visivelmente quando Savees se foi.

— Você tem medo dos Q'vineck? — perguntei.

Os ruídos acima atingiram seu ápice, e Orym mexeu os pés.

— Ouvi histórias sobre a fera gigante em que se transformam. Presas mais afiadas que aço, com garras semelhantes. Sua ferocidade em batalha rivaliza até mesmo com a dos Ig'Morruthen, e eu preferiria que todos os meus membros permanecessem no lugar.

Virei-me para o príncipe élfico perdido, completamente inconsciente de sua herança ou destino, e sorri.

— Eu não me preocuparia com os Q'vineck.

Seus olhos encontraram os meus, perguntas ardendo neles.

— Com quem eu deveria me preocupar?

O teto rangeu quando a madeira se partiu. Com um estrondo, Samkiel e Dianna caíram do alto. Água espirrou da banheira, e as vigas sob o piso racharam com o peso e a força da queda. Samkiel segurava firme nas bordas da banheira, e o sorriso largo de Dianna desapareceu quando ela se encolheu sob seu rei, suas bochechas manchando-se de rosa com uma mistura de prazer e constrangimento.

— Desculpe.

L
CAMILLA

Acordei sobressaltada, com suor encharcando a lateral da minha cabeça, o cabelo grudado na pele. Eu me sentia quente e depois fria, minha mão agarrando o tecido sobre meu peito enquanto eu respirava uma vez, depois outra. Os sons de passos apressados e movimentos no corredor agrediram meus ouvidos, todos os meus sentidos excessivamente sensíveis. Senti tensão se infiltrar no ar como uma névoa pesada, o palácio zumbindo. Um trovão soou. Pulei da cama, colocando um vestido e sapatos depressa, antes de sair do quarto. Nenhum guarda estava do lado de fora, e quando verifiquei o quarto de Vincent, ele também não estava lá.

Desci correndo as escadas, o palácio estava um alvoroço de sussurros e murmúrios. O que estava acontecendo?

— Camilla — gritou Hilma atrás de mim. Virei enquanto ela avançava. — Ah, que bom, você acordou.

— Como se alguém pudesse dormir no meio disso. O que está acontecendo?

— Você não soube? — Os olhos dela eram como pires.

— Soube o quê?

— Um Ig'Morruthen destruiu a legião inteira de Nismera. A encosta da montanha de Flagerun simplesmente desapareceu, junto da prisão. Ainda estão trazendo restos mortais, e não sei se Vincent é um deles ou...

Ela continuou falando, mas o mundo ficou em silêncio para mim.

Não consegui encontrá-lo, de forma alguma. Envolvi meu colar com os dedos e corri para o salão de guerra de Nismera. Ela saberia onde Vincent estava. Andei bem atrás dos generais que conversavam com Nismera, uma sombra indetectável. Um general se virou como se pudesse me sentir, o outro ao lado deu uma cotovelada para que ele permanecesse em formação.

Ele passou a mão dourada encouraçada na nuca enquanto sussurrava:

— Achei que tivesse sentido algo atrás de mim.

Viramos uma esquina no longo corredor excessivamente decorado que levava ao salão de guerra. Dois guardas abriram a porta grande e vistosa, e Nismera entrou. Esgueirei-me para dentro e fui para o canto escuro. Ela lançou energia prateada em direção às saliências de metal penduradas na parede, iluminando a sala enorme.

— Leviathan — falou para o integrante alto e magro da Ordem conforme ele abaixava a cabeça —, me dê boas notícias, por favor.

— Gostaria de poder, Excelso, mas temo apenas ter o oposto.

Ela suspirou conforme um guarda puxava sua cadeira, as longas mangas transparentes de seu vestido bordado com gemas balançando enquanto se sentava.

— A prisão?

— Demolida. — Leviathan se sentou. — O que resta são escombros na encosta da montanha.

Ela juntou os dedos e se inclinou sobre a mesa.

— E o integrante d'A Mão?

— Levado, minha senhor. Não houve relatos de luzes cerúleas atravessando o céu.

Membro d'A Mão? Levado? Ela queria dizer Vincent? É por isso que eu não conseguia encontrá-lo?

Ela passou a mão pelo rosto antes de bater o punho na mesa, enquanto os raios sob a superfície deslizavam para longe, assustados.

— O Olho verá isso como rebelião, outra base que acham que têm quando não têm. — Nismera encontrou o olhar de Leviathan. — Ela está se tornando um problema.

— Já faz algum tempo.

Nismera soltou um suspiro.

— Eu devia tê-la matado no ventre da mãe quando tive a chance. Agora ela está atrapalhando meus planos mais uma vez.

— Não tema, supremo. Permita que Kaden prossiga com o plano dele, e então terá o que sempre desejou.

As unhas dela batucavam na mesa.

— Talvez.

— Se o Destino estiver com ela, ela ainda pode estar um passo à nossa frente.

— Tentei matar o destino, e Vincent voltou como um desperdício absoluto.

Meu coração deu um salto. Ele estava aqui? Mas eu tinha verificado a ala médica e tudo.

— Ele retornou da enfermaria na baía Pike há alguns minutos. Pedimos aos guardas que o escoltassem até seus aposentos. Receio que ele ainda esteja em péssimo estado. Não tivemos a oportunidade de procurar novos curandeiros desde que ela destruiu a Cidade de Jade.

Nismera acenou com a mão, olhando pela janela de sua sala de guerra.

— Ele não é nada além de uma arma senciente. Não é minha preocupação. Os reinos são minha preocupação. Meu governo será desafiado se suspeitarem que tenho fraquezas. Perder aquela prisão é fraqueza, ter minha legião dizimada é fraqueza, ter meu general quase morto é fraqueza.

Meu peito se contraiu por ele. Vincent havia traído sua família e estava quase no leito de morte por Nismera, mas ela falava como se ele não significasse nada. Ele não era nada para ela. Esforcei-me para conter a raiva que borbulhava na minha garganta. Eu a odiava.

— Você não está lidando com uma simples rebelde, minha rei. Ela era, para todos os efeitos, a Rainha de Rashearim. Foi feita para governar tudo. Portanto, sua… — A cabeça de Leviathan explodiu, sangue e massa encefálica espirrando para todo lado.

Elianna gritou e pegou suas anotações. Os outros membros do conselho congelaram, nenhum ousou falar.

Os olhos de Nismera retornaram à cor normal, e o poder prateado que queimava em suas profundezas diminuiu.

— Rolluse — chamou ela. O homem sentado à esquerda do cadáver de Leviathan se levantou, seu cabelo, rosto e roupas salpicados de sangue. —Você agora é o líder da Ordem. Por favor, não seja como Leviathan.

— Sim, minha senhor. — Rolluse fez uma reverência, um leve tremor sacudindo seu corpo.

— E não haverá mais conversa sobre governantes. Eu sou sua rei. A única. Entendido?

Todas as cabeças na sala de guerra assentiram, até mesmo os guardas.

— Qual é o nosso próximo passo?

Rolluse engoliu em seco, pegando a pasta na frente da cadeira de Leviathan. Ele a abriu e limpou a garganta antes de falar.

— O rei de Quinural ainda pede para vê-la em cinco dias para a revenda. Suponho que ele queira presenteá-la com o murrak e oferecer uma demonstração de poder.

— Ele só está mijando nas botas porque O Olho está se aproximando do seu território. Caso contrário, teria jurado lealdade antes. — Nismera acenou com a mão.

— Independentemente disso, um murrak é uma criatura rara. Pode adicioná-lo à infinidade de outros que você coletou e armazenou.

Coletou? Quantos monstros ela tinha sob essa maldita cidade? E para quê os estava armazenando?

Ela suspirou.

— Suponho que sim. Mesmo com meus ryphors, não tenho tempo para voar até lá a fim de recebê-lo eu mesma. Precisamos nos preparar para a coroação. Não posso preparar uma legião para se juntar a mim se eu não estiver aqui. Qual comandante está estacionado mais perto? Talvez ele possa pegá-lo para mim?

Elianna folheou várias páginas antes de erguer a mão baixo.

— O mais próximo seria Enit, mas a cavalaria dele é muito pequena. Mande Illain.

Não fiquei para ouvir o resto, precisando ver Vincent. Saindo furtivamente da sala de guerra, corri em direção aos meus aposentos, subindo os largos degraus de pedra dois de cada vez. O corredor estava limpo, mas ouvi o murmúrio baixo de vozes e parei antes de virar a última esquina. Pisei com cuidado no corredor e me pressionei contra a parede para ouvir.

— A enfermaria fez um péssimo trabalho — comentou uma mulher alta, com o rosto e as mãos completamente cobertos.

O homem baixo e robusto ao lado dela assentiu.

— Eles são tudo o que temos agora que a Cidade de Jade virou cinzas.

Eles passaram depressa por mim, continuando a conversar sem nem me notar. Não hesitei, quase correndo até a porta de Vincent e abrindo-a. Entrei furtivamente e falei o encantamento, derrubando o véu da invisibilidade enquanto a porta se fechava atrás de mim.

Os pés de Vincent, em carne viva e queimados, foram a primeira coisa que vi. Ele estava deitado na cama, coberto de gazes. Meu horror aumentava quanto mais perto eu chegava. Seu corpo inteiro estava coberto de queimaduras horríveis. Ele parecia estar descansando, mas então vi o tônico na mesa de cabeceira e soube que o tinham sedado para a dor.

Levei a mão até a boca, e lágrimas encheram meus olhos. Não havia sobrado um único fio de cabelo na cabeça dele. Até as sobrancelhas e cílios haviam sumido. Quão mal ele estava antes da enfermaria tratá-lo? Perto da morte, pelo menos. Eu conhecia o verdadeiro poder das chamas de Ig'Morruthen e tinha visto o que Dianna era capaz de fazer. Ela poderia ter feito isso rápido, mas fez assim para fazê-lo sofrer antes de morrer.

— Idiota, idiota estúpido — sussurrei, enxugando lágrimas do meu rosto. Ajoelhei ao lado da cama. — Por que você iria atrás dela? Sabe que é suicídio. Como ousa tentar me deixar aqui sozinha! Não posso fazer isso sem você. Não posso ficar sozinha. — Era verdade. Ele era o único amigo que eu tinha neste mundo totalmente miserável.

Minha cabeça caiu em meus braços na beirada da cama enquanto meu corpo tremia. Lágrimas escorreram conforme o estresse daquele maldito lugar finalmente se rompia feito uma represa. Se Vincent morresse, eu estaria sozinha, verdadeira e completamente sozinha. Um soluço molhado deixou meus lábios antes que eu o cobrisse, levantando a cabeça. Eu me recusava a deixá-lo desse jeito. Não havia como dizer quanto tempo levaria para seu sangue celestial curá-lo.

Eu sabia que Nismera não se importava nem um pouco, nem se aventuraria ali para visitá-lo. Ele era uma arma para ela, mas não para mim. As lágrimas secaram no meu rosto, resolução substituindo desespero. Levantei em um movimento firme e lancei meu feitiço mais uma vez antes de sair do quarto.

Disparei pelo labirinto de corredores, minha magia rugindo ao meu redor. Nem me importei com o caos que deixei em meu rastro. Uma bola esmeralda de poder se formou em minha mão, e explodi a porta de Kaden arrancando-a das dobradiças.

Ele saltou da cama, seu peito nu, calças escuras baixas em volta de seus quadris, as linhas gêmeas de músculos de cada lado desaparecendo sob elas. Seus olhos estavam queimando, e ele rosnou para mim, mostrando as presas, pronto para acabar com minha vida.

Levantei a mão e fechei-a em um punho apertado. Magia girou em torno da garganta dele, cortando seu ar. Ele caiu de joelhos, suas mãos agarrando o pescoço. Kaden lançou um olhar feio para mim, mas não soltei meu aperto. Parei na frente dele, minha mão ainda levantada.

—Você fez isso — declarei. — Tudo isso, tudo, é culpa sua. Você vai consertar.

Moldei minha magia como uma coleira e arrastei Kaden para fora do quarto.

—Você me arrastou para fora do meu quarto para testemunhar a morte disso? — Kaden apontou para o corpo de Vincent.

— Ele não está morto — respondi bruscamente de onde estava, na beira da cama.

— Está bem perto — murmurou Kaden. — Dianna fez isso?

Eu assenti.

— Sim. Sim, ela fez.

Kaden se inclinou um pouco enquanto seus lábios se curvavam para baixo.

— Impressionante.

— Fico feliz que ache impressionante que ele tenha sido queimado vivo, seu pedaço de merda.

Kaden olhou para mim.

— Estou falando sobre o osso que reposicionaram e também o corte no peito dele. Atravessou direto o coração, mas ele respira.

— O quê? — perguntei, examinando o corpo de Vincent. Eu nem tinha notado isso quando estive aqui antes. Estava preocupada demais com as queimaduras. Mas lá estava, uma pequena mancha vermelha que parecia ainda estar vazando bem onde seu coração deveria estar.

— O que você fez? — perguntou-me Kaden.

— Não fiz nada— respondi com tom de desprezo. — Mas você está prestes a fazer.

— E o que isso significa?

Levantei a mão, minha magia girando acima de seu torso, prendendo seus braços, pernas e garganta. Seus músculos se retesaram enquanto ele tentava se soltar, e se eu não me apressasse, ele conseguiria.

— Relaxe — falei. — Só preciso pegar emprestada uma fração da sua força vital para curá-lo, então prometo que deixo você ir, está bem?

Ele arreganhou o lábio superior, expondo suas presas.

Ajoelhei-me com cuidado na cama ao lado de Vincent e pairei minha mão livre acima dele. A magia girou contra minha palma antes de se libertar para pousar em cima dele. As cordas verdes vibrantes apertaram seu corpo, assim como fizeram com o de Kaden. Soltei um suspiro, estabilizando minha mente e espírito antes de começar a entoar.

— *Viti rucku mocharum.*

Uma janela se abriu com estrondo.

— *Viti rucku mocharum.*

Um vento frio serpenteou pelo ar.

— *Viti rucku mocharum.*

Um gemido suave veio da minha direita.

— *Viti rucku mocharum.*

Eu puxei cada pedaço de Kaden e de mim. Aquela minha parte secreta se retorceu e se desbloqueou. Senti umidade cobrir meus olhos e um puxão familiar no meu peito. Ele cresceu e pulsou, contido dentro do aperto da minha magia. Respirei fundo e o libertei, poder chicoteando para fora de mim. Ele disparou para Kaden e depois para Vincent. Meus olhos se abriram e a sala mergulhou na escuridão. Em seguida, vieram os gritos. Ignorei as cento e uma vozes sussurrando em meus ouvidos.

— *Viti rucku mocharum.*

Meus olhos estavam abertos, mas eu não via este quarto. Eu via tudo e nada ao mesmo tempo, escuridão e luz entrelaçadas. Uma voz surgiu de baixo do mundo, de baixo do universo, longe, mas perto, e algo se virou para mim.

— Ora, você é nova! — falou.

Fui puxada de volta para o presente, para mim e para o quarto de Vincent. Kaden e eu engasgamos. Minha magia, um verde iridescente, elevou-se como uma onda antes de colidir com a forma de Vincent. Seu corpo se arqueou para fora da cama, e ele gemeu, a pele se unindo. As queimaduras sararam, e cabelos brotaram de sua cabeça. Ele abriu os olhos e olhou para mim.

— Camilla? — Sua voz foi a última coisa que ouvi antes que a dor cortasse minha cabeça e eu caísse no chão.

LI
DIANNA

— Como se diz vá se foder em fivvern? — Perguntei, virando outra página.
Samkiel tinha empilhado tantos livros em sua mesa que jurei que meus olhos iam sangrar antes que eu lesse todos eles.
Ele riu, lançando um olhar para mim.
— Por que você só deseja saber as palavras ruins?
Dei de ombros.
— Elas são úteis muito mais vezes do que as outras.
— Talvez. — Ele se inclinou sobre outro livro e virou a página antes de deslizá-lo em minha direção. — Isso seria útil.
Gemi, batendo minha cabeça na mesa e nos oito livros ao meu redor.
— Está bem, adicione outro. Mal aprendi a língua do guarda, e agora você quer que eu memorize mais oito?
Samkiel soltou uma risada enquanto eu erguia a cabeça, apoiando meu queixo nas mãos.
— Tecnicamente, esses são apenas volumes; há cerca de vinte e cinco línguas em cada um.
Lancei um olhar feio para ele.
— Eu realmente odeio você.
Ele sorriu.
— Prometo que vai ficar mais fácil. Só precisamos de repetição, e você vai dominar tudo.
— Fácil para você falar. — Eu me sentei direito. — Você estudou por, sabe, um milhão de anos.
— Ei — reclamou ele, recostando-se na cadeira.
Cruzei os braços e dei de ombros.
— É verdade. Você é velho.
— Você também.
— Pfft. — Acenei com a mão. — Não tão velha quanto você.
Samkiel estreitou os olhos para mim, passando a língua pelo interior da bochecha.
— Está bem.
Esse foi meu único aviso antes que ele pulasse do assento e me atacasse. Meus olhos se arregalaram, e minha cadeira voou quando me levantei. Com um grito, corri para o outro lado da mesa. Samkiel espalmou as mãos na mesa de frente para mim, observando-me com um olhar de predador. Ele se esquivou para a direita, mas disparou para a esquerda. Minha risada encheu o pequeno escritório enquanto ele me perseguia ao redor da mesa. Passei por ele e corri para a porta, mas ele me agarrou pela cintura e me levantou no ar. Chutei na hora que a porta se abriu e acertei Orym bem no rosto.
— Ai! — resmungou, segurando o nariz.

Samkiel logo me colocou de pé, e cobri minha boca com a mão.

— Opa.

Orym olhou feio para mim, segurando o nariz antes de olhar para Samkiel.

— Estávamos apenas aprendendo novos idiomas.

— Hum-hum — falou Orym, abaixando a mão.

—Você está bem? — perguntou Samkiel.

Orym assentiu.

— Sim — respondeu ele, dando mais um passo para dentro do cômodo.

Samkiel e eu nos entreolhamos enquanto Orym passava por nós. Samkiel sorriu e estendeu a mão para mim de novo, mas desviei e balancei a cabeça. Ele fez um pouco de beicinho, mas nós dois nos viramos para Orym.

— Sinto muito por interromper seus estudos, mas acabei de receber uma mensagem sobre algo que pode lhes interessar.

— O que foi? — questionou Samkiel.

Orym tirou um pequeno pedaço de pergaminho do bolso, desdobrou-o antes de entregá-lo a Samkiel.

— É um convite? — perguntei, espiando por cima do braço de Samkiel.

Orym assentiu.

—Veruka só conseguiu roubar um. Parece que vai acontecer uma troca na região sudeste dos reinos. Alguns figurões importantes estão envolvidos, mas o que quer que estejam transportando e vendendo está causando bastante alvoroço.

— Muito bem. Vai levar ao menos um dia para chegar lá, e isso viajando à noite — comentou Samkiel, lendo o convite mais uma vez.

Orym assentiu.

— Posso conseguir roupas para nós e um pequeno local para ficarmos até lá. A reunião é em três dias.

— Perfeito. — Samkiel dobrou o papel e o devolveu. — São mais dois dias para Dianna aperfeiçoar seu silmaun.

Eu gemi, e meus ombros caíram. Orym riu.

LII
DIANNA

Deslizei as mãos pelas laterais do meu vestido azul-escuro. A parte de cima tipo espartilho com o decote profundo fazia meus seios parecerem maiores. Virei-me um pouco, checando a parte de trás. A bainha da saia terminava no alto nas minhas coxas, mas tudo ficaria coberto, desde que eu tomasse cuidado. Soltei um suspiro lento e deslizei as mãos pelas mangas longas, transparentes e bufantes. Era tão bom não estar coberta de sujeira ou fuligem para variar.

— Dê mais uma voltinha — pediu Samkiel do canto do nosso pequeno quarto. Ele estava me observando no espelho, ajeitando o colarinho e parecendo mais um vendedor de rua do que um deus. Dei um sorriso travesso por cima do ombro e fiz o que ele mandou.

Chegamos a Veeq de manhã cedo e passamos o tempo aprendendo a planta do prédio, incluindo todas as entradas e saídas, antes de ir para as docas. Passamos horas observando os navios chegando, mas não vimos nada incomum sendo descarregado. Samkiel temia que Nismera atacasse o Outro Mundo, despojando-o de tudo que fosse útil para ela. Minha única preocupação era que ela aparecesse. Não importava o quanto eu fosse arrogante, eu não o arriscaria.

— Gostou? — perguntei, virando de um lado para o outro.

— Gostei — confirmou Samkiel, seus olhos nunca deixando os meus enquanto ele terminava de amarrar suas botas e depois vinha em minha direção. Ele segurou meu queixo e inclinou minha cabeça para trás. Beijou meus lábios suavemente, tomando cuidado para não manchar meu batom escuro. Ele traçou o decote do vestido com a mão livre, provocando as curvas internas sensíveis dos meus seios. — Mesmo que mostre demais.

Eu bufei.

— Por favor, isso faz parecer que tenho peitos. — Usei minhas mãos para empurrá-los juntos e ainda mais alto.

Os olhos dele caíram para meu decote, e ele deu um tapa brincalhão em minhas mãos.

— Pare com isso! Você tem seios.

— Sim, mas não grandes. — Abaixei as mãos.

— Dianna, tudo em você é perfeito. — Ele deu um peteleco no meu nariz.

Sorri para ele.

— Faz tanto tempo que não me arrumo nem coloco maquiagem. É gostoso.

Samkiel me estudou por um momento, mas apenas assentiu e deu um beijo suave na minha testa sem falar nada. Dando um passo para trás, ele pegou uma das bolsas pequenas que ele e Orym tinham enchido com as armas que os dois tinham comprado mais cedo naquele dia. Samkiel começou a tirar punhais e colocá-los nas bainhas escondidas nas laterais de suas botas. Virei-me de novo para o espelho e ajeitei meu cabelo. Eu o tinha deixado solto, as ondas naturais fluindo pelas minhas costas. Mesmo com o leve volume, dada a umidade aqui, ainda estava bonito.

Samkiel apareceu atrás de mim, e sorri radiante para seu reflexo. Ele levantou as mãos, observando-me no pequeno espelho rachado. Seus dedos roçaram meu cabelo, e lutei contra um arrepio quando o prazer correu pelo meu corpo. Os cantos de seus lábios se curvaram para cima, e eu sabia que ele tinha percebido. Ele separou meu cabelo e o torceu em um nó elegante na parte de trás da minha cabeça antes de deslizar uma adaga longa, fina e embainhada nele para mantê-lo no lugar.

— Inteligente — elogiei.

Ele assentiu e se inclinou sobre mim, roçando os lábios no meu pescoço, logo abaixo da minha orelha.

—Você precisa de armas. Não há como saber o que ela terá naquela galeria, e como não posso estar bem ao seu lado, isso terá que servir.

Inclinei a cabeça, acariciando a curva suave da minha bochecha contra a barba áspera do seu maxilar.

—Você sabe que sou feita de fogo, não sabe?

Samkiel sorriu, beijando minha bochecha.

— Faça isso por mim. Por favor.

Assenti, então dei um saltinho quando seus dedos provocaram minhas coxas logo abaixo da bainha do meu vestido.

— Não temos tempo para isso.

Fitei o espelho e vi seus olhos já em mim, e minha respiração ficou presa. Seus olhos eram prata derretida. Couro frio roçou minha coxa, e um gemido suave saiu dos meus lábios quando ele o puxou para a borda da minha calcinha, seus dedos deslizando por minha área mais sensível. Suas narinas se dilataram, e seu sorriso era totalmente diabólico quando percebeu minha reação. Ajeitei minha postura e inclinei minha cabeça para trás em seu ombro. Sustentei seu olhar no espelho, observando-o por entre meus cílios. Meus lábios se separaram em pequenos suspiros, e remexi meus quadris enquanto ele apertava o cinto, certificando-se de passar os nós dos dedos em cima do meu clitóris. Ele sorriu e segurou minha boceta, deslizando uma adaga na bainha com a mão livre antes de abaixar meu vestido.

— Por precaução — explicou Samkiel e deu uma piscadinha. Precisei de cada grama de força de vontade que eu tinha para não o empurrar contra a parede e fazer com que ficássemos extremamente atrasados para esta galeria idiota, mas Orym estava do outro lado do corredor, e eu conseguia aguentar só um nível limitado de atitude.

Samkiel me firmou em pé e deu um passo para trás, sua mão roçando levemente minha bunda. Ele levantou a bolsa, e ouvi o barulho lá dentro.

Limpei a garganta e alisei meu cabelo de novo.

— O que mais você tem aí?

Samkiel a fechou.

— Algumas coisas extras para o caso de aparecer companhia. Espero que isso não aconteça, mas é melhor sempre ter um plano B.

— Ah — sorri —, sinto que alguém muito inteligente ensinou isso a você.

— Talvez — respondeu ele, lançando-me um rápido olhar de soslaio.

Orym apareceu à porta, vestindo as mesmas camadas de tecido verde-escuro que Samkiel.

— Como encontrou roupas ainda piores do que as que nos deram na prisão? — perguntou Samkiel.

Orym entrou, carregando um dispositivo pequeno e liso, seus lábios se contraindo.

— Monitorei a área quando chegamos na tentativa de mapear o que precisávamos para nos misturar o máximo possível. O prédio onde você vai estar é muito mais próximo da parte tumultuada da cidade. Samkiel e eu estaremos do lado de fora, fingindo estar vadiando. Dessa forma, você pode nos contar o que está acontecendo lá dentro.

Coloquei as mãos nos quadris.

— E como vou fazer isso? Gritando bem alto?

Orym revirou os olhos.

— Não, com isso.

Ele abriu o dispositivo liso e nos mostrou o que pareciam bolinhas de gude bege.

— O que é isso?

— Uma maneira de nos comunicarmos sem gritar. Ele se conecta ao canal auditivo, e podemos nos comunicar a quilômetros de distância.

— Quer dizer, como um fone de ouvido?

Orym pareceu confuso, mas Samkiel concordou com a cabeça.

— É do mundo dela.

— Ah — foi tudo o que Orym disse.

— Beleza.— Bati palmas. —Vou usar o fone de ouvido maneiro para vocês poderem falar comigo.

Orym levantou o tampão em direção ao ouvido, colocando-o e acionando-o. Samkiel e eu observamos e depois encaixamos os nossos. Um formigamento áspero começou no fundo do meu ouvido, e meus olhos se arregalaram quando olhei para Orym.

— Orym — falei devagar. — Meu fone de ouvido acabou de se mover?

Ele lançou um olhar para Samkiel, que tentou fingir inocência.

— Está apenas se acomodando. Não está vivo nem nada.

Eu sabia que ele estava mentindo, sabia que Samkiel provavelmente falou para ele não me contar porque minha segurança era mais importante do que meu medo irracional de insetos, mas jurei por todos os deuses mortos que se ele se movesse de novo, os dois estariam ferrados.

— Certo, vou ignorar isso para não estragar a missão. — Dei um tapinha na minha orelha. — Como funciona? — perguntei, mas então ouvi minha voz ecoar. Sorri. — Ah, que foda.

— Agora essa linha de preocupação na sua testa pode relaxar — comentou Orym, dando um tapinha no ombro de Samkiel.

Samkiel esfregou a cabeça.

— Não tenho uma linha de preocupação.

Eu ri.

— Contei a ele sobre aquela ruga também.

Samkiel olhou feio para nós dois.

— Sami, você estava preocupado à toa. Eu me sinto tão vestida aqui — falei por trás da minha bebida. — Estou contente que você esteja aí fora. Vi oito aréolas, mas o lado positivo é que ninguém está de fato olhando para mim.

—Você pode vir aqui fora e posso lhe mostrar como o vestido mexe comigo.

Quase cuspi o gole da minha bebida. Cobri a boca com a mão, virando-me de costas para a multidão.

Orym gemeu pelo fone de ouvido.

—Vocês dois podem, por favor, não me sujeitar a isso hoje? Ainda estou com os olhos ardendo por causa do outro dia.

Bufei e fingi estudar a variedade de bolinhos doces. Era verdade. Ele nos pegou no flagra. Samkiel e eu decidimos sair para uma sessão de treinamento que acabou comigo pressionada contra uma árvore de novo.

— Sinto muito, mas você estava trancado em uma prisão por semanas?

— Estava, mas você não me vê com as calças abaixadas a cada cinco segundos.

Inclinei-me para baixo, olhando mais de perto para alguns dos bolos doces enquanto falava.

— Honestamente, talvez você devesse. Ouvi na taverna que há um pequeno bordel aqui perto.

— Chega — repreendeu Samkiel, interrompendo-nos. —Vocês dois.

Sorri e me afastei dos bolos, andando através da multidão.

— Além da chatice de Orym, não houve nada fora do comum aqui.

Passei por uma criatura laranja e peluda, meu rosto se contraindo de nojo quando ela cuspiu em sua gaiola de vidro. A multidão se deslocava pela galeria, rindo e bebendo. Alguns se moviam em pequenos grupos, alguns se agarravam a seus pares e outros, como eu, vagavam sozinhos.

—A menos que ela queira essas criaturinhas, não vejo o que Nismera poderia querer.

—A pequena criatura que você acabou de descrever cospe ácido — explicou Orym. — Acho que é bem o estilo dela.

— Ah — arrulhei e me inclinei para mais perto. — Mas é tão fofo.

Balancei meu dedo diante do vidro, e uma membrana nictitante passou rapidamente por cima dos olhos escuros e arregalados da criatura. Os pelos em seu corpo se abaixaram enquanto ela me observava, e quando me virei, indo para outro lado da galeria, jurei que seus olhos me seguiram.

Suspirei ao passar por casais rindo juntos ou observando armas e pinturas encantadas. Se você ignorasse o fato de que este era um leilão para um dos piores seres vivos do reino, eles pareciam estar se divertindo muito. Eu tinha sentido falta disso.

— Quero ir a um encontro.

Ouvi Orym suspirar.

— O que quer dizer, akrai? — perguntou Samkiel.

— Quero dizer, tirando a situação de vida ou morte, todo mundo aqui parece estar se divertindo. Não fazemos isso há uma eternidade. Tem sido uma missão extrema atrás da outra. — Levei o copo até meus lábios, avistando outra criatura em um recipiente de vidro. Esta era escamosa. — Leve-me a um encontro.

—Vamos terminar isso, e então você pode ter o que quiser.

Meus lábios se curvaram contra meu copo.

— Certo.

O corredor que eu estava seguindo se curvava, e me vi em uma sala vazia, exceto por uma espada em uma redoma de vidro. Ela estava no meio da sala sob um holofote de luz. Inclinei a cabeça, capaz de sentir o poder como um zumbido suave no ar. Cheguei mais perto e me inclinei um pouco. A lâmina se curvava como um sabre com uma ponta afiada, mas sua cor marmorizada, quase verde, a tornava realmente linda. Borlas com pequenas joias penduradas pendiam do punho.

— Que coisa estranha — falou uma voz feminina.

Minhas costas se endireitaram. Completamente hipnotizada pela lâmina, eu não tinha notado ninguém se aproximando furtivamente de mim. Ou isso ou a mulher à minha frente tinha passos mais suaves do que deveria.

— Com licença? — perguntei.

A mulher sorriu para a lâmina entre nós, batendo suas unhas curtas e escuras na caixa.

— Algo tão raro e lindo completamente só.

Minha cabeça se ergueu para trás enquanto Samkiel falava em meu ouvido.

— Ah, por favor.

Levantei a mão, diminuindo um pouco o volume, e sorri para a mulher desconhecida. Ela era uns trinta centímetros mais baixa do que eu. Seu cabelo castanho cacheado era cortado rente à cabeça, com ondas aneladas emoldurando seu rosto. Um traço escuro se estendia das bordas de seus olhos com sombra esfumaçada, concedendo-lhes uma curva sensual, seus lábios carnudos pintados de preto combinando. Seu vestido lhe caía feito uma luva, os recortes nas laterais revelando uma linha de músculos bronzeados e esguios. Vozes tagarelaram em meu ouvido, mas eu as ignorei.

— Essa cantada costuma funcionar? — perguntei, erguendo uma sobrancelha enquanto tomava um gole da minha bebida.

O sorriso dela era largo e vibrante enquanto ela andava ao redor do vidro. Até seus passos pareciam premeditados.

— Diga-me.

Ofereci a ela um sorriso suave em troca.

— Desculpe, mas sou comprometida.

— Exatamente — resmungou Samkiel no meu fone de ouvido. Levantei a mão, diminuindo ainda mais o volume, disfarçando o movimento colocando os cabelos curtos atrás da orelha.

Os olhos dela olharam para minha mão.

— Não vejo uma marca ou mesmo um anel para indicar que você é comprometida.

Mais palavras soaram no meu ouvido, e eu sorri.

— Preciso de uma marca?

Ela me encarou, sua leitura lenta e acalorada.

— Neste mundo, sim. Isso a tornaria menos desejável para os outros. Agora mesmo, você não é nada além de uma joia rara, implorando para ser reivindicada.

Outro resmungo no meu ouvido, e o esfreguei com cuidado.

—Você estava me observando? — perguntei.

Ela se inclinou para a frente, apontando sua unha perfeitamente cuidada.

— Estava, e ele também. — Olhei, e um homem perto da porta se virou depressa. — E ela. — Uma mulher alta e aristocrática usando um vestido com gola alta conversava com um grupo de homens vestidos de preto, todos focados em cada palavra dela. Ela me viu olhando em sua direção e inclinou seu copo para mim em uma saudação silenciosa. — E eles dois. — Desta vez, ela apontou para um casal que sorriu para mim e acenou. — Então, sério, estou lhe fazendo um favor.

Ela enlaçou o braço no meu e me puxou junto dela. Permiti, e os olhos que me observavam logo se viraram, como se estar no braço dela significasse que eu não era mais uma opção.

— Achei que esta galeria fosse para vender armas mortais, não pessoas.

Sua risada era suave enquanto ela dava tapinhas na minha mão.

—Você vai descobrir que tudo pode ser comprado, até mesmo carne.

Meu olhar disparou em sua direção, e soltei meu braço do dela. Salvando-me ou não, eu não ia ultrapassar um limite, mesmo um tão inofensivo quanto esse. Eu não magoaria Samkiel. Além disso, eu queimaria vivo qualquer um que tentasse o mesmo com ele.

Seu sorriso aumentou, mas ela não tentou segurar meu braço de novo.

— Não se preocupe. Não vou passar dos limites, já que você é uma mulher comprometida, mas me recuso a aguentar esse evento sozinha.

— Por que está aqui sozinha? — perguntei enquanto ela me conduzia em direção ao longo bar no canto do salão.

Ela se virou para mim.

— Por que você está?

— Eu sou de Tiv — respondi, usando a história que Samkiel, Orym e eu tínhamos inventado. — Eu trouxe um antigo machado de batalha para a mais excelsa. Considerando o quanto os estoques de trigo da minha cidade estão baixos este ano, espero que baste.

Ela assentiu e se recostou no bar; levantou a mão, e dois copos cheios do mesmo drinque que eu estava bebendo antes deslizaram em nossa direção. Perguntei-me há quanto tempo ela estava me observando.

— Sinto muito por isso e consigo entender. Meu lar não tem chuva há eras. Todos os nossos reservatórios estão secando. Nosso povo está morrendo de sede, e ajuda é escassa e demorada, por isso, eu também trouxe algumas coisas, esperando pelo favor da deusa.

— Ainda não conheci um deus bondoso, então, boa sorte.

Ela apenas sorriu antes de tomar um gole.

— A propósito, meu nome é Faye. Qual é o seu?

— Xio. — Sorri, usando o nome que havia reivindicado na Cidade de Jade.

— Ah, um lindo nome para uma linda mulher.

— Nada de flertar. — Levantei minha sobrancelha.

— Foi apenas uma observação.

As luzes no salão diminuíram, e olhei ao redor. Uma luz forte surgiu nos fundos da galeria, e Faye inclinou a cabeça em direção a ela como pergunta. Eu assenti, e começamos a abrir caminho pela multidão, deixando minha bebida para trás.

— Aproximem-se e vejam uma criatura saída dos seus piores pesadelos — uma voz profunda ressoou pelos alto-falantes. — Um ser lendário das partes mais profundas e sombrias do Outro Mundo.

Faye e eu nos aproximamos enquanto a multidão se reunia. Eles sussurravam e sorriam, animados enquanto observavam o homem no palco retangular brilhante. Os pelos do meu pescoço se arrepiaram, e me virei. Lá, através da multidão, captei o brilho daqueles malditos soldados dourados.

Faye seguiu meu olhar.

— Parece que ela enviou uma legião para pegar seus suprimentos.

Engoli em seco e observei o comandante da legião passar pela multidão. Seu capacete pontudo tinha uma ponta de pelo avermelhado, e ele orgulhosamente usava o estandarte dela no ombro. Ele tinha a mesma armadura exagerada que todos os outros usavam.

Bem, pelo menos sabíamos que eles estavam aqui, e não era ninguém com quem Samkiel e eu não pudéssemos lidar. Isso acalmou um pouco meus nervos.

— Agora — a voz ecoou mais uma vez pelo alto-falante. — Um evento único para sua apreciação... o murrak! — anunciou ele, erguendo a mão.

Meu fone de ouvido zumbiu como se Samkiel e Orym estivessem falando ao mesmo tempo, mas ignorei. As cortinas atrás dele se abriram, e uma enorme gaiola de vidro foi empurrada para o palco. As pessoas ofegaram, e tive que me virar para ver ao redor de um ser alto na minha frente. Dei uma olhada e desejei não ter feito.

Cem ou mais pernas cristalizadas e opacas batiam no vidro, dançando ao redor da concha gigante como um exoesqueleto. Seu corpo inteiro era uma massa brilhante de branco tão puro que era quase transparente. Meu estômago se revirou conforme ele se contorcia. Insetos. Eu odiava insetos, especialmente os gigantes.

Antenas, da mesma cor branca, piscaram quando o murrak levantou sua enorme cabeça e sibilou em direção à multidão. Eles arquejaram e recuaram. Runas apareceram no vidro, e risadas nervosas percorreram a sala quando todos perceberam que a criatura estava seguramente contida. Perguntei-me se tudo aqui estava contido da mesma forma, até mesmo todas essas armas. A criatura sibilou, pressionando o vidro enquanto tentava se empurrar para fora. As runas brilharam, e ele piscou, a cobertura de seus olhos da mesma cor opaca.

— Os lances começam em...

O murrak ergueu sua cabeça com uma carapaça espessa, suas antenas se movendo conforme farejava o ar. Ele olhou direto para mim, fixando-se em minha presença. Seu corpo se desenrolou, erguendo-se em sua grande gaiola transparente, fileiras e fileiras de pernas se contraindo. As pinças ao longo de sua boca se abriram, e um grito ensurdecedor soou, quebrando cada objeto de vidro no salão. Lâmpadas explodiram no alto, e todos gritaram porque ele não apenas rompeu a barreira do som, como se libertou da única coisa que nos mantinha separados dele.

LIII
DIANNA

Vidro quebrado perfurou minhas mãos enquanto eu me levantava, gritos irrompiam de todas as direções. Bufei e me inclinei contra o bar, o fedor forte de ácido assaltando meu nariz. Os guardas se espalharam, presumivelmente para pegar o que pudessem para Nismera. Uma onda de ácido disparou pelo ar, seguida por mais gritos. Agarrei uma bandeja e coloquei em cima da minha cabeça antes de me abaixar atrás do bar. Parecia que meu amiguinho peludo estava causando estragos. Usando minha bandeja como escudo, lentamente me levantei para ver pessoas sendo atiradas para o lado por uma pequena criatura com chifres que corria para a porta. Havia um buraco gigante perfurado na parede atrás do palco por onde aquela porra de criatura inseto havia escapado.

Uma mulher atravessou correndo pelo salão, olhando na minha direção. O rosto de Faye estava coberto de sangue, e vi a espada que ela segurava. Era a mesma lâmina encantada que tinha me compelido antes. Faye não era apenas uma vendedora; era uma ladra. Ela me lançou um sorriso torto e saiu correndo.

E se ela fosse uma das guardas de Nismera? Eu precisava descobrir. Luzes faiscaram no alto, conduzindo mais para dentro do prédio. Olhei para a porta da frente e para a multidão que tentava fugir. Samkiel não chegaria a tempo, e Faye tinha acabado de escapar para os fundos com aquela espada dourada.

Merda.

Pressionei meu fone de ouvido, aumentando o volume, mas tudo que ouvi foram gritos de pessoas correndo para salvar suas vidas.

— Se vocês puderem me ouvir, estou descendo.

Houve mais gritos, e me encolhi. Tirei a maldita coisa da orelha e joguei fora antes de ir atrás de Faye.

Luzes piscavam intermitentemente nas paredes lisas cor de creme. Um rastro de sangue liderava o caminho, e presumi que uma daquelas criaturas tinha fugido com alguém. Andei devagar, tentando ser o mais silenciosa possível com meus saltos. Passei por algumas salas vazias que pareciam celas, e meu sangue gelou. Quantas criaturas ela mantinha aqui, e quantas agora estavam livres? Outra cacofonia de gritos rasgou o ar, e me virei, certificando-me de que nada estava me seguindo.

Senti o ar mudar. Não foi uma decisão consciente, mas me abaixei, mais sentindo o ataque do que o enxergando. Um estalo se seguiu quando Faye alojou a espada antiga e amaldiçoada na parede onde estava minha cabeça.

— Sem ressentimentos, gatinha, mas se trabalha para ela, você está morta.

Eu pulei.

—Trabalhar para ela? Para Nismera?

Faye arrancou a espada, gritando enquanto tentava me cortar de novo. Saltei para trás, evitando seus golpes enquanto dançávamos neste corredor estreito. Rachaduras se formavam nas paredes de pedra a cada golpe, e na vez seguinte que a espada se alojou na parede e Faye lutou para soltá-la, meu punho atingiu seu rosto. Ela gritou e cambaleou para trás, limpando o nariz.

— Droga, você bate forte.

Dei de ombros e arranquei a espada da parede.

—Você tem que ver meus chutes.

— Não posso deixar você levar essa espada até ela. — Faye colocou a mão embaixo do vestido, tirando duas lâminas.

Girei a espada em um círculo, aquecendo meu pulso e testando seu peso e equilíbrio.

—Ah, essa coisa velha? Por que não?

Faye atacou novamente, mais rápido dessa vez. Desviei, usando a espada como alavanca, e bloqueei suas lâminas. Minha oponente era rápida e altamente treinada, sem dúvida. Ela se jogou chão e chutou minhas pernas. Saltei e golpeei com a espada acima de sua cabeça. Ela bloqueou o golpe com ambas as lâminas e saltou de pé, empurrando-me para trás contra a parede.

— Não trabalho para Nismera.

Faye cerrou os dentes.

— Claro, você está aqui só para se divertir.

— Bem, na verdade — respondi, fazendo-a atravessar voando a sala —, eu estava procurando por qualquer coisa que Nismera estivesse interessada, e acho que você acabou de me mostrar.

A parede desmoronou onde ela bateu. Faye sorriu para mim e sentou, alcançando sob seu vestido de novo. Ela tinha um arsenal inteiro ali? Puxou um pequeno círculo preto e jogou no chão entre nós. Fumaça saiu do dispositivo, fazendo meus olhos arderem. Comecei a tossir e senti um punho bater em meu rosto. Ela arrancou a espada da minha mão, e a ouvi se apressando pelo corredor.

Tossi e pisquei, tentando clarear os olhos. Quando a fumaça se dissipou, ouvi outro conjunto de passos vindo pelo corredor. Ergui o olhar e vi uma figura alta, musculosa e borrada vindo na minha direção. Meu coração batia forte quando o ambiente se transformou, e me vi de volta ao cemitério de ossos. Observei aquela figura se aproximar com os olhos cheios de lágrimas, seus pés poderosos batendo contra o chão. Ele se agachou, as placas grossas em seus ombros se movendo conforme ele esticava as mãos para me pegar. Eu ataquei.

A sala voltou a ser o corredor com luzes piscantes.

Orym segurou meu punho.

— Dianna, sou eu — falou ele. — Está tudo bem.

Assenti enquanto ele me ajudava a levantar. Enxuguei meus olhos de novo.

— Onde Sami está?

— Lá na entrada, o lugar todo está um caos. Ele está a caminho. Parou para ajudar algumas pessoas que foram pisoteadas, e teve que parar aquela criatura cuspidora de ácido.

Tossi de novo e assenti.

— Certo, temos que ir atrás dela.

— Atrás de quem?

Virei-me e disparei pelo corredor, acenando para Orym vir comigo.

— Por aqui. Ela tem uma espada antiga que é imbuída de poder. Não sei explicar, mas eu senti. Não sei por que ela a quer, mas precisamos recuperá-la.

Avançamos pelo corredor estreito, passando por ainda mais celas vazias. Barreiras desativadas, da cor de carvão, estavam gravadas no chão do lado de fora de cada uma. Não vi nenhum guarda. Parecia que eles tinham pegado o que podiam e corrido.

— Posso sentir você, antiga — uma voz chamou do fundo do corredor.

Virei-me para Orym para ver se ele também tinha ouvido. Sua sobrancelha se ergueu, e ele deslizou uma lâmina para fora da bainha. Peguei a que estava na minha coxa e assenti, liderando o caminho pelo corredor.

— Uma fera poderosa retornou da terra dos mortos e deixará trovões e cinzas em seu rastro, mas essa fera parece… diferente. Errada.

Olhei para Orym, que apenas deu de ombros. Nenhum de nós entendeu o que estava acontecendo.

— Ah, agora entendo. O sangue antigo corre em você.

Meus lábios se curvaram diante da visão à nossa frente. Uma mulher pálida estava acorrentada à parede. Ela usava vestes amarradas em várias camadas ao redor do corpo, o cabelo uma bagunça emaranhada, mas foram seus olhos que me fizeram parar. Ou a falta deles. Havia arranhões e cicatrizes curados ao redor das órbitas cruas e ocas, e me perguntei se ela mesma os havia arrancado. Quando Orym e eu paramos na frente da cela, sua cabeça virou em minha direção.

— Os antigos retornaram ao plano dos deuses, mas você…

— O que ela é? — perguntei a Orym.

— Um oráculo, mas pensei que o último deles tivesse morrido quando Nismera assumiu o trono — respondeu Orym com voz sombria.

— Os outros se foram. — Ela engasgou com um soluço desencarnado que parecia ecoar dentro da sala. — Tudo vai se acabar. Tudo está perdido. De um, todos se erguerão.

— Ok. — Balancei minha cabeça. — Ela é completamente louca. Vamos lá. Temos uma mulher misteriosa e uma espada antiga para capturar.

—Você… — Ela cuspiu em mim. —Você é *vazia*.

— Como é?

Seu corpo balançava enquanto ela se curvava em torno das correntes. Um sorriso curvou seus lábios, seus dentes escuros, irregulares e rachados como se ela mastigasse ossos.

Orym agarrou meu braço.

— Ignore-a. A loucura se instalou.

— Loucura?

— O poder deles é instável como o de Roccurem ou dos outros Destinos. Se tentarem enxergar muito longe, pode rasgar seus cérebros. Parece que a usaram exatamente para isso até que não sobrou nada.

— Por quê? — perguntei, olhando para a oráculo que ria e soluçava no chão.

— Os deuses tentaram coletar Destinos por eras. O pai de Samkiel foi o único que conseguiu até Nismera. Mas outros queriam vislumbres de seus futuros, então capturaram e usaram oráculos para seus próprios propósitos egoístas até que nenhum restou.

Meu lábio se curvou.

— Isso é terrível.

— Este mundo existe há muito tempo — falou Orym enquanto o oráculo soluçava. —Vamos.

Nós nos viramos para sair e, em uma surpreendente onda de energia, ela se levantou de um salto, as correntes rangendo.

— Uma concha vazia, vazia — a oráculo berrou e riu, caindo nas correntes. — Oca.Vazia.

Dei um passo para trás.

— Certo, bem, isso foi adorável.Vamos embora agora, deixar você divagar. —Virei-me para Orym, murmurando as palavras *Qual é o problema dela?*

—Vamos. — Orym me cutucou.

— Eu não a seguiria, garoto sem cabeça, ou terá uma gêmea para combinar. — Ela riu, o som era uma coisa doentia e molhada.

Orym congelou.

— O que você falou?

A oráculo repuxou suas correntes.

—Vocês dois são tolos por pensarem que podem impedir o que está por vir. Tolos por pensarem que farão a diferença. O caos quer este mundo outra vez, e o caos o terá.

— Prefiro os discursos do Reggie aos seus, só para deixar claro.

Orym puxou meu ombro.

— Ela mencionou minha irmã gêmea.Talvez ela saiba de algo. Deveríamos levá-la de volta conosco.

— Se acha que vou carregar a mulher suja e doida de volta até… — Minhas palavras sumiram. Eu me aproximei dele e abaixei minha voz para que ela não pudesse ouvir. — De volta até eles.Você está mais doido do que ela.

— Ela mencionou minha irmã gêmea — argumentou Orym.

— Sua gêmea está bem.Você acabou de falar com ela.

Os olhos de Orym procuraram os meus, seu rabo balançando em agitação, mas ele assentiu.

—Você está certa. Está certa.

— Sim. — Esfreguei uma mão gentil em seu braço. — Agora, mulher misteriosa e espada que temos que capturar.

As pontas dos seus caninos apareceram quando ele sorriu, mas ele obedeceu, virando-se nos calcanhares.

—Você não confia em mim, mas confia naquela que desafia a natureza — disparou a oráculo. — Ela é destruição, garoto. Ninguém estará seguro com ela. Ninguém nunca estará. — Ela riu, e senti minhas unhas se transformarem em garras. Soltei o braço de Orym, com cuidado para não o machucar. Meu sangue gelou com as palavras, e dessa vez, Orym parou.

— Dianna. — O que quer que estivesse em meu rosto o assustou, e eu sabia que meus olhos sangravam vermelhos.

— Acha que pode tocar a morte, garota, sem que ela tire nada de você?

— Cale a boca. — As palavras saíram dos meus lábios em um silvo.Virei-me para ela, e a oráculo sorriu.

— Ele observa você agora. — Ela cambaleou, uma risada caótica saindo enquanto ela inclinava a cabeça para trás. —Você será o novo brinquedo favorito dele. Ninguém chega perto do reino dele sem… sem… sem… — Suas palavras morreram em outro soluço conforme aquilo que ela estivesse lembrando ou vendo a paralisava.

— Do que ela está falando? — sussurrou Orym, mas não respondi, ficando parada como se meus pés estivessem subitamente presos ao chão. Senti de novo, o frio que estava comigo desde os túneis, como se parte de mim nunca tivesse saído de lá ou algo tivesse me seguido. Era aquele homem que vi em Curva de Rio me observando? Ou eram as sombras que eu continuava vendo de canto de olho? Eu estava sendo seguida? Meu coração disparou no peito, e eu sabia o que ela queria dizer.

— Dianna! — Orym me virou para ele, arrancando-me da minha paralisia induzida pelo medo. Lembrei-me de respirar, e a cada lufada de ar que eu inspirava, a determinação se instalava um pouco mais fundo.

— Precisamos ir — declarei, endireitando os ombros.

Saliva pingava da boca da oráculo enquanto ela puxava suas correntes.

— Pergunte a ela, garoto sem cabeça. Pergunte o que ela implorou às estrelas e o que vive agora. Pergunte o que ela arrancou dos próprios céus. E depois pergunte se ela se importa. O sangue antigo corre em suas veias. O primeiro Ig'Morruthen. Ele também não se importava.

— Orym, vamos. — Tentei, mas não consegui, puxá-lo para longe, e ele afastou minhas mãos de si.

— Não — retrucou ele. — Do que ela está falando?

A oráculo sorriu selvagemente demais para ser qualquer coisa além de do Outro Mundo.

— Se Nismera é cruel, então você, Ayla, é má.

— Não sou — respondi rápido demais.

— Ayla? — perguntou Orym.

— É meu nome verdadeiro. Ou o que meu pai me deu. É uma longa história. — Levantei a mão em direção à oráculo. — Só cale a boca.

— Ele não conhece seu pai? O Celestial da Morte. Aquele que construía armas para os deuses.

O pescoço de Orym quase se torceu com a rapidez com que ele olhou para mim.

— Azrael? *Azrael,* seu pai? O que você não me contou?

— Agora não — retruquei.

— Sim, agora. — Ele mostrou os dentes. — Você me tratou como se eu não fosse confiável, quando você quem não era esse tempo todo.

— Não é bem assim.

A oráculo continuou.

— Acha que o universo não viu o sangue que você derramou e como se banhou nele? As coisas vis e cruéis que fez e como dormiu feito um bebê? Conte ao elfo condenado como você se alimenta da vida, mas está ausente dela. Acha que as estrelas vão recompensá-la com amor agora? Que você conhecerá a paz? Você está *condenada.*

Os olhos de Orym se estreitaram em mim.

— Do que ela está falando? Diga-me.

— Orym, pare — respondi muito mais rápido do que pretendia. Apontei para ela. — Você mesmo falou, os oráculos enlouqueceram.

— Pergunte o que ela trouxe de volta — zombou a oráculo. — Pergunte o que ela ameaçou e por que a própria morte hesitou.

— Cale a boca, ou vou calar você para sempre — rosnei para ela.

Os olhos de Orym se arregalaram ao me encarar.

— Trouxe de volta?

— Pergunte a ela — exortou a oráculo.

— Não — interrompi. — Olha, nós temos que ir. Se aquela mulher escapar com a espada...

Orym se afastou de mim.

— Eu não ligo para a espada. Do que ela está falando? O que você fez?

— Pergunte o que ela arrancou do universo e depois pergunte como — disparou a oráculo, e minhas garras cresceram.

— Dianna, o que você trouxe de volta?

A risada da oráculo irrompeu pela sala, e os olhos de Orym continham tanto medo que eu sabia que não precisava dizer as palavras.

Ele sabia.

— O ser mais poderoso em todo o reino não é o Destruidor de Mundos, mas aquela que protege o Destruidor de Mundos. Aquela que o trouxe de volta dos *mortos* — ronronou a oráculo.

Eu estava na cela no segundo seguinte. Orym gritou para que eu parasse enquanto enfiava meu punho no crânio dela.

LIV
DIANNA

Esfreguei o sangue escuro manchando minhas cutículas até que a água na pia passou de marrom a transparente. Minha mente voltou para Onuna e quantas vezes tive que lavar o sangue das minhas mãos e boca.

— Se disser uma palavra sobre isso, vou garantir que o comentário dela sobre o garoto sem cabeça se torne realidade.

Orym entrou, com as mãos nos bolsos. Nenhum de nós tinha se trocado. Ele ainda usava seu terno sujo, e meu vestido azul estava coberto de pó.

— Samkiel vai subir logo. Ele fez uma última varredura na área em busca de criaturas assassinas desaparecidas ou mulheres misteriosas com espadas mágicas.

Eu assenti. Fiquei tão contente por Samkiel aparecer logo depois que matei a oráculo. Orym não falou nada, alegando que ela o ameaçou, e foi isso. Samkiel estava mais preocupado comigo e se eu estava ferida.

Orym se encostou no balcão enquanto eu esfregava e esfregava.

— Ele encontrou alguma coisa?

— Não. — Orym suspirou. — Deduzimos que a maioria das criaturas está fugindo de volta para o Outro Mundo, e não havia sinal da mulher misteriosa.

A mancha idiota naquela maldita cutícula não saía.

—Você não contou a ele. Acho que pode viver mais um dia.

—Você vai ter que contar em algum momento — observou Orym.

— Eu sei. Só… — Esfreguei minhas unhas com um pouco mais de força.

Mãos calejadas pegaram as minhas, sua pele malva pontilhada com pequenas manchas de sangue. Eu sabia que quando o caos irrompeu, ele e Samkiel ajudaram o máximo que puderam. Ambos foram muito mais generosos do que eu. Ele pegou um pano seco do balcão e com gentileza secou minhas mãos machucadas.

— Acho que você limpou todos os resíduos da oráculo.

— Talvez.

—Você quer conversar sobre isso?

Meus olhos arderam.

— A oráculo não estava errada sobre nada. Eu me sinto vazia. Desde que aconteceu, sinto que estou diferente… errada. É como se algo estivesse faltando, e eu não conseguisse encontrar. A única vez que me sinto eu mesma é quando ele está perto de mim.

Orym não falou nada, apenas segurou minhas mãos enquanto eu encontrava as palavras.

— Eu tinha uma irmã. — Minha voz era quase um sussurro. — Que eu amava muito. Ela é a razão de eu ser o que sou. Desisti da minha vida para manter o coração dela batendo, e depois ela foi roubada de mim. Não pude salvá-la. Então, Samkiel… Não podia perdê-lo também. Eu me recusei, por isso, naqueles túneis, ameacei incinerar todos os reinos e estava falando sério. Eu destruiria tudo, e estava preparada para fazer exatamente isso. Até que…

Orym apertou minhas mãos, me aterrando.

— Até quê?

Balancei a cabeça em direção ao meu dedo.

— Foi embora. Nossa marca havia se formado. Ela ardeu, concluiu e sumiu. Perdi nossa marca. Esse foi meu preço. Ele não é mais meu.

Os olhos de Orym se suavizaram em dor enquanto ele olhava para mim.

— Esse não é seu preço, Dianna, confie em mim. Vivi com vocês dois e ouvi o jeito que ele fala sobre você quando você nem está por perto. Deuses, o jeito que ele olha para você. É como se você tivesse criado as próprias estrelas. Ele está vinculado a você agora, Dianna. Confie em mim quando digo que vocês não precisam da marca.

A fenda no meu coração que eu me recusava a reconhecer pareceu sarar com as palavras dele. Eu estava com tanto medo de que perder nossa marca significasse que perderíamos *nós dois,* que ele me deixaria. Que eu tinha nos arruinado como tinha arruinado tanta coisa na minha vida. Olhei para Orym, que ainda estava gentilmente dando tapinhas em minhas mãos.

— Você acha?

— Não há como você ter trazido seu *amata* de volta dos mortos sem estarem vinculados de alguma forma mais profunda. — Ele sorriu para mim, tentando me animar. — Teria sido totalmente impossível.

— Talvez.

— Mas o universo não dá nada sem que você pague por isso. Sempre tem que haver equilíbrio. — Os olhos de Orym queimaram nos meus. — Dianna, sinto muito que tenha tido que vê-lo morrer. Já estive nessa posição, e queria ser tão forte quanto você. Eu teria pagado o mesmo preço para mantê-la.

— Você perdeu sua *amata.* — Tudo fazia sentido agora. — Foi o que você perdeu.

Ouvi um pigarro vindo da porta um momento antes de sentir o poder dele me envolver.

— Estou interrompendo alguma coisa? — perguntou Samkiel.

Puxei minhas mãos para trás, afastando uma mecha de cabelo do meu rosto. No momento em que não estávamos mais nos tocando, Orym cambaleou para trás, empurrado pelo poder de Samkiel.

— Não, eu só estava vendo como Dianna estava.

— Depois que soquei um buraco na cara de uma oráculo — acrescentei.

Samkiel manteve o olhar fixo em Orym, e jurei que vi suor se formando na testa de Orym.

— Acredito que sou bastante capaz de cuidar dela — declarou Samkiel, cruzando os braços sobre o peito.

Imaginei que de uma perspectiva externa parecia íntimo e secreto. Ficou pior porque Orym não podia contar a ele sobre o que estávamos falando. Então, em vez disso, Orym limpou a garganta e saiu do banheiro às pressas.

Eu sorri, apoiando-me na pia.

— Pensei que deuses não ficassem com ciúmes?

Samkiel manteve os olhos na porta até ouvirmos Orym descer as escadas, os braços cruzados tão firmemente que a camisa se esticava sobre os bíceps, ombros e peito. Depois, ele abaixou os braços e veio em minha direção, os lábios pressionados em uma linha rígida, e um músculo em sua mandíbula contraído. Vê-lo caminhar em minha direção pareceu aliviar minha alma.

— Sabe que eu estava brincando, certo? Se eu achasse que ele estava minimamente interessado, eu o ferveria de dentro para fora. — Ele levantou a mão e puxou a alça do meu vestido. — Além disso, você ficou fora a noite toda em um vestido lindo, passando tempo com outra que quase se atirou em cima de você, e depois você voltou cheirando a ela. Agora, encontro você de mãos dadas e sussurrando com Orym em nosso banheiro. Estou me sentindo… possessivo.

Estudei seu rosto, cada linha e característica amada gravada em minha mente. Samkiel realmente não fazia ideia de até onde eu iria por ele e somente por ele. Eu entendia seu ciúme. Eu o havia deixado antes no meu pior momento e tinha ficado com outros para afastá-lo. Mesmo com todo seu poder e autoconfiança, uma parte dele sempre se preocuparia. Lamentei ter colocado essa dúvida em seus olhos. Segurei seu rosto e forcei um sorriso.

— Não há nada mais importante para mim do que você.

Seu olhar se suavizou, e aquela expressão assombrada desapareceu. Ele abaixou a cabeça e beijou minha palma, seus olhos cor de tempestade sustentando meu olhar.

— Conheço o sentimento.

Sorri, dessa vez sem precisar forçar, e me inclinei para beijar seus lábios antes de sair do abraço. Ele sentiu a hesitação ali, a falta de mim, acho. Mas eu ainda estava abalada pela oráculo e por tudo o que ela tinha dito. Virei as costas para ele.

— Pode me ajudar?

Ele deslizou os dedos pela pele exposta das minhas costas, desabotoando um pequeno botão de cada vez.

— Quero um banho de banheira — falei baixinho. — E quero ir para a cama.

— O que você quiser, akrai.

Olhei para ele por cima do meu ombro.

— Pode apenas me abraçar esta noite?

A preocupação franziu sua testa, não porque ele se incomodasse, mas porque eu nunca pedia por isso. Minha necessidade de afeição normalmente resultava em nós dois gritando de prazer, nunca nos momentos suaves e delicados que ele tanto amava. Esses momentos me assustavam mais do que eu queria admitir. Eu não sabia como lidar com as emoções que aqueles pequenos momentos me provocavam. Eu era capaz de fodê-lo até que suas pernas se recusassem a funcionar, mas nunca tive esse nível de intimidade de verdade.

Samkiel terminou o último botão, e segurei o vestido contra meus seios para evitar que caísse. Ele sentou na borda da banheira e girou as torneiras, passando a mão sob a água para verificar a temperatura.

— Quer me contar por que estava chorando, ou devo perguntar a Orym?

Eu sabia que quando ele falou "perguntar", queria dizer de uma forma nada amigável. Samkiel parecia mais errático do que nunca quando se tratava de mim.

— Não foi nada — sussurrei, e as sobrancelhas dele se ergueram em questionamento. — A oráculo falou algumas coisas que me aborreceram, só isso.

— Falou o quê?

Ele levou a mão ao colo, satisfeito com a temperatura da banheira enchendo.

— Falou coisas que me fizeram pensar em Gabby.

Ele cerrou as sobrancelhas em empatia.

— Ah, akrai. Quer que eu vá matá-la de novo?

Um bufo saiu dos meus lábios enquanto meus olhos se enchiam de lágrimas não derramadas.

— Você é fofo quando está sanguinário.

Ele sorriu para mim e se levantou, tirando a camisa.

— Nós dois não vamos caber nessa banheira — avisei, sabendo que era exatamente isso que ele queria, e que ele não estava esperando sexo. A única coisa que aprendi com

Samkiel era que ele ansiava por me tocar. Toda chance que tinha, ele segurava minha mão, pressionava um joelho no meu, ou até mesmo um pé. Ele amava em especial ficar na banheira ou tomar banho comigo. Samkiel queria fazer tudo comigo, e saber disso curava uma parte do meu coração frio, ferido e magoado.

—Você me conhece — ele deu um tapinha no meu nariz —, vou fazer caber.

Não consegui conter a risadinha que explodiu de mim, mesmo sabendo que ele não tinha dito aquilo de propósito.

— Aí está ela. Aí está minha Dianna. — Um sorriso suave enfeitava seus lábios, orgulhoso por ter conseguido afastar um pouco da escuridão de mim. Ele estendeu a mão mais uma vez, esperando.

Deixei meu vestido cair, e ele me levou até a banheira. Não coubemos direito, apesar de sua confiança, mas demos um jeito. Samkiel me envolveu com seu corpo grande e me segurou apertado. Ele sussurrou para mim, fazendo tudo o que podia para me fazer rir. A tensão angustiante que me dominava se afastou.

Depois do nosso banho, Samkiel atravessou o corredor para informar Orym sobre seu plano. Os dois conversaram por algum tempo enquanto eu fiquei deitada na cama estreita, olhando pela janela. Um grasnido soou no vento, um pássaro escuro com asas da cor da meia-noite passando, seu corpo de tamanho médio disparando pela janela. Coloquei as mãos embaixo da minha cabeça, observando a prata do poder de Samkiel ardendo no céu noturno, e decidi contar a ele. Não podia mais esconder, e tinha que lhe contar o que a oráculo havia dito. Não era justo com ele, mesmo que o deixasse bravo comigo.

A porta rangeu ao abrir, e Samkiel entrou em silêncio.

— Desculpe, demorou um pouco. Também contei a Roccurem o que aconteceu.

Eu assenti e descansei a cabeça em minhas mãos.

— Qual é o plano?

Samkiel pegou uma manta da cadeira e se aproximou do outro lado da cama. Ela afundou e rangeu sob seu peso enquanto ele se acomodava e estendia a manta sobre nós. Ele passou os braços em volta de mim e me puxou para perto. Ajustando meu corpo ao seu, ele descansou o rosto na curva do meu pescoço.

— Precisamos esperar até que eu encontre o murrak. Esse é meu principal objetivo.

— Não a garota com a espada? — perguntei.

— Não — respondeu ele. — O murrak não é brincadeira, e preciso ter certeza de que não está mais na cidade.

Virei-me em seu abraço.

— O que ele é?

Seus olhos encontraram os meus.

— Há príncipes no Outro Mundo, sete para ser exato. Cada um carrega um totem de sua mãe, Icnima. Ela deu à luz monstros, como dizem as fábulas. O murrak é uma das sete criaturas antigas ainda existentes, um presente para o filho dela, Umemri.

Lembrei-me de sua forma enorme, das pernas e de como ele se movia. Até sua pele parecia de outro mundo.

— Parece nojento. Você sabe que odeio insetos. Por que ela não podia dar algo melhor para os filhos?

Seu sorriso fez meu coração dar aquela cambalhota idiota.

— Sim, suponho que ela podia, e ele se parece com os insetos do seu mundo, mas temo que seja muito pior do que qualquer coisa que Onuna tem a oferecer.

— Então, seu objetivo é capturá-lo? Já que o murrak pertence a um deles.

Samkiel suspirou profundamente.

— Esse é meu objetivo. Gostaria de não provocar a ira do Outro Mundo. Já estou lutando uma guerra.

— É difícil ser o herói? — provoquei.

— Extremamente.

Assenti, outra pergunta esperando na ponta da minha língua.

— Acha que sou má? — Soltei, sem saber por que perguntei ou por que escapou. Era algo que a oráculo falou, e ficou preso na minha mente. Eu estava com muito medo de encará-lo. Em vez disso, estudei minhas mãos, onde descansavam contra seu peito. Eu não sabia o que faria se visse um faiscar ou uma mudança em seus olhos que me indicasse que até mesmo parte sua acreditava que eu era. Mesmo que ele não achasse que eu era má, eu não era boa. Não igual a ele.

— Foi o que ela disse?

— Mais ou menos. — Dei de ombros. — Só quero ser o que você e Gabby veem em mim. Não o que ele me tornou.

Um dedo gentil e calejado tocou meu queixo, levantando meu olhar para o dele. Nenhuma emoção secreta pairava em seus olhos, nenhuma dúvida ou pergunta persistente, apenas… amor puro, natural…

— Dianna, você é perfeita do jeito que é. Não há nada que eu mudaria em você. Presas e tudo.

— Acho que ela apenas me irritou. — Inclinei-me para a frente, dando um beijo rápido em seus lábios.

— Sabe o que eu acho? — perguntou ele. — Acho que há muitas pessoas, seres, que veem você, veem seu poder e o temem. Estão acostumados a serem abusados por tal poder, e conhecer ou mesmo ouvir falar de você os assusta. Mas isso não tem nada a ver com você e tem tudo a ver com eles. Você não é má e nunca foi. Não há dúvidas em minha mente, corpo ou alma.

Senti meus olhos arderem.

— Quer dizer, nem um pouquinho de dúvida?

— Eu vi o mal. Lutei contra deuses, monstros e seres malignos por mais tempo do que gostaria de admitir, mas quando olho para você, eu vejo… esperança.

Afastei minha cabeça para trás.

— Esperança?

Ele assentiu, passando o braço em volta de mim um pouco mais apertado.

— Esperança. Porque sei que você tem o poder de mudar mundos e que você faria isso pelas pessoas que ama. Amor, Dianna. Isso não a torna fraca. Ele concede força a qualquer um que o experimente, mas com o quão intensa e completamente você ama, torna você quase invencível. Vi isso no modo tão feroz como protegeu sua irmã e a mim. Vi seu coração, segurei-o fisicamente, e nunca conheci um ser maligno que ama igual você ama. Portanto, não, você não é má.

Eu nem sabia que tinha começado a chorar até que seu polegar enxugou uma lágrima perdida.

— Isso é fofo.

— Todos nós temos defeitos. A vida é assim, mas má? Você? Nem mesmo no seu pior dia.

Inclinei-me para a frente, minha testa tocando a sua. Nunca em toda a minha vida me senti tão inteira quanto quando estava com Samkiel. Nunca me senti tão viva. Eu nunca… senti. Sua respiração se misturou com a minha, o cheiro dele por si só fazendo meu coração disparar.

Ele se afastou e me encarou. Sua mão deslizando de forma preguiçosa para cima e para baixo nas minhas costas.

— Eu diria que é peculiar, no entanto.

— O quê? — perguntei.

— Oráculos, embora turbulentos, suponho, não costumam ser conflituosos.

— Bem, talvez ela tenha perdido a sanidade. Não dá para dizer a que ela foi submetida. E não vamos esquecer que ela arrancou os próprios olhos. Quero dizer, quantos seres antigos existem por aí que falam em enigmas?

Samkiel riu.

— Muitos.

— Desculpe, matei uma coisa antiga e poderosa.

Ele balançou a cabeça.

— Não se desculpe. Pelo que você falou, acredito que ela conhecia seu temperamento e como provocá-la, para que você reagisse como reagiu.

— Por que a oráculo faria isso?

Seu olhar sustentou o meu, a luz da lua se derramando em nosso quarto escuro e deixando o cinza um pouco mais sobrenatural.

— Por medo de Nismera. Nas suas mãos ela teria uma morte rápida. Nismera tem o reino inteiro aterrorizado porque sua crueldade não conhece limites. Às vezes, a morte não é a pior opção e oferece paz no lugar do sofrimento.

Meu estômago se embrulhou com as palavras.

Pergunte o que ela arrancou dos céus.

Perguntei-me se Samkiel sentiu a paz da morte quando morreu, mesmo que por um segundo. Será que ele sentiu a ruptura quando implorei à morte para lhe tirar isso? Ele me odiaria quando soubesse o que eu tinha feito? Ele iria embora? Eu sabia em meu coração que eu nunca seria capaz de fazer isso com Gabby, mesmo que tê-la aqui me trouxesse muita felicidade e conforto. Eu nunca poderia tirar dela a paz que ela merecia tão desesperadamente. Mesmo se eu pudesse tê-la comigo, não o faria. Mas por Samkiel? Em um piscar de olhos. Eu incendiaria mundos, arrasaria impérios e transformaria estrelas em cinzas caso fosse preciso.

A oráculo estava certa. Eu era má.

Acariciei sua bochecha com meu polegar, meu coração queimando com uma verdade simples.

— Sou extremamente egoísta quando se trata de você.

Ele sorriu, depositando um beijo na minha palma.

— Eu conheço o sentimento.

Enrolei-me ao seu lado, ouvindo seus batimentos cardíacos conforme o sono enfim o levava. Sua mão parou nas minhas costas, mas não dormi naquela noite. Encarei o céu, observando a onda prateada do poder dele ir e vir pelo céu noturno, mal notando o pássaro de meia-noite que passava voando outra vez.

LV
ISAIAH

Veruka terminou de trançar o cabelo de Imogen e suspirou.
— Por quanto tempo você vai ficar com ela? — perguntou, pondo a trança no ombro de Imogen.
Mordi a ponta do meu polegar.
— Não vou ficar com ela. Vou protegê-la.
— Não é o que os outros soldados dizem. Eles acham que você a transformou em sua própria boneca sexual particular — comentou Veruka, com a mão no quadril e o rabo balançando atrás de si.
Eu bufei.
— Nós dois sabemos que não é disso que gosto.
Suas bochechas malva escureceram de desejo, mas as memórias de nós dois juntos não fizeram nada por mim. Nada mais fazia.
— Bem, se não está a usando, eu...
— Não. — Eu me endireitei e soltei um suspiro. — Você não tem uma remessa para ajudar a descarregar?
Ela fez um barulho de descontentamento, mas foi embora mesmo assim. Andei até Imogen e examinei seu rosto mais uma vez. Não havia sangue salpicando suas bochechas, e seu cabelo estava arrumado, mas não consegui me impedir de estender a mão para tocá-la. Amaldiçoei a mim mesmo e abaixei a mão.
— Desculpe por toda a... — Fiz um barulho de explosão, gesticulando com minhas mãos. — Pensei que eles iam se render, para ser honesto. Os rebeldes ficaram mais corajosos.
Ela não falou nada, seu olhar focando além de mim. Perguntei-me se ela tinha ficado assustada ao ver as cabeças explodindo dos corpos, sabendo que fiz aquilo sem nem mesmo mover um músculo. Meu estômago se revirou com a ideia de que ela pudesse ter medo de mim, mas eu não entendia por que isso me deixava desconfortável.
— Eu nunca machucaria você. Sabe disso, certo?
Nenhuma resposta. Nunca havia uma resposta.
Uma batida soou da porta, e virei-me quando Kaden entrou. Ele não estava usando sua armadura, apenas uma camisa larga e calças escuras combinando.
— Você parece confortável — comentei.
Ele deu de ombros, colocando as mãos nos bolsos.
— Não estou no plantão irmã hoje. E você?
Eu sorri.
— Acabei de voltar.

Kaden olhou para trás antes de levantar as mãos, a porta fechando-se com um clique atrás dele. Seus olhos dispararam em direção a Imogen.

— Ela não pode repetir nada que você está prestes a dizer, lembra? Você fez lavagem cerebral em todos.

Ele me observou enquanto eu ia até a minha cômoda. Peguei a fivela no meu ombro e a abri, minha placa peitoral blindada caindo no chão.

—Você parece chateado com isso. Está ficando confortável com a celestial, irmão?

Mexi na gaveta procurando uma camisa.

— Por que todo mundo acha que eu foderia alguém que não ia gostar?

Kaden bufou.

— Nunca insinuei isso. Só notei que você parece ter um apego.

—Transformei aqueles que tentaram tocá-la sem a permissão dela em uma sopa pior do que aquela que Frigg acha que prepara tão bem.

Kaden riu e sentou na minha cama.

— Exatamente meu ponto. Apego.

Não neguei sua alegação. Não tinha ideia do porquê, mas desde o momento em que vi Imogen pela primeira vez, ela era tudo em que eu pensava. Estava se tornando um problema. Mesmo quando fechava os olhos à noite, ela era tudo com que eu sonhava. Apego era um eufemismo.

Eu estava procurando uma maneira de reverter o que meu irmão fez e libertá-la. Tinha que haver uma forma. Eu levava Imogen comigo em todas as tarefas que Mera me enviava, e quando eu encontrava um xamã ou um curandeiro, eu a levava para vê-los. Todos diziam que não havia cura. Normalmente, meu temperamento explodia em resposta, e eles perdiam a cabeça em seguida. Mas pelo menos eu estava tentando.

— É por isso que veio? Para me censurar? — perguntei, cruzando os braços sobre o peito.

Kaden balançou a cabeça.

— Não, não é por isso que estou aqui.

— O que há de errado?

— Lembra quando éramos mais jovens? Fizemos um pacto para manter o que sabíamos um do outro e nossos poderes entre nós.

Eu assenti.

— Então é outra dessas vezes? É sobre a bruxa de Nismera? Sabe que nunca julgo. Se você diz que ama Dianna, acredito. Mas sei melhor do que ninguém que, às vezes, em especial neste mundo, você precisa relaxar um pouco.

Kaden forçou um sorriso enquanto se levantava, segurando as mãos atrás das costas. Fazia tanto tempo desde que eu havia ficado perto dele que tinha me esquecido quanto poder ele continha sob sua pele.

— Não é sobre ela. É sobre você.

Cruzei os braços e franzi a testa.

— Sobre mim? Por quê?

— Por que Nismera tem seu sangue?

Franzi minhas sobrancelhas.

— Meu sangue? — Então, lembrei. — Ah sim, ela pediu, e eu dei. Não questionei, para ser honesto.

Kaden inclinou a cabeça enquanto eu passava, indo em direção ao banheiro.

— Nem um pouco?

Dei de ombros.

— Por quê? É Mera. A única que se importou conosco quando Unir nos trancou. A única que nos resgatou e se importou quando o mundo não ligava. Se ela pedisse meu fígado, eu daria. Sem perguntas. Você não faria o mesmo?

Algo passou pelos olhos de Kaden, e ele desviou o olhar. Agarrei seu ombro.

— Assim como eu faria por você. Você ainda é meu irmão favorito.

Kaden sorriu, mesmo que não mostrasse os dentes.

— Assim como você é meu.

— Por que as perguntas? Além do mais, como descobriu sobre isso?

Kaden deu um passo para trás.

—Você devia se lavar. Nismera está feliz por ter conseguido algumas de suas relíquias e criaturas do Outro Mundo, mesmo que não tenha conseguido o murrak. Acho que ela quer dar um jantar hoje à noite.

—Você está bem?

Kaden não respondeu enquanto se virava e se dirigia até a porta.

— Ei — chamei, e ele parou, sua mão pairando acima da maçaneta. —Você significa muito para mim, Kaden. Nunca desistiu de mim, mesmo quando estava trancado atrás dos reinos. Nismera me contou quantas vezes ela falou com você quando eu não era capaz e o quanto você estava desesperado para voltar até mim. Você sempre cuidou de mim e me protegeu, e amo você, mas é a Mera, Kaden, não outro monstro.

Ele olhou para mim por cima do ombro e me deu outro sorriso forçado antes de sair do quarto, fechando a porta atrás de si.

LVI
DIANNA

Nossos sapatos rangeram quando subimos os pequenos degraus até a estalagem. Orym, Samkiel e eu estávamos cobertos de lama dos dedos dos pés até as sobrancelhas. Paramos antes de entrar, e Samkiel sacudiu a lama acumulada de sua espada antes de chamá-la de volta para o anel. Orym dobrou suas adagas e as guardou de volta nas bainhas.

— Bem, isso foi divertido. Não me chame nunca mais para participar — declarei, espremendo água lamacenta do meu cabelo.

— Sinto muito — desculpou-se Samkiel, coçando a própria nuca e atirando terra pra todo lado. — Os murrak são conhecidos por serem moradores subterrâneos. Achei que se ainda estivesse aqui, seria lá.

Orym deu de ombros.

— Bem, nós checamos todos os sistemas de cavernas aqui. Acho que é seguro dizer que ele foi embora com Nismera.

— O que é outro grande motivo de preocupação — falei.

Samkiel assentiu, pondo as mãos nos quadris.

— Se ela tem o murrak, temo para o que possa usá-lo.

— Precisamos avisar Roccurem. Sei que ele ainda está em contato com Savees. Veja se ele soube de alguma coisa.

— Parece uma boa ideia.

— E vou confirmar com Veruka — acrescentou Orym. — Ver se ele chegou lá.

— Beleza. — Eu suspirei. — Então, vamos voltar?

— Não — interrompeu Samkiel, e tanto Orym quanto eu olhamos para ele. — Orym, você volta e avisa Roccurem, mas quero mostrar uma coisa para Dianna.

Orym revirou os olhos e fez uma careta de nojo, mas assentiu.

— Eu aviso caso descubra alguma coisa, vou me assegurar de bater bem alto.

Samkiel olhou para ele irritado e levantou a mão. Um pequeno portal se abriu para a biblioteca onde Reggie normalmente ficava. Orym acenou antes de entrar e nos deixar sozinhos.

Meu sorriso era suave e caloroso, diferente de como me senti ontem à noite.

— O que quer me mostrar?

A cabeça de Samkiel se inclinou um pouco.

— É uma surpresa.

— Uma flor para minha dama. — Samkiel segurou o caule de uma linda flor branca, o centro de um amarelo brilhante. Sorri quando a moça que as vendia sorriu para nós. Ela estava parada ali sem um único cliente até que chegamos. Samkiel tinha comprado todas, gritado para os clientes próximos virem. Uma pequena multidão logo se formou, e coletaram as belas flores uma por uma. Não falei nada quando ele entregou moedas suficientes para que a moça quase começasse a chorar.

Fingi um suspiro.

— Obrigada por sua gentileza. — Joguei uma mecha do cabelo para trás do meu ombro. — Como posso retribuir?

O sorriso de Samkiel era pura alegria.

— Tenho certeza de que você vai pensar em algo. — Ele se aproximou, colocando o caule atrás da minha orelha, a flor descansando contra o lado da minha cabeça. —Vamos nos apressar. Não quero que você perca.

Assenti, e ele agarrou minha mão. Seu sorriso era francamente presunçoso enquanto caminhávamos pela estreita estrada de pedra na orla da cidade. Eu o notava olhando para mim, seus olhos atraídos para meu vestido com mangas caídas dos ombros e uma saia larga e esvoaçante que terminava um pouco acima dos meus joelhos. Não era luxúria que ardia em seus olhos, mas pura admiração. Pela primeira vez, eu não estava usando preto ou vermelho, mas um branco suave.

— Nunca, nem nos meus sonhos mais loucos, imaginaria ver você com um vestido desses — comentou ele, passando o olhar por mim mais uma vez.

Meu sorriso se alargou enquanto eu caminhava ao seu lado.

—Tenho que mantê-lo alerta. Nunca deixar você saber meu próximo movimento, entende?

Sua risada era contagiante.

—Você faz isso mesmo.

Caminhamos de mãos dadas conforme nos aproximávamos da parte baixa da cidade, uma demonstração de afeto à qual eu ainda não estava acostumada. Algumas lâmpadas pendiam de galhos, afastando-se dos prédios e em direção à fonte das risadas flutuando no ar. Parecia que depois dos eventos do leilão e de todo o caos que se seguiu, a cidade queria esquecer e se divertir um pouco.

— Além disso, você pediu algo fofo para esta noite, e não consegui resistir.

A mão dele apertou a minha.

— Não estou reclamando nem um pouco. Você apenas me surpreendeu, akrai.

Samkiel soltou minha mão quando nos aproximamos de um pequeno cais. Ele pôs a mão na minha lombar, e entramos na fila atrás de alguns outros casais. Havia um homem magro perto de um barril alto, distribuindo o que pareciam ser gravetos finos. Depois que cada pessoa recebeu seu graveto, eles os levaram para o final do cais. Barcos longos e estreitos pararam, e outro casal saiu, abrindo caminho para os que estavam esperando. Assisti à troca enquanto avançávamos na fila, o entusiasmo borbulhando dentro de mim.

Chegamos ao homem que distribuía os gravetos, e ele falou com Samkiel em uma língua que ainda não tinha aprendido. Os dois trocaram sorrisos e dinheiro antes de Samkiel pegar dois e passar um para mim.

— O que é isso? — perguntei.

—Você verá.

— Tão misterioso — brinquei enquanto a mão se espalmava na parte inferior das minhas costas e me incentivou a avançar. Um barco atracou perto do cais, e um homem ajudou o casal a sair. Ambos eram só risadas e sorrisos doces quando passaram por nós.

284

Outro homem segurou o barco, falando com Samkiel. Ele assentiu e nos deu um sorriso radiante antes de ir embora. Samkiel entrou no barco oscilante, ficando com os pés bem separados para estabilizá-lo antes de estender a mão para mim. Agarrei-a sem hesitar, e ele me ajudou a embarcar. Eu ri enquanto oscilamos e sentei depressa no pequeno assento de madeira, enrolando meu vestido abaixo de mim.

Samkiel nos empurrou para longe do cais e sentou, pegando os remos. Observei-o enquanto ele nos guiava para águas mais profundas, os músculos poderosos de seus braços e peito se contraindo sob sua camisa. Inclinei minha cabeça para trás, aproveitando a brisa fresca em minha pele. Os galhos das árvores mergulhavam e se enrolavam em cachos, provocando a superfície do lago. Pequenos insetos brilhantes disparavam entre a grama alta ao longo da costa antes de entrarmos em um espaço muito mais aberto. Vários barcos estavam espalhados na água, separados por alguns metros. Samkiel nos manobrou para um espaço livre e paramos.

Vi uma garota levantar seu graveto e pressioná-lo contra o de seu parceiro. Eles faiscaram e começaram a brilhar, ambos queimando nas pontas. O lago se iluminou enquanto mais casais faziam o mesmo, e me virei para Samkiel, que já estava esperando. Ele estava sempre esperando por mim.

Levantei o meu, tocando as pontas. Faíscas voaram entre nós, uma onda de ouro iluminando nossos rostos.

— Você falou que queria um encontro em meio a todo esse caos, então pensei que isso seria o suficiente. — Samkiel sorriu. — Aqui, olhe.

Ele se inclinou mais para perto da lateral do barco, segurando as faíscas acima da água. Eu me aproximei mais dele, inclinando meu graveto por cima da lateral, deixando-o balançar perto do dele.

— O que estamos esperando?

— Tão impaciente. — Ele sorriu. — Apenas espere.

Então, esperei. A água era de um azul-claro e cintilante, e eu conseguia ver o fundo mesmo no escuro. Depois de algum tempo, vi movimento entre as grossas pedras ovais no fundo. Segurei meu bastão de faíscas um pouco mais perto da água, esperando ver melhor. Não eram muito grandes, mais ou menos do tamanho do meu pé, e estranhamente finos. O par subiu de baixo, nadando em direção à superfície. Não tinham olhos pelo que eu podia ver, apenas belas escamas de cor creme e rosa. Suas caudas diáfanas se arrastavam atrás deles em caminhos amplos enquanto se enroscavam em seus parceiros. Seguiram as luzes, Samkiel me mostrando como movê-las. Sorri e segui sua condução, observando hipnotizada enquanto as criaturinhas aquáticas dançavam.

— São chamados de cristalunar, e são muito raros. Apenas dois planetas em todo o universo os têm, e eles se acasalam para a vida.

Ele me lançou um olhar, e sorri.

— Decisão terrível deles, de verdade.

Samkiel balançou a cabeça, seu sorriso aumentando.

— Eles são noturnos. A lua geralmente os guia enquanto nadam do fundo para dançar e se alimentar a noite toda sob a luz.

— São lindos.

— São mesmo. O único problema é que a lua ultimamente só aparece uma vez por mês aqui. Uma explosão não muito distante no cosmos a tirou um pouco do curso, então, os moradores encontraram uma nova maneira de salvar as criaturas. As luzes que fornecemos atraem os pequenos insetos que os alimentam — explicou Samkiel, ainda movendo suas faíscas em um trajeto lento para a frente e para trás. — Mas sendo o povo empreendedor que são, expandiram o esforço para uma atração e o novo ponto de encontro mais disputado da área.

— Jogada inteligente da parte deles.

Ele riu.

— Concordo.

Inclinei-me um pouco mais, observando os cristalunares girarem e dançarem um ao redor do outro.

— Quer saber um segredo?

Deixei meu graveto balançar enquanto olhava na direção de Samkiel.

— Seu? Sempre.

— Na verdade, eu estava nervoso em trazer você aqui.

— Sério? Por quê?

Ele engoliu em seco, conforme seu nervosismo se tornava aparente.

— Sei que vai ser difícil de acreditar, mas nunca planejei um encontro na história da minha longa existência.

Eu me inclinei para trás, uma mão no meu peito enquanto fingia ofegar.

— Não diga.

— Ha ha, muito engraçado. — Ele revirou os olhos. — Estou falando sério. Esperava que você não odiasse ou achasse estúpido. Esta é a parte em que eu pediria conselhos a Logan, e ele me diria se eu estava fazendo certo. Ele tem muito mais experiência com encontros do que eu.

Inclinei-me para trás na borda do barco, observando-o. Ele nem percebeu o olhar assombrado que tomou conta de seu rosto ao mencionar o amigo. Aproximei-me, batendo em seu ombro com o meu.

— Acho que você foi fantástico — sussurrei. — Melhor encontro de todos, sinceramente.

— Hum-hum. — Ele riu. — Não zombe de mim.

— Admito que é engraçado pensar que você, o grande e poderoso Destruidor de Mundos, o favorito de todos...

— Certo, certo. — Cutucou ele de volta. — Entendo. Acho que nunca precisei, nem havia ninguém com quem eu quisesse passar um tempo assim.

— Bem, estou honrada em ser sua primeira. — Sorri para ele.

— O festival foi na verdade meu primeiro encontro.

As faíscas dançavam entre nós, e os peixes continuavam a dançar, mas naquele momento estávamos muito mais envolvidos na conversa em questão.

— O festival não foi um encontro. — Bufei enquanto o cristalunar pegava um inseto da superfície do lago e viajava até seu companheiro para compartilhar a captura.

— Não foi? — Ele virou a cabeça rapidamente na minha direção.

— Não. — Uma risadinha saiu dos meus lábios lhe fitar. — Foi uma distração divertida enquanto esperávamos por aquela pista. Além disso, você nem gostava de mim naquela época.

Os lábios dele se curvaram para baixo, uma única sobrancelha se erguendo.

— Ah, não?

— Não. — Eu o empurrei de brincadeira. — Era tolerância branda naquele ponto.

— Isso não é verdade.

Minha cabeça se inclinou.

— Não? — Eu o encarei, esperando que ele continuasse.

— Eu sentia algo, embora não soubesse o que era. Acho que você despertou algo dentro de mim naquela época, e nunca mais fui o mesmo desde então. — Ele deu de ombros como se não tivesse acabado de alterar todo o meu mundo. — Eu também contei cada pessoa que olhou para você naquela noite.

Minha cabeça se inclinou para trás em uma risada.

— Não, você não fez isso! Fez?

Samkiel assentiu.

— Ainda faço. Culpei minha hiperpercepção e minha necessidade de protegê-la. Tudo isso se originou dos meus sentimentos por você. Parece que ainda sou assim, se não pior.

— Definitivamente pior. — Eu me inclinei para a frente e beijei sua bochecha. — Mas acho que você é perfeito.

Ele sorriu presunçosamente.

— Eu sei.

Golpeei com minha mão livre, dando um tapa brincalhão em seu ombro, e ele riu. Faíscas voaram para a água, e o peixe nadou um pouco mais rápido antes de voltar.

— Portanto, sim, aquele foi nosso primeiro encontro. Eu o considero, pois foi a primeira vez que me diverti. Nunca me diverti crescendo em Rashearim, mas então eu conheci você, e bem... você é divertida.

Algo faiscou atrás de seus olhos com aquela palavra, como se estivesse procurando por aquilo há algum tempo.

Sorri de volta.

— Bem, estou feliz por poder entretê-lo, meu rei.

Ele estalou os dentes, fechando um pouco os olhos antes de sorrir para mim.

— Não faça isso. Não planejo que nosso encontro acabe tão cedo.

A risada que deixou meus lábios fez com que alguns outros casais olhassem para nós antes que eu cobrisse a boca.

— Certo, tudo bem, aquele foi nosso primeiro. — Assenti. — E patinação no gelo, nosso segundo.

— Ah, sim. Esse foi mesmo o meu favorito.

Levantei uma sobrancelha.

— Ah, por causa das várias vezes que você caiu no gelo?

— Com certeza. — Ele lançou um olhar para mim que era puro ardor, e eu sabia que ele se referia ao que aconteceu depois da patinação no gelo.

As faíscas entre nós arderam mais intensamente. A luz iluminou a pele bronzeada de Samkiel e seu sorriso deslumbrante, lançando sombras sobre os planos de seus braços e ombros. Eu estava completamente arrebatada por ele. Contra todas as probabilidades e apesar do que o universo havia tirado de mim, aqui estava ele, cuidando de mim. Ele havia me puxado de volta da borda angustiante do desespero mais de uma vez, e aqui estava ele novamente, oferecendo-me um pouco de paz mais uma vez, e deuses, me apaixonei de novo.

Incapaz de verbalizar tudo o que estava sentindo, apenas falei:

— Você me dá as melhores lembranças.

— Ótimo — falou ele com um sorriso antes de se inclinar e dar um beijo em meus lábios.

As faíscas entre nós crepitaram quando ele me beijou mais uma vez. Preguiçoso, lento e perfeito. Eu poderia ficar bêbada com seus beijos e os diferentes tipos com os quais ele me cobria. Eu nunca memorizaria todos, mas esperava que tivéssemos a eternidade para eu tentar. Minha mão segurou seu rosto antes de deslizar para trás a fim de correr meus dedos pelos cabelos curtos na sua nuca. O lago ficou escuro conforme as faíscas de todos se apagavam uma por uma. Sua mão se abriu nas minhas costas enquanto ele aprofundava o beijo, nosso barco oscilando com o movimento.

Nenhuma força neste mundo ou no próximo poderia nos separar. Naquele momento, eu sabia disso mais do que nunca.

Apenas quando o lago ficou em silêncio, junto da floresta, foi possível ouvir os gritos.

LVII
DIANNA

O céu estava brilhando com um laranja espesso quando voltamos ao píer. Samkiel pulou primeiro e então se abaixou para me tirar do barco. Corremos em direção à cidade, chamas crepitantes se espalhando de uma taverna para outra enquanto as pessoas inundavam as ruas.

— Nismera? — perguntei.

Samkiel balançou a cabeça, seu rosto sombrio.

— Não, eles estão gritando sobre monstros.

Pedaços de madeira estilhaçados explodiram no ar. Disparamos para a frente enquanto todos passavam por nós na direção oposta. Um prédio se partiu, depois outro mais adiante, uma fera enorme avançando através deles como se fossem feitos de papel.

— São quantos monstros? — perguntei. Um guincho familiar e dolorido ressoou pelo ar, e eu soube que não eram muitos, mas só um. Um inseto gigante, assustador e rastejante. — O murrak.

Samkiel deslizou os anéis para os dedos, seus olhos ardendo em prata. Sua armadura fluiu sobre a pele, revestindo-o da cabeça aos pés.

— Sami — toquei seu braço —, e se ela aparecer?

Ele nem olhou para mim.

— Está indo em direção à parte baixa da cidade, onde as famílias estão. Famílias dormindo.

— Crianças — completei por ele.

— Preciso que me ajude a bloqueá-lo da parte baixa da cidade. Tenho que salvar o máximo que puder. Dê-me uma vantagem, mas, não importa o que faça, não o enfrente. — A parte inferior do capacete dele fluiu afastando-se de seus lábios e mandíbula. Ele segurou a parte de trás da minha cabeça e me puxou para perto, beijando-me profundamente. — Tenha cuidado.

Lambi meus lábios e assenti. Samkiel saiu correndo, e avancei e me lancei para o céu.

Chamas explodiram da minha garganta enquanto eu sobrevoava alto, minhas asas batendo em movimentos poderosos. Da minha visão aérea, eu podia ver o caminho que o murrak havia tomado em sua caçada por comida. Ele havia demolido a cidade onde os negócios estavam. Graças aos deuses, a maioria dos cidadãos preferia estar em casa a essa hora da noite.

Cuspi uma bola de fogo controlada, bloqueando-o do fim da cidade onde Samkiel estava trabalhando. Olhei para sua pequena figura prateada, que estava indo de porta em porta, conduzindo famílias para fora de suas casas e em direção à segurança da linha das árvores.

Voei mais baixo, queimando outra linha pela cidade, tentando conter o murrak. Um berro, alto e maldito, encheu o ar, e eu soube que a fera tinha descoberto o que Samkiel estava fazendo. A criatura dobrou seus esforços para chegar até ele, mas continuou correndo rumo ao meu fogo. Ele se empinou e rugiu em desafio para o céu.

Ótimo, agora eu estava na lista de alvos de um inseto.

Atravessei a fumaça que subia, vasculhando o chão abaixo, mas não vi a criatura. Virei-me para fazer outra passagem. Porra, eu o tinha perdido? Um respingo atingiu meu ouvido, e voei para lá. Meus olhos se arregalaram quando vi o murrak irromper pela água na borda da vila. Porra, ele tinha ido para a água para evitar minhas chamas. Girei e dobrei minhas asas com força, mergulhando em direção ao chão. Minha forma mudou, e pousei agachada. A fumaça era espessa aqui, o vento a agitava em redemoinhos ao longo da margem.

Gritos ecoaram pelo ar quando o murrak alcançou a vila. Corri, pedaços de pedra estalando sob meus sapatos. O murrak se movia pelas casas que Samkiel não havia alcançado. Enquanto as pessoas corriam para fora, ele agarrou uma mulher e a segurou diante de seu rosto, suas pinças se abrindo. Ela gritou e ficou rígida, uma forma clara e translúcida de si mesma se separando de seu corpo e caindo nas mandíbulas da criatura.

O murrak se alimentou e atirou o corpo para o lado. Ele rolou até parar, seus olhos brancos e cegos, sua pele acinzentada. Ai, deuses. Ele não comia carne. Ele comia almas.

—Vamos, temos que ir agora — ouvi quando Samkiel disse isso, mas o murrak também, então levantou suas antenas e se virou para ele.

Samkiel estava curvado, completamente ignorante da criatura observando-o enquanto ele levantava um homem e sua família dos escombros. Se o murrak pudesse sorrir, teria sorrido ao se concentrar em Samkiel. Aquelas cem pernas dispararam, correndo na direção dele. Eu tinha apenas um segundo para pensar no que fazer, um segundo para salvar a única pessoa sem a qual eu não poderia viver, por isso, reagi.

Corri para a frente, forçando-me a ir mais rápido, minhas pernas queimando com o esforço. Samkiel ergueu o olhar enquanto a família perto dele fugia. Ele me viu, em seguida, olhou para o lado conforme o murrak atacava. Minhas palmas atingiram Samkiel em cheio no peito, fazendo-o voar através da parede da casa vizinha, e o murrak me agarrou.

LVIII
DIANNA

Escombros, afiados e irregulares, atingiram meu ombro e rosto quando pousamos em uma casa próxima. Uma mulher e seu filho gritaram enquanto eu afastava os escombros do meu corpo e me levantava. Ela segurava seu bebê contra o peito e chorava. Ouvi os escombros se moverem atrás de mim, e os olhos da mulher se arregalaram de terror.

— Corra — mandei, apontando para a porta dos fundos. — Agora seria legal.

Ela não perdeu tempo, levantou-se de um salto e saiu correndo porta afora, abraçada ao seu bebê.

Arrepios percorreram minha pele conforme eu ouvia o murrak se esgueirando atrás de mim. Virei-me para encará-lo e olhei para cima... e para cima. Ele se elevava sobre mim, terra, madeira e pedra caindo de seu exoesqueleto. Suas pinças abriam e fechavam enquanto ele me encarava. O corpo grande e cristalino da criatura chicoteou em minha direção, envolvendo-me, prendendo meus braços e me imobilizando por completo. Eu grunhi, lutando contra o aperto estrangulador. As numerosas pernas da criatura se cravaram no chão. Ele abriu suas pinças gêmeas, e um guincho feito de morte explodiu em meu rosto. Gavinhas de luz branca emergiram de sua boca, deslizando repugnantemente contra mim, procurando por algo em que se agarrar. Meu corpo ficou tenso em antecipação, no entanto... não senti nada. Não havia dor, nenhum alongamento enquanto ele tentava consumir minha alma.

A criatura parou e fechou suas mandíbulas, erguendo sua enorme cabeça para trás em surpresa. As antenas no topo de seu crânio se moveram como se tentassem me ler, seus olhos negros como a noite se arregalaram.

—Vazia — falou ele com a voz ofegante antes de me largar.

Caí agachada, confusão franzindo minha testa, enquanto o murrak recuava. Não tinha certeza, mas pensei que ele olhou para mim como se eu fosse o ser assustador.

— O quê?

Um raio prateado faiscou diante de meus olhos, e o sangue da criatura espirrou, cobrindo meu rosto. A cabeça do murrak caiu no chão, e seu corpo a seguiu. Fiquei parada, observando as pernas nojentas se contorcerem, aquela palavra se repetindo várias e várias vezes na minha cabeça. Cada maldita fera aqui tinha me visto e dito a mesma coisa.

Vazia.

Oca.

Vã.

A maneira como a oráculo riu ecoou na minha cabeça.

— Acha que pode tocar a morte, garota, sem que ela tire nada de você?

Samkiel gentilmente agarrou meu cotovelo e me virou para ele. Seus olhos reluziam de preocupação ao me examinar. Eu estava congelada, não conseguia pensar, não conseguia respirar, e não por causa daquele maldito inseto, mas porque eu finalmente tinha entendido.

— ...anna? — Sua voz trouxe o mundo de volta até mim, meus ouvidos zumbindo.

— Dianna, olhe para mim. Você está machucada? Como se sente? — Ele agarrou meu queixo, forçando-me a encará-lo. — Sente-se...

— O custo da ressurreição — falei, com a voz embargada.

Suas sobrancelhas franziram.

— O quê?

— Você falou. — Engoli o nó grosso na garganta. — Todos eles falaram.

Isso explicava por que minha fome nunca era satisfeita, por que nada aliviava o vazio no meu peito, por que eu tinha dificuldade para sentir algo por qualquer pessoa, exceto por ele.

— Dianna, do que está falando?

— Você morreu — declarei abruptamente.

Ele olhou para mim como se eu tivesse lhe dado um tapa, mas continuei.

— Naquele túnel, você morreu. — Meu coração batia forte, e minha respiração ficou irregular. — Você não se lembra. Acho que porque aconteceu tão rápido, mas você morreu, eu segurei você, e odiei tudo. Então, implorei e supliquei por uma maneira, e Reggie me deu uma. Fiz uma promessa naquele túnel, naquele maldito túnel frio, que se não devolvessem você para mim, eu rasgaria o universo em átomos. Eu estava sendo sincera. Nossa marca se formou, queimou no meu dedo, e então desapareceu. Você respirou e... e... e...

Eu estava tremendo. Tudo o que tinha acontecido nos últimos meses veio à tona. Eu tinha sido tão idiota em nunca questionar, em pensar que saí livre sem consequências. As palavras apenas continuavam saindo, jorrando de mim, e eu não conseguia pará-las.

— A ressurreição tem um preço, e este é o meu. Toda criatura do Outro Mundo me falou, mas não entendi, não entendi. Ele — apontei para o cadáver do murrak — falou também. Vazia.

— Sua alma. O custo de me salvar foi sua alma — declarou Samkiel, e estremeci. Ele cerrou a mandíbula, e suas mãos se fecharam em punhos. Raiva pura e intensa em seus olhos quase obscureceu a tristeza profunda da alma.

LIX
DIANNA

Samkiel se virou para mim no momento em que entramos no escritório improvisado, e a porta se fechou atrás de nós.
—Você tem mentido para mim. Por meses.
— Sim.
— Meses, Dianna.
— Eu sei. — Minha voz falhou, a mentira finalmente revelada.
Ele virou de costas para mim, andando de modo febril, suas botas batendo pesadamente contra o carpete. A armadura ainda abraçava seu corpo, cinzas embotando o brilho radiante. Ele havia descartado seu capacete para passar os dedos pelos cabelos, enxugando os fios úmidos de suor.
—Você sabia? Nos túneis, quando você pediu? Você sabia o custo naquele momento?
— Seu olhar se voltou para o meu.
Dei de ombros, incapaz de suportar encará-lo por muito tempo. Torci os dedos na minha frente.
— Eu não perguntei.
—Você não perguntou? — quase gritou ele. — Dianna, tem alguma ideia do que poderia ter feito? A si mesma e aos reinos? Há uma razão para a ressurreição ser proibida, uma razão para ela não ter sido feita nem tentada. Você se colocou em um risco enorme! Você...
— Eu não me importo — interrompi-o dessa vez, encontrando seu olhar.
Ele parou e levantou uma sobrancelha antes de falar com escárnio.
— Não se importa? Você mentiu para mim, tem mentido para mim por meses, e não se importa?
— Não — gaguejei. — Bem, sim, me importo com isso, mas não com a outra parte. A parte do custo.
— Dianna. — Seu rosto não continha nada além de dor e raiva. — Sua alma, Dianna. Você desistiu de sua alma por mim. Eu jamais pediria uma coisa dessas. Você abriu mão de tanta coisa por outras pessoas. Eu nunca pediria que destruísse mais uma parte de si mesma. Nunca. Quero você viva, bem e feliz, mesmo que eu não esteja.
— Eu estou — retruquei. — Estou tudo isso enquanto você estiver comigo.
Não importa o quão verdadeiras fossem, minhas palavras não acalmaram a raiva dele. Elas apenas pareceram torcer ainda mais a adaga que eu havia fincado em seu coração.
—Você entregou sua alma, Dianna. Não temos ideia do que isso significa. Logicamente. Você não pensa! Apenas age e danem-se as consequências quando se trata da sua própria segurança.

— E daí, fiz algo irracional. — Joguei as mãos para o ar. — Quando eu não faço?

— Não tem graça — retrucou ele. — Não pode fazer uma piada bonitinha ou um gracejo para escapar disso.

— Eu sei, eu sei. Escute, eu não estava tentando magoar você, está bem? Só precisava de tempo para descobrir, falando sério. Roccurem falou...

Samkiel olhou para mim, seus olhos faiscando agora. Parecia que sua raiva crescente estava sugando todo o ar da sala.

— É isso mesmo — uma risada áspera e amarga deixou seus lábios —, Roccurem sabe. Por que ele não saberia?

— Não é bem assim — corrigi.

— É exatamente assim, Dianna! Porque você confia em outra pessoa em vez de mim. Que outros segredos vocês dois têm que desconheço?

Eu sabia o que ele estava pensando e como estava se sentindo. Eu o tinha magoado tanto antes, ao me entregar aos outros, mas isso era a coisa mais distante da verdade.

Corri para o lado dele, segurando seu braço. Balancei a cabeça.

— Não é bem assim. Ele estava lá e...

Samkiel se afastou de mim, e senti aquela fenda se formando entre nós de novo. O pânico, rápido e assustador, me fez alcançá-lo outra vez.

— Não há desculpa. Você teve meses para me contar. Coloquei cada pedaço de mim aos seus pés, e você não pode nem me dar uma fração sua.

— Eu posso — retruquei, ouvindo o apelo na minha voz. — Eu dei. Olha, sinto muito, está bem? Eu sinto.

Ele balançou a cabeça.

— Você fica repetindo isso, mas acho que não sabe o que significa. Não pode pedir desculpas e continuar machucando alguém, Dianna. Não quer dizer nada depois disso.

— Não sei mais o que falar. — Aproximei-me, mas ele evitou meu olhar. — Isso. Nós. Um relacionamento é novo para mim. Tudo é novo para mim.

Ele enfim encontrou meu olhar, e a dor escurecendo seus olhos fez minha respiração ficar presa.

— É novo para mim também, mas sei com certeza que guardar segredos, grandes ou pequenos, não é uma boa maneira de começar. Especialmente sobre ressurreição. Como podemos ter uma migalha de qualquer coisa sem confiança?

Afastei minha cabeça para trás, agonia perfurando meu coração, e não tinha certeza se eram minhas emoções ou as dele que estavam me afetando de maneira tão intensa.

— Você não confia em mim?

Seu rosto se contorceu de dor, e me odiei.

— Como posso, se você escondeu isso de mim? Quando não confia em mim o suficiente para me contar sobre algo assim? Algo que me afeta tanto quanto, se não mais, do que você. Quando confia em outros acima de mim? Quando não confia no meu comprometimento conosco o bastante nem para me contar sobre nossa marca!

Era verdade. Da perspectiva dele, era verdade. Eu confiava nos outros em vez de nele. Todos sabiam, menos ele. Na minha cabeça, eu o estava protegendo, mas, na realidade, estava me protegendo.

— Você está certo. Confiei em outros. Roccurem sabe. Orym descobriu quando estávamos naquele túnel com a oráculo. Deuses, até Miska sabe. Sabe por que foi fácil contar a eles? Por que não significa nada para eles, mas tudo para você. — Acenei com a mão em direção a ele. — Por isso. Porque não me importo com a forma como olham para mim ou como me julgam, eu poderia viver mais cem anos e nunca me importaria. Eu estava com medo, entende? Com medo do que significava e do que você ia dizer.

Samkiel passou a mão por sua cabeça em agitação, andando de um lado para o outro em passos largos.

— Do que eu diria?

— Que não é real. Que talvez ao trazê-lo de volta, tenha mudado você. Tenho medo de que você não me queira mais. Perder nosso vínculo me apavora, porque e se isso significar que perdi você? Sou egoísta e cruel, e deuses acima, sou má se eu precisar ser por você. Faria qualquer coisa pelo que você me deu, pelo que me mostrou, e até mesmo a ideia de perder isso, de perder você, me deixa doente de terror. Então, sim, sinto muito por ter escondido isso de você, mas não podia perdê-lo de novo!

O jeito como ele olhou para mim me assustou mais do que qualquer coisa que eu já tinha enfrentado antes. Perguntei-me se enfim tinha encontrado seu limite. Era isso que ele não ia conseguir superar?

— Sinto muito por tê-lo magoado, mas não estou, nem nunca estarei, arrependida do que fiz, pelo que farei por você. Nunca aleguei ser boa ou decente. Você sabia o que eu era, quem eu era, e decidiu ficar comigo do mesmo jeito.

— Dianna...

— Não! — Senti lágrimas ardendo em meus olhos, a escuridão me engolindo por inteiro. — Você sabe como é ter sua alma partida em duas? Tê-la arrancada de você? Foi o que senti quando você morreu em meus braços. Dor pura e ofuscante que não acho que este mundo ou o próximo tenha uma palavra para descrever. Então não fique aí me repreendendo como se eu fosse uma criança. Você não é meu pai. Eu o matei para chegar até você e, ainda assim, não cheguei a tempo. Eu incineraria o mundo por você, Samkiel, e alegremente entregaria minha alma para que você pudesse viver. Eu faria tudo de novo se significasse que você ia existir.

Ele passou a mão no rosto. Minhas palavras se fixando e criando raízes.

— Como eu ia saber pelo que você passa? — perguntou ele. — Você se tranca atrás de muros que não consigo derrubar. Eu tentei, Dianna. Tentei mesmo, mas você me mantém à distância.

Não falei nada, apenas cruzei os braços sobre o tronco, tentando não desmoronar.

— Admita — implorou ele. — Não importa o quão próximo eu esteja de você ou como eu a toque, ainda há uma parte aí dentro que você sempre esconderá de mim.

Senti meu peito se partir e se abrir. Era disso que eu tinha medo. Ele via demais, e queria tudo. Eu não sabia se seria capaz de dar a ele.

— Estou tentando — falei, não conseguindo mais manter a voz firme.

— Tente mais porque não terei metade de você. Não amarei apenas metade de você. Compartilhar seu corpo comigo não é o suficiente — declarou ele, e eu podia jurar que meu coração se partiu. — Pode ter sido para outros no seu passado, mas não basta para mim.

Eu nunca tinha o visto tão completamente quebrado. Era isso para ele. Eu tinha tentado por meses depois que Gabby morreu encontrar seu limite, para afastá-lo, e foi só agora, quando a ideia de perdê-lo ameaçava me dilacerar, que o encontrei. Eu preferiria ser esfaqueada, queimada e espancada a sentir a dor de ver aquele olhar em seu semblante.

Cruzei a distância entre nós, incapaz de tolerar mais. Levei as mãos até seu rosto.

— Sami.

Ele agarrou meus pulsos, não provocando dor, mas com força suficiente para me impedir de tocá-lo.

— Suas mentiras e segredos vão nos separar muito mais rápido do que qualquer força neste mundo ou no próximo, Dianna.

Samkiel me soltou, deixei minhas mãos caírem ao meu lado e rezei aos deuses antigos e novos para que o chão se abrisse e me engolisse inteira. Seus olhos faiscaram nos meus, e tremi com o poder neles, mas não pude ignorar a dor que escurecia a prata. Era tão afiada quanto qualquer lâmina, e fui eu quem a enfiou no peito dele.

Samkiel levantou a mão, e pensei que fosse para acariciar meu rosto como tinha feito tantas vezes antes. Em vez disso, ele a manteve elevada acima da minha cabeça, e uma rajada de ar jogou meu cabelo para a frente enquanto um portal giratório se abria atrás de mim. Eu me virei e vi o estúdio muito familiar de Reggie em Youl.

— Preciso que você vá — falou ele.

Virei-me para ele, meus olhos ardendo antes que as lágrimas caíssem, manchando minhas bochechas.

— Quer dizer… Você está… Você não quer ficar comigo?

Seu olhar sustentou o meu, e percebi que a única coisa que eu temia neste mundo ou no próximo estava acontecendo. Meu coração foi arrancado do meu corpo em Onuna, e essa dor era pior.

— Preciso reconstruir a cidade — respondeu ele. — E preciso de… tempo.

Tempo. Ele não falou a outra parte, mas eu sabia que ele queria dizer tempo longe de mim. Samkiel nunca queria ficar longe de mim. Da última vez… minha garganta se fechou, minha visão ficou turva.

— Por quanto tempo? — Minha voz estava embargada e trêmula.

Minha pergunta foi recebida com silêncio. Meu coração se partiu, fraturou, rachou em mil pedacinhos que pareciam doloridos e sangrentos, e eu nunca mais queria tocá-los.

— Eu amo você. — Era um sussurro, um apelo e a verdade honesta dos deuses.

Seu rosto se enrugou, e ele deu um passo para trás. Foi só um passo, mas parecia um vão tão largo que eu queria que fosse real para poder me atirar nele. Samkiel nunca se afastava de mim, não importava o que eu fizesse ou dissesse, mas isso? Acabou. Essa foi sua gota d'água.

—Vá.

Meus ombros caíram, me virei e atravessei o portal. Ele se fechou atrás de mim, e Miska, Orym e Reggie olharam para mim com pena. Todos tinham ouvido a última parte.

— Dianna? — Reggie falou meu nome como uma pergunta.

Fechei os olhos e acho que senti minha mão se erguer para afastar Reggie. As lágrimas finalmente deslizaram pelo meu rosto, mas naquele momento eu só sentia a dor no meu peito. Eu podia não ter mais uma alma, mas Samkiel tinha acabado de arrancar meu coração. Tudo bem. Era dele de qualquer maneira. Limpei meu rosto e saí furiosa do cômodo que de repente ficou pequeno, frio e vazio demais.

LX
CAMILLA

Flexionei as mãos ao lado do corpo, estudando os fragmentos restantes do medalhão.
— Parece que aqui deveria ter uma pedra. — Apontei para as ranhuras ocas de algumas peças.
Os lábios de Hilma se curvaram.
— Oh? Hum, nunca tinha notado, mas, também, nunca chegamos tão longe.
Meus instintos gritaram um aviso, mas forcei um sorriso. Eu não confiava em Hilma. Eu, na verdade, não confiava em ninguém aqui, mas passar tanto tempo com ela me fazia sentir que ela era mais uma ameaça.
— Escuta, por que não encerramos por hoje, hein? Você conseguiu unir mais algumas peças, e não preciso que você fique esgotada por dias de novo.
Eu assenti. Tinha dito a elas que minha magia estava esgotada por excesso de trabalho. Não havia como eu contar que tinha lançado um feitiço de cura para quase trazer alguém de volta da beira da morte. Dormi por três dias, recuperando e perdendo a consciência. Lembrei-me de Vincent vindo me ver, cada parte dele inteira e ilesa. Depois que vi isso, dormi tranquila.
Não tínhamos falado sobre o que eu havia feito ou como ele tinha se machucado tanto. Ele tinha segurado minha mão no caminho para o café da manhã na primeira manhã em que consegui sair da cama, e eu sabia que esse era o único agradecimento que eu receberia. Nismera não se importava de qualquer forma. Ela achava que a enfermaria tinha feito seu trabalho muito bem, e tinha voltado a enviá-lo em mais missões.
— Você está certa. Estou cansada.
Ela sorriu, chamando Tessa e Tara para limpar a bagunça que fizemos. As meninas resmungaram e reviraram os olhos, mas começaram a trabalhar. Dei boa-noite para Hilma e fui escoltada até meu quarto. Pela segunda noite consecutiva, sem Vincent.

Já passava muito da meia-noite quando ouvi passos de botas encouraçadas contra a pedra do piso do palácio. Joguei o livro que estava lendo de lado e fui até a porta. Quando saí, os guardas do lado de fora do meu quarto se viraram para me olhar. Eu sabia que estavam prestes a me falar mais uma vez que eu não podia sair. Levantei a mão para evitar a conversa que todos estávamos cansados de ter. Eles tinham repetido a mesma mensagem nos últimos dois dias. Eu estava confinada ao meu quarto, a menos que meu maldito guarda-costas estivesse por perto, e Vincent tinha me abandonado por dois dias.
— Ele voltou? — perguntei, fixando meu olhar no guarda mais próximo.

Ele abriu a boca para responder. Eu tinha certeza de que ele estava prestes a repetir que não podia me contar nada, mas então Vincent subiu os degraus.

Minha raiva desapareceu quando o vi mancando escada acima. Ele segurava o capacete ao lado do corpo, as borlas de guerra de Nismera não balançavam como costumavam fazer. Seu rosto e armadura estavam cobertos de sujeira, seu cabelo emaranhado de suor. Eu podia sentir o cheiro de sangue daqui, e esperava que nada fosse dele. Vincent lançou um olhar penetrante para os guardas e, sem dizer uma palavra, eles assentiram e deixaram seus postos. Nem o olharam quando passaram apressados por Vincent e desceram as escadas, provavelmente contentes por se livrarem das minhas constantes discussões e exigências de saber sobre a última missão dele.

— O que aconteceu com você? — perguntei, cruzando os braços e me escorando no batente da porta. — Por que ela o fez voltar tão cedo depois do que aconteceu?

— Não faço perguntas. Só faço o que me mandam. — Ele fez uma careta para mim antes de ir para seu quarto do outro lado do corredor. Eu sabia que ele não queria falar sobre isso e que ele planejava entrar em seu quarto e fechar a porta, mas o inferno que eu o deixaria me ignorar. Vincent fechou a porta, mas levantei a mão e cerrei o punho, minha magia esmeralda se enrolando ao redor do batente para impedi-la.

Vincent girou e em seguida agarrou a lateral do próprio corpo com um silvo. Endireitou--se devagar, seu rosto pálido.

Avancei, ainda segurando a porta aberta. Eu não queria brigar, mesmo que parecesse que era tudo o que tínhamos feito por semanas. Desde que o conheci, sempre houve um cabo de guerra entre nós. Vincent sempre foi do tipo calado, mas com frequência eu percebia que ele me observava.

— Não pense que pode fechar a porta na minha cara e me trancar do lado de fora — declarei, entrando em seu quarto.

— Fale baixo, por favor! — pediu ele, olhando para a porta atrás de mim.

Bati a porta, as paredes estremecendo com a força da minha magia. Seus olhos queimaram nos meus.

— Eu estava preocupada com você. Posso ter curado suas partes externas, mas você ainda precisa de tempo para se curar.

— Estou cansado, Camilla. Pode gritar comigo amanhã? — Ele se virou e deixou o capacete cair no chão. Eu vi então. As marcas de garras corriam do pescoço até as costas. A armadura impediu que as garras se cravassem, mas eu ainda podia ver os hematomas se espalhando por suas costas.

— O que aconteceu? — perguntei contra meu bom senso.

— Pode me perguntar isso amanhã também? — disse ele, parando perto do banheiro. — A menos que queira ficar e conversar sobre isso, mas estou prestes a ficar nu, tomar um banho e ir para a cama.

— Nismera não está vindo para suas rondas noturnas, então?

Ele me olhou com uma expressão que eu não o conhecia bem o suficiente para ler, e estendeu a mão para a gola de sua armadura. Uma trava se soltou, depois outra antes de cair, pousando no chão com um baque metálico surdo que me lembrou de um tambor. Cicatrizes formavam padrões por seu peito nu e musculoso, mas foram os cortes e hematomas recentes em sua barriga que chamaram minha atenção agora. Eu não considerava que onde quer que ele estivesse fosse apenas uma missão de rotina.

Virei-me quando ele tocou o cós das calças.

— Eu já volto.

Ouvi-o bufar antes que mais armaduras caíssem no chão. Saí do quarto e atravessei o corredor depressa até o meu. Peguei algumas coisas e voltei. Armaduras cobriam o chão, todas com espinhos e pontas afiadas. Perguntei-me se era na verdade assim que Nismera era por dentro. Sua beleza exterior me fez até hesitar na primeira vez que a vi. O cabelo longo e loiro prateado balançava atrás dela em ondas. Sua figura, embora pequena, continha um poder tão imenso que emanava como um perfume. Mas eram seus olhos que revelavam a verdade sobre sua natureza. Pareciam se suavizar perto de seus irmãos, mas algo escuro e odioso espreitava por trás de cada emoção. Era algo que minha magia reconhecia e ao qual reagia. Toda vez que eu estava perto dela, sentia minha magia recuar, querendo se esconder tão fundo dentro de mim que eu temia nunca mais conseguir tirá-la de lá.

Parei quando entrei no banheiro, meu coração ficando na boca ao vê-lo. Ele estava de pé no chuveiro de box de vidro, água caindo do teto sobre ele. Mesmo com o vapor enchendo o ambiente, eu podia ver seu peito musculoso e sua cintura estreita, levando a... Coloquei os poucos itens que trouxe no balcão, depositando-os com força suficiente para que ele me ouvisse.

— Isso foi rápido — comentou ele. — O que você fez? Correu?

Suspirei.

— Nossos quartos ficam a poucos passos um do outro.

Ele fez um barulho, e ouvi um ruído estridente do chuveiro. Endireitei meus ombros, olhando para as poções e pomadas que tinha colocado no balcão.

— De qualquer forma, eu trouxe coisas para você — declarei, observando seu reflexo no espelho, mas com cuidado para manter meu olhar acima de sua cintura. Coisas? Deuses, Camilla. Eu me dei um tapa mental. O que havia de errado comigo?

Ele assentiu e passou a mão no rosto, a água grudando alguns de seus cílios de uma forma sobre a qual eu não ia nem pensar. Eu era uma bruxa superpoderosa, capaz de destruir o mundo. Ele não tinha poder sobre mim. Virei-me decididamente e me inclinei contra o balcão.

Vincent fechou o chuveiro, e endireitei meus ombros, provando que não era nem um pouco afetada por sua nudez. Ele pegou uma toalha e a enrolou em volta da cintura antes de sair, e percebi o quanto eu era mentirosa. Vincent sempre foi tão bem arrumado que eu não fazia ideia de que ele tinha músculos em cima de músculos sob toda aquela sua presunção.

— O que é isso? — perguntou ele, apontando para os poucos potes pequenos que eu tinha comigo.

— Venha. Vou lhe mostrar — falei, reunindo os potes e entrando no quarto.

Ele suspirou e me seguiu. Colocando as pomadas na mesa de cabeceira, ouvi um arrastar de pés atrás de mim e me virei o suficiente para ver a toalha no chão e Vincent puxando uma calça larga. Acenei para ele se sentar, e ele obedeceu bufando.

— O que está fazendo? — perguntou, observando enquanto eu me acomodava atrás dele.

— Ajudando você — respondi, abrindo um pote. — Sabe, de novo? Eu provavelmente devia começar a cobrá-lo.

Seus lábios se curvaram em um sorriso, e odiei que isso fez minha respiração falhar.

— Fique quieto. — Esfreguei o líquido em minhas mãos. — Pode ser frio.

— O quê? — Qualquer outra coisa que ele pudesse ter dito morreu em um suspiro e um gemido profundo conforme esfreguei a pomada em seu ombro e descendo por seu braço. Os músculos ficaram tensos sob meu toque, mas vi os nós se aliviarem e os pequenos hematomas desaparecerem. — Isso é... incrível.

Tentei e falhei em ignorar os sons que ele fez enquanto eu me movia por suas costas até seu outro ombro, mas eu sabia que ficariam gravados em meu cérebro como se fossem marcados a ferro. Também tentei negar a maneira como meu baixo ventre se contraiu, mas sabia que provavelmente me tocaria pensando nisso hoje à noite quando tomasse banho.

— Camilla?

— Hum? — perguntei, afastando os pensamentos ilícitos.

— Eu perguntei, o que é isso? — Ele se virou um pouco para mim.

— Ah — falei —, é uma pomada caseira que fiz de uma erva que tinha. Encontrei algumas plantas similares às de Onuna. Ela cura através dos seus poros e nervos... e estou tagarelando.

— Não tem problema. — Ele riu suavemente. —Você é mesmo uma das bruxas mais inteligentes e fortes.

Senti meu rosto corar.

— Minha família orgulhosamente discordaria.

— Sua família? Você nunca fala sobre eles. —Vincent inclinou a cabeça para a frente, alongando os músculos enquanto eu descia minha mão pressionando sua coluna. Seu cabelo molhado estava grudado em seu ombro, preto feito tinta e pesado. Ele arqueou as costas, o som que estava fazendo mais de dor do que qualquer outra coisa, e me perguntei quanto dano ele causado feito à sua coluna.

—Você nunca fala sobre a sua.

Vi seu maxilar enrijecer e senti a tensão sob meus dedos. Eu sabia que ele estava prestes a desligar, então prossegui.

— Não há muito a dizer sobre a minha. Cresci em uma casa grande com alguns irmãos. Todos nós competimos pela liderança do *coven* quando completamos dezoito anos. É quando nossos poderes se manifestam com mais intensidade. Eu era considerada a mais fraca entre nós.

— Quantos irmãos você tinha?

— Só meu irmão e minha irmã mais velhos.

— O que aconteceu com eles?

Engoli em seco, meu toque vacilando. Inclinando-me para a frente, peguei mais pomada, esfregando-a entre as palmas das mãos antes de deslizá-las pelas costas dele.

— Eu falei, competimos. Era normal naquela época. A maioria dos *covens* tinha apenas um filho que herdaria os poderes da família, mas nós três herdamos do lado da minha mãe. Eu não era tão popular quando criança e era maltratada com frequência. Meus irmãos eram as crianças legais, acho. Foi só quando cheguei à puberdade que alguém prestou atenção em mim.

Vincent abriu um sorriso bem masculino e olhou por cima do ombro para meus seios.

— Eu posso ver o porquê.

Pressionei um pouquinho mais forte em suas costas, e ele soltou um grito.

— Ei, estou tentando lhe contar uma história aqui. Preste atenção!

— Sinto muito. — Ele sorriu suavemente, e eu sabia que ele não estava arrependido de verdade. —Você apenas pareceu triste por um segundo. Só isso.

Minhas mãos pararam em seu ombro antes que eu pressionasse mais fundo o músculo.

— Não foi uma infância feliz, mas quando nós, vilões, temos uma?

—Você não é uma vilã, Camilla. Eu ganho de você de longe.

— É assim que você se vê?

Ele assentiu.

— Continue sua história.

Engoli em seco, retornando aos seus músculos doloridos e a um passado que eu odiava.

— Como falei, a maioria dos *covens* só dá poder a uma criança, não a três. Em cada geração, as famílias competem pelo controle. Quem restar de pé será o líder dos *covens* pelos próximos cinquenta anos ou mais.

— Eles fizeram vocês lutarem um contra o outro?

— É tradição — sussurrei. — Aconteceu em El Donuma. O primeiro teste nos coloca separados no fundo na floresta. Temos que confiar na magia para encontrar o caminho até o templo principal. Era de se pensar que quem coletasse a gema venceria, certo? Errado. Você tem que transportar a gema de volta para sua família sem usar magia. É aí que fica sangrento. Os competidores trapaceiam, é claro, mas quem completar vence. — Fiz uma pausa, lembrando dos sons de arbustos estalando e gritos rasgando a noite. Choveu muito forte, e eu estava encharcada e enlameada, caminhando por aquela maldita floresta.

— Não precisamos falar disso…

— Aguiniga — sussurrei. — Esse era o sobrenome dele. Seu poder rivalizava com o meu e o da minha família, e ele sabia disso. Aqueles com quem ele se aliou também sabiam. Planejavam nos derrotar primeiro. Lembro-me de correr com meus irmãos ao meu lado, aquela maldita joia fechada na minha mão, mas ele trapaceou, usou magia, e não qualquer magia, usou uma maldição de morte. Aquelas que não nos ensinavam. Lembro-me de tentar dar aquela maldita joia para minha irmã ou meu irmão. Ambos eram mais fortes do que eu, mais amados. Eles eram necessários, não eu, mas os dois se recusaram. Eu costumava pensar que os dois me odiavam, sabe? Como a maioria dos irmãos, mas…

Não percebi que tinha parado de tocá-lo, minhas mãos repousando no meu colo enquanto as memórias me levavam. As luzes piscaram no quarto, Vincent virando a cabeça em direção a elas.

— Nós quase voltamos a tempo. Ouvi um grito, depois um baque, e os dois estavam aos meus pés quando me virei. Ele tinha nos alcançado. Ele mirou em mim, e meus irmãos pularam na frente. Lembro-me de ajoelhar na lama, deixando cair a joia tentando tocá-los, e depois lembro de… poder. Eu nivelei o continente inteiro em um instante. Não sobrou nada. Nem eu, acho. Tudo ficou diferente depois disso. Vaguei pela floresta em ruínas por dias antes de ouvir um helicóptero sobrevoando. Foi o pai de Santiago quem me encontrou. Eles me acolheram, e o resto é história estranha.

— Se isso… Por que deixar todo mundo pensar que Santiago era mais forte que você? Dei de ombros.

— Era uma boa história para disfarçar. Eu pude viver uma vida seminormal depois. Apenas um punhado de *covens* sobrou depois disso, e todos nós apenas fingimos que foi um acidente bizarro. Um teste que foi brutal demais. Eles nunca mais o promoveram.

— Camilla. — Ele olhou para mim como se estivesse me vendo pela primeira vez. — Sinto muito.

— Não sinta. Foi bárbaro para começar. Culpei minha família por muito tempo pelo que perdemos, mas acho que me vinguei. É por isso também que odiava aquilo de que Kaden me fez fazer parte. Foi por isso também que guardei o corpo de Gabby. Nunca consegui enterrar meus irmãos, e eu sabia que se Dianna viesse me matar, pelo menos ela ia poder ter a irmã de volta. Como eu poderia culpá-la por querer vingança? Eu fiz o mesmo.

Vincent ficou calado por um momento. Eu sabia que falar sobre o que aconteceu nos restos de Rashearim o fez se retrair para dentro de si mesmo.

— Você sabe que eu também não acho que você seja o vilão.

Ele bufou.

— Como assim?

—Você não se vangloria nem se gaba do que fez. Evita aqueles que feriu e finge que sua dor não existe.Trabalhei com vilões a minha vida inteira.Você não me dá essa impressão.

— Bem, você trabalhou com Dianna, que quase destruiu o mundo, então, eu diria que seu julgamento de caráter está muito errado.

— O que há com ela? — falei um pouco firme demais. — Por que você a odeia tanto? Eu costumava pensar que era uma paixão estranha. Quer dizer, eu sei que ela é linda...

Vincent soltou uma risada amarga.

— Isso é o mais distante da verdade.

— Certo, então qual é a verdade?Você divide a cama com Nismera, que é muito pior que Dianna, mas você ouve o nome dela e...

— Só deixa pra lá, Camilla. Está tarde. Acho que nós dois estamos exaustos. — Ele esfregou a mão no rosto.

— Não, me conte. Acabei de contar para você os segredos da minha família. Mereço isso. Depois de tudo.

Vincent mudou de posição na cama para poder olhar para mim sem torcer as costas. Seus olhos não continham nada da frieza distante. Em vez disso, tudo o que vi foi uma estranha sensação de... anseio.

— Foi quando Kaden realizou pela primeira vez... Acho que a palavra seria audições, para sua divisão. Ele queria apenas os mais fortes para o que Nismera havia planejado e me pediu para testemunhar, mas para ficar escondido. Eu era um segredo, e havia aqueles em seu grupo em quem ele não confiava totalmente. Era outono em Onuna, e as folhas tinham acabado de ficar marrom-douradas.Voei sob a cobertura da noite, chegando tarde.Vampiros, lobisomens, bruxas e todas as criaturas do Outro Mundo no reino compareceram ao encontro, se misturando e conversando, alguns até dançando. Eu não tinha percebido que seria uma festa, mas funcionou perfeitamente.Todos estavam tão distraídos que não me notaram observando das sombras. Kaden estava comigo, querendo falar sobre os potenciais que havia reunido, mas eu não estava ouvindo.Tinha visto você no meio da multidão.Você usava um vestido de cetim marfim até chão, e seu cabelo estava puxado para trás, parte dele caindo sobre seus ombros. Então, você riu, e pensei que você era a mulher mais linda do mundo inteiro.

Eu lembrava daquele dia. Minha respiração ficou presa, relembrando o evento em detalhes vívidos. Eu estava tão nervosa. Tinha experimentado sete vestidos antes de finalmente escolher aquele. Meu coração batia forte no peito. Ninguém nunca tinha me chamado de mulher mais linda do mundo ou se lembrado de mim com tantos detalhes, principalmente depois de centenas de anos.

— Por que não me abordou, não falou comigo?

Vincent bufou, parte de sua atitude fria retornando enquanto ele se sentava ereto e se afastava de mim.

— Porque eu podia estar observando você, mas você estava observando Dianna.

Meu estômago se revirou. Sim, era com ela que eu estava rindo naquela noite, com quem eu tinha feito amizade primeiro.

— Isso foi há tanto tempo...

Vincent deu de ombros.

— Não importa. Ela chegou até você primeiro.

Tolo, pensei, xingando-o. Importava. Esse tempo todo, presumi que ele a odiava por seu poder e pelo que ela era capaz de fazer. Mas ele a odiava porque ela me teve. Eu não conseguia respirar, meu coração disparado.

—Vincent.

— Camilla. Está tudo bem. Todos parecem atraídos por ela. Ainda não entendi o porquê, mas eu só queria que você soubesse. — Ele ofereceu um sorriso suave. — Não importa o que aconteceu no seu passado ou quem fez você se sentir inferior, você é, e sempre foi, especial. Sem precisar de magia.

Minhas mãos caíram no meu colo, lágrimas ardendo nos meus olhos. Ninguém nunca havia dito tal coisa, mas aqui estava ele, memorizando minha aparência em uma das noites mais estressantes da minha vida.

Vincent gemeu e se espreguiçou, girando o ombro.

— Acho que sua pomada mágica funcionou. Não sinto mais como se meu ombro estivesse sendo arrancado.

Ele começou a se levantar, mas fui mais rápida. Eu me inclinei para a frente, minha mão segurando a parte de trás de sua cabeça enquanto meus lábios se encaixavam nos dele. Vincent congelou, ou talvez o próprio tempo tenha congelado. Eu não tinha certeza, mas passei minha língua em seus lábios, implorando por entrada. Um som escapou de seus lábios antes que ele agarrasse meus braços, me empurrando para trás.

— O que você está fazendo?

Pisquei algumas vezes.

— Eu não sei.

Seus olhos examinaram os meus, algo antigo e poderoso ali antes que os seus disparassem para meus lábios e voltassem.

— Faça de novo.

E eu fiz.

LXI
ROCCUREM

A cidadezinha estava quieta, nuvens se acumulando no céu. Andei em direção ao pequeno prédio, os sons lá dentro me informando que eu estava no lugar certo. O cheiro de suor e álcool encheu meu nariz quando entrei.

Um homem baixo sacudiu a cabeça e jogou um pano de prato sobre o ombro.

— Escuta, se está aqui para dar em cima dela, um dos meus caras acabou de sair com as bolas pegando fogo.

Forcei o sorriso que Dianna me ensinou a usar para não assustar os outros. Ela disse que ser muito estoico deixava as pessoas desconfortáveis, e elas se recolhiam em si mesmas na minha presença. Mas pelo menos agora eu sabia que estava no lugar certo. Não falei nada, passei por ele e fui até a pequena porta recortada.

— Seu funeral, companheiro — avisou ele por cima do ombro, e meus lábios se pressionaram em uma linha fina, sabendo que o funeral dele seria em cento e doze dias. Ele morreria em uma tentativa de assalto.

Encontrei as escadas para o nível inferior, as paredes de pedra e os degraus lascados. Socos soaram, e a ouvi grunhir. O espaço era um grande ginásio aberto, sacos pendurados feitos de materiais capazes de suportar a fúria de um berserker pendiam do teto.

O punho de Dianna disparou outra vez, os músculos se contraindo em seus ombros e o suor encharcando a pequena vestimenta que ela chamava de camiseta. Seu pé golpeou em seguida, atingindo o saco com força suficiente para fazê-lo balançar para a direita com o impacto. Parte do teto lascou, e um murmúrio sussurrado veio dos fundos, perto dos portões de arame. Vários espectadores corpulentos se reuniram ali, conversando entre si sobre a beldade de cabelos escuros que sabia socar.

Ela foi embora no primeiro dia após a briga, não embora da taverna, mas de algum lugar próximo. Era como se sua tristeza tivesse aberto uma fenda na escuridão, e ela permitiu que a devorasse. Perguntei-me se sua tristeza era o epítome da escuridão. Sem Samkiel agindo como sua luz, escuridão era tudo o que restava. No segundo dia, ela voltou para a casa procurando por ele. Quando viu que ele não havia retornado, algo frio e raivoso substituiu a tristeza.

Samkiel era tudo o que lhe restava neste mundo, mesmo que ela não falasse as palavras em voz alta. Certo, A Mão e outros preenchiam uma fração daquele vazio, mas apenas Gabriella e Samkiel chegaram a ser próximos o suficiente para de fato conhecê-la. Eles eram os únicos que já haviam sido capazes de alcançá-la. Gabriella tinha sido seu coração. Samkiel era sua alma.

— Eu estava procurando por você — falei, parando ao lado dela, mas bem longe do alcance de sua fúria.

Dianna bateu no saco mais uma vez, porém, não respondeu. Ela se movia tão depressa, seus golpes precisos e uniformes, assim como os de seu Destruidor de Mundos.

— O que quer, Reggie? — perguntou, ainda golpeando.

— Já faz dias.

— Eu sei contar. — Ela cuspiu a última parte, e eu sabia que a raiva que ela sentia era um eco da briga deles.

— Se me permite, minha futura rainha?

Ela virou a cabeça rapidamente em minha direção, seus olhos faiscando vermelhos enquanto segurava o saco entre as mãos, firmando-o.

— Não me chame assim.

Eu persisti.

— Se me permite, é muito comum que em momentos de grande dor ou sentimentos de traição, as pessoas digam coisas que não querem dizer. Com frequência agem de certas maneiras, mas é apenas um reflexo da mágoa. Isso é tudo.

— Não importa. — Ela mal se moveu em um dar de ombros desconexo antes de desferir outro golpe. — Estamos terminados.

Balancei a cabeça.

— Foi um pequeno descarrilamento, mas você pressupõe o fim tão depressa.

Ela fez uma expressão de escárnio.

— Descarrilamento? Você nos ouviu? Eu menti sobre muita coisa, Reggie. Escondi coisa demais dele.

—Você devia ter contado a ele.

— Acha que não sei disso? — Um rosnado baixo reverberou de sua garganta, seus punhos batendo não uma, mas duas vezes. — Eu sei. Mas não contei, está bem? Não consegui, e eu poderia dar a você e a ele um milhão de razões para não conseguir, mas não importa porque eu o magoei. De novo. Menti para ele. De novo.

—Você tinha suas razões, mesmo que eu desejasse que tivesse falado antes para evitar isso.

— Minhas razões. — Ela bufou e acertou outro soco antes de descansar as mãos no cós da calça escura. — Posso culpar as centenas de anos que passei com alguém que não se importava com meus sentimentos. Posso culpar como reprimo tudo. Mas a verdade é que menti porque estava com medo. Estava com medo de que a marca sumindo significasse que meu preço era ele, e creio que isso acabou sendo verdade. Não é como se fôssemos parceiros agora. Eu estava apenas delirando.

— Creio que está errada quanto a isso.

Ela levantou a mão.

—Você vê uma marca? Não.

— É mesmo uma tola se acha que esse homem algum dia deixará de amá-la, Dianna.

Ela virou as costas para mim.

—Você não estava lá. Não o viu. Ele nunca agiu daquele jeito comigo, nunca se afastou tão rápido, mesmo depois do que aconteceu em Onuna. Então, talvez com a marca perdida, minha alma perdida, não tenhamos mais essa conexão. Talvez ele veja o meu verdadeiro eu agora.

— Se me permite…

Dianna girou, seu pé disparando para fora. O saco caiu do teto, pequenos pedaços de tijolos chovendo enquanto ele voava pela sala, aterrissando em uma pilha.

— Não importa, e também não quero ficar sentada chafurdando em autopiedade. Samkiel pode me odiar. Pode me deixar. Não me importo, mas serei eu quem o manterá vivo. O mundo precisa dele, mesmo que ele não precise de mim.

Murmúrios irromperam atrás de nós enquanto os espectadores saíam, com olhos arregalados e sussurrando, mas foi o homem baixo lá de cima quem gritou:

—Você vai ter que pagar por isso!

Nós o observamos resmungar e voltar para o andar de cima. Assim que ele se foi, Dianna se virou para mim.

— Ele só precisa de tempo, minha rainha. Ele merece isso. — Minha cabeça latejou quando uma visão tentou pressionar minha consciência, mas logo desapareceu. Esfreguei minhas têmporas, encarando-a.

Uma única sobrancelha encharcada de suor se ergueu.

— De que lado você está, afinal?

Forcei um sorriso.

— Do seu, porém, eu avisei sobre reter informações preciosas.

— Sabe qual é minha nova teoria? — Ela não esperou que eu respondesse. — Minha nova teoria é que estávamos destinados a nos matar, não a nos apaixonar. Portanto, talvez nunca tivesse sido feito para durar.

— Não pode acreditar nisso de verdade. Depois de tudo.

Ela girou, desenrolando o pano bege ao redor dos nós dos dedos enquanto saía da sala.

— O que eu acredito é que não vou deixar A Mão sofrer só porque ele e eu não conseguimos resolver nossas diferenças. Sei que estraguei tudo. Não posso mudar isso, mas me recuso a deixá-los apodrecer sob o controle dela. Portanto, Samkiel e eu podemos trabalhar juntos ou não, mas não vou deixá-los com Nismera. Depois que estiverem sãos e salvos, vou incinerar a ela e sua maldita cidade até virarem cinzas, e em seguida… — Ela fez uma pausa, respirou fundo e se virou para mim. — Não sei o que vou fazer em seguida.

Dianna subiu as escadas de volta para nosso esconderijo enquanto eu esfregava minha testa e suspirava profundamente.

—Vocês dois são as criaturas mais teimosas que já encontrei neste universo ou no próximo.

LXII
DIANNA

Depois de tomar banho e lavar o suor do meu treino, fiquei parada no meio do nosso... não, do meu pequeno quarto. Eu não tocava na cama desde que brigamos, querendo uma prova de que ele tinha voltado para que pudéssemos conversar. Mas ele não tinha retornado. Senti meus olhos arderem com lágrimas de novo e sacudi a cabeça, correndo para a pequena bolsa no chão. Eu me vesti antes de sair depressa do quarto, não desejando mais estar lá.

— Miska! — gritei.

Ouvi o arrastar de pés pequenos no corredor. Sua porta se abriu, e ela pôs a cabeça desgrenhada pelo sono para fora.

— Sim?

— Estou com fome — declarei, pondo as mãos nos quadris. — Vamos subir e tomar café da manhã.

— O que vamos comer? — Um bocejo profundo e sonolento veio da minha direita quando outra porta se abriu.

— Orym. Está acordado. Ótimo. Vamos, reunião de família de café da manhã — declarei, indo em direção às escadas de madeira gastas que levavam à taverna.

— Samkiel deu ordens diretas para que você fique aqui até o retorno dele. Você é procurada pela legião de Nismera, que por acaso frequenta a cidade — informou Reggie, formando-se atrás de mim.

— Ah, é? Antes ou depois que ele foi embora? — retruquei enquanto todos nós subíamos as escadas.

— Ele voltou na outra noite quando você saiu para pegar... coisas — revelou Orym, Reggie encarando-o.

Uma nova dor floresceu em meu peito enquanto outro pedaço do meu coração se partia. Ele nem tinha tentado me ver.

Minha mandíbula se cerrou, mas sufoquei a irritação e a mágoa.

— Certo, bem, acho que se ele quer me dar ordens, ele deveria estar aqui para fazê-lo.

O suspiro de Reggie só melhorou meu humor. Ele claramente sabia que essa era uma batalha que ele não venceria.

— E se ele não voltar? — Miska perguntou, cortando um pedaço de carne. Reggie congelou à minha esquerda, e Orym fingiu olhar para qualquer outro lugar enquanto comia.

O bater das minhas unhas parou no balcão.

—Vocês terminaram? — perguntou Miska em seguida.

— Miska. — A cabeça de Orym virou-se depressa na direção dela, que olhou para ele e depois para mim.

As pessoas na taverna continuaram conversando, mas não falei nada. Eu não tinha respostas. Eu estava insegura. Havia um limite para o que uma pessoa era capaz de suportar, e eu tinha dado a Samkiel uma vida inteira de razões para não me querer. Por minha causa, não tínhamos mais nossa marca ou vínculo de parceria nos unindo. Pelos costumes e leis dele, nada nos unia.

— O que foi? — perguntou Miska, olhando para Reggie agora. — Ninguém fala sobre isso, mas nós vimos você naquela noite. Depois, ele fechou o portal, deixando você conosco, e então Samkiel voltou, mas foi uma visita rápida. Você vai nos deixar agora?

Virei-me para ela, vendo o medo e o brilho das lágrimas em seus olhos. Finalmente percebi que ela nem sequer tinha tocado na comida, apenas a remexera o tempo todo.

— Por que achou isso?

— Por que você ficaria? — Ela olhou para sua comida. — Você só me salvou para ajudá-lo, com ele indo embora, e se eu não for mais útil para você?

Franzi meus lábios. Por mais que eu odiasse admitir, havia alguma validade na preocupação dela. Todos sabiam que eu era egoísta. Eu usava e salvava pessoas principalmente para ajudá-lo, mas eu não era mais como era antes dos reinos se abrirem. Eu não era mais aquela pessoa.

— Não vou deixar vocês. Nenhum de vocês. Ainda temos uma família para reconstruir e uma vadia nojenta para matar. — Apontei para Miska. — Não repita essas últimas palavras.

Um sorriso radiante surgiu em seu rosto, e ela se inclinou para a frente, me abraçando com força. Congelei, sem retribuir o abraço, chocada com o contato. Orym levantou uma sobrancelha, um sorriso repuxando seus lábios enquanto ele tomava um gole.

Dei um tapinha nas costas de Miska uma vez antes de empurrá-la um pouco para trás.

— Certo, chega disso.

— Desculpe-me — falou ela, fungando enquanto se sentava de novo. — Qual é o nosso próximo plano? Para onde vamos sem Samkiel?

Eu bufei.

— Sem ele? Não há sem ele. Ele vai voltar, e se não voltar, vou caçá-lo e arrastá-lo de volta se for preciso. Não importa o que esteja acontecendo entre nós, ainda temos muito trabalho a fazer. Portanto, podemos ser adultos e trabalhar juntos. Já fizemos isso antes... — A última parte da minha frase se esvaiu porque eu sabia que nunca mais seria como antes.

Miska assentiu com orgulho antes de voltar a se concentrar em sua comida e começar a comer. Orym continuou me encarando por cima da cabeça dela.

— O que foi?

Ele deu de ombros e voltou a se concentrar em sua comida.

— Nada.

Suspirei e me inclinei para trás, lançando um olhar para Reggie.

— Eu esperava que você falasse alguma coisa.

— Não tenho nada a acrescentar — declarou Reggie. — Você está exatamente onde deveria estar.

Um pequeno bufo saiu dos meus lábios.

— Sempre enigmático.

O copo de Orym tilintou no balcão enquanto ele ria.

—Veruka teve alguma pista nova ultimamente? — perguntei a Orym.

Ele deu outra mordida em sua comida e examinou a sala, certificando-se de que ninguém estava perto o bastante para nos ouvir.

— Ela diminuiu os ataques, mas isso é tudo.

Assenti enquanto Miska devorava a refeição. A taverna ficou abruptamente silenciosa, e um zumbido preencheu o silêncio. Lá fora, poeira soprava contra as janelas sujas, e os copos no balcão vibraram. O líquido dentro da caneca de Miska tremia no ritmo de uma série de baques pesados.

— Desçam — orientei. — Todos vocês.

Miska olhou fixamente para a porta.

— O que é?

Suspirei.

— Soldados.

— Não — corrigiu Orym, balançando a cabeça —, esse som anuncia uma legião.

— Levem Miska — mandei.

Orym e Reggie se levantaram, e Miska pulou e se colou ao lado de Reggie.

— Fiquem lá embaixo até eu buscá-los, certo?

Todos assentiram, embora Reggie tivesse sustentado meu olhar por uma fração a mais de tempo. Observei-os desaparecerem pela porta, e ouvi o clique da fechadura. Vozes aumentaram do lado de fora, e os clientes na taverna se agacharam como se caso passassem despercebidos, não seriam incomodados.

De pé, agarrei o capuz da minha capa e o levantei. Fui até uma pequena mesa ao lado, longe da porta pela qual Reggie, Miska e Orym entraram. Puxei a cadeira de madeira e sentei, mas não precisei esperar muito. A porta da taverna se abriu e o chão tremeu.

— Saudações, civis de Youl. Estamos aqui procurando por uma fugitiva recentemente avistada nesta área. Recebemos relatos de que ela estava por perto.

Eu xinguei. Provavelmente foi o cara cujas bolas queimei quando tentou me agarrar naquela maldita academia.

Não me movi, mantendo as costas viradas para eles. Botas blindadas pisavam forte no chão, soldados verificando cada cliente. Todos se concentraram no homem de voz grave, e eu sabia que ele tinha exibido uma imagem minha quando todos os olhares se voltaram para mim.

Bom, espero que pelo menos tenha sido uma boa foto.

Mantive meus olhos baixos, observando enquanto vários pares de botas cercavam minha pequena mesa. Um soldado resmungou, e eu sabia que as coisas estavam prestes a ficar sangrentas. Ouvi passos pesados e senti alguém parar atrás de mim.

— Eu sou Tedar, Comandante da Oitava Legião, e você está detida sob o governo da mais excelsa.

Batuquei com as unhas no tampo e olhei para os dois soldados me encarando do outro lado da mesa. Suspirando, deslizei minha cadeira para trás e me virei para o comandante, ignorando seus lacaios. Assenti e cruzei uma perna sobre a outra.

— É mesmo? Quem é a mais excelsa?

Tedar riu uma gargalhada de verdade antes de bater a mão na mesa com força suficiente para quebrá-la.

— Engraçada. Engraçada não dura muito.

Franzi meu nariz.

— Pelo visto, sabonete também não.

Os soldados de Tedar engoliram em seco. Duvidei que muitos seres falassem com seu comandante troll com tanto desrespeito.

A raiva floresceu nos olhos grandes dele.

— Ela não vai se importar se você voltar um pouco machucada.

Ele puxou o braço para trás, seu punho enorme mirando na minha cabeça. Virei-me e peguei a cadeira em que estava sentada, batendo-a em seu braço grosso e encouraçado. Tedar riu enquanto ela se quebrava em pedaços.

— Isso era para doer, garota? — Ele riu de novo, olhando para seus guardas.

— Não — respondi —, mas isso vai.

Girei a perna quebrada da cadeira na minha mão antes de lançá-la voando na direção dele. Atingiu-o bem no centro da testa com um baque alto. Seu sorriso sumiu quando seus olhos se cruzaram. Ele levantou uma das mãos e tocou a cabeça antes de cair feito uma árvore derrubada.

Espanei a poeira das minhas mãos e tranquilamente me virei para encarar os soldados. Todos estavam boquiabertos me encarando, segurando suas armas.

—Vamos lá — falei.— Estão me fazendo um favor, de verdade.Tive alguns dias de merda.

LXIII
SAMKIEL

Eu tinha trabalhado por três dias seguidos, cortando pedaços daquela maldita montanha e reconstruindo. Olhei para minhas mãos, que estavam completamente curadas agora, os anéis de prata brilhando sob o luar. Meu corpo inteiro ainda doía, mas eu merecia. Eu a senti chorar depois que a mandei embora, e me odiei por isso. Eu preferiria arrancar meu coração do peito e destruí-lo eu mesmo a magoá-la, mas eu estava tão... Minha determinação se reforçou. Eu precisava cuidar disso. Depois, as emoções poderiam vir.

Minhas botas chapinhavam nas pequenas poças que se acumulavam ao longo dos paralelepípedos, a chuva caindo torrencial. As pessoas passavam correndo por mim, buscando abrigo. Era uma verdade universal que a maioria dos seres odiava chuva e se escondia, dando-me a cobertura perfeita. A água encharcou minha capa e capuz, mas mal notei enquanto seguia em frente.

Luzes brilhavam da segurança de suas lanternas de metal intrincadas, fumaça azul e branca flutuando em direção ao céu. Desci com cuidado os degraus, que estavam meio quebrados, e serpenteei pelas ruas, permanecendo nas sombras dessa parte decadente da cidade.

Coloquei a mão no bolso, encontrei a pedrinha e esfreguei os dedos sobre ela. Aquela foi minha primeira parada, e esta era a segunda. Virei em um beco escuro. Barris, transbordando com carne e ossos de animais descartados dos restaurantes próximos, fediam à podridão. Algumas criaturas de oito patas correram para os lados quando me aproximei. Elas ergueram suas caudas duplas e sibilaram para mim, alertando-me para ficar longe de seu tesouro de lixo.

Música inundava o fim do beco, e o som de vozes ficou mais alto. Havia uma placa pendurada acima da porta, as letras da antiga língua esculpidas no metal enferrujado. *Bordel*. Duas figuras imponentes pararam quando viram que eu me aproximava. Uma onda de fumaça saiu dos lábios de um enquanto o outro me dava um sorriso largo, exibindo seus dentes serrilhados. Olhei para ambos com firmeza e desviei o olhar quando passei.

Parei diante da porta cinza desgastada pelo tempo, rezando aos deuses antigos para que ele estivesse aqui. Reunir informações enquanto tentava passar despercebido estava sendo mais difícil do que eu esperava. Tudo havia mudado desde que Nismera tomou esses reinos. Tantos lugares lindos não passavam de escombros agora, e parecia que os bordéis haviam se tornado os lugares para onde todos corriam, tanto para esquecer quanto para fazer negócios. Criminosos e empresários faziam vista grossa uns para os outros aqui. Estavam exauridos como todos os reinos que ela governava, cansados, famintos e arruinados.

Suspirei e ajeitei minha postura antes de empurrar a porta para abri-la. Sons de prazeres carnais podiam ser ouvidos acima da música, mas não era por isso que eu estava ali. O exterior deste edifício era uma ilusão. Por dentro, era uma coluna enorme, o centro aberto com salas alinhadas nos andares acima e abaixo.

Passei por uma garçonete seminua, equilibrando uma bandeja em sua cauda emplumada. Ela distribuiu copos para um grupo de homens. Gemidos e grunhidos de prazer enchiam o ar, alguns de trás de portas fechadas, alguns escondidos nas alcovas sombrias.

Parei em frente a uma das salas de exibição. Uma mulher estava suspensa de cabeça para baixo enquanto um homem a abraçava pela cintura e enterrava o rosto entre suas pernas. Os gemidos dos dois me fizeram lamber os lábios, imaginando Dianna exposta diante de mim daquele jeito. Perguntei-me quanto tempo levaria para Dianna me perdoar por ter ido embora antes que ela me deixasse tentar essa manobra.

— Você está procurando algo em particular, meu lindo? — ronronou uma voz atrás de mim.

Afastado dos pensamentos eróticos de ter Dianna à minha mercê, me virei. Sorri e cumprimentei a harpia. Ela usava um vestido azul-petróleo que pendia solto em seu corpo. Cada fio de seu cabelo terminava em uma fina pena azul e branca, combinando com as maiores que cresciam ao longo das laterais de seus braços. Garras, grossas e afiadas, pontilhavam seus dedos das mãos e dos pés.

— Na verdade, estou — respondi. — Estou procurando por Killium.

Seus olhos se dilataram por um mero segundo antes que ela encobrisse com um sorriso suave. Ela balançou a cabeça e empinou o quadril, agindo de forma sedutora. Era uma demonstração óbvia, tentando evitar minha pergunta. Mas eu estava apaixonado pela única mulher que seria capaz de fazer isso comigo.

— Desculpe, não conheço esse nome. Talvez eu possa lhe encontrar...

Meu sorriso era agradável, mesmo que meu humor não fosse.

— Você sabe, e eu sei que ele está aqui. Diga a ele que Donumete quer vê-lo.

Suas narinas se dilataram.

— Vou ver o que posso fazer — respondeu ela antes de recuar.

Observei-a enquanto ela entrava em um corredor, desaparecendo de vista. Apoiei-me na grade para esperar, observando o movimento nos níveis abaixo de mim. Os reinos eram tão diferentes agora. Eu sabia quando me tranquei fora que as coisas mudariam, mas ver a desolação total de tantos reinos fez meu coração doer.

— Pensei que selar os reinos, o plano que você sempre teve em mente, os daria paz. Em vez disso, nós os prendemos aqui com um monstro — sussurrei para o fantasma do meu passado como se meu pai pudesse me ouvir mesmo agora.

Uma explosão de risadas encheu o ar, arrancando-me de meus pensamentos. Devia haver pelo menos umas cem pessoas aqui. Não vi nenhum soldado com armadura dourada e preta, mas mantive minha capa bem fechada, de qualquer forma.

Apoiei meus cotovelos contra o corrimão, apertando as mãos à minha frente. Meu olhar se demorou em meu dedo nu onde nossa marca deveria estar, ou esteve, suponho. Ela mentiu para mim por meses. Queria continuar bravo, sentir-me tão magoado quanto deveria, mas parte de mim sabia por que ela tinha feito aquilo. Eu conhecia Dianna, e mesmo que não concordasse com suas ações, às vezes eu entendia seu raciocínio. Ela mantinha tudo o que amava perto, com medo de quebrar ou ser tirado dela, e foi exatamente o que fiz. Eu quebrei. Eu morri. Essa parte ainda não tinha se assentado na minha mente. Lembrava-me de pouca coisa além de adormecer enquanto ela me segurava. Tudo parecia tão embaçado, misturas de memórias que não faziam sentido.

— *Eu amo você.*

Sua voz ecoou na minha cabeça. Eu teria ficado se não tivesse aberto o portal naquele momento. Ela finalmente falou as palavras que eu tanto desejava, e foi como se minha alma tivesse se incendiado quando elas saíram de seus lábios. Minhas pernas pararam, meu corpo se recusando a se mover, e eu não queria nada mais do que ficar. Ela desistiu da própria essência de seu ser por mim. Eu jamais seria digno dela, daquele tipo de amor, mas seria um maldito mentiroso se falasse que não tentaria.

Eu queria fazê-la prometer que nunca mais esconderíamos coisas um do outro, mas havia algo que eu precisava fazer primeiro. O medo tinha criado raízes em minhas entranhas, zombando de mim. Eu tinha um trono para reivindicar, uma coroa para tomar de volta e uma guerra para vencer, mas meu maior medo era não ser capaz de proteger aquela sem a qual eu não conseguia viver.

— Donumete, Killium irá vê-lo agora.

Ajeitei-me e assenti para a harpia. Eu a segui pelo andar em direção aos fundos do prédio. Quando passamos por uma porta, notei que estavam parados contra a parede os mesmos homens que estavam lá fora. Quer dizer que eles não eram clientes, mas guardas.

As duas grandes criaturas deram seus sorrisos dentuços. Uma levantou uma pintura com uma mão com membranas e apertou o botão escondido atrás dela. Observei enquanto uma parte de uma parede deslizava para o lado, revelando um pequeno elevador.

A harpia sorriu para mim enquanto acenava com um braço emplumado, gesticulando para que eu entrasse. Entrei, a harpia e os guardas seguindo atrás de mim. Ninguém falou enquanto a parede se fechava atrás de nós. Uma luz azul opaca percorreu o perímetro do vagão antes que a porta se fechasse, e o elevador deu um solavanco.

Os dois guardas me flanqueavam, e a harpia estava às minhas costas. Os guardas colocaram as mãos à frente do corpo, aparentemente à vontade, mas notei o leve estremecimento do que era um pouco mais alto.

Eu suspirei.

— Isso é mesmo necessário?

— Temo que sim — respondeu a harpia, e a ouvi desembainhar a lâmina que carregava na lateral do corpo. — Dado que Donumete está morto.

Eu tinha aprendido muito jovem todos os truques sujos de luta. A maioria atacava um ponto fraco, e quando enfrentavam um oponente mais alto, geralmente era o joelho ou a virilha. Distração também era uma tática valiosa. Quando se lutava em equipe, normalmente um atacava em cima, o outro embaixo, o que na maioria dos casos funcionava. Neste caso, nem tanto.

Ouvi o ar se curvar em torno da lâmina quando ela golpeou baixo, e saltei, evitando a lâmina que mirava na parte de trás dos meus joelhos. Caí agachado, o segundo golpe cortando o ar bem acima da minha cabeça. O guarda mais alto avançou enquanto eu me levantava, uma lâmina tão afiada quanto seus dentes mirando meu intestino. Girei e agarrei seu pulso, usando seu impulso para jogá-lo contra a harpia atrás de mim. Os dois soltaram um grunhido quando atingiram a parede e caíram no chão, penas voando pelo elevador.

O segundo guarda rosnou, seu rabo chicoteando para fora do casaco, a ponta enrolada em torno de uma adaga. Ele empunhou mais duas e atacou. Meu punho disparou, conectando-se com o osso. Ele estalou com o contato assim que as portas do elevador se abriram. O guarda caiu na pequena sala, aterrissando com um baque surdo. Estendi a mão para trás e arrastei a harpia e o outro guarda para fora comigo, jogando-os no chão.

— Essa é uma saudação e tanto.

Respirei fundo e endireitei minha capa antes de entrar na sala. Um pequeno dispositivo apitou, alertando a criatura no momento curvada sobre a mesa. Ele se virou para mim, seus três grandes olhos semicerrados por trás dos óculos circulares que usava. Tirei meu capuz. O item que ele segurava caiu no chão enquanto ele se levantava, seu longo focinho escancarado.

— Que os deuses antigos amaldiçoem minha alma. Samkiel. É você.

Ao ouvir meu nome, os guardas sonolentos na sala quase saltaram de susto.

— Samkiel? — Uma mulher surgiu de trás de uma porta. Cachos cinza-escuros caíam sobre seus ombros enquanto ela limpava as mãos no avental.

— Jaski — falei.

O sorriso dela aprofundou as rugas em suas bochechas, e um brilho verde cintilou em seus olhos enquanto ela olhava para mim.

— Meus olhos não me enganam. Você está mesmo vivo, porém… diferente.

Killium deixou sua mesa desorganizada e mancou em minha direção, os pelos duros de suas costas eriçados em saudação. Sua perna tinha um mecanismo que não tinha da última vez que o vi. Encontrei-o no meio do caminho e me abaixei para abraçá-lo.

—Você estava morto. Eu acreditava. Todos nós acreditávamos. O céu carrega seu poder. Eu o vejo todos os dias. Nismera, ela…

Levantei a mão.

— Eu sei, velho amigo, temos muito o que conversar. Podemos? — Acenei em direção à sala dos fundos.

— Claro, claro. — Ele acenou para que eu continuasse, e lancei um fio de poder atrás de mim, fechando e selando o elevador.

LXIV
SAMKIEL

Jaski colocou um prato cheio de guloseimas assadas macias entre mim e Killium. Ele sorriu para ela em agradecimento, e ela murmurou baixinho enquanto se sentava. O amor deles era quase um vínculo físico. Era inspirador e reconfortante.

Forcei um sorriso rápido.

— Estou feliz em ver que vocês dois ainda estão juntos.

Jaski sorriu para Killium. Os olhos dela tão repletos de amor que parecia que eu estava me intrometendo.

Killium sorriu enquanto assentia.

— Quase dois mil anos, mais ou menos.

— Eu lembro — falei com um sorriso. — Jaski fez você se esforçar por isso.

Jaski riu, o som enchendo o cômodo de calor.

— Fez bem a ele, e eu valia a pena.

Killium apertou a mão dela, mas olhou para mim, sua expressão ficando séria.

— Ainda não consigo acreditar, Samkiel — falou, girando o líquido verde em seu copo. — O céu não mente, e nem os reinos. Você morreu ou assim todos pensamos.

Jaski se inclinou para a frente, magia girando em seus olhos.

— É mesmo notável. Você está aqui, inteiro, mas diferente. Não consigo dizer o que mudou, mas você parece totalmente ressuscitado.

Killium soltou um breve assobio.

— Muitos ficarão com inveja se souberem que você conseguiu isso.

— Exato — concordou Jaski. — Necromancia é proibida. É ilegal em todos os reinos por causa dos efeitos. Não há nenhuma alma trazida de volta do Outro Lado que não tenha voltado errada.

Meu pulso acelerou. Eu sabia disso. Conhecia as histórias. Foi outra razão pela qual fiquei tão chateado quando descobri o que tinha acontecido, mas já fazia meses desde meu retorno, e eu ainda me sentia do mesmo jeito. Passei a mão na lateral do meu abdômen, aquela dor surda ainda presente. Talvez não o mesmo, mas eu não tinha voltado errado.

— Bem, posso lhes dizer agora mesmo que não estou desejando comer cérebros.

Eles trocaram um olhar antes de cair na gargalhada. Tomei um gole da minha bebida e os observei.

Meus dedos batiam contra o copo que eu segurava, lutando contra nervosismo e pensamentos erráticos. Não podia lhes contar a verdade. Não podia contar a ninguém. Se as pessoas erradas descobrissem que Dianna tinha me trazido de volta da morte, ela seria caçada pelo resto da vida. O que ela fez foi sem precedentes. Ninguém na minha longa vida ou antes teve sucesso, e aqueles que tentaram foram destruídos.

Todos os que antes foram ressuscitados voltaram como pouco mais que cadáveres, monstros carnívoros, e outros — os realmente perigosos — tinham fome de cérebros. Eu simplesmente não podia contar a eles. Dianna e eu estávamos passando por algo, mas ela sempre seria minha prioridade. Em vez de salvar os reinos, eu destruiria cada um deles se fosse para mantê-la segura.

— Bem, conte-me — incentivou Jaski —, que bruxa ou feiticeiro poderoso amou você o suficiente para tentar algo tão mortífero?

Killium riu.

— Ora, Jaski, você conhece Samkiel. Por que presumiria amor?

Ela sorriu enquanto apoiava o queixo na mão.

— Só o amor levaria alguém a fazer algo tão absolutamente imprudente.

Calor inflamou meu peito quando me lembrei de Dianna falando aquelas três pequenas palavras. Sentei-me um pouco mais ereto e limpei minha garganta.

— Nenhuma bruxa nem feiticeiro. A lança que deveria me matar… bem, errou. Presumo que cheguei perto o bastante da morte para que o feitiço se rompesse.

Ambos olharam para mim e depois para meu abdômen como se pudessem ver o ferimento. Eu esperava que funcionasse. Esperava que não soubessem que eu estava mentindo.

— Bem, posso lhe garantir que Nismera não sabe…

— E tem que continuar assim. — Certifiquei-me de que cada palavra que eu dissesse tivesse poder imbuído nela. Eu não arriscaria Dianna.

— Claro — respondeu Jaski, tocando meu braço. — Seus segredos estão sempre seguros conosco.

—Você devia procurar O Olho — sugeriu Killium. — Mas eles estão loucos para ter uma vantagem sobre ela.

— Eu vou. — Sorri. — Além disso, não vou mentir para nenhum de vocês. Há alguém na minha vida que é muito especial para mim, especial o bastante para que eu precise de sua ajuda.

Ambos se animaram com minhas palavras.

— Há? — Jaski sorriu. — Conte-nos tudo.

— Eu vou, mas primeiro… — Eu cavei no meu bolso e tirei a pedra, colocando-a na mesa entre nós. Os olhos de Killium se arregalaram. Eu sabia que assim que ele a visse, saberia o que era. Jaski soltou um assobio baixo, sua mão correndo pelas cerdas no ombro de Killium.

— Deuses, Samkiel, você viajou muito para conseguir isto.

Eu assenti.

— Isto e mais uma coisa.

Killium riu e virou sua bebida com força. Ele pegou a garrafa e encheu meu copo de novo antes de despejar mais do fluido viscoso em seu copo. Esfreguei meu rosto e suspirei antes de contar a ele onde eu havia estado, o que havia acontecido, por que eu estava de volta e sobre ela.

—Vou precisar de alguns acréscimos. Preciso de uma arma bem resistente.

— Isso é maravilhoso. — Jaski bateu palmas e se inclinou para a frente. — Não se preocupe. Podemos fazer exatamente isso. Preciso estabilizá-la primeiro.

— Não acredito — falou Killium. — A última vez que você veio até mim alvoroçado, você precisava de um teste de gravidez para uma donzela. Você nem conseguia lembrar o nome dela, e agora me mostra isso.

Levantei uma sobrancelha e tomei um gole profundo da minha bebida. Aliviou meus nervos, meus músculos, tudo. Suspirei e coloquei o copo na mesa.

— Sim, isso foi há muito tempo, e eu era muito, muito jovem. Muita coisa mudou. Além disso, você ajudou tremendamente. Fiz o procedimento logo depois. A Mão também fez.

A sala ficou em silêncio.

— Eu farei o que puder. Por vocês dois. — Jaski se levantou e pegou a pedra antes de sair da sala.

Killium encheu o próprio copo, seu rosto ficando sombrio.

— Sinto muito por isso. Soube do que aconteceu com eles. Como Nismera vendeu todos para os mais cruéis.

Killium deslizou a garrafa em minha direção, e me servi de outra dose.

— Pretendo resgatá-los, mas tem algo que preciso fazer primeiro. É imperativo.

— Eu farei. Já faz um tempo desde que fiz alguma, honestamente. Esses reinos exigem uma forma diferente de magia.

Assenti e inclinei meu copo na direção dele antes de tomar um gole.

Killium se recostou, os óculos em cima da cabeça brilhando sob a luz da cozinha.

— Então ela é a tal?

— Minha única e verdadeira — confirmei, terminando minha bebida e colocando meu copo na mesa. Encontrei o olhar dele.

— Ouvi dizer que a marca faz maravilhas para aqueles que têm a sorte de tê-la — comentou Killium. — Sinto muito que nunca a tenha recebido, mas isso é uma boa notícia.

Eu assenti, girando o copo na mesa. Não podia lhe dizer que Dianna era minha *amata*. Caso contrário, ele perguntaria sobre a marca e por que não estava presente. Eu não podia contar do que ela abriu mão para que eu pudesse viver, não importava o quanto eu confiasse nele. A vida e a segurança de Dianna sempre seriam minha maior prioridade, e se Killium a ameaçasse, eu o mataria.

— Sim, muito boa mesmo. — Olhei para ele. —Você me conhece bem. Cresci sabendo que minha *amata* estava morta, e eu nunca quis ninguém desse jeito. Até que ela apareceu e derrubou um prédio em cima de mim como se não fosse nada. Acho que começou aí. Definitivamente não foi luxúria ou amor, mas curiosidade não obstante. Talvez tenha sido meu ego, mas ninguém nunca me desafiou como ela fez.

Ele riu por trás do copo.

— É disso que você precisa.

Minhas sobrancelhas se ergueram em concordância.

— Nós não nos demos bem no começo, mas fomos forçados a trabalhar juntos. Desse modo, estive com ela todos os dias, e qualquer curiosidade que eu sentia por ela cresceu feito uma brasa até me queimar de dentro para fora. Ela é tão feroz, valente e corajosa. Sabia quem eu era, conhecia as histórias e não se importou. Sua lealdade não conhece limites, e ela arriscou tudo pela irmã. Só um tolo não amaria uma pessoa tão surpreendente. Ela me deixa absolutamente louco. Às vezes, de uma forma maravilhosa, outras vezes, ela é francamente exasperante.

Killium recuou, rindo.

— Isso, meu garoto, é amor. — Ele tomou outro gole de sua bebida. — Adoraria conhecer o ser que finalmente domou o grande Samkiel.

— Um dia, todos saberão quem ela é — prometi, o canto dos meus lábios se curvando. — Falando em grande amor, como você e Jaski estão?

Killium limpou a garganta, os guardas atrás de mim se remexendo.

— Quase não conseguimos passar da Eliminação.

— Eliminação? — perguntei.

Killium assentiu e pegou a garrafa mais uma vez.

— É como a chamamos quando Nismera assumiu o poder. Ela foi de mundo em mundo, eliminando todos que seguiam você. Eliminando você do mundo, alguns falaram. Se não se curvassem à vontade dela, eram exterminados. Centenas viraram cinzas com aquela luz maldita. Ela sabia sobre mim e minhas engenhocas.

Engenhocas. Ele falava com tanta casualidade, como se não tivesse ajudado os deuses a criar alguns instrumentos letais. Killium era um elemental, e o poder que carregava sob sua pele para moldar e manejar os elementos era incomparável. Se colocássemos ele e Azrael juntos, seria possível suprir todos os reinos dez vezes mais. Era uma pena que seus ideais não correspondessem. Killium construía armas para a paz, Azrael para quem pagasse mais.

— Ela os encontrou?

Ele bebeu outro copo antes de batê-lo na mesa.

— Éramos os primeiros na lista dela, já que fomos nós que mostramos a vocês como fazer os anéis. Quando Azrael morreu, eu sabia que tínhamos que fugir, mas ela nos encontrou. Jaski quase morreu nos levando para um lugar seguro. A magia dela tem estado imprevisível e difícil de invocar desde então. Ela usou muito, rápido demais e por tempo demais. Fodeu com ela. — Ele gesticulou em direção à perna, o aço ao redor dela refletindo nas luzes fracas. — E Nismera me deixou com isso.

Cruzei os braços, inclinando-me um pouco para trás.

— Desculpe-me por não estar lá para ajudar.

— Ainda tem essa presunção radiante, pelo que vejo, pensando que pode salvar todos os reinos, garoto?

— Alguém tem que tentar. — Inclinei a cabeça em direção aos guardas. — Então, é por isso que vocês estão se escondendo por trás da fachada de um bordel com mercenários?

Os olhos dos mercenários se arregalaram e eles evitaram meu olhar.

Ele riu.

— Não apenas um bordel, um ponto de encontro para aqueles que querem se rebelar. Aqueles que têm o mesmo símbolo na lateral da cabeça que o seu. Embora o seu não esteja muito certo.

— Inteligente. — Assenti, meus lábios se curvando para baixo. — Mas precisa de proteção melhor.

Lembrei-me de quando entrei e me perguntei quantas salas não estavam sendo usadas para os propósitos pretendidos.

Ele tossiu uma risada.

— Você está falando de mercenários N'vuil.

Concentrei-me neles, e os três pareciam querer estar em qualquer outro lugar que não fosse perto de mim.

— Mercenários de merda. Se pude desarmá-los tão rápido, não conseguirão sobreviver a Nismera se ela encontrar você.

Killium estalou a língua.

— Nenhum mercenário poderia enfrentá-lo, Samkiel. Você é o rei intocável. Vai causar um rebuliço, já que é o único que chegou perto de ferir ou matar Nismera.

— Por enquanto não pretendo causar um rebuliço. Ainda tenho algumas coisas que preciso fazer antes, e é por isso que estou aqui.

Ele assentiu.

— Sim, sim. Não sei onde Everrine está. A última vez que a vi, ela estava no reino Zelaji, e desde então foi destruído e cultivado por uma infestação bastante desagradável.

— Sendo assim, vou começar por lá.

—Você trouxe o que precisa para esta arma?

— Sim, e posso ajudar se precisarem de um pouco de poder. Não quero machucar Jaski.

— Sempre tão gentil. Eu sabia que gostava mais de você do que dos deuses antigos. — Killium se levantou, e seus mercenários ficaram em posição de sentido. — Com seu poder, só vou precisar de uma hora para produzi-la.

Uma hora não era ruim. Presumi que ele precisaria de mais tempo. Eram boas notícias, para dizer o mínimo. Temia pela taverna em que a deixei e por todos os seres nela se eu ficasse fora por muito tempo. Mas não podia falar com Dianna ainda. Eu precisava garantir que isso fosse feito primeiro. Depois, teríamos uma discussão. Não era justo com ela, e eu sabia disso. Minha ausência só faria com que aqueles demônios contra os quais ela se protegia tão desesperadamente voltassem rugindo, mas eu precisava de tempo para pensar e planejar.

Deixamos sua pequena cozinha, voltando para a oficina de Killium. Ele tinha dispositivos e itens empilhados em todos os lugares. Jaski colocou um capacete na cabeça e se moveu extremamente rápido, seus braços indo tão velozes que ela parecia ter seis. Magia verde agarrava-se à sua forma pequena, e faíscas voavam em todas as direções. Fumaça se enroscava no teto, e a ventilação acima dela zumbia. Acima do barulho, eu podia ouvi-la cantarolando contente. Dei a volta em outra mesa, batendo de leve em uma engenhoca circular pendurada. Ela zumbiu de forma ameaçadora, e eu me afastei.

— Esse é um novo projeto para um príncipe em Sundunne — explicou Killium.

Virei-me para ele, uma sobrancelha erguida.

—Você está fornecendo armamento para rebeldes, Killium?

Ele apenas sorriu para mim enquanto Jaski levantava a proteção facial do capacete e se virava para lhe entregar os fragmentos de poeira que havia feito. Ela não falou nada enquanto voltava para sua estação. Killium pegou alguns metais antes de se acomodar em sua mesa. Ele se inclinou para a frente, arrastando uma peça complexa de maquinário para perto, ajustando alguns mostradores e acionando um interruptor. Ela ligou girando quando ele colocou os óculos no rosto. Faíscas voaram pelo ar conforme ele trabalhava, ambos concentrados em suas tarefas separadas.

Ocupei um assento ao lado de Killium, lhe explicando exatamente como eu queria que fosse e o que eu precisava que fizesse. Uma hora se transformou em três antes que ele terminasse, mas ainda assim era muito melhor do que eu esperava. Levantei e me espreguicei antes de vestir minha capa de novo. Peguei o pacote que ele me entregou e o coloquei com cuidado no bolso. Seus mercenários haviam nos observado o tempo todo e agora fingiam ter mais interesse nos itens ao redor da oficina de Killium do que em mim.

Jaski enxugou o suor da testa e sorriu para mim, inclinou-se apoiando-se em Killium.

Fechei o último botão grosso na lateral, a capa caindo até minhas coxas.

— Quando eu reconstruir este mundo outra vez, retornarei para buscar você, amigo. Enquanto eu viver, sempre terá um lar e um negócio.

— Mesmo que sejam atividades um pouco ilegais? — perguntou Killium, passando o braço ao redor dos ombros de Jaski para apoiá-la.

Eu sorri, puxando o capuz sobre minha cabeça.

—Vamos trabalhar nisso.

Ele assentiu, seus olhos brilhando com lágrimas não derramadas. Jaski deu tapinhas no peito dele.

—Você sempre foi um dos bons. Você e seu pai. Estou feliz que esteja de volta. Talvez haja esperança, afinal.

LXV
SAMKIEL

O portal atrás de mim sibilou ao se fechar, e abaixei minha mão para apertar a lateral do meu abdômen. Gastei tanta energia nos últimos dias, e o esforço fez minha ferida doer como se tivesse reaberto. Respirei fundo, depois outra vez, mas estava acostumado com essa dor. Endireitando meus ombros, empurrei meu capuz para trás e caminhei pelo beco escuro. Ouvi vozes altas, seguidas de batidas e xingamentos. Além da saída do beco, a pequena cidade brilhava com chamas alaranjadas, fumaça obstruindo o ar enquanto sombras disparavam para a frente e para trás.

Um par de olhos vermelhos como brasa de repente ardeu das sombras, fazendo os cabelos da minha nuca se arrepiarem. Antes que eu pudesse dizer uma palavra, minhas costas bateram na parede, uma lâmina fria pressionando minha garganta. Dianna me segurou com firmeza em seu aperto, seus olhos vermelhos reluzindo para mim.

— Você me deixou por três dias de merda. De novo.

— Eu posso explicar.

Ela inclinou a cabeça para o lado, a lâmina pressionando mais forte na minha garganta.

— Ah, olha só. Você na verdade consegue me ouvir quando falo com você.

Engoli em seco, a lâmina raspando meu pescoço. Eu merecia isso, já que a fiz ir embora na última vez que nos falamos. Não por raiva. Eu parti em determinação, mas ela não sabia disso.

— Viajar pelos reinos leva tempo. Peço desculpas.

Suas narinas se dilataram, inalando profundamente para sentir meu cheiro. Seu lábio se curvou, e o vermelho em seus olhos se transformou em chamas. Eu sabia que ela sentiria o cheiro de onde eu havia estado.

— Espere, não é o que está pensando — falei rapidamente.

Dianna deu um passo para trás, toda quente e pura raiva quando levantou o pé e girou. Eu não sabia por que achei que seria capaz de bloquear aquele chute. Só fez doer mais. Voei atravessando a parede para o quarto vizinho e aterrissei com força. Gemi e me arqueei, minhas costas doendo. Poeira flutuava no ar enquanto ela passava pelo buraco em ruínas que tinha feito na parede de pedra com meu corpo.

— Tudo bem, você está brava. Entendo, mas isso não é motivo para incendiar uma cidade.

Ela sacudiu a adaga em sua mão.

— Ah, não fui eu quem fez isso. Foi a legião da sua irmã que apareceu.

Eu estava de pé no segundo seguinte.

— Você está bem?

Ela tentou me socar, mas peguei seu punho e fechei os dedos em volta de sua mão inteira.

— Você se importa? Desde quando? Você entra furtivamente e sai sem nem mesmo notar minha presença e depois volta cheirando a uma casa de sexo!

— Dianna.

Ela puxou o punho de volta e me atacou outra vez. Agarrei seu pulso e a derrubei no chão. Usei o peso do meu corpo para segurá-la, prendendo suas mãos acima da cabeça enquanto ela se debatia. Ela empurrou contra de mim, jogando os quadris para cima, o que teve o efeito oposto do que ela estava querendo. Aproveitei a posição e manobrei meus quadris entre suas coxas, pressionando mais forte contra ela.

— Eu devia cortar suas bolas e dar para você comer — rosnou ela, seus caninos expostos reluzindo na escuridão. A multidão lá fora, limpando e consertando seus prédios em ruínas, nem percebeu os dois seres mais poderosos do universo lutando a alguns metros de distância. Até a loja na qual me atirou estava abandonada.

Arrisquei chegar perto daqueles dentes e me inclinei em seu espaço pessoal.

— Você sentiria muita falta delas.

Ela rosnou e se debateu, mas sem sucesso.

— Saia de cima de mim!

— Prometa que não vai tentar me esfaquear.

Ela me encarou, seus olhos ainda ardendo com aquele vermelho glorioso, mas ela enfim deixou a lâmina em sua mão cair no chão acima de nós. Sabendo o quão rápida ela era, levantei depressa e estendi a mão. Ela fez uma careta e a afastou enquanto se levantava.

— Vou perguntar de novo. Você está ferida? — Esfreguei meu pescoço. Fiquei um pouco surpreso ao descobrir que ela nem tinha me arranhado.

Ela ajustou a bainha de sua blusa escura.

— Não por eles.

Baixei o olhar. Ainda havia muito o que conversar, muito a dizer. Não me surpreendia nem um pouco que ela tivesse conseguido não apenas matar um dos comandantes de Nismera, mas também acabar com metade de sua frota. Ela era brutalmente eficiente ao proteger aqueles que amava, fazendo cada fibra do meu ser queimar com mais força e calor por ela.

— Onde estão todos?

Seu olhar nunca vacilou.

— Você saberia se estivesse aqui, mas não estava, e pelo cheiro… Sabe de uma coisa? Não. Não vou fazer isso com você. Já fiz com seu irmão.

Vidro quebrou sob suas botas quando ela tentou passar por mim. Estiquei a mão rapidamente, agarrando seu braço antes que ela pudesse ir a qualquer lugar.

— Dianna. Não fiz aquilo de que está me acusando, nem nunca a machucaria como ele fez.

— Não — respondeu ela, seu lábio se curvando mesmo enquanto seus olhos reluziam. — Você é pior. Agora me solta.

Eu soltei, e ela deu um passo para trás, colocando distância entre nós. Ela olhou para mim como se eu fosse uma ameaça, e isso me destruiu. Percebi o quanto eu tinha ferrado tudo por completo. Eu deveria ter ficado e conversado em vez de deixá-la, mas tinha um motivo, um propósito e algo que eu precisava coletar antes de seguirmos em frente.

— Peço desculpas por mandar você embora. Muita coisa aconteceu e… — Parei. Eu não podia lhe contar, não aqui, não assim. — Só venha comigo. Por favor. Tem uma coisa em que preciso da sua ajuda.

Com firmeza, ela cruzou os braços contra o corpo.

— Não.

— Não? — Minha sobrancelha se ergueu.

— Não. Vou fazer igual a você. Talvez eu deva desaparecer por alguns dias. Quem sabe visitar uma casa de sexo também? Ouvi falar que sexo a três é ótimo para corações partidos. Ah, espera. Não posso porque o universo está me caçando, e o que...

Suas palavras morreram assim que avancei sobre ela. Agachei-me, passei meus braços em volta de suas coxas e a joguei por cima do meu ombro. Ela gritou, suas mãos se cravando em minhas costas enquanto ela se debatia.

— Coloque-me no chão. — Ela tentou chutar as pernas, mas as segurei com mais força.

— Não.

— Você cheira a vinho rançoso e sexo — sibilou ela, socando meu ombro. — O que foi? Saiu para ficar bêbado e receber um boquete?

— Para ser bem claro, eu estava em um bordel.

— Eu sabia! — Seu grito era quase demoníaco enquanto ela arranhava meu ombro. — Coloque-me no chão! Vou matar você. Não vai ter que se preocupar com Nismera encontrando-o.

— Quer parar de me morder? — Ajustei-a no ombro. — Não foi por sexo. Fui visitar um velho amigo que está escondido. Ele pode fazer... coisas.

Ela tirou os dentes das minhas costas.

— Que merda isso significa?

— Você vai ver.

Movi meu braço em um leve círculo, meu flanco doendo enquanto eu usava meu poder. O ar se abriu em um sussurro, fazendo poeira e lixo voarem pelo chão. Dianna resmungou e me mordeu de novo, mas já tínhamos entrado no portal e fomos embora.

LXVI
DIANNA

Meus pés tocaram o chão quando Samkiel me abaixou de seu ombro. Afastei-me dele sem dizer nada. O portal giratório se fechou atrás de nós, e olhei ao redor. Estávamos no que parecia ser uma cidade abandonada. Prédios semidestruídos e infraestrutura em ruínas se erguiam do centro, e uma grande estrutura parecida com uma catedral nos encarava alguns quilômetros adiante.

Samkiel passou por mim, olhando para o horizonte e para o chão como se estivesse tentando ouvir alguma coisa. A estrada de paralelepípedos estava rachada, partes de pedra se erguendo em padrões irregulares, como se algo embaixo dela tivesse se movido tão depressa que destruiu a infraestrutura abaixo.

— O que estamos fazendo aqui? Que lugar é este?

Samkiel parou e olhou para uma rua estreita, mas eu só vi mais prédios abandonados e destruídos.

— Um lugar antigo onde nos reuníamos para cerimônias. Era o centro do Submundo. Grandes reis e rainhas viajavam de todos os lugares. Não parece grande coisa agora, depois do governo de Nismera, mas já foi lindo.

Observei a cidade escura e vazia, mas não consegui vê-la, não estando tão arruinada.

— Ah? Você vinha a muitas cerimônias aqui?

Samkiel parou e fez sinal para que eu ficasse quieta. Revirei os olhos, mas não falei nada. Ele seguiu pela estrada, e o segui com um suspiro.

— Não vamos conversar sobre nada? — perguntei, meu tom irritado.

Ele se virou para mim e tocou os lábios com o dedo.

Joguei meus braços para cima.

— Não tem nada aqui. Eu nem ouvi um batimento cardíaco além do nosso.

— Dianna — sibilou ele, agachando-se para espiar por um canto antes de me lançar um olhar. — Silêncio.

Meus lábios formaram uma linha fina, e balancei a cabeça. Cruzei os braços e fiquei atrás dele, batendo o pé. Ele se levantou em toda a sua altura antes de se esgueirar para passar por uma porta baixa. Eu o segui para o interior do pequeno prédio meio desmoronado, sem precisar me abaixar ao passar pela portinha. Uma teia pequena me atingiu no rosto, e girei, rasgando-a enquanto ficava mais frustrada. Minhas mãos arranharam uma à outra enquanto eu atirava o material escorregadio no chão.

Os olhos de Samkiel faiscaram encontrando os meus.

— Dianna. Shhh.

Fogo acendeu em minhas mãos, a chama quente o bastante para derreter aço enquanto eu o encarava.

— Juro pelos deuses, Samkiel, se mandar eu me calar mais uma vez...

Seus olhos se arregalaram uma fração, e seu olhar se focou atrás de mim. Ouvi o trepidar e girei, cada pelo do meu corpo se arrepiando. Um corpo mumificado estava preso à parede, envolto em teias brancas. Uma fera de muitas pernas e protegida por uma carapaça escura olhou para mim com todos os seus doze olhos. Ela abriu a boca para berrar, suas asas manchadas de laranja e preto se abrindo. Senti um zunido passar voando por mim, e uma adaga prateada de ablazone acertou-a em cheio na cabeça. Suas asas ficaram flácidas e seu corpo mole, espetado na parede pela cabeça.

As chamas morreram em minhas mãos, e o espaço ficou escuro mais uma vez.

— Certo, algo me diz que esta cidade não está abandonada, mas tomada por insetos gigantes comedores de carne, e agora temos que matar todos eles. Ótimo. Eu já falei para você o quanto odeio insetos?

O corpo da criatura se contraiu, e estremeci. Meu estômago se revirou, e não só por causa do inseto gigante incrustado na parede. Eu ainda estava magoada. Ele me trouxe aqui para isso? Depois de tudo? Nós nem conversamos sobre o que aconteceu. Ele apenas presumiu que pularíamos para nossa próxima missão, e eu não podia. Joguei meus braços para cima em frustração.

— Samkiel, não posso fazer isso. Não posso apenas agir como se nada tivesse acontecido entre nós. Você foi embora e...

Virei-me e congelei, cada músculo do meu corpo se tensionando. Não por medo das centenas de insetos voadores que provavelmente infestavam esta cidade, mas porque Samkiel, Destruidor de Mundos, Destruição Incarnada e lendário Deus-Rei em todos os doze reinos, estava ajoelhado diante de mim. Sua mão estava levantada, e ele segurava um anel de prata brilhante que continha uma gema transparente cortada em losango. O aro brilhava na luz baixa, e a pedra principal e as quatro gemas menores ao redor dela brilhavam como a luz das estrelas. Poder emanava dela, poder puro e ofuscante que eu quase conseguia saborear.

— O-o quê? — As palavras saíram da minha boca em um sussurro enquanto eu olhava dele para o anel. Meu corpo corou com calor, e meu coração batia forte. Dei um passo para trás.

— Eu queria fazer isso de forma diferente, mas temo que aquela criatura sinalizou para mais virem. Não há lugar perfeito para fazer isso. Nenhum lugar seria perfeito o suficiente para você, mas qualquer lugar onde você esteja é perfeito para mim.

Meu cérebro parou por completo, incapaz de compreender o que estava acontecendo. O chão tremeu abaixo de nós, ou talvez fosse eu, meu mundo inteiro chacoalhando.

— É assim que se faz em Onuna, não é? Eles se ajoelham e confessam seu amor eterno. — Preocupação franziu sua testa. — Estou fazendo errado?

Eu não conseguia respirar, não conseguia pensar. Toda forma de linguagem se esvaziou do meu cérebro ao ver Samkiel ajoelhado diante de mim, segurando aquele anel. Meu coração batia forte no peito, e minha garganta ficou seca.

— O que é isso? O que está acontecendo? — Consegui suspirar.

— Bem, creio que esta é a parte em que eu pergunto. — Seu sorriso era tão suave e tão doce. Partiu meu coração. — Dianna, quer...

— Não.

Samkiel franziu as sobrancelhas e levantou. Afastei-me do anel que ele segurava como se ele estivesse me oferecendo veneno.

— Não?

Eu balancei a cabeça.

— Não.

323

Ele abriu a boca, sem dúvida para falar algumas palavras bonitas nas quais eu acreditaria, mas eu não podia permitir que ele as dissesse. Havia muita coisa entre nós, muita coisa ainda não falada, reflexões, respostas e perguntas. Ainda mais do que a briga, havia o fato de que eu feria todos que eu amava. Eu o feri e me recusava a fazer isso de novo.

— Por que você me perguntaria isso?

Ele se encolheu como se eu tivesse lhe dado um tapa.

— Porque eu amo você.

Amor. Ele falou essa palavra com tanta facilidade como se os últimos dias não tivessem acontecido. Ele me amava. Eu sabia disso desde o túnel, mas ouvir isso agora só me embrulhou o estômago. Ele me amava, e eu era a pior coisa para ele.

— Como? — Minha voz não passava de um sussurro.

— Como posso amar você? — O rosto dele ficou tenso.

— Sim. Depois de tudo que fiz, tudo pelo que fiz você passar? Em especial nos últimos tempos?

Samkiel olhou para mim em total descrença, como se eu tivesse dito a coisa mais estúpida do mundo. O chão tremeu mais uma vez, um estrondo que mais senti do que ouvi.

— Não olhe para mim desse jeito. — Balancei minha cabeça. — Menti para você. Samkiel assentiu.

— Eu sei.

— Feri você. — Minha voz falhou. — Assim como a feri.

Meu peito se abriu e me perguntei se ele conseguia ver o coração sombrio e danificado por baixo. Aquele que ainda estava magoado e sangrando, não importa quantas palavras ou sorrisos suaves ele lançasse em minha direção. Não importava o quanto ele tentasse me consertar, eu ainda era uma coisa quebrada e violenta. Percebi enquanto lutávamos que eu nunca iria mudar. Passei eras sobrevivendo sozinha, sendo brutal em um mundo brutal. Ele precisava de um amor puro e seguro, e tudo o que eu podia oferecer era um inferno vingativo. Nada suave ou delicado, meu amor cortava, mas eu me recusava a fazê-lo sangrar por minha causa por mais tempo. Isso não era um amor saudável. Até eu sabia disso.

— Dianna.

— Não. — Fui firme, e estava sendo sincera. Dei um passo para trás, minhas botas ecoando nas tábuas podres do assoalho de madeira, acenando minha mão em direção ao maldito anel que ele segurava em sua palma. — Samkiel, não vou dar uma vida horrível para você como fiz com ela. Não vou machucá-lo como fiz com ela. Eu me recuso.

Calor brilhou em seu olhar quando ele deu um passo à frente, a luz do sol lançando um clarão em seu rosto de onde se derramava pela metade que faltava do prédio. Ele era a luz do sol, pura e radiante, mas conforme se aproximava de mim, afundava mais na escuridão. *Eu* era aquela escuridão. Não poderia ter representado melhor o que eu estava tentando evitar que acontecesse.

— Já falei mil vezes para você antes que não existe vida horrível com você, apenas sem. — Sua voz era forte e inabalável. Samkiel era um guerreiro, antes de tudo, e essa era uma batalha da qual eu sabia que ele não recuaria. — Sim, nós brigamos. Pessoas que se amam profundamente fazem isso. Sim, você me magoou mentindo para mim, mas sei o motivo.

— Pare. — Levantei minhas mãos. — Pare de arranjar desculpas para mim. Nós dois sabemos a verdade. Eu não sou boa para você. Nós não somos bons juntos. Minha existência inteira, a nossa, é matar um ao outro.

— Sei o que você está fazendo e detesto. — Ele deu um passo à frente, e dei outro passo para trás, mantendo o espaço entre nós porque eu tinha que fazer isso. Eu precisava. Ele notou, percebeu o movimento, e seus olhos arderam mais quentes do que qualquer chama que eu pudesse invocar. — Não faça isso. Não ouse me afastar de novo, não como em Rashearim, nem agora, nem nunca.

— Diz aquele que me afastou há três dias. Você me mandou embora porque precisava *de tempo*.

— Sim, porque você me *magoou*. — A voz dele se elevou um pouco. — Você me magoou, Dianna. Eu precisava de tempo para pensar, não porque planejava deixá-la. Eu precisava de tempo para refletir e mandar fazer isso para você — Samkiel falou, estendendo o anel mais uma vez.

— Bem, não quero isso. — Virei de costas para ele e saí furiosa do prédio em ruínas, para longe do nosso futuro em ruínas.

— Você está sendo uma covarde! — gritou ele atrás de mim.

Meus pés pararam abruptamente, e me virei para ele.

— O quê?

— Você me ouviu. Você é uma covarde. Você tem medo disso e do que isso significa, então está fazendo o que sempre faz. Fechando-se, protegendo-se porque acha que vou magoá-la. Está fugindo porque isso a assusta. — Ele saiu pisando firme pelo prédio em ruínas, terra levantando ao redor de seus pés. — E não pode fugir quando estiver com medo. Não pode me abandonar quando estiver difícil, Dianna. Nunca mais.

Meu coração martelava no peito, cada palavra sua quebrava a montanha de portas de aço que eu usava para proteger as partes mais vulneráveis do meu ser. Ele simplesmente as escancarou.

— Não é isso que estou fazendo. — E eu era uma mentirosa, uma maldita mentirosa, mas Samkiel via através de toda a minha besteira com precisão milimétrica. — Escute, você estava certo em me mandar embora, está bem? Há coisas demais entre nós. Nós...

Ele me alcançou de súbito e agarrou meu braço, dissolvendo o espaço que eu tinha criado entre nós em um instante.

— Você prometeu não fazer isso. Quando estávamos naquela maldita sacada, você prometeu que ficaria não importa o que aconteça. Você prometeu que nunca mais me abandonaria.

Eu me afastei dele, com lágrimas nos olhos de ambos.

— Você exige muito de mim, e não sei se sou capaz de dar.

Samkiel não recuou.

— Quer dizer então que remover sua própria alma tudo bem, mas *isto*? Casamento? É demais para você?

Não falei nada, mas minha respiração ficou irregular. O colar que eu tinha lhe dado naquela noite brilhava à luz do sol. Ele estava certo. Sempre estava certo, mas isso... Era só mais uma prova de sua devoção, e eu estava com tanto medo. Monstros não me assustavam, a escuridão não me dava arrepios na espinha, e deuses, até insetos não eram tão assustadores quanto isso. Samkiel me oferecendo todo o seu maldito coração me aterrorizava porque eu sabia que em algum momento eu iria estragar a porra toda de novo. Eu iria destruí-lo, e não seria capaz de viver comigo mesma.

— Isto. — Ele segurou o anel entre nós, seus diamantes brilhando ao sol poente. — Isto é não importa o que aconteça.

— Vou magoar você. — Minha voz saiu tão baixa e condenada quanto eu me sentia.

— Então me magoe. — Os olhos de Samkiel se suavizaram, e ele se aproximou, seu corpo quase colado no meu. — Mas não me deixe.

O mundo estremeceu sob meus pés. Um estrondo tão profundo que me fez tropeçar. Samkiel me segurou, e nos viramos em direção ao prédio meio caído enquanto uma horda de criaturas voadoras irrompia dele.

— O que é aquilo?

— Um enxame — sussurrou Samkiel —, e acabaram de acordar.

O chão se abriu e tropeçamos nos separando. Fissuras rasgaram o chão, espalhando-se em nossa direção. Mesmo aqui, mesmo agora, estávamos sendo despedaçados. O universo estava tentando se endireitar e restaurar o equilíbrio. Assim, lá estava eu, fazendo a única coisa que sabia fazer. Ir embora.

Seus olhos encontraram os meus, e o mundo estremeceu mais uma vez. O céu escureceu, uma nuvem espessa daquelas criaturas bloqueando a luz moribunda. Assisti horrorizada quando o chão abaixo dos pés dele rachou e se partiu, engolindo-o inteiro. E o universo, aquela vadia odiosa e cruel, riu.

LXVII
DIANNA

Algo despertou em mim quando ele desapareceu sob o solo. Senti em meus ossos. Um buraco escancarado e dolorido se abriu dentro de mim e ameaçou consumir tudo. O mundo ficou em silêncio. Minha forma mudou, duas pernas se transformando em quatro. Pelos grossos e escuros brotaram por meu corpo. Minhas mandíbulas se alongaram, cheias de dentes afiados, e terminaram em um nariz sensível. Minhas orelhas se achataram contra minha cabeça quando um uivo de raiva rasgou minha garganta. Não hesitei em me lançar no túnel atrás dele. Minhas grandes patas se chocavam contra o chão, minhas garras se cravando na terra, impulsionando-me mais depressa.

Eu era idiota. Idiota, idiota, idiota, e além disso, era uma mentirosa de merda. Eu podia fingir que sabia o que era melhor para nós, fingir que partir era melhor, mas eu era uma mentirosa para ele e, acima de tudo, para mim mesma. A dor física que senti quando Samkiel desapareceu no chão na minha frente foi quase tão ruim quanto no momento em que a morte rasgou minha alma em duas. Isso me colocou de volta naquele momento, na angústia de segurá-lo em meus braços enquanto ele morria.

Eu sabia que transformaria oceanos em névoa, céus em pó e mundos em escombros para mantê-lo comigo. Amor era uma palavra muito sem graça para o que eu sentia por ele e era uma palavra que eu odiava usar. Não significava nada. Eu entendia agora por que havia histórias sobre a perda de um *amata* e por que Logan tinha ficado fora de si quando sentiu Neverra em Yejedin. Eu entendia agora e sabia que a verdadeira perda da alma gêmea de outra pessoa era uma das piores dores conhecidas em qualquer reino.

Não era aguda nem penetrante, mas uma agonia que derretia os ossos, queimava a carne e escavava um buraco tão fundo que se rezava por uma morte rápida para estar com a pessoa. Então, não, não era amor. Era mais necessário, como ar em meus pulmões, sangue em minhas veias. Não era apenas uma emoção nebulosa que vinha e ia por capricho. Esse vínculo era algo quase físico, tangível e constante.

Corri pelo labirinto de túneis, rasgando e destruindo cada criatura inseto que rastejava ou voava atrás de mim. Sangue marcava minhas mandíbulas e dentes, mas só alimentava minha raiva. Eu despedaçava qualquer coisa que entrasse no meu caminho sem pensar duas vezes. Não conseguia explicar o sentimento que ardia em meu peito e rastejava pelo meu ser. Não havia limites que eu não violaria por ele. Eu o havia arrancado da morte. Essas coisas não o tirariam de mim.

Seus exoesqueletos eram triturados entre meus dentes, os sons de seus guinchos de morte enchiam meus ouvidos. Eu me deleitava com isso. Mataria qualquer coisa que o tocasse e eu ia gostar.

Um berro ecoou pela colmeia. Não veio dos insetos voadores, mas do meu vínculo a este mundo, espesso, masculino e dolorido. Escutei, concentrando toda a minha energia em localizá-lo neste labirinto. Ouvi os grunhidos da batalha e o tinir do aço ressoando pelo ar. Olhando para um buraco acima de mim, agachei-me, acomodando o poder em meus ossos. Saltei, minhas patas traseiras me impulsionando através do buraco e por outro túnel. Os sons da batalha ficaram mais altos. Irrompi em uma pequena caverna, o bater de asas laranja passando por mim. Lancei-me na mais próxima, meus dentes irregulares se enterrando profundamente. Minhas mandíbulas pingavam sangue conforme eu rasgava e estraçalhava. Estas deviam ter avançado em direção a Samkiel porque se espalharam depressa, não ficando para me enfrentar.

Girei, minhas orelhas se erguendo pontudas no topo da minha cabeça enquanto eu escutava mais uma vez. Os sons de luta vinham da minha esquerda, mas então os ouvi da minha direita. Havia um eco que vinha de baixo de mim. Porra, esses buracos agiam como um amplificador. Inspirei profundamente, informações me inundando. Rosnei e disparei de volta pelo túnel. Meus pés derraparam quando parei na borda de um buraco enorme no meio do túnel, poeira subindo sob minhas garras. Um olhar para baixo, e saltei.

Em silêncio, aterrissei em uma caverna escura e vazia. Havia buracos no teto e nas paredes. Alguns se abriam em túneis, e outros eram cobertos por teias cristalizadas. Estreitei os olhos e me aproximei de um dos buracos cobertos, meus pelos se arrepiando quando senti o cheiro de carne podre. Continha um cadáver encasulado. Merda. Havia centenas delas aqui. Eu estava no centro da porra da colmeia.

Um chilrear sinistro veio de todos os lados. Virei-me em um círculo lento, presas à mostra, esperando ver algo atrás de mim, mas havia apenas mais escuridão vazia.

— Seus olhos reluzem vermelhos, mas você massacra minha horda? — Uma voz ecoou, a aspereza dela me fazendo tremer. — Estamos do mesmo lado, você e eu.

— Duvido muito — rosnei, meus lábios se retraindo em um rosnado. Eu esperava que minhas palavras fossem claras o suficiente. Então, hesitei. — Como consigo entender você?

— Você é Ro'Vikiin renascido.

Andei pela caverna, tentando rastrear aquela voz. Quer dizer que ela era capaz de me ouvir e me entender assim como eu a entendia. Não era como as criaturas com as quais eu estava acostumada a lidar. Uma coisa que eu sabia sobre insetos em uma colônia ou colmeia como esta era que normalmente tinham uma rainha. Eu apostaria que ela me observava agora de sua toca sombria.

— Por que todo mundo continua me chamando assim? — gritei para o ar, sentindo algo poderoso e antigo me cercando.

— Seu sangue grita isso, e você protege um Luminífero, assim como ele fez. Por que protege o Luminífero desse jeito? Eles são uma praga para nossa espécie — questionou ela, o chiado e a aspereza de sua voz fazendo meus lábios se retraírem em um rosnado silencioso.

Luminífero? Meu coração batia forte no peito, garras cravando-se mais fundo na terra. Samkiel.

— Onde ele está? — gritei, meus dentes ecoando o som.

Algo correu acima, e poeira caiu em mim. Olhei para cima bruscamente, minhas orelhas grudadas na minha cabeça.

— Você é uma desgraça. Imunda. Traidora. Como o que veio antes de você.

— Não tenho tempo para enigmas — rosnei.

Ouvi mais movimento acima, e ficou um pouquinho mais escuro. Ela estava me distraindo, fechando as saídas, tirando qualquer porção de luz aqui para me deixar ainda mais cega.

— Nada de enigmas. O cosmos estava envolto em escuridão por eras antes que aquela maldita luz viesse a este mundo. Ela nos rasgou, nos separando em mundos diferentes. Luz, como a odiamos, mas você está coberta por ela. Esse cheiro. Que desgraça.

Meus olhos se fecharam enquanto eu focava, minhas orelhas se contraindo. Ouvi as pernas à minha direita, mas fiquei parada e escutei. Bem abaixo de mim, ouvi Samkiel grunhir. Senti a atração dele como uma âncora, uma corda nos conectando. Ela se retesou assim que o localizei. Meus olhos se abriram de repente, e percebi que a caverna tinha ficado imóvel e mortalmente silenciosa.

— A luz acabará com todos nós, e você queimará com ela, assim como Ro'Vikiin queimou — declarou a voz acima da minha cabeça. Se eu pudesse sorrir nessa forma canina, eu teria.

— Ah, é? Você fica falando sobre queimar. Eu provavelmente escolheria minhas palavras com sabedoria.

Inclinei minha cabeça para trás no momento em que aquelas pinças enormes se abriram acima de mim. Oito olhos enormes me encaravam, e oito olhos se arregalaram, refletindo o brilho laranja das minhas chamas. O fogo se formou na base da minha garganta e abriu caminho para fora. Ela berrou e voou para o outro lado do ninho. Respirei fundo de novo e soltei uma torrente de chamas que rasgou cada teia que ela havia construído. A caverna tremeu com a raiva dela, e continuei a queimar o lugar, procurando um túnel que levasse para baixo. Uma parte da teia derreteu, e lá estava. Perfeito.

Corri, minhas garras se cravando, sentindo a perna dela raspar contra minha cauda. Ouvi-a trovejando atrás de mim e saltei, seu corpo se chocando contra o chão, grande demais para seguir. Seus gritos fizeram meus ouvidos doerem, mas mal percebi quando a poeira da minha aterrissagem baixou e me vi no próprio inferno.

LXVIII
DIANNA

Ali, no centro da caverna, cercado por um enxame daqueles insetos, vislumbrei sua armadura prateada. Meus pés pararam quando ele golpeou com sua espada, cortando membros e torsos ao meio. Para um homem de seu tamanho, Samkiel se movia com elegância e graça. Ele era um guerreiro treinado para matar, e nada ficava em seu caminho. Um por um, eles caíram, e um por um mais emergiram dos buracos ao redor.

Luminífero.

Foi o que ela havia falado. Samkiel era o alvo deles o tempo todo, e embora fosse um espadachim fantástico, estava em menor número e, ao que parecia, ficando cansado. Seu abdômen doía, seu poder não era todo seu porque ainda estava espalhado pelo céu. Névoa escura dançava ao redor da minha forma, e eu era verdadeiramente eu de novo. Raiva explodiu em minhas entranhas. Essas malditas criaturas estavam ameaçando roubá-lo de mim.

Lutei para chegar até ele e arranquei a lâmina de sua mão. Ele olhou para mim, perplexo, por trás de seu protetor facial enquanto eu a girava acima da minha cabeça, cortando duas das criaturas ao meio.

— Eu morreria por você. — Por cima do ruído das criaturas, tentei berrar para ele.

Uma criatura guinchou, avançando em nossa direção enquanto eu encarava Samkiel. Girei a lâmina na minha mão, o punho queimando minha palma, mas não me importei. Enfiei a espada na criatura que atacava pelas minhas costas, sem interromper o contato visual com ele por um segundo. Samkiel me observava enquanto eu sacudia o sangue da lâmina.

Ele balançou a cabeça e balançou o pulso, invocando outra espada.

— E acha que eu não faria o mesmo por você?

— Eu amo você. É o único para mim e tem sido há muito tempo. — Minha espada golpeou acima de mim, sangue jorrando quando cortei a cabeça de um dos insetos. Samkiel e eu estávamos lutando, mas nossos olhos estavam apenas um no outro.

— Bem, você é a única para mim — gritou ele em resposta, empurrando sua lâmina do meu lado, empalando uma das criaturas que tentava me atingir.

— Sou uma idiota. — Dei um chute, pisando na cabeça mordente que se aproximava de mim. — Eu estava errada. Prefiro brigar todos os dias com você do que ficar sem você.

Samkiel levantou a mão, luz aquecendo minha bochecha conforme passou zunindo perto da minha cabeça. Senti o respingo de umidade quente quando a criatura que atacava minhas costas explodiu.

— Assim como eu.

Girei em volta dele, colocando nossas costas uma contra a outra enquanto os insetos tagarelavam, asas se abrindo.

— Bom.

— Ótimo — bufou ele antes de nos afastarmos.

Nós cortamos e mutilamos, membros e asas voando. Logo, o chão estava coberto de cadáveres e pernas se contorcendo. A cabeça de Samkiel se levantou no meio do ataque. Eu também ouvi. Mais insetos corriam da nossa esquerda. Os buracos ali, era de lá que estavam vindo. Essa era a porta principal.

— Sami. — Apontei para a abertura principal. Era a maior, permitindo que eles se aglomerassem.

— Pode deixar — respondeu ele.

Ele girou seu anel, retornando sua arma de ablazone para dentro. No instante seguinte, um arco prateado se formou em sua mão. Grosso no meio e curvado para cima, era quase tão alto quanto ele. Ele puxou a corda para trás, e uma flecha feita de luz apareceu. As criaturas perto do túnel pararam.

Era tudo de que ele precisava. Samkiel disparou, e a flecha atingiu bem acima da entrada principal. A parede tremeu, e a pedra se partiu. Rochas caíram, esmagando os insetos que tentavam rastejar de volta. Com nojo, olhei para as pernas tendo espasmos saindo por entre as pedras, ouvindo o eco profundo do estrondo através dos túneis. Por um momento, temi que a caverna fosse desabar, mas ela permaneceu intacta.

Samkiel olhou para mim, seus olhos como prata derretida atrás da proteção facial. O frio da batalha havia recuado, seus olhos ardendo com o mesmo calor que eu sempre via em seu semblante quando ele olhava para mim.

—Você me encontrou.

—Você me encontra, eu encontro você — ofeguei em resposta, entregando-lhe a espada. Ela voltou ao anel assim que tocou a mão dele. — É assim que trabalhamos.

Seus lábios se moveram em um sorriso quase imperceptível enquanto ele observava ao redor. O som de rastejar em outra área acima de nós era uma distração bem-vinda, nossa última conversa era um peso morto entre nós.

— A colmeia é um labirinto.

— Sim, isso eu entendi — disse.

— Não pegue uma arma de ablazone de mim de novo — mandou ele, acenando para minha palma queimada. — Como está sua mão?

Eu a levantei, a pele se fechando devagar.

— Perfeita, como pode ver. Não segurei por tanto tempo.

Samkiel assentiu, sua mão se contraindo como se ele quisesse me alcançar para verificar. Suas botas esmagaram restos de insetos conforme deu um passo à frente. Ele não veio até mim, mas passou ao redor. Ele levantou a cabeça, inspecionando a caverna e os túneis por onde as feras tinham entrado, certificando-se de que tudo estava limpo. Eu sabia o que ele estava fazendo. Estava evitando contato visual e contato como um todo.

Samkiel inclinou a cabeça para a direita, olhando para um buraco particularmente largo.

— Esta colmeia deve atravessar a cidade inteira.

— Faria sentido. Encontrei casulos lá atrás com corpos. Muitos deles. — Eu me movi para seu lado, e ele habilmente passou por mim.

— A colmeia deve ter tomado a cidade. Eles se enterram como vimos, mas ao que eu saiba, ficavam no Outro Mundo. Há menos exposição ao sol lá. Alguém deve tê-los trazido para cá. Não vejo como conseguiram chegar tão longe sozinhos. Talvez um transporte ou algo assim.

— Hum, faria sentido. Mas me pergunto quem os traria para cá e por quê. — Suspirei, cruzando os braços.

— Não sei, mas ela estava aninhada aqui há muito tempo. Não há como dizer quantos ovos chocaram. Precisamos encontrar a rainha. Matamos a rainha, e a horda morre. Se a deixarmos viva, ela vai simplesmente reconstruir e repovoar.

— Sami.

Ele se virou, mas dor encheu seus olhos, não esperança. Ele levantou a mão para me impedir, mas seus dedos lentamente se fecharam em um punho.

— Não aqui. Ou agora. Podemos falar sobre isso quando sairmos, mas precisamos encontrar...

— Pergunte-me de novo — disparei, interrompendo-o.

Samkiel se virou para mim, e seu capacete rolou para trás, desaparecendo na gola de sua armadura. Confusão marcava a expressão dele.

— O quê?

— Pergunte-me de novo.

Dei um passo adiante, minhas mãos à frente do meu corpo, dedos entrelaçados. Nós dois estávamos cobertos de tripas e bile, e só os deuses sabiam do que mais. Não havia nada de romântico nisso, mas eu o encarava e não sentia nada além de calor. Ele era a única pessoa que nunca me abandonava, não importava o quão cruel, perversa ou má eu fosse.

Samkiel esteve ao meu lado depois que perdi uma das pessoas mais importantes da minha vida, tirando-me de um dos momentos mais sombrios da minha vida. Ele nunca julgou ou vacilou, seu amor e lealdade constantes. Eu não o merecia, e talvez ele estivesse certo. Uma parte profunda e sombria de mim se deleitava com o fato de que eu finalmente tinha feito algo para nos separar.

Meus medos não estavam mais presentes porque haviam se tornado realidade. A verdade é que ele era bom demais para mim, e eu ficava mais confortável indo embora. Era mais seguro. Eu poderia proteger meu coração, minha alma. O problema era que nenhum dos dois era mais meu. Eram dele e já eram há algum tempo. Ele havia juntado os pedaços, caquinho por caquinho, e os unido de novo. De alguma forma, ele os havia curado e me deixado inteira. Por isso, mesmo que meu amor fosse uma coisa sombria, poderosa e brutal, ainda era apenas amor.

— Se eu perguntar de novo, você vai dizer não? Porque acho que não conseguiria aguentar.

—Você quer a verdade?

Ele assentiu, nenhum de nós se importando que ainda tínhamos uma rainha para matar e várias outras entradas pelas quais aquelas malditas coisas poderiam passar.

—Achei que fosse tão óbvio que até dói— falei, soltando um suspiro. — Sou uma idiota.

Ele fez um gesto de surpresa.

— O quê? Não. Você é uma das pessoas mais inteligentes que conheço. Uma das mais inteligentes que já conheci.

Eu balancei a cabeça.

— Não quando se trata de você.

Seu olhar se suavizou, sua garganta de movendo como se ele tivesse engolido quaisquer palavras que estava prestes a dizer.

—Você está certo sobre muitas coisas. Eu corro quando as coisas ficam difíceis. Às vezes, tranco minhas emoções e todos para fora. Penso no pior absoluto, portanto, sim, sua partida fez sentido. Quando você me mandou embora, pensei que você enfim tinha percebido o quão ferida e quebrada eu era e decidido que merecia algo melhor. Então, eu ia lidar com isso. Tinha decidido que não importava o que acontecesse, eu ainda ajudaria você a ter sua família de volta e a salvar este reino maldito que você tanto ama. Mesmo que me odiasse por mentir para você e magoá-lo de novo e não quisesse nada comigo.

Fiz uma pausa, retorcendo meus dedos, mas recusando-me a desviar o olhar. Ele merecia ouvir isso.

— Então, quando você perguntou, fiquei com medo. Não era o que eu esperava. Samkiel, você não é nada que eu poderia ter esperado. Você prova que minhas piores inseguranças estão erradas a cada momento e me faz ver o quanto algumas pessoas são boas. Você me faz *sentir...* Às vezes, estar nesse relacionamento com você é difícil para mim porque me importo muito. Não quero estragar, estragar *nós dois*, e não sei o que estou fazendo. Então, sim, você está certo. Sou uma covarde, porque desistir parecia mais seguro. Mas então o chão se abriu, e você desapareceu. Fui lembrada mais uma vez que estar sem você é pior.

Ele cruzou os braços sobre o peitoral espesso de sua armadura, e me maravilhei com ele, um verdadeiro cavaleiro heroico, e agora estava me encarando. Eu esperava que ele me dissesse que eu estava errada, talvez, com palavras suaves ou um abraço, mas não com o sorriso que lentamente se formou em seu rosto.

—Você também está certa.

— Sobre qual parte? — perguntei.

—Você é uma idiota.

Minhas mãos caíram ao lado do meu corpo.

— Ei!

Ele deu mais um passo, dessa vez sem tentar ficar longe de mim.

— Quero que repita nessa sua cabeça gloriosa o que acabou de dizer. Como me ajudaria a salvar minha família e os reinos, apesar de pensar que eu não a queria mais. Você colocou a si mesma, seus sentimentos e seu coração por último mais uma vez. E não pense por um segundo que mereço alguém melhor do que você. Não há ninguém melhor do que você. Nunca houve. Ninguém é mais corajosa ou malditamente altruísta. Você correu para uma colmeia cheia de insetos ácidos devoradores de carne...

— Espere. — Levantei a mão, franzindo a testa de nojo. — Ácido comedor de carne?

— Sem consideração por si mesma, para me salvar. Então sim, você é uma idiota.

— Eu acabei de...

Samkiel agarrou de leve meus braços.

— Como eu poderia não amar você completa e inteiramente?

—Você me ama? — Meu coração derreteu.

— Com tudo o que sou e tudo o que sempre serei.

Meu mundo parou. Ele foi fraturado e refeito com aquelas palavras. Não eram apenas palavras, mas uma promessa, uma declaração de duas pessoas que foram queimadas pelo mundo. Nós tínhamos perdido tudo e nunca desejávamos compartilhar com outra pessoa tão profundamente. Ele me ofereceu seu coração, e em troca, eu lhe daria os pedaços partidos do meu. Era mais do que amor para nós, e eu sabia agora que sempre tinha sido.

Lágrimas turvaram minha visão, e me inclinei para a frente, meus lábios se encaixando nos dele. S boca se moveu sobre a minha, aprofundando o beijo. Nós travamos e interrompemos o beijo, ambos fazendo caretas de repulsa.

— Um momento perfeito arruinado por tripas de inseto — xinguei, esfregando e falhando em remover a sujeira do meu rosto.

Samkiel riu enquanto fazia o mesmo.

— Não ria. — Olhei feio para ele. — Não é engraçado.

— É meio engraçado. — O rosto de Samkiel se enrugou enquanto ele limpava a sujeira de inseto da boca. — Isso não foi bem pensado.

— Não — concordei. — Eles têm um gosto tão ruim quanto a aparência.

Samkiel fez uma careta e abaixou a mão.

— Sinto muito por ter ido embora do jeito que fui. Eu tinha boas intenções, mesmo com o quanto eu estava sofrendo na época.

— Sinto muito por ter mentido para você — falei, totalmente sincera. — Sério…

— Falaremos sobre isso depois. — Ele me deu um pequeno sorriso. — Primeiro, ainda precisamos deixar este lugar.

— Certo. Matar a megarrainha.

— Mas primeiro. — Ele colocou a mão debaixo da armadura e tirou o anel que havia embrulhado em um pedaço de material preto fino.

— Dianna. Ayla. Akrai. Meu mundo. Minha vida. Meu amor. Você quer se casar comigo?

— Não.

Suas sobrancelhas se uniram com tanta força que fiquei preocupada que o rosto dele travasse daquele jeito. Meu sorriso era tão grande que fez minhas bochechas doerem.

— Estou brincando. Sim. Mil vezes sim.

A caverna estremeceu violentamente, quase nos derrubando. Um rugido reverberou pelo ar, alto demais para ser das criaturas com as quais estávamos lutando. Samkiel me agarrou enquanto o chão tremia sob nós, desequilibrando-nos.

Nós nos viramos no meio do abraço, criaturas emergindo de túneis por todos os lados, detritos e poeira chovendo ao nosso redor. A rainha estava regiamente irritada e buscando sangue.

— Espero que seja um sim sério porque temos um problema enorme agora.

Dei minha mão para ele, estendendo meu dedo.

— É um sim. Agora me dê meu maldito anel.

O sorriso presunçoso e masculino dele era adorável quando colocou o anel no meu dedo. Calor cobriu minha pele, uma sensação quente e de formigamento percorreu meu corpo antes de desaparecer. Ele esfregou o polegar na pedra, e uma armadura prateada fluiu sobre meu corpo, cobrindo-me da cabeça aos pés. Samkiel não me deu apenas um anel. Ele me ofereceu proteção também. Eu tinha tantas perguntas, mas a primeira onda de insetos nos alcançou, com a segunda horda logo atrás. Minha admiração e curiosidade teriam que esperar.

LXIX
DIANNA

Minha palma bateu na de Samkiel, e ele me puxou para fora do buraco no chão. Nós dois respiramos fundo, ar fresco enchendo nossos pulmões. Samkiel se curvou e puxou a perna decepada e com garras ainda agarrada à minha armadura, seu aperto ainda firme após a morte. Ele conseguiu soltá-la e a deixou cair no chão, onde continuou a ter espasmos. Chutei-a com minha bota encourada, e ela caiu de volta no buraco.

A armadura prateada envolvendo meu corpo era idêntica à dele, porém, mais feminina e perfeitamente ajustada às minhas formas. Olhei para ele pela fenda estreita entre meus olhos. Sua armadura parecia tão intimidadora, mas agora eu sabia que era fácil respirar e me mover. Era como couro e tecido elástico em um só com uma casca rígida externa, porém, muito mais leve do que eu esperava.

— Acha que foram todos? — perguntei, passando por cima de alguns escombros e afastando-me do buraco, só por precaução.

Ele deu de ombros poderosos.

— Não importa. A rainha está morta, e as outras morrerão em seguida. Elas são feitas da mesma substância química que corre por ela. Uma nova rainha não tinha chocado, sendo assim, a linhagem acabou.

— Você é tão inteligente. — Sorri para ele, mesmo que ele não pudesse ver.

Ele bufou.

— Não por minha própria vontade. Lembre-se, eu me metia em problemas com frequência por minhas ações. Minha punição eram horas trancado estudando, memorizando textos e línguas, e... Bem, você entendeu.

Assenti enquanto ele recolhia sua lâmina de volta para o anel. Abaixei meu olhar para minha espada e girei meu pulso, movimentando-a em oito entre nós.

— Como não me queima agora?

— Enquanto você usar isto — ele deu um tapinha no meu ombro encourado —, não vai. Certifiquei-me disso. Armas de ablazone matam quase tudo. É mais seguro e faz com que eu não tenha que me preocupar com você.

—Você sabe que cuspo fogo e me transformo em uma fera gigantesca e escamosa, certo?

Ele ergueu uma de suas sobrancelhas atrás do capacete.

— Use por mim, por favor.

— Está bem. — Eu ri e sacudi a minha como ele fez. Contudo, minha espada continuou ali. — Como faço a coisa legal de girar como você faz para fazê-la desaparecer?

Não consegui ver o sorriso dele através do capacete, mas vi os cantos dos seus olhos se enrugarem. Ele agarrou meu pulso e o torceu, sacudindo meu anel contra minha junta. A lâmina desapareceu em um instante.

— Simplesmente assim.

Olhei para ele, esquecendo que ele não podia ver meu sorriso de volta.

— Obrigada.

— Não por isso — falou ele, olhando para mim.

— O que foi?

Ele balançou a cabeça.

— Nada. É só bom ter uma igual em todos os sentidos. Você é perfeita.

Ele olhou para mim, e um calor percorreu meu subconsciente, convidativo e acolhedor como uma brisa do oceano contra a costa. Era adorável e tranquilo, mas assim que me tocou, desapareceu.

Ele não conseguia ver meu sorriso, mas estava ali de qualquer forma.

— Lembre-se de dizer isso quando eu falar algo irritante depois.

— Com certeza — assentiu ele, sem nem mesmo tentar negar.

— Ou irritar você — acrescentei.

— Vou fazer uma lista — respondeu ele, com humor em suas palavras.

Coloquei as mãos nos meus quadris.

— Quer dizer que nós temos uma grande briga, discutimos, e três dias depois, você me arrasta para uma cidade abandonada e destruída para me pedir em casamento e matar uma infestação de insetos?

Ele acenou para o grande edifício em estilo catedral à frente e começou a andar até ele.

— Não apenas isso. Estamos aqui para resgatar o último celebrante nos reinos que pode realizar o Ritual de Dhihsin.

— O quê? — gritei, quase tropeçando nos meus próprios pés enquanto o seguia.

— Eu gaguejei? — perguntou, olhando para mim por cima do ombro encouraçado.

— Não, só parece que você quer fazer um ritual que não podemos fazer, já que não tenho alma. Não somos mais parceiros especiais, lembra?

— Para mim nós somos — declarou ele, sem perder o ritmo. — Ainda podemos executá-lo. A marca não aparecerá, mas de todas as formas, você será o que chamam em seu mundo de minha esposa.

Dessa vez, tropecei. Agarrei-me a um dos prédios semidestruídos enquanto dobrávamos uma esquina.

— Espera, para.

Ele obedeceu, virando-se para olhar para mim.

— Vamos nos casar agora? Aqui? — perguntei, gesticulando em direção à cidade demolida, cheia de escombros e com cheiro de morte.

— Não, aqui não. — Ele olhou para onde eu apontava, depois, de volta para mim. — Tenho outro lugar que encontrei enquanto estava fora. Quero realizar o ritual lá.

— Sami. — Meu coração ficou preso na garganta quando outra percepção me atingiu. — Você planejou tudo isso enquanto estava fora?

Ele olhou para mim como se eu tivesse chifres.

— Sim. Se não podemos compartilhar a marca, quero a segunda melhor opção. Quero que todos que nos encontrarem saibam a quem pertencemos. Quero algo que possa protegê-la quando eu não puder. Pensei que tinha deixado minhas intenções bem claras?

— Não. Você fez, e é muito romântico. — Minha garganta secou com o pensamento e o cuidado que ele dedicou a tudo isso quando pensei que ele não queria mais nada comigo. — Mas...

— Mas?

Dei de ombros.

— É só que no meu mundo, casais planejam casamentos juntos. Família e amigos estão presentes, e é uma grande celebração.

— Para nós é assim também, mas nossa família não está conosco agora. Além disso, dado o que aprendemos sobre minha ressurreição e o que você não tem mais, me recuso a procurá-los ou colocar qualquer um de nós dois em perigo até que isso esteja feito.

Não falei nada, mas ele percebeu a mudança na minha postura.

— Eu juro, você terá a cerimônia mais extravagante quando todos nós pudermos estar juntos mais uma vez. Eu moverei todas as estrelas para esse dia. — Ele cruzou a distância entre nós e agarrou minhas mãos. — Mas agora, não sabemos quando ou se teremos tempo para isso de novo. Toda vez que temos um breve pedaço de felicidade, ela é arrancada de nós. Eu me recuso a esperar mais. Quero você, inteira. Eu amo você, inteira, e se eu tiver que arranjar tempo para isso, para nós, pelos deuses antigos e novos, eu farei.

A tensão nos meus ombros aliviou, e respirei fundo.

— Está bem.

Samkiel passou a mão pela parte de trás do meu pescoço encouraçado antes de dar um passo para trás e puxar minha mão. A caminhada pela cidade destruída foi silenciosa, além dos sons de nossas botas em armaduras nas pedras rachadas, e então outro pensamento correu pela minha mente.

— Sabe — lancei um olhar para ele enquanto caminhávamos de mãos dadas —, eu não tenho um vestido.

Ele continuou andando, minha mão firmemente segura na dele, e me esforcei para acompanhar seus passos largos. Era como se, agora que ele tinha meu acordo, não estivesse disposto a esperar mais. Passamos por mais casas abandonadas, seguindo a estrada em direção a uma pequena colina.

—Você tem sim. Eu comprei um para você.

— Comprou? — Não consegui conter meu sorriso ou o calor que floresceu em meu peito.

— Sim, na minha tradição, isso faz parte da cerimônia. O parceiro que propõe tem três tarefas que precisa completar. Primeiro, tem que encontrar uma pedra preciosa para sua pretendida, e tem que ser rara. É um sinal de como ele vê sua pretendida. A sua pedra só pode ser encontrada no centro de um poço de lava muito ativo e desagradável. Depois, ele deve cuidar do evento em si. Ao fazer isso, ele prova que é capaz de cuidar de sua parceira. Por fim, ele providencia a roupa. Se sua parceira não gostar do que ele escolheu, dizem que ele não ama ou não conhece de verdade sua pretendida, e a cerimônia é anulada.

Balancei a cabeça em pura perplexidade.

— Isso na verdade é muito romântico.

— É. — Ele apertou minha mão um pouco mais forte.

Lágrimas estúpidas ameaçaram turvar minha visão. Eu nunca tinha sido amada assim. Apertei a mão de Samkiel de volta, sem nem saber se ele ao menos sentia com nossas manoplas.

— Então, se eu odiar meu vestido, cancelamos tudo?

Samkiel riu.

— Sim, mas não estou nem um pouco preocupado.

— Arrogante. — Esbarrei nele.

Eu tinha sido tão tola. Durante todo o tempo em que ele se foi, eu tinha presumido o pior. A parte de mim ainda ferida achava que ele seria como Kaden. Mesmo sabendo que Samkiel nunca me trataria igual a Kaden, eu ainda esperava o pior. Pensei que ele tinha desistido de nós quando fui eu quem ameaçou me afastar. Eu realmente não merecia esse homem, mas não me importava mais. Ele era meu, e eu ia ficar com ele.

Eu não tinha palavras bonitas para lhe oferecer, e era péssima em expressar minhas emoções, por isso, fiz o que sempre fazia e falei:

— Vou foder com você até que você desmaie.

Seu corpo inteiro ficou rígido, e ele quase tropeçou. Prata delineou seus olhos, e não precisei ver sua expressão completa para saber como minhas palavras o afetaram. Agora, foi sua vez de tropeçar nas palavras.

— Bem... quero dizer... tecnicamente poderíamos agora. Se você quiser? Este lugar inteiro está abandonado.

Eu sorri por baixo do meu capacete, soltando a mão enquanto passava por ele, batendo em seu ombro.

— Agarre-me depois da cerimônia.

Procuramos pelos níveis superiores da estrutura antiga e quebrada antes de descermos.

— Tem certeza de que ainda estão vivos?

Samkiel assentiu e caminhou na minha frente, abaixando-se para evitar a viga de suporte acima.

— Minhas fontes dizem que sim. O lado positivo é que ela é semelhante a uma fada do ar. A energia carregada pelo vento os nutre, portanto, ela não passaria fome. São bastante capazes de se defender e especialistas em se esconder, mas, no geral, são dóceis. Ela não ia sentir necessidade de fugir por medo das criaturas que tão educadamente destruímos.

Ele estendeu a mão, e a peguei. Descemos os degraus de pedra toscamente talhados, seguindo-os enquanto eles circulavam mais para baixo.

Samkiel soltou minha mão quando chegou ao patamar. Ele girou a maçaneta de uma porta de madeira, mas ela não se mexeu. Ele parou de se mover e inclinou a cabeça, escutando.

— Está barricada por dentro, e consigo ouvir um batimento cardíaco.

— Que encantador — falei.

Samkiel se inclinou para trás e arrombou a porta com o ombro. A porta cedeu, e o que quer que a estivesse apoiando do outro lado arranhou a pedra com um som horroroso. Estremeci e cobri meus ouvidos.

— Desculpe — sussurrou ele e convocou uma bola de luz na mão antes de dar um passo em direção à porta arruinada. Nada se mexeu, exceto uma pequena criatura sibilando para longe da luz. Nós entramos mais, a sala estava um desastre completo. Algumas caixas estavam alojadas em um lado, meio viradas e vazias, enquanto outras estavam em pedaços. Samkiel parou no centro do cômodo, levantando a mão enquanto olhava ao redor. Ele parou quando sua luz encontrou um corredor no canto esquerdo mais afastado, meio escondido por uma viga de suporte.

— Espere aqui — falou ele. — Só por precaução.

— Precaução pelo quê? — perguntei.

Samkiel não respondeu, mas conforme se aproximou do corredor, ouvi passos correndo vindos da minha direita. Um grito de guerra rasgou o ar pouco antes de eu ser derrubada de lado. Bati no chão com um estrondo, mas a armadura absorveu a maior parte do impacto. Minhas mãos se levantaram instintivamente, interrompendo a descida da colher enferrujada apontada para meu rosto.

Uma mulher de pele pálida e marcas brancas rodopiantes no rosto rosnou para mim, expondo dentes cônicos. Em um minuto, ela estava me encarando com raiva, e no outro, Samkiel estava colocando-a de pé. Ele arrancou a colher da mão dela e a atirou para o lado.

— Everrine. Fique calma. — A voz de Samkiel estava cheia de poder.

Os olhos safira ficaram embaçados, e seu lábio inferior tremeu. Ela jogou os braços em volta do pescoço dele e soluçou, o vestido branco esvoaçante que ela usava estava sujo e esfarrapado. Ela se agarrou a ele, falando rápido. Fiquei tão feliz que Samkiel tinha me ensinado a linguagem comum, ou eu estaria perdida.

— Samkiel. — Ela chorou, recuando para poder olhar para ele. Suas mãos apertaram as laterais do capacete dele, e ela o puxou para baixo, depositando um beijo em cada bochecha.

Agarrei o braço dela e a afastei dele, ignorando seu silvo enquanto a empurrava para trás.

— Meu — declarei bruscamente, certificando-me de que meus olhos faiscassem um vermelho vivo.

Ela olhou para mim e subiu as escadas correndo, gritando a cada passo.

— Dócil, hein? — perguntei, cruzando os braços.

— Geralmente são. — Samkiel repousou a mão no meu ombro. — Desculpe por isso. Eu...

—Vá buscá-la antes que eu a queime viva, e nós mesmos teremos que fazer a cerimônia.

— Sim, akrai.

LXX
DIANNA

 Emergi do portal, meus pulmões se alegrando com o ar puro e doce enquanto eu respirava pelo que parecia a primeira vez. Dei um passo à frente e senti meus olhos se arregalarem, meu olhar indo de um lado para outro, tentando entender a beleza incrível. Cadeias de montanhas e pináculos estreitos se erguiam acima dos vales, suas pontas perfurando o azul deslumbrante do céu. Florestas se estendiam por toda parte, os verdes e azuis das árvores intercalados com toques de vermelho e fitas de rios prateados. Pequenas ilhas flutuantes lançavam sombras enormes. Cachoeiras caíam de suas bordas e se derramavam em lagos cristalinos, adicionando uma névoa cintilante ao ar que explodia em arco-íris onde o sol brilhava.

 — Que lugar é este? — Virei-me para Samkiel enquanto ele arrastava a celebrante através do portal que se fechava.

 — Será a nova Rashearim.

 — Aqui?

Ele assentiu.

 Everrine caiu de joelhos no segundo em que Samkiel a soltou. Levantando as mãos acima da cabeça, ela se curvou até que seu rosto estivesse na terra.

 — Por favor, perdoe-me, ah grande futura rainha. Entrego minha vida para proteger você e os segredos do seu reino. Por favor, poupe-me do meu erro. — Ela continuou a divagar.

 — O que ela está fazendo? — Olhei para Samkiel. — O que você falou para ela?

Ele deu de ombros.

 — Falei que você é minha futura rainha e que quero que ela realize a cerimônia. Presumo que ela se sinta mal por me tocar, mesmo em gratidão. Ela está pedindo perdão. Ah, e também não quer que você a devore.

 Revirei os olhos e dei um passo à frente, agarrando o braço dela e puxando-a para cima e deixando-a pendurada.

 — Por favor, pare. Não vou matar nem comer você. — Ela se acalmou, mas seu lábio inferior ainda tremia. — A menos que não nos ajude a nos casar, então talvez eu faça.

 — Não, não, eu vou. Juro — ela assentiu. — Estou para sempre em dívida com você, Rainha de Rashearim.

Meu coração batia forte.

 — Eu não sou...

 —Você será. — Samkiel interrompeu minha negativa, passando entre nós duas. Coloquei Everrine de pé, e ela ajeitou seu vestido, os braços e a cauda seguindo atrás dela. — Sei que não parece grande coisa agora, mas este lugar é o mais bonito de todos os reinos.

— Apropriado — murmurei, ficando ao seu lado. Ele entendeu minha piada, lembrando-se de como lhe falei o quanto ele era bonito quando o conheci.

— Planejo que este seja nosso lar e, com o tempo, o epicentro da Nova Rashearim. Quando eu tiver meus poderes totalmente de volta, é claro.

— E derrotarmos sua irmã maligna.

— Isso também — concordou ele.

— E seus irmãos malignos.

— Sim.

— E também resgatarmos sua família.

Ele riu.

— Sim, sim, tudo isso.

Incapaz de tirar os olhos da vista diante de nós, assenti. Conseguia visualizar o que Samkiel imaginava, mas fiquei preocupada que ele pensasse que recuperar seus poderes fosse ser fácil. Mesmo assim, eu o ajudaria de qualquer maneira que pudesse.

— Então, era isso que você queria me mostrar? Nosso futuro? — falei, sorrindo para ele.

— Sim, mas isto — estendeu a mão, sua armadura prateada combinando com a minha enquanto eu colocava minha mão na dele — é isto que eu queria que você visse.

Ele me levou em direção à beira do penhasco e deu um passo para trás de mim. Seu braço enorme ocupou toda a minha visão quando ele apontou para a esquerda.

Ali, esculpido em metade da montanha, ficava o maior castelo que eu já tinha visto.

— O quê? — Inclinei a cabeça para trás, olhando para ele, chocada.

— Este foi o primeiro lugar para onde fui depois da nossa briga. Eu precisava de um lugar onde manter a pessoa que eu mais amo segura. Nenhum lugar onde estivemos foi bom o bastante, e quando lembrei deste reino, tinha que ver se ele ainda estava de pé. Está e também está abandonado. Eu verifiquei o lugar inteiro. Eles até deixaram os móveis.

—Você me deixou para procurar uma casa e planejar um casamento depois de termos tido uma grande briga?

Ele deu de ombros.

— Bem, quando você descreve assim, suponho que soe um pouco estranho.

Lá estava Samkiel, mais uma vez provando que ele não era nada como eu esperava. Fiquei miserável aqueles dias depois que brigamos. Miserável, chorando e deprimida por ter arruinado a melhor coisa que já tinha acontecido comigo, mas ele estava literalmente construindo nosso futuro.

— Eu incendiaria o mundo por você — sussurrei, sendo bastante sincera. — Tire seu capacete.

Desapareceu em um piscar de olhos, e ele pegou minha mão, virando meu anel para que o meu sumisse em seguida. Seu sorriso se alargou, espalhando-se por seu rosto antes que ele se inclinasse para me beijar. Toda preocupação que tive nos últimos dias se esvaiu quando seus lábios tocaram os meus, nenhum de nós dois se importando com o sangue que ainda nos cobria. Eu não havia notado o quanto tinha ficado totalmente apavorada por ter chegado tão perto de perdê-lo.

— Podemos entrar antes que comecem isso tudo, por favor? — perguntou Everrine atrás de nós.

Samkiel e eu nos separamos e nos viramos. Tínhamos esquecido que ela estava aqui.

Ela se manteve rígida, o vento chicoteando suas roupas enquanto ela tremia.

— Eu não tenho uma armadura com bom isolamento térmico, e estou congelando já que estamos tão alto. Deixem-me realizar a cerimônia, e depois vocês podem se beijar até ficarem roxos.

Segui Samkiel até o salão enorme, absorvendo cada centímetro da propriedade, e propriedade era para dizer o mínimo. Ele não só me deixou para criar uma aliança de casamento feita para me proteger, mas também nos encontrou um novo lar construído para uma rainha.

Minha garganta ficou seca quando ele sorriu e abriu as portas duplas. As dobradiças rangeram, duras por causa do desuso. Ele deu um passo para o lado, e parei na soleira, observando o cômodo que se espalhava diante de mim. Dei um passo hesitante para dentro e girei, observando o teto alto e o interior enorme.

— Este quarto é maior do que o que tínhamos em Rashearim.

Ele assentiu, observando-me com prazer.

— É mesmo.

— Eles simplesmente largaram tudo? — perguntei, olhando ao redor. Uma cama com quatro postes de madeira retorcidos estava à minha esquerda, coberta com uma variedade de peles, mas foi o manto do outro lado do quarto que me chamou a atenção. Ele estava ali como sentinela acima de uma lareira que ocupava quase metade da parede.

— Sim, o reinado de Nismera não é algo a ser encarado levianamente. Tenho certeza de que com os reinos trancados e Unir morrendo, devem ter se sentido abandonados e largados à misericórdia dela. O problema é que ela não tem nenhuma. Saber disso deve ter instilado muito medo e pânico neles.

Eu conseguia ouvir a culpa profunda em sua voz, sua coroa pesando demais hoje quando ele tinha que confrontar as realidades do que esses seres enfrentaram sem o terem para protegê-los.

— Pergunto-me o que aconteceu com eles.

— Provavelmente capturados ou escravizados, ou coisa pior — respondeu antes de limpar a garganta. — Já removi as relíquias do castelo, então, você não verá nenhuma imagem deles. Ainda há muito trabalho que desejo fazer neste lugar, mas pensei que poderíamos fazer juntos. Só consegui pegar algumas das peças mais essenciais de Rashearim.

Engoli o nó crescente na garganta e alcancei a moldura apoiada na lareira de madeira rachada. A imagem ficou borrada, mas amorosamente tracei meus dedos sobre o rosto sorridente de Gabby.

— O mais essencial — consegui dizer, minha voz embargada de lágrimas.

— Sim — falou ele atrás de mim. — Quero que você torne este lugar seu novo lar... Quero que você torne este lugar *nosso* novo lar. Encha-o de risos e alegria como apenas você é capaz. Eu quero brigar com você aqui, amar com você aqui, e enchê-lo com nossa família. Só você pode me dar isso, Dianna. Posso lhe dar a casa, mas somente você pode torná-la nosso lar.

Girei, passando meus braços em volta de seus ombros enquanto o beijava uma, duas, três vezes. Minhas mãos se enroscaram em seus cabelos enquanto me afastava apenas uma fração, meu nariz correndo pelo dele bem de leve.

—Você não devia ter viajado de volta à Antiga Rashearim sem mim.

— Eu estava a salvo — sussurrou ele.

Eu funguei, as emoções avassaladoras ameaçando me dominar.

— Não acredito que fez tudo isso em três dias.

Ele deu de ombros como se não fosse nada.

— Eu não dormi.

Com cuidado, quase reverência, me afastei e saí do abraço dele. Virei-me, colocando a foto de volta na lareira e olhando para a que estava ao lado. Neverra e Imogen fazendo caretas engraçadas. Eu me lembrava da insistência de Neverra para que eu me juntasse a elas, e acabei esmagada no meio. Eu parecia tão diferente naquela época, tão triste. Elas tentaram tudo que podiam para me ajudar a voltar a viver e não apenas existir. Eu faria o mesmo pelas duas.

Inspirando, virei-me para Samkiel.

— Eu já amo nossa nova casa.

A alegria que inundou seu rosto me tirou o fôlego, e eu sabia que minhas palavras significavam mais para ele do que um trono ou coroa. Elas eram tudo. Este lar pertenceria a todos nós porque eu faria nossos inimigos em pedacinhos sangrentos para ter nossa família de volta.

Ele afastou uma mecha de cabelo do meu rosto.

— Miska, Orym e Roccurem também ficarão aqui.

— Então, casa cheia — falei, levantando uma sobrancelha.

Samkiel assentiu e abaixou a mão, pegando a minha.

— Só tem mais uma coisa.

Ele me levou mais para dentro da suíte e por outra porta. Este cômodo era menor, mas espaçoso o suficiente para que um grupo pudesse se mover com tranquilidade. Um espelho de chão grande, meio empoeirado estava orgulhosamente à direita. O que costumava ser um biombo ornamentado estava separando um canto. Ele já tinha visto dias melhores, torto para o lado, partes quebradas. Uma cômoda grande e redonda ocupava boa parte do centro do cômodo, uma série de gavetas subindo e descendo por sua superfície.

— Sei que você adora closets grandes, e pensei que este seria perfeito quando o reformássemos. — Ele sorriu para mim antes de soltar minha mão. Observei-o empurrar o biombo quebrado para o lado, revelando um vestido longo pendurado sobre uma cadeira de veludo marrom.

Meu coração disparou quando ele se moveu para o lado, observando minha reação com olhos atentos.

— Esse é...? — Minhas palavras falharam.

Ele apenas assentiu.

Dei um passo em direção ao vestido, quase hesitante. Pegando-o pelo cabide, caminhei até o espelho e o segurei à minha frente, tomando cuidado para não deixar que ele tocasse minha armadura manchada de sangue. O contraste do metal sujo com a fragilidade branca imaculada da renda era quase cômico. O tecido parecia tão macio, e eu ansiava por tocá-lo, mas hesitei, sem querer estragar sua perfeição.

Samkiel deu um passo para trás de mim, e encontrei seus olhos no espelho. Ele estava sempre atrás de mim. Eu podia enfrentar qualquer coisa, sabendo que ele estava às minhas costas. Ele era meu escudo, minha força, e logo seria meu marido.

— Eu odiei — declarei. — O casamento está cancelado.

Seus olhos piscaram por uma fração de segundo antes que ele visse o sorriso florescer em meu rosto. Ele sorriu e se inclinou para a frente, mordiscando minha orelha. Eu gritei, abaixando a cabeça.

— Pare com isso — rosnou ele contra minha bochecha.
— É lindo — falei. — Não, essa é a palavra errada. É deslumbrante, Samkiel.
Ele sorriu e deu um beijo na minha bochecha.
— Assim como você.
—Você apenas soube que eu amaria renda?
Ele sorriu adoravelmente, seus lábios se curvando em orgulho presunçoso.
— Posso ter prestado atenção uma ou duas vezes.
— Ah, é? — Sorri com o desafio. — Qual é minha cor favorita?
— Preto, mesmo que eu diga que não é uma cor, mas a ausência de uma, e você revire os olhos e diga que estou sendo muito literal.
— Certo. — Ri. — Isso foi fácil. Que tal…
— Sei que quebrou o pulso quando era jovem, protegendo sua irmã.Você me mostrou onde estava a cicatriz quando estávamos naquele pequeno hotel em Onuna, e você estava tentando fazer com que eu me sentisse melhor sobre meu desabafo. Sei que o oceano é seu lugar favorito, mesmo que ainda a deixe triste. Quando era jovem, você mentiu e falou que você e Gabriella tinham o mesmo aniversário para que as pessoas pensassem que vocês eram gêmeas. Macarrão foi a primeira coisa que você aprendeu a cozinhar, mas assados são seus favoritos.Você prefere seda à maioria dos tecidos, couro a jeans ásperos, e acha que uma das melhores vantagens da imortalidade é que você pode usar saltos por horas e seus pés nunca doem.

Dei uma risadinha com aquela última parte, e lembrei de reclamar sobre isso em uma de nossas primeiras longas caminhadas em busca do livro de Azrael.

Seus olhos reluziram um pouco mais, e ele abaixou o queixo para pressionar um beijo no topo da minha cabeça.

— Eu passei?
Franzi os lábios e dei de ombros.
—Você se saiu bem.
— Eu falei. Sempre escutei, mesmo quando você achava que eu não estava ouvindo. — Ele se concentrou no reflexo do vestido. — Mas gosta mesmo dele? A maioria que encontrei era muito vibrante ou fofo. Considerei este perfeito para você. É simples, porém, elegante, e em você? Vai ficar totalmente devastador.

— É perfeito. — Sorri para ele, sem estar falando sobre o vestido agora. Pendurei o vestido de modo quase reverente e me virei em seus braços, meus olhos marejados. Fiquei na ponta dos pés e me inclinei contra ele, dando um beijo terno cheio de promessas em seus lábios. — Absolutamente perfeito — sussurrei antes de me afastar. — Agora, saia do meu quarto para que eu possa me trocar.

Ele jogou a cabeça para trás e riu antes de encontrar meu olhar e se afastar.
— Como quiser.
Virei-me, encarando o vestido mais uma vez enquanto ele caminhava em direção à porta.
— Sabe que não posso usar calcinha com isso, certo? — gritei, sorrindo maliciosamente por cima do ombro.

Ele parou à porta. Sua expressão calma e inocente, como se minhas palavras não tivessem lançado desejo flamejando por ele.
— Opa.

— Ninguém nunca arrumou meu cabelo antes. — Miska estava inquieta enquanto se olhava no espelho. Ela usava um vestido cor de champanhe, a bainha dançando ao redor de seus pés a cada movimento. O tecido era leve e macio, mas brilhava suavemente ao menor toque de luz.

— Sério? — perguntei, torcendo outra mecha e prendendo a lateral.

— Sim, eu sempre fiz sozinha. Todos me evitavam na Cidade de Jade.

— Certo.

— Você é boa nisso. — Ela sorriu para mim.

Sorri para ela enquanto prendia a última mecha de seu coque. — Eu costumava fazer o da minha irmã, e ela fazia o meu. Na verdade, foi ela quem me ensinou a trançar o cabelo.

A cabeça de Miska virou-se para a minha.

— O que é isso?

— Eu mostro para você um dia. — Entreguei-lhe um espelho pequeno e a virei até que ela ficasse de costas para o grande que pudesse ver o próprio cabelo. — O que acha?

— Uau — sussurrou ela, erguendo a mão e tocando-o de leve. — Eu estou bonita.

— A mais bonita. — Sorri e dei um passo para trás. — Certo, preciso me vestir agora.

Miska assentiu e pulou do banco antes de entrar no quarto. Olhei para o vestido. Tudo parecia irreal, como se eu devesse me beliscar para ter certeza de que não estava sonhando. Tirei meu robe e o deixei cair no chão, depois tirei com cuidado o vestido do cabide.

O tecido de renda era tão macio. Eu estava com medo que ele rasgasse se eu me movesse muito rápido. Desabotoei a parte inferior das costas antes de entrar nele. Lentamente, puxei sobre meus quadris e deslizei as alças nos meus ombros. Coloquei as mãos para trás e abotoei a parte inferior das costas antes de ajustar meus seios nas taças. O corpete tinha estrutura suficiente para que eu não caísse para fora dele se me curvasse.

Virei-me para o espelho e me observei. Meus lábios se curvaram em um sorriso suave enquanto eu passava a mão pelo tecido sobre meu abdômen. Por baixo da renda branca, uma estrutura sedosa cortada para imitar meu formato de ampulheta havia sido costurada no vestido do peito até o meio das coxas. Outra peça forrava as costas, moldando-se amorosamente à minha bunda. Juntos, escondiam tudo o que ele não queria compartilhar com o mundo. Nas laterais, nada além da renda transparente traçava a curva dos meus seios até a curva da minha cintura e por cima do alargamento dos meus quadris. Ele se derramava pelo chão e além em uma cauda de tirar o fôlego. Minhas costas estavam nuas, o vestido começando logo abaixo da minha lombar. Encarei maravilhada meu reflexo.

— Estou pronta — chamei.

Ouvi o barulho de pequenos pés se aproximando.

— Seu quarto é tão grande que você poderia ter cinquenta maridos aqui — comentou Miska enquanto entrava no cômodo de vestir e parava. Vi seus olhos se arregalarem no espelho. — Uau.

Eu sorri.

— Gostou?

— Você parece uma deusa. — Miska estava boquiaberta. — Não, você é muito mais bonita.

Eu ri, continuando a me olhar no espelho.

— Eu sabia que havia uma razão para manter você por perto.

— Espera, sério? — perguntou ela, algo incerto escurecendo seus olhos.

— Não — sorri para ela —, foi uma piada.

— Ah. — O sorriso tímido iluminou seu rosto. Ela se aproximou, observando a cauda longa. — Este castelo é digno de um deus e de uma deusa. Gostaria de saber quem viveu aqui antes.

Eu brinquei com meu cabelo, tentando sem conseguir decidir o que fazer com ele. Eu tinha usado a maioria dos meus grampos no cabelo de Miska. Segurando os fios sedosos em vários estilos, finalmente decidi por um meio preso, colocando-o para trás apenas o bastante para mantê-lo longe do meu rosto.

— Samkiel falou que era um dos muitos lugares abandonados durante a conquista de Nismera. Este planeta inteiro foi simplesmente deixado — expliquei.

Ela sorriu para mim.

— Bem, ouvi dizer que qualquer lugar pode ser um lar se você transformá-lo. Talvez esse possa ser um. Um novo começo para uma nova era.

Meus olhos pousaram sobre ela, uma sensação familiar me inundando.

— Uma nova era, de fato.

Peguei o véu da borda da penteadeira.

— Agora vamos, precisamos dos meus sapatos.

Miska quase saiu pulando, e peguei a parte mais longa do meu vestido antes de segui-la para o quarto. Miska estava certa. Era enorme. Sentada na beirada da cama, coloquei os sapatos e afivelei as tiras em volta dos meus tornozelos antes de me levantar.

— Muito bem, Miska, retoques finais — orientei, virando-me para o espelho. Joguei a parte longa do véu por cima do meu ombro para que caísse pelas minhas costas. Levantando-o até minha cabeça, deslizei os pentes ao longo da faixa em meu cabelo, prendendo-o. Inclinei a cabeça, estudando meu reflexo no espelho e ajustando o véu.

— Eu só ouvi histórias sobre cerimônias *amata*, os grandes bailes e festas que duram dias. Nunca participei de uma antes — comentou Miska, curvando-se para agarrar a ponta do véu. Ela o sacudiu, abrindo-o em leque para deixá-lo encostado em minhas costas.

— É minha primeira também. Espero que seja a última — brinquei.

Ela sorriu.

— Obrigada por me deixar fazer parte disso.

— Bem, você está meio que presa conosco agora desde que destruí sua casa, mas de nada.

Ela sorriu para mim.

—Você parece triste. A maioria dos casais é tão feliz que mal consegue conter a excitação.

Olhei para minhas mãos, girando meu anel.

— Não triste, não de verdade. Queria que Neverra e Imogen estivessem aqui. Você ia gostar delas, e elas iam gostar de você também. Além disso, Logan, Cameron e Xavier, sei que estariam perturbando Samkiel, mas ele precisa dos rapazes também. E eu só queria… só queria que minha irmã estivesse aqui. Ela amava celebrações gigantescas e amor e todos os sentimentos piegas que você pode imaginar. — Quase ri, piscando para conter as lágrimas. — Ela me ia me perturbar tanto se pudesse me ver agora. Eu era a pessoa que zombava da ideia de amor e companheiros para sempre, e aqui estou eu, em um castelo, preparando-me para me casar com a única pessoa sem a qual não posso viver.

— Casar?

Eu assenti.

— Chamamos assim no meu mundo. Mesmo lá, às vezes é uma grande celebração. Depende da pessoa, na verdade. Gabby sempre sonhou com um grande casamento. Ela estava planejando o dela desde que éramos adolescentes. Ela tinha vestido e bolo, e tudo escolhido.

—Você tinha?

Balancei a cabeça.

— Não, eu sonhava em sobreviver e mantê-la segura. Nunca pensei que casamentos, palavras doces e flores de amantes fossem para mim. Esse era o sonho dela, e ela nem está aqui para implicar comigo sobre isso agora.

As mãos de Miska caíram para os quadris enquanto ela me repreendia.

— Quem disse que ela não está? Ouvimos histórias enquanto crescemos sobre como nossos entes queridos podiam cuidar de nós do além. Mesmo que não possamos mais vê-los.

Uma risada curta saiu dos meus lábios diante de sua nova atitude. Olhei pela janela aberta e para o céu noturno. Será que Gabby tinha me acompanhado nessa minha nova existência?

—Talvez ela esteja — falei enquanto Miska continuava a alisar e ajustar o véu e a cauda.

Ficamos em silêncio por um momento antes que ela recuasse e dissesse:

—Tudo pronto.

Olhei para mim mesma no espelho, sem reconhecer de fato a mulher que me encarava.

— Acho que você tem sorte de todas as deusas não estarem aqui para ver isso. Elas ficariam com muita inveja de você.

— De mim? — Ri. — Ora, mas e você? Em um livro antigo que li uma vez, havia uma deusa das flores e ervas, uma curandeira. É dela que você me lembra.

Cor tingiu suas bochechas rosadas de um tom mais escuro enquanto ela sorria. Miska estava tão desacostumada a receber elogios que me fez querer queimar Cidade de Jade outra vez.

— Eu não sou nada especial. Os outros podiam curar melhor do que eu. Eles teriam seu rei totalmente curado a essa altura.

Dei um passo à frente, a ponta longa do meu vestido prendendo no meu salto enquanto eu apoiava as mãos nos seus ombros.

— Samkiel está ferido por causa da traição daqueles mais próximos a ele. Não por sua causa, entendido?

— Eu devia ter sabido sobre o veneno. Eles sempre foram tão sorrateiros e me mantiveram longe das coisas.

— Miska. — Eu sorri e me agachei na frente dela. — Ele não está bravo com você. Eu não estou.Você o salvou.Você fez um antídoto.

Miska assentiu.

— Obrigada por cuidar de mim e não me fazer trabalhar até minhas mãos sangrarem.

— Quero que você recomece.Você pode ser algo que este mundo não rotula.Você tem um lar conosco, Miska. Nossa família pode ser pequena agora e um pouco partida, mas é uma família que sempre estará ao seu lado.

Miska sorriu e me deu um abraço gentil. Uma batida veio das portas, e ela deu um passo para trás enquanto eu me levantava.

—Você não pode me ver ainda. Eu disse! — exclamei em direção às portas fechadas.

— Sou apenas eu. — A voz de Reggie filtrou-se através da madeira pesada.

—Ah. — Fui até a porta, Miska rindo atrás de mim. — Desculpe, Samkiel estava sendo insistente antes, e apenas deduzi.

Abri a porta e Reggie ficou parado, sorrindo orgulhoso, enquanto me observava.

— O que foi?

Ele balançou a cabeça.

— Minhas desculpas. Eu já vi esse resultado em tantas variações, mas essa é a minha favorita. Você parece... — Ele fez uma pausa, encontrando meu olhar, e eu poderia jurar que o Destino tinha lágrimas nos olhos. — Como se tivesse encontrado seu lar.

Um sorriso suave se espalhou quando dei um passo para o lado, permitindo que ele entrasse.

— Bem, você também não está nada mal.

Ele assentiu antes de entrar por completo no quarto.

— Eu ajeitei o véu dela — interrompeu Miska enquanto a porta se fechava.

Reggie lhe deu um sorriso em resposta.

— Está muito adorável.

— Assim como seu terno — observei. — Ele teve tempo de pegar isso também, vejo eu.

Reggie assentiu.

— Sim, e alguns outros itens. É bem impressionante, considerando um tempo tão curto.

Levantei minha cauda e voltei para a cama.

— Preciso de uma bebida — falei, sentando-me com cuidado.

Ambos olharam para mim.

— Não do tipo sanguíneo. Preciso de álcool. — Soltei um suspiro trêmulo, minha perna balançando de nervoso.

— Era de se esperar — comentou Reggie.

— Isso está mesmo acontecendo? — perguntei.

Reggie sorriu largamente.

— Sim, sim, está.

Levantei de novo, retorcendo as mãos enquanto andava de um lado para o outro.

— Você me diria, certo? Não acho que o Sonho Reggie mentiria. E se ele mudar de ideia?

Reggie segurou as mãos atrás das costas.

— Posso dizer com cem por cento de certeza que não há nenhuma visão que eu tenha visto em que ele mude de ideia sobre você.

Parei, minhas mãos caindo para os lados.

— Certo, mas as realidades não mudam o tempo todo? E se ele estiver lá embaixo enquanto falamos, planejando sua fuga? Gabby tinha visto um filme uma vez...

Reggie enfiou a mão no bolso.

— Ele está ocupado com a celebrante e Orym, organizando os detalhes finais enquanto falamos, por isso, avisei que traria isto para você. São as palavras que deve falar quando solicitado.

— Ah. Palavras... palavras são boas. — Minhas mãos tremeram de repente, mas agarrei o papel e o desdobrei, lendo as palavras. — Não acredito que isso está acontecendo.

— Vou deixá-las por mais alguns minutos, depois começaremos — declarou ele, caminhando em direção à porta.

— Espere! — gritei alto demais. Reggie se virou, esperando, paciente, como se o que eu tivesse a dizer fosse a coisa mais importante que ele precisava ouvir. — Hum...

Entreguei o papel a Miska, que olhou para mim como se eu tivesse criado chifres enquanto Reggie me observava com expectativa. Molhei meus lábios com a língua, passando sobre meu lábio inferior. Puxei uma mecha solta do meu cabelo, mas Miska estendeu a mão e deu um tapinha na minha. Fiz beicinho para ela, mas dei um passo em direção a Reggie, determinada a fazer isso.

— Em Onuna, uma noiva geralmente teria alguém para entregá-la. Normalmente, o pai dela, mas Gabby e eu sempre concordamos que quando ela se casasse, eu a entregaria, sabe? E não tenho ninguém. — As palavras eram tão difíceis de dizer. — Você tem sido mais próximo que um amigo para mim por algum tempo agora. Você é o mais próximo que tenho de uma figura paterna sendo que "sequestrei você de outro reino". Você tem estado aqui, guiando-me, mesmo nos meus piores dias. Sendo assim, Roccurem, você me levaria até o altar?

Encontrei seu olhar, uma expressão que eu nunca tinha visto cruzando suas feições. Ele sorriu, alegria iluminando seus olhos.

— Eu não previ isso.

Levantei um dedo e apontei para ele.

— Ah-ha! Veja, nem o Destino sabe de tudo.

Reggie me encarou com uma expressão impassível.

— Isso não muda o resultado. Samkiel não vai deixar você.

— Sim, sim — falei, abaixando minha mão. — Então, o que me diz? Meus pais adotivos morreram quando Rashearim caiu, e meu verdadeiro pai me mandou embora, depois foi torturado mentalmente e tentou me matar. Desse modo, quer ser meu pai substituto?

— Nunca repita essas palavras. — Ele esfregou a testa antes de abaixar a cabeça um pouco. — Mas sim. Seria uma honra acompanhá-la, Dianna.

Sorri tanto que minhas bochechas doeram. Reggie saiu do quarto, e me virei para Miska. Respirei fundo e estendi minha mão.

— Certo, passe para cá.

Ela riu alegremente, o som como o de sinos tilintando, e me entregou o pequeno pedaço de papel.

— Muito bem, hora de memorizar algumas palavras e me casar.

LXXI
VINCENT

Os gritos sobrenaturais dos dois últimos destinos ecoaram pela sala. Meu maxilar se cerrou conforme Nismera andava de um lado para o outro.

— Por que eles não param? — perguntou Tessa à bruxa loira enquanto balançava as mãos. Tara manteve as mãos no alto, impedindo que os gritos alcançassem os níveis superiores. Nismera e suas ilusões garantiam que todos acima nunca suspeitassem dos horrores que existiam nas profundezas de seu palácio.

— Tedar está morto — declarou Nismera.

— Fiquei sabendo.

— Massacrado com a legião dele naquele maldito lixo de cidade.

Assenti, parado de pé, as pernas afastadas na largura dos ombros e os braços atrás das costas.

— Não posso aceitar isso, Vincent — falou ela. — Preciso de cada cidade com um mínimo indício de atividade rebelde totalmente queimada.

— Sim, minha senhor.

— Nenhum sobrevivente. — Ela mordeu a ponta do polegar. — Preciso que eles saibam que se eu sequer pensar que estão tramando algo, isso resultará em cinzas e sangue.

— Sim, minha senhor.

— Leve sua legião para o Leste. Comece por lá.

— Sim, minha senhor.

Ela assentiu e segurou minha bochecha, seus lábios se encaixando nos meus. Fechei os olhos no que eu sabia que ela pensava ser apreciação. Mas eu estava imaginando Camilla, tentando afastar a sensação e o gosto da cadela me tocando. Pensei na risada, no cheiro dela e em quão macios seus lábios eram sob os meus. Imaginei o sabor de seus lábios quando eu a pressionava contra a parede mais próxima no caminho para o almoço só para roubar alguns beijos.

Nismera se afastou, e tentei agir tão interessado quanto costumava ser há tantos anos.

— Você é perfeito, meu bichinho — sussurrou ela. — Encontro você no campo de batalha assim que eu terminar algumas coisas.

Meu coração batia freneticamente. Por fim, Dianna a havia irritado o bastante para que ela considerasse sua presença necessária. Quando Nismera se juntava a nós no campo, era para erradicar, não capturar. Um suor grudento se formou sobre minha pele, mas forcei um sorriso para ela.

Os Destinos continuaram a repetir as mesmas palavras, gritando-as repetidas vezes. As correntes imbuídas de magia enroladas neles mantinham-nos imóveis.

Encarei os Destinos, que finalmente se calaram. O silêncio repentino foi mais perturbador do que seus gritos. Eles eram tão diferentes de Roccurem. Suas formas naturais ficavam em um estado constante de mudança, mas agora estavam presos em formas horríveis e desconjuntadas. Os trapos que Nismera os forçava a usar esticavam-se sobre seus corpos deformados. Eles olhavam além de mim, dentro da minha alma, os vazios que eram suas bocas escancaradas em um grito silencioso.

Eu sabia por que Nismera estava furiosa, por que tinha me enviado em tantas missões e me mantido por perto quando eu estava aqui. Ela estava nervosa, e quando Nismera ficava nervosa, era prejudicial a todos os seres neste reino e no próximo.

Nenhum de nós falou nada quando saímos da câmara inferior. Tessa e Tara fizeram um último feitiço, selando a sala quando os Destinos recomeçaram a gritar. A magia afundou na porta em um clarão verde, selando-a, e todos saímos.

No caminho para cima, Nismera me mandou sair com minha nova legião naquela noite. Ela me mandou voar para o Leste e acabar com qualquer rebelião, mas nós dois sabíamos que ela queria Dianna. Na próxima vez que encontrássemos Dianna, Nismera apareceria e a mataria. Perguntei-me se ela havia contado a Kaden. Ele sabia o quanto ela detestava Dianna e o plano dele? Dianna era uma ponta solta, e não importava o que ela falasse para Kaden, Nismera não a deixaria viver. Não, eu faria o que Nismera pedisse sem falha.

Coloquei minha armadura e deixei meu quarto. Parei diante do quarto de Camilla, pressionando a mão contra a porta. Com um suspiro profundo, abaixei a cabeça e saí.

A legião e eu atravessamos o portal com os ryphors, indo de cidade em cidade, incendiando, matando e capturando. Durante tudo isso, o aviso dos Destinos estava gravado em meu cérebro. As palavras que eles gritavam ecoavam pelo tempo e espaço.

Temam!
Temam!
Temam!
A Rainha de Rashearim.

LXXII
DIANNA

Reggie me encontrou na porta, meus nervos me dando náuseas. Dei-lhe o braço e descemos as escadas. O castelo estava silencioso, mas conforme nos aproximamos do andar principal, o cheiro de menta e de algo floral encheu meu nariz. Meu suspiro foi audível quando vi como o andar inferior havia sido alterado. Tudo estava impecavelmente limpo, e flores de todos os tons se agarravam às paredes como se crescessem da pedra. Longas videiras cobriam os corrimãos e portas, delicadas flores brancas perfumando o ar. Um longo e macio tapete creme me conduziu até o saguão principal, até ele.

— Ele usou os poderes, não foi? — sussurrei para Reggie.

Reggie assentiu.

— Ele considerou apropriado, dada a ocasião.

Meus lábios se curvaram em um pequeno sorriso. Eu sabia que isso teria exigido muito de Samkiel com o ferimento ainda cicatrizando em seu abdômen e ele sem dormir por três dias, mas isso significava muito. Eu só esperava que ele não estivesse cansado demais.

Música suave e luz quente entravam pelas grandes portas duplas. O piso de madeira tinha sumido, substituído por pedra reluzente adornada com linhas douradas ao longo das paredes. Mantive meu olhar baixo, permitindo que Reggie me guiasse até as portas. Ouvi a música mudar, de algum modo ficando mais intencional para anunciar minha chegada.

Meu aperto no braço de Reggie aumentou, e me forcei a levantar o olhar quando ele parou na soleira. Fiquei com a respiração presa, incapaz de processar o que estava vendo. Esta não era a sala pela qual tínhamos passado antes. Ele a havia transformado por completo. Os tetos se elevavam a alturas vertiginosas, parecendo se estender para sempre. Enormes lustres pairavam acima, derramando luz quente no ambiente e transbordando com flores tão lindas que me fizeram querer chorar.

Era parecido com algo do velho mundo de Samkiel, contendo pedaços da beleza que eu tinha visto nos sonhos de sangue. Eram salas sagradas e destinadas a celebrar deuses e deusas. Era o que ele queria para mim? Meu pulso acelerou. Ele realmente me considerava digna de tudo isso?

Reggie continuou a me guiar adiante, e enfim criei coragem de olhar para o outro lado da sala. Minha respiração ficou presa. Ali, em cima de um estrado elevado, ele esperava.

Samkiel estava de tirar o fôlego. Fora dos sonhos de sangue e de seus trajes de conselho, eu nunca o tinha visto de uniforme, mas ele usava um hoje. A jaqueta de brocado branco era obviamente feita sob medida, ajustando-se perfeitamente ao seu corpo grande, os botões dourados chamando a atenção. Suas calças brancas combinando se ajustavam confortavelmente às suas coxas poderosas e estavam dentro de botas altas. Uma capa cobria seu braço esquerdo, deixando o direito livre para pegar uma arma. O material pesado era bordado com desenhos dourados intrincados e mantido no lugar por uma tira grossa de couro escuro que cruzava seu peito largo. Ela caía de seus ombros poderosos, a bainha apenas mal tocando o chão a seus pés. Samkiel era da realeza, e hoje, ele demonstrava. Ele era um rei esperando sua futura rainha.

No momento em que nossos olhos se encontraram, todo o meu nervosismo desapareceu. Um sorriso que fez minhas bochechas doerem se espalhou pelo meu rosto. Ele olhou para mim como se eu fosse a coisa mais linda do mundo. Eu esperava que ele visse a mesma adoração no meu olhar. Eu não sabia como já tinha olhado ou tocado outra pessoa antes dele.

Era isto. Era ele. Ele era meu tudo.

Meu coração se inflou conforme caminhávamos em sua direção, e se Reggie não estivesse segurando meu braço, tenho certeza de que minhas pernas teriam cedido. A música aos poucos se aquietou quando cheguei aos degraus. A pedra dourada e branca parecia cintilar sob meus pés. Chegamos ao topo, Reggie soltou meu braço e deu um passo para trás, mas eu não tinha ideia de para onde ele foi. Tudo o que eu via era Samkiel.

Everrine tossiu discretamente, e nós dois despertamos e nos viramos para ela. Ficamos lado a lado como estávamos desde nosso primeiro encontro. Tentei e falhei em esconder o sorriso que se recusava a deixar meu rosto quando Everrine começou a falar. Ela segurou um cálice incrustado com joias em uma das mãos. Com a outra, desenhou uma runa no ar diante de nós e falou algo em uma língua que eu não conhecia. A runa brilhou por um momento antes de se dissipar. Ela falou outra palavra e desenhou uma runa diferente. Esta brilhou antes de desaparecer.

Everrine colocou o cálice de lado e estendeu as mãos em nossa direção, assentindo. Olhei para Samkiel e segui sua liderança enquanto ele lhe oferecia a mão, com a palma para cima. Ela segurou primeiro a dele, sacando uma lâmina com a mão livre.

O rosnado que escapou da minha garganta a fez dar um passo para trás, com os olhos arregalados. Eu nem tinha percebido que tinha me movido, mas tinha entrado na frente de Samkiel.

— Está tudo bem. — Samkiel sorriu brilhantemente. — É parte do ritual.

—Você não contou a ela? — guinchou Everrine. —Ah, louvados sejam os deuses antigos. Ritual?

— Sangue do meu sangue — falei, lembrando-me do que Reggie havia me dito naquele túnel.

— Exatamente — confirmou ele, puxando-me de volta para seu lado e acenando para Everrine. — Continue, por favor.

Acalmei meus nervos. Pelo visto, eu estava mais nervosa do que pensava.

Everrine ficou de olho em mim enquanto voltava para o lugar e tentava segurar a mão de Samkiel. Observei-a enquanto ela passava a lâmina pela palma dele, sangue prateado surgindo para encontrar o ar. A Ig'Morruthen em mim se debateu e me rasgou, querendo incinerá-la até as cinzas por essa ofensa mínima. Mas engoli em seco e cerrei minhas mãos, forçando-me a permanecer no lugar. Ele estava bem, não estava em perigo. Estava vivo. Repeti feito um mantra, mesmo que meu corpo não acreditasse em mim. Perguntei-me se minhas ansiedades algum dia se acalmariam quando se tratasse de ameaças àqueles que eu amava depois de ver ele e Gabby morrerem. Ou isso era um efeito colateral superprotetor por nossas marcas terem desaparecido?

Ela se virou para mim, pedindo a minha mão em seguida. Estendi a mão, com a palma para cima. Meu lábio tremeu quando a celebrante arrastou a lâmina sobre ela, e senti o poder me cercar feito um torno. Ergui o olhar, e peguei Samkiel me observando com atenção. Perguntei-me se era uma luta para ele me ver sangrar também.

Everrine uniu nossas mãos e ansiosamente pressionei minha palma na dele.

— Sangue para selar — declarou Everrine, pegando um pedaço de fita sedosa da cor da luz do sol.

— Tecido de Dhihsin para simbolizar duas almas se fundindo em uma — prosseguiu ela, amarrando a fita em nossas mãos.

— Os Dhihsin? — sussurrei para Samkiel.

Samkiel sorriu e deu de ombro.

— Na verdade não, mas tivemos que improvisar. Estando em cima da hora e tudo mais.

Everrine olhou feio para nós, fazendo-nos calarmos com um olhar que apenas nos fez sorrir ainda mais.

Ela deu um passo para trás e ergueu a mão como se fosse fazer um grande discurso, mas meus olhos estavam grudados em Samkiel. Ele parecia tão bem. Eu amava como sua jaqueta e capa se curvavam e caíam sobre seus ombros largos e braços musculosos. Aqueles braços poderosos haviam me carregado apesar de cada coisa cruel ou hostil que eu tinha feito. Ele me levantou quando tudo que eu queria fazer era cair.

Samkiel sorriu para mim como se pudesse ler minha mente. Isso era amor. Essa era a sensação. Como deveria parecer. Finalmente entendi por que outros iriam à guerra por ele e surtavam ou se enfureciam com sua morte. Eu sabia que caso eu o perdesse e perdesse seu amor, o universo tremeria à menção do meu nome.

— ... agora todos que testemunharem saberão que a união não deve ser abandonada.

Ela falou para a sala, mas apenas os três estavam perto de nós.

— Agora — ela juntou as mãos —, repitam depois de mim.

— Por meu sangue, sou gerado. Na doença e na saúde, estou ao seu lado. Pertenço-lhe para sempre, sou jurado a você e a mais ninguém. Meu coração permanece seu pela eternidade e além. A eternidade espera. De hoje em diante, você e eu estaremos unidos em coração, corpo e mente. Estas palavras e este juramento estão gravados em minha alma.

Risos inundaram a grande sala enquanto miska era girada de Reggie para Orym e vice-versa. Seu sorriso quase ia de orelha a orelha enquanto ela girava, e eu tinha certeza de que o meu era parecido. Agarrei as mãos de Reggie quando Samkiel me girou na direção dele, Miska assumindo meu lugar. Outro giro, e trocamos mais uma vez. Ouvi-a falar algo sobre usar o banheiro enquanto os outros dois falavam sobre comida. Inclinei-me, de volta aos braços do meu marido mais uma vez.

— Que cara é essa? — perguntou Samkiel, passando o dedo sob meu queixo.

— Esta? — Eu franzi o nariz. — Esta é minha cara de feliz.

— Ah. Você quer saber um segredo?

Assenti.

Ele abaixou o rosto e sussurrou:

— Eu venderia o mundo para vê-la todos os dias.

Eu me afastei com um arquejo falso.

— O mundo inteiro?

Ele assentiu.

— Todinho.

— Não é muito heroico da sua parte.

Ele deu de ombros com um sorriso irônico enquanto me girava.

— Eu tenho meus momentos.

Uma pequena risada deixou os meus lábios quando me virei para ele, apertando sua mão e me inclinando para a frente, encaixando meu corpo no seu. Descansei minha cabeça em seu peito, um braço esticado, minha mão embalada na dele enquanto dançávamos uma melodia lenta de piano. Uma névoa leve girava em torno de nossos pés. Eu não tinha certeza de onde tinha vindo, e não me importava.

— Foi quase perfeito — sussurrei. — Gostaria que todos os outros estivessem aqui.

Senti que ele enrijeceu como se estivesse pensando a mesma coisa.

— Eu também.

— Cameron já teria feito alguma malandragem completa, Xavier ao seu lado. Tenho certeza de que Logan e Neverra teriam nos pedido para dançar várias vezes, Imogen teria vários guardas caindo aos pés dela, e eu garantiria que ela não fosse para casa sozinha.

Ele descansou a bochecha no topo da minha cabeça enquanto continuávamos nossa dança lenta.

—Você os conhece tão bem.

— Quero outra grande cerimônia quando estivermos todos juntos outra vez — declarei, recostando-me.

Seus olhos buscaram os meus, mas seu sorriso não os alcançou quando ele falou:

— Eu também.

— Não vou mentir para você — comentei, engolindo em seco. — Nunca mais! Mas no começo, eu acreditava de verdade que não havia esperança para eles.

— Eu sei — sussurrou ele. — Eu sempre pude ver o desviar do seu olhar quando eu falava deles. Também sei que você nunca falaria em voz alta por causa do quanto eu os amo.

— Eu estava errada.

Ele se inclinou para trás.

— O quê?

— Lá na prisão quando encontramos Logan. Ele não respondeu quando me viu, então, levei você até lá em cima para vê-lo. No começo, odiei porque ele também não reagiu a você, e eu não queria decepcioná-lo. Mas quando você se virou para ir embora, e juro pela vida de Gabby, juro que o vi piscar. Só uma vez.

Samkiel não falou nada, mas diminuiu o ritmo da nossa dança.

—Você viu? — perguntou ele. — Por que não falou nada?

—Você estava tão triste na manhã seguinte. Eu só não queria lhe dar falsas esperanças, mas eu vi. Nós os traremos de volta, Sami. — Minha mão apertou o braço dele. — Eu juro.

— Nós vamos. — Seus lábios roçaram minha testa enquanto ele me girava. — Apenas dance comigo esta noite. Podemos falar sobre planos de batalha e esquemas amanhã.

— Está bem. — Sorri e, para afastar as nuvens escuras que haviam se formado nos olhos dele, perguntei: — Então, como se sente sendo chamado de meu marido?

O rosto dele se iluminou.

— Muito melhor. Nunca mais terei que ouvir você me chamar de seu amigo.

Joguei minha cabeça para trás e ri. Quando olhei para ele, ele estava apenas me encarando, estupefato.

— O que foi? — perguntei.

— Nada — sussurrou ele, com voz rouca. — Eu apenas amo você.

Meu sorriso desapareceu devagar. Ele me dava essas palavras tão livremente, e eu sabia que ele não queria nada em troca. Não havia nenhuma missão que eu tivesse que cumprir. Nenhum artefato que eu tivesse que recuperar. Nenhuma pessoa que eu tivesse que matar ou mutilar. Eu não tinha que saltar obstáculos para ter sua afeição ou implorar por atenção. Eu nunca pensei que receberia essas palavras, então, em vez disso, fechei meu coração, criei garras e presas, e me amei. Samkiel as dava livremente e de todo o coração.

— Eu amo você, Samkiel, e não preciso de uma alma para sentir isso.

A mão dele era um peso firme na minha lombar enquanto balançávamos, seus dedos acariciando a pele sensível. Eram todos os malditos momentos mágicos com os quais *eu só podia sonhar*, exceto que isto era real. Apertei o ombro dele e descansei minha cabeça contra seu peito. Uma batida, depois duas, e mesmo com a música deslumbrante ao nosso redor, seu batimento cardíaco era minha música favorita.

LXXIII
DIANNA

Samkiel estava parado perto do portal que ele havia aberto, conversando com Orym, o pequeno escritório esperando do outro lado.

— Está vendo isso? — perguntou Miska, pegando uma flor de caule amarelo. — Bagasmur. Posso fazer uma pomada com ela que vai curar meus pés doloridos.

Bufei e afastei os olhos de Samkiel para encará-la.

— Bem, tenho certeza de que isso será eficaz às vezes.

Ela assentiu antes de recolher mais flores e pétalas para colocar em uma pequena bolsa marrom.

— Ela é bem peculiar, não é? — perguntou Reggie, vindo para o meu lado.

— De fato — concordei. — Mas ela pode estar certa. Creme para os pés pode ser útil dependendo do que está por vir.

— Ela é importante para o que está por vir. — Reggie sorriu. — E há mais iguais a ela que você ainda não encontrou.

Cerrei as sobrancelhas.

— Voltou a dar mensagens sinistras, é?

Reggie balançou a cabeça, levando a mão à têmpora.

— Eu falei alguma coisa?

— Você não se lembra? — Dei um passo à frente, mas a voz de Samkiel me fez desviar o olhar.

— Roccurem. — Samkiel assentiu em direção ao portal, onde Miska mostrava a Orym o que ela tinha encontrado enquanto passavam.

Reggie colocou a mão no meu ombro.

— Foi uma cerimônia adorável.

Eu o observei se afastar, preocupação me incomodando. Eu sabia que tinha ouvido certo, mas não fazia ideia do que ele queria dizer. Seus olhos não ficaram brancos como costumavam ficar quando ele via o futuro, mas ele não parecia se lembrar do que falou. O portal se fechou atrás deles, a preocupação se enrolando em meu intestino. Algo estava errado.

Samkiel subiu os degraus dois de cada vez, seu toque leve no meu braço me trazendo de volta à realidade.

— Você está bem?

Balancei a cabeça e sorri para ele.

— Sim. — Eu ia descobrir o que estava acontecendo com Reggie outro dia. O dia de hoje pertencia a Samkiel e a mim.

— Você acredita? — falei, inclinando-me contra ele e estendendo a mão, movendo o dedo com minha aliança de casamento. — Nós somos casados.

Ele estendeu a mão ao lado da minha, o aro prateado grosso que ele usava reluzindo de volta para mim. Puxei sua mão, examinando mais de perto a faixa de pedras trituradas que corria pelo meio do anel, circulando todo o dedo dele. Um arrepio correu pelo meu corpo inteiro, que reagiu quando seu anel tocou o meu.

— Nossa, o que foi isso? — perguntei.

Ele acenou para nossas mãos e nossos anéis descansando lado a lado.

— É a magia se acomodando neles agora que o meu está acionado. É bem potente, mas deve se estabilizar em algumas semanas.

Virei a mão, colocando minha palma contra a dele para que nossos anéis se conectassem. Outro arrepio percorreu meu corpo. Foi involuntário e rápido, fazendo minha barriga se contrair.

Ele sorriu para mim, seus olhos faiscando com luz prateada.

— Intensa, não é?

— Muito — respondi sem fôlego.

Intensa não era a palavra certa. Era mais uma pressão que me cercava como um cobertor quente, envolvendo-me em segurança e proteção como se eu estivesse congelando antes, e agora ele estivesse enrolado em mim. Ele era minha peça que faltava, e enfim estava onde pertencia, total e completamente comigo. Finalmente entendi por que parceiros enlouqueciam, por que ficavam furiosos, e por que surtavam quando perdiam. Se a sensação era parecida com isso, então, a ausência estava além da dor, além da agonia. Eu pensava que era uma fera cheia de raiva e maldita antes, mas se alguém tirasse isso de mim, eu faria o líder do mal parecer um santo. Meus olhos se fixaram nos dele como se enfim eu tivesse aprendido a respirar mais uma vez, e me perguntei se seria ainda melhor durante o sexo.

— Talvez.

Meu rosto ficou frouxo, e puxei minha mão de volta.

— De jeito nenhum. Você acabou de ler minha mente?

— Outra vantagem da magia.

Meus olhos se arregalaram, não de medo, mas com uma pulsação de excitação.

— Como?

Samkiel deu de ombros e olhou para o próprio anel.

— É um feitiço imbuído na pedra. Jaski, a esposa de Killium, pode imbuir objetos com poder. Ela era uma das várias alunas de Kryella, e era capaz de usar magia arcana. Foi um feito e tanto. Tive muita sorte por ela sobreviver a esses anos, mas também é por isso que eu estava com aquele cheiro quando retornei. Ela e Killium têm se escondido em alguns lugares bastante inseguros para ficar fora do alcance de Nismera. A magia deles os transforma em alvos valiosos. Minha irmã maligna adoraria muito capturá-los, por isso, os dois estão se escondendo.

Meu sorriso não vacilou. Eles fizeram tanto por mim… por nós.

— Você pediu que ela os fizesse de forma que imitassem a marca?

— O máximo possível, sim — assentiu ele. — Não vamos poder compartilhar poderes, infelizmente. Isso estará para sempre fora do nosso alcance sem as marcas verdadeiras, mas há algumas vantagens.

Cheguei mais perto e peguei sua mão de volta na minha, aquele arrepio se formando mais uma vez. Ele não tinha ido embora porque eu o magoei. Não, ele foi embora porque, sem a marca neste vasto mundo, ele nunca seria capaz de realmente me manter a salvo caso nos separássemos de novo. Ele queria a segunda melhor coisa.

— Sinto muito por mentir para você. Sério, sinto mesmo. — Sustentei seu olhar. — Consegue sentir, certo? Com isso?

Seus olhos procuraram meu rosto antes que ele assentisse devagar.

— Sinto sua tristeza, mas não precisava dos anéis para saber disso. — Ele passou o polegar sobre meu anel. — Eu não estava falando sério com o que disse naquela época. Confio em você mais do que em qualquer um. Eu estava apenas magoado. Minha família inteira mentiu e escondeu coisas de mim. Eu... você... eu só queria que você fosse diferente.

Segurei seu rosto.

— Juro que esse foi o último segredo épico que tenho. O único. Eu só não queria machucar você de novo. No final, machuquei mais. Eu estava com medo do que você diria, do que significaria. Eu queria fingir que ainda éramos esse amor épico predestinado, mesmo que eu tivesse arruinado tudo.

Seu rosto se suavizou quando ele deu um beijo na minha palma.

—Você não estragou nada. Marca ou não, você é tudo que vejo, tudo que eu quero. O Destino que se dane, certo?

— O Destino que se dane.

Segurei as mãos dele e as coloquei em volta de mim, posicionando-as na parte inferior das minhas costas. Entrelacei meus braços em volta de seu pescoço e pressionei meus seios contra seu peito.

—Você ainda me quer?

Ele mordeu o lábio inferior e levantou uma sobrancelha.

— Sim, por que mais eu me casaria com você?

Minha risada se transformou em um gritinho agudo quando ele me pegou nos braços e caminhou em direção às escadas.

Samkiel me colocou de pé do lado de fora da porta do nosso quarto e se posicionou na minha frente. Seu sorriso era travesso quando ele pegou minha mão e abriu a porta.

— Por que está sendo tão enigmático? Eu já vi o...

Minhas palavras sumiram quando ele me conduziu para dentro. Luzes tremeluzentes e flores estavam dispostas em todas as superfícies, e um aroma floral picante pairava pesado no ar. As cortinas grossas estavam afastadas das grandes janelas, o luar iluminando a paisagem externa deslumbrante. A cama estava feita com lençóis e cobertores limpos, ambos afastados convidativamente.

— Uau — ofeguei, absorvendo tudo. — Quando você fez isso?

— Durante a cerimônia.

Minhas sobrancelhas se ergueram. Não só Samkiel estava lá, mas ele também estava decorando o quarto acima. Eu sabia que ele podia fazer várias coisas ao mesmo tempo, mas isso era... impressionante.

Ele me lançou um sorriso travesso por cima do ombro.

— Já me falaram que sou bastante impressionante antes.

Minha boca formou um sorriso contido enquanto eu me virava para ele, ainda bastante desacostumada com ele na minha cabeça.

— E quanto a arrogante?

Ele riu.

— Talvez uma ou duas vezes por uma beldade de cabelos escuros.

Minha sobrancelha se ergueu.

— Espero que ela o mantenha humilde.

— Ela mantém.

— É lindo — falei. — Mais do que lindo.

Samkiel sorriu e caminhou até a lareira na parede mais distante.

— Eu queria fazer mais, mas usei tanto poder que estou começando a me esgotar.

— Sami. — Balancei a cabeça. — Isso está além dos meus sonhos mais loucos, mas não precisa me impressionar, em especial quando o custo é esse. Confie em mim. Já estou impressionada.

— Estou bem, e vou dormir mais tarde. — O modo como ele falou "mais tarde" fez outro arrepio percorrer meu corpo, e me perguntei se eram minhas emoções ou as dele que eu estava sentindo. Ele se agachou e colocou alguns pedaços de lenha antes de estalar os dedos. Uma chama brilhou prateada antes de pegar e queimar em um laranja profundo. Um calor confortável aos poucos substituiu o frio no quarto. — Apenas espere até termos outra cerimônia quando eu estiver totalmente restaurado, e todos puderem estar lá. Vai ser ainda mais extravagante do que isso.

Sorri, sabendo que ele falava sério, mas isso tinha sido muito mais do que eu poderia desejar. O dia de hoje me deixou completa.

— Sabe, em Onuna, normalmente a noiva estaria usando algo escandaloso por baixo do vestido para atormentar o marido.

— Ah é? — perguntou Samkiel, limpando as mãos enquanto se levantava e se virava para olhar para mim. Ele se aproximou, desabotoando a jaqueta e parando bem na minha frente e correu os dedos pela alça do meu vestido. — Você não precisa disso para me atormentar. Tudo o que precisa fazer é olhar para mim, e fico duro. Sua mera existência me afeta.

— É mesmo? — falei, deslizando as mãos pelo peito dele até seus ombros grossos e largos.

— Mas — falou Samkiel — gosto muito das coisas diabolicamente perversas que você encontra.

— Ah, é? — Meu sorriso era abertamente malicioso quando olhei para ele por entre os meus cílios. — Acho certas coisas que você veste bem atraentes também.

Samkiel riu.

— Acha? Tipo o quê?

Andei ao redor dele, deslizando a mão por seu braço enquanto me dirigia para o pé da cama. Lancei-lhe um olhar acalorado por cima do ombro. Meus mamilos se enrijeceram quando deslizei as alças pelos meus braços e me virei para encará-lo. Eu podia jurar que meus seios incharam sob o toque de seu olhar faminto.

Ele deu um passo determinado em minha direção, mas levantei a mão, parando-o.

— Somos casados agora, sim?

Confusão inundou os olhos dele.

— Sim.

— Isso significa que sou sua rainha, certo?

Os cantos de sua boca se ergueram em satisfação.

— Certo.

— Portanto, você obedece a sua rainha, certo?

Calor faiscou nos olhos dele, e fiquei hipnotizada quando prata inundou suas íris.

— Sim.

— Bom — falei, minhas mãos indo para a parte de trás do meu vestido, o movimento empinando meus seios em direção a ele. Lentamente abri os botões na base das minhas costas. — Fique aí até que eu diga o contrário.

Suas mãos se flexionaram antes de se fecharem em punhos, e ele as colocou atrás das costas.

— O que você está fazendo?

— Eu falei que tinha fantasias, certo? — Meu vestido deslizou pelo meu corpo em um suave sussurro de som para se acumular em volta dos meus pés, deixando-me completamente nua para ele. — Bem, essa fantasia me ocorreu nas ruínas de Rashearim quando você usou seus trajes de conselho.

As adyin dele ganharam vida com luz prateada enquanto ele abaixava lentamente as mãos. Vi o volume rígido do seu pau aumentar entre suas pernas.

— Fantasia? — Ele engoliu em seco. — Comigo?

Assenti e sentei na beirada da cama, indo para trás só um pouco. Eu não precisava ver seus braços para saber que os músculos sob suas roupas estavam tensos enquanto ele me observava. Apoiando meus calcanhares na beirada do colchão, abri minhas pernas para ele. Ele inspirou fundo, seus olhos indo direto para meu sexo já encharcado.

— Quer ver o que fiz uma noite enquanto você estava fora? Eu não conseguia dormir, e estava frustrada com a tensão não resolvida entre nós. Então, deslizei a mão assim.

Samkiel ficou rígido quando minha mão passou por cima do meu sexo. Meus dedos desenharam círculos suaves e lentos ao redor do meu clitóris. O prazer me atingiu, e um gemido abriu meus lábios. Eu adorava ver a maneira como ele observava cada movimento com uma necessidade feroz e selvagem.

— Dianna. — A voz dele era um aviso. — Eu não sou tão forte.

Meu sorriso se tornou diabólico.

— Se você se mover, eu paro.

Ele choramingou. Samkiel choramingou de verdade enquanto sua boca formava uma linha fina. Eu amava quanto poder eu tinha sobre ele, quão absolutamente selvagem eu o deixava sem nem sequer tocá-lo. Eu me inclinei mais para trás, minha mão livre se curvando para acariciar e puxar meu mamilo.

— Porra — Samkiel suspirou enquanto me observava. Entre seu desespero e o que eu estava fazendo, meu desejo me dilacerou, e gemi um pouco mais alto.

—Você ficou fora por alguns dias. — Estremeci. — Eu estava no meu quarto tarde da noite, e tudo o que eu conseguia pensar era em você. Tudo o que eu imaginava era você. — Meus dedos mergulharam e deslizaram para dentro. Um calor apertado e úmido acolheu a intrusão enquanto eu o observava. — Eu me perguntava o que aconteceria caso você voltasse e me visse completamente encharcada ao pensar em você?

Retirei meus dedos e os levei até a boca, lambendo para limpá-los. Eu podia jurar que um raio deslizou pelo teto do nosso quarto.

— Quer saber? —A voz dele estava rouca, profunda e irritada. — O que eu teria feito?

Eu assenti.

— Mostre-me.

Antes que as palavras terminassem de sair da minha boca, o calor crepitante do poder dele envolveu meus pulsos, forçando meus braços a se abrirem.

— Primeiro, eu garantiria que você não pudesse mais tocar no que é meu. — Samkiel avançou como um predador, encarando-me com aquele olhar prateado turbulento. — Então, eu perguntaria no que você estava pensando que a levou a fazer algo tão depravado sozinha. — Seus dedos se curvaram sob meu queixo, e ele inclinou minha cabeça para cima. Sua boca abaixou até a minha, sua língua deslizando pelos meus lábios antes de reivindicar minha boca. Ele rosnou enquanto eu compartilhava o gosto persistente do meu prazer, acariciando minha língua ao longo da dele. Ele interrompeu o beijo e falou:

— E você responderia?

—Você. — A palavra saiu ofegante dos meus lábios. — Sempre você.

— E então eu ficaria de joelhos, lambendo cada pedacinho encharcado de você, fazendo você gozar repetidas vezes até que não aguentasse mais e me implorasse para parar. — Ele empurrou minhas pernas, afastando-as uma da outra antes de se ajoelhar entre elas, e meu coração disparou. — E depois que você achasse que não aguentaria mais, eu ia foder você com tanta intensidade que da próxima vez que pensasse em se tocar sem mim, tudo o que você ia sentir seria a carne dolorida onde eu estive.

A mão dele agarrou minhas coxas, abrindo-me dolorosamente, o ar frio fazendo cócegas em minha carne sensível. Ele me observou enquanto lambia lenta e deliberadamente do meu centro até meu clitóris.

O gemido que escapou ao sentir sua língua quente e úmida na minha carne mais sensível foi alto e eletrizante ao mesmo tempo. Minhas terminações nervosas pulsaram, e minha barriga se contraiu quando ele fez de novo. Choraminguei quando ele abandonou minha boceta e lambeu e beliscou a parte interna das minhas coxas. Lutei contra o poder que me mantinha no lugar, determinada a colocar sua boca de volta onde eu precisava, mas não cedeu, e suas mãos seguraram meus quadris exatamente onde ele os queria.Sua respiração era provocante e quente, sua língua lambendo ao longo da dobra da minha coxa, deixando-me enlouquecida.

Samkiel estava cumprindo sua promessa, limpando qualquer lugar onde eu pudesse ter escorrido de me acariciar. A boca dele se moveu para mais perto do meu centro, e levantei meus quadris. Sua língua fez outra passagem, mas dessa vez, ele começou na pele sensível logo abaixo da minha entrada.

— Samkiel! — gritei, meu corpo tremendo, precisando dele de volta no meu clitóris. Ele não respondeu, mas senti uma vibração profunda contra minha carne quando ele riu. — Caralho — choraminguei, meus quadris se contorcendo em seu aperto. Eu não conseguia mover mais nada, o poder dele me segurando firme. — Sami, por favor, me chupe.

Ele deu outra lambida longa e agonizante antes que sua língua me penetrasse. Eu gemi, minha boceta se apertando em volta dele, a sensação era tão boa, mas ao mesmo tempo eu precisava de mais. Meus quadris se moveram, montando em seu rosto, seu nariz pressionando contra meu clitóris, enquanto ele me fodia com a língua, e deuses acima, perdi o controle. Nem senti o orgasmo aumentar antes que ele me atravessasse. Samkiel bebeu avidamente meu prazer, saboreando cada arrepio e tremor enquanto eu gritava seu nome.

Tentei me mover, buscando surfar outra onda de prazer, mas Samkiel me segurou firme. Ele moveu a cabeça de um lado para o outro, estimulando meu clitóris já excessivamente sensível.Meu corpo tremeu enquanto ele trabalhava como um mestre, levando-me ao limite de novo e de novo, mas não sem deixar cair. Por isso, fiz a única coisa que ele disse que eu faria.

Eu implorei.

Eu implorei, enquanto ele continuava a me lamber e me provocar, implorei, enquanto ele finalmente me fazia gozar, e depois implorei quando soltava minhas mãos. Eu precisava de mais, de sua boca, lábios e língua em todos os lugares em mim, e depois precisava que ele me preenchesse.

Os olhos de Samkiel se moveram rapidamente na minha direção como se ele tivesse ouvido meus pensamentos, e um sorriso lento e sedutor se espalhou por seu rosto. Suas mãos agarraram minha bunda, seus dedos quase machucando conforme ele me puxava para mais perto.

— Preciso de você — choraminguei, mas ele me ignorou.

Eu o observei me provar de novo, sua língua pressionando profundamente em uma longa e lenta lambida antes que ele chupasse meu clitóris. Eu vi estrelas, estrelas brancas puras e ofuscantes.

— Porra! — gritei, jogando a cabeça para trás. Ele era implacável, chupando e lambendo meu clitóris antes que seus dedos mergulhassem fundo, esticando-me. Minhas costas se levantaram da cama conforme ele os dobrou dentro de mim.

Eu não conseguia mais assistir. Eu mal conseguia respirar enquanto o êxtase lambia meu âmago, crescendo até se tornar um incêndio. Outra necessidade pulsante cresceu junto dele, desconhecida, conforme ele me lançava em outro orgasmo. Gritei enquanto ele o estendia, arrancando um gemido ofegante após o outro de mim.

— Sami. — Minhas palavras eram exigências ofegantes conforme eu me sacudia e me contorcia no abraço dele. Seus dedos pressionaram aquele ponto bem fundo dentro de mim, massageando-o avidamente, e tudo o que eu conseguia fazer era choramingar e me contorcer. — Amor, por favor, por favor, por favor.

Lágrimas brotaram em meus olhos por causa do êxtase completo pelo qual ele me fez passar. Meu corpo exigia mais de sua boca habilidosa, mesmo que me matasse.

— Ah, deuses. Ah, deuses. — Os dedos dele se curvaram mais uma vez, e meu corpo se arqueou. Calor me percorreu enquanto outro orgasmo se seguiu. Eu ia morrer, aqui e agora. Não conseguia dizer se os barulhos que eu estava fazendo eram mesmo palavras.

— Essa é minha garota. — Senti-o sorrir contra minha carne encharcada. — Mais um para mim, sim?

Eu gemi e balancei a cabeça, as palavras fugindo de mim. Tudo o que eu conseguia produzir eram choramingos ou gritos a cada movimento ou golpe de sua língua, cada estocada de seus dedos. Ele atingiu aquele ponto bem fundo dentro de mim, estimulan-do-o, e meu corpo se curvou e se arqueou, seguindo sua condução.

Minhas mãos buscaram, agarrando as laterais da cabeça dele, enfiando meus dedos em seu cabelo enquanto eu me pressionava em seus dedos e língua. Eu me contraí, estremeci e me parti. Minha cabeça caiu para trás, minha boca aberta, e tudo o que eu podia fazer era torcer para não o esmagar conforme meu orgasmo me atravessava. Soltei sua cabeça, minha mão batendo nos lençóis acima de mim e minhas pernas se fechando em volta de seu rosto. Meu corpo se contorceu quando meus punhos agarraram nos lençóis, cavalgando onda após onda de prazer.

Eu era uma confusão ofegante enquanto meu corpo tremia, não mais surfando nas ondas de prazer, mas se afogando nelas. O aperto de Samkiel em meus quadris se suavizou, e meus olhos se abriram de repente. Minhas coxas trêmulas ficaram tensas, detestando deixá-lo se afastar.

Samkiel deu um beijo no meu clitóris inchado e sorriu para mim, sua boca brilhando com meu prazer.

— Isso foi por deixar você.

Meu coração se apertou, e depois minha barriga se contraiu conforme ele arrastava um dedo até os próprios lábios, lambendo os vestígios do meu orgasmo do seu rosto.

— Orgasmos múltiplos por me deixar? — Minha risada era rouca e fraca. — Deixe-me com mais frequência.

Eu nem percebi que estava chorando até que ele se inclinou sobre mim e enxugou minhas bochechas. As lágrimas que manchavam meu rosto não eram de dor, mas de pura e pungente euforia.

— E também por fazê-la chorar.

Um soluço sufocado me escapou.

— Não me incomodo com isso agora.

Os olhos dele escureceram com luxúria misturada com... tristeza?

— A única vez que quero ser responsável por suas lágrimas é quando você está uma bagunça soluçante e dolorida. Depois de fazê-la gozar tantas vezes que você chora de êxtase.

Agarrei seu queixo e puxei-o para mim. Seus lábios se encaixaram nos meus antes que eu o ouvisse buscar as lapelas da própria roupa. Sentei-me e agarrei suas mãos, passando para meus joelhos conforme ele se levantava. Minhas pernas pareciam gelatina, mas eu precisava mais dele. Seu sorriso desapareceu quando agarrei a gola de sua camisa e o puxei para mim mais uma vez, esmagando seus lábios de volta nos meus.

Posso ter iniciado o beijo, mas ele estava voraz e rapidamente reassumiu o controle. Deslizei minhas mãos entre nós e rasguei e despedacei o tecido que nos separava. Botões quicaram no chão, e a capa, jaqueta e camiseta dele foram em seguida. Ele gemeu quando meus dedos beliscaram seu mamilo. Minhas mãos deslizaram descendo por seu abdômen e depois mais abaixo para rasgar suas calças. Eu o beijei com mais força, e ele chupou minha língua, mas se afastou quando o envolvi em minhas mãos. Samkiel jogou a cabeça para trás e ofegou. Eu não era suave ou gentil enquanto massageava seu comprimento grosso. Sua barriga se flexionou, e ele se inclinou para a frente para descansar a testa contra a minha. Ele gemeu, nossas respirações se misturando.

Samkiel inclinou a cabeça para me beijar de novo, mas o fiz recuar e deslizei para fora da cama. Caí de joelhos e o levei à boca. Ele gritou, e seus dedos deslizaram em meu cabelo, agarrando os fios longos. Fechei a mão em volta de sua base e apertei meus lábios ao redor dele. Minha língua se moveu de um lado para o outro enquanto eu movimentava minha cabeça, umedecendo a extensão dele. Eu me inclinei e agarrei sua bunda com minha mão livre, forçando mais dele para dentro da minha boca até que senti a ponta larga atingir minha garganta.

— Caralho — gemeu ele, empurrando para a frente. — Sim, por favor, assim mesmo, akrai.

Afundei mais em meus joelhos, ajustando meus movimentos ao impulso de quando ele empurrava em minha garganta. Olhei para Samkiel através do véu de cílios grossos e engoli em seco. Sua boca se abriu, e ele usou a mão em meu cabelo para inclinar minha cabeça. Ele jogou a cabeça para trás em êxtase, expondo a coluna grossa de sua garganta.

— *Amo você. Amo você. Amo você.*

Soltei-o com um estalo, continuando a acariciá-lo enquanto o fitava, respirando fundo. Ele me observou, seus olhos mal abertos, apenas uma lasca de prata brilhando por trás de seus cílios. Pensei que ele tivesse dito essas palavras em voz alta, mas seus dentes estavam cerrados com força, e percebi que ele não as falou. Ele pensou. Tracei a ponta da minha língua ao longo da adyin que brilhava em sua extensão antes de levá-lo de volta à minha boca. Ele pulsava contra minha língua, suas coxas tremendo. Calor explodiu em mim, e senti meu desejo escorrendo por minhas coxas enquanto o chupava fundo e o engolia mais uma vez. Engasguei nele, minha garganta se contraindo em torno de seu pau. Sua cabeça caiu para trás, os músculos em seus antebraços tensos ao apertar meu cabelo. Seu abdômen se contraiu e flexionou, os quadris empurrando instintivamente, desejando chegar o mais fundo possível.

— *Meu, meu, meu. MEU!*

Uma necessidade desesperada me rasgou, e girei meu punho em volta da base de seu pau. Amorosamente segurei e apertei suas bolas. Ele gemeu, e um arrepio sacudiu seu corpo poderoso. Sentir o efeito que eu tinha sobre ele, sentir o gosto do pré-gozo derramando em minha língua, e ouvir suas declarações através de nossos anéis me fez chegar perto do limite. Eu sabia que um toque, e eu gozaria de novo. Chupei e girei minha língua contra a parte inferior sensível da cabeça e o senti aumentar. Bem de leve, arranhei suas bolas com minhas unhas, e os gemidos dele ecoaram alto no quarto enquanto seus quadris empurravam para a frente.

— Akrai. — Ele puxou minha cabeça para trás, de modo que seu pau escorregou para fora com um estalo. — Eu vou gozar.

— Bom. — Ofeguei, acariciando para cima e para baixo seu comprimento brilhante e me puxando contra seu aperto, tentando levá-lo de volta a minha boca.

— Assim não, não esta noite — gemeu ele. — Preciso estar dentro de você. Agora.

Samkiel me levantou e caiu comigo na cama. Seus lábios encaixados nos meus, e ele nos moveu mais alto no colchão antes de deitar seu peso sobre mim. Ele esfregou seu pau contra mim, esfregando-se contra a umidade entre minhas coxas como se não pudesse se conter. Dobrei meus joelhos e os deslizei para cima ao lado de seu corpo, abrindo-me ainda mais, enquanto ele continuava a me beijar, lento e apaixonado. Ele agarrou o cabelo da minha nuca, puxando minha cabeça para trás para que pudesse olhar para mim. Lambi meus lábios e esperei, pensando que ele estava prestes a falar algo pervertido, mas o olhar dele era suave e quente, cheio não apenas de luxúria, mas:

— Eu amo você — sussurrou ele.

Sorri para ele, deslizando meu polegar ao longo de seu lábio inferior como se eu também pudesse tocar aquelas palavras.

— Eu amo você — falei, e até para meus próprios ouvidos, soou como um voto.

Não eram apenas três palavrinhas para nós. Nunca foram. Quaisquer pedaços fraturados que nós dois perdemos muito tempo atrás pareciam voltar com força ao lugar.

Os lábios de Samkiel encontraram os meus em uma dança lenta e ritmada. Ele moveu os quadris e acomodou a cabeça do seu pau na minha entrada e me penetrou devagar, meu corpo se abrindo com firmeza ao seu redor. Eu ofeguei e interrompi o beijo, travando meus olhos nos dele enquanto ele se movia em mim. Seu corpo enorme reluzia, suas marcas divinas de adyin pulsando a cada batida de seu coração. Sua respiração lavava meus lábios conforme ele se acomodava até as bolas dentro de mim. Fogo irrompeu em minhas veias, e me contraí ao redor dele dando as boas-vindas.

Ele tomou minha boca de novo e começou a se mexer com movimentos lentos e apaixonados. Ai, deuses, eu o sentia em todos os lugares, cada movimento dentro de mim, suas mãos em minhas coxas, sua língua em minha boca. Se eu tivesse uma alma, ela estaria gritando e se fundindo a Samkiel por quão profundamente ele parecia me tocar assim.

Eu nunca tinha sentido esse tipo de intimidade, e sabia que ele sentia o mesmo. Eu sentia no gosto de seu beijo, sentia em como ele adorava meu corpo a cada estocada. A prova estava na ladainha de pensamentos que ele não sabia como dizer em voz alta.

Samkiel pressionou sua testa contra a minha, nossas bocas a apenas alguns centímetros de distância. Algo parecia estar mudando entre nós outra vez. Nenhuma palavra foi dita, apenas esse vínculo faminto e dolorido que por um momento pareceu selado, pareceu completo. Suas mãos seguraram minha bunda, e ele arrastou seu comprimento para dentro e para fora de mim em movimentos lentos, deliberadamente, como se este momento fosse tão precioso que ele não quisesse que acabasse.

Eu amava, porém, precisava de mais. Raspei minhas unhas descendo por suas costas e mordi seu lábio inferior.

— Sami, por favor.

A próxima investida dele me fez ofegar. Ele puxou minha perna mais para cima em seu quadril e se pressionou contra mim antes de se retirar todo para fora e estocar fundo. Eu gritei e arqueei sob ele, forçando-o mais fundo. Seu aperto aumentou em minha bunda, segurando-me no lugar.

— A quem você pertence? — rosnou ele, saindo e penetrando fundo de novo.

— A você.

Outra estocada profunda e poderosa que me fez gritar e meu corpo tremer ao redor do pau dele.

— Mais uma vez — exigiu. — Diga-me mais uma vez.

Seus quadris avançaram de novo, o impulso brutal atingindo aquele ponto dentro de mim que quase me fazia chorar de prazer.

— *Eu sou sua! Eu sou sua! Eu sou sua! Eu sou sua!*

Apenas gemidos saíram da minha boca, mas eu sabia que ele tinha ouvido as palavras pela maneira como se chocou contra mim um pouco mais forte. Sua mão se moveu entre nós, seu polegar pressionando meu clitóris intumescido, massageando-o. Os ruídos que saíam da minha garganta não eram falados por mortais de qualquer idioma conhecido. Minha pele formigava com calor, e o prazer disparou do meu núcleo para os meus dedos dos pés. Ele abaixou a cabeça e mordeu meu mamilo com força suficiente para enviar choques de eletricidade para o meu centro. Gritei e me contraí ao seu redor conforme ele me penetrava, seu polegar pressionando meu clitóris. Meu corpo estremeceu, e desmoronei.

— Samkiel!

Ele agarrou meus quadris com as duas mãos, segurando firme, certificando-se de que eu ficasse com ele enquanto eu me desmanchava ao seu redor. Ele rosnou e se retirou, lutando contra o aperto do meu corpo sobre ele. Sem parar, ele se empurrou de volta para dentro de mim, tão fundo dessa vez que minha barriga se contraiu. Outro orgasmo tomou posse de mim, meu corpo apertando-o com tanta força que ele gemeu. Meu nome saiu de seus lábios enquanto eu sentia seu pau ter espasmos dentro de mim, mas foi o que eu ouvi na minha cabeça que derreteu meu coração.

— *Minha akrai. Minha Dianna. Meu amor.*

LXXIV
DIANNA

—Você tem certeza de que essa comida ainda está boa? — Perguntei.

A risada dele ecoou dentro da grande caixa de gelo. Apoiei meu queixo na mão, observando os músculos se flexionarem em suas costas e admirando os pequenos arranhões vermelhos que marcavam sua pele. Ele se virou, seus braços cheios, e empurrou a porta fechando-a com o quadril. Meus lábios se contraíram quando vi que mais arranhões marcavam seu peito, junto com um padrão espalhado de marcas de mordidas em seu pescoço. Uma sensação avassaladora de orgulho me encheu. Eu o marquei.

— *Meu.*

Seus olhos se voltaram para mim, com um sorriso suave brincando em seus lábios.

—Você leu minha mente?

Ele não falou nada enquanto colocava a diversidade de frutas, vegetais e verduras na mesa. Eram tão coloridos, algumas cores que eu nunca tinha visto. Sentei-me de novo no banco de madeira, estremecendo com a dor entre as pernas.

—Você está bem? — perguntou ele, com olhar atento.

—Sim. — Sorri de volta. — Só um pouco dolorida, mas uma dor boa. Uma dor feliz.

— Ah. — Pura satisfação masculina encheu seus olhos, e ele sorriu para si mesmo. Ele girou o pulso, e uma adaga de ablazone se formou em sua mão. Eu nunca tinha visto essa.

— Dor boa — repetiu ele com ar presunçoso.

Balancei a cabeça. Mas até eu tinha que admitir que ele tinha direito à sua arrogância. Ele havia cumprido sua promessa de antes, e nossa noite de núpcias tinha se transformado em nossa manhã de núpcias, depois tarde e noite. Finalmente aqui estávamos nós, na cozinha depois que ele me fodeu até que eu esquecesse do mundo e voltasse a lembrar.

Apoiei meu queixo na mão, observando-o cortar a variedade de comida. A longa mesa de madeira podia acomodar até cinquenta pessoas, mas parecia mais para servir ou preparo. A cozinha era enorme, mas eu sabia que não era nada comparada ao refeitório real. Uma grade de metal pendia acima de um fogão enorme, com panelas e frigideiras cobertas de poeira penduradas nela. Samkiel dissera que o lugar cheirava a comida estragada quando ele o encontrou. Ele havia limpado e se livrado do pior, mas poeira e detritos ainda cobriam o chão.

— Eu já falei que perdoo você por me deixar de novo? — perguntei enquanto ele cortava e picava, colocando tudo em uma tigela diferente.

— Sim. — Ele sorriu, olhando para mim. — Mas prometo que não farei de novo.

Eu sabia que ele não faria. Era estranho, mas familiar, o vínculo entre nós finalmente sendo o mais próximo que poderia ser sem as marcas.

Entre os períodos fazendo amor, nós conversamos, e lhe contei tudo. Eu senti sua dor pela perda de nossa marca e as feridas ainda doloridas que minhas mentiras causaram em seu coração. Contei sobre ver Gabby e como, mesmo tendo amado, sabia que era a última vez que eu a veria. Ele compartilhou o fardo dessas emoções agridoces, beijando cada lágrima que derramei. Agora, não havia mais segredos entre nós, e eu pretendia manter assim.

Sorri conforme ele pegava a tigela e ia até o fogão, continuando a fazer o que quer que estivesse fazendo. Eu sabia que ele estava morrendo de fome depois dos nossos dois dias agitados. Meus olhos caíram para a marca de mordida curada em seu peitoral esquerdo. Eu definitivamente não estava mais com fome.

Levantei um pouco no banco, observando-o por um momento.

— Samkiel, este lugar ainda não está exatamente limpo. Você tem certeza de que a comida é segura?

Ele riu, pegando uma coisa verde de talo e descascando.

— Sim, tudo fresco, tudo novo.

Ergui as mãos em falsa defesa, as mangas da camisa dele deslizando pelos meus braços.

— Só estou falando. Você foi envenenado antes, e é sempre bom garantir.

Ele terminou de preparar a comida e passou uma perna, depois a outra, por cima do banco para sentar ao meu lado.

— O que é isso? — perguntei enquanto ele enfiava o garfo na tigela e pegava uma grande porção.

Ele engoliu antes de movê-la em minha direção.

— Lembra daquele prato que você fez para nós em Rashearim?

— Durante nossa maratona de sexo de três dias? — falei. — Lembro.

Ele inclinou a cabeça quase timidamente.

— É o mais próximo que consegui chegar, vegetais similares, mais ou menos.

Parecia sem graça, sendo gentil, mas o esforço dele era adorável. Meus olhos se voltaram para os dele.

— Não sabia que você tinha gostado tanto.

Ele assentiu e puxou a tigela em sua direção, dando outra grande garfada.

— Vou ter que fazer mais para você — afirmei enquanto o observava. — Sem o queijo, você está perdendo um componente essencial.

Ele revirou os olhos dramaticamente e riu.

— Bem, queijo não estava na minha lista de coisas para comprar enquanto eu estava fora.

Acariciei os pelos curtos na base do pescoço, aquele calor no meu peito se espalhando mais uma vez. Não, o queijo não estava, mas um lar, um anel e uma cerimônia de casamento inteira, sim.

— Isso é triste — falei.

— O quê? — perguntou ele, com o garfo a meio caminho da boca.

— Você não tem permissão para fazer compras, nunca.

A risada quase o fez engasgar, e esfreguei suas costas. Ele balançou a cabeça para mim antes de dar outra garfada. Esfreguei pequenos círculos em suas costas, meu olhar pousando em meu novo anel.

— Sabe, quando um casal se casa em Onuna, a esposa geralmente adota o sobrenome do marido.

— Hum-hum. — Ele olhou nos meus olhos enquanto continuava a comer.

Eu me movi, virando no banco para encará-lo e encostando minha bochecha na mão.

— Então, qual é o seu?

Ele se virou para me encarar, o luar acariciando sua pele e refletindo em seu cabelo. Ai, deuses, esse homem era lindo. Perguntei-me se ele nunca deixaria de me tirar o fôlego.

—Você não quer o meu — respondeu ele, um pequeno sorriso aparecendo em seus lábios.

— Eu quero tudo de você.

Ele se moveu para perto de mim, e pude ver o amor em seu olhar.

— Dianna Unirson? Não.

— Esse é seu sobrenome? — Franzi a testa. — Faz sentido, suponho, para continuar o legado e assim por diante.

— Exatamente — confirmou ele, cravando o garfo mais uma vez. — Então vamos usar o seu.

Eu me inclinei para trás em surpresa, enquanto ele continuava comendo, como se não tivesse acabado de falar algo monumental.

— O meu?

Ele assentiu, mexendo a comida.

— É. E se eu adotasse o seu sobrenome?

— Meu sobrenome não é real — falei baixinho, mesmo com meu coração apertado com sua pergunta.

Ele franziu as sobrancelhas e abaixou o garfo.

— Quem lhe disse isso?

Dei de ombros.

— Ninguém, mas caso tenha esquecido, Gabby os escolheu para nós duas. Meu nome verdadeiro…

— Seu nome verdadeiro é o que você escolher — declarou ele tão severamente que pensei que o tinha deixado bravo.

— Eu só quis dizer… — Eu não sabia o que queria dizer.

— Dianna. Gabby o deu para você, para si mesma. É real para mim. — Ele levantou a mão, afastando um longo cacho solto do lado do meu rosto. — E eu também o quero. Ele carrega um legado muito forte. Uma mulher que desafiou todas as probabilidades de sobrevivência e arriscou sua vida para manter o que amava a salvo.

— Uma que falhou — acrescentei, meus olhos começando a arder.

— Quando? — Ele inclinou a cabeça. — Gabby viveu três… não, quatro vezes sua vida e amou cada segundo com você. Eu mal tinha atravessado antes de você me arrancar de volta para a terra dos vivos.

Eu bufei e abaixei o queixo, mas ele percebeu.

— Eu diria que é um legado muito melhor que o meu.

Inclinei-me para a frente e dei um beijo em seus lábios. Suas palavras curaram uma parte ainda ferida em mim. Era real, assim como Gabby era para mim, e ele via e respeitava isso. Deuses, eu não achava que poderia amá-lo mais, mas aqui estávamos nós.

Sorri contra seus lábios, e ele acariciou minhas costas.

— O que há de tão engraçado?

Dei de ombros.

— Samkiel Martinez. Parece engraçado.

— Hum. — Ele se moveu para ficar com uma perna de cada lado no banco, puxando-me entre suas coxas abertas e me envolvendo no calor de seus braços. — Parece que eu sou seu, e você é minha.

Samkiel abaixou a cabeça para me beijar de novo, mas uma luz radiante atravessou a cozinha, transformando a noite em dia. Como um, nós nos levantamos e corremos para as janelas. O medo não percorria só minhas veias, mas minha mente também, e eu sabia que não era a única a sentir isso. Nismera nos encontrou? Sua legião? Mas quando olhamos para cima e observamos o rastro de luz, eu sabia que não era ela. Lá fora, o que parecia ser um cometa cruzava o céu noturno.

— Uau, os cometas neste planeta são muito mais bonitos — falei, ficando na ponta dos pés para espiar por cima do ombro dele.

Samkiel balançou a cabeça, e senti seus músculos se contraírem sob minha mão.

— Não, não é um cometa nem uma estrela.

Olhei para o rosto dele e vi que ele havia empalidecido.

— Então o que é?

— Uma casmirah. Eu apenas li sobre elas. São criaturas raras e mitológicas que só voam pelos céus para anunciar um novo governante. Uma voou para meu pai, e agora uma voa...

Suas palavras sumiram, seus olhos passaram de mim para minha mão, e nós dois olhamos para meu anel.

— Ah.

LXXV
Roccurem

UM DIA DEPOIS

O pequeno escritório estava tomado por música lenta enquanto Miska batia palmas, mas minha atenção estava na esquina da rua abaixo. Um homem que eu tinha visto mudar seu destino doze vezes finalmente conheceu sua futura esposa ao esbarrar com ela na esquina abaixo.

— Eles tinham esse pequeno tocador de música que pedi, e custava apenas três moedas de prata — contou Miska. — Você acredita nisso?

— Absolutamente não — respondi.

Ela riu.

— Está bem, foram cinco, mas Orym ajudou.

Orym balançou a cabeça e falou:

— Miska, você pode nos dar um momento, por favor?

Seus olhos se arregalaram ao nos observar.

— Claro, mas o tocador de música é seu, Reggie. Eu sempre ouço você cantarolando à noite, então agora você tem algo para cantar junto. — Miska sorriu mais uma vez antes de sair e fechar a porta atrás de si.

— Você cantarola? — perguntou Orym.

Eu apenas dei de ombros.

— Não que eu saiba.

— Você sabe de muita coisa ultimamente?

Dei um sorriso suave para o elfo antes de me sentar diante da pequena mesa no centro da sala. Tomei um gole do chá que Miska tinha feito antes, e o lento latejar na minha cabeça diminuiu.

— Acredito que você tenha novidades, certo?

Orym assentiu e veio sentar perto de mim.

— Nada de bom.

Não falei nada, esperando que ele continuasse.

— Uma casmirah foi avistada ontem à noite cruzando o céu. Imagino que você saiba o seu significado?

— Muito bem. Só vi cinco na minha existência. Elas nunca estão erradas sobre suas escolhas.

Orym coçou a testa.

— Sendo assim, você sabe que o Leste se foi — falou ele, colocando uma pequena nota escrita à mão na mesa. — Veruka me enviou uma atualização. Tudo se foi por causa de...

— Dianna — interrompi, colocando meu chá na mesa.

— É o que Veruka e eu deduzimos. Quanto mais Dianna desafia Nismera matando suas tropas, mais ousados e hostis os rebeldes se tornam. Mais recrutam e expandem seus números. Nismera está nervosa.

— Ela tem o direito de estar, sim.

— Bem, Veruka diz que Nismera agora pensa que a casmirah apareceu para ela porque ela livrou o mundo de Dianna e sua fera, eliminando a ameaça.

— O húbris não é um presente apenas para os deuses, sabia? — comentei, adicionando um cubo de açúcar ao meu chá e mexendo.

Orym sentou-se à minha frente.

— O que você sabe? Quero dizer, estamos falando de aniquilação, Roccurem, em uma escala gigantesca. Devia haver pelo menos cinquenta planetas naquela região.

— Ela é uma deusa criada da destruição e do medo. Se aqueles que ela governa não a temem mais, ela perde sua vantagem. Agora, ela acha que a recuperou — expliquei.

— E isso não o assusta? — O pânico de Orym só aumentou. — Não há nada além de cacos de pedras flutuando lá agora. Que arma ela tem que é capaz de fazer isso?

— Muitas. — Recostei-me, tomando outro gole. — Mas o que me assusta ainda não chegou.

— O que quer dizer? — perguntou Orym.

— Você devia dormir um pouco e passar pelo menos mais um dia descansando.

O rosto de Orym empalideceu enquanto ele se levantava.

— Precisamos contar a eles.

— Faremos isso quando eles retornarem.

Orym suspirou e esfregou a mão no rosto.

— Vou mandar outra mensagem para Veruka. Talvez com mais informações, possamos nos adiantar a ela.

Não falei nada enquanto ele se dirigia para a porta, nada sobre suas preocupações ou inquietações, sobre o que estava por vir e nada a respeito do frio intenso que o seguiu enquanto ele se retirava do cômodo.

LXXVI
CAMILLA

Eu estava sentada à minha penteadeira, colocando meus brincos, e vi sombras se aglutinarem atrás de mim no espelho. Revirei os olhos e soltei um longo suspiro quando Kaden saiu delas, ajustando a abotoadura em seu pulso direito.

— Dramático demais, não? — perguntei e virei de frente para ele.

As sobrancelhas de Kaden se elevaram ao me observar.

— O que foi? — perguntei, olhando para o vestido brilhante que abraçava meu corpo.

— Belos peitos.

Fechei os olhos diante de sua grosseria e coloquei a mão na testa.

— Planeja roubar Vincent da minha irmã com esse vestido?

Deixei cair a mão, minhas bochechas corando ao me virar de costas para ele.

— Não estou roubando nada.

Não neguei que amava o vestido que haviam mandado para meu quarto. Parte de mim se deleitava em poder me arrumar e usar algo bonito. Talvez eu esperasse que ele olhasse para mim e não conseguisse desviar o olhar. Minha magia vibrou contente com a ideia.

— Falando em roupas, o que está vestindo? Parece um vampiro gótico com essa gola alta — comentei, meus olhos passando por seu reflexo enquanto eu retocava meu batom.

Kaden deu um sorriso sarcástico, mas desviou o olhar, e eu sorri. Olho por olho, babaca. Seu terno era uma mistura de preto e vermelho. A camisa que usava por baixo tinha uma gola alta, mas um decote para revelar a parte superior de seus peitorais. O terno lhe fazia justiça, pelo menos. Assim como seus irmãos, Kaden era mesmo um homem lindo. Claro, uma vez que você via além disso, ele era puro mal e mataria você sem pensar duas vezes.

— Onde está sua sombra? — perguntei, referindo-me ao irmão que raramente saía do lado dele.

— Engraçadinha.

Kaden se aproximou e passou os dedos na ponta de um dos meus pincéis de maquiagem.

— Sabe, se Nismera descobrir que estão transando, ela vai matar vocês dois.

— Ela acha que você e eu temos alguma coisa. Duvido que ela suspeite que há algo entre mim e Vincent — retruquei, tirando o pincel dele.

Ele levantou uma sobrancelha e olhou para mim com desprezo.

— Confie em mim. Você está me fazendo um favor.

Não perguntei o que ele quis dizer, mas me perguntei se tinha a ver com os incontáveis guardas e bruxas que tentavam frequentar seu quarto, e ele recusava. Talvez ele estivesse me usando como disfarce também.

— Além disso, Vincent e eu não estamos fazendo sexo — retruquei, com as bochechas coradas.

Não era mentira. Beijar e tocar um ao outro a cada chance que tínhamos? Bem, isso era uma outra história, mesmo que essa não fosse tão interessante agora. Ele estava me evitando fazia dias, permitindo que guardas aleatórios e comuns me escoltassem.

Eu não o via desde o dia em que ele partiu voando nos ryphors com ela e suas legiões. Quando voltaram naquela noite, estavam cobertos de sangue e vísceras. Na manhã seguinte, o palácio estava sob um silêncio pesado. Até a cafeteria era uma cidade fantasma. Eu soube então que as atrocidades que cometeram deveriam ter sido horríveis, e quando Vincent não me procurou, eu soube que ele tinha participado. Pelo visto, matar juntos milhões de seres os aproximou porque eu os ouvi juntos inúmeras vezes desde que retornaram.

Mais uma vez, Nismera vinha primeiro e eu era deixada de lado.

— Perto o suficiente disso. — Ele enfiou as mãos nos bolsos.

— Por que se importa, afinal? — rebati, um pouco mais na defensiva do que deveria. Estava traindo demais. — Você não odeia nós dois?

— Eu não odeio nenhum de vocês. Não me importo o suficiente para isso. — Seu sorriso era puro veneno. — Além disso, você é a bruxa mais forte deste lado dos reinos, Camilla. Seria uma pena perdê-la.

Revirei os olhos, ajustando um último grampo no meu cabelo.

— Mais forte? Isso é um elogio?

Kaden resmungou.

Meus olhos se desviaram em direção a ele.

— Hum, o mundo vai acabar mesmo.

Um trovão estalou acima, e olhei além dele em direção à grande janela. O sol brilhava, e eu sabia que deviam ser mais convidados chegando para o dia da coroação de Nismera.

— Estão mesmo todos voando para cá para jurar lealdade agora que ela destruiu um quarto do universo conhecido?

— É mais do que isso. — Kaden olhou pela janela.

— Então, admite que sua irmã é louca?

— Ela prefere conquistadora — corrigiu Kaden.

Balancei a cabeça, certificando-me de que o último grampo no meu cabelo estava estável e preso.

— Por que isso? Por que agora? Sua irmã psicótica já não é rainha ou rei ou qualquer título que ela tenha inventado?

Kaden finalmente olhou para mim.

— Você não viu ontem à noite?

— Viu o quê?

— A casmirah?

Minhas sobrancelhas se franziram. Eu conhecia essa palavra, ou pelo menos ela me lembrava alguma. Ele examinou meu olhar confuso e revirou os olhos.

— É um mito mais antigo do que você e eu juntos. Casmirahs voam pelos céus quando um novo governante está prestes a ascender. Uma resplandeceu no céu ontem à noite, e Nismera acredita que está anunciando seu reinado agora que Samkiel está morto e ela erradicou a ameaça da rebelião de Dianna. Ela acredita que os rebeldes recuarão após o poder que ela demonstrou. Sua brutalidade parece estar trabalhando a seu favor.

— Se for esse o caso, por que não...

Minha porta se abriu e me atirei nos braços de Kaden, pressionando meus lábios nos dele.

— Está na hora — o guarda cuspiu, impaciente. Eles me odiavam tanto quanto eu os odiava. Ressentiam-se muito por serem designados para o dever de babá quando Vincent não estava disponível para me escoltar para todos os lugares. Nismera não confiava em mim, e ela tinha razão. No segundo em que eu tivesse a chance, eu a faria pagar por tanta coisa.

Afastei-me de Kaden com um estalo, torcendo para que nossa artimanha funcionasse. Todos pareciam aceitar sem questionar que os rivais que antes se odiavam tinham se tornado amantes. Até agora, pelo menos.

Um segundo guarda entrou, tomando cuidado para evitar totalmente contato visual, o medo o deixou quieto e tímido. Kaden tirou a mão da minha cintura devagar.

— Ela já está indo — declarou Kaden, mais poder por trás de suas palavras do que o necessário. — Em um instante.

Os guardas não o questionaram, curvaram-se e foram embora.

— Temos que encontrar um disfarce melhor — falei, limpando meus lábios.

Kaden ignorou meu comentário, olhando para a porta.

— Você ouviu mais alguma coisa?

— Não. — Balancei a cabeça. — Ela ainda está fazendo seus experimentos, e aquele talismã idiota está me deixando louca. Eu quase o completei, mas as últimas peças são mais difíceis de consertar, mesmo com todo o meu poder. Hilma nem de longe escorregou de novo. Por que se importa, afinal? Presumi que você tinha parado depois que eu lhe contei sobre Aniquilação.

Kaden suspirou fundo, ignorando minha pergunta antes de oferecer o braço.

— Vamos?

— Soube mais alguma coisa de Dianna?

Seus olhos flamejaram com um vermelho vibrante por apenas um momento, mas ele conteve o brilho quando passei meu braço pelo dele.

— Apenas uma cidade demolida onde vivia uma colmeia de revvers. Vou enviar Cameron para dar uma olhada.

— O que ele está achando do novo cargo? — perguntei.

Eu sabia que tinham tornado Cameron um comandante de legião com a própria pequena unidade por causa das informações que ele deu a Nismera.

— Ele odeia, mas isso aproxima de quem ele realmente quer. Vocês dois se entendem.

Lancei um olhar furioso enquanto saíamos, nem um pouco surpresa por não ver nenhum guarda nos esperando. Eles queriam evitar Kaden caso possível, e com ele me escoltando, guardas não eram necessários.

Caminhamos de braços dados em direção à galeria principal, seguindo os sons de vozes e tilintar de vidro. Vasos enormes transbordando de flores brancas ladeavam a entrada. Pequenas luzes artisticamente presas lançavam um brilho etéreo pela sala. Tudo havia sido projetado para apresentar a ilusão de boas-vindas e paz, mas Nismera era uma praga em tudo isso. Isso era isca, e ela era o predador à espreita.

Eu inspirei fundo quando entramos. Devia haver pelo menos uma centena ou mais de seres aqui, todos usando roupas que cintilavam ou reluziam. Coroas repousavam sobre as cabeças de reis e rainhas, proclamando poder real. Minha mão apertou o antebraço de Kaden quando um caminho se abriu diante dele. Ninguém olhou para ele ou o reconheceu, mas as pessoas instintivamente saíram do seu caminho.

— Quem são essas pessoas?

Ele pegou uma taça de vinho do garçom que passava, o líquido borbulhando enquanto ele bebia, antes de olhar para mim.

— Exatamente quem você pensa. São membros da realeza vizinha, aqui para jurar lealdade a Nismera.

Sorri para ele como se estivéssemos tendo uma conversa normal, mas ninguém nos deu atenção.

— São tantos!

O sorriso dele encontrou o meu quando ele se inclinou para perto.

—Você deduziu que não havia mais nenhum?

Passei a mão em volta de seus bíceps, desempenhando o papel.

— Eu só ouvi falar do poder dela deixando terras devastadas em seu rastro. Nunca pensei que ainda haveria tantos governantes que não a desafiassem.

— É por isso que existem terras devastadas, Camilla. Aqueles que se opuseram não são nada além de poeira no vento. Além disso, os reinos são enormes. Realmente acredita que ninguém se curvaria ao governo dela em vez de ser aniquilado? Só um tolo desafiaria Nismera com alguma esperança de vencer.

Concordei, ansiosa para fazer mais perguntas, mas Isaiah se juntou a nós, dando um tapinha nas costas de Kaden.

—Você viu nossa adorável irmã? — Ele olhou ao redor, espiando por cima da cabeça de um ser alto à esquerda.

Kaden balançou a cabeça.

— Não, mas você sabe que ela gosta de fazer uma grande entrada. Dê tempo a ela.

Isaiah sorriu para Kaden, e não pude deixar de encarar, espantada com o quanto era insano que os dois Altos Guardas mais mortíferos de Nismera sorrissem um para o outro como se não pudessem tirar um planeta dos eixos apenas com seu poder. Perguntei-me neste momento o quanto Kaden de fato sentia. Ele olhou para Isaiah com grande afeição, enquanto outros tinham sorte de não acabarem mortos se o ofendessem. Kaden exibia um lado secreto quando se tratava do irmão. Isaiah talvez fosse o único ser que ele amava de verdade, sua estranha obsessão por Dianna à parte.

Um rabo de cavalo loiro balançou perto do ombro de Isaiah, e dei um pequeno passo ao redor de Kaden para ver quem era. Imogen estava perto de Isaiah, suas espadas presas às costas e ainda usando armadura.

—Você trouxe Imogen para cá? — sibilei.

Isaiah olhou para mim como se eu tivesse falado fora de hora, mas não respondeu. Ele deu um tapa no ombro de Kaden e prometeu encontrá-lo mais tarde antes de se virar e ir embora. Imogen o seguiu, aquela expressão vazia de cortar o coração ainda em seu rosto.

Agarrei o braço de Kaden um pouco mais forte do que pretendia.

— Por que ele está levando-a por aí feito uma boneca? O que ele está…

— Calma. — Kaden se afastou de mim em um movimento sutil. — Meu irmão tende a se apegar às coisas. Eu culpo a maneira como tudo foi tirado dele.

— Ela não é um brinquedo. Se ele quiser um, tenho certeza de que a garota elfa que está encarando Isaiah agora ficará feliz em se voluntariar.

Kaden seguiu meu olhar até onde ela estava, ao lado de uma mesa repleta de uma variedade de comidas e bolos. Suas orelhas pontudas estavam decoradas com joias que brilhavam sob as luzes. Ela usava uma faixa de tecido brilhante que se curvava ao redor de seu corpo, dando à sua pele malva um fulgor cintilante. Sua cauda se agitava atrás de si enquanto Isaiah passava, sem desperdiçar um olhar para ela enquanto ele avançava mais para o meio da multidão.

—Veruka? — zombou Kaden. — Uma parceira de foda, se muito. Você vai aprender que sexo significa muito pouco para imortais velhos e poderosos.

Olhei para ele com raiva.

— Ah, é? Então por que você não aproveita?

S olhos cortaram para os meus.

— Quem disse que não?

— Todo mundo. As bruxas sussurram sobre todos que tentaram e todos que você rejeita. É por causa de como Dianna reagiu depois de todos os anos em que a tratou como segunda opção? Está com medo de que quando a arrastar de volta, ela não queira você se souber...

Kaden agarrou a parte de trás do meu pescoço, o movimento tão rápido e seu aperto tão forte, eu sibilei de dor. Ele puxou meu rosto para mais perto envolvi seu pulso com minha mão. Para qualquer um que olhasse, a maneira como ele me segurava fazia parecer que éramos dois amantes que não suportavam se separar.

— Vamos deixar uma coisa bem clara — sibilou Kaden com um sorriso deslumbrante. — Nós não somos amigos ou colegas. Você não pode falar comigo como quiser. Eu poderia arrancar sua linda cabecinha sem pensar duas vezes.

— Então arranque. — Eu olhei ao redor. — Ou admita que está com medo.

Seus dentes estavam tão cerrados que pensei que iam quebrar.

— Detesto acabar com suas esperanças, mas decidir depois de anos que ela finalmente é boa o suficiente para você não vai funcionar. Mesmo se conseguir arrastá-la de volta depois de assassinar a irmã e o verdadeiro amor de Dianna, ela jamais mais vai tocá-lo, nunca mais vai amá-lo. Você nunca será Samkiel.

Eu esperava que ele quebrasse meu pescoço, que me ferisse, qualquer coisa, menos o que fez. A raiva em seus olhos desapareceu, seu aperto na minha nuca afrouxou.

— Eu tenho um plano para isso.

— Um plano?

Ele me largou e soltou um longo suspiro, claramente não querendo compartilhar seu plano. Ele se virou, e meu estômago se apertou.

Kaden enfiou as mãos nos bolsos.

— Eu sei que você quer pensar o pior do meu irmão, mas Isaiah é a única coisa que mantém aquela garota longe das camas de qualquer general que decida que deseja experimentar A Mão. Ele a mantém por perto para evitar que ela seja estuprada.

Minhas sobrancelhas franziram.

— Como?

— O que acha que aconteceu com a última unidade que estava com ela? — zombou Kaden. — Metade desses generais e comandantes que Nismera recrutou me fariam parecer um gatinho fofo. Imogen tem sorte por ele ter chegado até ela quando chegou.

Lembrei de Hilma me contando sobre isso, mas eu só lembrava de partes. Segui Isaiah e Imogen pela multidão. Ele parou para falar com alguém e olhou para cima, seu olhar encontrando o meu. Isaiah matou todos eles por ela, porque tentaram tocá-la.

— E-eu não sabia — falei, interrompendo o contato visual com Isaiah.

— Exatamente, você não sabia. Você, como tantos outros, não sabe nada sobre nós. — Kaden esvaziou seu copo, colocando-o na bandeja de um garçom que passava.

— Salvar alguém de algo tão horrível não faz de você um cara bom. Faz de você alguém decente. Deveria ser normal se enojar com isso — declarei. — Eu só não sabia que você ou ele tinham partes decentes.

Kaden zombou.

— Você acha que somos os monstros mais cruéis, mas não somos nem os piores neste reino.

Eu não respondi, mas olhei para Isaiah de novo, observando-o desaparecer na multidão, seguido obedientemente por Imogen.

Uma trombeta soou atrás de nós, assustando a multidão, e todos paramos de falar ao mesmo tempo. Um por um, viramos, seguindo o barulho enquanto as portas foram mais abertas. Kaden colocou uma mão no meu cotovelo, levando-nos de volta para as massas que se separavam em dois lados. Ele me empurrou meio para trás dele, e espiei ao redor de seu corpo enorme.

— Não consigo ver...

Ele fez sinal para eu me calar, e franzi as sobrancelhas. Que diabos?

— É Nismera?

Ele balançou a cabeça, observando a porta.

— Não, pior.

Como se estivessem esperando a deixa, os soldados marcharam pela porta em duplas. Suas armaduras peroladas eram lindas, cintilando na luz. Havia desenhos intrincados em espiral gravados ao longo dos braços e pernas, e uma enorme criatura alada estampada no peitoral.

Eles pareciam anjos. Anjos poderosos e majestosos. Seus capacetes eram altos, assentados sobre suas cabeças em linhas curvas, com um par de asas imitando a abertura de suas costas. Todos os observavam enquanto eles entravam no salão, carregando caixas de vários tamanhos. Algumas das tampas estavam entreabertas, e captei o brilho de joias conforme eles passavam.

Minha mão apertou contra a lateral do corpo de Kaden enquanto a multidão sussurrava. Encontrei o semblante de um homem do outro lado, seus olhos brilhando no meu. Os fechos e botões em sua jaqueta não fizeram nada para esconder a forma esguia e musculosa por baixo. Cabelo escuro se enrolava em volta de suas orelhas e caía sobre a testa. Senti uma estranha sensação de familiaridade enquanto ele me encarava. Ele sorriu, e era um belo contraste com a barba escura cobrindo seu queixo. Outro conjunto de guardas alados andou entre nós, e quando passaram, o homem tinha sumido.

Meu olhar vagou, procurando por ele na multidão, mas tudo em mim parou quando uma mulher que envergonharia os modelos de Onuna entrou com um homem ao seu lado, as asas de ambos dobradas contra suas costas. Eu o conhecia. Bem, não o conhecia tanto assim, mas já o tinha visto aqui antes. Ennas. Vincent contou que ele tinha uma irmã poderosa. Só que ela não era apenas poderosa. Não, segundo a coroa que usava, ela era uma rainha. Ninguém sequer sussurrou quando os dois entraram.

A multidão a observava como se tivesse medo de desviar o olhar. O vestido branco justo flutuava atrás dela, a saia dividida para permitir que suas pernas longas e pálidas se movessem livremente. Quando ela passou, o feitiço pareceu se romper, e todos retomaram a tagarelice e as risadas.

Passei por Kaden, com a intenção de segui-la, mas vi apenas as pontas das asas no meio da multidão enquanto os dois caminhavam em direção ao fundo do enorme salão.

— Quem era aquela? — perguntei, voltando para o lado de Kaden.

Kaden parecia relaxado como sempre, mas notei que ele também acompanhava suas formas em retirada.

— A Rainha de Trugarum. O nome dela é Milani.

— Você fala como se fosse uma maldição. Ela é linda. As asas dela parecem tão macias.

Kaden riu de forma sombria.

— Lindas, porém, mortais. Eu desafiaria a tocá-las. Elas podem parecer penas, mas são mais afiadas do que qualquer lâmina.

— Ela é importante? Não vi mais ninguém entrar assim.

— Muito — sussurrou Kaden. — Ela é dona do reino do sul e de todos os seus territórios. Sua armada é uma das forças mais poderosas de Nismera.

— Como? — Encarei-o boquiaberta. — Eu presumi que Nismera não iria querer ninguém com poder igual.

— Alianças de poder igual significam que ninguém jamais sonharia em testar você — explicou Kaden.

Meus olhos se arregalaram enquanto eu olhava para o corredor nos fundos do salão, onde os dois tinham desaparecido.

Kaden e eu nos misturamos, andando pelo salão. Havia mesas artisticamente dispostas por toda parte, como pequenas ilhas no mar de pessoas. Grandes lustres cintilantes pendiam de cada parte do teto grandioso, e eu não tinha notado até olhar para cima o quanto se assemelhavam à luz das estrelas.

Chegamos a outra porta alta, e parei, atraída pelo som da música. Havia um homem sozinho em um palco elevado, linhas pálidas rodopiantes correndo por sua pele exposta enquanto ele cantava. Elas mudavam de cor e padrões, acompanhando o ritmo da música. Seus dedos voavam sobre as cordas do instrumento que ele segurava enquanto tocava uma balada apaixonada. A multidão se reunia a seus pés, hipnotizada por sua música. Ninguém parecia notar as correntes de prata enroladas em seus tornozelos nem os guardas posicionados nas laterais do palco.

— Ele é um muso — Kaden sussurrou perto do meu ouvido. — Presente de uma rainha vizinha como penitência. Em troca, Nismera poupou o reino dela.

— Um muso? — Senti meu rosto empalidecer. — Ela entregaria um muso em troca de proteção?

— Você ficaria surpresa. Não há ser mais depravado e sem coração do que um líder protegendo as pessoas que ama.

Engoli o desconforto em minhas entranhas enquanto observava o muso. Ele não devia ter mais de vinte anos, era lindo como era comum entre os deuses, com cabelos escuros e bagunçados. Não estava terrivelmente magro, o que significava que ela o mantinha alimentado, mas eu podia ver a dor presa em seus suaves olhos castanhos.

— Acho que ele é o último que restou — comentou Kaden em tom calmo enquanto apoiava a mão na minha lombar e me guiava para longe.

— A voz dele é…

— Intoxicante? Hipnotizante? Deveria ser. Ele inspira esses sentimentos.

— Não é de se admirar que a multidão tenha aumentado.

— Hum-hum — respondeu ele, distraído.

Kaden, que eu não tinha visto pegar outro copo, sorvia um líquido vermelho como fogo, seu olhar fixo em uma sacada bem acima. Olhando para ele, perguntei-me se estava nervoso. A música mudou de ritmo, mas se aquietou, e ouvi alguém limpar a garganta. Segui o olhar de Kaden, a dor fazendo minha garganta se contrair.

Silêncio se espalhou pelo salão, e todos se viraram para a grande escadaria. Agora eu sabia por que não tinha conseguido encontrar Vincent. Ele estava ao lado dela. O ciúme me fez morder o interior do meu lábio enquanto ele a encarava com um sorriso suave nos lábios. Eu não o via há dias, e a única vez em que o ouvi voltar e parei perto de sua porta, ouvi os dois juntos lá dentro. Talvez me beijar o tenha feito perceber o quanto ele realmente sentia falta dela, e agora que ela enfim voltara a lhe dar atenção outra vez, ele não precisava mais de mim. Parecia que eu tinha sido apenas uma distração.

Eu já deveria saber. Por que pensei que seria capaz de mudá-lo? Ele não mudou nem pela família que o escolheu. Eu não era nada para ele, para ninguém. Minha magia devia ter começado a vazar porque Kaden abaixou sua mão até a minha, entrelaçando nossos dedos. Ele recebeu o grosso da minha magia; não reagiu à queimadura, mas seu toque me aterrou. Foi um gesto tão simples, bondoso, e bondade era algo que eu não esperava de Kaden. Talvez ele estivesse certo. Eu não sabia nada sobre ele e Isaiah.

Quando olhei para cima de novo, eu poderia jurar que os olhos de Vincent estavam em nós, mas provavelmente era só minha imaginação. Guardas em armaduras douradas brilhantes os cercavam, e percebi que Nismera estava esperando um ataque. Ela levantou uma das mãos, seu magnífico vestido preto ajustado à sua forma esbelta feito uma luva. O decote mergulhava quase até o umbigo, expondo as curvas internas de seus seios fartos. A cor escura fazia um contraste impressionante com sua pele impecável, mas era a coroa em sua cabeça que provocou sussurros. Pontas prateadas se elevavam para o teto e se ramificavam como a luz do sol cintilante. Eu nunca tinha visto nada tão bonito.

Kaden fez um barulho no fundo da garganta, e inclinei minha cabeça em direção a ele sem desviar o olhar de Nismera.

— O que foi?

— Aquela coroa. — Ele manteve os olhos fixos à frente, falando ao redor do copo. — Era do meu pai.

A coroa de Unir.

Sagrados deuses acima e abaixo.

Minha boca ficou seca quando ela começou a descer as escadas, pisando em um degrau por vez. Todos os seres em sua presença se ajoelharam, incluindo Kaden e eu, porque a coroa que ela usava contava a todos exatamente o que e quem ela era agora.

Rei dos Deuses.

Nismera orientou todos a dançar e se misturar, o muso cantando uma melodia lenta. Talvez ninguém mais pudesse ouvir, mas eu ouvi a tristeza e o medo subjacentes à música. Eu odiava, odiava estar aqui, mesmo enquanto Kaden me girava. Vislumbrei Vincent e Nismera através da multidão de pessoas enquanto dançavam. Aquilo tudo era tão falso quanto o sorriso no rosto dela.

Cadáveres se alinhavam nas profundezas de seu palácio, e os gritos daqueles que ela torturava com seus experimentos ecoavam nas paredes abaixo, mas ela fingia ser essa salvadora da paz e governante dos reinos que tão gentilmente libertou. Eles não viam o monstro sob a pele dela? Não sentiam o hálito pungente ou viam os olhos mortos e pútridos? Sua pele de porcelana podia parecer perfeita, seu cabelo tão claro quanto a luz dourada do sol, mas um demônio dos próprios poços de Iassulyn vivia sob seu peito, e engoliria a nós e também o mundo inteiro.

—Você está encarando — sussurrou Kaden em meu ouvido.

— Não, não estou — retruquei, apesar de desviar o olhar.

— Se faz com que se sinta melhor, ele está observando você também. — Minha respiração falhou, e o peito de Kaden roncou com uma risada profunda. Ele sabia que me afetava.

Outro sussurro suave perto do meu ouvido fez arrepios subirem pelos meus braços e pescoço.

— Ele olha toda vez que você desvia o olhar. Os dois devem tomar cuidado. Se Nismera descobrir que você está tocando as cordas do brinquedo favorito dela, ela vai esfolar ambos vivos.

Afastei-me, e os lábios de Kaden estavam a poucos centímetros dos meus. Pelo jeito que sua cabeça estava inclinada, perguntei-me se ele estava fingindo me beijar só para que Vincent sentisse uma fração da dor que eu sentia. Não era o que eu queria, no entanto. Nada disso era. Minha vida e meu coração não eram um jogo.

Meu peito doeu conforme minha realidade desabava sobre mim. Eu não queria estar neste castelo-prisão com uma demônio governante que fingia ser bondosa. Eu não queria sentir pena de um homem que havia traído tudo o que ele dizia amar e agora me tratava como uma distração passageira. Eu não queria dançar e fingir um relacionamento com meu arqui-inimigo.

Eu não conseguia, não mais. Um fino tremor percorreu meu corpo, e meus olhos arderam. Eu tinha sido forte por tanto tempo, mas agora sentia que ia me despedaçar. Eu não era forte o suficiente.

— Não consigo assistir a isso e não consigo mais viver assim.

As sobrancelhas de Kaden se ergueram como se ele tivesse lido cada pensamento meu.

— Tente fugir, Camilla, e vão caçá-la. Você nunca vai escapar deste lugar.

Soltei a mão de Kaden enquanto levantava a bainha do meu vestido. Virando-me, disparei pela multidão e para fora do salão de baile. Passei correndo pelos outros, pensando na coroa que ela usava. Ela a reivindicou com o sangue dos inocentes que pisoteou. Era demais.

Risadas me atingiram, falsas e forçadas. O céu sangrou prata com o poder do último rei verdadeiro. Ele teria governado com bondade e justiça. Corri passando pelas mesas de comida preparadas por seres forçados a fazê-lo, chicoteados até sangrarem a serviço dela.

Corri escada acima até o segundo andar, desculpando-me enquanto me espremia entre reis e rainhas. Olhei para trás, mas Kaden não tinha me seguido. Ninguém tinha. Talvez ele tivesse corrido para me entregar a Nismera.

Tropecei me chocando com alguém e estendi a mão para me firmar. Uma pequena pontada de dor picou minha mão, e sibilei, afastando-me e esfregando-a. Virei-me e fiquei cara a cara com o belo homem do saguão. Uma mulher esbelta estava ao lado dele, seus cachos castanhos curtos cortados rente à cabeça. Seu vestido era bordô escuro e quase transparente. Ela me ofereceu um sorriso lento que era tão sedutor quanto ela.

— Sinto muito. — O homem olhou para minha mão. — Machuquei você? Esses alfinetes idiotas do meu terno se soltaram, e bordas afiadas, não importa quão bonitas sejam, ainda cortam.

— Estou bem. Obrigada — respondi, forçando um sorriso. Ele usava uma pequena coroa, suas curvas e redemoinhos lembraram-me do fluxo do vento. — É minha culpa. Eu não estava olhando para onde estava indo.

— Fugindo da festa? — ronronou o par dele.

— Meus pés estão doendo — respondi, sabendo que pareceria ridículo, mas minha mente ainda estava em disparada.

Ele olhou para baixo antes de me lançar outro sorriso diabolicamente bonito.

— Eles parecem bem para mim.

— Sim, bem, as aparências enganam — declarei.

O sorriso dele vacilou.

— Enganam mesmo, rainha bruxa.

— O quê? — perguntei.

Os olhos dele se voltaram para algo atrás de mim no mesmo momento em que seu par bateu em seu antebraço. As pupilas dele ficaram um pouco maiores, e o homem se afastou de mim antes de pedir licença. Olhei por cima do ombro e vi Vincent subindo as escadas. Merda. Virei-me, mas meu interlocutor misterioso já tinha ido embora. Puxei meu vestido de novo, indo em direção ao corredor que levava aos quartos privados. O silêncio se abateu atrás de mim, e eu podia sentir o peso do olhar de Vincent em mim.

— Aonde você pensa que vai? — exigiu ele bruscamente atrás de mim.

Amaldiçoei a velocidade celestial, Kaden e sua boca grande.

Continuei andando, sem me preocupar em diminuir o ritmo.

— Para a cama. Pode ficar com a festa barata. Eu passo, e você pode ir se f...

Minhas palavras morreram em um grito quando ele agarrou meu braço, afastando-me do meu corredor e seguindo por outro repleto de pinturas e estátuas.

LXXVII
CAMILLA

Bati em sua mão enquanto ele me arrastava mais adiante pelo corredor.
— Solte-me.
Vincent ignorou meus esforços, seu aperto chegando a ponto de doer. Pensei usar uma sequência de magia e cortar seu braço na altura do cotovelo.
— Você quer parar? — repreendeu ele, conduzindo-me para uma sala e fechando a porta atrás de nós.
— Solte-me.
— Para que você possa fugir? Acha mesmo que escaparia deste lugar? Que pessoas não tentaram? — retrucou ele para mim.
— Maldito Kaden — falei com sarcasmo. — Desculpe por ele ter arruinado seu encontrinho, mas eu só queria ir embora daquela festa idiota.
Ele riu e me virou para encará-lo.
— Faça-me o favor, não minta para mim. Reconheci aquele olhar desafiador e determinado em seu rosto do outro lado do salão.
— Ah, reconheceu? Estou surpresa por você conseguir ver qualquer coisa além dela.
— Olha quem fala — retrucou ele.
— O que isso quer dizer?
— Nada. — Ele fez uma careta e me soltou.
Afastei-me dele. Esta sala era pequena demais com ele ali dentro. Velas perfumadas queimavam na mesa, e um grande globo espetado de alfinetes estava ali perto.
Virando-me para Vincent, levantei a bainha do meu vestido e perguntei bruscamente:
— Você ainda está dormindo com ela?
— Por que me pergunta isso? — rosnou ele, virando a cabeça em minha direção.
Meu peito arfava. Minhas emoções já instáveis ficaram descontroladas no segundo em que a porta se fechou. Eu não falava com ele há dias, mas parecia mais tempo. Estava presa à minha maldita rotina de novo, e estava enlouquecendo.
— Está, não está? — Bufei. — O que é? Você se aquece comigo e depois corre até ela para terminar o serviço?
Seus lábios se estreitaram, sua testa se cerrando de raiva. Ele deu um passo em minha direção.
— É nisso que você pensa?
Dançamos em volta um do outro. Vincent me perseguia feito um predador, mas eu estava cansada de lhe dar o que ele queria. A cada passo que ele dava, eu recuava contrário, ficando fora do seu alcance. Eu estava tão… frustrada com ele. Os olhares roubados e os

beijos à meia-noite aumentaram minha necessidade e me fizeram... ter esperança. Ele me fez acreditar que talvez pudesse haver algo, que talvez eu não estivesse sozinha. Então, tive que vê-lo colocar a mão na cintura dela e rirem juntos enquanto dançavam. O jeito como Nismera não conseguia tirar as mãos de Vincent fazia meu sangue ferver.

— Sabe, você fala muito quando se trata dela, mas, deuses, você faz sua parte direito. Vocês dois não conseguem manter as mãos longe um do outro. E nem tente mentir para mim. Sei que não é só para manter as aparências. Ouvi vocês dois juntos na noite retrasada.

— Camilla. — Ele estendeu a mão para mim, mas me afastei rapidamente, indo em direção à porta. Eu estava mais que furiosa, mas o coração partido ameaçava me derrubar. Aqui estava eu, a segunda opção de novo. Era a mesma coisa sempre. Não importava o que eu fizesse ou o quão poderosa eu fosse, eu ainda não era suficiente. Não para ela, para minha família nem para o mundo, e não para ele. Lágrimas marejaram meus olhos, e corri cegamente os últimos passos até a porta. Não podia deixá-lo me ver chorar. Eu me recusava a lhe dar minha dor.

Sua mão se chocou contra a porta, fechando-a e impedindo minha saída. Encostei a testa contra a porta, desejando que minhas lágrimas não caíssem. Ele apoiou as mãos em ambos os lados da minha cabeça, e eu podia sentir sua forma poderosa elevando-se sobre mim.

— Como se você tivesse algum direito de me dizer isso quando tem Kaden seguindo você por aí feito um bichinho de estimação na coleira. Todo mundo viu lá embaixo, como vocês não conseguem manter suas mãos e bocas longe um do outro.

Então, o estratagema de Kaden tinha funcionado. Não importava. Todo esse vai e volta era apenas um prelúdio para o inevitável. As garras de Nismera estavam enterradas muito fundo em Vincent, e eu nunca tive uma chance.

— Eu? — falei desdenhosa e me virei para encará-lo. Inclinei-me contra a porta, o cheiro e o calor do corpo dele me cercando. Atirei minhas próximas palavras contra ele com toda a mágoa e dor que eu sentia. — Faça-me o favor, eu vi o jeito como você olhou para ela, como sorriu para ela, enquanto você nem consegue olhar para mim. Mentira. Eu cuidei de você quando sua *rei* largou você para apodrecer naquela cama. Ela nem se importou se você ia viver ou morrer. Sabia disso? Com certeza eu sabia. Garanti que suas feridas não infeccionassem e o mantive vivo, mas sua lealdade inabalável ainda se curva a todos os caprichos de Nismera. Por que a deixa fazer o que ela quer? — A última parte saiu dos meus lábios em um grito.

Vincent abaixou o olhar.

— Que escolha eu tenho? — perguntou ele, e mesmo que ele não tivesse se afastado de mim, eu o senti se retraindo.

Desta vez, eu não ia permitir que ele recuasse para a persona que usava tão bem. Eu não deixaria que ele se escondesse atrás do medo de Nismera e de sua retribuição, voltando a fingir que não se importava com nada nem ninguém.

— Eu — sussurrei. — Você tem a mim.

Algo quebrou e rachou dentro dele. Eu senti, observei seu corpo ficar rígido, as veias ao longo de seus antebraços aumentando como se ele estivesse tentando se forçar a dizer algo, mas era bloqueado.

— Não posso — falou as palavras com dificuldade.

— Mas você pode. — Segurei seus braços e o olhei. — E se não, recuso-me a deixar que esta seja minha vida. Não terei metade de você. Beijos roubados atrás de portas fechadas não são o suficiente. Não vou ficar aqui sob o governo dela. Eu vou embora quando tiver uma chance, apesar do risco de Nismera me matar se eu for pega, mas me recuso a ser um fantasma aqui, insatisfeita e solitária. — Seus olhos se dilataram com minhas palavras, seu peito arfando. Meus dedos apertaram seus braços. — Lute, Vincent. Lute por algo que você quer ao menos uma vez. Caso contrário, deixe que ela mate. Porque isso? Isso não é viver. Não para você e nem para mim.

Algo faiscou nos olhos dele. Esperança, promessa ou talvez determinação, mas era uma mudança, de qualquer maneira. Eu tive meio segundo para adivinhar antes que seus lábios esmagassem os meus. Não foi doce ou lento como antes. Não, isso foi feroz, selvagem e possessivo. Ofeguei quando suas mãos seguraram minha nuca, e ele inclinou minha cabeça. Seus dedos se entrelaçaram em meu cabelo, e ele puxou, exigindo entrada. Meus lábios se separaram, e ele aprofundou o beijo, sua língua correndo pela minha em uma trilha quente e ardente. Meus braços o envolveram, minhas unhas se cravando em suas costas.

Um gemido desesperado escapou dele ao empurrar seu corpo contra o meu. Arquejei quando sua boca deixou a minha, traçando um rastro de beijos famintos ao longo do meu maxilar e pescoço. Não, isso não era como antes.

Empurrei contra seu peito, ofegante.

— Não me beije depois que esteve com ela!

— Eu não estive — sussurrou ele contra meu pescoço antes de levantar a cabeça. Suas mãos emolduraram meu rosto, forçando-me a encará-lo. — Já faz meses. Ela me deixou sozinho, focando em qualquer poder em que esteja obcecada agora.

— Mas ela tem visitado você, usado você de novo.

Os olhos dele dispararam para meus lábios.

— Tedar morreu por causa de Dianna. Ela destruiu toda a legião dele. Foi o chamado final à guerra para Nismera, que teme que os rebeldes vejam Dianna como sua nova esperança, por isso, ela… O Leste não existe mais, mas ela ordenou que eu comande os soldados enquanto recuperam peças para uma arma.

Meu peito arfava e meu pulso acelerava, mas eu sabia o que tinha ouvido.

— Mas ouvi — falei, querendo acreditar tanto, mas não ignoraria o que sabia. — Fui ver como você estava na outra noite e ouvi você no seu quarto. Os sons…

Vincent ficou um pouco mais ereto, pressionando cada plano firme de si mesmo em mim. Ele entrou entre minhas pernas e esfregou sua rigidez onde eu ansiava por ele, aqueles olhos azuis cerúleos ardendo enquanto ele olhava para mim.

— Eu mesmo. — Seu polegar acariciou meus lábios em um movimento, e ele empurrou seus quadris contra mim. — Depois que *você* me deixa agitado, como você diz.

Meu peito ficou mais leve com suas palavras, mas meu âmago ficou pesado e queimou, pensando nele se dando prazer. Nós nos encaramos, a verdade nos mordendo. Tínhamos mais do que problemas, e não havia solução fácil para a situação em que cada um de nós estava.

Vincent olhou para mim, seu corpo pesado contra o meu, uma respiração, depois duas, como se contemplasse o que estava fazendo. Sua mão deixou meu rosto e mergulhou em meu ombro, afastando os cabelos caídos na minha clavícula antes de colocar a mão não apenas em cima do meu peito, mas sobre meu coração.

— Vincent. — Minha voz estava tão sem fôlego quanto eu me sentia.

— Não. — Seus olhos dispararam para os meus, e eu sabia que isso era um erro. — Não me deixe. Eu feri e afastei todo mundo, todo mundo que significava alguma coisa. Você é tudo o que eu tenho agora.

Meus cílios abaixaram, protegendo minha expressão, escondendo minha confusão. Era isso então. Minhas palavras atingiram alguma parte que ele havia enterrado fundo, e ela havia emergido furiosa. Suspirei e engoli minhas lágrimas e tristeza. Talvez eu nunca estivesse destinada a ter um final feliz, mas eu poderia ficar ao lado desse homem destruído. Eu ficaria ao lado dele porque já era tarde demais para mim.

Minha mão acariciou a lateral do rosto dele.

— Eu não vou deixar você. — Dei um beijo em seus lábios e me afastei um pouco. — Nós saímos dessa juntos ou não saímos. Combinado?

Ele assentiu, nossas respirações se misturando antes que seus lábios esmagassem os meus.

LXXVIII
VINCENT

Eu poderia beijar Camilla pelo resto da eternidade e nunca me cansar. Era o único momento em que minha alma magoada e ferida conhecia a paz. A única vez em que eu sentia algo além daquele vazio corrosivo e dolorido. Eu ansiava por ela, por isto, e em especial pelos sons suaves que ela fazia enquanto minha mão vagava por seu corpo, apertando seus seios. Ela tinha me aterrorizado de verdade quando falou que ia embora. Algo em mim se partiu, despertando a fera horrível em mim. Protetora e selvagem, temia perder essa bruxa arrogante mais do que a deusa demônio que a havia criado.

—Vincent — gemeu ela contra minha boca. Eu a beijei mais uma vez antes de me forçar a me afastar de seus lábios. Abaixei a cabeça e tracei o decote de seu vestido, sua pele macia contra minha língua. Ela tinha gosto de mar, uma força furiosa e poderosa que tinha o potencial de me afogar, e deuses acima, eu queria me afogar.

Seus dedos deslizaram pelo cabelo da minha nuca e se fecharam enquanto eu puxava a parte de cima do vestido dela para baixo com meus dentes, expondo seu mamilo. Minha boca se fechou sobre ele antes que ela tivesse tempo de entender o que eu estava fazendo. A cabeça de Camilla pendeu contra a porta, e seu corpo balançou para a frente em um arquejo, seus quadris se contorcendo contra os meus. Lambi o bico rígido, puxando-o com meus dentes. Ela sibilou, esfregando-se em mim um pouco mais forte a cada sucção profunda. Isso me deixou louco, e deslizei a mão para dentro de seu vestido, beliscando seu outro mamilo.

A mão de Camilla apertou meu cabelo.

—Vincent!

Deslizei minhas mãos pelas laterais de seu corpo e com relutância soltei seu mamilo, deixando-o intumescido e molhado da minha boca. Agarrei seu vestido e o juntei em minhas mãos, puxando-o para cima de seu corpo.

— Eu cairia de joelhos agora mesmo para ter apenas um gostinho seu — declarei, traçando um caminho escaldante em seu pescoço. — Para ver até onde eu poderia enfiar minha língua em você antes que você gritasse, mas ela sentiria o gosto.

— Ótimo — foi a resposta ofegante de Camilla antes de mordiscar meus lábios.

Gemi enquanto erguia seu vestido até os quadris e pressionava minha perna entre suas coxas, abrindo-as mais.

— Quero tanto foder você, Camilla. Você é tudo em que penso, tudo com que sonho, tudo que quero.

Camilla gemeu quando a pressionei mais forte, seus lábios se encaixando nos meus quando ela segurou meu rosto. Ela se esfregou contra minha perna, mas não foi suficiente, não para mim, e definitivamente não para ela. Minha mão se abriu contra a porta perto de sua cabeça, a outra escorregou sob sua coxa. Ela levantou o joelho e o enganchou em meu quadril, abrindo-se desejosamente para mim. Afastei minha coxa de seu âmago para permitir o acesso da minha mão, dançando meus dedos sobre a calcinha dela e roçando de leve seu clitóris.

Ela arregalou os olhos um pouco, luxúria se acumulando em suas profundezas enquanto seus lábios se separavam em outro suspiro.

— Quero ter você, cada parte, mas não aqui, não assim. Então, posso ter um gostinho em vez disso?

Deslizei meus dedos sobre ela mais uma vez, maravilhado com a umidade que eu conseguia sentir através do tecido fino.

Suas mãos caíram para as lapelas da minha jaqueta, e ela agarrou o tecido.

— S-sim — gaguejou.

Sorri antes de beijá-la mais uma vez. Um puxão, e rasguei o tecido fino e macio de sua calcinha antes de atirá-la de lado. Minha mão segurou sua boceta, seu calor escorregadio cobrindo meus dedos enquanto eu os movia por seu sexo, para a frente e para trás. Ela se arqueou sob meu toque, suas mãos puxando minha jaqueta enquanto se pressionava em minha mão. Meus lábios se pressionaram contra os dela, minha língua se movendo do jeito que eu queria poder fazer entre suas pernas.

Camilla aprofundou o beijo, seu corpo estremecendo conforme meus dedos massageavam seu clitóris. Deslizei meu dedo médio para dentro dela, e ela gemeu, deixando-me saborear seu prazer. Um calor úmido e apertado me cumprimentou, e quase entrei em combustão. Ela se esfregou na minha mão, apertando meu dedo, soltando pequenos sons desesperados em nosso beijo. Meu pau ficou mais duro, minhas calças se apertando dolorosamente. Eu ansiava por tirar meu dedo dela e substituí-lo pelo meu pau, mas não me importava com meu prazer. Eu só me importava com ela.

Tudo o que me importava era Camilla.

Ela se moveu contra mim, desesperada e faminta. Seus lábios deixaram os meus, seus olhos selvagens e cheios de necessidade. Ela ofegou, suas mãos puxando minha jaqueta, usando-me como apoio para perseguir o próprio prazer. Deuses, ela era a mulher mais linda de qualquer reino.

— Outro — sussurrou ela, e não precisei perguntar o que ela queria dizer. Afastei-me, sua boceta tremendo, e então deslizei dois dedos dentro dela.

Ela gemeu e se contraiu ao redor dos meus dedos com tanta força que foi quase desconfortável. Eu gemi, imaginando sentir aquilo em volta do meu pau. A cabeça dela caiu para trás, e ela esfregou seu clitóris contra minha palma.

— Deuses, Camilla. Quero sentir você escorrendo pelo meu pau enquanto eu fodo você.

— Me fode — implorou ela. — Por favor, Vincent. Eu preciso...

Camilla implorando era minha nova coisa favorita. Eu sabia que queria ouvi-la fazer isso de novo e de novo. Sua boceta se contraía e tinha espasmos em volta dos meus dedos. Sua boca estava a poucos centímetros da minha, nossas respirações se misturando. Era uma tortura perfeita tê-la, porém, não.

Torci a mão e curvei meus dedos dentro dela, deslizando com firmeza ao longo de seu interior. A cabeça se inclinou para trás, e ela agarrou meu pulso, esfregando minha palma contra seu clitóris.

— Goze para mim — sussurrei e me inclinei para a frente para chupar seu mamilo. Ela ficou rígida e então se desfez, líquido quente escorrendo de sua boceta trêmula. Cobri sua boca com minha mão livre, e ela gritou em minha palma. Seu corpo inteiro tremeu, e eu me inclinei sobre ela, pressionando-a contra a parede para mantê-la de pé. Suas pálpebras estremeceram, e ela oscilou impotente contra minha mão enquanto eu tirava cada última gota de seu orgasmo.

Camilla ofegou enquanto delicadamente retirei meus dedos dela. Ela segurou meu pulso e levou minha mão aos lábios. Assisti em puro maravilhamento enquanto ela colocava os dois dedos na boca, lambendo-os até limpá-los, e jurei que conseguia sentir sua língua fazendo o mesmo com meu pau. Minha extensão latejava dolorosamente, e gemi enquanto ela brincava com a língua sobre meus dedos. Encontrei seu olhar e vi a magia girando nos olhos dela, e eu sabia o que ela estava fazendo. Ela chupou com mais força, e suas bochechas se encovando, meu corpo estremecendo.

— Camilla — sussurrei, e pude ouvir a súplica em minha voz.

Ela sugou meus dedos mais fundo na boca, chupando e lambendo. Minha cabeça caiu para trás, e afastei mais meus pés. Meus quadris empurraram contra os dela como se eu pudesse sentir sua cabeça entre minhas pernas e seus lábios em volta do meu pau. Ela continuou amorosamente, engasgando com sons molhados em meus dedos. Minha coluna formigou, e minhas bolas se contraíram.

— Porra, Camilla. — Os olhos dela lacrimejaram, e suas bochechas ficaram coradas em um lindo tom rosa. — Por favor... por favor.

Eu nem sabia pelo que estava implorando, só que não conseguia parar. Outra carícia rodopiante de sua língua sobre meus dedos, e minha mão bateu contra a parede ao lado dela quando gozei. E gozei.

Ela soltou meus dedos com um estalo e lambeu seus lábios inchados. Ela sorriu para mim, e a devorei, reivindicando sua boca e o gosto de sua felicidade. Curvei-me para ela, suas mãos me segurando apertado enquanto ela retribuía o beijo como se nunca quisesse me soltar. Afastei-me, minha testa apoiada na dela, enquanto tentávamos recuperar o fôlego. Nós nos encaramos, algo afiado e proibido entre nós, algo que nos condenaria.

— Camilla, você é... Não tenho palavras.

Ela sorriu e, caramba, como não percebi que era a coisa mais linda que eu já tinha visto?

Um assobio baixo cortou a sala, e meu coração parou. Puxei-a para longe da porta, e ela se abriu um pouco revelando Cameron do outro lado.

— Sabe, se vocês dois estavam tão desesperados para escapar para uma rapidinha, provavelmente deviam ter encontrado um lugar um pouco mais privado. Quero dizer, essas portas não são exatamente à prova de som.

LXXIX
VINCENT

— Não esqueça sua calcinha — falou Cameron para Camilla.

Ela pegou o pedaço de tecido rasgado do chão e me lançou um pequeno sorriso antes de se virar e sair da sala, mantendo a cabeça erguida enquanto passava por Cameron.

— Se eu tivesse uma moeda para cada vez que encontrasse você estragando a calcinha de uma mulher, eu poderia comprar esse maldito palácio.

— O que você quer? — perguntei, rangendo os dentes.

— Não acredito que você acrescentaria Camilla à sua lista de conquistas enquanto sua deusa de Iassulyn está logo ali embaixo. Mas, por outro lado, eu não o conheço nem um pouco.

— Cameron — falei, o nome dele uma súplica. — Ela não pode saber.

— Ah, não pode? — Cameron se afastou da porta. O jeito como ele falava e se movia era tão ele, mas eu sabia que ele havia sido alterado em um nível fundamental. As sombras no cômodo o seguiam, a luz tentando se esconder.

A conexão entre nós havia sido destruída para sempre, e não apenas por causa da minha traição. A fera que habitava na pele dele agora o possuía. Vi o lampejo de vermelho em suas íris mesmo agora.

—Você provavelmente devia tomar um banho antes de voltar para sua deusa maligna. Não pode andar por aí cheirando a sexo quente com bruxa, pode? Nismera vai executá-la na frente de todos, mas você já sabe disso.

Preocupação explodiu em minhas entranhas.

—Você não pode contar *nada*.

Cameron assobiou.

— Não me diga que o traidor em pessoa se importa com alguém além de si mesmo? Faça-me o favor, o Vincent que eu conhecia, ou pensava que conhecia, morreu há muito tempo. Agora sei que você é tão sem coração quanto a vagabunda que o criou.

— Estou falando sério — falei com desdém. — Nismera vai cortar as mãos dela e trancá-la em uma masmorra apenas para me punir.

— Está bem — Cameron deu de ombros —, mas eu quero algo em troca.

Dei um passo à frente, raiva substituindo a preocupação. Ele ousaria usar Camilla contra mim?

— Está me chantageando?

Cameron endireitou os ombros sem um lampejo de medo. Ele parecia maior agora, mais volumoso. Perguntei-me se ele havia ganhado músculos no treinamento ou se era outra vantagem de morrer e renascer.

— Estou agindo igual a você. Não é uma sensação boa, é?

— Pode me odiar o quanto quiser, Cameron, mas você estava lá comigo quando tudo aconteceu.

— Como se eu tivesse escolha. Você sabia que eu o escolheria assim que ele foi atrás de Xavier. Não aja como se estivesse surpreso ou fosse inocente.

Não fiz nenhuma das duas coisas.

— É o que você quer? Xavier? Mesmo que ele esteja sem mente?

O punho de Cameron disparou, acertando meu queixo. O soco foi forte o suficiente para jogar minha cabeça para o lado.

— Cuidado com o que diz — avisou ele, com um toque de rosnado bestial entremeado em suas palavras.

Esfreguei meu maxilar e bufei.

— É a verdade, e nós dois sabemos. O que você quer, não pode mais ter. Não há como trazê-los de volta.

Vermelho lampejou em seus olhos, inundando suas íris.

— E de quem é a culpa? — disparou ele, uma sugestão de suas presas aparecendo.

— Minha — respondi, e ele recuou em choque, obviamente não esperando que eu admitisse. — É minha. Olha, não sei onde Xavier está.

— Mas você sabe de alguma coisa?

Fiquei calado por um segundo, as palavras de Camilla ecoando na minha mente. *Lute por algo.* Quantas vezes as ouvi? Mas por ela, por sua segurança, eu lutaria até a morte.

— Pauule. É um acampamento de guerra, mas Nismera tem um plano para atrair Dianna. Chegue lá primeiro. Talvez ela possa ajudar você. — Dei de ombros. — Uma equipe está sendo enviada. Eles partem amanhã de manhã.

Cameron não falou mais nada antes de se virar, e parte de mim doeu pelo irmão que eu havia perdido.

—Você não vai longe com essa aparência — avisei antes que ele pudesse ir embora. — Eu roubaria a imagem de um general para isso. É uma missão sigilosa. Nismera não quer que ninguém saiba. Ela está nervosa, e se você for pego, será morto.

Cameron cruzou os braços e assentiu uma vez.

— Sabe o que é engraçado?

— O quê?

—Você odiava Dianna tanto, mas ela estava disposta a morrer por aqueles que amava. Ela pode ter dentes e garras e ser exatamente o monstro que você acredita, mas pelo menos ela tem um coração. Você... — Cameron balançou a cabeça. — Só estou surpreso por não ter notado antes o quanto você é desalmado.

Desalmado. Era uma palavra para descrever como eu me sentia.

—Vou conseguir a missão para você. Não fale nada sobre Camilla.

Cameron tinha começado a se dirigir até a porta de novo, mas parou e olhou por cima do ombro. Vi o Ig'Morruthen que agora vivia sob sua pele. Ele era todo predador agora, a fera mantendo-o a salvo. Eu havia feito isso.

Ele me deu um sorriso cheio de malícia.

— Ao contrário de você, eu não condenaria outra pessoa.

— Mas arriscaria tudo por Xavier? — perguntei.

Cameron se virou para me encarar mais uma vez.

— Talvez se amasse alguém mais do que a si mesmo, você entenderia, mas duvido seriamente que você seja capaz.

Apenas assenti, mordendo o interior do meu lábio.

— Nismera o mudou de posição várias vezes. Ela sabe que você está procurando por ele, e acho que ela planeja usá-lo como coleira para manter você sob controle. Não sei onde ele está.

Os olhos dele faiscaram em vermelho intenso.

— Por que não me contou isso antes?

Dei de ombros.

— Já lhe causei dor suficiente. Não ia lhe dar falsas esperanças também.

Cameron parou um momento para me estudar desconfiado antes de se virar para sair. Não o parei desta vez.

LXXX
DIANNA

Samkiel esfregou os olhos enquanto Orym continuava falando a respeito de uma cerimônia sobre a qual Veruka lhe escrevera. Ao que tudo indica, governantes de todos os lugares foram jurar lealdade depois do que aconteceu no Leste. Eu ainda não conseguia entender. O Leste inteiro havia desaparecido. Quando se olhava para o céu oriental, não restava nada além de poeira e pedras espalhadas.

Nós havíamos retornado para empacotar tudo e movê-los para o novo castelo, mas Orym nos chamou de lado no momento em que chegamos. Eu conhecia bem aquele olhar sombrio, e cada pedacinho de felicidade tinha fugido ao vê-lo. Estávamos neste estúdio há horas enquanto Orym e Samkiel discutiam o que fazer em seguida.

Eu estava de volta à frustração. Fazia meses. Mal tínhamos Logan e não sabíamos onde os outros estavam. Orym contou que Nismera mantinha as localizações deles e com quem estavam em segredo.

— Odeio isso. — Suspirei alto, afundando ainda mais na cadeira. — Não estamos mais perto de livrar o mundo dela, e deuses, no segundo em que paramos e tiramos um minuto para nós mesmos, o mundo pega fogo.

Orym e Samkiel se viraram para mim, o olhar de Samkiel se suavizando.

— Dianna.

— Eu sei — falei, sentando direito. — Estou sendo egoísta. Metade do reino virou poeira, e minha preocupação é que nossa lua de mel tenha durado meio segundo.

Orym limpou a garganta e se endireitou um pouco.

— Sinto muito por jogar isso em cima de vocês dois logo depois da cerimônia, mas...

Samkiel levantou a mão.

— Orym, você não tem culpa. Precisamos saber e precisamos planejar nosso próximo passo.

— Tenho uma ideia! — falei, levantando a mão. — Nós a matamos.

Eles olharam para mim como se eu tivesse criado duas cabeças, e dei de ombros.

— É um plano terrível. Eu nem sei se ela é à prova de fogo igual a você. — Suspirei. — Mas nós temos que fazer alguma coisa. Ela ainda está na sede de seu poder. O que a impede de fazer o que fez no Leste com qualquer outro que não puxe seu saco?

Orym levantou se arrastando enquanto Samkiel se inclinava sobre a mesa.

— Concordo que seria o melhor curso de ação caso pudéssemos fazê-lo, mas Nismera não é uma deusa qualquer. Ela é talentosa em batalha, rápida e implacável.

— E eu não sou?

Os olhos dele continham um calor profundo.

— Akrai, amor, ela é uma conquistadora na forma mais pura. Sozinha, ela não é facilmente derrotada, mas com seu exército e guardas defendendo-a, ela é quase intocável.

— Ele não está errado — acrescentou Orym, esfregando o queixo. — Apelidaram-na de A Sombra em seus campos de extermínio. Ela é muito mais rápida do que a maioria das deusas, e dizem que quando luta, só se vê um lampejo de seus cabelos prateados antes que o corpo do inimigo encontre a morte.

A irritação tomou conta de mim, e eu me remexi no meu assento.

— Todo mundo e seus apelidos idiotas.

Um pequeno bufo deixou o nariz de Samkiel, e ele se recostou. Suas mãos batiam de leve nos vários pergaminhos espalhados pela mesa. A lua pendia atrás dele, a crescente escutando enquanto conspirávamos.

— Não tenho medo dela — declarei e estava falando sério.

— Tenho plena consciência. — Samkiel sorriu, e eu sabia que ele estava se lembrando de quando corri para aquele maldito salão por ele. — Mas temos que pensar racional-mente quando se trata dela. Não podemos deixar as emoções direcionarem nossas ações.

— Você lutou contra ela. Vi vocês dois naquele sonho de sangue há muito tempo. Você aguentou e você me ajudou a treinar.

— Sim — concordou ele —, mas eu mal sobrevivi e tinha todo o meu poder na época. Ele não estava ardendo no céu. Além disso, você também a viu me surrar e quase arrancar minha cabeça. Você beijou a cicatriz que prova isso.

— Mas agora você me tem.

— Tenho mesmo. — Um olhar de puro contentamento cruzou o rosto dele com minhas palavras.

Orym nos ignorou, mas seus olhos dispararam para o pescoço de Samkiel, procurando pela cicatriz.

— Agora pense nos anos que passei trancado, os anos em que ela teve tempo para treinar e aperfeiçoar suas habilidades com a espada — pediu ele. — Não será fácil destroná-la. Não importa o quanto sejamos fortes. Temos que ser mais espertos.

Uma ideia se formou na minha mente enquanto eu mordiscava o interior do meu lábio.

— Quer dizer destruí-la de dentro para fora?

O sorriso de Samkiel me deu um arrepio na coluna.

— Exatamente.

LXXXI
DIANNA

— E este é seu quarto — falei, abrindo a porta. Dei um passo para o lado para que Reggie pudesse passar.

— É bem encantador.

—Você gostou? — perguntei.

Fui até a mesa no canto, ansiosa para lhe mostrar o globo enorme e o grande mapa colorido dos reinos e de suas estrelas que havíamos encontrado.

Reggie levantou o olhar para o teto abobadado de vidro. Às vezes, era difícil de dizer com Reggie, mas eu podia sentir a surpresa feliz vinda dele. Enquanto ele explorava, abri as janelas, deixando uma brisa doce e quente entrar.

— Estamos tão alto que dá para ver o topo das montanhas e, à noite, quase toda a galáxia — falei. Ele me observou andar pelo quarto, parecendo gostar do meu entusiasmo. Passei a mão pelo grande telescópio de latão, que apontava para a janela aberta acima. — E se realmente sentir falta de casa, pode olhar por aqui.

Reggie assentiu, sorrindo indulgentemente.

— Isso é mesmo adorável. Obrigado, Dianna.

Cruzei as mãos à minha frente.

— De nada. Eu me certifiquei de que havia uma pequena mesa e cadeiras aqui. Talvez possamos conseguir alguns daqueles jogos de tabuleiro de que você gosta.

Reggie não falou nada enquanto olhava para a pequena mesa.

— Talvez Miska possa trazer para você aqueles chás que você tanto ama.

Ele apenas assentiu.

— Certo. — Eu joguei minhas mãos para cima. — Fale. O que há de errado com você?

Os olhos de Reggie encontraram os meus.

— Não sei o que você quer dizer.

Minhas mãos caíram para meus quadris.

—Você mencionou uma mensagem estranha, o que não faz há algum tempo. Também não vejo você usar seus olhos há algum tempo, e você tem consumido muito chá, por isso, perguntei a Miska. Sei que eles contêm um sedativo e analgésico. Qual é o problema?

Reggie assentiu.

— Entendo. Não há nada em particular, suponho. Apenas pequenas dores e incômodos aqui e ali.

— Desde o túnel?

Ele assentiu.

Dei um passo em sua direção, preocupação se contorcendo em minhas entranhas.

— Há algo que eu possa fazer?

Reggie balançou a cabeça.

—Temo que não, mas vou ficar bem, Dianna. Nismera é uma deusa poderosa, mas os efeitos posteriores do que ela fez comigo vão passar. Só leva tempo.

Não aliviou de todo minha preocupação, mas sorri e assenti, sem querer importunar ou pressionar mais. Dei um tapinha no ombro dele e o deixei se acomodar em seu novo quarto. Fiquei contente porque ele pareceu gostar.

Meus passos eram leves enquanto eu saltitava escada abaixo em direção ao escritório de Samkiel. Demorou um pouco, mas fiquei feliz por ele enfim ter escolhido um quarto entre os quase cem daqui. No fim das contas, sugeri que ele ficasse com o do terceiro andar. Era perto do nosso quarto e enorme, com bastante espaço para todos os pergaminhos e livros que eu sabia que ele ia acabar acumulando. Eu não tinha dúvidas de que ele ia encher as prateleiras com seus tesouros em pouco tempo.

Não consegui evitar meu sorriso quando pensei na mesa que tínhamos movido para o escritório dele. Nós a encontramos em um dos andares mais baixos, e era grande o suficiente para ele se espalhar e fazer uma bagunça completa. Nós tínhamos testado a resistência dela três vezes, só para garantir que era exatamente o que precisávamos.

Minha risada me precedeu quando abri as grandes portas duplas. A luz do sol se derramava pelas janelas à esquerda, partículas de poeira brilhando nos raios. Samkiel e Orym pareciam estar no meio de um debate, mas ambos se viraram para mim. Percebi a apreensão no rosto de Samkiel e como a boca de Orym estava definida em uma linha fina, e soube que havia problemas. Uma elfa alta e magra passou por Samkiel. Ela estava tão perto dele que eu nem a tinha notado, mas a vi agora, e ela estava perto demais. Meu lábio deve ter se retorcido, e eu sabia que meus olhos estavam vermelhos porque Orym se colocou na frente dela e estendeu a mão.

— Dianna — falou Orym —, esta é Veruka.

Pisquei, assustada o suficiente para parar.

—Veruka? Quer dizer a Veruka que trabalha para Nismera? E você simplesmente a deixou entrar na minha casa?

Antes que qualquer um de nós tivesse tempo de processar minhas perguntas, eu a prendi contra a mesa muito resistente. Ela rangeu sob a pressão enquanto meu aperto em volta do pescoço de Veruka se intensificou. Inclinei-me para a frente e inspirei fundo. Minhas presas se alongaram, mas minha dicção ainda era perfeita.

—Você se reporta àquela vagabunda, e vou devorar seu coração de merda.

Os braços de Samkiel me envolveram, segurando-me com força enquanto ele me erguia de cima dela, meus pés balançando no ar.

— Dianna! — exclamou ele. —Acalme-se.

— Calma? — gritei. —Você está louco? Deixou ela entrar na minha casa quando ela se reporta àquela vagabunda?

— Ela vem em paz para fornecer informações. — Samkiel me colocou de pé, mas manteve os braços ao meu redor, prendendo-me contra si. Meu olhar permaneceu fixo nela enquanto Orym a ajudava a se levantar e a apoiava enquanto ela recuperava o fôlego.

— É mesmo? — Endireitei minha camisa e olhei para os dois do abraço de Samkiel. — Sabe que informação farejo? Sinto o cheiro de Isaiah em você. É isso que sinto. Você sabe o que ele fez com Samkiel?

— Escute — falou Veruka, uma brisa entrando pela janela e soprando seu cheiro em minha direção outra vez. — Eu não...

Minhas narinas se dilataram e ofeguei.

— Sami! — exclamei em um sussurro, meu coração batendo forte e uma breve onda de alívio fazendo meu corpo relaxar contra o dele. Eu tinha esperança, mas nunca ousei acreditar.

— Dianna? — perguntou Samkiel, sentindo a mudança no meu humor.

Virei-me nos braços dele e agarrei sua mão, olhando-o ao falar de mente para mente.

— *Ela tem o cheiro de Cameron e Imogen. Eu senti o cheiro. Eu sinto. É fraco, mas está lá. Os dois estão vivos, Sami, mas estão lá.*

A cabeça dele se virou depressa em direção a Veruka, seu peito se expandindo enquanto ele respirava fundo. Senti vindo dele também. Era uma sensação avassaladora de esperança pura e ofuscante. Sabíamos onde mais dois estavam. Deuses do céu, eu os queria em casa logo.

— Você está próxima da minha família? — perguntou Samkiel a ela.

Os olhos de Veruka se arregalaram uma fração antes de ela assentir.

— Sim, eles estão lá. Imogen está sob Isaiah, na legião dele.

— Certo — falei. — Ele será o primeiro que matarei.

Os olhos dela faiscaram para os meus, depois de volta para Samkiel.

— E Cameron é comandante da própria.

— Como é? — perguntou Samkiel. — Ele nunca trabalharia para ela, nunca a serviria.

Minha mão se fechou em punho na camisa dele, e eu puxei.

— *Ele faria se não tivesse escolha. Eu fiz isso, lembra?*

Senti o toque frio de Samkiel em minha mente e emoções, aliviando a queimadura das memórias de quem eu tinha sido e do que tinha feito. Acalmou a fera que vivia sob minha pele, e me inclinei para sua carícia.

Veruka continuou.

— Ele procura o outro integrante d'A Mão.

— Ah — assentiu Samkiel —, entendo.

Orym olhou entre nós, mais relaxado agora que a tensão tinha diminuído em grande parte.

— Veruka veio com uma mensagem. Ela sabe o próximo lugar que precisamos atacar.

Virei-me no abraço de Samkiel mais uma vez, eque puxou minhas costas para seu peito, me segurando perto. Eu sabia que ambos precisávamos do conforto e segurei firme seu antebraço onde cruzava meus seios.

— Certo, e dessa vez, você decidiu aparecer e contar?

Veruka assentiu.

— Sim, porque vão me declarar uma traidora depois disso.

Samkiel parou na frente do espelho e inclinou a cabeça, raspando os pelos do queixo e ao longo da linha do cabelo. Ele o cortou mais curto, sem se preocupar em refazer as marcas que eu tinha feito em seu cabelo. Pelo menos agora, quando removesse o capacete, não iam automaticamente presumir que ele fazia parte d'O Olho. Tudo o que veriam era um soldado bonito.

— Galanteadora. — Ele sorriu para mim enquanto eu estava sentada na pia do banheiro.

Eu me inclinei para trás, admirando a flexão dos músculos em seu peito largo e como a toalha branca enrolada em seus quadris contrastava com sua pele bronzeada.

— Você está sempre na minha cabeça?

Ele bateu a lâmina de barbear contra a pia e a colocou debaixo d'água. O jato azul da torneira ainda era novidade para mim. A cor me lembrava o oceano, mas era límpida e quase doce. Samkiel explicou que era alimentada pela montanha ou algo assim, os minerais dando à água a cor e o sabor únicos.

— Não. — Ele sorriu. — É mais fácil entrar quando você pensa em mim, e eu, em você. Além disso, só espio quando seus olhos fazem essa coisa.

Inclinei a cabeça.

— Que coisa?

Ele apenas sorriu antes de pegar uma toalhinha e passá-la sob o queixo e no pescoço. Ele a jogou no balcão e passou por mim, mantendo distância depois do banho. O plano de Veruka incluía lavar meu cheiro da pele dele depois das nossas atividades matinais. Ela falou que isso tornaria mais fácil entrar às escondidas no acampamento de guerra.

Pulei do balcão, mas esperei que ele desaparecesse no closet antes de ir para o quarto. Eu me joguei na cama, meus braços e pernas abertos enquanto encarava o dossel acima. Ouvi as gavetas da cômoda abrindo e fechando enquanto Samkiel mexia nelas em busca de roupas. Foi bom que ele tivesse feito um guarda-roupa para nós, mesmo que eu tivesse reclamado sobre ele economizar seu poder.

— Eu ainda estarei por perto.

Ouvi sua risada suave.

— Dianna, vou ficar bem, e sabe que não pode deixar aquele local.

Eu grunhi, virando de bruços.

— Eu já odeio esse plano.

Ouvi os passos de Samkiel e me levantei nos cotovelos assim que ele entrou no quarto. Ele estava usando a camisa escura, justa, de mangas compridas e calças que normalmente usava por baixo da armadura. Tive um momento para apreciar como elas se moldavam a todas as minhas partes favoritas antes que ele movesse seu anel, e a armadura prateada se formasse sobre seu corpo. Ele removeu o capacete e o segurou por baixo do braço.

Apoiei meu queixo na mão e deslizei meu olhar sobre ele.

— Que horas temos que sair mesmo? — ronronei e mordi meu lábio inferior.

Samkiel riu e deu um tapinha na cama antes de ir em direção à porta.

—Vamos, antes que eu tenha que tomar outro banho. Você é tentadora demais, akrai.

Fiz beicinho, mas o segui para fora do nosso quarto. Enquanto descíamos pelo corredor em direção ao escritório dele, observei a tapeçaria pendurada na parede e as mesas retangulares vazias.

— Preciso muito decorar este lugar…

Ele riu.

— Estamos nos preparando para nos infiltrar em um dos acampamentos de guerra de Nismera, e você está preocupada com a decoração?

— Sim — confirmei enquanto ele abria a porta do escritório. Ele esperou que eu passasse antes de entrar. Orym e Veruka estavam concentrados em sua conversa. Sinceramente, eu nunca tinha visto Orym mais feliz. Seu sorriso era largo e sincero, exibindo seus caninos. Suas caudas se agitavam quase em uníssono, e eu me perguntei há quanto tempo estavam separados. Os dois pararam quando entramos, ambos usando a armadura dourada da legião de Nismera. Respirei fundo e soltei o ar, lembrando a mim mesma que eles não eram uma ameaça.

Os olhos de Veruka percorreram Samkiel de cima a baixo, não de forma lasciva, mas avaliativa.

— O prateado entrega você de cara. Não vamos conseguir passar pelos guardas.

— Estou ciente — respondeu ele. Ele passou o polegar sobre o anel, e uma onda de cor surgiu em sua armadura. Prata virou ouro, e um pedaço de tecido bege com os símbolos de guerra de Nismera surgiu pendurado em seu quadril. Duas feras longas, aladas e sem pernas surgiram gravadas em seu peitoral, cruzadas, formando um grande x sobre seu peito. O capacete embaixo de seu braço foi o último a mudar de cor, e eu odiei ver a marca dela se formar no metal.

— Isso é mesmo incrível, meu rei — falou Veruka, com clara admiração em sua voz.

— *Relaxe.* — Minha sobrancelha se ergueu quando a voz de Samkiel inundou minha mente.

Orym notou a mudança na minha atitude, no entanto. Ele encontrou meu olhar e me fez um aceno deliberado antes de cutucar a irmã. Veruka fez uma pequena reverência que me deixou um pouco confusa.

—Veruka de agora em diante jura lealdade à Casa Martinez.

— Casa Martinez? — Olhei para Samkiel.

Não havia humor no olhar dele.

— Sim, podemos discutir isso depois.

Veruka se levantou, sorrindo para Samkiel e para mim.

— Com o Rei e a Rainha de Rashearim de volta, talvez haja esperança, afinal.

Eu não sabia como responder. As últimas semanas tinham sido um turbilhão, e eu não tinha certeza se algum dia me acostumaria a ser chamada de rainha. Não que me importasse, mas Samkiel e eu nem tivemos a chance de conversar sobre nada disso ainda.

Veruka olhou para Samkiel de novo.

— Isso funciona. Você se parece com a maioria dos soldados, e tenho o rançoso, então, também vai cheirar igual a eles por um curto período.

Ela enfiou a mão num pequeno bolso das calças lisas que usava por baixo da armadura e tirou uma pequena pulseira trançada. Assim que Samkiel a tocou e colocou no pulso, foi como se eu tivesse perdido o próprio cheiro. Estranhamente, eu não tinha notado quanto estava acostumada com seu cheiro. Assim que ele colocou a pulseira, sofri com a perda dele. Não gostei, nem meu Ig'Morruthen, aliás. Minhas presas sugiram das minhas gengivas, e só quando todos se viraram para mim é que percebi que um rosnado havia escapado de mim. Coloquei a mão sobre a boca.

— Desculpe — falei, abaixando a mão. — Eu só... Pareceu que ele tinha sumido por um segundo.

O olhar de Samkiel se suavizou, e ele estendeu a mão para mim, mas parou de repente.

Veruka se aproximou de mim, segurando outra pulseira.

— Essa é para você, e peço desculpas pelo cheiro.

Entendi o que ela queria dizer no momento em que a coloquei. Orym espirrou e pressionou as costas da mão no nariz. Os olhos de Samkiel começaram a lacrimejar, mas ele estoicamente tentou evitar reagir.

— Ótimo — falei antes de pôr minhas mãos nos quadris. — Como conseguiu isso, afinal?

Veruka deu de ombros.

— Uma bruxa.

— Camilla? — perguntei. Havia escapado. Eu não tinha ousado ter esperanças de que ela ainda estivesse viva, mas ela desapareceu com Vincent e Kaden quando atravessaram aquele maldito portal, e eu não conhecia mais ninguém que tivesse esse tipo de poder. Samkiel olhou para Veruka, tão interessado em sua resposta quanto eu.

Veruka franziu a testa, olhando entre nós.

— Quer dizer, eu sei quem ela é, mas não, tenho outra lá dentro. — Ela olhou para mim, confusão enchendo seus olhos. — Vocês a conhecem?

— Ela ainda está viva? — perguntei, com a voz embargada.

Os olhos de Veruka se arregalaram um pouco, e ela assentiu.

— Sim, e sob o olhar atento de Nismera. Ela nem tem permissão para mijar sozinha, ouvi dizer. Nismera a obriga a fazer feitiços e itens para ela quando não está lançando olhares furtivos para o Alto Guarda de Nismera.

— Alto Guarda?

Mas foi Samkiel quem respondeu com uma voz tão fria quanto a morte.

— Vincent?

— Sim. Seu antigo segundo em comando — confirmou Veruka.

— Quer dizer recentemente? — perguntei.

Veruka pareceu confusa, mas assentiu.

— Sim.

Samkiel e eu nos entreolhamos.

— Juro que o matei — falei.

— Você? — Veruka deu um passo para trás, e Orym ficou um pouco mais ereto.

— Foi ele o membro da legião que nos atacou na prisão? — perguntou Orym.

Assenti e comecei a andar de um lado para o outro. Como ele sobreviveu a ser esfaqueado no coração, em especial com aquela arma? Eu sabia que não tinha visto sua luz disparar pelo céu, e aqui estava a confirmação.

— Não estou surpreso — declarou Samkiel. — Se ele ainda estiver vivo, ele e Camilla devem compartilhar um vínculo.

Eu zombei.

— Um vínculo? Desde quando?

Samkiel deu de ombros.

— Ele sempre visitava a cela dela em Rashearim. Camilla havia aludido a um relacionamento entre os dois.

Veruka deu de ombros, um pequeno sorriso curvando seus lábios.

— Há algo entre eles. Todo mundo sabe, e ambos são idiotas em pensar que Nismera também não sabe.

Isso fez minha pele arrepiar e olhei para Samkiel.

— Se ela estiver viva, eu a quero de volta.

Os olhos de Samkiel se estreitaram um pouco e sua mandíbula se contraiu.

— Ela é mais do que apenas uma aliada. Ela me escondeu de você por meses. Imagine o que Nismera pode forçá-la a fazer. Precisamos de Camilla, e você sabe disso. Ela nem precisava, mas trouxe minha irmã de volta para mim. Não vou deixá-la sofrer.

O lampejo de ciúmes deixou seu olhar, e ele sorriu com tristeza.

— Dito como uma verdadeira rainha lutando para proteger seu povo.

Veruka limpou a garganta.

— Bem, não haverá títulos se não chegarmos lá o mais rápido possível. Por sorte, conheço um atalho para Pauule.

LXXXII
SAMKIEL

Nuvens rodopiavam atrás de nós enquanto atravessávamos as massas ondulantes e nebulosas. Descemos, e minhas coxas se apertaram contra a sela de metal, o ar ficando mais quente quanto mais descíamos.

— *Eu odeio isto* — falou Dianna através da nossa conexão. — *Por que tenho que ser um verme voador gigante?*

O vento levou minha risada.

— *Tecnicamente, você não é um verme. Ryphors são feras antigas e muito mais inteligentes do que um verme.*

— *É um verme, Sami, e odeio você.*

Apenas dei um tapinha suave em Dianna enquanto ela resmungava. Supus que a forma geral da criatura parecia mesmo um verme gigante. A grossa placa cinza metálica que cobria sua cabeça em uma coroa semicircular percorria o comprimento de seu corpo, afinando em direção à cauda. A barriga lisa tinha aberturas redondas que de alguma forma a levantavam no ar. A boca era coisa saída de um pesadelo. Os dentes serrilhados e mandíbulas divididas eram ruins o suficiente, mas era a língua menor parecida com um tentáculo com uma boca na ponta que era de fato enervante. Ryphors eram imprevisíveis, violentos e agressivos, mas de alguma forma, Nismera conseguiu domar pelo menos um e reproduzi-los.

— *Hum-hum. Acho que são mais estreitamente ligados àqueles hokloks que espreitam nos recifes, não vermes. Sabe, são gosmentos, brutais, estúpidos e atacam qualquer coisa que se mova.*

— *Ainda odeio você.*

Joguei minha cabeça para trás e ri. Os olhos de Veruka se arregalaram enquanto seu ryphor se curvava pelo céu ao nosso lado. Eu não tinha lhe contado sobre o poder que eu tinha colocado em nossos anéis porque, não importava o que Orym dissesse, eu não confiava nela por completo. Dianna estava certa. Veruka cheirava a meu irmão, e eu não estava convencido de que era apenas pelo bem da missão.

Atravessamos as nuvens baixas, e fileiras e mais fileiras de tendas hexagonais ficaram visíveis abaixo de nós. Meus olhos se fixaram em uma tenda no meio do acampamento que era um pouco mais alta que as outras. Soldados andavam pelo acampamento, vozes nos alcançando mesmo aqui em cima.

Veruka assobiou, e nos viramos e seguimos em direção ao extremo sul do acampamento. Sobrevoamos os ryphors presos em seus postes, e eles levantaram suas cabeças quando passamos. Rezei para que a bruxa de Veruka fosse forte o suficiente para mascarar nossos cheiros. Eu sabia que estávamos a salvo quando nenhum deles gritou ou correu atrás de nós.

Veruka puxou as rédeas, pairando perto de uma tenda alongada, e Dianna a acompanhou. Poeira se levantou ao redor de nossos pés quando Veruka e eu desmontamos. Ela acenou com a cabeça em direção à tenda atrás de mim antes de ir para a que ficava do outro lado. Dianna me seguiu para dentro, seu longo corpo serpentino se enrolando para caber. Ela mudou de volta para sua forma esguia assim que a aba caiu, um arrepio de alívio percorrendo-a.

— Contei pelo menos uma centena quando passamos — falou ela, espiando. — Sem contar os que estavam dentro do estábulo.

Dianna deu um passo para trás, e Veruka entrou, um dos pequenos fátuos voando ao redor de sua cabeça. A cauda chicoteava atrás dela, e ela parou de repente, para não cercar Dianna.

— Orym está no topo da colina mais próxima. Ninguém chegou nem partiu além de nós na última hora, então, Illian está aqui.

Assenti. Illian era o comandante aqui, sua legião era a que frequentava a área. As informações de Veruka diziam que ele era um carviann, uma espécie com quatro braços, pele da cor do oceano, com espinhos saindo de seus cotovelos.

Era espantoso para mim que aqueles que odiavam os deuses tão desesperadamente pareciam ansiosos para se unir às legiões de Nismera e trabalhar para ela. Até os mais cruéis e rebeldes se curvavam à vontade dela, e eu não entendia o porquê. Por que trabalhar para uma deusa que destruiu seu modo de vida?

— Muito bem — falei. Dianna veio para o meu lado, tomando cuidado para não me tocar. Eu odiava isso. — Precisamos encontrar a tenda dele primeiro, depois reunir os documentos.

— Certo, bem, nós passamos por cima daquela grande. Minha aposta é que é dele — falou Dianna.

Veruka e eu balançamos a cabeça.

— Não vai ser — discordou Veruka. — Seria como acenar uma bandeira para qualquer um que tentasse invadir este lugar. No mínimo, é uma armadilha para o caso de alguém vir bisbilhotar.

— Correto — acrescentei. — Vi uma menor mais para o final. Podemos verificar lá primeiro.

Veruka balançou a cabeça novamente e bateu no queixo.

— Perto demais da borda da floresta. Ele ainda vai ficar no meio do acampamento, mas escondido. Nismera está nervosa demais agora. Não deixaria as coisas espalhadas. Precisamos procurar por uma que tenha soldados rondando do lado de fora, mas tentando não agir como se estivessem de guarda.

— Muito bem — concordei.

Virei-me para Dianna, que apenas nos observava.

— Voltarei assim que os pegarmos, e depois partirmos. Dianna, espere aqui e fique escondida.

— Discreta — acrescentou Veruka.

Os lábios de Dianna se estreitaram.

— Bem, parece que vocês dois têm o plano perfeito. Vou esperar aqui. — Ela mostrou os dentes para Veruka. — Discreta.

Estendi a mão para ela, mas parei de repente, minha mão se fechando. Ela não falou nada. Apenas limpou as mãos nas calças escuras e deu um passo para trás. Uma névoa escura fervilhou de sua pele e se expandiu, coalescendo na forma grande e formidável do ryphor mais uma vez. Veruka gesticulou em direção à saída da tenda, e lancei um sorriso estreito para Dianna por baixo do meu capacete antes de sairmos.

Andamos lado a lado, misturando-nos aos soldados pelos quais passávamos. Veruka recebia um aceno quase imperceptível daqueles que passavam, mas fiquei quieto até passarmos por outra tenda.

— Cuidado com a forma como fala com ela — avisei, mantendo minha voz baixa e meus olhos voltados para a frente.

Senti a tensão vazando de Veruka enquanto ela limpava a garganta.

— Não quis desrespeitar, mas ela não é treinada para batalhas.

Minha mão foi até seu braço, e a puxei para o lado, virando-a para me encarar.

— Ela será sua rainha.

Eu podia ver a resignação em seus olhos, e a deixei ir.

— Ela sabe disso?

— Como assim? — perguntei em voz baixa enquanto alguns soldados passavam.

— Eu mal a conheço, somente o que Orym me contou. A vontade e aliança dela estão com você e sua família, mas os reinos? Ela não age por eles. Ele me contou o que ela fez. O que os outros veem como uma rebelião buscando liberdade da tirania de Nismera era apenas para mantê-lo a salvo.

Eu não falei nada.

— Tem certeza de que ela quer mesmo ser rainha, ou ela apenas deseja estar com você? Você perguntou para ela, ou os dois estão cegos pelo amor e não focados no dever?

Um grito agudo cortou o ar, e olhamos para cima. Alguns ryphors passaram voando, virando para a direita e se afastando das tendas do estábulo em uma nuvem de poeira ondulante. Reconheci o comandante cavalgando sobre a fera maior. Veruka e eu trocamos um olhar e assentimos, voltando a nos concentrar em nossa missão.

— Acho que não precisamos adivinhar qual é a tenda — comentou ela enquanto íamos em direção ao barulho.

Soldados passaram por nós, indo para a direção oposta, retornando para onde deveriam estar. Parecia que ele tinha ficado fora tempo suficiente para decidirem fazer uma pausa. Agora, o intervalo havia acabado. Veruka e eu nos escondemos atrás de uma tenda vizinha perto de onde ele havia pousado. Fingimos estar entretidos conversando conforme olhávamos ao redor. Os ryphors estavam amarrados em seus postos, mas Illian e seus guardas pessoais não estavam à vista.

—Vou fazer uma varredura rápida no perímetro — falou Veruka, dando outra olhada.

— Então podemos entrar. Fique aqui.

Assenti, e ela passou correndo. Eu me movi em direção a algumas caixas, fazendo o melhor que podia para parecer ocupado.

— *Dianna.* — Minha mente se estendeu ansiosamente em direção a ela. Senti o puxão da conexão, mas não houve resposta. — *Dianna* — chamei de novo, com mais firmeza dessa vez.

— *Que foi? Já cansou da sua nova namorada?* — Sua frustração pareceu um roçar de gelo na minha mente.

— *Engraçadinha.*

— *Só estou falando que eu poderia ter ficado no topo da colina com Orym em vez de ficar em uma barraca suada que cheira a merda de verme.*

Minha mão se fechou, apertando mais ao redor do anel que eu usava sob minha manopla.

— *Eu queria que fosse você em vez de ela. Estou com a gêmea de Orym apenas poucos momentos, e ela já me irritou.*

Sua raiva pareciam agulhas pinicando meu couro cabeludo.

— *O que ela fez?*

Concentrei-me, mostrando a Dianna a conversa. Ela ouviu o que Veruka tinha me falado, e senti o nó no meu estômago apertar. Era verdade que eu nunca tinha perguntado a Dianna se ela queria mesmo ser rainha. Eu estava animado demais por estar com ela, arrastando-a para o meu mundo e responsabilidades sem nunca...

— *Sami.* — Sua voz era um bálsamo calmante que fez meus pensamentos pararem bruscamente. — *Você não me arrastou para nada que eu não queria. Eu escolhi você, Sami, e vou escolher, uma e outra vez. Além disso, eu sabia que você era rei quando tentei matá-lo da primeira vez.*

Eu ri e disfarcei com uma tosse enquanto um soldado que passava olhou para mim. Ele não falou nada e apenas continuou seu caminho.

— *Isso não muda nada, e Veruka pode cuidar da própria vida. Você não colocou nada nos meus ombros que eu não quisesse. Essa coisa de salvar o mundo e governar reinos faz parte do seu pacote, e eu não ia querer de outra forma.*

— *Mas eu nunca pedi, Dianna, e agora estamos casados. Foi egoísmo.*

— *Nem um pouco. Sou uma garota esperta, e sabia no que estava me metendo. Eu teria você com ou sem coroa. Contanto que tivesse você.*

Aquele calor se espalhou, não apenas na minha cabeça ou pelo meu corpo, mas inundou meu maldito coração. Essa mulher... ela era meu tudo. Veruka apareceu ao meu lado, e virei-me para encontrar seu olhar.

Veruka assentiu.

— Achei a tenda dele. Ele acabou de sair com um general, então, nosso tempo é limitado — informou ela. — Precisamos ir agora.

LXXXIII
SAMKIEL

Veruka e eu esperamos até que dois soldados passassem antes de nos esgueirarmos para dentro da tenda. Uma onda de inquietação tomou conta de mim, e parei, observando cada canto. Não vi nada, mas senti como se não estivéssemos sozinhos.

— Que foi? — perguntou Veruka enquanto se aproximava da pequena mesa perto dos fundos.

Balancei a cabeça e a segui.

— Nada — falei, focando o maço de pergaminhos e livros espalhados pela mesa. Veruka assentiu, voltando para a entrada da tenda enquanto vigiava.

Passei a mão sobre alguns papéis com números rabiscados. Pareciam pagamentos de remessas, cada linha com um nome ao lado. Peguei-os, dobrei-os e coloquei-os no bolso. Podiam ser nomes de benfeitores, pessoas que trabalhavam para ela ou pessoas que ela havia extorquido para que se aliassem. Vasculhei outra pilha, parando quando tinta vermelha chamou minha atenção. Afastando alguns documentos, abri o pergaminho por completo e me inclinei para a frente, apoiando a mão no canto do mapa.

— Veruka.

Ela virou a cabeça rapidamente em minha direção.

— Não é apenas um mapa deste mundo. É um mapa de todos que ela está planejando atacar.

Olhei para ela, e seus olhos se arregalaram. A princípio, pensei que ela estava reagindo ao que falei, mas seu olhar estava focado em um ponto logo depois da mesa. Virei a cabeça para o lado, mas era tarde demais. Uma mulher saiu do portal aberto e enfiou uma adaga serrilhada na minha mão, onde estava apoiada na mesa. Algo se abalou em mim enquanto uma poça prateada de sangue se formava no mapa. Cerrei os dentes de dor, olhos azuis cerúleos brilhantes fixos em mim em um olhar letal.

— Neverra — arquejei, o choque afastando a dor.

Houve um lampejo. Foi breve, mas esteve ali quando falei o nome dela. As laterais da tenda ondularam conforme portais se abriam um após o outro, despejando soldados. Illian apareceu no meio de todos eles, seus braços grossos e encouraçados para trás das costas.

Ele sorriu para mim e comentou:

— Bem, você não era esperado.

Ele levantou uma das mãos. Veruka gritou quando dois soldados apareceram de cada lado dela e enfiaram uma lâmina em sua barriga. Puxaram-na, e ela caiu para a frente, direto nos braços deles.

— Ela, no entanto, era — falou Illian, sacudindo o pulso. — Coloquem-na na carroça com seu irmão traidor. Partiremos em breve.

Meus olhos se arregalaram. Eles tinham pegado Orym. Suor se formou nas minhas costas. Tinham capturado Dianna também? Não, este lugar estaria coberto de chamas caso tivessem. Minha mente alcançou-a no momento que Neverra torceu a lâmina na minha mão, e sibilei.

Os soldados arrastaram uma Veruka mole para fora da tenda conforme Illian puxava um pingente verde brilhante da gola de sua armadura. Reconheci-o como um feitiço de disfarce criado por uma bruxa muito poderosa.

— Agora — ele veio em minha direção, a cabeça inclinada para o lado. —Você não era o que estávamos esperando. Nismera falou que a prostituta de Kaden apareceria, mas você, meu amigo, é maior do que até mesmo meu soldado mais implacável, e você é homem. Está com a prostituta dele agora?

Eu mostrei meus dentes.

— Fale isso de novo, e arranco sua cara do seu crânio.

Ele riu, e seu largo sorriso me deixou selvagem.

— Então você está.— Ele esfregou o queixo. — Nismera ficará feliz em saber que ela tem outro trabalhando para ela, mas me pergunto quem é você?

Ele contornou a mesa, e Neverra torceu a lâmina cruelmente. Meus olhos se voltaram para ela, e foi um erro quando a mão de Illian avançou depressa, por baixo do meu capacete e agarrando meu pescoço. Meu cérebro queimou graças àquelas mãos malditas e suas substâncias paralisantes. Ele era um comandante perfeito, capaz de tocar em qualquer um e deixá-los imóveis. Meus ombros relaxaram quando ele puxou meu capacete, o ar frio tocando meu queixo. O que ele não sabia era que eu tinha reforços.

— *Dianna*. — Era um sussurro do meu subconsciente para o dela, esperando que ela me ouvisse antes que todo o nosso disfarce fosse descoberto. — *É hora do Plano B.*

Ela não respondeu, mas senti o sussurro de seu sorriso, e mesmo incapaz de me mover, arrepios percorreram minha pele. Um rugido, mais espesso e alto do que qualquer um que eu já tinha ouvido vindo dela antes, rasgou o céu, todos os guardas e soldados se virando em sua direção.

Illian abaixou a mão e girou, rasgando a aba da tenda. Ele olhou para Neverra e falou uma palavra baixinho. Não ouvi bem, mas a cabeça dela virou em direção a ele, e ela assentiu. Enquanto estava distraída, estendi a mão e bati com força em seu peito, fazendo-a voar pela tenda. Arranquei a faca da minha mão, sibilando entre os dentes cerrados.

Olhei para Neverra. Ela estava caída no chão, mas respirava. Não sabia o que ele tinha dito, mas suspeitava que fosse algum tipo de ordem de morte. Minha palma se abriu e invoquei um pequeno portal abaixo dela. Eu só tinha poder suficiente para mandá-la para a borda da floresta, mas lá ela estaria a salvo do Plano B de Dianna. O corpo dela se curvou ao cair, e observei-a parar inconsciente na grama até que eu o fechasse. Eu a pegaria assim que terminasse aqui.

Ouvi botas passarem correndo e saí da tenda. O caos reinava no acampamento antes organizado. Soldados deixavam suas tendas correndo, outros paravam no meio do caminho para olhar, chocados.

O chão vibrou e estremeceu quando a forma gigantesca de Dianna avançou em direção ao céu, bloqueando o sol. Poderosas asas escuras se desenrolaram de suas costas, os restos da tenda caindo de seus espinhos.

— Ig'Morruthen!

O grito soou, e então o mundo explodiu em chamas.

LXXXIV
SAMKIEL

Saltei uma parede alta de chamas, rolando para ficar de pé do outro lado. Dianna rugia a cada passagem acima de mim, uma fumaça escura e espessa bloqueando o sol e dificultando a respiração. Asas enormes batiam no ar, gritos virando pó por onde ela passava. Vendo pelo lado positivo, eu não tinha certeza do que havia mudado, mas o fogo dela não me queimava mais. No entanto, o calor por si só me fazia suar. Abri caminho pelos guardas, que corriam em retirada. Outros tentaram montar uma defesa, mas não tinham armas que fossem eficazes contra ela. Todos os Ig'Morruthens restantes neste mundo estavam do lado de Nismera.

Avancei pela fumaça, atirando duas lâminas. Elas acertaram, penetrando fundo nos crânios de um par de guardas. Seus corpos caíram, levantando uma nuvem de poeira quando atingiram o chão amontoados.

— Você está indo na direção errada — rosnou Dianna na minha cabeça.

— Ah, peço desculpas. Talvez eu não consiga ver através das nuvens espessas de fumaça. — Parei, estreitando os olhos para ver se conseguia ao menos enxergar a torre de guarda.

— Aqui.

Virei a cabeça para a direita, e vi as chamas laranja e douradas jorrando do céu. Virei e corri em direção a elas, a cauda de Dianna balançando através das nuvens, fazendo-as se agitarem. Eu precisava pegar Veruka e Orym e sair dali. Tudo o que seria preciso era que a notícia chegasse a Nismera, e ela rasgaria um portal para chegar aqui. Eu não estava pronto para ela, ainda não.

Illian havia fugido no momento em que a viu, indo em direção aos ryphors, mas Dianna matou a fera dele antes que ele pudesse alcançá-la.

Corri mais depressa, desviando de guardas e tendas em chamas, abrindo caminho em direção à torre. De alguma forma, acima do barulho do caos, ouvi o som de uma bota contra o chão. Grunhi quando fui derrubado de lado, minhas costas quebrando o banco de madeira contra o qual caímos. Gemi e abri meus olhos, rolando para longe da espada apontada para minha cabeça. Neverra. Ela devia ter acordado e corrido o caminho todo até aqui para acabar comigo. Sim, era definitivamente uma ordem de morte.

Saltei de pé, invocando uma lâmina enquanto Neverra avançava em minha direção, mirando na minha garganta. Eu defendi, e aço colidiu contra aço, a vibração ecoando pelo meu braço. Seus olhos eram pura chama cerúlea enquanto ela pressionava com mais força. Empurrei-a, e ela girou sua lâmina acima da cabeça. Bloqueei os ataques que ela lançou, deixando-a me empurrar para trás. A última coisa que eu queria era machucá-la e matá-la estava fora de questão. Senti Dianna sussurrar em minha mente, mas eu estava focado demais em Neverra para prestar atenção.

— Neverra — chamei enquanto ela golpeava sua lâmina contra a minha mais uma vez. — Sei que você está aí.

Empurrei para trás, e ela voou pelo ar, pousando agachada. Seu rosto não continha nenhuma emoção. Não havia suor em sua pele. Ela era uma arma perfeita.

— Eu já tenho Logan — declarei. — Está na hora de você voltar para casa também.

Ela se levantou devagar e ergueu a espada entre nós dois, mas parou diante de minhas palavras. Deuses, meu coração vacilou. Se ela pudesse ser alcançada, todos eles poderiam. Esperança explodiu em meu peito. Todos eles poderiam ser salvos.

Ela moveu a espada, segurando o punho e a ponta da lâmina antes de bater com ela no joelho. Com um estalo, a lâmina se tornou duas. Ela atirou um pedaço em mim. Inclinei-me para trás, estapeando-a para longe, mas já era tarde demais. Neverra era a mais rápida dos meus, a mais forte e mais inteligente. Ela não perdeu tempo em tirar vantagem da minha distração; estava atrás de mim em um piscar de olhos, a outra metade da espada vindo em direção à minha garganta. Houve um estalo quando a mão de Dianna agarrou o pulso de Neverra, interrompendo a descida da lâmina.

— Oi, Nev — falou Dianna. — Quanto tempo.

Neverra não hesitou em largar a lâmina e se soltar, desferindo um chute giratório que empurrou Dianna contra mim, jogando-nos contra a lateral de uma tenda próxima.

Meu braço envolveu a cintura de Dianna quando ela caiu em cima de mim, meu corpo amortecendo sua queda.

A mão dela cobriu a minha onde descansava em seu abdômen.

— Porra. Ela está mais forte.

— Não — falei, rolando para ficar de pé e levantando Dianna comigo. — Neverra sempre foi humilde e doce, mas ela, de longe, é minha celestial mais forte.

—Ah, que ótimo.

Neverra se abaixou e agarrou a lâmina quebrada, pronta para completar sua missão.

Estendi a mão e agarrei o ombro de Dianna. Ela lançou um olhar para mim, mas estava obviamente relutante em tirar os olhos de Neverra.

— Preciso que você vá cuidar de Illian.

— Não — discordou ela —, não vou deixar você aqui.

— Ele tem Orym e Veruka. Se ele os levar de volta para Nismera, os dois estarão mortos.

O rosto de Dianna se enrugou enquanto ela debatia, e eu sabia que parte de si não se importava. Não era porque ela era fria ou insensível, como todos presumiam, mas porque ela me amava e estava tão cansada de perder aqueles que amava.

— Eu ficarei bem. Treinei Neverra, posso subjugá-la.

Algo cintilou no olhar de Neverra, mas desapareceu um momento depois. Ela começou a andar de um lado para o outro, seus movimentos graciosos e elegantes como sempre. Eu sabia que não tínhamos muito tempo antes que ela me atacasse outra vez. Ela estava apenas tentando descobrir como passar por Dianna.

— Dianna — insisti.

—Você é tão mandão — falou ela e cerrou os punhos. Eu sabia que ela não me deixaria, o mundo que se danasse, mas eu precisava que ela o fizesse. Perderíamos Orym e Veruka se ela não o fizesse.

— Por favor — pedi, enviando uma onda do meu desespero para ela, mas também do meu amor. — Salve os outros. Eu posso cuidar de Neverra.

— Eu nem gosto deles.

— Dianna.

Dianna rosnou suavemente e se afastou um pouco para longe antes de mudar de forma e se lançar no ar, suas asas batendo no chão com uma rajada de vento ameaçando achatar tudo ao nosso redor. Eu sabia que era a maneira dela de ter a última palavra.

Respirei fundo e levantei as mãos.

— Sem armas, Nev — falei. — Não vou machucar você. Logan me daria uma surra. — Mais uma vez, houve aquele brilho nas profundezas de seus olhos. — Você lembra dele, não é?

Ela investiu, mirando no meu peito com aquele pedaço quebrado da espada. Desviei, levantando meu braço para receber o impacto do golpe, que se chocou contra minha armadura, e meu antebraço formigou com a força da pancada. Arranquei o punho da mão dela, inclinando-me para trás quando sua mão veio na direção do meu rosto, o soco quase acertando meu queixo.

Ela avançou até mim com socos e chutes, implacável em sua missão. A maioria bloqueei ou recebi, mas me recusava a lutar com Neverra, que não era minha inimiga, apenas minha família.

— Todas as mulheres da minha vida querem me bater — brinquei. Ela levantou o joelho com força suficiente para me fazer grunhir com o impacto. Empurrei de volta, e nós circulamos um ao outro. Ouvi outro rugido de chamas atrás de mim. Dianna devia tê-los encontrado.

— Sabe, eu estava pensando outro dia em como você estava relutante em se juntar à Mão.

Neverra lançou outro golpe em direção ao meu rosto, e quando me afastei, ela levantou o cotovelo e me acertou no queixo. O impacto fez meu capacete voar. Ela seguiu com um chute no meu peito, minha cabeça zumbindo quando caí de costas.

— Agora olhe para você — gemi e me sentei. — Uma das minhas mais fortes.

Neverra ergueu o pé para me pisotear. Atirei-me para trás, deslizando de bunda no chão. Ela me chutou de novo, mas agarrei seu pé dessa vez e empurrei, fazendo-a voar por uma pilha de caixas. Eu saltei de pé e caminhei em direção a ela. Ela se levantou, com destroços espalhados ao seu redor.

— Sabe, um Destino me disse uma vez que o amor tem poder. Quero testar essa teoria.

Eu sabia que não devia e que me custaria, mas eu precisava salvar minha família, não importava que poder eu usasse. Eles eram mais importantes. Neverra atacou, e abri um portal até nosso novo lar bem no caminho dela. Logan estava sentado em uma cela, barras azuis brilhando atrás dele. Seus olhos cerúleos vazios nos encaravam, e partiu meu coração vê-lo olhar para sua *amata* daquele jeito. Eu nunca tinha visto nada além de amor no olhar dele quando a olhava.

Neverra derrapou até parar, suas mãos caindo para os lados. Ela piscou apenas uma vez ao observá-lo. Seu lábio tremeu, e eu sabia que tinha funcionado.

Os olhos dela dispararam para os meus.

— Sa-Samkiel. Como? O que está acontecendo?

— Você está aí. — Não consegui evitar as lágrimas que ardiam em meus olhos, mas minha alegria durou pouco. Ela caiu de joelhos, seu grito de gelar o sangue enquanto ela agarrava a cabeça. Corri, caindo de joelhos e derrapando até parar ao seu lado. Segurei suas mãos retesadas, impedindo-a de puxar o próprio couro cabeludo.

— Neverra. Está tudo bem, estou aqui. Você está…

Ela se desvencilhou do meu aperto, e seu punho disparou, acertando meu nariz e me fazendo cambalear para trás. Meus olhos lacrimejaram, mas eu já podia sentir que estava curando. Suas botas bateram contra o chão revirado enquanto ela se levantava, pairando sobre mim. Olhei para ela, e meu coração afundou. O que quer que havia estado lá tinha sumido, porém, aconteceu. Eu havia visto e ouvido sua voz. Era tudo o que eu precisava para me dar esperança. Se eles pudessem ser alcançados, nada me impediria de salvar minha família.

Neverra podia ser a mais rápida, mas não era mais rápida que eu. Levantei-me e apareci atrás dela. Meus dedos encontraram o ponto de pressão entre seu pescoço e ombro, e ela caiu em meus braços. Eu a levantei e atravessei o portal, chamando por Roccurem.

LXXXV
DIANNA

Eu era uma máquina de matar, feita de fogo e pontas afiadas. Uma arma era o que todos diziam, e uma arma era como eu me sentia. Pedaços dos ryphors caíam do céu, partes de seus corpos enormes espalhadas pelo acampamento de guerra abaixo. Garras, dentes e chamas mordiam cada um que pensava que seria capaz de escapar de mim. O sangue deles manchava minhas mandíbulas, pegando qualquer um que levantasse voo. Restava apenas um punhado, e um deles carregava aquele maldito comandante.

Illian e um de seus guardas se chocaram contra mim, dentes de ryphor mordendo minha pele. Meu quadril explodiu de dor, e queimei seu aliado até ficar crocante, minha cauda batendo na fera do comandante com força suficiente para quebrar ossos. Os dois caíram no chão, e os segui, pousando ao seu lado. Voltei à minha forma mortal.

Ele grunhiu, apoiando-se nas mãos e joelhos. Sangue escorria pelo seu rosto de um ferimento na cabeça, deixando seus dentes vermelhos enquanto ele ria de mim.

— Não vejo o que é tão engraçado — falei. — Você está sangrando mais do que eu.

O sorriso dele só aumentou quando se levantou, segurando o braço machucado. O ryphor entre nós deu um último suspiro, depois ficou quieto e pareceu desinflar.

— Então, você é ela? Você tem provocado um grande alvoroço, sabia?

— Sim, ouvi falar que Nismera está furiosa, tão furiosa que dizimou planetas. Isso é que é birra.

— Você é uma idiota, garota, se acha que foi só isso — cuspiu ele. — Ela tem uma arma agora que não deixará nada para trás. Acho que pode agradecer ao seu ex-amante morto por isso.

Minha mão estava em volta de seu pescoço antes que ele parasse de falar. Levantei-o e tentei falar, mas meu corpo decidiu que não era necessário, e uma sensação fria e formigante percorreu cada músculo e nervo. Minhas pernas tremeram, e ele riu, apertando uma das mãos enormes em volta do meu pulso. Desabei no chão, meus membros cedendo.

— Eu esperava que você fosse tão fácil de irritar quanto disseram. — Ele apertou a mão, aquela sensação fria se espalhando. Seus olhos brilharam em vitória conforme se inclinava para a frente, empurrando mais daquele agente paralisante em mim. — Vou usar uma medalha por sua captura.

Ouvi um chiado, e algo cortou o ar. O olhar de Illian permaneceu fixo em mim, mas seus olhos se arregalaram, e o sangue voltou a correr pelo meu corpo conforme sua mão afrouxava. Sua boca abriu e fechou, mas nenhum som saiu. Uma linha brilhante borbulhou e cresceu em sua garganta enquanto ele piscava mais uma vez antes de sua cabeça rolar para o lado, quicando em seu ombro.

Samkiel chutou o corpo de Illian para o lado e estendeu a mão para mim.

— É só eu deixar você sozinha por cinco minutos. — Ele me levantou e me apoiou conforme eu recuperava o uso dos meus membros.

— Foram mais de cinco, e olha ao redor. Eu quase saqueei o lugar todo enquanto você estava salvando Neverra — brinquei antes de ficar séria. — Ela está bem?

— Sim — respondeu ele com um suspiro pesado. — Orym e Veruka?

Minha mão, boa e móvel mais uma vez, disparou, acertando-o em sua placa peitoral encouraçada. Ele me encarou, confuso.

— Não faça isso de novo.

— O quê? Destruir aqueles que ameaçam você com minha lâmina?

— Não. Não me peça para escolher.

Os olhos dele suavizaram.

— Dianna.

— Não me venha com *Dianna*, *amor* ou *akrai* — falei, querendo dizer cada palavra, empurrando-o novamente. Ele não tropeçou nem ao menos se moveu, na verdade, e isso só me deixou ainda mais furiosa. — Você não vai gostar do resultado se me pedir para escolher entre você e outra pessoa de novo. E não me importo se você bufar, rugir ou ficar puto comigo. Eu não sou heroica. Esse é o seu trabalho.

O canto dos lábios dele se torceu. Senti o calor de sua admiração fluir pela minha mente, e havia até uma pitada de excitação devido a meu instinto protetor.

— E qual é o seu trabalho, então?

— Manter você vivo e garantir que não cometa erros estúpidos. — Cruzei meus braços e inclinei meu quadril para o lado, observando como seus olhos acariciavam a curva. — Você é terrível nisso.

A risada dele foi curta.

— Está bem, então. Onde eles estão? Orym e Veruka?

Gesticulei, apontando meu polegar para trás.

— A salvo. Eu parei a carroça que tentou escapar com eles. O comandante era o que restava.

As mãos dele deslizaram pelos meus braços, checando se havia ferimentos, e eu permiti. Eu sabia que lutar com ele só atrasaria o processo. Ele notou os pequenos cortes e rasgos em minhas roupas, mas eu sabia que não ia encontrar nada grave. Até meu quadril não estava doendo tanto. Os dentes dos ryphor deviam ter apenas passado de raspão.

— Estou bem.

— Hum-hum — acrescentou ele, antes de passar as mãos pela minha cabeça, seus dedos se entrelaçando em meu cabelo.

Dei um tapa nele.

— Sério, estou bem. E você?

— Estou bem — respondeu ele, olhando ao redor do acampamento queimado. — Um tanto ferido emocionalmente, mas lhe conto depois.

— Está bem — falei. — Precisamos ir buscar Veruka e Orym. Os dois estão bastante machucados.

— Claro.

Virei-me, liderando o caminho enquanto passávamos pelos restos em chamas de ryphors e tendas. Chegamos às carroças carbonizadas cercadas pelos corpos dos guardas queimados. Veruka segurando a barriga e gemendo, Orym ainda desmaiado em seu colo.

— Cauterizei os ferimentos o melhor que pude antes que o comandante escapasse.

Samkiel se ajoelhou ao lado dela, luz prateada brilhando em suas mãos enquanto ele a colocava acima da barriga dela. Veruka gemeu, e ele olhou para mim.

— Excelente trabalho — elogiou ele, sorrindo para mim enquanto a curava.

Dei de ombros.

— Talvez. O Comandante Mãos-de-Veneno quase me pegou.

— Isso foi erro meu — afirmou ele conforme Veruka gemia de novo. — Devia ter avisado você.

Dei de ombros.

— Nada demais. Você me salvou.

Veruka sentou um pouco mais reta, e Samkiel colocou Orym sentado. Ele moveu a mão sobre a cabeça, a luz prateada reluzindo intensamente. O céu se abriu com um estalo alto, e todos nós olhamos para cima quando três ryphors apareceram, um deles carregando um general, todos pairaram acima de nós, encarando por um momento antes de fugir.

— Merda.

— Dianna. — Samkiel se levantou depressa enquanto eu os observava fugindo para longe.

— Eles viram você! — rebati. — Viram o poder prateado. Vão contar para ela.

Meu corpo nem doeu quando busquei minha forma de fera, a mudança veio mais rápido do que nunca. Disparei de volta para o céu, deixando Samkiel parado ao lado da carroça destruída com Veruka e Orym.

— *Dianna.* — Sua voz estava cheia de medo. — *Não vá atrás desses ryphors!*

— *Se eles chegarem até ela, estamos ferrados* — argumentei. — *Vou ficar bem.*

Um grito cortou o ar quando forcei as chamas da minha garganta, queimando o ryphor mais próximo. Seu corpo em combustão espiralou em direção ao chão como uma fita flamejante.

— *Viu?* — Sorri mentalmente e me perguntei se ele sentia isso.

— *Vi* — respondeu ele.

Estiquei meu corpo e me esforcei mais, batendo minhas asas contra o ar, alcançando as duas restantes. Eu tinha voado longe o suficiente para não conseguir vê-lo, mas ainda o sentia. Era como uma corrente nos conectando, e mesmo que eu não pudesse vê-lo ou ouvi-lo, eu sentia a corrente puxar com força, vibrando com a essência dele. Aquela parte de mim que esteve vazia e solitária por tantos anos finalmente preenchida. Era apenas mais uma vantagem do anel que ele fez para mim. Talvez essa coisa de casamento fosse tudo o que parecia ser.

Os ryphors se dividiram, um indo para a esquerda e o outro para a direita. Merda. Não podia deixá-los escapar. Eles sabiam que Samkiel estava aqui, e agora, sabiam o que eu estava protegendo todo esse tempo. Se conseguissem voltar para ela, tudo estaria acabado. Voei rápido, cortando o vento conforme disparava para a esquerda. Se eu conseguisse pegar um depressa, poderia dar a volta.

Fumaça se elevou, bloqueando minha visão até o alcance do focinho, por isso, guiei-me pelo som em vez de com meus olhos. Estendi as asas, planando no vento e escutei. Um assobio suave à minha direita me fez girar, e vi a besta sem pernas chicotear nas nuvens. Bati minhas asas uma, duas vezes e ganhei velocidade, forçando-me contra o vento, a forma dela aparecendo. O general olhou para trás, seus olhos se arregalando quando abri minhas mandíbulas. A chama borbulhou, o calor acariciando minha garganta, mas o olhar surpreso dele logo se transformou em um sorriso satisfeito, e ele mergulhou.

Fechei meus maxilares, preparando-me para seguir, quando um brilho reflexivo chamou minha atenção. A fumaça se abriu, e mais dois ryphors surgiram de cada lado. Uma rede se estendeu entre eles, presa às selas. Não era feita de corda, mas de pura luz prateada, destinada a me cortar em pedaços. Eles a esticaram bem, e entendi que era uma armadilha. Tudo isso era uma armadilha feita para mim.

Merda.

Só podemos ser mortalmente feridos em nossas verdadeiras formas. As palavras de Tobias ecoaram na minha mente. Nismera sabia.

Eu estava voando rápido demais e não ia conseguir parar. Desta vez, minha arrogância podia de fato ser minha morte. Atirei minha cabeça para trás e fechei minhas asas, tentando diminuir meu impulso para a frente, mas era tarde demais.

— *Sami.* — Eu não tinha percebido que havia buscado por ele pelo nosso vínculo até que seu terror me inundou. Ele sentiu meu medo, minha apreensão, e o ouvi gritar meu nome.

Respirei fundo, preparando-me para a dor de me chocar contra aquela rede, mas ela não veio. Em vez disso, uma forma cinza e preta enorme acertou meu peito vinda de baixo, forçando-me a subir. A forma berrou de dor, um som oco e mortal. Ecoei seu berro, as bordas de nossas asas Ig'Morruthen soltando brasas de onde tocaram aquela rede.

Os olhos dele encontraram os meus, e minha respiração ficou presa. Não era qualquer Ig'Morruthen. Era Cameron. Nós dois não conseguíamos voar agora e espiralávamos em direção ao chão, nossas asas danificadas. O ar nos rasgava, e apesar de minha raiva e ódio, fechei minhas asas machucadas ao redor dele, encasulando-nos. Caímos no chão em um monte de poeira e cascalho.

LXXXVI
CAMERON

Um zumbido suave enchia meus ouvidos, e uma dor lancinante e furiosa subia pela minha coluna e pelos meus braços. Meus olhos se abriram, e pisquei, tentando fazer o quarto entrar em foco. Deitado de bruços, o catre abaixo de mim coberto com colchas grossas e peles. Encarei as barras cerúleas com suas runas giratórias e soube onde eu estava.

— E o que você queria que eu fizesse? — retrucou Dianna, sua voz rouca como se ela tivesse gritado por horas. Nós tínhamos caído muito, então, talvez tivesse mesmo.

Eu quase tinha chegado tarde demais. O portal que usei para chegar lá se abriu e me cuspiu no meio do caos. O acampamento de guerra inteiro estava em chamas e fumegando, mas não hesitei quando a vi levantar voo, indo direto para a armadilha deles. Nunca tinha me transformado antes, nem uma vez, mas algum poder inato surgiu em mim, e apenas segui meus instintos. Meu corpo se alongou, poder me preencheu, e em seguida eu estava no ar, disparando em direção a Dianna. Eu não fazia ideia do que eram aquelas redes. Nunca as tinha visto antes de hoje, mas agora eu sabia por que Nismera estava trabalhando até tarde, por que ela e Vincent não cheiravam um ao outro há meses. Dianna era sua maior prioridade agora.

— Foi tão idiota pensarem que você lutaria tanto por Reggie — gemi, o som tão rouco e áspero quanto a voz de Dianna tinha soado. Reggie estava do outro lado do quarto, suas mãos cruzadas à frente dele. Forcei meus olhos a focarem no Destino, mantendo-me o mais imóvel possível porque até respirar doía agora. — Sem ofensa.

Reggie não respondeu, e meu olhar se voltou para Dianna. Seus braços estavam mais curados que os meus, com apenas uma pequena descoloração que eu sabia que desapareceria em dias. Apenas uma pessoa poderia curá-la de armas divinas tão bem, e eu sabia que era o homem parado ao lado dela.

Eu fiquei zonzo e não consegui evitar o som que saiu dos meus lábios. Meus olhos arderam, e me perguntei se tinha perdido a sanidade. Ou talvez eu tivesse morrido e estava em Iassulyn, sendo forçado a encarar todos eles. Eu tinha sentido algo quando cheguei, mas pensei que fosse Dianna que eu estava percebendo. Empurrei-me, tentando me levantar e ir até ele. Meu grito ricocheteou pela cela quando minhas costas se rasgaram, e desabei no catre com um soluço. Samkiel passou correndo pelas barras e se ajoelhou diante de mim, segurando minha mão.

— Está tudo bem. Estou aqui — falou ele.

A voz dele era como música para os meus ouvidos. Eu não tinha perdido apenas meu líder e meu rei quando pensei que ele tinha morrido, mas também meu melhor amigo.

—Você é real? — Minha voz falhou. — Ou isso é outro sonho triste?

O olhar dele se suavizou, mas era verdade. Toda vez que eu fechava meus olhos, eu sonhava que o tinha salvado. Eu sonhava que tinha lutado, salvado Xavier, e que tínhamos ficado. Deuses, eu me odiava. Chorar doía, os soluços sacudindo meu corpo e reabrindo minhas feridas. Não consegui parar as lágrimas. Cada migalha de medo, culpa, arrependimento e tristeza vieram à tona.

— Eu sou real. — A mão dele era gentil em meu ombro, e um frescor calmante se instalou sobre minha pele dolorida e rachada. Eu sabia que ele tinha tentado me curar também, só pelas partes de mim que não estavam machucadas. Eu suspeitava que depois de curar Dianna, qualquer poder que ele tivesse havia se esgotado. Tinha que ser, já que ainda tingia o céu. Ele se inclinou sobre mim no abraço mais estranho do qual eu já tinha participado, sua cabeça sobre a minha como se ele estivesse com medo de me machucar.

— Mas você morreu. Todos nós sentimos — engasguei entre soluços buscando por ar.

— Dianna me trouxe de volta.

Levantei minha cabeça e me virei para Dianna, quase derrubando Samkiel de cima de mim. Lágrimas ainda escorriam dos meus olhos enquanto eu a encarava em choque. Dianna sorriu e deu de ombros.

— Trouxe de volta? Dos mortos? — quase gritei. — Como isso é possível?

— É uma longa história — respondeu Dianna. — Vou escrever um livro um dia. Agora, o que sabe sobre o paradeiro de Nismera?

Samkiel a ignorou enquanto dava um tapinha na parte de trás da minha cabeça.

— Eu também senti sua falta, Cameron.

Outro grito me deixou.

— Ai, deuses, a coisa foi ruim de verdade se você está falando isso.

O toque de Samkiel desapareceu de repente, e o bálsamo frio de sua cura se dissipou. A dor ainda era ruim, mas nem de longe a agonia que tinha sido. O pânico me apertou como um torno. Teria sido outro sonho? Isso tudo era apenas uma punição pelo que eu tinha feito? Olhei para cima e vi Dianna segurando seu pulso.

— Samkiel, você tem que parar — ordenou Dianna, puxando-o para longe de mim. — Já usou muito poder tentando curar nós dois. Você mal consegue ficar de pé, e isso está o drenando ainda mais.

— Não posso deixá-lo com dor — protestou Samkiel.

— Não vamos deixar, mas você não serve para nenhum de nós se dormir por uma semana de exaustão — retrucou ela. — Miska pode fazer alguns chás curativos para ele. Será um processo mais lento, mas vai ajudar.

Outro soluço saiu de mim, e ambos se viraram em minha direção.

— Deuses, senti falta de ouvir vocês dois discutindo.

Dianna balançou a cabeça enquanto Samkiel abafava uma risada, passando a mão pela testa.

— Você se lembra de onde estava? Onde Nismera está? — perguntou Dianna de novo.

Abri a boca, ansioso para lhes contar, mas minha garganta se apertou. Minhas sobrancelhas se franziram enquanto eu tentava forçar, mas nada veio. Queria contar onde tinha estado e o que tinha visto, mas apenas lampejos de ouro e creme perfuravam a névoa da minha memória.

— Eu... eu não lembro.

— Como pode ser isso? — Dianna perguntou, olhando entre nós.

Samkiel deu de ombros.

— Bruxas, talvez. Camilla era forte o bastante para esconder Kaden e você de mim.

O olhar de Dianna passou por mim.

— Ela está? Ela está a encobrindo?

— Duvido muito. — Gemi enquanto me virava para eles. — Camilla está muito ocupada ficando obcecada por Vincent e vice-versa. Sei que ela está trabalhando com Nismera, mas não acho que esteja fazendo isso. Nismera tem outras bruxas além de Camilla. É possível que uma delas esteja fazendo isso.

Samkiel suspirou.

— Isso prova minha outra teoria.

— Que é qual?

Observei como eles trabalhavam juntos e sorri, descansando minha cabeça nas peles macias. Ele estava procurando por isso há tanto tempo. Samkiel finalmente tinha sua rainha, e ela era digna dele em todos os sentidos. Dianna teria destruído os reinos por ele e nem mesmo permitiu que a morte os separasse. Afundei mais em meu catre. Apesar da dor das queimaduras, meu corpo enfim relaxou depois de meses de estar o tempo todo em alerta. Samkiel estava vivo, e eu estava finalmente seguro.

— Não há mapas para o reino ou para o palácio porque ela não quer ser encontrada. Presumi que era por causa d'O Olho, e acho que é verdade. Talvez ela não esteja camuflada, mas talvez tenha um feitiço que faz com que aqueles que saem de suas instalações percam a memória do lugar — explicou Samkiel.

Dianna lançou um sorriso sedutor para ele.

— Deuses, você é tão gostoso e tão inteligente.

— Concordo — falei contra meu travesseiro amassado. — Você está ótimo para um cara meio morto. Ou um cara morto recentemente. Como é que foi isso? Sua luz queima no céu. Eu senti. Todos sentimos.

Samkiel fez menção de abrir a boca quando o rosnado de advertência de Dianna o deteve. Ele lhe lançou um olhar, e ela o encarou de volta, suas sobrancelhas se erguendo em desacordo. Por um segundo, perguntei-me se estavam falando de mente para mente, mas não vi a marca neles. Outro rosnado de advertência retumbou na garganta dela. Um arrepio de medo percorreu minha coluna, mas Samkiel pareceu intrigado pelo som. Os olhos dele faiscaram um pouco mais antes que Dianna bufasse e cruzasse os braços em derrota. Ele deu a ela um pequeno sorriso antes de se virar para mim.

— Apesar do flerte descarado de Dianna, ela está certa — disse Samkiel. — Isso nos coloca em uma situação difícil. Não estamos mais perto de encontrar Nismera, e mesmo seres que estiveram em sua fortaleza não podem nos dizer onde ela fica.

— Sinto muito. Gostaria de poder ser mais útil — falei.

Dianna inclinou a cabeça.

— Quem disse que você não vai ser?

Preocupação subiu pela minha coluna, um arrepio percorreu meu pescoço.

— Certo, por que parece que você quer arrancar minha cabeça quando olha para mim desse jeito?

— Ela não quer. — Samkiel lançou um olhar penetrante para ela.

— Então o que acontece agora? — perguntei, não convencido de que ele estava certo. Dianna deu de ombros, batendo as unhas contra os bíceps.

— Nós mantemos você trancado.

— Temporariamente — Samkiel pronunciou a palavra devagar.

Era mesmo cômico observá-los. Dianna era uma força destrutiva, e Samkiel era quem mantinha a ela e tudo unido. Os dois realmente eram lados da mesma moeda.

— Está bem — falei, meus olhos disparando para Dianna. — Por quê? Eu nunca... Eu não faria. Não de novo...

O quarto ficou silencioso, o ar engrossando entre nós. Parecia uma bigorna pressionando meu peito. Como eu poderia me desculpar quando fiz tudo por Xavier?

Ela sustentou meu olhar.

— Você ainda está no auge da Agitação, o que significa que o que quer que Kaden queira de você, você fará.

— Não, não vou — quase disparei, sibilando ao tentar me erguer no catre.

— Cameron. Você foi transformado há meses. Ele ajudou você a se alimentar? A mudar de forma? Treinar? Duvido muito. Você está com sua fome sob controle? Hum?

Desviei o olhar, encarando o Destino. Ele assistiu a tudo se desenrolar com algo parecido com admiração em seus olhos assustadores.

— Exatamente — pressionou ela. — Você provavelmente faria um boquete nele se ele pedisse neste momento.

Minha cabeça virou em direção a Dianna. Havia nojo em seu rosto, e Samkiel a observou preocupado. Eu sabia que ele estava se perguntando se Kaden havia exigido o mesmo dela quando foi transformada pela primeira vez.

Dianna levantou as mãos.

— Só estou explicando, está bem? Não estou dizendo que aconteceu. No começo, você está muito ligado ao ser que o criou. Demora um pouco para tirar isso do seu sistema. Pense nisso. Por acaso ele não pediu para você fazer coisas, e você concordou? Imagino que até voltou depois de quaisquer missões a que ele lhe enviou, embora nós dois saibamos que você normalmente não voltaria.

Samkiel me observou com atenção, e não me virei dessa vez porque ela estava certa. Eu tinha feito exatamente isso. Uma estranha sensação de lar me puxava de volta para o maldito palácio de Nismera, embora eu o odiasse, odiasse ele. Presumi que era porque eu achava que Samkiel estava morto e que eu não tinha para onde ir, mas se o que Dianna falou fosse verdade, então eu estava ferrado.

— Certo. — Suspirei. — Mantenham-me trancado. Não quero atender ao chamado dele nem agir de acordo com o que ele deseja. Mais do que tudo, não quero machucar vocês de novo — falei e me deitei de volta no catre, minha cabeça pesada demais para segurar por mais tempo. Esperava que eles pudessem ouvir a sinceridade na minha voz.

— Prometo tornar isso o mais confortável possível até descobrirmos o que fazer — declarou Samkiel, agachando-se ao meu lado mais uma vez. Eu tinha esquecido o quão enorme ele de fato era. Ele colocou uma das mãos no meu ombro, e eu inspirei fundo, sentindo seu cheiro familiar. Então, um lar era assim.

LXXXVII
CAMERON

O sono não vinha, meu corpo recusando-se a me permitir o consolo da inconsciência. O castelo havia se aquietado, e meu relógio interno me dizia que já devia passar da meia-noite. O ar fresco que entrava em minha cela tinha um cheiro doce, trazendo milhares de novos aromas que eu normalmente estaria ansioso para explorar. Mas agora, apenas aumentavam o latejar na minha cabeça. Eu só conseguia me concentrar na queimação em minha garganta e no ronco em meu estômago.

Eu me remexi, suor brotando na minha pele enquanto uma necessidade dolorida rasgava meu intestino. Dianna estava certa. Eu não estava fora da Agitação, nem um pouco. Aquelas malditas lutas subterrâneas e o sangue tinham sido minha maneira de sublimá-la. Virei de lado, tentando ficar confortável, e ofeguei. Um par de olhos vermelhos reluzia para mim da escuridão do lado de fora da minha cela. Meu corpo estremeceu de medo instintivo, minhas costas gritando com o movimento.

Dianna emergiu das sombras, segurando um copo alto. O aroma me atingiu, e saltei de pé, minhas presas descendo. A dor nas minhas costas e braços era inexistente comparada à fome. Meu estômago roncou alto o bastante para ela ouvir, e garras substituíram minhas unhas. Ela deu um passo para trás, não por medo, mas avaliando a mim e minha reação. Ela girou o líquido no copo, o cheiro me deixando louco. Sem pensar, estendi a mão e agarrei as barras cerúleas. Sibilei de dor e as puxei de volta.

— Eu estava certa — declarou ela, dando um passo à frente. —Você estava morrendo de fome. Kaden não o ensinou a se alimentar, não foi?

— Eu sei como me alimentar — respondi.

—Você matou? — perguntou ela, com a voz baixa.

Fechei minhas mãos que estavam se curando e reclinei contra a parede, deixando meus lábios cobrirem minhas presas.

— Sim — confirmei, mantendo o olhar baixo.

Ouvi-a se aproximar e o som do copo deslizando pelo chão de pedra. Olhei para cima e a vi ajoelhada diante das barras, empurrando-o para além da barreira. Minha mão tremia quando o agarrei e pressionei contra meus lábios, engolindo o líquido escuro. Ele atingiu minha língua primeiro, minha mandíbula se cerrando com o gosto antes que ele descesse pela minha garganta.

Dianna apenas se sentou e me observou enquanto eu me alimentava. Meus olhos percorreram sua forma esguia e ágil, e meu estômago roncou de novo. Ela olhou para mim, cruzando as pernas e se apoiando nas mãos. Lutei contra o desejo, mas não consegui evitar a maneira como meu corpo reagiu. Eu nunca senti um único indício de luxúria por Dianna, nem uma vez, mas eu estava faminto e por mais do que apenas comida.

—Você quer me comer? — perguntou ela, seu sorriso quase irônico.

Terminei o sangue e abaixei o copo.

— Não — praticamente cuspi. — Sim... Não... Não desse jeito.

Seu sorriso desapareceu, e preocupação encheu seus olhos.

— Está tudo bem. É Agitação, e é natural. Você passou fome, Cameron. Ele não cuidou de você nem um pouco. Ele transformou você em uma arma e lhe deixou para juntar os pedaços. Todo o seu ser está apenas reagindo a cada uma de suas necessidades básicas. Não faça disso algo que não é.

Eu assenti, limpando minha boca com as costas da mão e deslizando pela parede, sentando no chão.

— Talvez mande Samkiel aqui para me alimentar.

— Não vai ajudar. Você ainda vai querer se alimentar e fodê-lo também.

Uma risada deixou os meus lábios.

— Quem não quer?

Os olhos de Dianna faiscaram antes que ela inclinasse a cabeça para trás e risse, um som pleno e sincero que me convidou a me juntar a ela.

Ela suspirou e sentou, apoiando as mãos nas coxas.

—Vou ajudar você o máximo que puder. Ensinar como se alimentar sem matar quando a última onda de Agitação passar. Você vai ficar novinho em folha, como costumavam dizer em Onuna.

Forcei um sorriso e levantei os joelhos, apoiando os antebraços neles.

—Você fez sexo desde que ele transformou você? — perguntou ela.

— Não.

— Por quê?

— Porque foi o que fez Xavier ir embora em primeiro lugar. — Senti meu peito apertar, e umidade pinicando em meus olhos. — Foi isso que o fez ser pego para começar. Eu e Elianna.

Dianna assentiu.

— Eu me perguntava como Kaden conseguiu pegá-lo.

Passei as costas da mão nas bochechas. Era a primeira vez que falava disso em meses.

— Nós brigamos depois da festa que você e Samkiel deram. Esperei muito tempo para falar para ele como me sentia, e Elianna foi a gota d'água. Ele ia se casar com o namorado. Ele me contou e foi embora. Mais tarde, recebi uma ligação dele, só que era Kaden. Ele me atraiu, e depois... — Minha voz sumiu.

Ficamos em silêncio por um longo momento, e temi que ela fosse me culpar agora. Olhei para ela e vi o olhar assombrado em seus olhos.

Ela me viu observando-a e balançou a cabeça, controlando sua expressão.

— Sinto muito.

—Você sente? — zombei e sentei-me mais ereto. — Eu sinto muito por...

Ela levantou a mão, cortando minhas palavras, e cada parte de mim se rendeu. Eu não sabia se era porque sua Ig'Morruthen exigia respeito ou porque ela era a personificação de uma rainha e estava ao lado de Samkiel, mas escutei.

— Não se desculpe, Cameron. Eu já fiz coisa muito pior do que você fez pela minha irmã. Entendo. Se alguém entende, sou eu.

— Às vezes penso que seria melhor se eu cedesse como você fez quando perdeu Gabby — admiti. O pensamento passou pela minha cabeça várias vezes naquele maldito palácio de horrores. — Queimar o mundo. Talvez tudo doesse menos.

— Não doeria — falou ela.

Meu olhar se voltou para o seu.

—Você fez parecer que sim.

Dianna passou a mão no rosto e soltou um suspiro profundo antes de voltar a encontrar meu olhar. Fiquei preocupado que minhas palavras parecessem um ataque. Não era minha intenção parecer que eu estava jogando seu passado na cara dela.

— Isso é diferente. Eu estava... muito triste e muito solitária, e era a única coisa que me ajudava a sentir algo, ou assim pensei. A alimentação? Sim, deixa você mais forte, mas não precisa ser um assassino como eu. E o sexo? Não significava nada. Você está certo quanto isso. Tudo o que fiz foi magoar Samkiel, o que você sabe que era minha intenção. Eu queria afastá-lo, provando para mim mesma que nunca foi real, que nunca significou nada. Eu queria que ele me odiasse como eu me odiava, talvez até que ele me punisse. Tudo o que eu estava fazendo, no entanto, era mentir para mim mesma e tentar enterrar meus sentimentos. Eu o amava antes de Gabby morrer, e eu o culpava e a mim mesma pela morte dela. Eu acreditava de verdade que meu amor por ele foi o que a matou. Claro que não foi. Foi o psicopata que transformou você, governado por outra psicopata que quer governar os reinos. Portanto, não, não ajuda.

Eu a estudei, sentindo uma profunda afinidade se estabelecer entre nós. Dianna entendia.

— Eu me odeio.

— Por quê?

Palavras borbulhavam na minha garganta, querendo sair. Elas queimavam e imploravam por liberdade, e eu lhes daria liberdade. Dianna teve que admitir tanto para se curar, e era hora de eu começar.

— Porque fiz com que a irmã dele fosse morta.

Assim que essas palavras saíram dos meus lábios, senti um peso sendo tirado dos meus ombros. Era como se guardá-las para mim por tanto tempo tivesse me prendido em um poço de ódio por mim mesmo. Tinha sido estúpido e tolo, colocando todos nós em risco.

Ela franziu as sobrancelhas.

— Como?

— Foi muito antes d'A Mão se formar, muito antes de eu ser amigo de alguém. — Engoli o nó crescente na minha garganta. — Esse é meu segredo sujo, e Kaden o usou contra mim. Eu fiz a irmã de Xavi morrer porque fiquei fora até tarde. Em vez de ir na missão com Athos, eu queria dormir para curar minha ressaca. Eles enviaram Kryella e seu time, e... Talvez eu sempre tenha sido destinado a ser Ig'Morruthen. É a única coisa que sinto agora, e acho que é assim que você se sente às vezes também.

Dianna sustentou meu olhar e declarou:

— Não vou mentir. Eu me sinto mais eu mesma quando me transformo. Saber que tenho o poder de proteger aqueles que amo foi um sonho que se tornou realidade, e me deleitei com isso. Mas, Cameron, você não matou a irmã dele. Você era jovem, estava bêbado e queria dormir até tarde. E daí? Você não fazia ideia do que aconteceria, nem teria como prever. Pare de se culpar e, se você o ama, lute por ele. Não importa o que aconteceu entre os dois, sei que ele lutaria por você.

Suas palavras tocaram nos meus pedaços partidos e feridos. Aqueles que eu encobria com humor, risadas e palavras para fazer os outros felizes enquanto eu sentia que estava morrendo por dentro. Ela estava certa em algum nível. Eu sabia disso, mas nunca seria capaz de me perdoar. Xavier perdeu a pessoa mais importante para ele, e foi minha culpa. Talvez ele estivesse melhor sem mim. Foi por isso que nunca lhe contei como realmente me sentia. Como eu poderia? Toda a nossa amizade era baseada na minha culpa. Eu amava um homem que eu tinha condenado. Eu era a definição de fodido.

Balancei a cabeça, com as mãos nos joelhos.

— Eu me sinto tão culpado.

— Não foi intencional — falou ela.

— Minha amizade com ele foi — revelei, abraçando minhas pernas. Nem mesmo o puxão das queimaduras ainda cicatrizando se comparava à dor no meu peito. — Ele estava tão triste, Dianna. Eu só queria melhorar as coisas, e melhorei, mas... nunca vou poder contar a Xavier. Ele vai me odiar.

Ela ergueu uma sobrancelha para mim.

—Vamos salvá-lo primeiro, depois, você decide o que ele precisa saber. Mas acredite em mim quando digo que mentir só vai magoar mais vocês dois.

Os cantos dos meus lábios se ergueram em um sorriso triste. Era tão estranho ver o quanto ela havia mudado. Dianna havia sido um ser de pura fúria e ira, e agora aqui estava, consolando-me e me dando conselhos sobre relacionamentos. Samkiel a tinha ajudado de verdade, mas ele sempre a tinha visto. Ele estava certo o tempo todo. Nós nunca conhecemos a verdadeira Dianna antes que ela perdesse a irmã. Dianna sempre foi uma protetora. Agora, tinha o poder de fogo para sustentá-la.

— O discurso vem do fato de vocês dois enfim estarem juntos? — questionei.

— Talvez. — Dianna sorriu, um sorriso que fez seus olhos reluzirem e não com o vermelho de sua fera, embora eu suspeitasse que sua Ig'Morruthen sentia o mesmo. Mas o que vi em seu olhar foi amor puro e genuíno. — Samkiel é bom. Ele sempre foi, assim como Gabby. Eles veem o bem em todos e em tudo, e se digo que os amo, tenho que tentar ser digna deles. Por isso, tento todos os dias viver conforme a pessoa que eles veem quando olham para mim. Pelo menos uma leve tentativa. Embora, verdade seja dita, tenho sorte de saber o que significa ser amada pelos dois e farei qualquer coisa para protegê-lo.

Um sorriso surgiu em meus lábios.

—Você já falou que o ama duas vezes. Vocês já...?

A atmosfera na sala mudou, e o sorriso que se espalhou em seu rosto foi um que eu nunca tinha visto vindo dela. Era uma alegria pura e radiante.

—Ah, melhor ainda. — Ela levantou a mão e balançou um dedo. Um anel brilhou ali, faiscando até mesmo na cela escura. Reconheci a pedra e sabia que era formada apenas de rocha derretida. Eu me perguntei se ele tinha lhe contado.

— De jeito nenhum. — Ofeguei e saltei de pé. Ignorando a dor gritando por todos os meus nervos, me aproximei. — Isso significa o que eu acho que significa?

Ela assentiu e olhou para o anel como se ele significasse mais do que o mundo para ela.

— Sim, perdi nossa marca de *amata* quando o trouxe de volta à vida.

— O quê? — exclamei.

Dianna acenou com a mão.

— É uma longa história. Conto depois, mas ele decidiu que essa era a segunda melhor coisa.

Balancei a cabeça, tentando processar tudo o que ela tinha acabado de me contar.

— Eu sabia que vocês eram parceiros. Ninguém mais era capaz de lidar com Samkiel, sinceramente. O homem tem um ego.

Ela jogou a cabeça para trás e riu, e me juntei no riso. Calor se espalhou pelo meu peito, sabendo que ele enfim havia encontrado a única coisa que estivera procurando por toda sua vida. Uma onda de tristeza se seguiu, porque lembrei de ter feito uma aposta com Xavier antes de tudo ir para o inferno. Queria que ele estivesse aqui porque simplesmente sentia sua falta.

Ela sorriu.

—Você não está errado sobre isso.

— Onde? — perguntei, atrapalhando-me com as palavras. Eu queria todos os detalhes. Todos queríamos que Samkiel fosse feliz, feliz de verdade, e agora ele finalmente estava. Ambos estavam. — Onde?

— Na verdade, fizemos a cerimônia aqui. — Ela olhou ao redor. — Eu mostro o restante do castelo quando você estiver livre.

— Espere até os outros saberem. Eles vão… — Parei quando seu sorriso sumiu.

Silêncio se abateu, a verdade não dita pairando entre nós dois. Olhei atrás dela para Logan, que estava em sua cela, e depois Neverra à sua frente. Ambos estavam com as costas eretas, seus olhos luminosos em um azul cerúleo radiante. Nenhum deles se movia, parados como perfeitas estátuas.

—Você acha que eles vão voltar?

— Samkiel acha. — Dianna não hesitou, sustentando meu olhar. — E vou fazer o melhor que sou capaz para garantir que voltem.

— Obrigado. — E falei isso com muita sinceridade. — Por tudo.

Dianna assentiu, suspirando enquanto se levantava. Ela limpou as mãos ao longo de suas calças pretas elegantes.

— Sim, bem, é para isso que serve a família, e você falou que eu era parte da sua há muito tempo. Não vou deixar você voltar atrás. — Ela sorriu mais uma vez para mim antes de subir as escadas.

— Ela tem uma armada, Dianna — gritei. — Disso me lembro. Uma frota grande o bastante para dominar todos os reinos, e você é a prioridade dela.

Dianna parou, e escuridão se formou no cômodo.

— Ela vai descobrir, como tantos outros, que me capturar, com exército ou não, não é uma tarefa fácil. — Ela olhou para mim por cima do ombro, seus olhos ardendo e reluzindo em vermelho. — Não temo deuses nem reis.

Meu sorriso foi breve.

—Acho que ela também sabe disso.

LXXXVIII
DIANNA

A porta fechou com um clique atrás de mim, e ouvi Cameron se acomodar para dormir. Era noite alta, e o castelo estava mal iluminado, mas eu não precisava de visão noturna para saber que havia um deus rabugento ali.

— Espiando, hein?

Samkiel estava apoiado na parede, com os braços cruzados. Ele parecia relaxado, mas pela sua postura, eu sabia que estava puto.

—Você não tem permissão para alimentá-lo sozinha.

Bufei, sem precisar do meu anel para saber o que ele estava sentindo. Seus olhos estavam duros e brilhantes, e eu podia ler cada emoção que tremeluzia em suas profundezas. Sim, com certeza de mau humor. Sorri largamente antes de ficar na ponta dos pés e agarrar a frente de sua camisa, puxando-o para baixo para dar um beijo em seus lábios.

— Tem certeza de que não é parte Ig'Morruthen? — perguntei contra seus lábios. — O ciúme e a territorialidade são idênticos.

Ele fez um barulho no fundo da garganta antes de retribuir meu beijo. Eu me afastei antes que pudéssemos nos deixar levar e mordisquei seu lábio inferior.

— Ele não consegue evitar como se sente — expliquei. — Não torne isso mais difícil do que já é, ok? Cameron foi transformado, usado e abandonado.

— Como você? — perguntou ele.

Mordi o interior do meu lábio, pensando em como contar a próxima parte com delicadeza.

— Na verdade, não. Kaden me ajudou mais.

Isso não ajudou. Samkiel se irritou, a linha perfeita de sua mandíbula se flexionando.

—Antes ou depois que pediu para você... Como foi que você disse? Fazer um boquete nele? — perguntou Samkiel, e senti a tempestade em sua voz.

Revirei os olhos.

— Está bem, foi uma piada no momento errado. Kaden pode ser escória e o mal encarnado, mas nós... Ele e eu... Não ficamos juntos até eu sobreviver à Agitação, e sempre foi consensual, mesmo que ele acabasse se revelando um babaca traidor depois. Não foi sempre assim.

Era a verdade, e Samkiel me disse que era o que ele queria de mim, portanto, eu a diria mesmo que o irritasse. Houve bons momentos entre mim e Kaden, mas foram breves, e os ruins os superaram em muito.

Samkiel desviou o olhar, sua mandíbula cerrada.

— Gosto dessa fantasia que tenho na minha cabeça em que você é minha e apenas minha, por muitos séculos.

Não consegui evitar a risadinha que saiu da minha boca, pensando em algumas outras fantasias que eu tinha mostrado a ele.

— Gosto dessa fantasia também, mas se fosse verdade, eu não saberia fazer aquela coisa que você gosta tanto.

Ele deu de ombros com toda a arrogância e confiança que eu tanto amava. Então acariciou meu pescoço, sua respiração quente contra meu ouvido enquanto sussurrava:

—Você ficaria surpresa. Sou um ótimo professor.

Ri e dei um tapa em seu ombro, afastando-me dele.

— Certo, professor. Agora, me diga de verdade por que estava bisbilhotando. Sentiu minha falta?

— Para ser sincero, sim — respondeu ele, endireitando-se. — Mas também porque Orym enviou uma mensagem.

Orym e Veruka levaram alguns dias para se curar antes de fazerem as malas e partirem. Foi agridoce. Eu sabia que Orym não ficaria depois que resgatasse sua irmã gêmea, mas Miska sofreu mais. Ela estava tão acostumada a não ter amigos que se agarrou aos que tinha feito. Orym prometeu enviar seus fátuos e visitá-la quando pudesse, mas eu sabia que seriam poucas vezes e distantes entre si. Eles eram espiões e, além disso, estavam sendo caçados.

Cruzei os braços.

— Ele encontrou alguma coisa?

Samkiel assentiu.

— Sim, ele e Veruka encontraram. Estou deduzindo que é outro membro d'A Mão. Por mim nós dois vamos, mas agora estou preocupado com Cameron.

Mordi meu lábio inferior enquanto pensava no assunto.

— Não ficaremos fora por tanto tempo. Posso levar outra refeição para ele antes de partirmos. Mesmo faminto, sangue como esse pode durar um dia inteiro, dois no máximo.

Samkiel olhou para a porta, sua testa franzida de preocupação.

— Ele vai ficar bem?

Eu não sabia a qual parte Samkiel de fato se referia. Fisicamente, sim, iria, mas emocionalmente? Esse tipo de cura poderia levar anos, e mesmo assim, Cameron não seria como antes. Dor que cortava tão fundo deixava cicatrizes.

— Sim — respondi, sabendo que ele leu o que se passou pela minha mente mesmo que não tenha dito. Por isso, mudei de assunto. — Acho que temos mais algumas semanas antes que ele possa praticar se alimentar de outras pessoas sem matar, e sim, antes que fale qualquer coisa, planejei que você viesse comigo para essas aventuras superdivertidas.

Samkiel sorriu, e me tirou o fôlego.

— Obrigado.

— Então qual é o plano?

Samkiel suspirou, esfregando a barba por fazer no queixo.

— Nós encontramos um local seguro na área. Pretendo levar Miska caso entremos em uma luta de verdade e alguém se machuque. Pensei que devíamos levar Roccurem também.

— Por que Reggie? — perguntei.

— Eu posso amar Cameron, mas eu o ouvi se alimentando. Se, por algum motivo, ele escapar, não quero deixar ninguém para trás de quem ele possa se alimentar. Sei que ele se queimaria até ficar aos pedaços tentando alcançar Neverra e Logan.

Concordei com um gesto de cabeça. Agitação era uma coisa complicada e que eu não entendia de todo. Mal me lembrava da minha transformação. As memórias eram confusas até que eu estivesse sob controle.

— Muito bem, quando partimos?

— Agora.

Suspirei e comecei a subir as escadas.

— Acho que já mais que merecemos umas férias.

Samkiel estava um passo atrás de mim, como sempre. Ele era minha alma em forma física. Era a única maneira de colocar em palavras o que eu sentia por ele. Era como se uma parte de mim vivesse nele.

Ele limpou a garganta.

— Eu ouvi o que você disse.

— Deduzi isso, dada a forma como você estava todo inflado em minha defesa. — Sorri.

— Não só isso — falou ele.

Parei e olhei para ele, um pé no próximo degrau.

— Tudo?

Samkiel assentiu duas vezes.

— Intrometido.

— Você estava falando sério? — Emoções estavam girando profundamente em seus olhos. Eles reluziam, mas como do Outro Mundo, não como se estivesse com raiva, mas com uma vulnerabilidade crua e penetrante, e eu sabia a que ele estava se referindo antes mesmo que ele falasse suas próximas palavras. — A parte em que você falou que me amava. Antes de...

Sorri enquanto me virava para encará-lo por completo e desci um degrau para que ficássemos olho no olho. Levantei a mão e a repousei de leve em sua bochecha, sua barba por fazer arranhando minha palma. No caos de tudo o que tinha acontecido conosco nos últimos meses e nós dois enfim admitindo o que nossos corações já sabiam, percebi que nunca tinha falado a ele.

— Samkiel, eu amo você desde que saímos do vórtice de Reggie e, às vezes, quando penso, acho que amava antes disso também.

Samkiel se inclinou para a frente, seus lábios pressionando levemente os meus. Não foi um beijo de desejo ou necessidade, mas de puro amor. Mesmo que meu corpo fosse uma coisa oca e dolorida, que nenhuma alma preenchesse sua escuridão e que a única coisa que o sustentasse fosse a batida do meu coração, ele possuía cada parte dele, cada parte de mim.

— Você também me possui. — Ele sorriu contra meus lábios, afastando-se.

Bati em seu braço, um leve tapinha brincalhão, e ele sorriu para mim.

— Continuo esquecendo que você pode ler minha mente. Isso é trapaça.

Ele sorriu e pegou a minha mão, levando-me para cima.

— Ainda não estou acostumada com isso — falei, entrelaçando meus dedos nos dele. Ele sorriu para mim e piscou.

— Está tudo bem. Sou um ótimo professor.

Eu ri, o som ecoando pelas paredes e enchendo de vida a nossa nova casa.

LXXXIX
CAMILLA

DOIS DIAS DEPOIS

Meus nervos estavam à flor da pele. Mesmo sabendo que tinha que fazer isso, eu ainda não queria. Hilma, Tessa e Tara observaram com atenção enquanto eu segurava o último pedaço do medalhão no alto. Elas prenderam a respiração enquanto eu falava o último encantamento. Magia, poderosa e feroz, atou nossas mãos, os fios esmeralda radiantes se esticando até os pedaços. Eu tinha uma força e um propósito recém-descobertos, e teria sucesso.

A última peça se encaixou no lugar, e uma explosão silenciosa detonou na sala. Fomos todas jogadas no chão por qualquer força que quisesse que o medalhão permanecesse em um milhão de pedaços. Usei a mesa para me equilibrar e levantei. Os olhos de Hilma estavam enormes ao me encarar por cima da mesa, seu cabelo espetado para todas as direções enquanto Tessa e Tara davam um gritinho do outro lado da sala.

— Você conseguiu — sussurrou Hilma.
— Consegui.

Sentei-me na minha cama, segurando o medalhão. A cruz circular cobria minha palma, as pontas de cada braço se alargando em pontas. No centro, havia um rosto esculpido no metal escuro, seus olhos e boca bastante abertos e vazios. Magia, espessa e pesada, pulsava atrás dele, redemoinhos iridescentes contra a escuridão, lembrando-me de óleo na água. Tracei as voltas e espirais gravados em cada braço da cruz. Os padrões não pareciam familiares, mas eu podia dizer que não era apenas um desenho aleatório. Virei-o, tentando identificar o metal, mas acabei me perguntando se era pedra. De qualquer forma, não era algo que eu já tivesse visto. Deslizei meus dedos pelas letras gravadas com precisão, palavras de uma língua que eu não conhecia.

Olhei pela janela para o sol poente, traçando, distraída, o formato do medalhão. Hilma queria contar a Nismera imediatamente, mas falei para ela esperar, para me dar um dia para ter certeza de que não estava com defeito e que não iria se desintegrar. Algumas das peças que combinamos haviam feito exatamente isso, então, era um raciocínio válido.

Era mentira, no entanto. Eu tinha outro plano, e ajudava o fato de que ninguém sabia onde Nismera estava. Ao que parece, ela tinha viajado. Ninguém sabia para onde ela tinha ido ou quando voltaria, mas presumi que ela estava preparando mais ameaças e intimidações. Os reinos estavam finalmente se acomodando e aceitando-a como sua governante. As bruxas não tinham ouvido mais nada sobre os rebeldes desde que ela incendiou o Leste.

A batida repentina à minha porta me tirou dos meus pensamentos, e saltei de pé. Coloquei o medalhão debaixo do meu travesseiro e corri para a porta. Vincent sorriu quando a abri e passou por mim. A porta mal tinha fechado quando ele me puxou para seus braços, sua boca cobrindo a minha. Calor feito xarope espesso fluiu por mim, acumulando-se no meu baixo ventre, mas me afastei, sentindo o gosto da tensão nele. Seu abraço se estreitou um pouco mais, como se ele temesse que eu tentaria interromper o contato entre nós. Deslizei minhas mãos para sua nuca, acariciando com delicadeza, e apoiei minha testa contra a dele.

— Qual é o problema? — perguntei, esfregando minha bochecha contra a dele, tomando cuidado para não interromper o contato ou me afastar dele.

Ele balançou a cabeça.

— Dia longo.

— Ah — falei, sabendo que não devia pedir mais detalhes.

Ele me beijou antes de dar um passo para trás, um frio repentino e cortante nos atingindo.

— Eu consegui — declarei.

Os olhos de Vincent ficaram sem expressão.

— Você terminou?

Assenti e fui até a cama. Puxei o medalhão do esconderijo ridículo e corri de volta para ele, que não se moveu, mas seus olhos focaram o medalhão. Seus olhos dançaram sobre a peça antes que ele estendesse a mão.

— Posso?

A assenti e coloquei em sua palma. Ele estremeceu e comentou:

— Poderoso.

— É mesmo — concordei. — Não tenho ideia de que mágica o quebrou, mas remontá-lo foi quase impossível.

— Mas você conseguiu — falou ele, colocando-o no bolso. — Nismera vai ficar satisfeita.

— Sim. — Balancei a cabeça. — Só que não pretendo entregar a ela. Pedi para Hilma me dar um dia para garantir que não iria entrar em combustão e que minha magia era forte o bastante para mantê-lo unido. Mas é isso, Vincent. Nós o pegamos e partimos. Podemos partir agora.

— Não vou a lugar nenhum, Camilla — falou ele, seu sorriso desaparecendo. — Mas você vai.

— O quê? — Meu coração disparou no peito, ecoando o som de suas botas enquanto ele marchava até a porta e a abria. Um soldado entrou, segurando um longo tridente dourado de ponta romba. Eletricidade disparou dos dentes, envolvendo-me em uma rede de faíscas crepitantes. Meu corpo tremeu, e minha magia se dissipou quando meus joelhos atingiram o chão.

Meus olhos se arregalaram e se encheram de lágrimas.

— Serpente traiçoeira.

Vincent cruzou os braços sobre o peito largo.

— Nunca menti sobre quem eu era. Você apenas era simplória demais para acreditar.

— Eu vou matar você! — Cerrei os dentes, suor escorrendo por cada trecho exposto da minha pele enquanto eu tentava invocar minha magia para lutar, mas nada aconteceu.

— Não — declarou ele enquanto o mundo escurecia. — Não, você não vai.

Minha cabeça pendeu para o lado quando me arrastaram pelos braços para os andares abaixo do palácio. Vozes perfuraram a escuridão que nublava minha mente, e pisquei, tentando dissipar a névoa. Comandantes e generais se alinhavam ao redor da sala, mas foi nela que me concentrei. Eu sabia quem era a maior ameaça.

Nismera estava parada no centro da sala ao lado de um bloco de pedra, seus soldados ao redor e um grande homem de um olho ao seu lado. O sorriso dele transformou meu sangue em gelo enquanto eu era arrastada em direção aos dois, e vi uma fome que beirava a luxúria na expressão dele. O homem usava couro cinza-escuro, sua gola presa firmemente por uma fileira de botões, mas seus braços estavam completamente nus. Ele segurava o cabo de um grande machado em uma enorme mão de três dedos. Suas bordas estavam gastas e cobertas de sangue seco, mas o poder que emanava dele lançou um arrepio de medo pela minha coluna.

Os soldados pararam e me puxaram pelos braços quando Vincent passou. Ele nem sequer me lançou um olhar ao andar em direção a Nismera.

— Fiquei sabendo que meu medalhão está pronto.

Meu rosto esquentou, e dor se contorceu dentro de mim. O quanto Vincent havia contado para ela? Os olhos de Vincent faiscaram quando ele parou diante dela e se ajoelhou, erguendo o medalhão em oferenda na palma. Virei a cabeça para o outro lado, incapaz de suportar a visão dele entregando-o tão facilmente.

— Maravilha — ronronou Nismera, arrancando o medalhão da mão dele e segurando-o contra a luz, observando a magia sombria espiralando lá dentro. Nismera olhou para Vincent no chão, seu olhar escaldante.

— Acreditou mesmo que eu não ia saber o que ocorre no meu reino? Tenho espiões em todos os lugares — sibilou ela para mim.

Nismera estalou os dedos da mão livre, e Vincent se levantou para ficar ao lado do homem de um olho só. Meu coração batia forte contra minhas costelas, e esforcei-me para invocar minha magia conforme ouvia passos suaves se aproximando. Hilma entrou e caminhou até o lado de Nismera, totalmente à vontade. Nismera colocou o medalhão selado na mão de Hilma, que se curvou com um sorriso frio. Ela deu um beijo na mão de sua rainha da guerra antes de recuar, nem mesmo olhando para mim ao sair da sala.

Nismera deu um passo mais para perto de mim.

— E você simplesmente se tornou inútil. Acho que é hora de lhe mostrar o que acontece quando as pessoas tocam no que me pertence.

Vi Vincent engolir em seco, e meus olhos dispararam para os dele. Ele havia contado... tudo para ela.

— Tragam-na. É hora de me livrar da minha bruxa.

Não me queixei, não chorei, enquanto os guardas me arrastaram em direção ao bloco. Puxaram meus braços à minha frente, mantendo a rede enrolada em meu corpo, fazendo-me estremecer quando enviavam outra onda de eletricidade através dela. Não fiz nenhum movimento para escapar, aceitando meu destino. Verdade seja dita, eu devia ter morrido com meu *coven*.

Todos os integrantes das legiões estavam atrás de seus generais, observando minha punição pública. Nismera queria tornar isso um espetáculo, para que outros testemunhassem o que acontece quando não são mais necessários ou convenientes para ela. Acima de tudo, ela queria me ferir na frente de Vincent por causa das transgressões dele. Só que ele estava ao seu lado.

Os soldados me deitaram sobre o bloco de pedra, pressionando meu peito contra a superfície fria.

— Idiotas — sibilou ela. — Quero as mãos, não a cabeça dela!

Os soldados me arrastaram de volta e me forçaram a me ajoelhar, colocando meus pulsos na laje de pedra. Minhas mãos! Ah, deuses, ela queria tirar minha magia. Meus olhos encontraram os dela, pânico puro me atravessando.

— Exato — falou ela com um sorriso, saboreando meu medo. — Tirarei suas mãos, livrarei você dessa magia preciosa, e assistirei dia após dia você sofrer. Bem assim.

Ela deu um passo à frente e agarrou o queixo de Vincent, esfregando sua boca na dele. Tentei me virar para não ter que assistir, mas os soldados me forçaram a ficar parada. A língua de Nismera disparou para dentro da boca dele, que se abriu para ela.

Magia, espessa e violenta, rodopiou em volta das pontas dos meus dedos, e os soldados ofegaram. Nismera se afastou com um olhar de puro orgulho, satisfeita por ter obtido uma reação minha. Ela finalmente entendia o quão forte eu era. Mantive meu olhar focado em Vincent, sua imagem borrada através das minhas lágrimas. Ele parecia preocupado, mas eu não me importava. Nismera riu e acenou para o homem de um olho avançar. Todos ficaram em silêncio. O único som era o arranhar do aço sendo arrastado pelo chão de pedra escura. Encarei-o, tentando desacelerar minha respiração conforme meu carrasco avançava mancando. Nismera se virou para a sala e levantou os braços, triunfante, um brilho esmeralda profundo irradiando de dentro do medalhão.

— Como podem ver, o estágio final de nosso grande esquema se concretizou. Aqui está a última chave antes d'A Ascensão. E uma vez que for concluído, esses reinos, os poucos que ainda restam, não terão escolha a não ser se curvar diante de sua rei legítima. O novo mundo está em nossas mãos, e assim acabará com o antigo.

Os aplausos e gritos de alegria morreram quando Nismera se virou para mim. Todos os olhos estavam em mim e, de repente, eu era o centro das atenções.

Nismera apertou as mãos em volta do medalhão.

— Mas antes, preciso de uma prova de verdadeira lealdade, porque os próximos meses serão desafiadores, e o resultado determinará o futuro.

O carrasco parou, colocando o enorme machado serrilhado sob seu queixo escamoso.

— Você, meu amado — dirigiu-se ela a Vincent. — Essa garota é a última amarra à sua antiga vida. Temo que você possa escorregar, e já que ela cumpriu seu propósito, não precisamos de mais distrações. — Os olhos de Nismera perfuraram os de Vincent. — Pode compensar por suas transgressões, e então poderei perdoá-lo.

Meu corpo ficou rígido quando ela puxou minha cabeça para cima pelos cabelos. Meu pescoço doeu com a tensão enquanto eu encarava Vincent, minhas mãos presas com firmeza contra a pedra.

— Posso perdoar tudo e não mandar pendurar você em uma lança fora da cidade com todos aqueles que falharam comigo. Apenas desarme a bruxa. Eu quero as mãos dela como um troféu para todos verem o que acontece quando tocam no que é meu.

Vincent franziu a testa.

— Mas e o medalhão? — perguntou. — E se a magia dela for volátil e ele quebrar antes do ritual?

Um silêncio tomou conta da sala enquanto Nismera sorria. Todos sabiam que ela era mais perigosa quando sorria.

— Não se preocupe com isso, bichinho. Um evento celestial, e não será mais uma preocupação. Ela terminou bem a tempo. Mais sete luas, e o alinhamento ocorre. Temos bastante tempo.

Uma calma fria suavizou o rosto de Vincent, e eu engoli em seco. Foi por isso que ela tinha pressionado tanto. Ela precisava de outro evento celestial, assim como com a morte de Samkiel.

Olhei para Vincent. Aceitação era um gosto amargo na minha boca, mas eu estava bem. Esse era um destino que eu achava que merecia depois de ajudar Kaden por tanto tempo. Eu merecia ser punida pelo que fiz com Dianna, com o mundo. Nismera soltou meu cabelo, andando em direção a Vincent para ter uma visão melhor da minha humilhação.

— Agora tire as mãos dela — sussurrou Nismera, pondo a mão no ombro dele. — Eu ordeno.

Uma percepção doentia e distorcida atingiu meu estômago, mas eu a engoli. Vincent se virou para mim, e Nismera interpretou seu silêncio como obediência, acenando para o carrasco. Ele parou a apenas alguns centímetros de Vincent e lhe entregou o machado. Vincent o pegou, e um pequeno suspiro saiu dos meus lábios. Abaixei minha cabeça, as grossas ondas castanhas do meu cabelo se espalhando ao meu redor, bloqueando minha visão do mundo. Meu corpo se curvando em resignação, meus braços esticados ao máximo, e minhas palmas para cima como se em súplica. Curvei meus dedos mais uma vez, sentindo o calor do brilho esmeralda uma última vez antes de perder minhas mãos e minha magia para sempre.

Vincent e eu éramos peões. Ambos buscávamos punição por nossa traição àqueles que nos amavam, pelo que ajudamos a orquestrar e, no processo, permitimos que fôssemos usados para cometer crimes ainda piores.

A sala ficou mortalmente silenciosa quando as botas encouraçadas de Vincent se aproximaram, e meu coração acelerado pulou uma batida. Eu o ouvi grunhir, e em seguida aço cortando o ar com um assobio quase musical. Fechei meus olhos com força, e jurei que o ouvi sussurrar "sinto muito".

O som de metal rasgando carne junto do som de aço se chocando contra pedra ecoou pela sala silenciosa. Dor destruiu minha mente, e eu gritei.

XC
KADEN

Gritos ecoaram do campo de batalha encharcado de sangue abaixo. A moeda girou entre meus dedos enquanto o último dos Di'llouns lutava por sua pequena aldeia. As conchas encouraçadas ao longo de suas costas não ofereciam defesa depois que Nismera forneceu a seus soldados armas que portavam um pouco de sua luz divina. Era apenas uma pequena quantidade, não o suficiente para queimar o usuário até as cinzas, porém, forte o bastante para que qualquer um que os enfrentasse se unisse à terra em que lutava. Assisti do topo de uma rocha que se projetava de um pequeno penhasco.

— O que é isso? — perguntou uma voz profunda ao meu lado.

Meu punho se fechou sobre a moeda, e me virei para Bash. Ele ficou na altura dos meus olhos, as penas no topo de sua cabeça estremecendo enquanto ele olhava para minha mão.

— Nada.

Ele arqueou uma sobrancelha, segurando a gola da armadura.

— Parece alguma coisa. Você acaricia essa maldita coisa todo dia.

— Que pena — falei, observando outro pequeno raio de luz dilacerar alguns rebeldes. — Nismera perdeu um de seus generais favoritos em um lugar qualquer como Di'lloune.

A risada latida de Bash podia ser ouvida até mesmo acima dos sons da batalha. Ele deu de ombros.

— Foi apenas uma pergunta.

— Esqueça — falei com uma expressão de desdém.

Ele levantou as mãos, as pequenas penas ao longo das costas delas se erguendo também.

— Está bem, está bem.

Suspirando, virei-me, observando a poeira se elevar acima do campo de batalha, a memória se recusando a ser negada.

—Você guardou? — A voz dela me pegou desprevenido, e olhei para cima. Como ela tinha se adaptado bem para conseguir me pegar de surpresa mesmo agora.

Segurei a moeda e deslizei a placa de pedra escura sob uma pilha de pergaminhos antes de me levantar. Dianna estava lá com um sorriso naquele rosto devastadoramente perfeito, segurando uma bolsa na mão.

—Você voltou um dia mais cedo — falei.

Seu rosto se contraiu.

— Não, voltei não. Você me disse uma semana, e já faz uma semana. A menos que queira que eu volte?

Não percebi que tinha me movido até estar na frente dela, bloqueando a porta. Seu sorriso aumentou.

Eu odiava aquilo, odiava como eu reagia a ela. Dianna não deveria estar aqui, sorrindo e olhando para mim daquele jeito, tocando-me como fazia. Ela não me pertencia, e como Nismera havia dito apenas alguns momentos antes, ela deveria estar morta. Meu sangue deveria tê-la tornado uma fera como as outras, mas eu estaria mentindo se dissesse que não estava chateado por ela ter sobrevivido intacta. Dianna havia despertado, e eu havia me apegado completamente nos meses em que ela esteve aqui. Estava se tornando um problema. Será que eu estava tão faminto pela menor demonstração de afeto que até mesmo um sorriso me fazia querer desmoronar?

Ela não era minha.

As palavras ecoaram na minha mente, mas eu a manteria, de qualquer forma. Só precisava descobrir como erradicar o falso rei antes que ele a encontrasse.

—Você quer fazer alguma coisa? — perguntou ela, afastando-me dos meus pensamentos.

— O quê?

— Só nós. — Sua mão pousou no tecido escuro da minha túnica. — Sem Tobias ou Alastair por perto fazendo comentários sarcásticos que eles acham que não ouço.

— Por quê?

Ela riu, o som roçando minha pele feito uma carícia.

—Você nunca teve um amigo, teve?

— O que nós faríamos?

Ela deu de ombros.

— Eu nunca saí de Eoria em toda a minha vida. Agora estamos nesta ilha por sei lá quanto tempo. Mostre-me o lugar. Talvez eu encontre uma moeda nova e menos ensanguentada para você.

A mão de Dianna roçou a minha, e apertei meu punho em volta do seu.

— Não, eu gosto desta.

Suas mãos permaneceram nas minhas, e ela olhou para mim como se eu fosse algo que valesse a pena olhar, mas ela não me conhecia, não de verdade. Ela não sabia das coisas malignas que eu havia feito em nome da vingança, porque nosso pai havia desejado que Isaiah e eu morrêssemos. No entanto, um toque ou sorriso dela e aquele buraco dolorido dentro de mim doía um pouco menos.

— Está bem — falei, ansioso para ver que prazer ela me mostraria em seguida.

O som de um portal se fechando atrás de mim me tirou dos meus pensamentos. Bash olhou para trás, mas eu não precisava ver sua expressão para saber quem tinha chegado. Eu conhecia a presença do meu irmão tão bem quanto conhecia meu reflexo.

— Estamos prontos — declarou ele.

Olhei para Isaiah enquanto ele sacudia o sangue de suas mãos encouraçadas.

— Está feito? — perguntei.

Irritação surgiu em seu olhar. Nós dois tínhamos coisas que nos perturbavam. A minha, claro, era abandono. Isaiah odiava ser enganado ou ludibriado. Ele havia lidado com a situação da maneira de sempre. Foram seus métodos que lhe renderam sua reputação, e ele não fazia nada para dissipar o medo que provocavam.

Isaiah se inclinou para perto da beirada do penhasco e olhou para a batalha que ocorria abaixo.

— Acha que consegue lidar com o resto deles? — perguntou a Bash.

O sorriso de Bash se tornou selvagem, e seu capacete fluiu sobre sua cabeça em um deslizar de metal. Ele nos deu um único aceno que foi um pouco baixo demais, parecendo uma reverência leve, antes de entrar na batalha. Os gritos angustiantes irromperam dez vezes mais, e mais terra foi atirada para o céu. Bash abriu caminho através dos Di'llouns para todo lado que se dirigia. Era outro lembrete de por que ele era um dos favoritos de Nismera.

—Você está pronto? — perguntou Isaiah novamente.

Assenti e dei uma última olhada na moeda em minha mão, passando meu polegar pelas faces gastas e a linha no centro. Coloquei-a no meu bolso antes de me virar com meu irmão. Ele abriu outro portal, e eu o segui, deixando a cidade arruinada de Di'lloune em fumaça e brasas.

XCI
NISMERA

A multidão se abriu, criando uma clareira enquanto eu pousava o ryphor gigantesco. Poeira foi levantada conforme o corpo poderoso chicoteava e se enrolava antes de parar. Vários guardas ainda pairavam acima de mim, mantendo o perímetro seguro.

— A legião — ouvi alguém sussurrar e vi uma mãe cobrir a boca do filho que sussurrara.

Outros pousaram e desmontaram enquanto eu saltava para o chão. Os sussurros morreram, as pessoas se agarrando aos seus entes queridos. As lojas não ousavam fechar suas portas ou janelas, com medo de chamar minha atenção para elas. Deuses do céu, eu amava o cheiro do medo. Era quase tão inebriante quanto minha outra indulgência favorita.

Tirei meu capacete e meu cabelo caiu pelas costas enquanto o colocava na sela.

— Ele ainda está aqui — falou meu comandante, e um sorriso surgiu em meu rosto.
— Excelente.

Nós nos movemos como um, uma legião inteira atrás de mim, avançando pela estrada. Aqueles que não saíram do caminho do meu exército foram empurrados para o lado, cotovelados e chutados. As pessoas murmuravam e olhavam fixamente, observando para ver aonde estávamos indo, certificando-se de que não estávamos indo em sua direção.

Eu amava o controle que tinha sobre os reinos. Eu havia construído o medo do zero e garantido minha própria coroa. Isso era o paraíso para mim; isso era paz. Eu nunca mais estaria abaixo de outro como eu havia estado tantas eras antes. Eu finalmente tinha a coroa e o trono que merecia, e de maneira alguma eu permitiria que alguém ou alguma coisa os tomasse de mim. O Olho cairia. Eles não iam poder se esconder para sempre, e hoje eu estava dando o passo seguinte para expulsá-los. Eu estava aqui para interromper seu suprimento de armas.

O beco era fedorento e imundo, e torci o lábio enquanto andava por ele. Ouvi o clique de fechaduras antes mesmo de dobrar a esquina. Gemidos murmurados se transformaram em gritos sussurrados e, em seguida, o som de pés correndo. Essas pessoas viviam como vermes, e pensei em simplesmente exterminá-las todas.

Girei meu pulso, e a lança de ponta dourada apareceu em minha mão. Meus guardas e comandante recuaram. Mirei-a para a porta e lancei meu poder através dela, deixando um buraco aberto onde a porta ficava. Entrei no bordel e a gritaria começou.

XCII
DIANNA

O vento morreu em uma massa rodopiante de lixo espalhado conforme o portal se fechava atrás de nós. Miska ajustou as alças de sua bolsa em volta dos ombros, segurando a pequena bússola que Orym lhe dera. Meus olhos dispararam em direção a Samkiel enquanto ele puxava o capuz um pouco mais apertado em volta da cabeça. Todos nos vestimos para nos misturarmos aos cidadãos da pequena cidade industrial.

Samkiel assentiu para mim e me deu a sombra de um sorriso, mais uma vez lendo a preocupação que pairava em minha mente.

— *Você ao menos me contaria a verdade se não estivesse bem?* — perguntei pelo nosso vínculo.
— *Estou bem. Juro.*

Mas eu sabia que em parte era mentira. Agora, eu não só conseguia ouvir os pensamentos de Samkiel se tentasse, mas também podia senti-lo. Sentia o peso em seus ombros, a apreensão por estarmos aqui e, acima de tudo, a onda de exaustão que o varreu quando o portal se fechou. Ele esteve usando poder demais, ultrapassando os próprios limites há semanas. Com seu poder espalhado pelo céu, ele não era tão forte e se esgotava depressa.

Ele caía em um sono profundo todas as noites, a exaustão o fazendo adormecer. Ele nem se mexia quando eu me levantava para usar o banheiro, e o peguei cochilando durante o dia. Meus olhos se desviaram para a lateral de seu abdômen, mas ele acenou para mim e apertou minha mão com firmeza.

Saímos do beco, nos misturando à multidão enquanto faziam compras ou procuravam algum lugar para comer. Dobramos uma esquina e paramos, Samkiel acenando para um prédio à frente, três guardas conversando do lado de fora da porta. Miska ficou atrás de nós, fingindo interesse em uma vitrine. Começamos a avançar de novo, Reggie andando alguns passos à nossa frente enquanto passávamos pela pequena casa estilo chalé.

Reggie fingiu estar bêbado.

—Você vai pagar o que é devido! — gritou ele, chamando a atenção. A multidão se abriu ao redor dele, sem parar, mas dando-lhe um amplo espaço. Samkiel e eu demos um passo para o lado e paramos. Dois dos guardas olharam para ele, um dando uma cotovelada no terceiro. Enquanto todos os olhos estavam no homem bêbado caminhando em direção a eles, nós nos movemos para trás dos guardas.

Samkiel se elevou acima do homem quando agarrou o pescoço dele. Ele puxou o guarda para trás contra si e aplicou pressão, o homem amolecendo em seus braços. O colega dele girou e abriu a boca para gritar, mas meu punho disparou. Ouvi ossos triturando, e o branco de seus olhos apareceu enquanto ele caía para trás. Samkiel olhou para mim, ainda segurando o guarda mole em seus braços, e dei de ombros. Seus olhos se arregalaram uma fração quando o terceiro guarda avançou contra mim pelas costas, mas girei e levantei meu pé, o chute o acertou no peito. Seu corpo voou pela porta da frente.

— Eu falei discretamente! — sibilou Samkiel para mim.

— Isso é discreto para mim — sibilei de volta.

Alguém rugiu atrás de nós. Vários guardas dentro da saleta nos viram e se viraram para fugir. Samkiel atirou seu guarda inconsciente para o interior, derrubando alguns deles. Segui-o para dentro, fechando a porta meio quebrada atrás de mim.

Reggie empurrou o último guarda para o pequeno armário, E tentei e falhei em fechar a porta duas vezes. Uma bota idiota estava no caminho. Eu me abaixei, movendo-a para dentro antes de finalmente fechá-la com um clique.

Levantei, limpando as mãos nas calças. Miska avançou por um pequeno corredor, e nós a seguimos. Samkiel estava de pé ao lado de uma mesa coberta de folhas de pergaminho e rolos de papel. Um peso de papel pesado e de formato estranho segurava uma página grossa e gasta em um lado, e a mão de Samkiel segurava a outra borda. Ele passou o dedo indicador sobre ela, erguendo a cabeça bruscamente quando entramos.

— Orym estava certo — falou Samkiel. — Essa foi uma reunião pequena, mas isto é apenas um diagrama do sistema de abastecimento de água aqui e na cidade vizinha. Há também alguns pergaminhos listando lugares onde cultivam plantações e algumas informações sobre uma empresa de transporte. É muita coisa.

— Isso é bom, certo?

— Sim — assentiu ele. — Seria se eu tivesse mais soldados para espalhar. Eu nunca chegaria a todos esses a tempo. A intenção dela parece ser interromper as cadeias de abastecimento. Esses lugares próximos ficam entre longas caminhadas. O Olho pode depender deles para alimentar seus soldados.

— Se — interrompi —, se ela persistir. Se os tivermos, talvez ela mude de planos.

Seus olhos buscaram os meus.

— Isso não faz eu me sentir melhor.

— Não, mas este mapa. — Dei a volta na mesa para ficar ao lado dele, olhando-o. — Isso lhe dá uma vantagem e nos dá uma pista de como o cérebro de Nismera funciona. Também nos diz em quais postos ela está interessada.

Ele sorriu e deslizou a mão no meu cabelo. Senti aquela sensação quente se espalhando pela minha pele conforme Samkiel me observava orgulhoso, ou talvez fosse apenas afeição pura e desenfreada. De qualquer forma, eu não me importava.

—Viu. — Sorri para ele. — Sou mais do que apenas um rostinho bonito.

Samkiel riu, mas durou pouco, pois o pequeno dispositivo em seu bolso vibrou. Ele o puxou para fora, o círculo escuro e redondo apitou., então o colocou sobre a mesa, e duas imagens levemente brilhantes apareceram.

— Samkiel — cumprimentou Orym. —Você encontrou?

Samkiel estendeu a mão para trás e agarrou a cadeira mais próxima, puxando-a para perto enquanto se sentava.

— Sim — respondeu Samkiel. — Encontrei um mapa e algumas informações sobre a baía de Havrok e carregamentos. Posso dar uma olhada no resto amanhã quando estivermos em casa.

— Perfeito, mas você vai adorar isso — interrompeu Veruka, pegando mais da imagem sombria. — Estamos em um bar na costa de Ravinne. Dois comandantes acabaram de desembarcar nos arredores com uma caixa. Achamos que estão carregando armas e fazendo uma pausa rápida antes de retornarem para ela.

Samkiel sentou-se um pouco mais ereto, lançando-me um olhar. Assenti, e ele voltou a olhar para os dois.

— Certo, perfeito. Vocês dois fiquem aí para garantir que eles não vão embora. Dianna e eu chegaremos em breve.

Orym e Veruka concordaram em ficar no lugar antes de desaparecerem naquele dispositivo. Samkiel reuniu as páginas que havia encontrado antes de se virar para mim.

— Tenho uma ideia — falei.

— Não — respondeu ele antes de contornar a mesa.

— Você não me deixou terminar.

— Eu já sei o que você vai dizer, e a resposta é não.

Joguei minhas mãos para cima e o segui para fora da saleta. Ele chegou até Miska e Reggie antes que eu o alcançasse.

— Escute, vai me levar menos tempo para pegar as armas. Você não será visto, e eu posso trazê-los de volta para cá. Além disso, se estão tão interessados na água, talvez devês-semos nos assegurar de que já não tentaram envenená-la ou interromper o suprimento.

Samkiel e Reggie olharam para mim, os músculos da mandíbula de Samkiel se movendo.

— Escute, se o vínculo funciona com uma forte conexão emocional, vamos ficar bem. Estou a apenas um pensamento de distância. — A linha na mandíbula de Samkiel se flexionou de novo, e levantei a mão. — posso lidar com uma caixa de armas, e além disso, Veruka e Orym estarão lá.

Os olhos de Samkiel perfuraram os meus.

— Não gosto da ideia de nos separarmos. Isso nunca funciona a nosso favor.

Reggie inclinou a cabeça em direção a Samkiel em concordância.

— Ei, fique fora disso — ralhei com Reggie, mas o Destino fingiu inocência.

Samkiel balançou a cabeça mais uma vez.

— Eu não aprovo, akrai. Sei que você é forte, mas Nismera tem estado em fúria. Já a vimos armando armadilhas para você no acampamento de guerra. Essa é apenas mais uma. Vamos pensar em outra coisa.

— Estamos falando de armas. Já vimos o que ela fez no Leste. E se o que ela está mandando de volta for algo muito maior e pior? — argumentei. — E se não tivermos outra chance?

— Quem disse que não teremos? — perguntou Samkiel, ficando um pouco agitado.

— Pense nisso como um ninho de aalxat.

Ele ergueu a sobrancelha.

Acenei com a mão.

— Certo, algum outro inseto nojento do seu mundo. De qualquer forma, ela tem um ninho, e nós o chutamos. Agora, todos os seus guardas estão saindo para descobrir de onde veio o chute. Precisamos agir enquanto estão fora e antes que voltem, se reagrupem e façam um ninho ainda mais forte.

A sala ficou em silêncio, e temi que minha analogia tivesse sido incompreensível para todos.

Samkiel suspirou, levando os dedos até a ponte do nariz. Ele abaixou a mão e olhou para mim. Mordi meu lábio inferior, sabendo que tinha vencido.

— Se — ele fez uma pausa como se as palavras fossem difíceis de pronunciar —, se fizer isso, você vai partir antes do sol se pôr esta noite. Duvido que vão ficar na estação por muito tempo. Você entra, pega-os e vai embora. Se parecer uma armadilha, volte imediatamente. Entendido?

— Entendido. — Sorri, esperança brilhando em meu peito. Se essas caixas contivessem mesmo o menor tipo de armas ou peças, isso nos daria alguma ideia do que ela estava realmente fazendo. O Leste eram rochas flutuantes agora, e as redes que conseguiram me capturar assustaram Samkiel e a mim. Se Nismera tem o poder para fazer algo tão grande e poderoso, o suficiente para cortar um Ig'Morruthen em tiras, eu estava ficando mais preocupada com o que mais ela possuía.

Ele levantou um dedo.

— Sem lutas desnecessárias e sem riscos desnecessários.

Levantei a mão, estendendo meu mindinho.

— Eu prometo. Além disso, vou encontrar Orym e Veruka lá. Não vou sozinha.

Suas narinas se dilataram.

— Estou falando sério, Dianna.

— *Pare de cerrar os dentes antes que quebre um* — sussurrei na mente dele.

— *Ele vai crescer de novo.*

— Vou ficar bem. Ao primeiro sinal de perigo, corro direto para você. Prometo. — Remexi meu dedo mindinho para ele, falando essa parte em voz alta.

Seus olhos se suavizaram, e ele levantou a mão, seu mindinho envolvendo o meu brevemente. Ainda assim, senti sua apreensão e preocupação deslizarem em minha mente.

— *Eu simplesmente odeio ficar longe de você.*

Meu coração disparou e observei enquanto ele endireitava os ombros, finalmente desistindo da discussão.

— Nada de voos — ele avisou de novo, e meu sorriso cresceu um pouquinho mais. — Não confio que ela não usará aquelas redes em todos os lugares. Só voe quando eu estiver com você.

— Está bem. — Sorri, sabendo o quão protetor ele era. Só tinha aumentado dez vezes mais desde que ele me reconquistou, e eu não estava reclamando nem um pouco. Era bom ser amada, afinal.

— E manterá contato comigo o tempo todo. — Ele acenou com a cabeça em direção à minha mão, e meu olhar caiu para o meu anel.

Girei a peça preciosa em volta do meu dedo.

— Será que vai funcionar tão longe?

— Deveria, contanto que você não o remova. Ele está vinculado a nós dois.

XCIII
DIANNA

Samkiel me observou até o portal fechar, e tudo o que eu pude fazer foi balançar a cabeça. Safado divino superprotetor. Eu o amava.

Atravessei a rua até a pequena padaria onde eu deveria encontrar Orym e Veruka, minhas botas batendo contra os paralelepípedos. Tinha a vista perfeita das docas. A porta se abriu quando me aproximei, e esperei o homem sair antes de entrar. A pequena mulher atrás do balcão acenou para mim, mas um olhar me disse que Orym e Veruka não estavam lá. Olhei pela janela em direção às docas, mas também não vi nenhum ryphor.

— Com licença — perguntei à dona. — Estou procurando dois dos meus amigos. Você os viu? Mais ou menos dessa altura, orelhas longas e pontudas, elfos?

— Ah, sim. — Ela sorriu e deu os retoques finais em um expositor atrás do balcão. — Estiveram aqui antes. Conversaram por um momento antes de irem embora. Eu os vi indo para lá — explicou ela, apontando para as docas.

— Certo, obrigada — respondi, forçando um sorriso. Meu instinto me dizia que alguma coisa não estava certa.

Dei uma última olhada na mulher enquanto ela andava cambaleante, uma mão na barriga crescente, em direção a outra vitrine de doces. Ela não cheirava a morte. Algumas partes de mim nunca parariam de olhar por cima do ombro em busca de Tobias. Também não detectei o fedor de mentira vindo dela. Certo, talvez não fosse uma armadilha.

A porta atrás de mim se fechou com um rangido enquanto eu puxava meu capuz mais para cima na minha cabeça. O paralelepípedo era áspero e irregular enquanto eu avançava. Um reflexo de pequenos olhos chamou minha atenção, e levantei o olhar. Ali, em uma placa quebrada, um pássaro feito de meia-noite estava pousado me observando. Seu bico era tão escuro quanto suas penas, e seu corpo era tão longo quanto meu antebraço. Inalei profundamente, mas nenhum cheiro fluiu para o meu nariz. Meus olhos se estreitaram. Não era um metamorfo. A falta de cheiro provava isso. Sibilei, mostrando minhas presas para a criatura, e ela levantou voo, desaparecendo na noite. Balancei a cabeça e continuei em direção às docas.

A Lua estava muito mais próxima aqui do que em outros mundos, cobrindo a maior parte do horizonte e com um anel de rochas ao seu redor. Tudo estava calmo nas docas, sem sinal de ninguém, e eu conseguia sentir apenas um vestígio do cheiro de ryphors. Parei de repente quando vi uma adaga cravada em um poste do píer. Rasguei o papel que ela segurava no lugar e li.

O encontro mudou para Torkun. Depressa, decidiram que este lugar não era bom o bastante para uma pausa. Deixamos um transportador para você no píer.

Orym

Amassei a nota e a incinerei com um pequeno clarão das minhas chamas. Agarrando a borda do píer, deslizei para o lado e agarrei a madeira gasta com uma das mãos. Vi uma das manoplas transportadoras escondida sob uma viga e a agarrei com minha mão livre. Com um grunhido suave, balancei minhas pernas e me impulsionei de volta para cima.

Voltei a subir a colina. A lama grudada nas minhas botas me fez escorregar quando pisei nos paralelepípedos escorregadios. Abri a trava da manopla e runas explodiram no ar, cercando um pequeno mapa circular. Um ponto vermelho piscava, indicando meu destino. Orym, elfo lindo, já tinha definido as coordenadas.

Meu dedo pairou sobre o botão para me transportar. Sabia que precisava contar para Samkiel que estava mudando de local, mas ele apenas apareceria, protestando que precisava ir comigo. Realisticamente, eu precisava fazer isso sozinha. Tinha que lhe mostrar que não podíamos fazer todas as missões juntos e que eu ficaria bem sem ele ao meu lado. Não poderíamos salvar o mundo grudados um no outro. Esses reinos eram vastos demais. Dei uma última olhada na minha aliança de casamento e apertei o botão.

A manopla sibilou na minha mão, e a sacudi, o topo faiscando e chiando. Olhei mais de perto e vi um pequeno amassado e uma rachadura. Deve ter sido danificada quando Orym e Veruka a roubaram. Felizmente, eu tinha chegado a Torkun antes que quebrasse, mas não tinha percebido o quão longe esse planeta era. Era definitivamente uma parada entre mundos.

Um grito de ryphor cortou o ar, e ergui a cabeça depressa. A fera pairava ao lado de uma taverna. Não vi a caixa de armas, mas imaginei que Orym e Veruka deviam estar por perto. Jogando a manopla no lixo, levantei o capuz da minha capa e caminhei em direção ao pequeno prédio.

— Está tudo bem?

Saltei, quase dando um grito ao me virar, esperando ver Samkiel bem atrás de mim.

— Deuses, ainda tenho que me acostumar com isso — respondi.

A risada dele flutuou pela minha cabeça.

— Você está bem?

— Estou — respondi, parando do lado de fora da taverna. Não sabia se ele conseguiria ouvir a música, mas não queria correr riscos.

— Que música?

— Ah, tem uma banda — falei. — Na cidade. Estranho, né?

— Sim, estranho mesmo.

Cantarolei na minha cabeça como se estivesse ouvindo a música, esperando que ela abafasse meus outros pensamentos.

— Está tudo bem. Mas preciso me concentrar. Encontrei os ryphors. Agora, só preciso encontrar as armas deles. Falo com você assim que as tiver.

Samkiel ficou em silêncio, e jurei que podia ouvi-lo pensando.

— Cinco minutos.

— Como é? — respondi mentalmente, aproximando-me da porta.

— Fale comigo em cinco minutos, ou estarei a caminho.

— Ai, meus deuses.

— Tique-taque.

Revirei meus olhos enquanto sorria e o afastei antes de irromper na taverna. Eu teria que me apressar porque sabia que Samkiel falava sério. Música, suave e fluida, enchia a sala. Pessoas sentadas em pequenas mesas, algumas bebendo, outras apenas conversando e rindo. Todos pareciam estar se divertindo.

Fiquei na ponta dos pés, olhando ao redor de alguns seres mais altos, tentando localizar meus companheiros elfos. Não os vi, e meus lábios se retorceram para o lado. Porra. Onde eles estavam? Distraidamente desviei de um bêbado cambaleante, meio que empurrando-o para fora do meu caminho. Meu olhar vagava inquieto pela taverna. Meus instintos gritavam para mim, mas não havia soldados aqui que eu pudesse ver, e eu não conseguia localizar o perigo. Tudo aqui parecia exatamente o que se esperaria de um lugar como este.

— Posso ajudá-la, senhorita? — perguntou uma voz por cima da conversa e da música.

Virei-me e vi um barman de cabelos verdes e espetados limpando o balcão.

— Sim — respondi, deslizando para um assento vazio. — Estou procurando meus amigos. Você os viu? — Levantei minha mão enquanto falava. — Garota alta e um cara, meio parecidos? Orelhas e rabos pontudos?

O barman olhou para o bar quando alguém gritou por ele. Levantou o dedo antes de sorrir para mim.

— Um segundo.

Suspirei e me encostei no bar enquanto esperava.

— *Alguma coisa?*

— *Sabe, eu não sabia que deuses eram tão protetores* — murmurei, olhando ao redor da taverna movimentada.

— *Já se passaram cinco minutos.*

Virei-me no meu banco e observei o salão. Uma placa de banheiro brilhava no canto, retratando imagens de seres lavando as mãos.

— *Eles estão no banheiro. Não fui sequestrada nem mutilada, e todas as suas partes favoritas estão no lugar.*

Ele riu.

— *Tudo bem.*

— *Falo com você em mais cinco minutos, seu preocupado.*

Um ronco profundo vibrou através de mim antes que o calor de nossa conexão se esvaísse, e eu estivesse sozinha na minha cabeça mais uma vez.

Virei-me de volta para o bar, olhando para a série de garrafas transparentes e multicoloridas na parede do fundo. O barista retornou e depositou uma bandeja na minha frente. Sangue pingava das bordas, o cheiro era quase insuportável. As cabeças de Veruka e Orym estavam sobre ela, os olhos revirados para trás e as bocas escancaradas como se tivessem morrido gritando.

— É isso que estava procurando? — perguntou o barman com um sorriso amável.

Meu banco fez barulho quando saltei do assento. Um arrepio percorreu minha espinha. A risada doentia e molhada da oráculo zombou de mim. *Eu não a seguiria, garoto sem cabeça, ou terá uma gêmea para combinar.* E combinavam. Meus olhos dispararam para o barman sorridente enquanto eu balançava a cabeça devagar.

— Não é isso que estou procurando.

Alguns passos abaixo, uma voz profunda perguntou:

— Tem certeza de que não está procurando pelo especial dois por um? — Ele tomou um gole do sangue em seu copo, e um som de desprezo saiu de seus lábios. — Uma mentirosa e um traidor?

Ele se parecia tanto com Samkiel e Kaden que você teria que ser ignorante para não saber que era irmão deles. Eu me senti tão idiota por não ter visto a semelhança entre

Kaden e Samkiel antes. Seu comportamento, arrogância, confiança exagerada e os egos enormes que os faziam acreditar que nada vivo ou morto poderia tocá-los.

— Então, qual é seu superpoder? Você é como Alistair? Controla mentalmente uma cidade inteira para fazer o que você quer?

Ele levantou uma pedra esmeralda pura.

— Bruxas, na verdade.

Ele esmagou a pedra com o punho, e a sala brilhou. Todos os seres que estavam conversando, dançando, bebendo e rindo agora estavam mortos. Pedaços deles espalhados pelas paredes e pelo bar como se tivessem explodido de dentro para fora. O sangue que ele bebia parecia ter vindo do barman, que estava meio caído no assento ao seu lado.

— É um feitiço de ilusão — explicou, erguendo o copo e tomando outro gole. Ele apontou com a mesma mão para o prato. — Exceto eles, é claro. Estão mortos há horas.

Meu coração batia em disparada e dei um passo para trás, escorregando um pouco no chão ensanguentado.

Ele olhou para mim, sua língua deslizando sobre seus dentes. Ele me observou como um predador observaria a presa antes de atacar para matar.

— Quer dizer que você é ela? Não fomos devidamente apresentados. Eu sou Isaiah. Não dei uma boa olhada em você quando entrou e causou todo tipo de caos antes de fugir com o cadáver do meu irmãozinho.

Meus punhos se cerraram ao lado do corpo, e minhas unhas estavam cravadas nas palmas das minhas mãos.

Isaiah de repente estava de pé e invadindo meu espaço pessoal. Minha cabeça se inclinou para trás enquanto ele me encarava. Seu olhar se moveu por mim da cabeça aos pés, não com luxúria, mas com clara decepção.

— É por isso que você arriscaria tudo? Aonde está o restante dela? — perguntou ele, seus olhos caindo para o meu peito. — Ela mal tem seios.

Minha pele formigou, e minha respiração se acelerou com o som familiar daquelas botas contra o chão, os passos comedidos que eu tinha me condicionado a identificar. Um passo, depois outro, e cada célula do meu corpo entrou em alerta máximo.

— Ela compensa em outros lugares.

Kaden.

Meu corpo tremia, a Ig'Morruthen em mim se debatendo e mordendo. Queria rastejar até a superfície e despedaçá-lo por cada coisa que ele tinha feito, por tudo que ele tinha roubado de mim, mas a parte racional de meu cérebro, a parte que Samkiel tinha treinado, falou para eu esperar e calcular minhas chances primeiro. Eles me atraíram para este planeta desolado por uma razão, e o fato de que ambos estavam aqui significava que não tinham intenção de partir sem mim.

Virei-me para ele, a maldição da minha existência. Forcei-me a relaxar, recusando-me a permitir que ele visse que cada célula do meu corpo estava em alerta máximo. Os dois não tinham vindo sozinhos. Um punhado de seus generais se espalhava atrás deles. Forcei um sorriso. Estendendo minhas mãos para os lados, girei, observando cada janela e porta.

— Devo dizer que foi inteligente me arrastar para tão longe, Kaden. Tinha medo que eu incendiasse um lugar do qual você gosta? — Parei e sorri para ele. — Estou lisonjeada, de verdade.

Inclinei meu corpo e juntei minhas mãos atrás das costas, tirando meu anel e colocando-o no bolso. Samkiel não podia saber o que estava acontecendo aqui. Ele não estava curado, e caso aparecesse, não apenas estaria em perigo, mas saberiam que ele estava vivo. E os dois iriam direto para Nismera com a informação, e ela não podia saber. Ainda não.

Kaden se encostou no batente da porta, um pequeno sorriso no rosto revelando apenas uma sombra de sua covinha. Como uma criatura tão maligna quanto ele podia ter uma covinha? Simplesmente não estava certo.

— Admito, realmente subestimei você ao longo dos anos, mas depois de tudo, não vou cometer esse erro de novo. Ninguém vai.

— Ótimo.

Isaiah suspirou, e eu o senti se mover atrás de mim.

— Então, como vai ser? Você vem calada ou nós a levamos gritando?

Endireitei minha postura e dei um passo à frente, minhas palavras cheias de veneno.

— Oh, queridinho, você não conseguiria me fazer gritar no seu melhor dia.

Chamas envolveram minha mão, e recuei, esmurrando a bola de fogo no rosto dele. Isaiah berrou e se lançou para longe enquanto Kaden atacava.

Um detalhe sobre batalhas era que você aprendia algumas coisas caso praticasse por tempo suficiente. Se enfrentasse o mesmo oponente diversas vezes, começaria a lembrar de suas deixas. Kaden me ensinou a sobreviver. Samkiel me ensinou a viver, e agora eu faria tudo ao meu alcance para garantir que Samkiel fizesse as duas coisas. Agarrei Kaden pelo braço e me curvei. Torcendo meu corpo, eu o atirei por cima do bar.

Isaiah correu até mim, e firmei meus pés. Seu punho disparou, e me inclinei para trás, desviando do soco e acertando um dos meus contra seu queixo. Ele era rápido, os dois eram. Os guardas se juntaram ao caos, mas foram facilmente eliminados. Braços, gargantas, qualquer coisa que pudesse tocar, rasguei, pintando o salão de vermelho.

— Segure-a se agarrá-la! — berrou Kaden. Mas ele era um idiota se achava que alguma coisa me manteria aqui. Rosnei, afundando minhas presas profundamente em um guarda que tinha investido contra mim. Arranquei o pescoço dele e depois usei seu corpo feito uma bola de demolição, jogando-o em direção aos dois. Kaden e Isaiah vieram até mim em uma saraivada de chutes e socos. Bloqueei quase tantos quanto levei, mas todos os meus golpes ricochetearam naquela maldita armadura.

Merda.

Eu não ia vencer batendo neles. Teria que arrancá-los daquela armadura de merda, e eu não tinha tempo. Minha mente avaliou minhas possibilidades, e examinei o salão, procurando por uma arma. Desviei de um chute de Isaiah. Perfeito. Eu fingi um deslize. Ele investiu, com a intenção de me agarrar quando eu estivesse desequilibrada. Eu me deixei cair, e plantando meu pé em seu estômago, deixei seu impulso me ajudar a jogá-lo através da parede da taverna. As luzes piscaram quando ele atingiu uma viga de suporte com um baque oco. Eu me levantei e me virei para encarar Kaden, que curvou seus dedos para mim, acenando para que eu me aproximasse.

— Vamos lá, garota bonita. Já faz um tempo que não faço uma farra de verdade.

— Você é nojento — zombei.

— Você saberia.

— Sua obsessão por mim está ficando um pouco fora de controle, não acha? — provoquei enquanto Kaden atirava um punho contra mim. Eu o segurei e bati a garrafa que tinha pegado do chão em seu rosto. Ele cambaleou para trás, mas se recuperou rapidamente.

Ele sorriu e passou a mão sob o nariz que sangrava.

— Obsessão, não. Amor.

— Estou em uma sala com cadáveres, mas só esse comentário me dá vontade de vomitar.

— Pare de brincar! — gritou Isaiah dos escombros quebrados. — Esfaqueie ela para que possamos ir para casa.

Esfaquear? Afastei-me de Kaden, que sorriu e desembainhou uma adaga brilhante.

Eu ri, meu medo se esvaindo.

—Típico Kaden. Já fui penetrada por algo maior.

— Duvido. — Ele sorriu.

Isaiah rastejou para fora do buraco que seu corpo havia feito na parede. Girei para mantê-los à vista, esperando o movimento seguinte deles.

— Esta lâmina consertará tudo, Dianna. Chega de ódio cego ou coração partido.

Observei com mais atenção a adaga, e minha respiração ficou presa. Não era apenas um artefato reluzente para arranhar seu ego. Não, aquela lâmina estava encharcada de magia. Magia feita para…

— Está de brincadeira comigo?

Kaden balançou a cabeça.

— Eu posso fazer tudo desaparecer. Você não vai se lembrar de nada. Posso fazê-la me amar de novo.

Meu lábio se torceu, e sibilei, minhas presas se formando.

— O que tínhamos não era amor. Não se pode amar e tratar um ao outro do jeito que nós fizemos. Você não sabe nada sobre essa palavra.

— Isso é mentira. Eu sei que sinto sua falta.

Meu olhar notou Isaiah enquanto ele dava um passo para a direita, assim como Kaden se movia para a esquerda. Eu me ajustei, mantendo os dois na minha linha de visão. Kaden estava tentando me distrair e chegar perto o suficiente para tocar.

Kaden mudou sua pegada no cabo da lâmina.

— Sei que ainda me importo, e não importa o que eu tenha tentado, não consigo tirar você da porra das minhas veias. É você, Dianna. Sempre foi você.

—Você matou minha irmã — cuspi as palavras nele como ácido, mantendo meus punhos erguidos entre nós. —Você matou meu *amata*, e agora quer apagar as memórias do único homem que já amei?

— Nós tínhamos algo — retrucou Kaden. —Você e eu. Não tem ninguém aqui além de nós agora. Você não pode negar.

— Negar? — cacoei. —Você é a definição de uma contradição ambulante. Claro que me imploraria para voltar depois que finalmente destruí cada grama de sentimentos que já tive por você. Nós tivemos algo? Talvez, eras atrás. Eu tentei. Você me afastou. Na verdade, você literalmente desistiu de mim.

— Eu tive que desistir — Kaden praticamente gritou comigo. Isaiah o observava, piscando depressa com a confissão de Kaden. —Você sabe de tudo agora. Toda a verdade. Por que agi do jeito que agi, por que tive que…

— Diga! — rebati. — Diga-me por que teve que matá-la, arrancá-la de mim, ou que tal você explicar por que era certo você usá-la para me forçar a obedecer você. Hein? Explique essa parte.

O maxilar de Kaden se moveu, mas ele não explodiu de raiva como eu esperava.

— Eu posso apagar isso. A dor que você sentiu, a dor que você sente. Podemos voltar a como era antes de tudo.

— Quer dizer quando você esqueceu todos os meus aniversários? Ou quando você nem conseguia lembrar qual comida odeio? E a minha cor favorita, hein? Os lugares que amo visitar? Minhas memórias mais preciosas. O que me faz rir, Kaden? O que me faz sorrir? O que me faz chorar? Você não sabe porque você não estava lá. Nunca esteve. Não existe *nós*. Nenhum momento feliz ou amor, porque eu não era nada mais do que seu fantoche. Uma arma que você apontou e usou. Não havia nada. Não há nada. *Você. É. Nada. Para. Mim.*

A sala mudou, e minha forma também, minhas mãos abaixando para os lados. Eu estava cansada desse jogo, cansada dele. Pelos deuses antigos e novos, eu não era mais a garota assustada que se continha, mas uma rainha nascida da escuridão, da chama e da raiva.

— E agora vou despedaçar vocês dois pelo que fizeram, e quando acordarem do outro lado, contorcendo-se em agonia, finalmente vai entender que não sinto um pingo de amor por você.

O fantasma de um sorriso retorceu os lábios de Kaden.

— Não importa. Você será minha. Ensinei você a lutar para sobreviver. Você não é treinada para a guerra.

— Você treinou. — Assenti, firmando meus pés. — Mas aprendi muito desde que o deixei. — Eu esperava que meus olhos ardessem com tanto ódio quanto eu sentia. — Apenas um de nós vai sair este lugar. E serei eu.

— Você sempre foi uma sonhadora. — Kaden jogou a lâmina no ar antes de recolocá-la na bainha.

Eu sabia que Kaden percebeu o que eu estava prestes a fazer e o vi olhar para Isaiah. Sorri e atirei uma bola de fogo nele, que se esquivou, dando um passo para o lado, e a próxima voou rumo a Isaiah. Ele se abaixou, e a parede atrás dele explodiu.

Garras deslizaram dos meus dedos, e rugi um desafio enquanto minha fera emergia à superfície. Kaden e Isaiah se transformaram entre uma respiração e outra. O prédio explodiu quando nos elevamos para os céus, feitos de dentes, asas e ódio desenfreado. O céu foi iluminado por chamas e cinzas, o chão tremia sob o peso de nossa fúria.

XCIV
SAMKIEL

Está tudo bem. Está tudo bem. Repeti as palavras para mim mesmo, passando os dedos pela grossa faixa do meu anel. Talvez tenha sido a perda da alma dela que estimulava essa superproteção. Ou talvez eu sempre tenha sido assim com Dianna. Odiava ficar longe dela por muito tempo. Algo terrível sempre parecia acontecer. Suspirei e agarrei meu anel, fechando os olhos enquanto passava o polegar e o indicador sobre ele. Já fazia mais de cinco minutos desde que a busquei dessa vez. Só precisava ouvir sua voz na minha mente, e então eu ficaria bem... pelo menos por mais cinco minutos.

Puxei nossa conexão, mas fui impedido por uma parede grossa. Meus olhos se abriram de repente, meu sangue gelou. Não havia nada ali. Nenhuma faísca ou formigamento em meu subconsciente. Nenhum calor. Ela havia tirado o anel. Meu coração batia forte, o terror me dominava. Eu sabia que havia apenas uma razão para ela fazer isso: significava que ela estava em perigo e pensava que estava me mantendo a salvo.

Mulher teimosa do caralho.

— Roccurem! — berrei, e logo ele se formou na sala. Eu já estava de pé e colocando meu casaco.

— Sim, meu...

Suas palavras morreram em cacos de vidro e madeira quebrada. As janelas irromperam para dentro da sala, e nós dois olhamos para baixo enquanto os pequenos dispositivos pousavam no chão. Eles apitaram uma vez antes de explodir em uma nuvem de ruído branco penetrante e fumaça cinza espessa.

Meus ouvidos zumbiam quando me sentei, meu peito arfando. Tossi, tentando limpar meus pulmões, e esfreguei meus olhos. Minha visão clareou, e o mundo voltou correndo. O som retornou quando meus ouvidos sararam, e a primeira coisa que ouvi com clareza foram os gritos. Empurrei uma grande viga de suporte de madeira para longe de mim e comecei a afastar a pedra, tentando me desenterrar.

— Prendam o Destino — ouvi alguém dizer. — Ela precisa dele inteiro.

Parei e levantei a cabeça. O Destino? Eles estavam aqui por Roccurem.

A fumaça enchia a sala em uma névoa espessa, mas eu conseguia distinguir o brilho da armadura dourada e preta. Soldados de Nismera. Merda. Eles nos encontraram, o que significava que tudo era uma armação. Eu me empurrei dos escombros e levantei, vários daqueles capacetes dourados se voltando para mim. Um soldado segurava correntes que brilhavam com poder prateado. Estavam enrolando-as tão firmemente em torno de Roccurem que fiquei feliz que o Destino não precisasse respirar para viver.

— Quem...

Eu o chutei para o outro lado da sala, observando-o bater na parede e ficar imóvel. Minhas costas explodiram de dor, e sibilei antes de girar. O soldado segurava sua espada de lado, já se preparando para outro ataque. Disparei para a frente, e nos encontramos a meio caminho. Ele ergueu a lâmina, e agarrei seu pulso, torcendo até sentir seus ossos estalarem. A espada caiu, e a agarrei no ar antes que pudesse atingir o chão. Os olhos dele se dilataram um pouco quando ele viu minha velocidade. Um golpe, e cortei sua cabeça fora.

O ar se deslocou atrás de mim, e mudei meu peso para chutar, acertando o soldado que avançava no estômago. Seu corpo se chocou contra a parede, e atirei a espada com tanta força que perfurou sua placa peitoral. A força da lâmina o manteve empalado contra a parede.

Estreitei os olhos. Ainda estava nebuloso demais para ver claramente, e pelos sons que Roccurem estava fazendo, aquelas correntes também haviam sido projetadas para feri-lo. Merda. Passos ecoaram, e caí no chão no momento em que dois soldados golpearam com suas lâminas em direção à minha cabeça. Invocando uma adaga de ablazone, girei minha perna em um chute baixo, levando os dois homens ao chão e os esfaqueando no pescoço.

Roccurem estava tossindo e gemendo quando o alcancei, sua pele tremulando enquanto sua forma implorava para ser libertada da concha que ele usava. Carreguei-o em cima do meu ombro e corri porta afora sem me preocupar em olhar para trás. Ele tossiu enquanto eu pulava as escadas, aterrissando agachado.

Gritos soaram lá em cima, vários pedidos de reforço, o que significava que eu só tinha alguns minutos para sair dali e encontrar Dianna.

— Miska — murmurei. — Onde ela estava?

Roccurem tossiu outra vez.

— Estúdio.

— Certo — falei. — Isso vai doer, mas quando estiver sem as correntes, encontre Dianna. Ela está em perigo.

Sem esperar por sua resposta, eu o atirei pela porta quebrada e para dentro do prédio vazio da loja do outro lado da rua, longe da fumaça. Talvez eu o estivesse ajudando ou, talvez, eu ainda estivesse bravo pelo quanto ele havia escondido de mim, pelos segredos que ele havia compartilhado com minha esposa. Acima do caos, eu o ouvi aterrissar e respirar fundo, suspirando de alívio, não de dor.

Comecei a andar em direção à porta do escritório atrás da escada, mas parei quando os guardas desceram os degraus correndo.

— Embora meu primeiro instinto seja surrar todos vocês até que expliquem como encontraram a nós e a este lugar — reuni poder na palma da minha mão —, tenho coisas mais importantes com que me preocupar.

Levantei a mão, e uma rajada de vento os atingiu. Tão forte quanto qualquer tempestade violenta, ela girou os soldados em um círculo. Um tornado de armaduras douradas e destroços girando, mantido no lugar pelo meu poder. Eu o atirei em direção às portas, jogando-os na estrada e longe da casa. Meu flanco gritou, e minhas pernas quase cederam com o esforço que exigiu. Eu precisava terminar e rápido.

O lado positivo é que o pequeno tornado havia sugado a fumaça para fora, deixando a respiração muito mais fácil. Corri para o escritório e abri a porta. Miska estava deitada no chão perto da mesa. As canetas que Roccurem lhe dera ainda estavam em sua mão, e o caderno que estivera colorindo estava aberto diante dela.

Eu a levantei no colo, embalando sua pequena forma contra meu peito. Fui até a porta, puxando-a para mais perto para ver como ela estava. Alívio me inundou ao sentir seu coração ainda batendo, e embora sua respiração estivesse curta e superficial, ela estava viva. Perguntei-me se a fumaça a tinha nocauteado, mas não questionei mais enquanto saía do prédio destruído. Roccurem se solidificou de névoa escura, inteiro e ileso.

Roccurem estendeu os braços e gentilmente transferi Miska para ele.

— O gás pode ter sido forte demais para ela, mas Miska está viva e respirando — falei. Roccurem assentiu.

— Eles sabem onde estamos, o que significa que sabem onde ela está.

— Eu sei — falei, piscando para clarear minha visão ainda mais. — Preciso chegar até ela. Você a encontrou?

Um olhar cruzou o rosto de Roccurem antes que balançasse a cabeça.

— Os efeitos da fumaça ainda são muito fortes. Vou precisar de tempo.

— Não temos tempo — rosnei. — Vou mandar você de volta para o castelo. Espere por nós lá.

Roccurem olhou para o meu abdômen, sabendo que o ferimento poderia me atrasar.

— Como quiser.

O ar piscou indo e voltando enquanto o portal tentava e falhava em se abrir. A dor no meu abdômen me dobrou, mas cerrei os dentes e tentei de novo. Desta vez, o portal se formou com um som de ar escapando, e respirei fundo, lutando contra a dor. Senti os olhos de Roccurem em mim e assenti. Ele se virou para o portal aberto, mas parou e olhou por cima do ombro. Eu senti também. Merda.

Enrijeci minhas costas, endireitando minha postura. Havia um grupo de soldados de asas cinzentas no meio da estrada. À frente deles estava Ennas. Ele era o irmão mais velho de Milani, a Rainha dos Trugarums, e um dos generais mais prolíficos e implacáveis que já conheci.

—Você... Era você o tempo todo. É você quem ela estava protegendo, não o Destino. — Ennas colocou uma mão poderosa em seu abdômen e jogou a cabeça para trás ao rir, suas asas poderosas se abrindo às suas costas. Os guardas ao redor dele não se moveram.

A maneira como sua armadura se curvava em torno de seus ombros sempre me lembrara garras de aves, e um padrão semelhante a penas estava gravado em suas botas, placa peitoral e capacete.

— Roccurem. — Meu polegar girou o anel no meu dedo médio, e a armadura prateada, começando nos meus dedos dos pés, correu pelo meu corpo, parando no meu pescoço. — Leve Miska e vá para casa. Estarei lá em breve com Dianna — mandei.

Foi a primeira vez que vi apreensão vinda do Destino. Ele olhou para o pequeno exército à nossa frente e assentiu.

— Como quiser, mas, por favor, tenha cuidado.

Um meio sorriso enfeitou meus lábios enquanto meu capacete se formava.

— Isso não vai demorar muito.

Roccurem passou pelo portal e o fechei atrás dele.

Ennas retorceu o lábio, agarrando seu capacete com uma fração de força a mais.

— Ainda tão arrogante.

Inclinei a cabeça e invoquei uma espada de ablazone longa, apontando-a para ele.

—Você confunde arrogância com a verdade.Você não é páreo para mim, nem mesmo com todos os seus homens às suas costas.

Ennas sorriu um pouco mais largo antes de colocar seu capacete na cabeça e prendê-lo sob o queixo. Ele pegou a espada larga com ponta de pena da bainha em suas costas.

— O grande e poderoso Destruidor de Mundos escapa da própria morte. Eu deveria estar surpreso, mas... não estou. Quer me contar como você fez isso?

Dei de ombros.

— Prefiro apenas separar sua cabeça dos seus ombros.

Ele levantou sua lâmina em direção ao céu, e o exército atacou.

XCV
DIANNA

Abaixo de nós havia planícies chamuscadas e os restos de edifícios desmoronando, destruídos por criaturas que eram muito maiores e poderosas demais. Kaden uma vez me contou sobre criaturas muito mais antigas que nós tão grandes que bloqueavam o sol. Os velhos tempos tinham sido brutais.

Eu chicoteei e me afastei das mandíbulas estalando de Kaden e das garras afiadas de Isaiah. Sangue escorreu do meu flanco, um olho meio fechado, mas eu me recusava a me render ou parar de lutar. Eu queria sangue pelo que Kaden tinha feito e planejava tomá-lo. Minha asa doía de quando não fui rápida o bastante, e a garra de Isaiah rasgou a membrana. Vi o contorno de sua cauda enquanto ele se movia entre nuvens de fumaça e cinzas. Inspirei um fôlego trovejante mais uma vez e liberei um túnel de chamas. O grito de Isaiah era música para meus ouvidos.

Trovões rugiram atrás de mim, o som das asas de Kaden. Em todos os nossos mil anos, eu nunca tinha visto sua verdadeira forma. Ele nunca me mostrou, assim como nunca compartilhou nada comigo. A garota no deserto teria se encolhido ao ver essa fera enorme. As escamas pretas e carmesim fluíam como tinta sobre seu corpo pesado e musculoso, e ele portava os diversos espinhos que se projetavam de sua cabeça como uma coroa. Mas eu? Esta Dianna? A garota que lutou, sangrou e abriu caminho até encontrar alguma paz o viu e ficou furiosa pra caralho.

Kaden me seguiu pelo céu carmesim e fuliginoso. Um grito áspero saiu da minha garganta enquanto eu atirava fogo em sua forma perseguidora. Eu tinha ferido Isaiah, e já tinha aprendido nessa luta que Isaiah era uma das fraquezas de Kaden. Ele amava o irmão, e eu faria tudo ao meu alcance para mutilá-lo.

Mergulhei para a direita e para baixo no momento em que ele se lançou para a frente. Minha forma menor e mais elegante era mais rápida do que a sua forma pesada e maciça, mas isso não significava que ele ainda não fosse ágil e habilidoso. Eu o ouvi girar acima de mim para me seguir. Deslizei antes de inclinar para a esquerda, minhas asas abertas. Outra meia-volta, e inclinei minha cabeça para o lado, usando meu olho bom para observar o céu em busca do Ig'Morruthen, que estava tão ferido quanto eu. Eu não precisava ver através da fumaça para sentir o cheiro do sangue.

Minhas narinas se dilataram, e bati minhas asas contra o ar, avançando através das nuvens, preparada para rasgar e arranhar. Meu corpo sacudiu para o lado. Dois contra um era uma luta injusta, e eu estava pagando por isso.

Merda.

Meu flanco gritou e sangrou onde as mandíbulas de Kaden se fecharam em volta de mim. Inclinei meu pescoço, alcançando-o, mandíbulas estalando e arrancando escamas de sua pele. Ele rugiu, mas me agarrou com mais força. Seus dentes afundaram mais em meu corpo, e senti suas presas raspando contra o osso. Chicoteei meu rabo, batendo-o contra ele, desesperada para fazê-lo me soltar. Ele mergulhou, o chão entrando em foco pouco antes de ele me atirar em direção aos prédios em ruínas. Madeira se partiu quando caí por duas ou mais casas. Meu corpo parou, minha silhueta tremendo enquanto eu voltava à minha forma humana. Empurrei-me do chão com braços trêmulos, cuspindo sangue enquanto segurava a lateral do meu corpo. Minha mão saiu coberta de sangue.

— Merda.

Não era profundo o suficiente para matar, mas definitivamente me atrasaria. Meu coração martelava no peito e, a cada batida rápida, mais sangue jorrava de mim. Cada parte de mim doía e meus pulmões ardiam a cada respiração ofegante, mas eu não me renderia a ele, a eles, a ninguém. Eu os arrastaria para Iassulyn comigo.

Minha cabeça se levantou depressa quando ouvi um baque alto que fez o chão estremecer. Foi logo seguido por outro. Os dois estavam no chão. Tive uma fração de segundo para me perguntar o que eu faria antes que a lateral da casa fosse arrancada.

— Esqueci o quando você era saborosa — falou Kaden enquanto entrava. Ele limpou meu sangue do queixo e lambeu os dedos para limpá-los.

Fiz uma careta de repulsa enquanto segurava minha barriga, deslizando para trás no chão quebrado.

— Eu odeio você.

O sorriso de Kaden só aumentou.

— Isso foi inteligente, Dianna. Ferir a nós em nossas verdadeiras formas e ser capaz de nos matar. Quem lhe contou isso? Não fui eu. Foi seu namorado morto?

Isaiah estalou seus dentes com presas quando voltaram ao normal. Os espinhos em sua cabeça desapareceram quando ele recuperou sua forma mortal.

— Na verdade — cuspi sangue no chão —, foi Tobias antes de eu cortá-lo ao meio. Quer se juntar a ele para poder repreendê-lo por compartilhar segredos? Venha até aqui.

Isaiah assobiou, claramente achando graça. Observei suas sombras projetarem formas desconexas nas paredes enquanto os dois entravam no prédio em ruínas.

— Então ela matou um Rei de Yejedin?

Kaden levantou as sobrancelhas rapidamente.

— Matou — confirmou ele, orgulho enchendo sua voz. — Mas você não foi treinada em lutas aéreas, Dianna.

Ambos pisaram em tábuas de madeira quebradas, pedaços de pedra rachada estalando sob suas botas. Metade do rosto de Kaden e seu ombro estavam cobertos de sangue, e vi as marcas de mordidas onde meus dentes tinham se enterrado fundo em seu peito encouraçado. Isaiah sorriu, seguindo alguns passos atrás de Kaden e quase tão machucado quanto.

Satisfação me encheu, e me forcei a ficar de pé. Eu podia estar com uma dor imensa, mas tinha batido tanto quanto apanhei. Todo o meu ser estava tomado pela agonia, mas eu não ia demonstrar. Nunca lhe daria essa satisfação.

Flexionei as mãos, deixando-os ver o ferimento junto dos cortes na minha cabeça e nos meus braços.

— Não sei. Acho que me saí muito bem.

O sorriso de Isaiah se alargou, exibindo seus dentes ensanguentados.

— Nem de longe.

Agarrei meu pulso torcido e quebrado e o reposicionei.

— Tire o sorriso do seu rosto. Já fui fodida mais forte do que você bateu. Você não fez nada.

— Ela é uma coisinha sórdida — comentou Isaiah, olhando para Kaden. — É por isso que está apaixonado por ela?

— Esse, entre outros motivos — respondeu Kaden.

Isaiah sorriu, e vi seus olhos vermelhos ficarem um tom mais escuro. O sangue em seus braços e testa se moveu por conta própria, correndo de volta para os cortes dos quais havia escapado, selando a pele. Meu estômago afundou enquanto o ferimento de Kaden também sarava.

Ele controlava o sangue. Não só podia curar a si mesmo, mas também podia curar os outros.

Não perguntei como, porque não importava. Agora eu sabia que não ia sair daqui viva. Eles não mudariam de forma de novo. Eu já tinha perdido minha vantagem. Arrogância seria minha ruína.

— Bem legal, não é? — brincou Isaiah, erguendo uma sobrancelha em total e absoluta confiança.

Levantei um ombro em um dar de ombros negligente.

— Talvez, se você não consegue se curar sozinho.

Eu me abaixei para pegar um pedaço de madeira quebrada e o atirei nele. Kaden olhou para o irmão, e ataquei. Isaiah levantou o braço, e a madeira quebrou quando atingiu os espinhos em sua grossa armadura perdição do dragão.

— Isso foi estúpido. — Isaiah riu, sacudindo as farpas.

— Isso se chama distração, seu imbecil — retruquei. Dor penetrou meu joelho quando atingiu a armadura na barriga dele, mas era o que eu precisava. Kaden era descuidado quando se tratava do irmão, e ele estendeu a mão para mim ao mesmo tempo que eu abaixei minha cabeça. O impulso de seu golpe perdido o fez girar, expondo suas costas e a adaga. Eu me contorci, e os ferimentos no meu torso protestaram veementemente. Ignorando a dor, agarrei a adaga, arrancando-a de sua bainha. Disparei para trás conforme Kaden se virava. Ele piscou surpreso, observando-me girar a lâmina de cristal brilhante na minha palma.

— Não quero lutar com você, Dianna — falou Kaden, seu tom cauteloso.

— Que pena — zombei. — Eu quero.

Meu punho disparou. Kaden bloqueou um golpe e depois o próximo, mas não parei. Cada chute, torção ou soco ele esquivava ou desviava, mas ainda era empurrado para trás. Isaiah foi me agarrar, e o deixei me puxar para perto antes de recuar e dar uma cabeçada em seu rosto. Ele me soltou com um xingamento, seu nariz escorrendo sangue. Eu girei e pulei, chutando-o no peito. O golpe foi forte o suficiente para mandá-lo voando pela sala.

— Você está mais rápida e letal. Adorei — comentou Kaden atrás de mim.

Sacudi a adaga na minha mão.

— Você não deveria.

— Não vai funcionar se ela usar isso em você, irmão — disparou Isaiah, levantando-se.

— Eu sei. — Kaden cerrou os dentes, observando-me com cuidado.

— Ah. — Sorri em volta do sangue que enchia minha boca e manchava meus lábios. — Maldita magia e suas regras complicadas. Mas não se preocupe, eu não ia usá-la. Vou quebrá-la.

Kaden gritou uma negação e avançou em minha direção quando joguei a lâmina no chão. Levantei minha perna, pronta para esmagá-la sob minha bota, mas de repente, meu corpo não estava mais sob meu controle. Minha perna parou de se mover como se centenas de mãos a impedissem. Meu corpo se curvou por conta própria, braços abertos ao meu lado, costas curvadas, e meu olhar se voltou para a frente.

Isaiah olhava para mim, seus olhos de um vermelho-escuro e assustador que pareciam girar. Meu sangue parecia estar preso a pequenas cordas, e Isaiah era o titereiro. Kaden correu para a frente e agarrou a adaga. Minha perna estalou para baixo, e meus joelhos bateram no chão. Cada célula e molécula gritava como se estivesse sendo rasgada em duas conforme eu lutava. Meus braços foram puxados para os lados, os músculos obedecendo apenas a Isaiah.

Isaiah parou ao lado de Kaden, vidro quebrado e madeira estalando sob suas botas encouraçadas. Tentei sacudir meus braços, me mover e lutar, mas estava imóvel com ambos parados acima de mim.

Fiz uma careta, contendo cada grito que queria desesperadamente dar. Não lhes daria essa satisfação.

— Nem tanto — exigiu Kaden.

Os olhos de Isaiah se voltaram para ele, e a pressão diminuiu um pouco. A dor na minha cabeça diminuiu, e respirar não era mais uma luta. Rosnei baixo na minha garganta.

— É essa a sua tara? Amarrar as pessoas para surrá-las. Uma vez é um erro, duas é um padrão.

Kaden se ajoelhou diante de mim. Eu queria recuar, mas meu corpo não permitiu.

— Eu não queria lutar, não de verdade. — Ele estendeu a mão, afastando o cabelo encharcado de sangue do meu rosto, e apesar da minha incapacidade de controlar meu corpo, ele estremeceu ao me tocar. — Quero que você volte inteira. Eu sempre quis.

— Tenho quase certeza de que me lembro que seus Irvikuvas me despedaçaram para me levar de volta para você.

— Eles podem ser um pouco brutos, em especial considerando o quanto você luta, com garras e tudo, mas aqueles que você não matou morreram quando retornaram para mim. Eu nunca quis você morta, não importa o que pense. Eu queria você comigo para sempre.

— Desculpe desapontá-lo, mas isso nunca ia acontecer, e não vou a lugar nenhum com você agora. Prefiro morrer. — Tentei e falhei em morder a mão tão perto de mim.

Ele sorriu para minha tentativa e ergueu a adaga. O punho brilhava com magia, a lâmina em si me provocando.

Kaden girou a lâmina pelo punho.

— Sabe, seu pai me ajudou a esculpi-la, embora ele não tivesse escolha no assunto. Eu precisava de uma brecha. Depois de tudo que ela me fez tirar de você, eu sabia que você me odiaria.

Fiquei calada, meu coração batia dolorosamente.

Isaiah deu um tapinha no ombro do irmão.

— Kaden sempre foi mais esperto do que eu. Ele sempre esteve dez passos à minha frente. Até Mera sabe disso. Um pequeno pedaço dessa adaga, e quando você acordar, todos os seus sentimentos e amor por Samkiel terão desaparecido. Substituídos e dados ao meu irmão.

Calor lampejou sob minha pele, a Ig'Morruthen se debatendo e lutando para vir à superfície. A necessidade de proteger seu companheiro era quase avassaladora.

— Não.

Kaden assentiu.

— Nunca deixei de amar você, Dianna. Só preciso me livrar de toda essa raiva. Você será minha novamente, e dessa vez pela eternidade.

Terror tomou conta de mim diante do que eles planejavam fazer.

— Não. Prefiro morrer do que ter você me tocando de novo.

— Eu nunca deixaria você morrer, Dianna, e prometo mantê-la segura.

Os músculos dos meus braços, pernas e por todo o meu corpo doíam enquanto eu tentava recuperar o controle. O suor brotou na minha testa. Eu não o deixaria me levar.

Kaden ergueu a mão, a lâmina abrindo caminho até meu coração, ameaçando arrancar o amor que eu abrigava ali. Ele estava ameaçando tirar de mim a única pessoa que desafiou a própria natureza para me ajudar, me amar, me proteger. Algo rachou em mim. Fogo ardeu em meu sangue e, por um momento, eu o senti em meus olhos. Um fogo escaldante fluía do meu coração e, a cada batida, alcançava mais do meu corpo. Um lampejo de chama laranja radiante dançou em minhas mãos, e o homem dos meus sonhos, aquele sentado em seu trono feito de ossos, levantou. Seus olhos laranja reluziram mais intensamente, e um largo sorriso revelou seus dentes brancos e afiados.

— *Finalmente.* — Sua voz raspou pelo meu cérebro como aço derretido.

Meus braços dispararam para a frente, minhas mãos agarrando o pulso de Kaden. Isaiah recuou um passo, ficando boquiaberto quando rompi seu aperto em mim. O branco dos olhos de Kaden brilhou quando facilmente segurei a lâmina a centímetros de mim. Um rastro de chamas brilhou ao longo dos meus dedos, e Kaden sibilou como se o queimasse.

— Nunca. — Era minha voz, porém, mais profunda, crua e furiosa.

Isaiah cobriu as mãos de Kaden. Tentei me levantar, mas apenas a parte superior do meu corpo parecia estar livre. Seria suficiente. Eles grunhiram, empurrando para cravar a adaga em mim.

Eu segurei, usando tudo que me restava. As chamas em minhas mãos aumentaram e depois crepitaram. Cerrei meus dentes, o suor escorrendo pelo meu rosto, fazendo a miríade de cortes arder. O fogo se acendeu, quente e intenso, mas em seguida diminuiu, fumaça se enrolando em volta dos meus dedos. Uma onda de náusea deslizou sobre mim tão depressa que quase me dobrei.

A lâmina se aproximou alguns centímetros.

XCVI
SAMKIEL

Andei em direção a Ennas, atirando sangue da minha espada antes de chamá-la de volta. Eu o agarrei pela frente de sua armadura agora manchada e o levantei do chão encharcado de sangue, sua asa rasgada pendendo mole e inútil.

— Onde ela está? — exigi.

— Apodreça em Iassulyn — sibilou ele.

Meus olhos ardiam prateados, a luz surgindo tão quente e intensa que cortou o braço dele e o decepou logo abaixo do ombro. Ele berrou, cuspe se formando em seus lábios com a dor.

— *Onde. Ela. Está?*

Ele engoliu em seco, o pulso na coluna do pescoço palpitando visivelmente.

— Alguém interceptou a chegada dela. Mudança de planos, sabe como é.

— Mudança para onde? — Ennas balançou a cabeça, encarando-me, desafiador, mesmo sob a dor. Seu grito rasgou o ar quando queimei seu outro braço. — Diga-me!

Sua boca se contraiu como se ele quisesse rir.

— É tão engraçado ver você preocupado com outra pessoa. Ela vai saber agora. Todos vão saber. O grande Destruidor de Mundos tem uma fraqueza.

Eu o deixei cair no chão e coloquei meu pé em seu peito, olhando para a destruição que nos cercava. Sua frota estava destruída, o campo de batalha estava repleto de mortos e moribundos.

— Não haverá ninguém vivo para contar a história, temo eu. Nem mesmo você.

— Minha irmã vai me procurar. Já estou atrasado para o contato. Ela provavelmente já está a caminho. Você se lembra dela, não lembra? — O sorriso dele estava sangrento e tão maldoso quanto o meu.

Meus ombros subiram e desceram.

— Eu já fodi muitas irmãs. Não posso dizer que ela era especial.

Ennas estremeceu sob minha bota encouraçada.

— Vai morrer por isso.

— E você vai morrer se não me contar onde ela está. — Abaixei-me e agarrei sua asa ferida, triturando os ossos quebrados. Ele gritou, toda a cor sumindo de seu rosto. — Diga-me onde ela está. Onde é o novo local?

Ele cerrou os dentes com um sorriso frio e amargo.

— Espero que eles a despedacem e enviem as partes de volta para você.

— Eles? — Minha bota se cravou um pouco mais fundo em seu peito, e eu esmaguei os ossos entre meus dedos.

Ele se contorceu, mas conseguiu suspirar:

— Ah, sim. Seus irmãos.

Um suor frio percorreu minha coluna, porém, a calma familiar e mortal tomou conta de mim.

— Ah. — Ennas deu um riso molhado. — Então, isso assusta o poderoso rei. Kaden planeja levá-la de volta e mantê-la como sua.

Minha mão agarrou seu pescoço com tanta força que senti algo estalar e quebrar dentro de sua garganta.

— Diga-me onde ela está, ou vou arrancar seus olhos em seguida. Não há mais Curandeiros de Jade para restaurá-los, e sabemos como sua *irmã* se sente sobre aqueles que não são mais úteis para ela.

Ele engasgou e resmungou, tentando falar, mas e segurei por mais um momento antes de soltar. Ele arquejou, ofegando por ar.

— Eles mudaram a reunião para Torkun. Tudo o que ouvi foi que ele tinha uma lâmina feita pelo pai dela. Uma facada e a vítima se torna o que você deseja, e eu estou achando que Kaden deseja sua velha cadela de volta, o que significa que nada de memórias de você.

Eu não sabia se o tempo realmente poderia parar. Nunca conheci um único ser capaz disso, mas imaginei que seria assim. A chuva estava parada no ar, e cada batida do meu coração parecia levar minutos. Ele ia me apagar? Nós? Tudo para que pudesse convencê-la de que ela era dele? O ódio me atingiu com uma fúria vulcânica e avassaladora, mas o medo era ainda maior. Eu estava com medo de perdê-la, de ter desperdiçado meu tempo com Ennas e não ter corrido para encontrá-la. Se eu chegasse tarde demais...

— Meu rei — a voz de Reggie filtrou-se através da névoa turbulenta das minhas emoções.

O mundo voltou correndo. Trovões rugiram no céu, e vi a cabeça de Roccurem aparecer pelo canto do olho. Não perguntei por que ele havia voltado. Não me importei, não quando meu mundo inteiro estava prestes a ser arrancado de mim.

Ennas gemeu abaixo de mim.

—Você não vai conseguir. Aquela lâmina que usamos era para matar você. Se está aqui e vivo enquanto seu poder queima no céu, você nunca vai conseguir a tempo.

Hesitei, e era tudo o que Ennas precisava. Ele usou sua asa boa como alavanca, impulsionando-se para cima. Sua cabeça colidiu com a minha, e tropecei para trás enquanto ele saltava de pé. Ele abriu bem as asas e, um tanto desajeitado, voou em direção ao céu. Seu voo foi trabalhoso à medida que desaparecia entre as nuvens agitadas.

— Meu rei. — Minha cabeça se curvou. Reggie pôs uma mão no meu ombro, e o ouvi arquejar e recuar. Ele olhou para sua palma queimada.

— Torkun está a reinos de distância. Não tenho todo o meu poder. Nunca chegarei a tempo. — A dor retornou, familiar e enjoativa, o mesmo aperto de torno que me prendia nas ruínas do meu planeta natal. Meu peito parecia estar implodindo. Minha Dianna é forte e corajosa, mas ela está sozinha e em menor número. Um Ig'Morruthen já era uma luta injusta para a maioria dos mais bem treinados, mas dois? E dois dos mais mortíferos. Ela precisava de mim. — Ela está longe demais de mim — falei, minha voz embargada.

— Se me permite, Majestade — falou Roccurem enquanto o céu se abria e a chuva nos atingia. Virei-me para ele, piscando contra a água que molhava meu rosto. — Uma vez eu lhe disse que o amor tem poder, e o mais puro e verdadeiro dele pode desafiar grandes probabilidades. É algo que já testemunhei antes e que testemunharei de novo. Se ele dá poder, tome-o. Canalize-o. Este — ele apontou para cima — é seu poder no céu, de mais ninguém. Para salvá-la, simplesmente chame-o de volta para casa.

— Casa? — perguntei enquanto ela se inclinava perto da pia do banheiro, a esperança ganhando vida em meu peito.

Ela tinha sorrido naquele momento, uma meia-coisa pequena que floresceu mais quando ela deu de ombros, sem tentar mais esconder seus sentimentos.

— É assim que me sinto com você.

A chuva chiava e estalava ao atingir minha armadura, minha testa. Meu corpo queimava junto com minha raiva, faíscas de eletricidade dançando em meus ombros, minhas pernas e meus braços. Minha cabeça latejava enquanto o céu acima de nós retumbava e depois se abria. A terra virou lama, e ouvi Reggie dar um passo para trás.

Lembrei-me de quando eu era mais jovem, lembrei-me do momento exato em que a puberdade chegou. Lembrei-me do céu estremecendo quando minha mãe entrou correndo no meu quarto. Meu grito havia dilacerado minha garganta enquanto minha mente se abria, e os segredos do cosmos corriam para dentro de mim. Ela me segurou, lágrimas manchando meu rosto enquanto o primeiro estágio da ascensão começava.

Tínhamos ficado assim até que ouvi os passos de meu pai entrando no meu quarto. Espiei por cima do ombro dela, vendo meu pai observar o céu enquanto eu tentava processar o novo poder que me preenchia. Ele não disse nada naquela noite, mas depois, falou sobre como eu era igual a ele, como um grande poder, muito além de nossa compreensão, corria em nosso sangue. Meu pai explicou que eu precisaria controlá-lo, canalizá-lo, ou poderia destruir mundos. Só mais tarde é que entendemos quanto suas palavras foram prescientes.

Depois, choveu por semanas em Rashearim. Lembrei-me de como os outros me evitavam, o poder ondulando ao redor e fora da minha pele por semanas. Eu era um perigo naquela época. Meu pai aumentou meu treinamento e estudos. Quando minha mãe faleceu, e meu mundo estava mais uma vez em turbulência, em vez de perder o controle, concentrei toda aquela raiva sombria e forjei o anel e a espada de Aniquilação. Assim que repousou em meu dedo, todos aqueles sentimentos angustiantes foram embora, e agora eu sabia o porquê. Agora eu entendia o olhar no rosto do meu pai e as lágrimas da minha mãe enquanto ela me abraçava naquela noite. Eu não fiz Aniquilação. Eu *era* Aniquilação.

O poder ondulou pelos meus dedos em raios elétricos e roxos. Ennas riu, como tantos outros, sobre como era fácil tirá-la de mim. Ele zombou de mim, contando o que Kaden planejava fazer, e algo dentro de mim rachou, rasgou e se enrodilhou. Levou todo esse tempo para eu saber a verdade, para aceitá-la, e eu usaria esse conhecimento a meu favor. Cada maldita parte disso significava manter aqueles que eu amava seguros.

Pareceu que fogo havia irrompido pela minha pele, fluindo pelas minhas veias e incendiando minha alma. O mundo tremeu, e outro estrondo de trovão sacudiu o ar. A massa rodopiante de poder no céu parou e girou como se estivesse apenas esperando. Ergui somente um braço no alto, e meu poder disparou para a frente, a prata correndo tão depressa que a noite se transformou em dia. Ele colidiu com as pontas dos meus dedos antes de se espalhar, invadindo-me em ondas.

Meu corpo reivindicou o poder, minhas células absorvendo a energia. Deixei meu braço cair enquanto meu capacete deslizava sobre meu rosto, o chão queimando sob minhas botas.

Reggie sorriu para mim, e foi o primeiro sorriso genuíno que vi dele em muito tempo.

— Traga sua rainha para casa.

Dei-lhe um breve aceno de cabeça e disparei para o céu, deixando um rastro de som de trovão.

XCVII
DIANNA

Eu não conseguia dizer se um trovão estourou à distância ou se os ossos em minhas mãos estalaram com a pressão. Eu gemi, segurando o punho da adaga com as duas mãos enquanto Kaden e Isaiah tentavam empurrá-la para mais perto do meu peito. Éramos três forças inabaláveis, implacáveis e nos recusando a nos render. Madeira estalava sob meus joelhos, e cerrei os dentes.

Meus braços tremeram, e um fio de umidade escorreu pela minha bochecha. Pensei que fosse suor até que o cheiro de ferro se espalhou pelo ar. Meu nariz tinha começado a sangrar, e meu corpo inteiro doía. Os olhos de Isaiah perfuravam os meus, e percebi que ele estava usando aquele maldito poder em mim de novo. Eu não ia deixar que simplesmente me levassem. Minha vontade não deveria ser subestimada, e eu não ia cair sem lutar.

Encarei-o com desprezo, o sangue se acumulando na minha boca e escorrendo pelos meus lábios. Senti um estalo atrás dos meus olhos e depois outro nos meus ouvidos conforme meus vasos sanguíneos começaram a estourar. Não importaria o quão forte ou poderosa eu fosse se alcançasse meu cérebro. Eu ficaria inconsciente em segundos.

Minha fera rugia, seu corpo se contorcendo dentro dos limites da minha pele. Ela derramou mais força, mais poder em mim, tentando reforçar minhas reservas minguantes. A madeira continuou a estalar sob mim, e afundei mais no chão conforme eles empurraram. Os músculos dos meus braços gritaram, e a lâmina deslizou uma fração mais perto. Meu peito arfava. Mais um empurrão, e eu estava acabada. Desaparecida.

Eles iam vencer.

Eu seria levada e nunca mais veria Samkiel.

— *Você me dá as melhores lembranças.*

Eu tinha dito isso naquela noite, e ele dava mesmo. Sob as estrelas, em um lago à noite com estrelinhas e cristalunares que eram raros e eternos. E agora eu não ia me lembrar disso ou da primeira vez que ele me fez rir. Eu não ia lembrar do festival e da cara que ele fez na primeira vez que experimentou algodão-doce, meu coração palpitando enquanto eu ria, ria de verdade, pela primeira vez em eras. Eu não ia lembrar da cabine de fotos em que ele mal conseguia caber, daquele jardim idiota na casa de Drake, ou daquela maldita flor que joguei fora na primeira vez que brigamos. Isso foi na época que eu pensava que ele me desprezava, mas a encarei por dias enquanto ela murchava. Eu não ia me lembrar do castelo que ele fez para mim quando eu não queria nada além de ser deixada sozinha. Eu não ia lembrar do oceano e de como mergulhei meus dedos na margem enquanto ele observava, esperando e garantindo que eu não quebraria. Eu não ia me lembrar de como ele me curou ou de nossa patinação no gelo e risadas. Eu não ia lembrar do nosso casamento pequeno, porém, perfeito. Eu não me lembraria do que tivemos, das brigas, das risadas, das brincadeiras. Nada disso. Tudo iria desaparecer e ser contaminado por Kaden. Falhei com Samkiel, assim como falhei com Gabby. Eu deveria ter lhe dito que a amava mais vezes. Eu deveria ter dito mais para ele. Agora, eu nunca teria a chance.

Um grito saiu dos meus lábios, um apelo sem palavras ecoando na minha mente. A lâmina deslizou mais para perto. Mesmo com toda a minha força, meu corpo estava cedendo. Sangue escorria pela lâmina vazando das pontas dos meus dedos enquanto eu tentava agarrá-la com mais força, mas Isaiah estava fazendo com que cada célula sanguínea do meu corpo se contraísse. Ele pressionou ainda mais, e eu não conseguia dizer se estava chorando ou se era sangue escorrendo dos meus olhos. Um soluço oco e dolorido saiu da minha garganta.

Não. Eu não podia esquecer. Eu não ia esquecer.

Mesmo quando minhas mãos escorregaram no punho, prometi arranhar, rasgar e dilacerar meu caminho de volta para Samkiel. Eu jurei.

Meus músculos enfim cederam. Uma batalha perdida. Meus braços caíram. Meus olhos se fecharam.

— *Vou lembrar que eu amo você.* — Eu sabia que ele não podia me ouvir, mas fiz o voto só por via das dúvidas.

O silêncio se abateu, e o mundo parou. Tudo parou, e lutei para encontrar uma maneira de trancar uma parte dele na minha mente, para escolher apenas uma memória para guardar. Eu poderia salvá-la, revisitá-la. Era uma tábua de salvação para eu me segurar até que voltasse para ele, porque eu voltaria para ele.

Meu mundo. Meu coração. Minha alma perdida.

Um estrondo sônico rompeu o silêncio, tão alto e violento que me perguntei se o céu ainda estava intacto. Meus olhos se abriram com um soluço. Eu caí para a frente e senti o controle do meu corpo retornar para mim. Afastei o cabelo do meu rosto, esfregando meus olhos para limpá-los do sangue e das lágrimas para que eu conseguisse ver. Fiquei boquiaberta enquanto me sentava ereta, olhando ao redor com admiração.

Era como se eu tivesse sido transportada para outro mundo. O prédio em que eu estava tinha sumido. Todos os edifícios tinham sido reduzidos a pó, um mundo coberto de neve cinza. Não havia árvores, montanhas ou seres vivos. Tudo ao meu redor tinha sumido de repente. Uma luz prateada residual e vívida corria pelo céu onde um buraco tinha sido aberto. Um portal. Respirei fundo quando percebi que Isaiah e Kaden tinham sumido, nada restava deles além de cinzas flutuando no vento.

E eu soube.

— Samkiel. — Minha voz surgiu como um sussurro. Eu sabia o que isso significava. Todos saberiam que ele estava vivo. *Ela* saberia que ele estava vivo.

Abracei a mim mesma, porque finalmente entendi as histórias e as lendas. Samkiel nunca precisou da lâmina Aniquilação para ser temido. Estava claro agora por que tantos se curvaram, por que louvaram, por que seguiram. Olhando ao redor da devastação que ele havia criado, finalmente entendi a verdadeira natureza de seu poder destrutivo e por que o chamavam de Destruidor de Mundos.

XCVIII
SAMKIEL

O ar acima da Ilha de Detremn se rasgou, estremecendo sob o peso do portal. O planeta inteiro estava envolto em vida vegetal, mas, de resto, deserto. Não havia nem animais, mais importante, porém, estava a vários reinos de distância de Dianna.

Árvores se partiram e caíram, o chão se amontoando sob Kaden e Isaiah quando eu os atirei nele. Um poder que eu não usava desde o reinado do meu pai flutuou da minha pele em gavinhas prateadas, buscando e se esticando, ansioso para defendê-la e vingá-la. Ele perturbou a atmosfera, nuvens se enrolando e escurecendo antes que a chuva caísse. Raios caíram ao redor deles, o vento os manteve no lugar. Meus pés tocaram o chão, enviando um tremor pelo planeta.

Kaden e Isaiah lutaram para ficar de pé, seus rostos eram máscaras de puro choque e ódio. Um por vez, seus capacetes perdição do dragão deslizaram por suas cabeças em um esforço para protegê-los, mas era tarde demais.

— Você deveria estar morto — rosnou Kaden por trás de seu capacete com chifres.

Flexionei meu pulso, o poder cintilando sobre minha pele para se fundir em minha mão. A sombra de uma lâmina se formou em minha palma tão escura e odiosa quanto eles me tornaram. A espada se solidificou, tentáculos roxos e pretos de magia se esticando, buscando sua próxima vítima. Apontei-a para Kaden.

— Não estou, mas você logo será.

— Aniquilação — sussurrou Isaiah. — Como conseguiu tirar isso de Mera?

Meus lábios se curvaram em desprezo.

— Não *tirei*. Eu *sou* isso. A Aniquilação não é algo que alguém possa tirar de mim.

Ele deu um passo involuntário para trás, mas seu medo e bom senso duraram pouco. As lâminas serrilhadas saindo da armadura acima dos pulsos eram tão afiadas e retorcidas quanto os dois. O olho de Isaiah tremeu antes de olhar para Kaden. Eu sabia o quão poderosos eles eram. Separados, eram mortais, mas juntos, poderiam rasgar o mundo em pedaços com apenas garras e dentes. Eu tinha que ser mais inteligente. Meu pai pregava inteligência durante uma luta.

— Até o mais forte dos seus inimigos tem uma fraqueza. Podemos ser guerreiros ferozes, mas somos feitos de carne e osso. Acima de tudo, somos seres emocionais, não importa o quão duros ou resistentes achemos que somos. As emoções, meu filho, correm mais rápido pelo sistema do que o sangue.

Ele girou a lança acima da cabeça enquanto lutávamos, e a ponta pousou no meu coração.

— Encontre uma fraqueza, e use-a se for preciso. Nenhuma luta é justa, nem mesmo entre deuses.

— Entendo sua obsessão por ela, *irmão* — cuspi a última palavra como se fosse veneno. Mesmo que eu negasse, sua obsessão e amor por Dianna eram tão fortes e potentes quanto os meus. — Depois de tê-la, entendo por que você não consegue deixá-la em paz.

Os olhos de Kaden ardiam com uma raiva feroz, e ele cerrou os punhos com força suficiente para tirar sangue, suas garras cravando-se profundamente em suas palmas.

— Devo mostrar por que ela nunca retornaria para você? Por que meu pai nunca escolheria você? — Sorri, avaliando a reação dele antes de torcer minha lâmina de palavras um pouco mais forte. — Deseja ver por que sou rei, e vocês dois são uma página esquecida da história, rasgada e jogada fora?

A raiva borbulhava de ambos. Isaiah deu um único passo à frente, mas Kaden levantou a mão, parando-o.

— Então, o filho pródigo retorna — sibilou Kaden, as chamas laranja e vermelhas sob sua armadura faiscando. — Realmente acha que algumas provocações nos farão reagir tão cegamente? Conheço o poder que há sob sua pele. É como o do pai.

— Acho que você é um idiota. Sério. Você acredita que pode me derrotar aqui e voltar para Dianna. — Levantei minha mão e fiz a manopla se recolher para revelar o anel que eu havia feito, aquele que combinava com o dela. — Dianna nunca vai escolher você, mesmo com todos os seus planos coniventes e infalíveis. Ela me escolheu e tem me escolhido todos os dias desde o momento em que pôs os olhos em mim. Ela o deixou naquele momento e nunca olhou para trás. Nem uma vez.

— O que é isso? — Kaden sibilou.

—Você roubou nossa marca amata, por isso, fiz a segunda melhor opção. Ela é minha esposa, a única para mim, e ela nunca mais será sua de novo. *Nunca.*

Kaden surtou, atacando com a mesma raiva cega e fúria acima das quais havia proclamado estar acima. E Kaden caiu primeiro.

Girei para o lado, a manopla se reformando sobre minha mão. Usando meu impulso para completar o giro, golpeei com a espada. Os joelhos de Kaden atingiram o chão com um baque surdo, seus olhos arregalados de choque. Observei com satisfação sua cabeça pender para o lado antes de escorregar de seus ombros.

Fiquei parado com os pés plantados e meu corpo relaxado, mas preparado, segurando Aniquilação de modo tranquilo com a ponta voltada para o chão. Lancei um olhar rápido para Isaiah, que parou de súbito no meio do passo enquanto o corpo de seu irmão murchava e se dissolvia em cinzas escuras, as partículas flutuando entre nós em uma névoa. Ele me encarou, os olhos vermelhos cheios de raiva dolorida. Sustentei seu olhar com calma satisfação, sabendo que Kaden nunca mais viria atrás de Dianna. Girei Aniquilação em minha mão e ajustei meu aperto no punho. Isaiah olhou para a espada como se quisesse fugir em vez de lutar.

Eu sorri e chamei a espada de volta, erguendo minhas mãos em uma falsa rendição. Vi seus olhos frios e vermelhos se estreitarem.

—Vamos, eu nem vou usar isso em você.

— O que é isso? — cuspiu ele. — Trapaça?

— Quero que veja por que foram necessárias correntes e runas antigas para me derrotar.

Ele não se moveu.

— Não seja tímido agora. Está se envergonhando, *Escárnio Sangrento.* — Usei seu nome fabuloso em um tom de zombaria.

Isaiah rosnou. Ele correu em minha direção, sua lâmina erguida em um ângulo para me cortar ao meio.

Eu desviei.
Ele golpeou.
Agarrei a parte de trás de sua armadura e o puxei para baixo. Ao mesmo tempo, levantei meu joelho, quebrando sua espinha antes de agarrar sua cabeça e torcer.

O portal se fechou acima de mim enquanto eu descia até o chão, Isaiah preso em minha mão, inconsciente, mas respirando... por enquanto. Trovões ribombavam no céu, a chuva caindo em lençóis prateados. O ar estava cinza, e as cinzas tinham se transformado em lama no chão. Era desolação completa, destruição em sua forma mais pura. Era isso que eu lutava para não desencadear.

Minhas botas encouraçadas mal haviam tocado o chão quando um corpo colidiu com o meu, braços fortes e esguios abraçando-me apertado. Canela quente tingiu o ar brutalmente queimado, o perfume dela parte de cada respiração. Deixei Isaiah cair amontoado aos pés dela e a abracei junto a mim. Com apenas seu toque, a fúria fria da batalha foi substituída por paz e conforto. Abracei-a mais forte contra mim, mas ela lutou, tentando me empurrar para longe. Eu mal senti. Sua força estava esgotada.

Segurei seu rosto com as mãos, procurando por seu olho.
—Você está bem, akrai?
Ela deu um tapa no meu peito encouraçado.
—Você me deixou aqui, seu idiota!
— Por apenas um segundo — argumentei, feliz por ouvir a voz dela.
Ela forçou um pequeno sorriso marcado pela dor, o mundo era uma névoa cinzenta ao seu redor.
—Você está bem? — perguntei de novo, passando a mão pela lateral de seu pescoço. Ela sibilou, seu corpo começando a tremer. Entre a chuva, o sangue e a lama que a cobriam, eu não conseguia dizer onde ela estava realmente machucada. — Onde você está machucada?
— Em todo lugar. — Ela sorriu, então fez uma careta. — Pensei mesmo que tinha a vantagem, mas sinto como se tivesse sido rasgada em pedaços e reconstruída outra vez.
— Dianna, minha akrai. Você foi mais do que fenomenal. Dois Ig'Morruthens? Deuses tiveram sua luz sangrando pelo céu por causa de um. Sem mencionar que meus irmãos foram treinados para a guerra por meu pai. Você não foi.
Ela assentiu e fez uma careta de dor com o movimento.
— Quero mais treinamento. Você não vai mais se conter comigo. Meus inimigos não vão.
— Conversamos sobre isso mais tarde — respondi, erguendo seu queixo para que eu pudesse ver as marcas em seu pescoço. Parecia que um deles a tinha agarrado. Eu podia ver a marca da mão já se formando. — Mas minha principal preocupação é por que não está com seu anel?
Sua expressão ficou cautelosa, como se ela soubesse que o que quer que estivesse prestes a dizer não me faria feliz.
— Eu tinha um plano. Um plano idiota. — Ela assentiu e deu um tapinha no bolso. — Ainda o tenho.
Meu polegar passou por sua bochecha.
— Eu não conseguia encontrar você.
Ela assentiu, seu corpo estremecendo de dor.

— Eu não queria que você aparecesse. Os dois iam saber que você está vivo. Nismera ia saber que você está vivo.

Trovões ribombaram no céu, a chuva ganhando velocidade.

— Não me importo com eles nem com Nismera, só com você. Nunca mais faça isso.

Ela sorriu, o ferimento em seu lábio inferior ameaçando rachar.

— Promessa de mindinho.

Fiz um barulho baixo na garganta antes de colocar minhas duas mãos em cada lado de sua cabeça delicadamente, deixando meu poder fluir para ela. Sorri quando Dianna fechou os olhos, relaxando no calor. Ela começou a brilhar, e deuses acima, ela era linda. Os pequenos cortes ao longo de seu couro cabeludo se fecharam de novo, e seu lábio cortado se curou. Deslizei meu polegar sobre o volume carnudo, e ela separou os lábios, abrindo-os para mim. Ouvi alguns estalos quando seus ossos voltaram ao lugar, e lutei contra a vontade de matar Isaiah. Dianna suspirou, e suas mãos envolveram meus pulsos. Ela abriu os olhos, e devagar puxei meu poder de volta, saindo dela.

— Esqueci o quanto isso formiga — sussurrou ela, uma linha pálida de vermelho escorrendo pelo seu rosto, a chuva lavando a luta dela pouco a pouco. Eu estava aliviado por seus ferimentos estarem curados, mas todo o sangue seco nela me fazia querer voltar e matá-lo novamente.

— Sente-se melhor?

Ela assentiu e respirou fundo, sem esforço.

— Outros mundos são como este?

— Não. — Balancei a cabeça, lançando um olhar ao redor do planeta arruinado e devastado. — Só este. Só onde você estava.

— Ah. — Ela suspirou, afastando do rosto o cabelo que escapava do rabo de cavalo. — Além disso, eu sabia que você podia voar rápido, mas…

Olhei para cima, para onde eu tinha entrado na atmosfera, e dei de ombros.

— Depende do reino, tecnicamente. Alguns lugares são mais rápidos que outros, gravidade e tudo, ou a falta dela.

Os olhos dela caíram de volta para os meus.

— Você destruiu um mundo por mim?

Dianna falou em total descrença. Ela não entendia por completo até onde eu era capaz de ir por ela. Destruir um mundo não era nem uma fração. Ela me considerava um herói, mas um herói desafiaria os outros pelo bem maior. Ela era minha, e por ela, eu faria o impensável. Minha garota forte, feroz e linda que achava que poderia dominar o mundo sozinha. Contudo, agora ela tinha a mim, e que os deuses acima e abaixo ajudassem qualquer um que pensasse que ia poder machucá-la ou tirá-la de mim.

Minhas sobrancelhas franziram com a surpresa dela.

— Eu destruiria vários mundos se significasse manter você segura. Você não faz ideia de até onde eu iria por você.

— Paquera descarada. — Ela sorriu através da chuva, e foi a coisa mais linda que eu já vi. Eu ri, mas não neguei sua reivindicação.

Ela assentiu para a forma caída de Isaiah.

— Deduzo que Kaden está morto?

— Já foi tarde, mas sua dedução está correta.

Dianna suspirou, fechando os olhos em alívio, e eu queria ter lhe dado isso antes. Quando ela os abriu de novo, parecia mais leve, como se um peso tivesse sido tirado de seus ombros.

— E Isaiah? Você vai interrogar?

Eu assenti.

— Depois que cuidarmos de você.

— Que cavalheiro. — Um suspiro suave saiu de seus lábios, e ela olhou para baixo. Ela se abaixou e pegou a adaga que devia ter deixado cair quando se atirou em mim. A lâmina de cristal brilhou, uma gema de verde-água no centro. — Precisamos conversar sobre isso também, e acredite em mim quando digo que você não vai ficar feliz.

Levantei a mão, e um vórtice girando suavemente apareceu ao nosso lado. A vasta e deslumbrante paisagem abaixo do nosso castelo apareceu. As imponentes montanhas se erguiam ao fundo, e eu conseguia ver as paredes altas do pátio externo espreitando por entre as árvores.

Erguendo-a do chão, segurei Dianna, apoiando suas costas com um braço, o outro passando por trás de seus joelhos. Ela sorriu para mim e descansou a cabeça contra meu peito enquanto eu chutava o corpo de Isaiah através do portal.

— Confie em mim, eu já não estou feliz.

XCIX
CAMILLA

Trovões estalaram e colidiram acima do palácio, e me perguntei o quão alto deveria ser para chegar até aqui. Tremi no chão, minha cela escura e fria. Eu trouxe meus braços para perto do meu corpo, meus pulsos enfaixados, mas ainda latejando e ardendo. Água pingava do teto enquanto alguém distante e abaixo cantarolava uma música. Uma porta bateu, e três pares de botas encouraçadas se aproximaram.

Eles pararam do lado de fora da minha cela, e rolei, levantando sobre os joelhos enquanto tentava não sacudir meus braços. Vincent estava parado entre dois guardas, elevando-se acima deles em sua meia capa e armadura leve.

— O bichinho treinado de Nismera veio mijar em mim para se divertir agora? — cuspi, e os guardas se moveram, tentando esconder seus sorrisos. Eles adoravam me ver impotente, ao que parecia.

A expressão fria e vazia de Vincent não vacilou.

— Falei para você. Eu sempre escolherei ela. Você foi uma tola por pensar o contrário.

— Por que está aqui?

— Para garantir que você ainda não morreu de sepse. A rei ainda tem trabalho para você — respondeu um dos guardas, e Vincent assentiu.

— Quero dizer, apesar de não ter as mãos, o restante dela parece bom — comentou o outro guarda. — Diga, Vincent, podemos aproveitar sua ex-prostituta agora?

Ambos riram maliciosamente, olhando um para o outro e depois para ele esperançosos. Gorgolejos molhados substituíram suas risadas quando lâminas prateadas gêmeas irromperam dos braços cruzados de Vincent, perfurando suas gargantas. Sangue espirrou no chão da cela em vermelho vibrante enquanto eles caíam, agarrando seus pescoços. Vincent pisou em seus corpos, deixando-os se afogarem em seu sangue atrás dele.

Vincent se ajoelhou na minha frente e afastou sua capa para o lado. Ele puxou um pacote e o desembrulhou, revelando minhas mãos. Estendi meus pulsos, e quando ele cuidadosamente cortou as bandagens, senti minha magia avançar engatinhando. Fui sacudida para trás quando minhas mãos se curaram em meus pulsos, sentindo aquele bálsamo frio e reconfortante me banhar, meu poder se acomodando em minhas veias novamente.

Olhei para Vincent, que ainda estava ajoelhado na minha frente, olhando para minhas mãos.

— Você recuperou seus anéis? — perguntei, acenando para suas mãos decoradas.

Isso o tirou de quaisquer pensamentos que o haviam dominado.

— Ah — ele flexionou os dedos —, sim, eu os escondi dela quando cheguei. Falei que não queria nada que me lembrasse de Samkiel. Funcionou.

Vi a dor em sua expressão pelo amigo caído. Ele ajudou a cravar uma lâmina em Samkiel e, no processo, condenou o mundo. Eu sabia que ele tinha pesadelos e me perguntava quantos deles giravam em torno de sua família. Ele balançou a cabeça e se inclinou para a frente. Apoiando uma das mãos sob meu cotovelo, ajudou-me a levantar, seus olhos ainda presos em minhas mãos.

— Estou bem — assegurei, erguendo-as e até remexendo meus dedos para fazer efeito. — Eu juro.

A máscara de Vincent caiu, dor marcando suas feições enquanto ele gentilmente segurava minhas mãos e dava um beijo em cada palma.

— Eu ainda sinto muito, Cami.

Cami. Por que eu amava esse apelido agora?

Sorri e repousei uma das minhas mãos contra a bochecha dele.

— Tinha que parecer convincente. Nismera é brutal. Temos que igualar isso para enganá-la. Além disso, era um feitiço de regeneração simples. Uma criança poderia fazer.

Ele assentiu.

— Eu odiei esse plano.

— Tinha que ser convincente — repeti. Ele tinha sido tão contra esse plano que eu sabia que nada que eu falasse agora o faria se sentir melhor.

— Eu não estava sendo sincero. — Lágrimas encheram seus olhos e, sem saber o que mais fazer para ajudá-lo, pressionei meus lábios nos dele.

Afastei-me o suficiente para sussurrar:

— Eu sei.

Vincent me beijou de novo, devagar e com doçura, antes de recuar um passo. Ele largou uma das minhas mãos e buscou em sua armadura, puxando uma chave.

— Eu cuido disso, como você disse. Ela vai retornar quando souber que os prisioneiros escaparam, e precisamos estar longe daqui.

Eu assenti.

— Vamos.

Guardas passaram correndo por nosso esconderijo na alcova. Assim que se foram, Vincent se moveu primeiro. Ele se recusava a soltar minha mão, segurando firme como se estivesse com medo de que eu desaparecesse. Nós disparamos em direção à sala de guerra, esgueirando-nos para dentro enquanto outra onda de guardas passava.

— O que estão fazendo aqui? — disparou uma voz. Nós nos viramos, surpresos ao ver Elianna parada perto da mesa. Seus olhos estavam vermelhos, e ela apertava papéis contra o peito.

— O que você está fazendo? — perguntei.

Ela lançou um olhar para Vincent, e seu rosto corou. Quer dizer que não éramos os únicos tentando um golpe.

— Kaden não voltou. Não acho que ele vá voltar. O céu não queima mais com o poder de Samkiel. Ele retornou.

Vincent e eu nos entreolhamos incrédulos.

— Como é?

Elianna assentiu, mas eu vi a tristeza em seus olhos.

— Ele está morto. Kaden está morto. Eu não sei como ou por que, mas sei. Eu sinto.

— Samkiel está vivo? — sussurrou Vincent.

Elianna assentiu outra vez e apontou para a janela. Nós quase corremos ao redor da mesa. A noite exalou em nossos rostos quando empurramos as grandes portas da sacada. Parei estupefata, mas vi e senti. O retorno dele. O céu não continha mais a cintilância prateada. Não havia nada além de céu aberto puro, as estrelas tremeluzindo e piscando em celebração pelo retorno da esperança e do único rei verdadeiro. Eu me virei para Vincent e pressionei minhas mãos em seu peito. Ele engoliu em seco, e o brilho das lágrimas em seus olhos cintilou ao luar.

— Ele está vivo — falei. — Consigo sentir. Minha magia me diz que ele invocou aquele poder de volta em segundos. Dianna deve ter encontrado uma maneira de ressuscitá-lo. Talvez seja por isso que ela estava incendiando o mundo.

Vincent não falou nada, parecendo não querer desviar o olhar do céu. Eu me aproximei mais, roçando meu corpo contra o dele, e ele finalmente olhou para mim.

— Que bom que resolvemos isso — falou Elianna. — Estou indo embora, e se vocês forem espertos, também irão. As coisas estão prestes a ficar muito, muito feias.

Minha cabeça logo virou-se em direção a ela.

— E como sabe disso?

Vincent se moveu com velocidade celestial, e Elianna gritou quando ele apareceu atrás dela. Ele agarrou seus ombros e perguntou:

— E por que está roubando documentos?

— Estou indo embora. Você é louco? Nismera tem medo dele. Quem não tem? Todos nós sabemos que ele está furioso, e esses papéis vão garantir que eu consiga me esconder até que essa maldita guerra acabe. Não tenho mais ninguém além de mim mesma.

Os olhos de Vincent se voltaram para mim, e eu sabia o que ele estava pensando.

— Venha conosco? — perguntei.

Elianna balançou a cabeça.

— Com vocês? Por quê? — perguntou ela.

— Primeiro, você tem muito mais informações do que nós, e segundo, precisamos dessas páginas. Posso ver a escrita daqui.

— Certo, o que ganho com isso? Não é como se vocês dois pudessem garantir minha segurança. Todos nós ouvimos o que aconteceu naquelas câmaras.

— Camilla quer voltar para Dianna — interrompeu Vincent.

— Você é louca? — Elianna quase engasgou. — Ela vai nos estripar vivos pelo que fizemos com Samkiel, mesmo que ele ainda respire. É melhor ficarmos aqui com Nismera.

— Não. — Olhei para Vincent. — Eu conheço Dianna. A guerra está se formando, e ela se importa com sua família acima de tudo. Não trago apenas informações, mas também uma maneira de protegê-los. Ela vai nos ajudar. Nenhuma cabeça vai rolar. Eu prometo.

Elianna segurou os documentos um pouco mais apertado.

— Como pode ter tanta certeza?

— Porque mesmo no seu pior momento, no seu pior momento mortal, ela não me matou — declarei. — E além disso, nós temos isso.

Vincent abriu sua capa, revelando o medalhão dentro. Os olhos de Elianna se arregalaram.

— Como?

— Não é importante. Está conosco ou não?

Elianna nos encarou, seus dedos apertando os papéis.

— Vincent não vai conseguir passar pela porta da frente depois de tudo o que fez. Sei disso acima de tudo.

— Então, se ele morrer, também morro, mas estamos indo embora — declarei, dando a Vincent um pequeno sorriso reconfortante. —Vamos juntos ou não vamos.

Um pequeno sorriso surgiu em seus lábios. Eram as mesmas palavras que eu havia dito antes e as mesmas que ele me disse quando falou do nosso plano.

O lábio inferior de Elianna tremeu, e vi o desejo em seus olhos por algo mais do que reuniões de conselho, morte e destruição. Ela deu de ombros o máximo que pôde sob as mãos de Vincent.

— Está bem, tanto faz. Nós todos vamos morrer de qualquer maneira, certo?

Ela falou com muita calma, quase como uma piada, mas minha magia se agitou como se reagisse a isso como um presságio.

NISMERA

As paredes chiavam onde a magia as havia queimado, e mil e uma peças de metal estavam espalhadas. A última mesa caiu no chão enquanto meus guardas saqueavam a oficina improvisada de Killium. Girei minha lança, esmagando as cinzas dos mercenários sob minha bota. Parei e girei, apontando a ponta para Killium.

— Um passarinho me disse que você fez uma arma estranha para um homem estranho. Sendo assim, diga-me. Onde está o Destino?

Killium riu, seus dentes sangrando sangue branco pálido.

— Acha que Destino precisa de uma arma?

Minha bota colidiu com seu peito. Chutei até ouvir um osso quebrar, e ele gritar. Joguei meu cabelo para trás, alisando as laterais.

— Responda à pergunta, ou vou decorar as paredes com você. — Agarrei seu queixo, forçando-o a olhar para a mancha de poeira próxima. — Como fiz com a doce e velha Jaski.

— Você já tirou tudo de mim. Espero que apodreça.

O mundo tremeu, e tropecei. Meus guardas correram para a frente, agarrando meus braços e me ajudando a levantar. Eu os empurrei, desdenhosa.

— Estou bem.

Houve outro estrondo profundo, e partes do teto começaram a desmoronar.

Eu me ergui mais uma vez, limpando as mãos na parte da frente da minha armadura. Uma risada molhada e profunda veio do canto da sala.

— Algo engraçado? — rosnei para ele.

Killium sentou-se, sua mão segurando suas costelas quebradas.

— Você acha que fiz uma arma para um Destino? Você é tão idiota quanto parece. Eu fiz uma arma para preencher uma lacuna, para consertar o que você quebrou.

Minha mão se lançou rapidamente, agarrando-o pela garganta.

— O que isso significa? — sibilei.

Um trovão ecoou pelo céu, e um soldado irrompeu pela porta um segundo depois.

— Minha senhor.

— Agora não, Grog. — Eu me virei, ainda segurando Killium, minha lança desembainhada. — Não vê que estou no meio de uma mutilação?

Seus olhos estavam tão arregalados que ocupavam a maior parte do seu rosto. Ele gaguejou e apontou para cima.

— O céu, minha senhor. Está se movendo.

— Como é? — perguntei, franzindo as sobrancelhas. Killium começou a rir de novo, embora obviamente doesse. Eu o sacudi e rosnei. — O que você sabe?

— Você está sem tempo. — Ele sorriu para mim. — O verdadeiro rei retornou.

Ele ainda estava sorrindo quando enfiei a lança em sua barriga. Seu corpo se desintegrou em um monte de pó, e me virei em direção às escadas. Meus generais me deixaram passar e então me seguiram pelos degraus até a porta da frente.

A cidade se reuniu do lado de fora, todos ofegantes e apontando para o céu. Olhei para cima e observei incrédula enquanto a prata desaparecia e as nuvens rugiam. O céu se abriu e a chuva caiu. O trovão rugiu, tão alto e violento que todos nas ruas se encolheram e correram para suas casas. Meus olhos permaneceram fixos no céu.

— Nossa próxima ordem, minha senhor? — perguntou um soldado.

Segurei a lança com força mortal, o aço rangendo em minha mão.

— Preparem-se para Tatil'ee.

CI
ISAIAH

Haviam conversado sobre ele. Nismera tinha os velhos registros da ascensão e queda de Samkiel de Rashearim. Eu me lembrava de ter ficado encantado com a maneira como pintavam suas realizações. Eu até queria ser como ele, era uma figura poderosa e corajosa que todos admiravam. Ele era mais rápido do que qualquer um e extremamente mortal com uma lâmina, qualquer lâmina. Eu simplesmente nunca pensei que veria isso na vida real. Mera falou que Samkiel estava preso além dos reinos, e que ele estaria morto há muito tempo para que se abrissem, mas lá estava ele, que rasgou o próprio céu por ela, e agora, tudo o que fez foi chover.

Uma raiva cega se derramou em seus olhos, e tentáculos de poder destrutivo e bruto golpeavam o ar ao seu redor. Meu peito doía. Kaden caiu tão facilmente, como se matá-lo não fosse nada. Samkiel era tão rápido que meus olhos nem registraram seus movimentos, e conforme meu corpo implorava para recuar, percebi com o que estávamos lidando. Tínhamos ousado tocá-la, e agora não havia misericórdia na criatura que eu enfrentava.

Engoli meu medo e o ataquei, golpeando com minha espada. Samkiel desviou do golpe facilmente, sem esforço. Rápido demais. Senti a mão dele na parte de trás da minha armadura, em seguida, um estalo nauseante de algum lugar profundo no meu corpo. Rápido demais. Eu só tinha visto uma outra pessoa se mover tão rápido, apenas uma, e eu ajudei a matá-lo porque ninguém mais seria capaz. Unir. Nosso pai. Houve uma dor lancinante e depois nada além de escuridão.

Meus pulsos e cabeça latejavam. Eu me mexi, tentando aliviar um pouco da tensão nos meus ombros. Meus olhos se abriram depressa quando percebi que meu corpo estava tenso e dolorido em todos os lugares. Eu estava de joelhos com os braços esticados para os lados, grossas algemas de metal dolorosamente apertadas em volta dos meus pulsos. Cortes superficiais cobriam meu corpo, sangue me manchava, acumulando-se ao meu redor no chão. A cor era quase preta onde havia secado. Estavam me sangrando já fazia um tempo agora, parecia. Perguntei-me há quanto tempo eu estava inconsciente.

A sala aparecia e sumia. Quando minha visão clareou, minha respiração ficou presa em meu peito. Samkiel estava emoldurado pela porta e, por um momento, vi nosso pai. A mesma posição, a mesma forma de se inclinar, a mesma postura e, acima de tudo, o mesmo poder. Malditos sejam os deuses antigos e os mortos. Ele tinha tudo de volta. Ele havia arrancado o poder do próprio céu por *ela*.

Samkiel sempre foi o fraco em nossa história, um meio para um fim. Ele era misericordioso e gentil, um guardião e protetor, mas sempre abaixo de nós. Agora, ele estava encostado no batente da porta atento como um predador, esperando pacientemente pelo momento certo para atacar. Ele não era um jovem inexperiente. Este homem havia sido forjado, testado e levado ao limite. Ele era um deus no verdadeiro sentido da palavra: terrível, lindo e transbordando poder. Estávamos todos errados. Ela estava tão errada.

Despreocupadamente, Samkiel jogava uma adaga de prata no ar, pegando-a com facilidade pelo cabo. Vi o sangue manchando a ponta da lâmina e soube instintivamente que era minha. Tentei me mexer, mas tive dificuldade para fazer meu corpo funcionar, sentindo-me tão fraco e cansado.

— Quando eu era mais jovem, Unir constantemente me repreendia por não estar onde eu deveria estar. Em vez de treinar ou participar das reuniões do conselho, eu saía em busca de diversão, aventura e, conforme fui ficando mais velho, parceiros. A punição dele era sempre me trancar no ateneu. Eu estudava por horas, às vezes dias, dependendo da confusão que eu havia causado. Ele queria que eu fosse um grande rei, um rei inteligente. Lembro-me de ler sobre uma raça poderosa que era capaz de dobrar a água à vontade, também havia aqueles que aprenderam a dobrar sangue.

Samkiel pausou, avaliando-me com olhos de prata derretida. Eles queimavam com raiva mal contida, lembrando-me Nismera.

— O truque com magia ou poder é encontrar a fonte e secá-la, assim como uma represa em um rio. Pare o fluxo. Sangue é seu poder, mas também é sua fraqueza. Fiz alguns cortes. Espero que não se importe. Eles não vão se fechar, pois a lâmina que usei é de ablazone. É o que lhe fere que é capaz matá-lo, mas Unir não me ensinou isso. Ela ensinou.

Ablazone. Ele tinha usado as armas de ablazone em mim e não aquela lâmina mortal nebulosa. Até ele matar Kaden, eu nunca tinha visto, nunca tinha estado perto dela. Eu só havia visto as consequências de sua destruição e aprendido por que o chamavam de Destruidor de Mundos. Nismera tinha o anel. Eu o tinha visto, e sabia que não estava nas mãos dele. Não deveria ter sido possível para ele invocá-la, mas se o que ele falou for verdade, ele não precisava disso para Aniquilação. Ele *era* Aniquilação. Meu coração se partiu quando me lembrei da rapidez com que Kaden caiu, tornando-se nada além de cinzas escuras.

— Kaden... — Não percebi que a palavra saiu dos meus lábios até que ele fez um barulho com a garganta.

— Está morto.

Abaixei a cabeça com um pequeno soluço. Queria poder chorar, mas nada vinha. Ele tinha praticamente me dessecado. Kaden havia partido, e eu não tinha dúvidas de que logo me juntaria a ele. Meu peito parecia prestes a ceder. Nunca mais veria Imogen e deixada sozinha com os outros... Eu queria gritar.

— Você chora por ele?

Levantei a cabeça e engoli o ódio, a tristeza e o medo que se alojavam na minha garganta. Quando encontrei o olhar dele, meu corpo involuntariamente tentou se afastar. O olhar que ele me lançava estava cheio de ira e desejo de vingança. Ele odiava Kaden pelo que tinha feito à sua *amata*. Sua raiva era uma coisa viva, que respirava, e eu podia senti-la se espalhando pela sala. Puxei minhas correntes, mesmo sabendo que não iria a lugar nenhum. Agora eu via por que esperaram, por que o distraíram por tanto tempo, por que a Ordem precisava das marcas e correntes para segurá-lo. Fazia sentido por que não queriam que a marca de parceria dos dois se formasse. Um dele era o suficiente, mas os dois juntos seriam invencíveis.

Eu me firmei, tentando acalmar meu coração acelerado. Não daria a ele a satisfação de ver meu medo.

—Vejo o pai em você, *irmão*. — Falei isso como a maldição que era.

Ele se afastou da parede e entrou na sala, ainda usando sua infame armadura prateada desgastada pela batalha. Ele se movia nela como se fosse leve como uma pena.

— Não sou seu irmão. Eu sou seu juiz e carrasco.

Ele parou na minha frente, e o Ig'Morruthen em mim recuou, desesperado para se afastar dele. Eu me forcei a permanecer parado. Se eu fosse morrer, não ia vacilar nem choramingar feito uma criança.

— Então, execute-me, porque não lhe direi nada.

Ele suspirou e balançou a cabeça, uma expressão que eu não conhecia faiscando em seus olhos prateados.

— Não esta noite. Hoje à noite, desejo subir e deitar com a mulher que amo. A mulher que você, Kaden e Nismera tentaram tirar de mim. Também preciso encontrar uma maneira de trazer minha família de volta, porque vocês tentaram tirá-los também. Desse modo, vou deixar você chafurdar aqui por um tempo. Deixar o silêncio e as paredes enlouquecerem você. Então, quando chegar a hora, retornarei e lhe farei perguntas. Você se recusará a responder, e recorrerei a algo muito cruel. O ciclo se repetirá até que eu tenha o que desejo. Mas hoje à noite, estou cansado e desejo passar o resto da minha noite com a futura rainha deste reino.

Meus lábios se torceram e virei a cabeça.

— Quero que saiba enquanto chafurda, odeia e amaldiçoa meu próprio nome e existência que isso, tudo isso, é culpa sua, culpa de Kaden e de Nismera. Nunca precisou ser assim. Eu nunca fui o monstro que ela disse que eu era. Vocês deviam ter vindo até mim. Eu teria dado a todos um lar, uma família.

Algo se retorceu e quebrou dentro de mim. Família. Era a única coisa que Kaden e eu mais desejávamos, e aprendemos há muito tempo que não fomos feitos para ter. Armas de guerra. Era tudo o que éramos. Meu maxilar se contraiu, desejando violentamente despedaçá-lo por sequer sugerir tal coisa.

— Mas vocês escolheram um caminho diferente. Se todos tivessem vindo até mim e me dito o que e quem eram, se tivessem me ajudado, isso não teria acontecido. Você não estaria aqui, e Kaden não estaria morto, porque, apesar das mentiras vis e cruéis que Nismera plantou em sua mente, não sou o vilão. Nunca fui. Eu amo e protejo aqueles que buscam isso, e amo e protejo minha família com tudo que tenho.

Sua mão se moveu rapidamente, agarrando meu queixo e me forçando a olhar para ele. Um rosnado, profundo e gutural, saiu dos meus lábios. Apertei os olhos contra a luz que queimava em seus olhos. O brilho era forte demais naquele quarto escuro, o calor dele ameaçava me queimar vivo.

— Com. Tudo. Que. Tenho. Isaiah.

Ele soltou meu queixo com um empurrão e se virou, caminhando em direção à porta, seus passos silenciosos apesar da armadura. Meu queixo queimava onde seus anéis tocaram minha pele, seu poder deixando sua marca.

— Não direi nada a você. Não importa o que faça comigo, o que ameace, ou o que quebre.

Samkiel parou na porta, e barras cerúleas brilhantes se formaram na frente da minha cela, me selando. Ele me encarou por um momento e me deu uma sombra de sorriso, então, sem dizer nada, foi embora. Acho que de tudo o que aconteceu, essa interação foi a que mais me assustou.

Abaixei a cabeça e suspirei, meus braços gritando de dor. Eu encontraria um jeito de sair daqui, encontraria um jeito de voltar para...

Um vento gelado varreu minha cela, mais frio que o clima severo de Fvorin. Eu tremi, minha pele formigando, e levantei a cabeça. Meus pulsos arderam quando repuxei minhas correntes para trás porque lá na porta estava Veruka.

— Como? — perguntei. Seus olhos ocos e vazios me encaravam. —Você está morta. Eu matei você.

Ela deu um passo à frente, depois outro, atravessando as barras como se não existisse mais neste plano, e não existia. A cabeça dela estava inclinada em um ângulo impossível, e a linha vermelha e irregular em sua garganta onde eu a arranquei ainda derramava sangue. Ela parou diante de mim e se inclinou para a frente.

Ela não tinha cheiro, nem aroma. Ela era oca.

— O que você é?

Um sorriso fantasmagórico curvou seus lábios enquanto ela se aproximava de mim. Tentei me afastar, mas Samkiel tinha me acorrentado ao teto e ao chão. Eu não tinha para onde ir.

A mão dela pairou sobre meu peito, e senti um puxão quando uma pequena bola de fogo surgiu. Ela a agarrou e a esmagou em seu punho, um sorriso frio e vazio em seu rosto.

Ouvi um estrondo acima de mim e joguei minha cabeça para trás, olhando para o teto. Quando olhei de volta, estava sozinho na minha cela. Pisquei algumas vezes, minha mente girando. É claro que eu estava sozinho. Por que eu presumiria que não estava sozinho na minha cela? Samkiel tinha me deixado aqui. Eu estava sozinho o tempo todo.

CII
DIANNA

A pedra ao lado da minha cabeça rachou com a pressão da mão dele enquanto ele me penetrava. Minhas costas se chocavam contra a parede a cada estocada sua, nós dois ofegantes e gemendo enquanto tomávamos, tomávamos e tomávamos. Não havia palavras suaves ou súplicas sussurradas, apenas uma necessidade primitiva de sentir, de saber que estávamos vivos e juntos. Sua boca dominou a minha, roubando meu fôlego, e alegremente o entreguei. Sua mão livre apertou meu maxilar, sua palma cobrindo meu pescoço. Meu coração batia forte, acompanhando o ritmo do dele, meu único.

Eu precisava não só saber que era real. Precisava sentir que era real, que eu não estava trancada dentro da minha cabeça, e que Kaden não tinha vencido.

Minhas unhas arranharam suas costas, e ele gemeu contra meus lábios, a língua deslizando na minha.

— Diga que me ama — gemi, arqueando-me contra ele, esmagando meus seios contra os planos firmes de seu peito. Minhas unhas arranharam seus ombros, seus braços, qualquer coisa em que eu pudesse me prender.

Ele inclinou minha cabeça com o polegar e raspou os dentes ao longo do meu pescoço, penetrando-me com um pouco mais de força.

— Eu amo você.

Outro beijo acalorado.

— Eu amo você.

Outro.

— Eu amo você.

Eu me contraí ao redor dele, que me empurrou com mais força contra a parede, fodendo-me nela. Eu podia sentir sua necessidade de se ancorar em mim, assegurando a si mesmo que eu estava aqui com ele, viva e segura. O prazer ondulou pela minha pele a cada estocada, seu peito roçando meus mamilos. Eu estava queimando viva de desejo, choramingando contra ele. Era êxtase, êxtase puro e ofuscante, e tudo o que eu precisava. Queria. Eu não tinha percebido o quanto ele estava se contendo. A parte da minha mente que ainda era capaz de pensar estava preocupada com a fundação do nosso quarto e desta ala da nossa casa.

Meus olhos se fecharam, e agarrei Samkiel, apertando minhas pernas com mais firmeza em volta dele, puxando-o até que estivesse lutando contra meu aperto para me penetrar. Eu ficava vendo aquela maldita lâmina, os rostos dos dois se aproximando, junto com a destruição do meu futuro. Eu nunca tinha estado tão perto de perder antes, nunca tive medo disso, mas hoje eu estava apavorada. Isso tinha nos assustado muito. Agora, havia essa necessidade insaciável de reivindicar, marcar e tomar o que nós dois precisávamos.

— Akrai, eu... — Ele ofegou, e senti os músculos de suas coxas se retesarem. Eu sabia que ele estava perto.

— Eu também. Eu também.

O prazer cresceu, enrolando-se na minha barriga conforme ele grunhia e gemia, sussurrando palavras depravadas no meu ouvido. Minhas costas arquearam, prazer incandescente faiscando por cada parte de mim enquanto eu gozava sob ele. Ele segurou minha bunda, penetrando fundo e se esfregando contra mim até que vi estrelas, e ele me seguiu. Ele pressionou seu corpo contra o meu, esmagando-me contra a parede enquanto nos desfazíamos e refazíamos. O silêncio caiu, a chuva batendo na janela conforme um clarão de luz iluminava nosso quarto.

Emoções borbulharam na superfície após meu orgasmo, e dessa vez, quando meu corpo estremeceu, não foi de prazer. Sem ter que pedir, os braços de Samkiel se apertaram em volta de mim, e enterrei meu rosto em seu pescoço e chorei. Com outros, eu podia fingir que nada me tocava, protegida por espinhos, presas e garras, mas não havia como me esconder dele.

— Está frio — reclamei. Samkiel estava deitado às minhas costas, metade de seu corpo enorme cobrindo o meu, seu peso me pressionando na cama. Eu precisava disso, precisava dele tão perto. Ele sempre parecia saber o que eu precisava. Minha mão envolveu a dele e a puxei para perto, colocando-a sob meu queixo.

— Devo ter errado as estações. Normalmente, é suportável ao cair da noite nesta época do ano — falou ele, sua respiração fazendo cócegas no topo das minhas costas.

— Hum. — Senti seu peito subir e descer. — Sinto muito por pular em você no segundo em que você entrou pela porta — falei, e era sério. Eu tinha saído do chuveiro assim que ouvi a porta do nosso quarto se abrir, não querendo ficar sozinha, e pulei em seus braços antes mesmo que a porta se fechasse por completo, meus lábios colidindo contra os dele.

— Nunca peça desculpas. — Ele fez um barulho de contentamento enquanto estávamos deitados, as cobertas amontoadas ao nosso redor. — Vou receber isso de bom grado mesmo quando estiver velho e fraco.

Meu polegar deslizou devagar pelas costas dos dedos dele.

— Você vai ficar velho e fraco agora que seus poderes estão de volta?

Ele respirou fundo, os músculos do seu peito e abdômen se flexionando contra minhas costas.

— Em algum momento. Todos os deuses passam por isso. Minha verdadeira imortalidade estava ligada aos reinos, lembra?

— Vivamente. — Olhei pela janela. Nenhum de seus poderes dançava no céu agora, apenas a tempestade crescente enquanto a chuva continuava a cair. — Você quebrou o céu quando recuperou seus poderes?

— Hum? — perguntou ele, o som sonolento. Eu me remexi embaixo dele, e ele se ajustou, mudando de posição para deitar de costas. Deslizando para perto, coloquei minha cabeça em seu peito. — Não tenho certeza, nem me importo muito.

— Como você fez? — sussurrei a pergunta, precisando saber. Não ia conseguir dormir sem saber, não importava o quão relaxada eu estivesse. — Como você matou Kaden?

— Eu o provoquei — explicou ele, seus olhos se abrindo. — Com você.

Um estalo de relâmpago iluminou o quarto. O clarão refletiu em seus olhos.

— Comigo?

— Não importa quão vil ou cruel, ele amava você acima de tudo. Seus métodos podem ter sido distorcidos e errados, mas nós sentimos o mesmo por você. Por isso, falei coisas que eu sabia que me fariam arder até o âmago caso fossem ditas para mim. Ele reagiu, e arranquei a cabeça dele com Aniquilação.

Desenhei padrões aleatórios sobre seu peito, aliviando a tensão que eu podia sentir contraindo seus músculos. Samkiel deu um beijo no topo da minha cabeça e respirou fundo. Fiquei quieta por um momento, imaginando a morte de Kaden. Uma corrente de ar sussurrou sobre nós, e alcancei as cobertas, puxando-as mais para cima. Aninhei-me mais perto e sussurrei:

— Ninguém nunca me protegeu como você. Sou sempre a única cuidando de tudo e de todos. Você deveria proteger o mundo, não eu.

—Você é meu mundo. — Ele me puxou para perto e inclinou minha cabeça para trás para beijar minha testa, sua mão correndo preguiçosamente para cima e para baixo por minhas costas. — Sempre vou proteger você, akrai. Não importam as consequências — sussurrou ele contra minha testa. — Mesmo que eu quebre o céu.

Bufei com a última parte, a respiração dele fazendo cócegas nos cabelos do topo da minha cabeça. Mas eu sabia, sem sombra de dúvida, que ele estava falando sério. Era minha espada, meu escudo, meu coração e meu lar.

— Sinto muito por não falar que amo você com mais frequência. — Sua mão pausou o afago distraído nas minhas costas, e ele se afastou para olhar para mim. Suas sobrancelhas se franziram como se ele não esperasse que eu dissesse isso, mas continuei. — Eu amo você. É a única coisa que sei com absoluta certeza neste mundo novo e louco. Tudo o que fizemos, tudo pelo que passamos, amo tudo. Eu senti medo esta noite.

Samkiel se apoiou no cotovelo como se estivesse se preparando para lutar contra meus próprios medos.

— Dianna.

— Não, eu estava com medo de não conseguir lhe falar. Você é o amor da minha vida, Samkiel. É o único para mim, e eu nem sempre tenho as palavras bonitas para falar, mas posso mostrar todo santo dia.

Outro clarão de relâmpago iluminou o quarto, e jurei que os olhos dele brilhavam com lágrimas não derramadas. Ele sorriu suavemente.

—Todo dia, é?

Eu assenti.

— Bem, isso vai demorar muito tempo, considerando que temos a eternidade.

Minha cabeça se afastou para trás enquanto meu coração parecia aumentar.

— Eternidade? Não sei se concordei com isso.

Os lábios dele formaram um meio sorriso, e ele apontou para meu anel.

—Você meio que concordou. Agora, nem mesmo a morte nos separará. Era isso que estava em nossos votos. Você falou.

— Falei? — brinquei. — Eu estava distraída. Podemos mudá-los? É tarde demais? — Estremeci. — Não sei. Talvez devêssemos repensar tudo o que acabei de fal...

Ele me agarrou e rolou, forçando-me contra a cama. Gritei e depois ri quando suas mãos encontraram aquele ponto sensível logo abaixo das minhas costelas. Seus lábios se encaixaram nos meus, e o calor penetrou minha pele e meus ossos. Minhas palavras haviam construído sobre nosso vínculo, forjando algo mais forte entre nós, mais luminoso que fogo e mais resistente que aço.

Samkiel se afastou e olhou para mim, afastando algumas mechas do meu cabelo do meu rosto.

— O amor da sua vida, hein? Nunca ouvi isso antes.

— É por isso que está sorrindo feito um idiota?

O sorriso dele se iluminou.

— Talvez. Talvez eu precise ouvir isso mais vezes.

Fingi zombar enquanto nos acomodávamos de novo na cama.

— Com que frequência?

— Hum, talvez todos os dias?

— De jeito nenhum.

Ele deu de ombros.

— Está bem, uma ou duas vezes. Aqui e ali.

Eu me larguei de costas na cama fingindo desgosto.

—Você está forçando a barra. Você é tão carente.

Ele deu um beijo na minha testa e depois na minha bochecha. Sua mão segurou a curva do meu queixo, seu polegar acariciando meu lábio inferior.

— Não faço ideia de como sobrevivi tanto tempo sem você.

— Eu também não.

Ele riu e roçou seus lábios nos meus.

—Vá dormir.

Sorri e dei um beijo casto em seus lábios antes de me virar e me empurrar de volta contra ele. Seu corpo enorme se curvou ao redor do meu protetoramente, e seus braços me aconchegaram perto enquanto eu me acomodava.

— Eu não demonstro muito, está bem? Porque se as pessoas começarem a pensar que eu sou boazinha...

A risada dele ecoou pelo quarto, o som afugentando a escuridão.

CIII
ROCCUREM

Fascinava-me que os dois planetas vizinhos estivessem tão próximos deste, suas formas massivas como sombras fantasmagóricas escondendo-se atrás do véu da noite. Era de se pensar que depois de ver mais de mil mundos, eu estaria acostumado a todas as maravilhas que o universo tinha a oferecer, mas me agradava saber que ainda conseguia me surpreender. Um pássaro feito de noite passou pela janela e pousou na mesa atrás de mim. Unhas bateram na madeira polida antes que o silêncio caísse.

— Eu testemunhei uma vez, o futuro e como a paz poderia ser alcançada. Dianna é uma chama que vai desencadear uma revolução — falei, levando a xícara de chá aos meus lábios.

— E? — perguntou o pássaro da noite, conforme o quarto ficava um pouco mais frio.

— E agora tudo o que vejo é destruição e ruína. O riso desapareceu, gritos tomaram seu lugar. Vejo fogo a Oeste, uma desolação a Leste, e... o que mudou?

Afastei-me da grande janela e sentei-me à mesa circular no centro da sala.

— Morte de um.

— Então, é verdade?

— Por enquanto.

Servi uma xícara de chá e deslizei-a para meu parente antes de completar a minha. A escuridão rastejou de todos os cantos desta sala, aprisionando o pássaro antes de manifestar seu enorme eu no assento diante de mim. O terno gasto e esfarrapado que ele usava estava crivado de buracos de bala, e seu cabelo grudado na cabeça em uma mancha vermelha. Sua pele pálida e retesada se esticava como se fosse uma máscara mal ajustada. Um dos Sem-Forma, o mais antigo, e ele preferia usar as formas daqueles que haviam passado por seus portões.

— Vim por um motivo, parente. — Morte cuidadosamente pegou a xícara frágil e tomou um gole.

Meus dedos batiam de leve no braço da cadeira.

— Se veio pelo rapaz, temo que seria uma briga e tanto. Ela é bem protetora com ele, e ele com ela.

Os olhos pálidos e mortos de Morte fixaram-se em mim enquanto ele abaixava sua xícara de chá. Eu sabia que ele odiava ser enganado, e era exatamente isso que Dianna tinha feito.

— Ninguém escapa de mim. — Sua voz lembrava o vazio oco de onde todos viemos. — Terei os dois no final. Não se engane.

— Estou ciente. Eu também vi isso. — Foi uma experiência estranha vê-los perecer. Eu tinha certeza de que se estivesse em um corpo que permitisse emoção, eu teria sentido essa tristeza. — O que não sei é o porquê. Por que trazê-lo de volta? Arriscar? Trocar a alma dela pela vida dele?

— Você viu o fim. Você viu vários, parente. — Morte zombou como se até mesmo pensar em admitir o que estava prestes a admitir o incomodasse. — O contrário era muito mais prejudicial.

— Destruição.

Morte apenas se recostou enquanto concordava.

— Aniquilação. Vocês tinham apenas uma fração dela em Onuna.

— Tem medo dela?

— Todos nós deveríamos. Dianna não é mais a princesa prometida de Rashearim ou a rainha destinada. O outro irmão poluiu seu sangue. O que ela carrega dentro de si agora poderia transformar mundos em cinzas se ela quisesse. Todos vocês deveriam temê-la como uma vez temeram Ro'Vikiin.

Eu ri.

— Sabe tão bem quanto eu que ele odiava esse nome. Ele sempre preferiu Gathrriel.

— Não importa o que ele prefira. Seu sangue vive neste reino mais uma vez.

Sentei-me mais ereto.

— E aconteceu de novo. Essa é a mudança. Cada ser neste reino e no próximo sentiu aquela centelha mais uma vez.

— Exato, você está. As bruxas sentem, suas moirai, os seres sem pernas, e aqueles com muitas. Cada. Um. Deles.

— É por isso que minha visão mudou? Por causa dela?

— Não. — Morte cruzou suas mãos frias sobre o colo. — Por causa deles. O irmão massacrou o próprio sangue. Parece ser uma repetição da tradição da família, mas não tema. Planejo corrigir isso.

Levantei minha xícara de chá.

— E então Morte intervém, assim como Destino.

— Intervir sugere que impedi o inevitável. Não impedi. Apenas vi uma brecha, mas não me preocuparia com as regras desta existência por muito mais tempo, parente. Se Nismera vencer, se eles retornarem, não restará nada de nenhum de nós.

Minha mão apertou mais a xícara. Ele tinha visto o mesmo final trágico que eu? Um poço escuro dando à luz seres há muito esquecidos. Fiquei imóvel, precisando da resposta para minha próxima pergunta.

— E a alma dela?

Morte inclinou a cabeça em minha direção.

— É isso que o preocupa? Não o retorno, mas a alma dela?

Eu não respondi nada.

— Alma? — Morte estalou a língua. — A coisa fraturada que é. É uma coisa irregular, quebrada, os restos enterrados dentro dele.

Minhas costas ficaram eretas, e Morte notou. Minha mente estava em disparada. Eu também não tinha visto esse resultado.

— A alma dela está em Samkiel?

— O que sobrou dela. Dois seres em um. Parece que Samkiel era forte o suficiente para suportar isso — Morte disse e tomou um gole de chá.

Os mortais sentiam medo e ansiedade. Seres como nós não sentiam, mas eu não podia negar os sentimentos que me invadiram. Pode parecer uma coisa boa que Morte tenha encontrado uma maneira de os dois sobreviverem, e eu sabia que haveria um custo. Eu apenas nunca imaginei que seria tão medonho.

Tomei outro gole do meu chá frio, tentando acalmar as emoções desconhecidas que nublavam minha mente.

— Mas como você fez isso?

Morte levantou uma sobrancelha e balançou a cabeça, um pequeno sorriso pesaroso se formando em seus lábios.

— Não tenho poder sobre Samkiel. Nunca tive. Dianna o trouxe de volta. Ela não sabia na época, mas usou o poder daquela marca. Sem nem perceber o que estava fazendo, ela fez o inverso do que Vvive fez. Ela abriu mão da marca pelo poder de dividir a própria alma, e em seguida a amarrou à vida dele. Dianna ressuscitou Samkiel. Por mais que eu odiasse ser derrotado, era assustador e intrigante testemunhar algo que só aconteceu uma vez antes. O amor que ela tem por ele é um poder.

— Como? — ofeguei, nunca tendo esperado por isso.

— O amor tem poder. Nós dois testemunhamos impérios ascenderem e caírem por ele. E o amor que Dianna tem por ele é um *poder*. Assim como o de Vvive.

— Mas Dianna ri, respira e ama. Ela não é só carne e…

— E ela é vazia. Assim como Ro'Vikiin, um monstro vazio e sem alma — Morte interrompeu e depois fez uma pausa. — Minhas desculpas. Quero dizer, Gathrriel era vazio antes de Vvive. Ele morreu naquele campo de batalha, e quando Vvive dividiu sua alma para salvá-lo, a marca se formou. Samkiel morre, e Dianna, recusando-se a aceitar essa realidade, absorve o poder de sua marca e funde os pedaços da própria alma que a morte dele não havia destruído. Ela se deixou vazia. Ela é Gathrriel mais uma vez.

— A raiva dela, as alimentações…

— Tudo. — Morte inclinou sua cabeça sangrenta e machucada. — Eu me certificaria de que eles fiquem próximos um do outro se eu fosse você. Caso se separem demais, o corpo percebe que está vazio. Tenta reverter para seus impulsos mais básicos e primitivos.

— É por isso que ela está bem com Samkiel. — Engoli em seco. — Ela sabe.

— Mais ou menos — falou Morte. — Algum instinto primitivo sabe que a alma dela está dentro dele, sua verdadeira mortalidade.

Meu peito ficou apertado como se eu tivesse um coração para sentir isso. Eu não tinha visto isso em nenhuma realidade. Essa foi uma das poucas vezes em que uma ação ou pensamento ultrapassou a linha do tempo em que as almas estavam destinadas a permanecer. Talvez eu não pudesse ver, já que foi decidido depois que Nismera me rasgou. Se o medo pudesse tocar até mesmo os Sem-Forma, ele colocou sua mão sobre mim agora.

Morte me observou, tomando seu chá.

— Parece assustado, Roccurem. Talvez tenha caminhado entre os vivos por tempo demais. As emoções deles são coisas pegajosas, grudando-se em todos ao redor enquanto choram, riem e gemem.

— O que acontece com ela se ela morrer? — Fiz a pergunta seguinte que pesava muito na minha mente.

Morte colocou sua xícara de chá entre nós, o frio no quarto aumentando.

— Se ela morrer agora, seu corpo desaparece, mas você já sabe disso, não sabe? — respondeu Morte, sua antecipação óbvia. Não pude deixar de me perguntar o que ele havia planejado para ela.

— Isso pode ser um problema, já que Samkiel destruiria você se tentasse levar aquela moça.

A risada que saiu dos lábios de Morte fez até meu corpo se arrepiar.

— Eu não temo o Deus-Rei. Eu colecionei vários. Até os maiores poderes têm limites, e ele passará como os governantes antes dele passaram. Ninguém escapa de mim. Portanto, não, o *rapaz* não me preocupa. Além disso, o tempo é minha contraparte. Ele ameniza a dor que inflijo até que aqueles que estão acostumados comigo me recebam como um amigo. Sou infinito, e ele vai lamentar e seguir em frente. Todos fazem isso.

Balancei a cabeça e cruzei as mãos sobre o meu abdômen.

—Você, como tantos outros, subestima o amor dele por ela. Acabou de me dizer que o amor dela por ele é um poder, mas não pense que não é correspondido de todo o coração. A marca pode ter sumido, mas eles foram feitos um para o outro. Você vai fazê-lo enlouquecer.

— Unir carregava o mesmo amor por sua amada. Acaso ele incinerou os céus procurando por mim? Não, porque ele sabia...

Coloquei minha xícara na mesa, o som o interrompendo enquanto eu cruzava as mãos no colo.

— Samkiel não é o pai dele.

— Talvez não, mas eu o vi amar milhares. Ele amará mais mil.

— Nós dois sabemos que aquilo não foi amor.

— Amor. Cama. — Morte acenou com sua mão fria e pálida. — Qual é a diferença para aqueles que carregam carne e sangue? Você também testemunhou isso. Só você acredita nesses grandes gestos e palavras. Quantos viu mortos em nome desse *amor*? Nós dois sabemos que meu reino está cheio daqueles que uma vez estiveram apaixonados.

— E quantos nasceram dele? — questionei. — E os sacrifícios que fazem em nome dele? Esses também aparecem diante de sua porta. Eu testemunhei isso também. Aqueles que nunca se recuperam desse amor perdido lamentam até que se reencontrem. Ou os fantasmas que imploram em seus portões, gritando por um último vislumbre daqueles que deixaram para trás. Nega isso?

A escuridão de Morte era como um manto às suas costas, odiando até mesmo o desafio. Gelo se formou nas janelas de vidro e se espalhou pelo chão.

—Você está realmente disposto a apostar incontáveis mundos e vidas nisso? Nós dois sabemos o quão depressa um coração, mesmo tão puro quanto o dele, pode mudar. Quantos heróis caíram desde o início dos tempos, e quantos reinos sofreram por isso? Realmente deseja arruinar o último resquício de esperança que qualquer um de nós tem neste reino ou no próximo ao testar isso?

O frio recuou um pouco, e Morte cruzou suas mãos pálidas e feridas, sem a menor preocupação com as consequências que ameaçava desencadear ao tirá-la permanentemente de Samkiel. Morte me observou com um sorriso torto.

—Você está gostando disso? — Preocupação me inundou. — Porque ela ameaçou você? Está satisfeito por ela não ter paz eterna.

—Você me culpa como se eu tivesse tomado a alma dela. Como se eu a estivesse mantendo como refém. — Morte apoiou uma das mãos na mesa, a pedra abaixo rachando com o frio intenso.

— Nós dois conhecemos seu poder, *parente*.

Morte tamborilou os dedos esqueléticos na mesa, os olhos sem vida do homem que cruzou seus portões me encarando de volta, mas Morte não me assustava. Ele, junto com outros, veio à existência quando o universo nasceu, e mesmo com nossas antigas brigas, estávamos ligados de maneiras que mortais e divindades jamais poderiam entender.

Finalmente, Morte se recostou, entrelaçando os dedos.

—Você acha que a ameaça que ela fez naqueles túneis foi da boca para fora? Você testemunhou o que ela fez em Onuna por uma irmã que nem era de sangue. Agora, imagine o que ela faria por seu parceiro, aquele criado para ela. Ela não teria amarras, nem bússola moral, nem amor. Por isso, não olhe para mim desse jeito. Se eu realmente quisesse o fim do mundo, eu teria lutado com ela pelo Deus-Rei lá. Nismera deixará os reinos desolados se conseguir o que quer e tiver sucesso com o Grande Retorno. Portanto, fiz o que devo. Dianna, como todos vocês a chamam, foi feita para governar. Acha que ela foi feita para ser Ig'Morruthen? Ele, um cadáver vivo? Não, Nismera interferiu. Ela espalhou mentiras e enganações pela Casa de Unir, e funcionou. Ela reuniu e aprimorou seu poder por eras, e agora *devemos* interferir. Não desejo testemunhar outra Guerra das Guerras.

O ar ficou mais denso.

— Não vai importar quando Samkiel descobrir sobre o destino dela. É nisso que ele vai se concentrar, e dane-se a guerra. Dianna é tudo o que ele vê. Ele a ama, ama de verdade.

— Que irritante. — Morte bateu os dedos mais uma vez. —Você não é melhor. Você se importa com a criança. Sempre se importou. Nós vimos isso. Você tem um amor de pai por ela. É imoral. Você está acima das emoções.

—Ah, Morte implacável, que não se importa com nada nem com ninguém. — O canto do meu lábio se levantou. — Na minha longa existência, é bom encontrar algo que valha a pena proteger.

Morte não vacilou nem se moveu, mas algo se modificou naqueles olhos vazios e mortos. Cruzei uma perna sobre a outra.

— Sabe que não vou esconder isso dela. Ela já foi traída o suficiente em sua longa vida.

A escuridão no quarto pareceu tremer de irritação antes de se acomodar perto de seu corpo.

— Assim como você sabe que eu coleciono uma pequena parte de todos que passam pelos meus portões, sim? — Ele pegou sua xícara e esvaziou o último gole de chá antes de colocá-la de volta na mesa. — Dianna foi gentil o suficiente para me enviar Alistair.

Compreensão tomou conta da sala.

—Você não ousaria.

— Ousaria. — Morte se levantou, ajustando a jaqueta crivada de balas que usava. — Portanto, parente, você não vai se lembrar disso, mas saiba que quero o novo mundo, e vou ajudá-lo a alcançá-lo. Isso eu posso lhe prometer.

A escuridão aumentou e depois sumiu. Eu tremia, o frio se infiltrando pela sala. Sentei-me mais ereto, piscando enquanto olhava para a janela. Eu a tinha deixado aberta? As velas tremeluziam sobre a lareira próxima, e música enchia o ar. Balancei a cabeça, esfregando minhas têmporas. Desde que a luz de Nismera queimou, minhas visões estavam dispersas e incoerentes. Eu estava ficando com cada vez mais medo de que ela tivesse me danificado em um nível tão profundo que eu não pudesse me recuperar.

Uma batida soou na porta antes que ela se abrisse devagar.

— Reggie? — chamou Miska, sua voz um sussurro enquanto ela entrava no cômodo. Ela devia estar trabalhando até tarde na estufa que Samkiel tinha feito para ela. Não era nada parecida com o que havia na Cidade de Jade, mas ela estava tornando-a sua. Sua camisola estava cheia de pequenos pedaços de ervas. Miska amava todas as roupas que Dianna tinha pedido para Samkiel fazer para ela. Ela nunca tinha tido permissão para ter seus próprios trajes pessoais antes.

— Sim, Miska?

— Com quem você estava falando?

Olhei ao redor da sala, perguntando-me se tinha perdido alguma coisa.

— Ninguém. Não falei com ninguém além de você esta noite. Devo ter murmurado uma visão. Minhas desculpas.

Ela deu de ombros.

— Está tudo bem, acontece. Quer experimentar o novo tônico que fiz? Acho que acertei os ingredientes dessa vez.

— Por que está acordada até tão tarde trabalhando? Já passou da meia-noite.

— Eu não conseguia dormir. Está congelando aqui, e continua chovendo, então, pensei, por que não trabalhar?

Um sorriso se formou em meus lábios enquanto eu me levantava.

— Bem, então, vamos experimentar seu novo tônico, sim?

Nunca falei nada sobre suas tentativas fracassadas. Miska trabalhava duro, tentando lembrar o que havia aprendido e o que a mãe lhe havia ensinado. Ela já era uma curandeira tão poderosa, mas estava apenas começando.

— Perfeito. — Ela acenou com as mãos no ar em pura excitação. — Estou tentando atingir os receptores de dor associados a queimaduras para Cameron. As costas dele estão bem ruins, mas Dianna falou que ele se curaria assim que conseguisse controlar melhor sua alimentação porque queimaduras divinas são piores, especialmente em sua forma Ig'Morruthen, e... — Sua voz parou quando seus olhos encontraram algo atrás de mim. — Por que seu chá está congelado? Você deixou uma janela aberta?

Franzi a testa, perplexo.

— Talvez. Não tenho certeza.

CIV
KADEN

Minha alma gritou enquanto ossos e tecidos se tornaram músculos, seguidos por pele para cobrir tudo. Meus dedos se curvaram em solo macio enquanto eu me levantava. Dor aguda e explosiva irradiava da minha coluna, saltando ao longo de nervos recém-crescidos. Gritei enquanto meu corpo se recompunha, cada célula queimando em agonia. Apoiei em minhas mãos e joelhos, ofegante, respirando o máximo de ar possível.

Ele me matou.

Samkiel me matou.

Tudo voltou quando a consciência tomou forma. Ele ficou ali parado, exalando raiva, ódio e fúria a cada respiração enquanto segurava aquela lâmina sombria de morte. Seus olhos queimavam como os do pai, e os pelos ao longo dos meus braços se arrepiaram. Eu tinha cronometrado certo, cronometrado meus movimentos, mas ele era ágil demais, rápido demais. Eu nem o tinha visto se mover, e não tinha sentido a lâmina. Houve apenas um breve beliscar e então o nada absoluto, nenhuma dor, nenhum medo, apenas o nada absoluto e completo. Eu nem existia mais.

Meu coração batia forte no peito. Morte. Eu tinha experimentado a morte verdadeira.

— Aniquilação — falou uma voz profunda e oca, e minha cabeça virou em sua direção. Apenas o campo de batalha vazio me recebeu.

— O quê? — Minha voz nem parecia minha, como se meu corpo ainda estivesse lutando para se curar.

— Isso nunca deveria ter acontecido. O que Aniquilação faz é proibido e bem incômodo, mas, ao mesmo tempo, torna meu trabalho um pouco mais fácil. Menos almas entrando no meu reino, entende?

Minha mente estava confusa. Eu não conseguia recuperar o fôlego, e minha visão oscilava enquanto eu tentava fazer a mulher velha meio queimada entrar em foco. Suas mãos enrugadas estavam apoiadas em seus quadris, o avental que ela usava coberto de fuligem e fumaça.

— Você me trouxe de volta? Quem... Quem é você?

— Tenho muitos nomes — declarou ela, seus olhos me percorrendo como se avaliassem meus ferimentos ou a falta deles. — Isto vai servir.

Comecei a perguntar o que ela queria dizer, mas sua forma explodiu na forma de um pássaro da cor da noite e disparou para o céu, com um grasnido cortando o céu antes de desaparecer além da linha das árvores.

Que porra foi essa?

Girei o pescoço para o lado e me levantei, tentando lembrar de tudo sobre aquela noite, e então me lembrei de Isaiah.

Girei, olhando em todas as direções por armadura espalhada, um membro ou até mesmo poeira. Não havia nada além de mim e meus próprios restos mortais aqui.

Eu não era tolo. Samkiel tinha rasgado o céu para chegar até sua... esposa. Seu rugido ensurdecedor tinha abalado o planeta e a mim até o âmago. Senti então, o quão parecido ele era com nosso pai. Eu tinha sido um tolo. Tudo o que tínhamos ouvido sobre ele era verdade. Samkiel era tão poderoso, tão forte. Ele era o Destruidor de Mundos. Eu não queria acreditar na sorte que tivemos em sobreviver aos nossos encontros anteriores com ele. Podia sentir o mesmo poder estrondoso que fluía pelas veias de Unir, mas ele estava combinado com o poder de Samkiel, e era devastador. Ele sabia o quão poderoso era?

Balancei a cabeça, forçando clareza em meus pensamentos. Eu precisava resgatar Isaiah. Se ele não tinha caído aqui, significava que Samkiel o levou e tentaria arrancar cada informação dele. Independentemente do medo e da apreensão que me consumiam, eu não poderia falhar com a única pessoa que nunca falhou comigo.

CV
XAVIER

Um pé na frente do outro, a repetição era entorpecente. Dias viravam noites, e noites viravam dias. Essa era minha vida agora. Eu ficava nas partes mais escuras da minha mente, observando com olhos que não eram mais meus, existindo dentro de um corpo que não era mais meu.

Eu tinha tirado tantas vidas desde que havia sido tomado, e sabia que nunca esqueceria os gritos e o sangue. Houve momentos em que desejei a morte, rezei por ela, qualquer coisa para acabar com o tormento. No entanto, não importava o quão ruim fosse, um lampejo de esperança estava presente. Era uma centelha de vida, uma brasa que eu protegia com toda a minha vontade. Era a lembrança de cabelos radiantes, da cor do sol, o cheiro de madeira-bruma, a fragrância rica anunciando a virada do outono e uma risada que poderia curar mágoas e ossos quebrados. Ele era meu lar, e ele estava tão longe de mim agora que parecia que parte da minha alma estava faltando. Eu teria jurado que ele era um sonho, só que eu não sonhava aqui. Sim, a morte seria melhor.

— O céu, general! — gritou um soldado à minha esquerda.

O general em questão levantou a mão e sussurrou aquelas malditas palavras que fizeram meu corpo ficar rígido. Parei de andar quando ele deu um passo à frente. Estávamos na grande ponte de pedra que conectava uma parte do castelo em ruínas à outra. O mar beliscava a costa, e alguns navios flutuavam na baía.

Um soldado apontou para cima, e alguns outros removeram seus capacetes. Vi suas bocas se abrirem em choque, e em seguida todos começaram a falar ao mesmo tempo. Meu corpo permaneceu relaxado, mas ainda assim, não importava o quanto eu quisesse, eu não conseguia olhar para cima. Era o único pensamento que eu tinha até que tudo se tornou um inferno.

O ar pareceu se comprimir pouco antes de um estrondo alto fazer a ponte de pedra tremer. Explosões vieram de todos os lados, e na minha visão periférica, vi chamas e pedaços de madeira disparados em direção ao céu. Gritos se seguiram enquanto pedaços das naves voavam em nossa direção, os guardas se abaixando ou recolocando seus capacetes enquanto o general gritava.

O que quer que estivesse nos atacando tinha poder suficiente para fazer o general que me mantinha ao seu lado como um animal de estimação preso na coleira, enfiar o rabo entre as pernas e correr na outra direção.

Houve um estalo de trovão, e o mundo ficou escuro. A chuva me atingiu mesmo que eu não pudesse senti-la.

A ponte de pedra balançou, e os guardas que eu podia ver se viraram para olhar. Eu sabia que o que quer que tivesse caído atrás de mim era ruim, porque eles viraram as costas e fugiram. Uma luz prateada quente e ofuscante passou por mim, e meu coração deu um pulo. Eu conhecia aquela luz, sabia o que significava, sabia como era. Não era Nismera, mas era um deus.

Samkiel.

Se eu pudesse respirar, perderia o fôlego. Eu sabia de quem era o poder que enchia o céu. Eu sabia que Nismera o havia matado. A tristeza ainda era minha companheira constante. Eu havia passado horas em tavernas ao lado dos guardas de Nismera enquanto eles cantavam sobre sua morte, mas eu conhecia esse poder. Ele chamava uma parte de mim que aquelas malditas palavras não podiam alcançar.

Mais daquela luz me envolveu, e me deleitei com ela mesmo enquanto a ponte de pedra balançava. A armadura prateada passou por mim, nem mesmo se preocupando em parar enquanto corria atrás dos guardas em retirada. Assisti com malícia fria quando um deles alcançou aquele maldito general. Ele lutou e então sangrou quando uma arma de ablazone o estripou. Ele caiu de joelhos e olhou para o deus parado acima dele, segurando as cordas de seus intestinos. Houve um borrão e o chiado familiar de uma espada se ablazone cortando o ar. A cabeça dele rolou pelo chão. Liberdade! Minha mente girou. Mas a liberdade não estava garantida.

Assim que a batalha começou, ela terminou. A ponte de pedra parou de vibrar ameaçadoramente, mas fumaça obscurecia o mundo. Ela chicoteava e se enrolava, cobrindo-me. O medo cravou suas garras fundo. Dianna tinha vindo? Ela tinha incendiado o mundo mais uma vez como fez em Yejedin?

Ouvi botas de aço se aproximando, e comecei a andar de um lado para o outro dentro dos confins escuros da minha mente. Uma forma feminina e ágil de repente parou na minha frente, seu corpo coberto da cabeça aos pés por uma armadura prateada. Não, esta não era Dianna. Dianna não usava nosso brasão ou armadura, mas, também, ela era uma arma e não precisava disso. Outras figuras apareceram ao lado da mulher, todas usando o mesmo aço prateado. Dois homens se elevavam acima das mulheres bem à minha frente, mas eu vi a multidão crescendo atrás deles.

A mulher torceu o pulso e seu capacete derreteu.

Não, não era Dianna mesmo.

— Xavier — ronronou ela. — Meus yeyras. Senti sua falta.

Kryella.

As mãos dela apertaram as laterais da minha cabeça. Minha visão ardeu verde, e gritei dentro da minha cabeça, o poder dela me queimando até o âmago. Eu gritei enquanto minha alma explodia em chamas, e pela primeira vez nos últimos meses, minha boca se moveu sob meu próprio controle. Meus joelhos cederam, mas ela continuou a despejar mais de sua magia em mim. Iassulyn seria um paraíso comparado a essa tortura, a queimadura ácida me fazendo querer arrancar minha pele.

Enfim, Kryella parou, e minhas mãos se chocaram com a ponte enquanto eu ofegava, suor escorrendo pela minha pele. Ofeguei, percebendo que era eu quem fazia aquele movimento, eu quem finalmente tinha controle sobre meu corpo.

Minha cabeça se levantou de repente, meus olhos cheios de lágrimas.

— E-eu — gaguejei. — Eu consigo me mover. Você consertou. Eu... — quase solucei.

Kryella se ajoelhou, sua armadura dobrando-se em pontas em seus joelhos. Ela estendeu a mão para a frente, e vacilei, esperando dor novamente, mas quando ela segurou minha bochecha, não havia nada além do conforto de seu toque.

— Claro.

Kryella abaixou a mão e se levantou com graça tranquila antes de se virar para a mulher ao seu lado. Ela deslizou o capacete para trás, e o cabelo loiro caiu sobre o peito do traje.

Athos. A deusa Athos. Era impossível.

Minha mente vacilou, e meu sangue latejou. Elas estavam mortas. Eram consideradas mortas desde a Guerra dos Deuses, mas... a prova estava diante de mim. Minha mente disparou. Nós nunca vimos um corpo ou sua luz queimar através dos céus. Samkiel nunca falou sobre isso, mas nós presumimos.

— Como vocês estão vivas? — arquejei.

Athos não hesitou.

— Nós somos O Olho. — Os soldados letais atrás dela mantinham-se eretos, segurando os espessos escudos prateados dos quais eu lembrava de antes da queda de Rashearim. Deuses, tantos deuses. — Nós somos a última rebelião contra Nismera, a Conquistadora. O que precisamos saber agora é quantos mais de vocês estão vivos?

CVI
DIANNA

Meus olhos se abriram de repente, minha respiração ficando presa na garganta. Percebi pelo quanto minha visão estava nítida no escuro que meus olhos brilhavam carmesim. O sonho retrocedeu, apenas uma memória fugaz que eu não conseguia lembrar ou capturar. Finalmente foquei no Ig'Morruthen, e um arrepio percorreu minha espinha quando ouvi o que a fera estava berrando.

Perigo!
Perigo!
Perigo!

Fiquei imóvel como um predador, avaliando o quarto. A luz do fogo tremeluzia contra as paredes, e as cortinas da grande janela de sacada dançavam suavemente com a brisa fresca. A chuva, uma garoa lenta, esvaziava-se das nuvens cinza-escuro. Relâmpagos se espalhavam pelo céu, seguidos por um ronco baixo de trovão.

Calor cobria minhas costas, e uma respiração lenta e uniforme fazia cócegas em meu ombro. A cabeça de Samkiel descansava contra a minha enquanto ele dormia, seus braços me segurando bem apertado, protegendo-me mesmo em seu sono. Tentei acalmar meu coração disparado, perguntando-me o que me assustou do meu sono. Mas não vi ninguém em nosso quarto, nem mesmo um único livro, vela ou toalha de mesa fora do lugar, sendo assim, por que acordei como se alguém estivesse nos observando dos pés da cama? Por que minha besta estava ficando louca de aflição?

Suspirei e relaxei contra Samkiel, decidindo que eram apenas os restos do sonho esquecido. Enrolei seu braço mais apertado ao meu redor, mas senti de novo assim que fechei os olhos.

Meus instintos gritavam para eu acordar, incitando-me a ir embora. Um fio insistente puxava firme, querendo que eu o seguisse.

Forcei meus olhos a se fecharem um pouco mais apertados, negando a atração, dizendo a mim mesma que não era nada, apenas o eco do pesadelo. Kaden estava morto. Ele não estava aqui, e Isaiah estava trancado bem fundo abaixo do castelo.

Ainda assim, um puxão me atraía, chamando-me, e eu me perguntei se havia algo de errado no castelo. Com cuidado levantei o braço de Samkiel e deslizei por baixo dele o mais silenciosamente que pude. Ele respirou fundo antes de resmungar e se deitar de costas, seu braço agora por cima de seu peito nu, o outro acima de sua cabeça. Deuses, ele era lindo. Eu me forcei a virar as costas e saí da cama, pegando o robe na poltrona próxima. Eu o vesti, dando uma última olhada para ter certeza de que ele ainda estava dormindo.

O peito de Samkiel subia e descia em um ritmo constante, os lençóis emaranhados em volta de suas coxas agora. Ele estava profundamente adormecido em toda sua glória nua, mas além da minha apreciação comum do corpo divino com o qual ele era abençoado, meus olhos se fixaram em sua barriga. Onde aquela cicatriz profunda e manchada havia rasgado seu abdômen, agora não havia nada além de pele lisa e curada. Eu tinha sentido antes quando ele se despiu primeiro e depois a mim antes de me foder contra a parede. Eu tinha passado a mão sobre a área para ter certeza de que era verdade.

Uma parte de mim ainda esperava que tudo tivesse sido apenas mais um pesadelo. Olhando para a ausência da ferida, eu quase conseguia acreditar que ele não tinha sido arrancado de mim, mas a dor escancarada onde minha alma uma vez esteve provava a verdade. A única coisa que aliviava a pulsação da perda era estar perto dele.

Olhei pela janela aberta, ainda sem saber como ele havia recuperado todo o seu poder. Pedi esclarecimentos a Reggie depois que voltamos, e Samkiel arrastou Isaiah para os andares abaixo. Reggie respondeu que a pura força de vontade e o impulso para me proteger foram os catalisadores. Explicou que ele os desejou de volta ao seu corpo mais rápido do que teve tempo de processar, e ainda não tinha certeza se o que havia feito era possível. Gabby me amava, mas eu nunca tinha sido amada como Samkiel me amava. Ninguém havia se importado ou me protegido como ele fazia. Eu ainda não tinha certeza se eu merecia depois de tudo que o fiz passar. Contudo, meu coração frio, morto e dolorido se expandiu, pensando em tanto amor e como, não importava o que acontecesse, ele era meu.

Deixei sua forma enorme dormindo e saí, andando silenciosamente para não perturbá-lo. Assim que entrei no corredor, aquele maldito puxão aconteceu de novo. Meu corpo parou bruscamente e olhei para baixo. O que quer que estivesse me puxando queria que eu descesse. Meu sangue gelou.

Será que tinha acontecido alguma coisa com Logan, Neverra ou Cameron? Isaiah tinha escapado? Será que ele estava fazendo um massacre lá embaixo, e não ouvimos? Não parei para pensar conforme disparava pelo corredor, pulando os degraus de três em três. Logan estava lá embaixo, bem como Neverra e Cameron. Mesmo com a força aumentada de Cameron, eu sabia que Isaiah o despedaçaria com as próprias mãos.

Avancei pelo corredor, as portas se borrando. Virei um canto e atravessei depressa a porta aberta do escritório de Samkiel antes de derrapar até parar. A bainha do meu robe se embolou ao redor das minhas coxas quando recuei, meus olhos se estreitando. Meu coração batia forte no peito, sinais de alerta berrando na minha mente.

Perigo!

Perigo!

Perigo!

A grande sombra masculina se destacou da escuridão, movendo-se furtiva pelo cômodo. Rosnei no fundo da garganta, minhas mãos acendendo com chamas laranja vivo. Meu pé fez contato com a porta em um chute violento, e ela se abriu por completo, partes dela se estilhaçando ao bater contra a parede mais distante com um som de rachadura. Eu conhecia aqueles ombros, sabia que tipo de fera poderosa estava abaixo deles. Atirei fogo suficiente nele para mandá-lo para fora da minha casa. Uma bola de fogo, seguida de outra, voou pelo ar e o atravessou, queimando a parede atrás dele.

Mas que merda? O fogo morreu em minhas mãos conforme ele se virou, uma expressão peculiar em seu rosto enquanto ele olhava de mim para o buraco com as bordas ainda em chamas na parede.

— Sua natureza cruel e feroz compensa seu pequeno porte.

Engoli o nó na garganta e minha boca de repente ficou seca. Gelo correu por minhas veias, porque eu não estava encarando os olhos de Kaden. Estava encarando os olhos de um deus.

— Unir.

—Você me conhece?

Eu não conseguia sequer balançar a cabeça, menos ainda responder. Ele era a sombra que eu tinha visto ou sentido em cada canto desde que chegamos aqui, a que vi no mercado. Presente, porém não. Nunca tinha sido Kaden me observando, caçando.

— Como? — Era um sussurro de pura e total descrença.

Ele parecia exatamente o Deus-Rei que eu tinha visto nas memórias de Samkiel, até mesmo com as pesadas vestes de seda que cobriam a armadura prateada e dourada desgastada por batalhas. Botas encouraçadas formavam uma ponta nos joelhos, com padrões intrincados esculpidos por toda a prata. Ele sorriu, apenas os cantos dos lábios se erguendo, um gesto tão comum do homem dormindo no andar de cima que meu coração vacilou.

— O como não é importante. — Até mesmo sua voz exigia poder, e o Ig'Morruthen sob minha pele rosnou em resposta. — O porquê deveria lhe causar mais preocupação.

— Está certo, então. — Reuni cada grama de coragem falsa. — Por quê?

Unir sorriu, atravessando a mesa antes de parar à minha frente. Ele se elevava acima de mim, muito mais alto do que qualquer um de seus filhos, e inclinei a cabeça para trás. Ele observou o anel no meu dedo antes de encontrar meu olhar outra vez.

— Os mortos têm muito sobre o que conversar com você, nora.

Suas mãos envolveram meu crânio conforme a escuridão tomava minha mente, e gritei.